Das Buch

Arbonne ist das mit Fruchtbarkeit gesegnete Land unter der Sonne des Südens, das märchenhaft schöne Land am See, dessen Mondgestirn in hellen Sommernächten zweifach am Himmel steht, silbern und blau erstrahlend. Es ist das Land starker und leidenschaftlicher Frauen – die Heimat jener alten Kultur, die Rian huldigt, der Göttin der Weiblichkeit, der Liebe und der Musik. So ist Arbonne glanzvolles Zentrum des Minnesangs, Ziel der besten Troubadoure und der erfindungsreichsten Joglares. Das nördliche Nachbarreich Gorhaut dagegen ist rauherem Klima ausgeliefert. In kargem, unzugänglichem Bergland angesiedelt, ist es ein kriegerisches Reich, beherrscht von Corannos, dem übermächtigen Gott der Alten, regiert durch die Sprache des Schwertes. Als ein grausamer und lebensfeindlicher Fürst den Thron von Gorhaut besteigt, droht dem lieblichen Arbonne und seiner Minnekultur die Vernichtung. Ein ungleicher Kampf kündigt sich an – der Kampf höfischer Gesittung und edlen Rittertums gegen die rohe Gewalt von Feuer und Schwert. Doch am schwersten zu bestehen ist dieser Kampf für einen Mann aus Gorhaut, den tapferen und gerechten Blaise, der beide Welten kennen- und schätzengelernt hat. Die Liebe einer schönen Dame aus dem Süden hat ihn die Süße Arbonnescher Lebensfreude kosten lassen. Die Bewährung aber liegt noch vor ihm, denn seine Bestimmung ist es, den Kampf zwischen beiden Welten zu entscheiden …

Guy Gavriel Kay hat in seinem Epos eine fantastische Welt provenzalischer Minnekultur nachempfunden und doch eine ganz eigene Welt erschaffen – eine Sphäre, deren zauberhafter Glanz nur jenen Welten aus *Die Nebel von Avalon* und *Der Herr der Ringe* vergleichbar ist.

Der Autor

Guy Gavriel Kay ist einer der bedeutendsten kanadischen Schriftsteller der Gegenwart, international gilt er als einer der ganz großen Autoren des Fantasy-Genres. Für seinen Bestseller *Tigana* wurde er 1991 mit dem Aurora-Preis für Fantasy ausgezeichnet. Seine Romane werden heute bereits in zwölf Sprachen übersetzt. Guy Gavriel Kay lebt in Toronto.

Im Wilhelm Heyne Verlag liegen vor: *Tigana*. 1. Roman: Der Fluch (06/5291), *Tigana*. 2. Roman: Der Hofnarr (06/5292).

GUY GAVRIEL KAY

EIN LIED FÜR ARBONNE

Roman

Ungekürzte Neuübersetzung
aus dem kanadischen Englisch von
IRENE HOLICKI

WILHELM HEYNE VERLAG
MÜNCHEN

HEYNE ALLGEMEINE REIHE
Nr. 01/9951

Titel der Originalausgabe
A SONG FOR ARBONNE
erschienen bei Viking/Penguin Books Canada Ltd.,
Toronto, Ontario

Eine stark gekürzte, vom Autor nicht genehmigte Fassung
dieses Romans erschien 1995 im Scherz Verlag, Bern - München,
unter dem Titel ›Das Land unter den zwei Monden‹.

Umwelthinweis:
Das Buch wurde auf chlor- und säurefreiem
Papier gedruckt.

Redaktion: Wolfgang Jeschke

Printed in Germany 1996
Die Karte auf Seite 11 zeichnete Erhard Ringer
Umschlagillustration: Gerard Gauci
Umschlaggestaltung: Atelier Ingrid Schütz, München
Satz: Schaber Satz- und Datentechnik, Wels
Druck und Bindung: Ebner Ulm

ISBN 3-453-10841-8

Inhalt

Vorwort

Dieses Buch
sei dem Andenken an meinen geliebten Vater

Dr. Samuel K. Kay

gewidmet, einem hervorragenden Arzt von großer Menschlichkeit, der sein Leben lang von einer tiefen Liebe zu Sprache und Literatur beseelt war – und diese Liebe nebst vielem anderen an seine Söhne weitergab.

DANKSAGUNGEN

Auch wenn es sich bei diesem Buch um einen Roman handelt, stehe ich wieder einmal in der Schuld zahlreicher Forscher, die sich mit Fleiß und Sachverstand der Epoche angenommen haben, auf die ich mich beziehe. Viele davon sind, was nicht weiter verwundern dürfte, Franzosen, so etwa Georges Duby, Emmanuel Le Roy Ladurie und Phillippe Aries. Doch auch die Werke Urban Tigner Holmes', Frances und Joseph Gies' und Friedrich Heers, um nur einige zu nennen, erwiesen sich als aufschlußreich. Den Zugang zur Dichtung und zur Geschichte der Troubadoure eröffneten mir in erster Linie Frederick Golden, Paul Blackburn, Alan Press und Meg Bogin.

Ein Lied für Arbonne entstand im wesentlichen im Verlauf zweier längerer Aufenthalte in der Gegend von Aix-en-Provence. Es ist mir eine besondere Freude, der Menschen zu gedenken, die mich dort so freundlich aufnahmen und so großzügig unterstützten, daß wir inzwischen Freunde geworden sind, ich meine Jean-Pierre und Kamma Sorensen und ihren Sohn Nicolas sowie Roland und Jean Ricard.

Erfreulicherweise werde ich nach wie vor von einer Reihe

von Experten kritisch beraten. Meine Agentinnen Linda McKnight in Toronto und Anthea Morton-Saner in London gehören dazu. Auch soll hier endlich einmal festgehalten werden, wieviel an Anregungen und Unterstützung ich meinem Freund und Vorbild, dem ungemein begabten George Jonas verdanke. Zum Schluß wäre natürlich wie immer Laura zu nennen.

ANMERKUNG ZUR AUSSPRACHE

Gewiß ist jedem Leser ohnehin klar, daß für die meisten in diesem Buch auftauchenden Eigennamen das Französische die Grundlage bildet. Auf eine Einschränkung sei hiermit hingewiesen: den Historikern zufolge wurde im Gebiet des heutigen Südfrankreich (Provence, Languedoc oder Aquitaine genannt) anders als im modernen Französisch allgemein das ›s‹ im Auslaut ausgesprochen. Ich schließe mich dieser Ansicht an, folglich ist bei Namen wie Aelis oder Cauvas der Endkonsonant zu artikulieren.

Aus dem ›Vidan‹ des Troubadours Anselme von Cauvas…

Anselme gilt von jeher als der erste und vielleicht größte aller Troubadoure Arbonnes. Er wurde als jüngster Sohn eines Schreibers auf der Burg eines Barons in der Nähe von Cauvas geboren und stammte somit aus einfachen Verhältnissen. Er hatte dunkles Haar und war mittelgroß. Trotz seines ruhigem Wesens übte seine Stimme auf jedermann eine ungeheure Anziehungskraft aus. Bereits in zartem Alter legte er soviel Begabung und Interesse für die Musik an den Tag, daß man ihn in den berühmten Chor des Klosters von Cauvas aufnahm, das dem Gott Corannos geweiht war. Doch schon bald regte sich in ihm das Verlangen, Musik von ganz anderer Art zu machen, eine Musik, die im Dienste des Gottes wie auch in den Tempeln der Göttin Rian fehl am Platz gewesen wäre. So nahm Anselme denn Abschied vom bequemen Leben im Chor des Münsters und begab sich auf die Wanderschaft, um seine neuen Lieder in Arbonnes Dörfern und auf seinen Burgen vorzutragen. Die Melodien hatte er dem gemeinen Volk abgelauscht, und auch die Texte waren in der Sprache des Volkes gehalten…

Später holte ihn Herzog Raimbaut de Vaux an seinen Hof und überhäufte ihn mit Ehren, und schließlich erregte er dank seines überragenden Könnens gar die Aufmerksamkeit des Grafen Folquet persönlich und wurde eingeladen, einen Winter auf Barbentain zu verbringen. Von da an hatte Anselme ausgesorgt, und auch die Existenz der Troubadoure von Arbonne war gesichert, denn Anselme erwarb sich rasch die Freundschaft und das Vertrauen des Grafen Folquet, und auch die edle Gräfin Dia schätzte ihn und war ihm sehr zugetan. Man bewunderte nicht nur seine Musik und seinen Witz, sondern auch seine Verschwiegenheit und Klugheit, Eigenschaften, die den Grafen veranlaßten, ihn immer wieder zu besonders heiklen, diplomatischen Missionen außerhalb von Arbonne heranzuziehen…

Mit Anselmes Hilfe begann nach und nach auch der Graf Folquet von Cauvas, eigene Lieder zu verfassen, und seither konnte nichts mehr das Ansehen der Troubadoure von Arbonne schmälern oder gefährden. Ihr Ruf verbreitete sich in allen bekannten Ländern der Welt, überall werden sie geschätzt und verehrt …

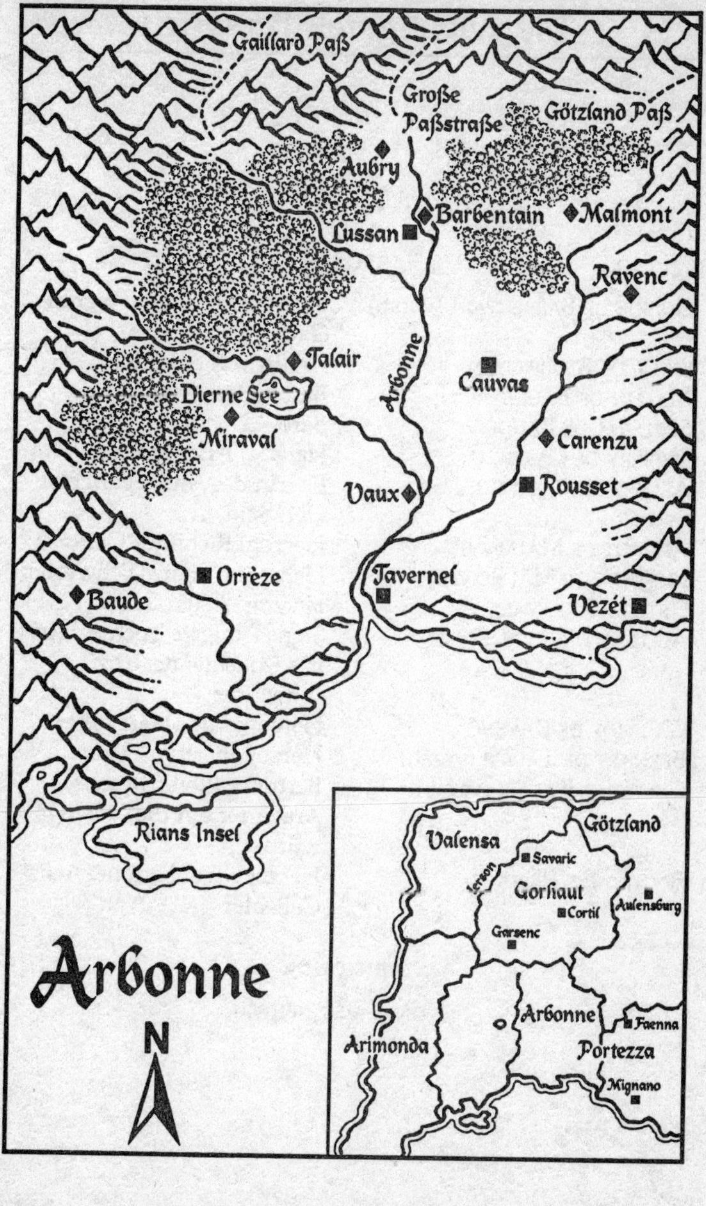
Gaillard Paß
Große
Paßstraße
Götzland Paß
Aubry
Barbentain
Malmont
Lussan
Ravenc
Talair
Arbonne
Cauvas
Dierne See
Miraval
Carenzu
Vaux
Rousset
Orrèze
Tavernel
Baude
Vezét
Rians Insel
Arbonne
N
Valensa
Götzland
Savaric
Ierson
Gorsiaut
Cortil
Aulensburg
Garsenc
Arbonne
Faenna
Arimonda
Portezza
Mignano

Die wichtigsten Personen

ADELIGE

ARBONNE

Guibor de Barbentain (verst.)	Graf von Arbonne, Signes Gatte
Signe de Barbentain	Gräfin von Arbonne
Mallin de Baude	Baron; Soresinas Gatte
Soresina de Baude	Baronin
Thierry de Carenzu	Herzog; Arianes Gatte
Ariane de Carenzu	Herrin des Minnegerichts; Herzogin
Arnaut de Malmont	Herzog; Richildes Gatte
Richilde de Malmont	Herzogin; Signes Schwester
Urté de Miraval	Herzog; Aelis' Gatte
Aelis de Miraval (verst.)	Signes jüngste Tochter, Arianes Cousine; Beatritz' Schwester
Gaufroy de Ravenc	Herzog; mit Thierry liiert
Bernart de Talair (verst.)	Herzog; Bertrans Vater
Girart de Talair (verst.)	Bertrans älterer Bruder, Anwärter auf die Herzogswürde
Bertran de Talair	Herzog; Troubadour; Aelis' Geliebter

ARIMONDA

König Vericenna

GORHAUT

ADEMAR	König
DUERGAR (verst.)	König; Ademars Vater
RANALD DE GARSENC	Herzog; Blaises Bruder; Galberts Sohn
ROSALA DE GARSENC	Herzogin; Ranalds Gattin
FULK DE SAVARIC	Herzog; Rosalas Bruder
CADAR DE SAVARIC (verst.)	Herzog; Rosalas und Fulks Vater;
CADAR RANALD DE GARSENC	Rosalas Sohn

GÖTZLAND

KÖNIG JÖRG

PORTEZZA

BORSIARD D'ANDORIA	Herzog; Luciannas dritter Gatte
LUCIANNA DELONGHI	Borsiards Gattin, Rudels Cousine
MASSENA DELONGHI	Luciannas Vater
ENGARO DI FAENNA (verst.)	Luciannas erster Gatte

VALENSA

KÖNIG DAUFRIDI

CORANER (SOLDATEN)

BLAISE DE GARSENC	Ranalds Bruder; in Diensten Bertrans de Talair
QUZMAN DI PERAÑO	in Diensten Urtés de Miraval
RUDEL CORREZE	Blaises Freund und Waffenbruder; ebenfalls in Diensten Bertrans de Talair
VALERY DE TALAIR	Bertrans Cousin

Hirnan von Baude	Gefolgsmann Mallins von Baude; später in Blaises Diensten

PRIESTER UND PRIESTERINNEN

Beatritz de Barbentain	Rian-Priesterin; Signes älteste Tochter
Roche	Priester auf Rians Insel im Meer
Luth	ehem. Coraner; Priester auf Rians Insel im Meer
Rinette	Priesterin auf Rians Eiland im Dierne-See
Galbert de Garsenc	Großpatriarch des Corannos-Ordens von Gorhaut; Vater von Ranald und Blaise

TROUBADOURE UND JOGLARES (SPIELLEUTE)

Alain von Rousset, Evrard von Lussan, Remy von Orreze; Aurelian, Jourdain, Elisse von Cauvas

Lisseut von Vezét	Alains Joglar
Ramir von Talair	Bertrans Joglar

Prolog

Eines schönen Frühlingsmorgens – auf den Bergen schmolz der Schnee und machte die Bäche zu reißenden Flüssen – wartete Aelis de Miraval ungeduldig, bis ihr Gatte im Morgengrauen die Burg verlassen hatte und zur Jagd in den westlichen Wäldern verschwunden war, um bald darauf selbst ein Pferd zu besteigen und in nordöstlicher Richtung am See entlangzureiten, der Zeugung ihres Sohnes entgegen.

Sie ritt nicht allein, und sie verheimlichte ihren Aufbruch nicht; beides wäre ausgesprochen töricht gewesen. Aelis mochte jung und überaus eigenwillig sein, aber sie war nicht dumm, und daran konnte auch ihre Verliebtheit nichts ändern.

So wurde sie also von ihrer jungen Cousine und sechs bewaffneten Leib-Coranern ihres Gemahls begleitet, gut ausgebildeten, dem Gott geweihten Kriegern, und ihr Ziel war – so hatte sie jedenfalls ihrem Ehemann vor einigen Tagen mitgeteilt – das Schloß derer von Talair am Nordufer des Dierne-Sees. Angeblich wurde sie von der Herzogin erwartet und sollte auch die Nacht auf dem Schloß verbringen. Soweit war alles in bester Ordnung.

Daß die Herzogin mit ihren Hofdamen auf Kastell Talair nicht allein war, verstand sich von selbst und bedurfte keiner Erwähnung. Ein mächtiger Herzog vom Range eines Bernart de Talair führte ein großes Haus, und wenn sich unter den vielen Menschen auch der jüngere Sohn befand, ein Dichter, was war dabei? Sogar hier in Arbonne hütete man die Frauen auf den Burgen wie Gold oder kostbare Gewürze und sperrte sie des Nachts ein, um sie vor zweifelhaften Individuen zu schützen, die im Dunkeln die Gegend unsicher machten.

Doch noch war die Nacht weit entfernt und die Angst vor zwielichtigen Gestalten unbegründet. Es war ein wunderschöner Tag, der erste, zarte Ton eines Liedes, das ›Frühling in Arbonne‹ hieß. Zur Linken erstreckten sich, soweit das Auge reichte, die terrassenförmigen Weingärten der Miraval. Das junge Grün der Rebstöcke ließ bereits die dunklen, reifen Sommertrauben erahnen. Östlich des gewundenen Pfades funkelten die Wasser des Dierne-Sees tiefblau in der Morgensonne. Aelis konnte deutlich Rians Eiland und den Rauch erkennen, der von den drei heiligen Feuern im Tempel aufstieg. Sie hatte zwei Jahre auf der zweiten, großen, weit im Süden im Meer gelegenen Insel der Göttin verbracht, ansonsten hatte sie sich freilich im höfischen Trubel, im Dunstkreis der weltlichen Macht immer zu wohl gefühlt, um wahrhaft fromm zu sein. Dennoch schickte sie jetzt ein stummes Gebet an Rian und bat dann – mit leisem Schmunzeln – auch Corannos, den Gott der Alten, von seinem Thron hinter der Sonne wohlwollend auf sie herabzuschauen.

Es wehte ein frischer Wind, und die Luft war so klar, daß Aelis am anderen Ufer des Sees bereits Kastell Talair erkennen konnte. Furchterregend streng, wie es sich für den Stammsitz eines so stolzen Geschlechts geziemte, strebten die Mauern gen Himmel. Sie warf einen Blick zurück. Jenseits der Weingärten ragten nicht minder stolz, sogar noch ein wenig höher, Mirávals Mauern empor. Auch dort residierte eine der vornehmsten Familien von Arbonne. Doch wenn Aelis über das Wasser nach Talair hinüberblickte, flog ein Lächeln über ihre Züge, und wenn sie zurückschaute zu dem Schloß, wo sie mit ihrem Gemahl lebte, konnte sie einen Schauder, ein leises Frösteln nicht unterdrücken.

»Ich dachte mir schon, daß du frieren könntest, Aelis, deshalb habe ich deinen Mantel mitgebracht. Es ist noch früh am Tag und früh im Jahr.«

Ihre Cousine Ariane, dachte Aelis, war sehr aufgeweckt und hatte für ihre dreizehn Jahre viel zu scharfe Augen. An sich war sie schon fast im heiratsfähigen Alter. Warum sollte nicht noch ein Mädchen aus ihrer Familie die zweifelhaften Freuden einer politischen Verbindung genießen dürfen? dachte Aelis hämisch. Doch sie widerrief den Gedanken sofort: sie wünschte gewiß niemandem aus ihrer Sippe einen zweiten Urté de Miraval an den Hals, schon gar nicht einem lebensfrohen Kind wie Ariane.

So war sie auch einmal gewesen, überlegte Aelis, vor noch gar nicht allzu langer Zeit.

Sie sah zu ihrer Cousine hinüber, betrachtete die flinken, ausdrucksvollen, dunklen Augen, das lange, schwarze Haar, das ihr offen über die Schultern hing. Sie selbst trug ihr Haar mittlerweile hochgesteckt, wie es sich gehörte, und ging nie ohne Haube; immerhin war sie eine verheiratete Frau, kein junges Mädchen mehr, und wie jedermann wußte, wie alle Troubadoure schrieben und alle Joglares sangen, gab es nichts Sinnverwirrenderes als offenes Haar. Und die Sinne zu verwirren war nun einmal nicht Aufgabe vornehmer Matronen, dachte Aelis nüchtern. Dennoch lächelte sie Ariane zu, sie konnte nicht anders. »Keinen Mantel heute morgen, liebes Herz, das käme mir vor, als wollte man den Frühling aussperren.«

Ariane lachte. *»Wenn über dem See selbst der Vögel Chor besingt nur mein Feinslieb«*, zitierte sie. »Auch wenn nur die Wellen es hören.«

Wieder mußte Aelis lächeln. Der Text stimmte nicht ganz, aber es war besser, Ariane nicht zu korrigieren, sie könnte sich verraten. Ihre Hofdamen sangen dieses Lied fortwährend, es war ganz neu und sein Verfasser war bislang noch unbekannt. Vor wenigen Monaten, zur Zeit der Winterregen, hatte es ein Joglar im Saal von Miraval erstmals vorgetragen, und hinterher hatten unter den Damen mindestens zwei Wochen lang die wildesten Gerüchte darüber kursiert, wer von den namhafteren Troubadours wohl diesmal auf so leidenschaftliche Weise den Frühling und das Erwachen der Liebe beschworen haben mochte.

Aelis wußte es. Sie wußte genau, wer das Lied geschrieben hatte, und sie wußte noch mehr – denn es war ihr gewidmet und keiner von den anderen hochgestellten Damen, um deren Namen sich immer wieder fieberhafte Spekulationen rankten. Ihr allein gehörte dieses Lied, denn es war die Antwort auf ein Versprechen, das sie beim Mittwinterfest in Barbentain gegeben hatte.

Ein übereiltes Versprechen? Oder ein berechtigtes? Aelis glaubte zu wissen, wie ihr Vater geurteilt hätte, bei ihrer Mutter war sie sich weniger sicher. Signe, die Gräfin von Arbonne, hatte immerhin die Minnegerichte hier im Süden gegründet, und als junges Mädchen hatte Aelis immer wieder erlebt, wie ihre Mutter mit ihrer klaren Stimme im Großen Saal von Barbentain nach allen Seiten witzig-spöttische Bemerkungen austeilte und vom rauhen Gelächter einer ganzen Schar von hingerissenen Männern dafür belohnt wurde.

Und so war es nach wie vor. Wahrscheinlich lag ihrer Mutter, der bezaubernden Gräfin von Arbonne, in ihrem prächtigen Schloß Barbentain auf seiner Insel im Fluß nahe der Gebirgspässe auch heute morgen wieder die ganze Männerwelt zu Füßen: arbonnesische Adelige jeden Alters, Troubadoure und Joglares mit ihren Lauten und Harfen, und Abgesandte aus den Ländern jenseits der Berge und des Meeres.

Und Guibor, der Graf, stand daneben und lächelte auf seine ganz eigene Art in sich hinein, um hinterher, wenn es Nacht war und das schillernde Geschöpf an seiner Seite lag, gemeinsam mit dieser seiner Gattin – die beiden waren sich von Herzen zugetan, und er hätte ihr ohne Zögern sein Leben, sein Reich und alles anvertraut, was er sich auf dieser Welt erhoffte – die anfallenden Staatsgeschäfte zu besprechen und die nötigen Entscheidungen zu treffen.

»Das Lachen deiner Mutter«, hatte er einmal zu Aelis gesagt, »ist eine stärkere Waffe als alle Heere, die Arbonne jemals haben wird.«

So hatte er zu seiner Tochter gesprochen. Sechzehn Jahre alt war sie damals gewesen, eben erst nach einem zweijährigen Aufenthalt auf Rians Insel im Meer nach Hause zurückgekehrt, ein einstmals reizloses Kind, das nun von Tag zu Tag mehr entdeckte, wie schön und begehrenswert es war.

Kaum ein Jahr nach diesem Gespräch hatte ihr Vater sie mit Urté de Miraval verheiratet, dem vielleicht mächtigsten Adeligen von Arbonne. Damit hatte er sie ausgeschlossen aus der Gesellschaft der charmanten Höflinge und Dichter, die sie neuerdings mit Schmeicheleien überhäuften, hatte sie ausgeschlossen von Barbentains Witz, von seinem Lachen und seiner Musik, und hatte sie den Jagdhunden und den nächtlichen Zudringlichkeiten des nach Schweiß stinkenden Herzogs ausgeliefert, nur um diesen enger an das Herrscherhaus der Grafen von Arbonne zu binden.

Ein Schicksal, wie es allen Töchtern aus adeligem Hause drohte, das Schicksal ihrer Mutter wie auch ihrer Tante, die im Osten, jenseits des Flusses, auf Schloß Malmont lebte. Und eines nicht mehr fernen Tages – die dazugehörige Nacht nicht zu vergessen – auch das Schicksal der schwarzhaarigen Ariane.

Manche Frauen hatten Glück mit ihren Männern, anderen war eine frühe Witwenschaft beschieden – ein Status, der hier in Arbonne, wenn auch keineswegs überall auf der Welt, durchaus mit realer Macht verbunden sein konnte. Ihre Schwester Beatritz, das älteste Kind, hatte sich Rian geweiht und lebte als Priesterin im Osten, in einem Kloster in den Bergen nahe der Grenze zu Götzland. Eines Tages würde sie Hohepriesterin sein – das zumindest war durch ihre Herkunft gesichert – und über die verwickelten Strukturen innerhalb des Rian-Klerus in gewissem Rahmen Einfluß ausüben können. Ihre Schwester war in vieler Hinsicht zu beneiden, dachte Aelis, auch wenn sie so unendlich weit entfernt war vom höfischen Leben mit seiner Fröhlichkeit und seiner Musik.

Wieviel Musik und Fröhlichkeit gab es denn in Miraval, wo gleich nach Einbruch der Dunkelheit alle Kerzen und Fackeln gelöscht wurden und Herzog Urté – nach Hunden, mausernden Falken und saurem Wein riechend – jede Nacht durch die unverschlossene Tür zwischen ihrem und seinem Schlafgemach kommen konnte, um – nur das und nichts sonst – sein Begehren zu stillen und einen Erben zu zeugen?

Frauen waren verschieden, und jede fand sich auf ihre Weise mit dem Schicksal ab, dachte die schwarzhaarige, dunkeläugige Aelis, Herrin von Miraval, während sie so dahinritt. Grüngolden leuchtete das junge Laub, ein leichter Wind kräuselte das Wasser des Dierne-Sees, zur Linken erstreckten sich die Weinberge, dahinter begann der Wald.

Sie wußte nur zu genau, wer sie war und was ihre Herkunft für einen so ehrgeizigen Mann wie Urté bedeutete. Sie war ihm einfach zugesprochen worden, wie der Hauptpreis beim Turnier auf dem Markt von Lussan. Urté glich viel mehr einem

Aristokraten aus dem kalten, unwirtlichen Gorhaut im Norden, als einem Grundherrn im sonnenverwöhnten Arbonne, so groß und üppig die Trauben und Oliven auf seinen reichen Gütern auch reifen mochten. Aelis wußte, was sie für ihn bedeutete; um sich das auszurechnen, brauchte man nicht an der Universität von Tavernel studiert zu haben.

* * *

Ein plötzliches Geräusch, ein überraschtes Aufkeuchen riß Aelis aus ihren Gedanken. Rasch wandte sie sich Ariane zu, um zu sehen, was das Mädchen so erschreckt hatte. Der Anblick ließ auch ihr Herz schneller schlagen. Dicht vor ihnen zog sich neben der Straße eine Doppelreihe mächtiger Ulmen am Seeufer entlang, und an ihrem Ende erhob sich – honiggelb im Schein der Morgensonne – der steinerne Triumphbogen der Alten. Ariane ritt diesen Weg zum ersten Mal, erinnerte sich Aelis; sie hatte den Bogen wohl noch nie gesehen.

In diesem fruchtbaren Land, das dem Arbonne-Fluß nicht nur reichlich Wasser, sondern auch seinen Namen verdankte, stieß man auf Schritt und Tritt auf Überreste aus der Zeit der Alten: Säulen am Wegesrand, Tempel auf Klippen hoch über dem Meer oder an den Gebirgspässen, Häuserfundamente in den Städten, Brückenpfeiler, die in die Bergbäche gestürzt, und Brücken, die vollständig erhalten und sogar noch passierbar waren. Bis auf den heutigen Tag benützten Reiter und Wanderer Straßen, die vor langer Zeit von den Alten gebaut worden waren. Die große Hauptstraße etwa, die am Meer in Tavernel begann und am Arbonne entlang nordwärts nach Barbentain und Lussan und weiter über die Berge bis nach Gorhaut führte, war eine dieser altehrwürdigen, schnurgeraden Verkehrsadern. Von den Marksteinen, die einst die gesamte Strecke gesäumt hatten, lagen zwar die meisten umgestürzt im Gras, doch einige standen noch aufrecht, und alle trugen sie Inschriften in einer Sprache, die heute kein Mensch mehr verstand, nicht einmal die Gelehrten von der Universität.

Die Alten waren so allgegenwärtig in Arbonne, daß eine beliebige Ruine Ariane sicher keinen Aufschrei des Erstaunens entlockt hätte.

Der Triumphbogen am Dierne-See war freilich eine Ausnahme.

So hoch wie zehn Männer und fast ebenso breit, stand er ganz allein am Ende seiner Ulmenallee in der Landschaft und schien die sanften, mit Wein bewachsenen Hügel zwischen Wald und See zu beherrschen, ja zu unterjochen. Aelis hatte seit langem den Verdacht, daß man ihn genau zu diesem Zweck errichtet hatte. Die Reliefs auf den beiden Fassaden stellten ausschließlich Kriegs- und Eroberungsszenen dar: Männer in Streitwagen mit runden Schilden und plumpen Schwertern im Kampf gegen andere, die nur mit Keulen und Spießen bewaffnet waren. Wobei die Krieger mit den Keulen natürlich die Unterlegenen waren. Der Künstler hatte ihre Qualen aufs anschaulichste dargestellt. Auf den Seitenfronten waren Männer und Frauen in Tierfellen abgebildet, die Köpfe verschämt gesenkt oder zur Seite gewandt – Sklaven. Wer immer diese Alten waren, wo immer sie jetzt sein mochten, sie waren nicht in Frieden gekommen, und sie hatten diesem Land ihren Stempel aufgedrückt.

»Möchtest du ihn dir aus der Nähe ansehen?« fragte Aelis freundlich. Ariane nickte, ohne das mächtige Bauwerk aus den Augen zu lassen. Aelis rief nach Riquier, dem Anführer der Coraner-Eskorte, die man zu diesem Ritt abkommandiert hatte. Er ließ sich sofort zurückfallen, bis er an ihrer Seite war.

»Herrin?«

Sie lächelte zu ihm auf. Riquier besaß keinen Funken Humor, und sein Haar lichtete sich stark, aber er war sicher der beste Coraner im Gefolge von Miraval, und heute morgen hätte sie ohnehin jeden angelächelt. Ein Lied erfüllte ihr Herz, erst letzten Winter entstanden, nach der Zeit der großen Feste, die Antwort auf das Versprechen einer gewissen Dame. Jeder Joglar in Arbonne hatte es gesungen. Niemand kannte den Troubadour, der es geschrieben hatte, niemand kannte die Dame, an die es sich richtete.

»Wenn es nicht zu gefährlich ist«, sagte sie, »würde ich gerne einen Augenblick haltmachen, damit sich meine Cousine den Bogen aus der Nähe betrachten kann. Meint Ihr, das wäre möglich?«

Riquier warf einen wachsamen Blick auf die ruhige, sonnenbeschienene Landschaft und machte ein ernstes Gesicht. Er war immer ernst, wenn er mit ihr sprach. Bisher war es ihr noch kein einziges Mal gelungen, ihn zum Lachen zu bringen. Und das galt auch für die anderen Coraner; die Männer von Miraval waren, nicht weiter verwunderlich, aus dem gleichen Holz geschnitzt wie ihr Gemahl.

»Ich denke, das läßt sich machen«, sagte er endlich.

»Vielen Dank«, murmelte Aelis. »In Euren Händen fühle ich mich stets geborgen, En Riquier, nicht nur heute.« Ein jüngerer Mann mit besseren Manieren hätte ihr Lächeln erwidert, und ein witzigerer Kopf hätte gewußt, wie er auf den Ehrentitel – eine schamlose Schmeichelei – zu reagieren hatte. Riquier wurde lediglich rot, nickte ihr kurz zu und blieb zurück, um der Nachhut die entsprechenden Befehle zu geben. Aelis hatte sich schon oft gefragt, was er wohl von ihr hielt; doch manchmal wollte sie es gar nicht unbedingt wissen.

»In die Hände dieses Griesgrams gehört allenfalls ein Schwert oder ein Weinschlauch«, sagte Ariane spitz und nicht gerade leise. »Und wenn er verdient, als Edelmann tituliert zu werden, verdient es auch der Bursche, der mein Pferd gesattelt hat.« Verachtung stand in ihren Zügen.

Aelis verkniff sich ein Lächeln. Schon zum zweiten Mal hatte die junge Cousine sie heute morgen überrascht. Das Mädchen hatte wirklich beängstigend scharfe Augen. Ihre Bemerkung deckte sich mit Aelis' eigener Ansicht, dennoch mußte sie mit einem strafenden Blick geahndet werden. Als Herzogin hatte sie schließlich gewisse Verpflichtungen. Man hatte ihr das junge Ding als Hofdame geschickt, damit sie ihm beibrachte, sich in vornehmen Kreisen zu bewegen, doch auf Miraval, dachte Aelis, würde Ariane nicht viel Gelegenheit finden, höfische Sitten kennenzulernen. Sie hatte schon erwogen, in diesem Sinne an ihre Tante nach Malmont zu schreiben, aber bisher vorwiegend aus eigennützigen Motiven darauf verzichtet: seit Arianes Ankunft im letzten Herbst hatte Aelis ihre helle Freude an dem munteren Wesen der Kleinen, und solche Freuden gab es für sie nicht oft. Mit Ausnahme gewisser Lieder vielleicht. *Hoch über dem See der Vögel Chor besingt nur mein Feinslieb ...*

»Nicht alle Männer sind zum Kavalier oder zum Höfling geboren«, erklärte sie ihrer Cousine mit gedämpfter Stimme. »Riquier ist zuverlässig und tüchtig, und was den Wein angeht, so tust du ihm unrecht – du hast ihn im Großen Saal selbst erlebt.«

»O ja, wahrhaftig.« Arianes Tonfall ließ viele Deutungen zu. Aelis zog die Augenbrauen in die Höhe, doch keine der beiden hatte Zeit oder Lust, das Thema weiterzuverfolgen.

Riquier galoppierte vorbei, bog von der Straße ab und ritt erst über das Gras am Rand und dann zwischen den Bäumen hindurch schräg auf den Triumphbogen zu. Auf beiden Seiten und nach hinten von Coranern abgeschirmt, folgten ihm die beiden Damen.

Sie sollten ihr Ziel nicht erreichen.

Ein lautes Knacken war zu hören, dann raschelte es in den Blättern. Sechs Männer sprangen von den Bäumen, rissen Urtés Coraner von den Pferden und warfen sie zu Boden. Mehrere Angreifer hatten sich im hohen Gras versteckt, nun sprangen sie auf und eilten ihren Kameraden zu Hilfe. Ariane schrie. Aelis ließ ihr Pferd steigen, und ein maskierter Bandit, der sich auf sie hatte stürzen wollen, wich hastig zurück. Zwei Männer traten zwischen den Bäumen hervor und bauten sich vor der Gruppe auf, ohne in den Kampf einzugreifen. Auch sie waren maskiert. Riquier lag am Boden, zwei Männer beugten sich über ihn. Sie wendete ihr Pferd, um Platz zu gewinnen, und tastete nach der kleinen Armbrust, die sie stets am Sattel hängen hatte.

Sie war die Tochter ihres Vaters, und Guibor de Barbentain, einst wohl der beste Bogenschütze im ganzen Land, hatte ihr einiges beigebracht. Aelis beruhigte ihr Pferd durch einen Druck mit den Knien, zielte rasch, aber sorgfältig und schoß. Einer der beiden Männer auf der Straße taumelte mit einem Aufschrei zurück. In seiner Schulter steckte ein Pfeil.

Wieder machte Aelis eine schnelle Wendung. Vier Männer waren herangekommen, alle hatten sie es auf die Zügel ihres

Pferdes abgesehen. Sie ließ den Hengst abermals steigen, er keilte mit den Vorderhufen aus, die Gegner stoben auseinander. Sie tastete in ihrem Köcher nach einem zweiten Pfeil.

»*Halt!*« schrie der zweite Mann auf der Straße. »Halt, edle Aelis. Wenn Ihr noch einen von meinen Leuten verletzt, werden wir Eure Coraner töten. Denkt auch an das Mädchen. Nehmt die Armbrust herunter.«

Mit trockenem Mund und wild pochendem Herzen sah Aelis zu Ariane hinüber. Zwei der Angreifer hielten ihr verschrecktes, nervös schnaubendes Pferd mit sicherer Hand fest. Urtés Coraner lagen alle sechs am Boden und waren entwaffnet, doch bisher war offenbar keiner schwer verletzt.

»Wir sind nur an Euch interessiert«, sagte der Anführer, als habe er ihre Gedanken gelesen. »Wenn Ihr Euch fügt und mit uns kommt, wird den anderen weiter nichts geschehen. Mein Wort darauf.«

»*Mich fügen?*« fauchte Aelis, so abfällig sie konnte. »Ist dies eine Situation, in der man sich fügt? Und wieviel Verlaß ist auf das Wort eines Mannes, der so handelt?«

Sie standen auf halbem Wege zum Triumphbogen zwischen den Ulmen. Zur Rechten, auf der anderen Seeseite, lag deutlich sichtbar Talair. Und wenn sie sich umdrehte, könnte sie wahrscheinlich auch Miraval noch sehen. Der Überfall hatte in Sichtweite beider Burgen stattgefunden.

»Allzu viele Möglichkeiten habt Ihr nicht.« Der Mann trat ein paar Schritte vor. Er war mittelgroß und trug einen braunen Anzug. Sein Gesicht war – ein verwirrender Kontrast – fast gänzlich hinter einer Karnevalsmaske verborgen.

»Seid Ihr Euch im klaren, was mein Gemahl mit Euch anstellen wird?« fragte Aelis aufgebracht. »Und erst mein Vater in Barbentain? Habt Ihr auch nur eine ungefähre Vorstellung davon?«

»Ich denke schon«, sagte der Maskierte. Der Mann, den sie angeschossen hatte, hielt sich immer noch die Schulter; jetzt lief ihm das Blut über die Hand. »Es geht im wesentlichen um Geld, meine Gnädigste. Sogar um sehr viel Geld.«

»Ihr seid ein ausgemachter Narr!« fauchte Aelis. Ihr Pferd war jetzt von allen Seiten umzingelt, doch bislang hatte noch niemand nach den Zügeln gegriffen. Sie schätzte die Zahl der Angreifer auf etwa fünfzehn – ungewöhnlich, daß eine Bande dieser Größe sich so nahe an die beiden Burgen heranwagte. »Bildet Ihr Euch tatsächlich ein, Ihr würdet lange genug am Leben bleiben, um ausgeben zu können, was Ihr den beiden abgepreßt habt? Wißt Ihr denn nicht, daß man Euch gnadenlos jagen wird?«

»Das sind tatsächlich schwerwiegende Fragen«, sagte der Mann unbekümmert, »und ich kann nicht erwarten, daß Ihr Euch eingehend damit beschäftigt habt. Im Gegensatz zu mir.« Seine Stimme wurde schärfer. »Ich erwarte allerdings, daß Ihr Euch kooperativ zeigt, andernfalls wird es Verletzte geben. Auch das Mädchen könnte dazugehören. Meine Zeit ist begrenzt, edle Aelis, und meine Geduld nicht minder. Laßt die Armbrust fallen!«

Die letzten Worte waren wie ein Peitschenknall, und Aelis zuckte tatsächlich zusammen. Sie sah zu Ariane hinüber; die Kleine hatte die Augen weit aufgerissen und zitterte vor Angst. Riquier lag mit dem Gesicht nach unten im Gras. Er schien bewußtlos zu sein, aber sie konnte keine Verletzung erkennen.

»Den anderen geschieht nichts?« vergewisserte sie sich.

»Das sagte ich bereits. Ich wiederhole mich nicht gern.« Die Maske verzerrte die Stimme, ohne deren Überheblichkeit zu mildern.

Aelis ließ die Armbrust fallen. Der Anführer drehte sich ohne ein weiteres Wort um und nickte. Ein weiterer Mann trat hinter dem massiven Triumphbogen hervor. Er führte zwei Pferde am Zügel. Der Anführer schwang sich auf einen großen Grauen, der Verletzte zog sich mühsam in den Sattel einer schwarzen Stute. Niemand sonst bewegte sich. Offenbar sollten die anderen zurückbleiben und die Coraner bewachen.

»Was habt Ihr mit dem Mädchen vor?« rief Aelis.

Der Bandit drehte sich um. »Ich beantworte keine weiteren Fragen«, sagte er schroff. »Kommt Ihr jetzt freiwillig mit, oder müssen wir Euch fesseln wie ein Kalb?«

Bewußt langsam setzte Aelis ihr Pferd in Bewegung. Neben Ariane hielt sie an und sagte vernehmlich: »Kopf hoch, mein

Goldkind, sie werden es nicht *wagen*, dir auch nur ein Haar zu krümmen. Mit Rians Hilfe bin ich bald wieder bei dir.«

Dann ritt sie weiter, immer noch langsam, den Kopf hoch erhoben, die Schultern gestrafft, wie es sich für die Tochter ihres Vaters geziemte. Der Anführer schenkte ihr keine Beachtung mehr, er hatte sein Tier bereits gewendet und sich ohne einen einzigen Blick zurück in Bewegung gesetzt. Der Verletzte reihte sich hinter Aelis ein. Mit leise klirrendem Zaumzeug tauchte der kleine Zug in den kalten Schatten unter dem Triumphbogen und gelangte auf der anderen Seite wieder in den Sonnenschein hinaus.

* * *

Sie ritten fast genau nach Norden durch das junge Gras. Hinter ihnen schwenkte das Ufer des Dierne-Sees in weitem Bogen nach Osten und entschwand den Blicken. Zur Linken dehnten sich Urtés Weingärten, so weit das Auge reichte. Vor ihnen lag der Wald. Aelis schwieg, und auch von den Maskierten sprach keiner ein Wort. Als sie sich den ersten Kiefern und Balsamtannen näherten, bemerkte Aelis abseits des anscheinend nur wenig begangenen Pfades eine Köhlerhütte. Die Tür stand offen. Niemand war zu sehen, und bis auf den Hufschlag ihrer eigenen Pferde und das Zwitschern der Vögel war alles still.

Der Anführer machte halt. Er hatte sie den ganzen Ritt über kein einziges Mal angesehen und würdigte sie auch jetzt keines Blickes. »Valery«, sagte er und schaute nach beiden Seiten prüfend am Waldrand entlang. »Du mußt eine Zeitlang Wache halten, aber vorher gehst du noch zu Garnoth – er kann nicht weit weg sein – und läßt dir die Schulterwunde auswaschen und verbinden. Im Bach gibt es Wasser.«

»Was du nicht sagst«, gab der Verletzte mit tiefer Stimme und unerwartet schroff zurück. Der Anführer lachte, daß es weithin durch die Stille drang.

»Die Wunde hast du dir ganz allein selbst zuzuschreiben«, sagte er, »also beklage dich nicht.« Er schwang sich vom Pferd, dann sah er Aelis zum ersten Mal an und bedeutete ihr, ebenfalls abzusitzen. Langsam ließ sie sich aus dem Sattel gleiten.

Er wies mit übertrieben weltmännischer Geste – in dieser Lage der reine Hohn – auf den Eingang der Hütte.

Aelis sah sich um. Sie waren ganz allein, mit zufälligen Passanten war hier in der Einsamkeit kaum zu rechnen. Der Mann namens Valery – er trug eine Wolfsmaske aus grauem Fell – hatte sich bereits abgewandt, um sich auf die Suche nach diesem Garnoth zu machen – vermutlich der Köhler. Der Pfeil steckte noch immer in seiner Schulter.

Sie ging auf die Hütte zu und trat ein. Der Bandit folgte ihr, schloß die Tür hinter sich. Mit lautem Klicken schnappte der Riegel ein. Auf beiden Seiten standen die Fenster offen, um die Frühlingsluft einzulassen. Aelis ging bis in die Mitte des kleinen, spärlich möblierten Raums und stellte dabei fest, daß der Boden erst vor kurzem ausgefegt worden war. Sie wandte sich um.

Bertran de Talair, der jüngere Sohn, der Troubadour, nahm seine Falkenmaske ab.

»Bei Rians heiligen Namen«, sagte er. »Eine Frau wie du ist mir in meinem ganzen Leben noch nicht begegnet. Aelis, du warst großartig.«

Es fiel ihr nicht leicht, die strenge Miene beizubehalten, denn der Anblick seines Gesichts, das rasch aufblitzende Lächeln, an das sie sich so gut erinnerte, trafen sie wie ein Schock. Sie mußte sich zwingen, dem Blick dieser klaren, verwirrend blauen Augen standzuhalten. Schließlich war sie keine Küchenmagd, keine Schankdirne in Tavernel, daß sie ihm ohnmächtig in die Arme gesunken wäre.

»Dein Gefolgsmann ist schwer verletzt«, sagte sie scharf. »Ich hätte ihn töten können. Ich hatte doch durch Brette ausrichten lassen, daß ich vorhatte, einen Pfeil abzuschießen, wenn wir angehalten würden. Du solltest deinen Männern Anweisung geben, unter ihren Sachen ein Kettenhemd zu tragen.«

»Ich habe es ihnen gesagt.« Bertran de Talair zuckte gleichmütig die Achseln, ließ seine Maske fallen und trat an den Tisch, wo, wie Aelis erst jetzt bemerkte, Wein bereitstand. Es fiel ihr immer schwerer, sein Lächeln nicht zu erwidern oder gar laut herauszulachen, aber sie beherrschte sich.

»Ich hatte es ihnen wirklich gesagt«, wiederholte Bertran und griff nach der Weinflasche. »Aber Valery wollte nicht hören. Er kann Harnische nicht leiden. Angeblich schränken sie ihn in seiner Bewegungsfreiheit ein. Aus meinem Cousin Valery wird nie ein richtiger Coraner.« Er schüttelte scheinbar betrübt den Kopf, dann sah er sich über die Schulter nach ihr um. »Grün paßt zu dir wie das Laub zu den Bäumen. Ich kann es noch gar nicht fassen, daß du hier bist.«

Jetzt war ihr wohl doch ein Lächeln entschlüpft. Aber sie bemühte sich, beim Thema zu bleiben; die Frage war wichtig. Sie hätte diesen Valery um ein Haar getötet. »Aber du hast ihm nicht gesagt, *warum* er sich wappnen sollte, richtig? Du hast ihm nicht gesagt, daß ich schießen wollte. Obwohl du wußtest, daß er neben dir stehen würde.«

Mit sicherer Hand entkorkte er die Flasche. Dann grinste er. »Beide Male ins Schwarze getroffen. Warum sind die de Barbentain eigentlich alle so gerissen? Damit macht ihr uns gewöhnlichen Sterblichen das Leben ganz ungerechtfertigt schwer. Ich dachte, es könnte ihm eine Lehre sein – Valery muß endlich lernen, meine Ratschläge zu befolgen, ohne nach Gründen zu fragen.«

»Ich hätte ihn töten können.«

Bertran füllte zwei Becher mit Wein, Silberbecher, mit Machial besetzt, in dieser Hütte völlig fehl am Platz. Wieviel man dem Köhler wohl bezahlt hatte? Schon einer von diesen Bechern war mehr wert, als der Mann in seinem ganzen Leben verdienen würde.

Bertran kam mit dem Wein auf sie zu. »Ich habe auf deine Schießkünste vertraut«, sagte er schlicht. Die einfache braune Jacke und die engen Hosen standen ihm gut, sie betonten den sonnenverbrannten Teint und das goldene Haar. Das Ungewöhnlichste waren die Augen, sie waren geradezu ein Markenzeichen der Talairs. Schon seit Generationen brach dieser Blauton reihenweise die Herzen der Frauen – und vermutlich auch vieler Männer – in Arbonne und darüber hinaus.

Sie machte keine Anstalten, ihm den Becher abzunehmen. Noch nicht. Ihr Vater war immerhin Guibor de Barbentain, der Graf von Arbonne, der Herrscher des Landes.

»Du hast im Vertrauen auf meine Schießkünste das Leben deines Cousins aufs Spiel gesetzt?« fragte sie. »Und dein eigenes noch dazu? Das kann doch nicht dein Ernst sein? Mein Pfeil hätte ebenso gut dich treffen können.«

Seine Miene veränderte sich. »Er hat mich bereits getroffen, Aelis. Beim Mittwinterfest. Die Wunde werde ich wohl mein Leben lang behalten.« Das klang ausgesprochen feierlich, ganz anders als bisher. »Bist du mir wirklich böse? Weißt du denn nicht, welche Macht du hier in diesem Raum hast?« Die klaren, blauen Kinderaugen blickten sie treuherzig an. Seine Worte, seine Stimme waren wie Musik, wie Balsam für ihre dürstende Seele.

Als sie den Becher nun doch entgegennahm, berührten sich ihre Finger, doch er bedrängte sie nicht weiter. Sie trank einen Schluck, und er folgte stumm ihrem Beispiel. Es war natürlich Talair-Wein, von den Gütern seiner Familie am Ostufer des Sees.

Mit einem abschließenden Lächeln verzichtete sie zunächst auf weitere Fragen und setzte sich auf die einzige Bank, die das Häuschen zu bieten hatte. Er nahm auf einem kleinen Holzschemel Platz, umschloß den Becher mit seinen langen Musikantenfingern und beugte sich zu ihr. An der hinteren Wand stand ein Bett, dessen war sie sich, seit sie den Raum betreten hatte, nur allzu deutlich bewußt. Welcher Köhler hatte schon ein richtiges Bett in seiner Hütte?

Urté de Miraval war weit weg. Er hetzte inzwischen in seinen geliebten Wäldern im Westen seine Pferde und Hunde bis zur Erschöpfung hinter einem Eber oder einen Hirsch her. Die Sonne fiel schräg durch das Ostfenster, warf ihre Strahlen wie ein Himmelsgeschenk auf das Bett. Bertrans Blick folgte dem ihren. Sie bemerkte es und wandte sich ab.

Und erkannte in diesem Augenblick – eine Entdeckung, die sie zutiefst überraschte –, daß er durchaus nicht so selbstsicher war, wie er sich gab. Vielleicht war das, was er eben gesagt, was die Troubadoure in ihren Liedern so oft besungen hatten, die Wahrheit: vielleicht war hier in diesem Raum doch sie, die edle Frau, die seit langem Begehrte, im Vorteil. *Selbst die Vögel hoch über dem See …*

»Was geschieht mit Ariane und den Coranern?« Sie spürte, wie ihr der schwere Wein und die Aufregung allmählich zu Kopf stiegen. Sein Haar war von der Maske zerzaust, das glattrasierte Gesicht wirkte jung und intelligent und ein klein wenig verwegen. Das Spiel mit der Minne war strengen Regeln unterworfen, doch dieser Mann würde sich nicht so leicht und ganz gewiß nicht immer bändigen lassen. Das hatte sie freilich von Anfang an gewußt.

Wie zur Bestätigung zog er, nun wieder völlig gelassen und mit sich im reinen, die Augenbrauen in die Höhe. »Sie werden den Weg nach Talair bald fortsetzen können. Meine Männer haben zwischenzeitlich wohl die Masken abgenommen und sich zu erkennen gegeben. Sie haben Essen und Wein mitgebracht für einen Imbiß im Freien. Ramir war auch dabei, hast du ihn erkannt? Er hat seine Harfe bei sich, und ich habe erst letzte Woche eine Ballade über ein Maskenfest am Triumphbogen geschrieben. Meine Eltern werden von dem Auftritt nicht begeistert sein, ebenso wenig dein Mann, könnte ich mir denken, aber außer Valery wurde niemand verletzt, und er von deiner Hand. Im Grunde wird sich niemand vorstellen können oder unterstellen wollen, daß ich dir wirklich etwas antun oder mich gar an dir vergehen würde. Wir liefern Arbonne einen Skandal, über den es sich einen Monat lang entrüsten kann, aber mehr auch nicht. Die Sache war sorgfältig geplant«, schloß er. Sie hörte den Stolz in seiner Stimme.

»Es sieht so aus«, murmelte sie. *Einen Monat lang, aber mehr auch nicht? Abwarten, edler Herr*. Sie suchte sich auszumalen, wie ihre Mutter sich in dieser Situation verhalten hätte. »Wie hast du Brette in Miraval überreden können, dir zu helfen?« fragte sie, um Zeit zu gewinnen.

Er lächelte. »Brette de Vaux und ich sind zusammen aufgewachsen. Wir haben gemeinsam eine ganze Reihe… von Abenteuern bestanden. Das hat mich ermutigt, mich an ihn zu wenden, damit er mir…«

»Bei einem weiteren Abenteuer behilflich wäre?« Jetzt hatte sie den richtigen Ton gefunden. Sie stand auf. Offenbar war es gar nicht nötig, sich ihre Mutter zu vergegenwärtigen, sie wußte auch so, was sie zu tun hatte. Schließlich hatte sie in den langen Nächten des eben vergangenen Winters von nichts anderem geträumt. »Um Euch Stoff für ein neues Trinklied zu liefern?«

Auch er erhob sich, so hastig, daß er seinen Wein verschüttete. Als er den Becher auf den Tisch stellte, sah sie seine Hand zittern.

»Aelis«, sagte er leise, und seine Stimme klang rauh. »Was ich letzten Winter schrieb, war die Wahrheit. Du brauchst dich nicht selbst zu verachten. Meinetwegen nicht, und wegen keines anderen Menschen. Dies ist kein Abenteuer. Ich fürchte ...« Er zögerte, fuhr fort: »Ich fürchte vielmehr, es ist die Erfüllung meines größten Herzenswunsches.«

»Was?« Sie zwang sich, Ruhe zu bewahren, obwohl seine Worte sie im Innersten getroffen hatten. »Daß ich einen Becher Wein mit dir trinke? Wie rührend. Deine Herzenswünsche sind wahrhaft bescheiden.«

Für einen Moment war er verblüfft, doch dann veränderte sich sein Blick, ein Funke sprang über, und mit einem Mal wurden ihr die Knie weich. Wieder war sie bemüht, sich nichts anmerken zu lassen, doch er hatte rasch, allzu rasch begriffen, was sie sagen wollte. Plötzlich war es um ihre Selbstsicherheit geschehen. Nun hätte auch sie ihren Becher gern abgestellt. Statt dessen trank sie ihn leer und ließ ihn zwischen die Binsen fallen, mit denen der Fußboden bestreut war. Sie war nicht an unverdünnten Wein gewöhnt, und sie war nicht daran gewöhnt, mit einem solchen Mann allein in einem Raum zu sein.

Aelis holte tief Atem. Das Herz schlug ihr bis zum Hals. »Wir sind keine Kinder mehr«, sagte sie, »wir gehören auch nicht zum gemeinen Volk, und einen Becher Wein kann ich mit den verschiedensten Männern trinken.« Sie hob ihre schwarzen Augen zu seinen blauen und zwang sich, seinen Blick zu erwidern. Dann schluckte sie und sagte sehr deutlich: »Wir beide werden heute ein Kind zeugen.«

Bertran de Talair wich das Blut aus den Wangen. *Jetzt hat er Angst,* dachte sie. Vor ihr, vor ihrer Stellung, vor dieser Situation, die sich so rasch und unberechenbar entwickelte.

»Aelis«, begann er, sichtlich um Haltung ringend, »wenn du

als Herzogin von Miraval *und* als Tochter deines Vaters ein Kind zur Welt bringst …«

Er geriet ins Stocken. Geriet deshalb ins Stocken, weil sie, während er sprach, die Arme gehoben hatte und nun langsam und bedächtig ihr Haar löste.

Bertran verstummte. Staunendes Begehren und das schmerzliche Wissen um die möglichen Folgen spiegelten sich in seinen Zügen. Dieses Wissen mußte verschwinden. Er war für sein Alter ein viel zu erfahrener Mann; am Ende machte er jetzt noch einen Rückzieher, weil er die Konsequenzen fürchtete. Sie zog sich die letzte Elfenbeinnadel aus dem Haar und schüttelte den Kopf. Einem Wasserfall gleich ergoß sich die schwarze Flut über ihren Rücken. *Nichts konnte die Sinne mehr verwirren.* Behaupteten jedenfalls die Poeten.

Auch der Mann, der vor ihr stand, war ein Poet, von kaum geringerer Herkunft als sie selbst, und er sagte fast ein wenig verzweifelt: »Ein Kind. Bist du sicher? Woher willst du wissen, daß wir jetzt, heute …«

Da lächelte Aelis de Miraval, die Tochter des Grafen von Arbonne, das rätselhafte Lächeln aller Frauen, die ganz in sich ruhen, das uralte Lächeln der Göttin. »En Bertran«, sagte sie, »ich habe zwei Jahre auf Rians Insel im Meer verbracht. Mag sein, daß es mit der Magie bei uns hier nicht sehr weit her ist, doch wenn wir uns auf solche Dinge nicht verstehen, worauf dann?«

Und Aelis wußte – ohne lange überlegen zu müssen, was ihre Mutter getan hätte – wußte so sicher, wie sie ihre eigenen Wünsche in ihren vielfältigen Erscheinungsformen kannte, daß es der Worte nun genug waren. Sie faßte nach den Seidenbändern, die ihr grünes Kleid am Hals zusammenhielten, und zog daran. Die Seide fiel ihr auf die Hüften. Dann ließ sie die Arme sinken und stand vor ihm, wartend, darauf bedacht, den gleichmäßigen Rhythmus ihrer Atemzüge beizubehalten, so schwer ihr das plötzlich auch fiel.

Gier strahlte ihm aus den Augen, ehrfürchtige Scheu und lichterloh brennendes Verlangen. Mit diesen Augen verschlang er, was sie ihm bot, doch noch ging er nicht weiter. Und sie verstand, obwohl der Wein und das Begehren auch ihr Blut zum Sieden brachten: so, wie sie keine Schankdirne war, war er kein betrunkener Coraner, der um Mitternacht im Großen Saal irgendeines Barons ein Mädchen in eine verschwiegene Ecke drängte. Auch er hatte seinen Stolz, kannte das Gefühl der Macht aus eigener Erfahrung und war sich wohl immer noch allzu deutlich bewußt, welch unübersehbare Folgen dieser Augenblick heraufbeschwören konnte.

»Warum haßt du ihn so sehr?« fragte Bertran de Talair leise, ohne den Blick von ihrer hellen, glatten Haut, ihren schwellenden Brüsten zu wenden. »Warum haßt du deinen Gemahl so sehr?«

Die Antwort darauf fiel Aelis nicht schwer. Sie kannte sie auswendig wie einen der Zaubersprüche, die Rians Priesterinnen immer und immer wieder in die sternenhelle, vom Meeresrauschen erfüllte Finsternis der Inselnächte hineinzurufen pflegten.

»Weil er mich nicht liebt«, sagte sie.

Und dann streckte sie ihm die Hände entgegen. Seltsam spröde wirkte diese Geste, wie sie da so halbnackt vor ihm stand. Sie war die Tochter ihres Vaters, das Tor zur Macht für ihren Gemahl, die Erbin von Arbonne, doch jetzt, in diesem Raum versuchte sie nur, eine eigene Antwort auf die Kälte des Schicksals zu finden.

Er kam ihr einen, den einen notwendigen Schritt entgegen, riß sie in seine Arme, hob sie auf, trug sie zu dem Bett, das nicht dem Köhler gehörte, und legte sie in der warmen, hellen, vergänglichen Lichtflut der schräg einfallenden Sonnenstrahlen darauf nieder.

Erster Teil

Frühling

Kapitel 1

Sie hatten zum Glück nur wenig Wind. Rings um den Kahn wogte das Wasser sanft im fahlen Mondlicht. Sie hatten sich eine mondhelle Nacht ausgesucht. Das barg Gefahren, doch sie wollten sich orientieren können, wenn sie an Land gingen. Acht Ruder hoben und senkten sich so geräuschlos, wie die Männer auf den Bänken sie nur handhaben konnten. Langsam glitt der Kahn durch die Brandung den schwachen Lichtern auf der Insel entgegen, die jetzt, aus der Nähe, um vieles bedrohlicher wirkte.

Blaise hatte ursprünglich nicht mehr als sechs Männer mitnehmen wollen, denn er wußte aus Erfahrung, daß es bei solchen Operationen mehr auf Diskretion und Schnelligkeit ankam als auf die Anzahl der Leute. Doch die Coraner des Burgherrn Mallin de Baude hatten, abergläubisch, wie man in Arbonne nun einmal war, auf einem achten Mann bestanden, um, wenn alles gut ging, zu neunt zurückkommen zu können. Die Neun galt hier in Arbonne als Rians heilige Zahl, und man war unterwegs zu Rians Insel. Sogar einen abtrünnigen Priester hatte man aufgetan, der allen Beteiligten den Segen der Göttin spendete. Als Blaise die wachsamen Blicke seiner Männer spürte, war auch er zögernd vor dem betrunkenen Alten niedergekniet, hatte sich die gichtigen Hände auf den Kopf legen lassen und sich das unverständliche Gemurmel angehört, das ihrem Vorhaben auf irgendeine Weise Glück bringen sollte.

Lächerlich, dachte Blaise und zog das Ruder kräftig zu sich heran. Er hatte die Posse wohl oder übel mitgemacht, doch im Grunde erschien ihm diese nächtliche Fahrt absurd. Leider konnte man bei einem so törichten Abenteuer in Gesellschaft von Dummköpfen ebenso leicht ums Leben kommen wie bei einem verdienstvollen Unternehmen in Begleitung von achtbaren und zuverlässigen Männern.

Andererseits war Blaise von En Mallin de Baude als Ausbilder für dessen Coraner angeheuert worden, und ihm selbst kam es sehr entgegen, die ersten Monate in Arbonne in den Diensten eines kleineren Burgherrn zu verbringen, wo er in aller Ruhe die Verhältnisse in diesem der Göttin geweihten Land studieren und seine Sprachkenntnisse vervollkommnen konnte. Auch ließ sich – worauf Mallin sofort hingewiesen hatte – nicht leugnen, daß dieser Auftrag geeignet war, die Coraner von Baude zu einer Truppe zusammenzuschmieden und ihre Kampfkraft zu stärken. Vorausgesetzt, sie überlebten.

Mallin war ein Mann mit gesundem Ehrgeiz, den man durchaus respektieren konnte. Das Problem, dachte Blaise, war wohl eher Soresina, seine Frau. Und dieser irrationale Kult, den man hier in Arbonne mit der höfischen Liebe, der Minne trieb. Blaise war aus vielen triftigen Gründen nicht besonders begeistert von den derzeitigen Verhältnissen in seiner Heimat Gorhaut, doch die frauenbesessene Kultur der Troubadoure und ihrer Joglares, die allesamt nichts Besseres zu tun hatten, als die Gattinnen irgendwelcher Adeliger mit ihren Liebesliedern anzuschmachten, war weltfremder als alles, was ihm im Norden je untergekommen war. Wenn man, in Corannos' Namen, wenigstens die Jungfrauen besungen hätte, aber in Arbonne konnten anscheinend nur verheiratete Frauen zum Gegenstand dichterischer Leidenschaft werden. Maffour, der gesprächigste von den Coranern, hatte ihm einmal erklären wollen, warum das so war, doch Blaise hatte gar nicht zugehört, es interessierte ihn nicht. Man mußte schon so vieles wissen, um in dieser Welt zu überleben; er dachte gar nicht daran, sich mit der nutzlosen Spreu einer so offensichtlich albernen Kultur zu belasten.

Die Lichter der Insel waren noch näher gekommen. Vorn im Bug flüsterte einer der Coraner – natürlich Luth, wer sonst? – nervös ein Stoßgebet. Blaise kräuselte unter seinem Bart verächtlich die Lippen. Er hätte Luth am liebsten auf dem Festland zurückgelassen. Mit dem Mann war so gut wie nichts anzufangen, er taugte höchstens dazu, den Kahn zu bewachen, nachdem sie ihn an Land gezogen hatten, und selbst dabei bestand die Gefahr, daß er sich beim ersten Eulenschrei, beim

Anblick einer Sternschnuppe oder bei einem jähen Windstoß, der durch die Bäume fuhr, die Hosen naßmachte. Kein anderer als Luth war natürlich auch vorhin, als sie in See stachen, mit dem Ammenmärchen von den Seeungeheuern – riesigen Geschöpfen mit Höckern, Schuppen und mannsgroßen Zähnen – angekommen, die angeblich alle Zufahrten zu Rians Insel bewachten.

Blaise sah dagegen ganz reale Gefahren, längst nicht so poetisch, aber durchaus ernstzunehmen: Pfeile und Messer nämlich, mit denen wachsame Rian-Priester und -priesterinnen fremde Männer davon abhalten könnten, sich widerrechtlich und mit finsteren Absichten bei Nacht auf die heilige Insel der Göttin zu schleichen.

Wobei die fraglichen Absichten sehr klar umrissen waren: es galt, einen gewissen Troubadour namens Evrard, der sich in einem Anfall rechtschaffener Empörung freiwillig auf Rians Insel in die Verbannung begeben hatte, zur Rückkehr zu überreden.

An sich war das Ganze einfach lachhaft, dachte Blaise und ruderte energisch weiter, während der salzige Gischt ihm Haar und Bart benetzte. Nur gut, daß Rudel nicht hier war. Er konnte sich lebhaft vorstellen, was sein portezzanischer Waffengefährte zu diesem Wahnwitz gesagt hätte. Rudels Gelächter und seine bissig-vernichtenden Kommentare zur gegenwärtigen Situation gellten ihm geradezu in den Ohren.

Die Geschichte war im Grunde ganz einfach – eine logische Folge, wie Blaise im Großen Saal von Baude verkündet hatte, der törichten Minnerituale hier im Süden. Er wußte zwar, daß er sich mit solchen Aussprüchen nicht unbedingt Freunde machte, aber das kümmerte ihn nicht weiter. Auch in Gorhaut war er in der letzten Zeit, bevor er fortgegangen war, nicht sonderlich beliebt gewesen.

Wie sollte ein ehrlicher Mann aber auch begreifen, was sich vor einem Monat auf Kastell Baude zugetragen hatte? Evrard von Lussan, nach allem, was Blaise gehört hatte – er selbst maßte sich ganz gewiß kein Urteil über literarische Ergüsse an, für ihn war ein Schreiberling wie der andere –, ein Troubadour von eher bescheidenen Fähigkeiten, hatte geruht, die im südwestlichen Hochland gelegene Burg Baude für eine Saison mit seiner Anwesenheit zu beglücken. Wie die Dinge hier lagen, war sein Besuch für En Mallin de Baude eine große Ehre: ein kleiner Baron in einer abgelegenen Burg konnte nur selten einen Troubadour – ob fähig oder nicht – über längere Zeit zu seinen Gästen zählen. Soweit leuchtete Blaise die Sache noch ein.

Aber Evrard hatte natürlich, kaum daß er im warmen Nest saß, nichts Besseres zu tun, als sich in Soresina zu verlieben und seine Wecklieder, seine Liensennes und seine verschlüsselten Trobars nur noch ihr allein zu widmen. Auch das lag hier in der Natur der Sache, nur dazu war der Troubadour gekommen. Allerdings hatte es, so Blaises gehässiger Kommentar, noch einen weiteren und wesentlich prosaischeren Anreiz gegeben, eine stattliche Monatsgage nämlich, die Mallin aus seinen Gewinnen beim Wollverkauf auf dem letzten Herbstmarkt in Lussan finanzierte. Der Troubadour schwärmte seine Angebetete zwar nicht unter ihrem richtigen Namen an – auch das war in Arbonne Tradition –, dennoch wußte im Umkreis der Burg und erstaunlicherweise bald auch im ganzen Land alles, was Rang und Namen hatte, daß Evrard von Lussan, der Troubadour, der Schönheit und dem Liebreiz der jungen Soresina de Baude, die irgendwo im Hochland vor den Gebirgspässen nach Arimonda in ihrer Burg versauerte, rettungslos verfallen war.

Mallin war geschmeichelt; das gehörte zum Spiel. Ein liebeskranker Troubadour, der die Gemahlin des Barons pries, das paßte genau zu den Träumen von Macht und Wohlstand, denen Mallin so sehnsüchtig anhing.

Soresina fand das alles natürlich unbeschreiblich aufregend. Blaise war ihr gegenüber nicht objektiv. Er hielt sie bei aller Schönheit für eine dumme und eitle Person, die immer wieder in Krisen dieser Art hineinschlittern würde. Wenn es nicht dieser Zwischenfall gewesen wäre, dann ganz sicher ein anderer. Frauen wie Soresina gab es auch in seiner Heimat, aber in Gorhaut hatte man sie doch um einiges besser im Griff. Schon allein deshalb, weil man sich als Ehemann die Konkurrenten nicht noch eigens auf die Burg holte, damit sie die eigene Frau umwarben. Maffour mochte ihm über die strengen Regeln des Minnedienstes erzählen, was immer er wollte, Blaise war nicht blind und wußte, was ein Verführungsversuch war.

Soresina hegte zwar – was ihren Gemahl sicher sehr beruhigte – ganz offensichtlich keinerlei romantische Gefühle für den neuen Gastpoeten, aber das hielt sie nicht davon ab, Evrard bei jeder Gelegenheit zu provozieren, und an Gelegenheiten herrschte in der kleinen, engen Burg wahrhaftig kein Mangel.

Mallins blonde Gemahlin zeichnete sich durch üppige Formen und ein ansteckendes Lachen aus, und ihre Familie war wesentlich vornehmer als die ihres Gatten: gerade letzteres war geeignet, die Liebesglut der Troubadoure noch weiter anzufachen, wie Maffour es recht hochtrabend formulierte. Blaise hatte unwillkürlich lachen müssen; es klang alles so schrecklich gekünstelt. Was Rudel mit seiner spitzen Zunge dazu gesagt hätte, war nicht schwer zu erraten.

Inzwischen war der vielgepriesene Frühling des Südens nach Arbonne gekommen. Fast über Nacht waren auf Wiesen und Berghängen rings um Kastell Baude die Blumen aus dem Boden geschossen. Auf dem Paß nach Arimonda sollte bereits die Schneeschmelze eingesetzt haben. Der Lenz entzündete nicht nur die Leidenschaft in den Versen des Dichters, er beflügelte auch den rhythmischen Gesang der Joglares, die sich nun ebenfalls in Baude einfanden – gefüllte Fleischtöpfe sprachen sich rasch herum. Manch ein Coraner oder Diener auf der Burg war den Troubadouren und Sängern insgeheim dankbar, erzeugten sie doch eine Atmosphäre knisternder Erotik, die viele der amourösen Abenteuer in Küche und Gesellschaftsräumen und draußen in Wald und Flur erst ermöglichte.

Nur Evrard kam keinen Schritt voran, was bei seiner kümmerlichen Gestalt, seinen gelben Zähnen und seinem schütteren Haar nicht verwunderlich war. Dabei wurden den hehren Traditionen zufolge die Troubadoure von den gebildeten Damen des Adels einzig und allein um der Kunst willen geliebt, der sie sich mit Leib und Seele verschrieben hatten. Körpergröße oder Haarpracht spielten dabei keine Rolle.

Bedauerlicherweise schien Soresina de Baude sich nicht viel

aus solch hehren Traditionen zu machen, jedenfalls nicht in diesem Zusammenhang. Sie bevorzugte Männer, die aussahen wie die streitbaren Coraner heroischerer Tage. Das hatte sie Blaise kurz nach seiner Ankunft ganz deutlich gesagt und dabei in aller Unschuld seinen hünenhaften Athletenkörper gemustert, um dann in gespielter Befangenheit den Blick abzuwenden. Blaise war in dieser Hinsicht freilich einiges gewöhnt, und so hatte sie ihn weder überraschen noch reizen können. Er wurde von Mallin bezahlt, und in diesem Punkt waren seine Moralbegriffe sehr streng.

Evrard von Lussard gelang in diesem Frühling ein Meisterstreich. In kurzen Worten: der Troubadour hatte eines Nachts mit den Coranern gezecht und sich eine gehörige Menge Miraval-Rotweins einverleibt, worauf er den Entschluß faßte, die glühende Leidenschaft in seinen Versen auf nicht ganz so leidenschaftliche Weise in die Tat umzusetzen.

Inspiriert von einer seiner eigenen Balladen und dem besonders mitreißenden Vortrag eines Joglars, war der Troubadour mitten in der Nacht aus seinem Bett gekrochen und durch den dunklen Korridor und die Treppe hinauf zu Soresinas Zimmer gestolpert. Zum Unglück für alle Beteiligten war die Tür nicht verschlossen. Mallin, ein junger, gesunder Mann, ausreichend groß und sehr darauf erpicht, einen Erben zu zeugen, hatte seine Frau erst kurz zuvor verlassen und sein eigenes Lager aufgesucht.

Der vom Wein berauschte, von Versen trunkene Poet hatte die pechschwarze Kemenate betreten, sich zum Himmelbett vorgetastet und die liebessatte, schlafende Frau – die dank seiner Bemühungen ohnehin in ganz Arbonne Tagesgespräch war – auf den Mund geküßt.

Im nachhinein wurde Soresinas Verhalten sehr unterschiedlich bewertet. Ariane de Carenzu, Herrin des Minnegerichts, seit die Gräfin, ihre Tante, von diesem Amt zurückgetreten war, hatte angekündigt, daß man den Fall im Lauf des Jahres verhandeln würde. Seither hatte sich offenbar jeder, mit dem Blaise ins Gespräch kam, ob Mann oder Frau, in der Burg oder außerhalb, zu diesem in seinen Augen unvermeidlichen und völlig belanglosen Vorfall eine eigene Meinung gebildet.

Jäh aus ihren postkoitalen Träumen gerissen, hatte Soresina – was je nach Standpunkt ganz natürlich oder sehr bedauerlich war – geschrien, daß es durch die ganze Burg zu hören war, und ihren glühenden Verehrer damit zu Tode erschreckt. Sobald sie ihn erkannte, hatte sie ihn aufs wüsteste als ungehobelten Flegel beschimpft, der öffentlich ausgepeitscht gehöre.

Worauf Evrard von Lussan, im Innersten seiner allzu empfindsamen Seele verletzt, Kastell Baude noch vor Sonnenaufgang verlassen und sich schnurstracks ins nächstgelegene Kloster der Göttin begeben hatte, um dort die erforderlichen Weihen zu empfangen. Dann war er zur Küste weitergezogen und hatte sich zu Rians Insel übersetzen lassen, um sich fern von jener Burg, wo man ihm das großzügige Geschenk seiner Kunst so schmählich vergolten hatte, vom Undank der Frauen zu erholen.

Die Insel bot ihm Schutz vor den Stürmen der weiten Welt, und nach einiger Zeit hatte er sich so weit beruhigt, daß er imstande war, zum Zeitvertreib Hymnen an die Göttin sowie einige – fraglos witzige – Spottlieder auf Soresina de Baude zu verfassen. Natürlich kam ihr Name darin nicht vor – er hielt sich an die Regeln –, aber da er bei dem Namen blieb, unter dem er zuvor ihre wohlgeformten Glieder und ihre feurigen, schwarzen Augen gepriesen hatte, blieb niemand in ganz Arbonne im Zweifel darüber, wer gemeint war. Mallin war tief betroffen. Die Studenten in Tavernel hätten, wie er Blaise erklärte, die Lieder begeistert aufgenommen und dichteten immer neue Strophen dazu.

Nachdem das ein paar Wochen so gegangen war – seine Frau wurde immer mehr zum Gespött, der Name seiner Burg wurde in einem Atemzug mit rüpelhaftem Benehmen genannt, und die versöhnlichen Briefe, die er Evrard auf die Insel schickte, blieben demonstrativ unbeantwortet – entschloß sich En Mallin de Baude zu einer drastischen Reaktion.

Wäre Blaise an seiner Stelle gewesen, er hätte den Dichter wahrscheinlich töten lassen. Mallin de Baude war immerhin von Adel, wenn auch nicht aus den höchsten Kreisen; Evrard von Lussan dagegen – jedenfalls aus Blaises Sicht – nicht mehr als ein Schnorrer auf Wanderschaft. In Gorhaut wäre eine

Fehde, ja, selbst ein Streit zwischen diesen beiden Männern undenkbar gewesen. Aber man war ja in Arbonne, wo die Frauen herrschten und die Troubadoure das gesellschaftliche Leben in einem Ausmaß beeinflußten, wie man es sich anderswo niemals hätten träumen lassen.

Mallin entschied sich für eine andere Lösung. Er befahl Blaise und seinen Coranern, bei Nacht und Nebel zur Insel der Göttin überzusetzen und Evrard zu entführen. Der Baron konnte das Unternehmen natürlich nicht persönlich leiten, obwohl Blaise ihm immerhin zutraute, daß er das gern getan hätte. Doch Mallin mußte sich aus dem Abenteuer heraushalten. Falls das Wagnis scheiterte, mußte er sagen können, seine Coraner hätten ohne sein Wissen und seine Einwilligung gehandelt, um dann zum nächsten Rian-Tempel zu eilen und in angemessener Weise seine Zerknirschung zu bekunden. Dabei kam es ihm vermutlich sehr gelegen, daß Baudes Coraner gerade in diesem Jahr von einem Söldner aus Gorhaut angeführt wurden, der Rian nicht verehrte, und dem folglich jedermann einen derartigen Frevel zutrauen würde. Diese Überlegung äußerte Blaise zwar nicht laut, aber er störte sich auch weiter nicht daran. Dergleichen gehörte in gewissen Kreisen einfach dazu, er hatte es oft genug erlebt.

Tief bestürzt über die verheerenden Folgen ihres ungewollten Aufschreis und des darauffolgenden Wutausbruchs, hatte sich Soresina bereits bei einer Reihe von Damen aus der Nachbarschaft, die mit den Sitten und Gebräuchen der Dichter mehr Erfahrung hatten, aufs eingehendste informiert, wie sie Evrard bei seiner Rückkehr zu empfangen habe.

Immer vorausgesetzt, daß Blaise und seine Coraner die Insel überhaupt erreichten. Daß sie ihn fanden. Daß er zur Rückkehr bereit war. Daß nicht die riesigen, gräßlichen Seeungeheuer aus Luths Alpträumen im bleichen Mondlicht neben dem Kahn auftauchten und ihn mit Mann und Maus in die schwarzen Tiefen hinabzogen.

»Haltet auf die Kiefern zu«, murmelte Hirnan, der im Bug saß und das Steuer führte, und warf einen Blick hinter sich auf die schemenhaft erkennbare Insel. »Und seid um Corannos' willen leise!«

»Luth«, fügte Blaise flüsternd hinzu, »von jetzt an will ich nichts mehr von dir hören, bis wir wieder auf dem Festland sind. Beim ersten Laut schneide ich dir die Kehle durch und werfe dich über Bord.«

Luth schluckte vernehmlich. Blaise beschloß, seine Drohung deshalb noch nicht wahrzumachen. Wie dieser Mann jemals in den Corannos-Orden hatte aufgenommen werden können, war ihm unbegreiflich. Luth war kein schlechter Bogenschütze, Fechter oder Reiter, aber man sollte doch auch hier in Arbonne wissen, daß zu einem Coraner, einem Krieger des Gottes, noch etwas mehr gehörte. Galten denn die alten Maßstäbe nicht mehr? Hatte diese korrupte, degenerierte Welt jeglichen Stolz verloren?

Wieder warf er einen Blick über die Schulter. Sie waren jetzt dicht vor dem Ziel. Die Kiefern befanden sich auf der Westseite der Insel, fernab von den Sandstränden im Norden, hinter denen sie die Lichter der drei Tempel und des Wohnkomplexes sehen konnten. Hirnan, der bereits einmal hiergewesen war – er hatte nicht gesagt, warum, und Blaise war nicht in ihn gedrungen – hielt es für aussichtslos, an einem dieser Strände unbemerkt landen zu wollen. Rians Diener hüteten ihre Insel gut, sie hatten in früheren Zeiten mehr zu fürchten gehabt als einen Kahn voller Coraner auf der Suche nach einem Dichter.

Man mußte es eben an einer schwierigeren Stelle versuchen, etwa dort, wo der Kiefernwald nicht vom Sand zurückgedrängt wurde, sondern von steilen Riffen und dicken Felsblöcken im Meer. Sie hatten Seile mitgebracht, und alle Coraner, auch Luth, waren geübte Kletterer. Kastell Baude lag hoch oben in den südwestlichen Bergen. Wer dort Dienst tat, war mit Klippen und Schroffen vertraut.

Mit dem Meer war es anders. Hirnan und Blaise waren die einzigen, die sich auf dem Wasser heimisch fühlten, und so lag es nun bei Hirnan, das Boot zwischen den scharfen, teilweise im Schatten liegenden Felsen hindurch so dicht ans Ufer zu manövrieren, daß sie an Land gehen konnten. Wenn sie nichts Besseres fänden als eine kahle Felswand, so hatte Blaise ihm anvertraut, hätten sie so gut wie keine Chance. Nicht bei Nacht, nicht, wenn jedes Geräusch verboten war, nicht, wenn sie hinterher auch noch den Dichter mitschleppen müßten. Und außerdem ...

»*Rudern einstellen!*« zischte er. Neben ihm fauchte Maffour den gleichen Befehl. Eilends wurden acht Ruder aus dem Wasser gehoben, die Männer saßen wie erstarrt, lautlos schwamm das Boot weiter auf die Insel zu. Das Geräusch wiederholte sich, es war näher gekommen. Blaise hatte sich geduckt, starrte reglos in die Nacht hinein, suchte im Mondlicht nach dem dazugehörigen Boot.

Dann sah er es. Ein schwarzes Segel war um die Insel herumgeglitten und zeichnete sich vor dem Sternenhimmel ab. Die acht Männer im Kahn hielten den Atem an. Der Segler bewegte sich auf einer kreisförmigen Bahn, aber sie befanden sich innerhalb davon, nahe – gefährlich nahe – an der Felsküste. Falls jemand im schwachen Schein des Mondes in ihre Richtung blickte, würde er sie von der schwarzen, klobigen Inselsilhouette höchstwahrscheinlich nicht unterscheiden können; außerdem schauten die Wächter wohl ohnehin nach außen. Blaise lockerte seinen Griff um das Ruder, als das kleine Boot – im Mondlicht ein wunderschönes Bild – quer zum Wind vor ihnen vorbeifuhr.

»Die Göttin sei gelobt!« kam es Luth, der neben Hirnan im Bug saß, unwillkürlich über die Lippen.

Blaise hätte sich ohrfeigen können, weil er den Mann nicht neben sich gesetzt hatte. Wütend sah er sich nach ihm um. Doch Hirnan hatte seinen Rudergefährten bereits blitzschnell am Arm gepackt, um ihn – leider zu spät – mit schmerzhaftem Druck zum Schweigen zu bringen.

»Autsch!« rief Luth. Laut. Auf dem Wasser. In dieser Totenstille.

Blaise schloß die Augen. Einen Moment lang blieb noch alles ruhig, dann ließ sich auf dem Segelboot eine strenge Männerstimme vernehmen:

»Wer ist da! In Rians Namen, gebt euch zu erkennen!«

Blaise überlegte fieberhaft. Das andere Boot schwenkte bereits herum. Nun hatten sie nur noch zwei Möglichkeiten. Entweder sie ruderten, in der Hoffnung, den Wächtern auf dem nächtlichen Meer entwischen zu können, möglichst schnell zurück. Niemand wußte, wer sie waren; vielleicht konnten sie unerkannt entkommen. Aber das Festland war weit, und acht Ruderer hatten nur geringe Aussichten, einem Segler davonzufahren. Außerdem, dachte Blaise, war dieses Boot vielleicht nicht das einzige und bekam bald Verstärkung.

Aufgeben war ohnehin nicht nach seinem Geschmack.

»Einfache Fischer, Euer Gnaden«, piepste er mit zittriger Stimme. »Meine Brüder und ich wollten nur ein paar Leuchterfische fangen. Tut uns sehr leid, daß wir so weit abgetrieben wurden.«

Dann senkte er die Stimme und fauchte: »Rasch, drei Seile über Bord! Haltet sie so, als hinge ein Netz daran. Hirnan, wir beide gehen ins Wasser.« Während er noch sprach, schlüpfte er bereits aus den Stiefeln und legte sein Schwert ab. Ohne lange zu fragen, folgte Hirnan seinem Beispiel.

»Es ist verboten, ohne Genehmigung so dicht an die Insel der Göttin heranzufahren. Rians Fluch wird Euch treffen«, schallte die tiefe Stimme stolz und feindselig über das Wasser. Das Boot drehte sich immer noch. Im nächsten Moment würde es direkt auf sie zugefahren kommen.

»Es sollte keine Toten geben«, wisperte Maffour, Blaises Nebenmann.

»Ich weiß«, zischte Blaise. »Tut, was ich euch sage. Bietet ihnen einen Anteil am Fang. Los jetzt, Hirnan!«

Mit den letzten Worten schwang er beide Beine über die niedrige Bootswand und ließ sich lautlos ins Wasser gleiten. Hirnan balancierte seine Bewegungen auf der anderen Seite exakt aus. Das Meer war schauerlich kalt. Immerhin war es Nacht, und der Frühling hatte eben erst begonnen.

»Mein Bruder spricht die Wahrheit, Euer Ehren, wir wollten die Grenze nicht überschreiten«, schallte Maffours Stimme unterwürfig durch die Nacht. »Wir sind auch gern bereit, unseren Fang mit Rians heiligen Dienern zu teilen.«

Auf dem anderen Boot blieb es still, fast so, als habe jemand mit einer plötzlichen Versuchung zu kämpfen. Darauf war Blaise nicht gefaßt. Von rechts sah er Hirnans schwarzen Kopf auf sich zukommen. Er winkte mit der Hand, dann schwammen sie gemeinsam leise dem anderen Boot entgegen.

»Seid ihr verrückt?« tönte jetzt, kalt wie die Wasser des Meeres, die Stimme einer Frau vom Segelboot herüber. »Glaubt ihr, euer widerrechtliches Eindringen in die Gewässer der Göttin mit ein paar Fischen vergessen machen zu können?«

Blaise schnitt eine Grimasse. Daß die Priesterinnen der Göttin strenger waren als die Priester, war ihm nicht verborgen geblieben, obwohl er noch nicht lange in Arbonne weilte. Im Segelboot wurde Feuer geschlagen. Blaise fluchte innerlich. Gleich darauf zündete jemand eine Laterne an. Rötlichgelber Schein fiel auf das Wasser, reichte aber nicht sehr weit. Hoffentlich besaßen die sechs Coraner im Kahn Verstand genug, die Köpfe unten zu behalten und die Gesichter abzuwenden. Er winkte Hirnan zu sich heran. Lautlos Wasser tretend, legte er den Mund an das Ohr des anderen und erklärte ihm, was er vorhatte.

* * *

Roche der Priester hielt die Laterne hoch und spähte in die Nacht hinein, während Maritte das Schiffchen steuerte. Auch mit der Flamme war die Sicht im fahlen weißen Schein des zunehmenden Mondes schlecht. Das Boot, auf das sie zutrieben, sah genauso aus wie die Kähne der Küstenfischer, und er konnte auch die Leinen der Schleppnetze an der Seite erkennen, dennoch, irgend etwas war ihm bei der Sache nicht geheuer. Schon, daß es so viele Männer waren. Er zählte mindestens fünf. Wo wollten sie denn den Fang unterbringen, wenn sie den ganzen Kahn voller Menschen hatten? Roche war am Meer aufgewachsen und wußte Bescheid, wie man Leuchterfische fing. Außerdem aß er die saftigen Leckerbissen, die so schwer zu finden waren, für sein Leben gern, deshalb wäre er zu seiner Schande auch fast schwach geworden, als man ihn mit einem Anteil am Fang zu ködern suchte. Maritte stammte aus den Bergen und blieb von solchen Anfechtungen unberührt. Manchmal schien es ihm, als kenne sie keinerlei Schwächen. Er würde es nicht unbedingt bedauern, wenn ihr gemeinsamer Dienst nächste Woche endete, obwohl er die drei Nächte im gemeinsamen Bett, die sie wie vorgeschrieben absolviert hatten, nicht bereute. Er hätte gern gewußt, ob sie empfangen hatte. Wie würde ein Kind von ihnen beiden wohl aussehen?

Es schien tatsächlich ein Fischerkahn zu sein. Wahrscheinlich nur deshalb voll besetzt, weil sie sich sonst nie so nahe an die Insel herangewagt hätten. Solche Übergriffe waren keine Seltenheit. Die tiefen Gewässer rings um Rians Insel waren für ihre Leuchterfischvorkommen berühmt. Ein Jammer, dachte er manchmal – wohl wissend, daß er sich mit solchen Gedanken gefährlich dicht an der Ketzerei bewegte –, daß alle Fische, ja, überhaupt alle Tiere auf der Insel und in ihrem Umkreis der Göttin in der Gestalt der Großen Jägerin geweiht und deshalb vor den Nachstellungen der Sterblichen geschützt waren.

Man konnte es Arbonnes Fischern wirklich nicht verdenken, wenn sie gelegentlich der Versuchung erlagen und sich näher an die Insel heranwagten, als sie eigentlich sollten. Die seltene Köstlichkeit war eben allzu verlockend. Er wollte sich schon Maritte zuwenden, um sich im Geist der göttlichen Barmherzigkeit dementsprechend zu äußern, doch dann hielt er sich zurück. Schließlich wußte er schon im voraus, was sie antworten würde, sie, die in den Bergen geboren und hart war wie Stein. Außer im Dunkeln, wenn das Feuer der Leidenschaft sie überkam. Hinterher war sie erstaunlich anschmiegsam gewesen. Die drei Nächte konnte ihm niemand mehr nehmen, ganz gleich, wie sie jetzt auf seinen Vorschlag reagierte.

In diesem Augenblick sagte Maritte plötzlich brüsk: »Roche, das sind keine Fischer. An den Tauen hängen keine Netze! Wir müssen ...«

Den Rest hörte Roche, der Inselpriester, nicht mehr, denn als er sich rasch vorbeugte, um den Kahn genauer in Augenschein zu nehmen, wurde er aus dem kleinen Boot gezogen. Die Laterne flog ihm aus der Hand und erlosch zischend in der kalten See.

Nicht einmal schreien konnte er, denn der Aufprall auf dem Wasser war so heftig, daß ihm die Luft wegblieb. Während er noch verzweifelt nach Atem rang, rollte eine Welle über ihn hinweg, Salzwasser schwappte ihm in den Mund, er hustete und würgte. Jemand hielt ihn von hinten wie in einem

Schraubstock fest. Roche keuchte und japste weiter. Endlich waren seine Lungen wieder frei.

Mehr als ein einziger, normaler Atemzug war ihm freilich nicht vergönnt, dann bekam er, als habe man nur darauf gewartet, einen Dolchgriff gegen die Schläfe, und vergaß alles um sich herum, das eiskalte Wasser wie den herrlichen Mondschein. Nur eines fiel ihm noch auf, bevor es schwarz um ihn wurde: er hatte keinen Ton von Maritte gehört.

* * *

Als Blaise den bewußtlosen Priester mit Hirnans Hilfe ins Boot zurückhievte, fürchtete er einen Moment lang, der andere könnte, um keinen Fehler zu begehen, zu fest zugeschlagen und die Frau getötet haben. Etwas unbeholfen kletterte er ins Segelboot, um sich zu vergewissern, daß sie noch lebte. Doch Hirnan hatte den Schlag richtig bemessen. Sie würde ein paar Tage lang eine Beule von der Größe eines Corfe-Eis an der Schläfe haben. Blaise nahm sich die Zeit, dem anderen anerkennend auf die Schulter zu klopfen. Untergebene schätzten solche Gesten, darin hatte er Erfahrung – auf allen Stufen der Leiter.

Das Segelboot war gut in Schuß und mit allem Nötigen, vor allem mit genügend Tauen, aber auch mit Decken gegen die Nachtkälte und einem besonders ausgiebigen Proviantvorrat versehen. Der Priester war wohl nicht umsonst so wohlgenährt. Blaise streifte dem Bewußtlosen das nasse Hemd ab und wickelte ihn in eine von den Decken. Dann wurden der Mann wie die Frau gefesselt und geknebelt, aber nicht fest genug, um bleibende Schäden zu hinterlassen, und schließlich steuerte Blaise das Boot auf den Kahn mit seinen Leuten zu.

»Maffour«, sagte er leise. »Du übernimmst hier das Kommando. Folgt uns. Wir fahren voraus und suchen einen Landeplatz. Luth, dir kann ich nur raten, dir selbst das Leben zu nehmen, denn wenn ich dich in die Finger bekomme, wird es unangenehmer für dich.« Luth stöhnte erschrocken auf, und Blaise war zufrieden. Der Mann glaubte ihm aufs Wort. Hirnan, der neben ihm im Segelboot stand, ließ ein Schnauben hören, das bei aller Brummigkeit belustigt klang. Blaise entdeckte überrascht, daß er sich in einer altvertrauten Situation befand: Zwei gleichwertige Männer, die sich gegenseitig respektierten, führten einen gefährlichen Auftrag aus.

Ja, es war gefährlich, und die Gefahr war sehr viel größer geworden, seit sie mit zwei von Rians Priestern so rüde umgesprungen waren. Und daß sie soeben das erste Hindernis erfolgreich beseitigt hatten, änderte nichts daran, daß die ganze Mission der Gipfel an Absurdität war. Dieser Meinung war Blaise noch immer, auch wenn er – er gestand es sich nur ungern ein, während er sich, naß und fröstelnd, die Arme frottierte – die letzten Augenblicke weidlich genossen hatte.

Wie so oft schien die Überwindung einer Krise das Schicksal, den Zufall oder den Gott Corannos – vielleicht auch alle drei – so gnädig zu stimmen, daß sie auch die nächste Phase eines schwierigen Unternehmens förderten. Wenige Minuten später ließ Hirnan abermals ein Schnauben hören – diesmal klang es befriedigt –, und eine Sekunde später sah Blaise den Grund dafür. Hirnan hatte das Boot möglichst dicht am Ufer entlang nach Westen gesteuert, und nun schwammen sie vor einer kleinen, von Felsen umschlossenen Bucht. Oben auf den Klippen schimmerten Baumwipfel silbern im Mondlicht, unterhalb schloß sich ein sanft geneigtes Plateau an, das schließlich in einem kleinen Riff endete. Ein nahezu idealer Landeplatz, nachdem die Strände von vornherein nicht in Frage kamen. Die Bucht eignete sich als schützendes Versteck für die beiden Boote, und der Aufstieg zum Plateau sollte für Männer, die an die Ziegensteige über den Ölgärten von Baude gewöhnt waren, wahrhaftig zu bewältigen sein.

Hirnan lotste die beiden Fahrzeuge vorsichtig zwischen den Felsen hindurch in die Bucht, holte rasch das Segel ein und machte sich mit dem Anker zu schaffen. Im Kahn schlang sich Maffour ohne ein Wort ein Seil um die Schultern, sprang auf den nächsten Felsen und kletterte flink die kleine Wand hinauf. Als er das Plateau erreicht hatte, band er das Seil an einer Kiefer fest und warf das freie Ende hinunter, damit die anderen ihm folgen konnten. *Noch ein guter Mann*, dachte Blaise, und dabei kam ihm zu Bewußtsein, daß er sich bisher nicht weiter bemüht hatte, zu einem Urteil über Mallin de Baudes Coraner zu gelangen. Innerlich gab er dem Baron wenigstens in einem Punkt recht: erst in einer echten Gefahrensituation kam zum Vorschein, was in einem Mann steckte.

Hirnan hatte den Anker ausgeworfen und wandte sich nun, eine Augenbraue fragend hochgezogen, an Blaise. Der sah auf die zwei gefesselten Priester hinab. Beide waren bewußtlos und würden nicht so bald zu sich kommen. »Wir lassen sie hier liegen«, sagte er. »Dann kann ihnen nichts geschehen.«

Die Besatzung des Kahns kletterte bereits an Maffours Seil hinauf. Die beiden warteten, bis auch der letzte Mann auf dem Plateau angekommen war, dann stieg Hirnan vorsichtig aus dem Boot, sprang über zwei schlüpfrige Trittsteine ans Ufer, hängte sich ans Seil und zog sich geschickt die Felswand empor. Blaise folgte ihm. Das nasse, salzige Tau brannte auf den Handflächen.

Auf dem Plateau hatte er zum ersten Mal, seit sie das Festland verlassen hatten, wieder festen Boden unter den Füßen. Ein unheimliches Gefühl, fast als bebe die Erde. Jäh ging ihm durch den Sinn, daß sie ohne gültige Weihe auf Rians Insel standen. Doch keinem von den anderen schien etwas aufgefallen zu sein, und im nächsten Moment grinste er über sich selbst: Im Namen des Gottes, er stammte schließlich aus Gorhaut – in seiner Heimat im Norden wurde Rian nicht verehrt. Wieso verfiel gerade er jetzt der abergläubischen Furcht, die Luth schon die ganze Nacht nicht losließ?

Der junge Giresse reichte ihm wortlos Stiefel und Schwert, Hirnans Sachen hatte Thiers mitgebracht. Gegen einen Baum gelehnt, zog Blaise sich die Stiefel an und legte den Schwertgurt um, während er angestrengt überlegte. Als er aufblickte, sah er die Augen mehrerer Männer erwartungsvoll auf sich gerichtet. Er zwang sich zu einem Lächeln.

»Luth, ich habe beschlossen, die Welt noch etwas länger mit deiner Gegenwart zu belasten«, sagte er leise. »Du bleibst mit Vanne hier und bewachst die beiden Boote. Sollten die beiden da unten Anstalten machen, wieder zu sich zu kommen, so möchte ich, daß ihr sie noch einmal schlafenlegt. Aber wenn ihr hinuntersteigt, dürfen sie eure Gesichter nicht sehen. Wenn wir sehr viel Glück haben, können wir die Insel hinterher verlassen, ohne daß einer von uns erkannt wurde. Habt Ihr verstanden?«

Offenbar ja. Luth sah so erleichtert aus, daß es fast komisch wirkte. Vanne war dagegen die Enttäuschung deutlich anzumerken – im Grunde ein gutes Zeichen, wenn er es bedauerte, den nächsten Akt zu versäumen. Aber Blaise war nicht bereit, Luth allein eine Aufgabe zu übertragen, auch wenn es sich um eine Bagatelle handelte. Er wandte sich ab.

»Hirnan, kannst du das Gästehaus finden, wenn wir die Tempelanlage erreicht haben?« Der rothaarige Coraner nickte knapp. »Dann übernimmst du die Führung!« befahl Blaise. »Ich gehe als zweiter, Maffour bildet die Nachhut. Wir bleiben alle hintereinander. Gesprochen wird nur im Notfall. Tippt euch lieber an, wenn Gefahr droht. Verstanden?«

»Eine Frage: Woher wissen wir, wo Evrard untergebracht ist?« flüsterte Maffour. »Es gibt doch sicher jede Menge Unterkünfte.«

»Stimmt«, murmelte Hirnan.

Blaise hatte sich darüber ebenfalls Gedanken gemacht, aber er zuckte nur Achseln; seine Männer brauchten nicht zu merken, daß er unsicher war. »Ich gehe davon aus, daß man ihm eine von den größeren Hütten zugewiesen hat. Die nehmen wir uns jedenfalls zuerst vor.« Unvermittelt grinste er. »Maffour kann ja reingehen und ihn mit einem Kuß aufwecken.« Die Männer lachten leise. Nur Luth kicherte schrill, beherrschte sich aber, bevor Blaise sich nach ihm umdrehen konnte.

Blaise wartete, bis wieder Ruhe eingekehrt war. Lachen baute Spannungen ab. Dann sah er Hirnan an. Der Coraner verstand, ohne daß ein weiteres Wort gefallen wäre, drehte sich um und verschwand im Heiligen Wald der Göttin. Blaise folgte ihm. Er hörte, wie sich die anderen hinter ihm einreihten, sah sich aber nicht mehr um.

Der Wald war stockdunkel und voller Geräusche: der Wind raschelte in den Blättern, kleine Tiere quiekten, ein Vogel verließ mit erschreckend lautem Geflatter seinen Ast. Die Kiefern und Eichen verdeckten den Mond, nur gelegentlich fiel – ein bezauberndes Bild – ein fahler Silberstreif schräg auf den Weg und ließ, wenn sie weitergingen, die Finsternis noch dichter erscheinen. Blaise tastete nach dem Schwert an seinem Gürtel. Sollte sich jetzt ein Raubtier auf sie stürzen, so hätten sie nur wenig Spielraum. Ob auf Rians Insel wohl irgendwelche großen Wildkatzen lebten? Die Vermutung drängte sich auf, und sie war alles andere als beruhigend.

Hirnan steuerte um Baumwurzeln herum, duckte sich unter tiefhängenden Ästen hindurch und fand schließlich einen mehr oder minder ost-westlich verlaufenden Pfad. Blaise atmete auf. Die Atmosphäre war unerwartet bedrückend. Er neigte wahrhaftig nicht zum Aberglauben, aber irgend etwas an diesem Wald, nicht nur die Furcht vor Großkatzen oder wilden Ebern, weckte in ihm das Bedürfnis, ihm möglichst rasch zu entkommen. Und das bezog sich nicht nur auf den Wald, sondern auf die ganze Insel: je früher man sie hinter sich ließ, desto besser. In diesem Moment landete ein Vogel – wahrscheinlich eine Eule oder ein Corfe – mit weichem Flügelschlag direkt über ihm auf einem Baum. Luth hätte sich wahrscheinlich in die Hosen gemacht, dachte Blaise. Er vermied es bewußt, nach oben zu schauen. Unbeirrt folgte er Hirnans schattenhafter Gestalt nach Osten, wo die Tempel der Göttin lagen. Hier im Süden wurde sie in verschiedenen Gestalten verehrt, als Jägerin und als Große Mutter, als Geliebte und als Braut und schließlich als die Nachtgestalt, die die Toten einsammelte und im Mondschein aufbahrte. *Wenn wir ganz unverdient viel Glück haben,* dachte Blaise von Gorhaut grimmig – seine Verwirrung war größer, als er sich eingestehen wollte –, *ist er vielleicht draußen und singt den Mond an.*

* * *

Und genau so war es. An sich sangen die wenigsten Troubadoure ihre Lieder selbst; die Kunst der Komposition genoß größeres Ansehen als der Vortrag des vollendeten Werks. Das Singen war Sache der Joglares, der Spielleute, die sich dabei auf verschiedenen Instrumenten selbst begleiteten. Doch hier auf Rians Insel hielt sich momentan kein Joglar auf, und

Evrard hatte es, obwohl seine Stimme nicht sehr kräftig war, stets als hilfreich empfunden, wenn er verfolgen konnte, wie sich seine Texte und Melodien entwickelten. Und er komponierte gern bei Nacht.

Sie hörten ihn, sobald sie den dunklen Wald verließen und ins Mondlicht traten. Vor ihnen lag im Schein vieler Laternen das Heiligtum. Aufatmend registrierte Blaise, daß die Gästequartiere südlich der Tempelanlage nicht mit Mauern umgeben waren; nur um die inneren Gebäude, wo vermutlich die Priester und Priesterinnen schliefen, zogen sich hohe Palisaden. Die Wehrgänge dahinter schienen nicht besetzt zu sein, jedenfalls war keine Wache zu sehen. Die Tempel lagen im vollen Mondlicht, und die drei Kuppeln erstrahlten in mildem, silberweißem Glanz.

Doch nicht die Kuppeln waren ihr Ziel. Am südlichen Ende des Heiligen Bezirks, ganz in ihrer Nähe, befand sich ein Garten. Ein leichter Wind bewegte die Palmen und trug Rosen-, Anemonen- und Lavendelduft zu ihnen herüber. Und eine Stimme.

Nimm an, o holde Göttin, meines Herzens Worte,
bewahre sie in deiner Liebe Schrein.
Dein sei'n sie wie der Gischt des Meeres und der Wälder Rauschen
Ist auch das Mondlicht in des Himmels Weiten doch auf ewig dein …

Der Sänger überlegte kurz, dann fuhr er fort:

Ist auch das Mondlicht, das herniederfällt …

Wieder kam Evrard ins Grübeln, hub aufs neue an:

Dein sind das Mondlicht und die blanken Sterne
Der monderhellte Gischt, der dunkle Hain.

Blaise sah Hirnans Blick auf sich gerichtet, sah den ironischen Ausdruck in seinem Gesicht und zuckte die Achseln. »Mallin will ihn wiederhaben«, murmelte er. »Sieh nicht mich an.« Hirnan grinste.

Blaise schob sich an ihm vorbei und schlich, ohne den schützenden Schatten am Waldrand zu verlassen, auf den Garten zu. Die dünne Stimme probierte immer neue Abwandlungen ein und desselben Motivs durch. Blaise fragte sich, ob Rians Priester und die übrigen Gäste sich von dem nächtlichen Singsang nicht belästigt fühlten. Ob Evrard es wohl jede Nacht so trieb? Nach allem, was er über ihn wußte, wäre es ihm durchaus zuzutrauen.

Sie hatten das Südende des Waldes erreicht. Nun lag zwischen ihnen und dem Palmengarten nur noch eine Grasfläche, die von den Palisaden her vollständig einzusehen war. Als Blaise sich zu Boden warf, überfiel ihn unerwartet lebhaft die Erinnerung an sein letztes derartiges Abenteuer. Es war in Portezza gewesen, und damals hatte er zusammen mit Rudel Engarro di Faenna getötet.

Nun sollte er also auf Geheiß eines kleinen, arbonnesischen Barons einen schmollenden Querkopf von einem Poeten entführen, nur damit ihm die Frau des besagten Barons einen Kuß auf die kahle Stirn – und wer weiß wohin sonst noch – drücken und ihm beteuern konnte, wie unsäglich sie es bedauere, geschrien zu haben, als er sie in ihrem Bett überfiel.

Portezza war weit. Gorhaut erst recht. Und damit alles, womit ein vernünftiger Mann sich eigentlich beschäftigen sollte. Wobei es nichts zur Sache tat, daß Blaise seine Heimat Gorhaut verabscheute und von all den Adeligen, die er in Portezza kennengelernt hatte, allenfalls einem halben Dutzend über den Weg traute.

»Thiers und Giresse – ihr wartet hier«, flüsterte er den beiden jüngsten Coranern über die Schulter hinweg zu. »Sechs Mann sind wahrhaftig nicht nötig. Sollte es Ärger geben, dann pfeift ihr wie ein Corfe. Wir werden euch hören. Maffour, du weißt, was du zu sagen hast. Besser als ich, wenn ich ehrlich bin. Wenn wir den Garten erreicht haben, gebe ich dir ein Zeichen, dann gehst du hinein und versuchst dein Glück. Wir bleiben in der Nähe.«

Eine Bestätigung wartete er nicht ab. In diesem Stadium wußte jeder halbwegs tüchtige Mann selbst, was zu tun war, und in Blaises Augen hatte dieser Auftrag ohnehin nur dann irgendeine Berechtigung, wenn er ihm Gelegenheit gab, sich einen Eindruck über die sieben arbonnesischen Coraner zu verschaffen, die ihm unterstellt waren.

Ohne sich noch einmal umzusehen, kroch er auf allen vieren durch das feuchte, kühle Gras auf die Heckenpforte zu, die in den Garten führte. Evrard quäkte noch immer; jetzt ging es um Sterne und weiße Wogenkämme.

Blaise war so zornig auf den Mann, auf sich selbst, auf das ganze, törichte Unternehmen, daß er alle Vorsicht außer acht ließ und fast von hinten in eine Priesterin hineingekrochen wäre, die halb verdeckt neben der ersten Palme am Eingang stand. Vielleicht sollte sie den Dichter bewachen, vielleicht war sie auch eine Verehrerin seiner Kunst, Blaise wußte es nicht, und er hatte auch wahrhaftig keine Zeit, sich über solche Belanglosigkeiten den Kopf zu zerbrechen. Ein Laut von dieser Frau, und sie wären alle tot.

Zum Glück hatte sie nur Augen für den singenden Poeten. Auch Blaise hatte Evrard nun entdeckt, er saß mit dem Rücken zu ihm auf einer Steinbank neben einem Gartenteich und hielt Zwiesprache mit sich selbst, mit dem stillen Wasser oder womit man als Dichter sonst Zwiesprache zu halten pflegte.

Ohne viel Federlesens sprang Blaise auf, packte die Frau von hinten und legte ihr eine Hand auf den Mund. Als sie Luft holte und zum Schreien ansetzte, verstärkte er den Druck auf Mund und Kehle. Es sollte keine Toten geben. Unnötige Gewaltanwendung war ohnehin nicht seine Sache. So hielt er, wie er es bei den Meuchelmördern von Portezza gelernt hatte, die zappelnde Frau geräuschlos fest und schnürte ihr so lange die Luft ab, bis sie in sich zusammensackte. Dann erst lockerte er vorsichtig – denn dies war ein alter Trick – den Griff. Doch hier war keine Heimtücke am Werk; die Priesterin lag schlaff in seinen Armen, eine stattliche Frau mit überraschend jungem Gesicht. Sicher keine Wächterin, befand Blaise bei genauerer Betrachtung. Wie sie wohl aus dem Heiligen Bezirk herausgekommen war? Dergleichen zu wissen, mochte eines Tages nützlich sein. Nicht daß er es eilig gehabt hätte, hierher zurückzukehren.

Er legte die Priesterin behutsam unter der Palme ab und bedeutete Maffour mit einer Kopfbewegung, den Garten zu betreten. Hirnan und Thulier kamen leise heran und fesselten die Frau im Schatten des Baumes.

Dein sei der Ruhm, hehre Rian, während wir Sterblichen
demütig wandeln im Schatten deines strahlenden Lichts,
Süßen Trost suchend im …

»Wer ist da?« rief Evrard von Lussan, ohne sich umzudrehen. Es klang eher verdrießlich als erschrocken. »Inzwischen sollte doch *bekannt* sein, daß ich bei der Arbeit nicht gestört werden will.«

»Natürlich wissen wir das, Euer Gnaden«, sagte Maffour besänftigend und trat neben den Dichter.

Blaise schob sich im Schutz der Büsche weiter. Die Scheinheiligkeit der Anrede hatte ihn zusammenzucken lassen. Evrard hatte auf den Titel ›Euer Gnaden‹ ebenso wenig Anspruch wie Maffour, aber Mallin hatte seinem redegewandtesten Coraner unmißverständliche Anweisungen gegeben.

»Wer seid Ihr?« fragte Evrard scharf und drehte sich rasch um. Maffour stand deutlich sichtbar im Mondschein. Tief geduckt schlich Blaise sich näher heran und versuchte, auf die andere Seite der Bank zu kommen. Er hatte nämlich etwas andere Vorstellungen davon, wie er die Sache zum Abschluß bringen wollte.

»Maffour von Baude, Euer Gnaden, ich bringe eine persönliche Botschaft von En Mallin.«

»Dachte ich mir doch, daß ich Euch kenne«, sagte Evrard von oben herab. »Wie könnt Ihr es wagen, mich so zu überfallen, mich aus meinen Gedanken zu reißen, meine Inspiration zu stören?« Kein Wort von Schändung des Heiligtums, widerrechtlichem Eindringen oder Lästerung der Göttin, die er eben noch mit solcher Inbrunst gepriesen hatte, dachte Blaise zynisch. Er war neben einer kleinen Statue stehengeblieben.

»Ich habe Eurem Baron und seiner flegelhaften Gemahlin nichts zu sagen und bin auch nicht in Stimmung, mir die abgedroschenen Phrasen anzuhören, die sie für mich zusammengeschustert haben mögen.« Evrards Tonfall ließ an Arroganz nichts zu wünschen übrig.

»Ich habe eine weite und nicht ungefährliche Reise hinter

mir«, redete Maffour ihm gut zu, »und Mallin de Baudes Botschaft ist aufrichtig gemeint und auch nur sehr kurz. Wollen Euer Gnaden mir nicht doch die Ehre erweisen, sie sich anzuhören?«

»Ehre?« nörgelte Evrard. »Wer auf dieser Burg hätte auch nur einen Funken Ehre im Leib? Ich habe diese Menschen über alle Maßen reich beschenkt. Mallin hat – durch meine Anwesenheit, meine Kunst – eine völlig unverdiente Aufwertung erfahren.« Seine Stimme war bedenklich laut geworden. »Was immer er in den Augen Arbonnes und der Welt an Aussichten hat, verdankte er mir. Und zum Dank dafür, zum Dank ...«

»Zum Dank dafür hat er, aus Gründen, die ich nicht zu begreifen vermag, abermals Sehnsucht nach Euch.« Blaise war rasch vorgetreten. Er hatte genug gehört.

Evrard sah ihn mit weit aufgerissenen Augen an und wollte sich gerade erheben, als Blaise zum zweiten Mal in dieser Nacht den Griff seines Dolches zum Einsatz brachte, indem er ihn mit genau berechneter Wucht auf die beginnende Glatze des Troubadours niedersausen ließ. Maffour beeilte sich, den Stürzenden aufzufangen.

»Ich kann euch gar nicht sagen«, erklärte Blaise im Brustton der Überzeugung, als Hirnan und Thulier zu ihm traten, »wie sehr ich das genossen habe.«

Hirnan knurrte: »Wir können es uns denken. Warum hat es so lange gedauert?«

Blaise grinste. »Was? Hätte ich Maffour seinen großen Auftritt verderben sollen? Diese Rede mußte ich einfach hören.«

»Dann werde ich sie Euch auf dem Rückweg noch einmal wiederholen«, murrte Maffour verdrossen. »Ohne auch nur ein einziges ›Euer Gnaden‹ auszulassen.«

»Verschone uns«, war Hirnans einziger Kommentar. Dann bückte er sich und warf sich den kleinen Troubadour scheinbar mühelos über die Schulter.

Diesmal übernahm Blaise – immer noch grinsend, aber ohne ein Wort – die Führung. Zunächst ging er zum Südende des Gartens, um die Lichter, die Palisaden, die Tempelkuppeln im Rücken zu haben, dann schlug er einen weiten Bogen und kehrte in den Schutz des Waldes zurück. Wenn schon die

Coraner eines kleinen Barons – mit einer unrühmlichen Ausnahme – so viel Tapferkeit und Besonnenheit an den Tag legten, dachte er bei sich, dann mußte er wohl in mancher Hinsicht seine Ansichten überdenken, wenn sie wieder an Land waren. Offenbar gab es neben all den Troubadouren und Joglares doch auch Männer in diesem Arbonne, so unbegreiflich es auch sein mochte, daß sie sich von einer Frau regieren ließen.

* * *

Die unrühmliche Ausnahme durchlebte die schrecklichste Nacht ihres Lebens.

In erster Linie machten Luth die Geräusche des nächtlichen Waldes zu schaffen, die selbst hier draußen auf dem Plateau an seine übersensiblen Ohren drangen und immer neue Wellen von Panik auslösten.

Das zweite Problem war Vanne, aber nicht Vanne an sich, sondern seine *Abwesenheit*. Der Coraner, den Blaise mit Luth zum Wachdienst eingeteilt hatte, war nämlich durch nichts davon abzuhalten, seinen Partner immer wieder allein zurückzulassen und am Seil hinabzuklettern, um nach den beiden Priestern im Boot zu sehen. Daneben schlich er immer wieder in den Wald und lauschte, ob etwa ihre Gefährten zurückkehrten oder – die weniger erfreuliche Alternative – irgendwelche Gefahren drohten. Bei jedem dieser Streifzüge blieb Luth eine ganze Ewigkeit sich selbst überlassen und mußte zusehen, wie er ohne moralische Unterstützung mit den Geräuschen und den verdächtigen Schatten auf dem Plateau oder am Waldrand zurechtkam.

Dabei war Luth – und darauf hätte er im Tempel der Göttin jeden Eid geschworen – im Grunde kein Feigling, auch wenn ihn nach dieser Nacht alle anderen dafür halten würden. Aber das stimmte nicht: man brauchte ihn nur in die Felsen oberhalb von Kastell Baude zu schicken, wenn sich bei einem Unwetter ganze Scharen von Dieben mit den Schafen des Barons aus dem Staub machen wollten. Er würde sie unerbittlich und sicheren Schrittes verfolgen, und wenn er sie schließlich eingeholt hatte, würde er seinen Bogen und sein Schwert gut zu gebrauchen wissen. Das hatte er auch bereits *bewiesen*, erst letzten Sommer, zusammen mit Giresse und Hirnan. Damals hatte er im Dunkeln auf einen Mann geschossen und ihn tödlich getroffen, und anschließend hatte *er* auf den schlüpfrigen Hängen die Führung übernommen und die beiden anderen nebst der Herde in Sicherheit gebracht.

Aber das hatten sie wahrscheinlich längst vergessen, und auf keinen Fall würden sie nach dieser Nacht ihre Kameraden daran erinnern. Falls überhaupt einer von ihnen die Nacht überlebte. Falls sie...

Was war das?

Luth fuhr herum, sein Herz hüpfte wie ein kleines Boot, das von einer Kreuzsee erfaßt wurde. Gerade noch rechtzeitig erkannte er Vanne, der nach einem weiteren Erkundungsgang in den Wald auf das Plateau zurückkam. Der andere Coraner sah ihn merkwürdig an, sagte aber nichts. Luth wußte ja, daß sie nicht sprechen sollten. Doch das gespannte Schweigen belastete ihn kaum weniger als das Knistern und Knacken im nächtlichen Wald.

Denn es waren nicht einfach irgendwelche Geräusche, und es war nicht irgendeine Nacht. Man befand sich hier auf Rians heiliger Insel, und er und die sieben anderen waren ohne gültige Weihe hier, ohne jede Berechtigung – das Gebrabbel eines betrunkenen Ex-Priesters war kein Ersatz für das Ritual. Und bevor sie überhaupt gelandet waren, hatten sie schon zwei Dienern der Göttin Gewalt angetan.

Luths Problem – falls man überhaupt von einem Problem sprechen konnte – war, mit wenigen Worten, daß er von ganzem Herzen und mit aller Kraft an die Macht der Göttin glaubte. Seine Großmutter, eine sehr fromme, geradezu abergläubische Frau, hatte außer Rian und Corannos noch eine ganze Reihe von Haus- und Jahresgeistern verehrt, und sie hatte gerade so viel von Magie und einfachen Zaubersprüchen verstanden, daß ihr Enkel, den sie aufgezogen hatte, den Schrecken eines Ortes wie diesem hilflos ausgeliefert war. Wäre Luth nicht so sehr daran gelegen gewesen, vor den anderen Coranern, vor seinem Baron und vor dem hünenhaften, tüchtigen und dabei so zynischen Söldner aus dem Norden,

den Mallin als ihren Anführer und Ausbilder angeworben hatte, das Gesicht zu wahren, er hätte sich gewiß irgendwie herausgeredet, als man ihn zu dieser Mission berief.

Warum hatte er das nur versäumt? dachte er nun verzweifelt. Was er mit einem Rückzieher an Ansehen verloren hätte, wäre nicht der Rede wert gewesen, verglichen mit dem gnadenlosen Spott, der ihn nach den Geschehnissen dieser Nacht erwartete. Wer hätte je für möglich gehalten, daß einen schlichte Frömmigkeit, ein kleines Dankgebet an Rian in solche Schwierigkeiten bringen konnte? Woher sollte ein Mann aus den Bergen auch wissen, wie unglaublich weit auf See alle Geräusche – selbst der leiseste Stoßseufzer! – zu hören waren? Und Hirnan hatte ihm mit seinem Zangengriff richtiggehend weh getan. Der älteste Coraner war ein Bär von einem Mann, fast so groß und kräftig wie der bärtige Nordländer, und hatte Finger wie Eisenkrallen. Wenigstens Hirnan hätte doch wissen müssen – Luth suchte sich vergeblich in eine gewisse Empörung zu flüchten – wie sehr man ihm Unrecht tat.

Wieder sprang er mit einem Satz zur Seite, stolperte und wäre fast gestürzt. Er tastete bereits nach seinem Schwert, als ihm klar wurde, daß es nur Vanne war, der da herankam. Er versuchte noch, den Anschein zu erwecken, als sei er lediglich wachsam und vorsichtig gewesen, aber der Erfolg war gering. Vanne winkte ihn mit ausdrucksloser Miene zu sich. Luth beugte sich vor.

»Ich will noch einmal nach den beiden sehen«, sagte der andere Coraner. Luth hatte es geahnt und war verzweifelt. »Du weißt ja, ein Corfe-Pfiff genügt, wenn du mich brauchst. Für mich gilt das gleiche.« Luth nickte stumm und war bemüht, nicht allzu erbarmungswürdig dreinzuschauen.

Leichtfüßig huschte Vanne über das Plateau, ergriff das Seil und ließ sich über die Kante gleiten. Das Tau ruckte noch ein paarmal hin und her, dann erschlaffte es, Vanne war unten angelangt. Luth ging zu dem Baum, an dem Maffour es festgebunden hatte, kniete davor nieder und prüfte mit kundigem Blick den Knoten. In Ordnung, lautete sein Urteil, er würde noch halten.

Als er sich aufrichtete und einen Schritt zurücktrat, stieß er gegen etwas.

Das Herz blieb ihm fast stehen, er fuhr herum. Was da vor ihm stand, ließ ihm förmlich das Blut in den Adern gefrieren. Er spitzte die Lippen zu einem Pfiff. Einem Corfe-Pfiff.

Kein Ton kam heraus. Seine Lippen waren trocken, knochentrocken, zundertrocken, trocken wie der Tod. Er öffnete den Mund zu einem Schrei, schloß ihn aber sofort wieder, als ihm ein edelsteinbesetzter, ungewöhnlich langer Krummdolch an die Kehle gehalten wurde.

Die Gestalten auf dem Plateau waren wie für einen Gottesdienst in blutrote und silberne Atlas- und Seidenroben gekleidet. Zumeist waren es Frauen, mindestens acht, aber auch zwei Männer gehörten dazu. Der halbmondförmige Dolch an seiner Kehle lag jedoch in der Hand einer Frau, das verrieten die Rundungen unter der Robe, obwohl sie eine Maske trug. Masken trugen sie alle, Raubtier- oder Vogelmasken. Ein Wolf, eine Wildkatze, eine Eule, ein Falke, und ein Corfe mit Silbergefieder und goldenen, im Mondlicht glitzernden Augen.

»Komm!« sagte die Priesterin mit dem Dolch zu Luth von Kastell Baude. Kalt und gleichgültig klang ihre Stimme durch die Nacht, wie die Stimme einer Göttin. Einer Göttin der Jagd, deren Heiligtum man geschändet hatte. Sie trug eine Wolfsmaske, und Luth bemerkte, daß auch die Finger ihrer Handschuhe wie Wolfskrallen geformt waren. »Hast du wirklich geglaubt, du könntest unentdeckt und unerkannt bleiben?« fragte sie.

Nein, hätte Luth ihr gern beteuert. *Nein, ich hatte nie geglaubt, daß es möglich wäre. Ich war überzeugt, daß man uns fangen würde.*

Doch er sagte nichts. Etwas hatte ihm die Sprache geraubt, und das Schweigen lastete tonnenschwer auf seiner Brust. Wie gelähmt vor Entsetzen, unfähig, auch nur einen einzigen, klaren Gedanken zu fassen, spürte er, wie die Klinge fast zärtlich über seine Kehle strich. Auf einen Wink der Priesterin mit der Krallenhand setzten sich seine Beine wie von selbst in Bewegung, und er stolperte inmitten von wohlriechenden Priesterinnen der Göttin, von Frauen in Raubtiermasken und in weichen, silbernen und roten Gewändern in Rians nächtlichen

Wald hinein. Hilflos taumelte er zwischen den Bäumen dahin. Mit dem bleichen Mond entschwand seine letzte Hoffnung.

* * *

Kaum hatte Blaise den Wald betreten, als er abermals dieses Zittern unter den Fußsohlen spürte. Hier auf der Insel schien die Erde zu pulsieren wie ein schlagendes Herz. Sie gingen jetzt schneller, denn sie hatten ihren Auftrag ausgeführt und wußten, daß die Priesterin vor dem Garten jeden Moment vermißt und aufgefunden werden konnte. Blaise war zurückgeblieben und hatte Hirnan, der den bewußtlosen Dichter trug, abermals die Führung überlassen. Der Coraner fand sich selbst im stockdunklen Wald mit untrüglicher Sicherheit zurecht.

Irgendwann verließen sie den Waldweg und kämpften sich abermals durch die dichten Bäume nach Norden. Unter ihren Füßen knackten dürre Äste, raschelte trockenes Laub. Nur wenig Mondlicht drang bis hierher, aber inzwischen hatten sich ihre Augen an die Dunkelheit gewöhnt, außerdem waren sie den Weg schon einmal gegangen. Blaise erkannte, ein Kuriosum zwischen all den Kiefern und Zedern, eine uralte, bizarr verkrümmte Eiche wieder.

Gleich darauf war der Wald zu Ende, sie hatten das Plateau erreicht. Der Mond stand hoch am Himmel, Maffours Seil hing immer noch am Baum. Der Weg zum Meer war frei, sie konnten der Insel entkommen.

Doch Vanne und Luth waren nirgendwo zu sehen.

Blaise wurde es unheimlich, sein Herz schlug schneller. Rasch trat er an die Felskante und spähte hinab.

Das Segelboot war verschwunden und mit ihm die zwei gefesselten Priester. Ihr eigener Kahn war jedoch noch da, und Vanne lag darin.

Mit einem wilden Fluch glitt Maffour am Seil hinab, sprang über die Felsblöcke, stieg in den Kahn und beugte sich über die reglose Gestalt.

Endlich hob er den Kopf. »Er lebt. Atmet. Ist bewußtlos. Aber ich kann keine Anzeichen für einen Schlag finden.« Fassungsloses Staunen klang aus seinen Worten, vermischt mit einer Spur von Angst.

Blaise richtete sich auf und sah sich nach Luth um. Auf dem Plateau war er nicht. Die Coraner standen dicht beisammen, die Gesichter nach außen, die Schwerter gezückt. Kein Laut war zu hören; sogar der Wald schien verstummt zu sein. Blaise überlief ein Frösteln.

Er mußte eine Entscheidung treffen.

»Hirnan, du bringst Evrard in den Kahn. Ihr klettert am besten alle hinunter. Ich weiß nicht, was passiert ist, aber wir sollten uns hier nicht lange aufhalten. Ich will mich noch kurz umsehen, doch wenn ich nichts finde, müssen wir abfahren.« Mit einem Blick zum Mond versuchte er zu schätzen, wie spät es war. »Macht den Kahn los und laßt mir ein paar Minuten Zeit. Wenn ihr einen Corfe-Schrei hört, dann wartet nicht länger, sondern rudert, was das Zeug hält. Ansonsten seid ihr auf euch allein gestellt.«

Hirnan schien protestieren zu wollen, schwieg aber dann doch. Evrard von Lussan immer noch wie einen Mehlsack auf der Schulter tragend, ging er zum Seil und kletterte hinab. Ein Coraner nach dem anderen folgte ihm. Blaise wartete nicht, bis alle unten waren. Das Bewußtsein einer drohenden Gefahr saß ihm im Nacken, und so zückte er sein Schwert und betrat genau gegenüber der Stelle, wo sie das Plateau verlassen hatten und auch wieder herausgekommen waren, den Wald.

Sofort nahm er eine Witterung auf. Weder Wildkatze, noch Bär, weder Fuchs, noch Dachs, noch Eber. Leichter Parfümgeruch stieg ihm in die Nase. Nach Westen hin, entgegengesetzt der Richtung, die sie eingeschlagen hatten, war er am stärksten.

Blaise kniete nieder, um den Waldboden zu untersuchen, obwohl die Finsternis fast undurchdringlich war. Er wünschte sich Rudel aus vielen Gründen herbei, nicht zuletzt deshalb, weil sein Freunde bei Nacht der beste Fährtensucher war, den er kannte.

Man brauchte freilich keine Koryphäe zu sein, um festzustellen, daß hier erst vor kurzem eine Gruppe von Menschen gegangen war, überwiegend, wenn nicht ausschließlich

Frauen. Mit einem leisen Fluch stand Blaise auf und spähte in die Dunkelheit hinein. Er war ratlos. Er haßte nichts mehr, als einen Mann im Stich zu lassen, aber irgendwo in diesem Wald lauerte eine große Zahl von Priestern und Priesterinnen. *Ein paar Minuten,* hatte er zu Hirnan gesagt. Durfte er mit dem Versuch, Luth zu finden, die anderen in Gefahr bringen?

Er holte tief Atem. Wieder vibrierte die Erde unter seinen Füßen. Er hatte Angst; nur ein Narr hätte sich nicht gefürchtet. Dennoch reduzierte sich der Sachverhalt für Blaise von Gorhaut auf einen einzigen, schlichten Grundsatz: Man gab einen vermißten Gefährten nicht auf, ohne wenigstens den Versuch unternommen zu haben, ihn zu finden. Blaise folgte dem flüchtigen Parfümduft in die Schatten hinein.

»*Lobenswert*«, konstatierte unmittelbar vor ihm eine Stimme. Blaise keuchte erschrocken auf, hob sein Schwert, spähte angestrengt ins Dunkel. »Lobenswert, aber sträflich leichtsinnig«, fuhr die Stimme mit selbstverständlicher Autorität fort. »Kehrt um. Ihr werdet Euren Gefährten nicht finden. Jenseits dieser Stelle wartet heute nacht der Tod.«

Leises Blätterrascheln, dann unterschied Blaise von Bäumen umrahmt, die Umrisse einer hochgewachsenen Frauengestalt. Es war sehr dunkel, viel zu dunkel, als daß er ihr Gesicht hätte sehen können, doch die befehlsgewohnte Stimme ließ für Luths Schicksal das Schlimmste befürchten. Andererseits hatte die Frau Blaise bisher kein Haar gekrümmt, niemand war zwischen den Bäumen hervorgestürmt und über ihn hergefallen. Und Vanne hatte unverletzt im Kahn gelegen.

»Ich könnte mir vor Scham selbst nicht mehr in die Augen sehen, wenn ich einfach abführe, ohne wenigstens versucht zu haben, ihn herauszuholen.« Blaise bemühte sich weiter, aber das Gesicht war nicht zu erkennen.

Er hörte sie lachen. »Scham«, wiederholte sie spöttisch. »Macht Euch nicht mehr zum Narren als nötig, Nordländer. Glaubt Ihr wirklich, Ihr wäret ohne unser Einverständnis so weit gekommen? Wollt Ihr bestreiten, daß Ihr den Einfluß dieses Waldes spürt? Bildet Ihr Euch ein, Ihr hättet auch nur einen einzigen Schritt getan, ohne beobachtet zu werden?«

Blaise schluckte krampfhaft. Sein Schwert erschien ihm

plötzlich nutzlos, lächerlich, ein bloßes Spielzeug. Langsam ließ er es sinken.

»Warum?« fragte er. »Warum?«

Wieder dieses leise, kehlige Lachen. »Nach meinen Gründen fragt Ihr, Nordländer? Meint Ihr, Ihr könnt die Göttin auf ihrer eigenen Insel begreifen?«

Meine Gründe.

»Ihr seid also die Hohepriesterin.« Er trat unruhig von einem Fuß auf den anderen, denn immer noch durchlief dieses unheimliche Zittern die Erde. Sie antwortete nicht. Er schluckte wieder. »Ich möchte nur wissen, wo mein Mann ist. Warum Ihr ihn verschleppt habt.«

»Auge um Auge«, sagte sie ruhig. »Keiner von Euch war befugt, die Insel zu betreten. Dennoch seid Ihr gekommen und habt einen Mann entführt, der die Weihe hatte. Wir hatten unsere Gründe, das zuzulassen, doch Rian gibt nichts umsonst. Niemals. Merkt es Euch gut, Nordländer. Das Gesetz gilt, solange Ihr Euch in Arbonne befindet.«

Rian gibt nichts umsonst. Luth. Der arme, verängstigte Tolpatsch. Blaise starrte ins Dunkel, wollte diese Frau ansehen, rang zugleich verzweifelt nach Worten, die den Vermißten retten könnten.

Und dann, als habe sie seine Gedanken gelesen, als hätten sie und der Wald ihm bis ins Innerste geschaut, hob sie die Hand, und im nächsten Augenblick flammte eine Fackel auf und schuf einen kleinen Lichtkreis zwischen den Bäumen. Er hatte nicht bemerkt, daß sie Feuer geschlagen hätte.

Wieder ertönte ihr Lachen, und als er nun die stolze, aufrechte Gestalt betrachtete, die feinen, aristokratischen Züge, überlief ihn unwillkürlich ein Schauer. Sie hatte keine Augen mehr. Sie war blind. Auf ihrer Schulter saß eine weiße Eule, eine Laune der Natur, und starrte Blaise unverwandt an.

Ohne so recht zu wissen, warum, nur in der jähen Erkenntnis, daß er eine Welt betreten hatte, in der er beklemmend machtlos war, steckte Blaise sein Schwert in die Scheide. Das Lachen verklang, jetzt lächelte sie.

»Gut gemacht«, sagte Rians Hohepriesterin sanft. »Es freut mich zu sehen, daß Ihr doch kein Narr seid.«

»Zu sehen?« entfuhr es Blaise, obwohl er es sofort bedauerte.

Sie ließ sich nicht aus der Ruhe bringen. Die große, weiße Eule hatte sich nicht bewegt. »Ich habe mir mit meinen Augen den Zugang zu sehr viel größeren Erkenntnissen erkauft, Blaise von Gorhaut. Ihr wart es, der Licht brauchte, nicht ich. Ich kenne die Narbe, die sich quer über Eure Rippen zieht, ich weiß, welche Farbe Euer Haar heute hat und wie es in jener Winternacht aussah, da Ihr geboren wurdet und Eure Mutter starb. Ich weiß, wie Euer Herz schlägt, warum Ihr nach Arbonne gekommen seid und wo Ihr vorher wart. Ich weiß Bescheid über Euer Geschlecht und Eure Geschichte, weiß viel von Euren Schmerzen und alles über Eure Kämpfe. Ich weiß, was Ihr liebt, und wann Ihr zum letzten Mal mit einer Frau geschlafen habt.«

Das war Betrug, dachte Blaise empört. *Alle* Priester verstanden sich auf diese Kunstgriffe, sogar die Corannos-Männer in seiner Heimat. Alle suchten sie mit obskurem Hokuspokus die Menschen unter ihre Kontrolle zu bringen.

»Das letzte.« Die Worte klangen heiser, er wagte es kaum, sie auszusprechen. »Was wißt Ihr darüber?«

Sie zögerte nicht. »Es war vor drei Monaten. Mit der Frau Eures Bruders, auf Eurem alten Familiensitz. Spät nachts, in Eurem eigenen Bett. Danach habt Ihr noch vor dem Morgengrauen die Reise angetreten, die Euch zu Rian führte.«

Blaise hörte sich ächzen wie nach einem Schlag in die Magengrube. Er konnte nicht anders. Ein Schwindel überfiel ihn, das Blut wich ihm aus dem Gesicht, als wolle es flüchten vor der unerbittlichen Präzision dieser Aussage.

»Soll ich fortfahren?« fragte sie und lächelte dünn. Sie hielt die Fackel so hoch, daß das Licht voll auf ihre Züge fiel. Ein neuer Ton lag in ihrer Stimme, sie kostete ihre Überlegenheit gnadenlos aus. »Ihr liebt sie nicht. Ihr haßt nur Euren Bruder und Euren Vater. Und Eure Mutter, weil sie so früh starb. Vielleicht auch ein wenig Euch selbst. Wollt Ihr noch mehr hören? Soll ich Euch die Zukunft deuten wie ein altes Weib auf dem Herbstmarkt?«

Sie war nicht alt. Sie war groß und attraktiv, wenn auch nicht mehr jung. Das schwarze Haar war von grauen Strähnen durchzogen. Sie wußte Dinge, die kein Mensch auf Erden jemals hätte erfahren sollen.

»Nein!« würgte Blaise. »Das genügt!«

Er hatte Angst vor ihrem Gelächter, vor dem Spott in ihrer Stimme, aber sie schwieg, und auch der Wald blieb stumm. Die Eule auf ihrer Schulter breitete die Schwingen aus, als wolle sie auffliegen, beruhigte sich aber gleich wieder.

»Geht nun«, sagte Rians Hohepriesterin nicht unfreundlich. »Wir überlassen euch den Mann, den ihr haben wolltet. Nehmt ihn und geht.«

Am besten drehte er sich jetzt um. Tat genau, was sie sagte. Hier waren Kräfte am Werk, die über seinen Verstand gingen. Aber er war mit sieben Männern auf diese Insel gekommen.

»Luth«, beharrte er. »Was geschieht mit ihm?«

Ein seltsamer Pfiff drang an sein Ohr; das mußte der Vogel gewesen sein. Die Priesterin antwortete: »Man wird ihm bei lebendigem Leibe das Herz herausreißen, um es zu verspeisen.« Es klang monoton, vollkommen ausdruckslos. »Den Körper wird man in einem uralten Bottich so lange kochen, bis das Fleisch von den Knochen fällt, dann wird man es in kleine Stücke schneiden und für das Orakel verwenden.«

Blaise spürte, wie ihm die Galle hochkam, Entsetzen und Abscheu jagten ihm kalte Schauer über den Rücken. Unwillkürlich trat er einen Schritt zurück. Und dann lachte sie, und ihre Belustigung war echt. Sie hörte sich fast an wie ein junges Mädchen.

»Ich hätte wahrhaftig nicht gedacht«, sagte die Priesterin, »daß ich so überzeugend war.« Sie schüttelte den Kopf. »Haltet Ihr uns denn allen Ernstes für so barbarisch? Ihr habt uns einen lebenden Mann genommen, wir haben Euch einen lebenden Mann genommen. Er wird Rians heilige Weihen empfangen und der Göttin zur Sühne seiner und Eurer Verfehlung auf ihrer Insel dienen. Zum Priester taugt er ohnehin besser als zum Coraner, das habt Ihr wohl selbst schon bemerkt. Es ist, wie ich sagte, Nordländer: wir haben Euch gestattet, euer Vorhaben auszuführen. Aber ich versichere Euch, wir hätten auch anders handeln können.«

Eine Woge der Erleichterung brach über Blaise herein. Plötzlich fühlte er ein fast unüberwindliches Bedürfnis, vor dieser Frau, dieser verkörperten Stimme einer Gottheit, die man in seiner Heimat nicht verehrte, auf die Knie zu fallen.

»Danke«, sagte er und hörte selbst, wie rauh und unbeholfen es klang.

»Keine Ursache«, sagte sie wie beiläufig. Dann schwieg sie und schien zu überlegen. Die Eule saß reglos auf ihrer Schulter und starrte ihn an. »Ihr dürft unsere Fähigkeiten nicht überbewerten, Blaise. Auch nicht die Geschehnisse dieser Nacht.«

Er zwinkerte erstaunt. »Was wollt Ihr damit sagen?«

»Ihr steht hier auf der Insel im Brennpunkt unserer Kräfte. Je weiter wir uns von hier oder von unserer zweiten Insel, dem Eiland im Dierne-See auf dem Festland, entfernen, desto schwächer werden wir. Rian kennt keine Grenzen, aber für ihre sterblichen Diener gilt das nicht. Auch für mich nicht. Und die Göttin läßt sich nicht zwingen, niemals.«

Nachdem sie aus Macht, Magie und Mysterien einen dichten Schleier gewoben hatte, lüftete sie ihn nun und erlaubte ihm, einen Blick dahinter zu tun. Außerdem hatte sie ihn mit seinem Namen angesprochen.

»Warum?« fragte er staunend. »Warum sagt Ihr mir das?«

Ihr Lächeln verriet leise Wehmut. »Vermutlich ein Wesenszug meiner Familie. Mein Vater war vertrauensselig, auch wenn er damit ein Risiko einging, und das hat er mir wohl vererbt. Aber es könnte ja sein, daß wir einander in nicht allzu ferner Zukunft brauchen.«

Für Blaise ging das alles ein wenig zu schnell, und so fiel ihm nur eine Frage ein: »Wer war er? Wer war Euer Vater?«

Wieder schüttelte sie belustigt den Kopf. »Nordländer, Ihr seid nach Arbonne gekommen, um hier Männer anzuführen. Dazu müßt Ihr Eure Verbitterung ablegen und sehr viel wißbegieriger werden. Ihr habt noch einen langen Weg vor Euch. Ihr hättet Euch vorher erkundigen sollen, wer als Hohepriesterin auf Rians Insel dient. Ich bin Beatritz de Barbentain, mein Vater war Guibor, der Graf von Arbonne, und heute herrscht meine Mutter Signe über das Land. Ich bin das einzige ihrer Kinder, das noch am Leben ist.«

Blaise fürchtete umzusinken. Würden die Schläge denn nie ein Ende nehmen? *Der Kahn*, dachte er. *Das Festland*. Höchste Zeit, daß er von hier wegkam.

»Geht!« sagte sie. Sie schien schon wieder seine Gedanken zu lesen. Dann hob sie die Hand ein wenig höher, und sofort erlosch die Fackel. Jäh war alles in Finsternis gehüllt. Und dann sprach sie wieder wie zu Anfang, als Priesterin, mit der Kraft der Magie: »Noch ein letztes, Blaise von Gorhaut. Eine Lektion, die Ihr Euch zu Herzen nehmen solltet: Zorn und Haß stoßen nur allzu bald an ihre Grenzen. Rian gibt nichts umsonst, aber in einer ihrer ältesten Inkarnationen gebietet sie auch über die Liebe.«

Blaise machte kehrt und hastete davon. Im undurchdringlichen, nächtlichen Schatten stolperte er über Wurzeln und Äste. Als er aus dem Wald herauskam, empfand er den Mondschein wie ein Geschenk. Er überquerte das Plateau und dachte sogar noch daran, Maffours Seil vom Baum zu lösen und es sich um die Schulter zu schlingen. Beim Abstieg fand er die Griffe in der Felswand wie von selbst. Der Kahn war noch da, wartete ein Stück vom Ufer entfernt. Die Coraner entdeckten ihn sofort, denn der weiße Mond stand inzwischen hoch am Himmel und spendete genügend Licht. Er wollte schon hinausschwimmen, sich abermals dem Kälteschock des Meerwassers aussetzen, doch da sah er, daß sie zurückgerudert kamen, und wartete. Sie fuhren bis an die Felsen heran, und Blaise stieg mit Maffours und Giresses Hilfe ein. Evrard von Lussan lehnte, immer noch bewußtlos, im Heck. Vanne jedoch saß aufrecht im Bug. Er wirkte ein wenig benommen, was Blaise nicht weiter überraschte.

»Sie haben Luth behalten«, erklärte er knapp, als alle ihn ansahen. »Auge um Auge. Aber sie werden ihm nichts zuleide tun. Wenn wir an Land sind, erzähle ich euch mehr, aber jetzt wollen wir uns in Corannos' Namen auf den Weg machen. Ich bin am Verdursten, und wir haben noch weit zu rudern.«

Er trat zu seiner Bank und wickelte sich das Seil ab. Maffour setzte sich wieder neben ihn. Kein Wort wurde mehr gesprochen. Sie ergriffen die Ruder und manövrierten das Boot lautlos rückwärts aus Hirnans kleiner Bucht. Draußen drehten sie den Kahn dem Festland zu und ruderten gleichmäßig über das ruhige, nächtliche Meer.

Bald danach, lange, bevor sie die Küste erreichten, stieg die schmale Sichel des blauen Mondes aus dem Meer, das Gegenstück zu der silbernen Scheibe, die jetzt im Westen versank. Am Himmel, im Wasser, auf den Felsen und auf den Bäumen der Insel, die sie hinter sich zurückließen, veränderte sich das Licht.

Kapitel 2

Manchmal, wie etwa heute morgen, fühlte sie sich erstaunlich jung, wenn sie erwachte, dann freute sie sich ihres Lebens und genoß die Aussicht auf einen neuen Frühling. Diese kurze Illusion von Jugend und Vitalität war freilich kein ungetrübtes Vergnügen, denn wenn sie – was unausweichlich war – wieder entschwand, kam ihr um so schmerzlicher zu Bewußtsein, daß sie allein in dem breiten Bett lag. Sie hatte diesen Raum und dieses Bett nach alter Sitte bis zum Ende vor etwas mehr als einem Jahr mit Guibor geteilt. Erst vor knapp einem Monat hatte Arbonne den ersten Todestag seines Herzogs feierlich begangen.

Ein Jahr war keine lange Zeit. Viel zu kurz, um sich ohne Schmerz an ihn zu erinnern, an sein Lachen, wenn sie allein waren, an sein würdevolles Auftreten in der Öffentlichkeit, an den Klang seiner Stimme und seiner Schritte, an seinen wachen, kämpferischen, stets kritischen Geist oder an die wohlbekannten Anzeichen aufflammenden Begehrens, die stets auch ihre Leidenschaft entfachten.

Ihre Liebe hatte standgehalten bis zum Schluß, dachte sie in ihrem einsamen Bett, während sie sich langsam in den Morgen hineintastete. Obwohl ihre Kinder längst erwachsen oder bereits tot waren, obwohl auf Barbentain eine ganz neue Höflingsgeneration heranwuchs, obwohl auf Burgen, wo einst die Freunde – und Feinde – ihrer eigenen Jugend- und frühen Erwachsenenjahre regiert hatten, jetzt junge Grafen und Barone saßen. Obwohl Portezzas Stadtstaaten unter neuer Führung standen, obwohl in Gorhaut ein junger und offenbar recht ungestümer König, und im weiter nördlich gelegenen Valensa ein ähnlich unberechenbarer, wenn auch nicht mehr so junger König an der Macht war. Die ganze Welt veränderte sich, dachte sie: nicht nur die Figuren, auch das Brett, auf dem sie sich bewegten. Sogar die Regeln, nach denen sie und Guibor gemeinsam so lange gegen alle anderen gespielt hatten.

An manchen Tagen des letzten Jahres hatte sie sich uralt gefühlt, wenn sie erwachte, hatte die Kälte bis in die Knochen gespürt und sich gefragt, ob sie nicht schon zu lange gelebt hatte, ob es nicht besser gewesen wäre, mit ihrem geliebten Mann zusammen zu sterben, bevor sie die Welt um sich herum nicht mehr erkannte.

Sie sollte sich schämen, so schwach zu sein, sie wußte es wohl, selbst an frostigen Tagen, wenn sich die trüben Gedanken nicht bannen ließen, und erst recht jetzt, da draußen vor ihrem Fenster die Vögel mit lautem Gezwitscher den Frühling in Arbonne begrüßten. Wandel und Vergänglichkeit gehörten einfach zu der Welt, die Corannos und Rian geschaffen hatten. Ihr ganzes Leben lang hatte sie diese Gewißheit als beglückend empfunden; jetzt darüber zu lamentieren, wäre oberflächlich und schäbig.

Sie stieg aus dem Bett und stellte sich auf den goldgelben Teppich. Sofort kam eines der beiden Mädchen, die vor der Tür ihres Schlafgemachs schliefen, mit ihrem Morgenmantel angelaufen – sie hatten schon auf sie gewartet. Sie lächelte dem jungen Ding zu, als sie in den Mantel schlüpfte, trat ans Fenster und zog selbst die Vorhänge zurück, um den Blick nach Osten auf die aufgehende Sonne freizugeben.

Schloß Barbentain lag auf einer Insel, und so konnte sie unterhalb der schroffen Felsstürze und der wilden Klippen, die die Sicherheit der Burg gewährleisteten, den Fluß blitzen sehen. Jetzt im Frühling schoß er besonders ungebärdig südwärts, durch Weingärten, Wälder und Felder, vorbei an Städten, Dörfern und einsamen Schäferhütten, an Burgen und Tempeln und Nebenflüssen, um schließlich bei Tavernel ins Meer zu münden.

Der Arbonne-Fluß hatte dem Land seinen Namen gegeben – diesem südlich warmen, heißgeliebten und allseits begehrten Flecken Erde, der nicht nur wegen seiner Fruchtbarkeit und seiner Kultur, sondern auch wegen seiner schönen und charmanten Frauen überall in der bekannten Welt von Troubadouren und Joglares besungen und gepriesen wurde.

Sie selbst war keineswegs die geringste unter diesen Frauen gewesen, damals, in den längst vergangenen Zeiten ihrer Jugend, als das Feuer noch brannte. In jenen Nächten voller Musik, als sie noch mit jedem Blick, mit dem Hochziehen einer Augenbraue auf vielerlei Weise Einfluß nehmen konnte, als zahllose Kerzen das Gold- und Silbergeschirr und die festlich gekleidete Gesellschaft mit warmem Schein übergossen, als noch alle Lieder von der Liebe handelten und fast immer von der Liebe zu ihr.

So stand Signe de Barbentain, die Gräfin von Arbonne, an diesem Frühlingsmorgen am Fenster ihres Schlosses und blickte hinaus über den sonnenbeschienenen Fluß auf ihr Land, und die beiden Frauen, die mit ihr im Zimmer waren und sich so eifrig um ihr Wohlbefinden bemühten, waren viel zu jung, um das Lächeln zu begreifen, das über ihre Züge huschte.

Ohne besonderen Grund mußte Signe plötzlich an ihre Tochter denken. Nicht an Beatritz, die in ihrem eigenen Reich auf Rians Insel im Meer das Zepter schwang; nicht an Beatritz, ihr letztes, noch lebendes Kind, sondern an Aelis, die Jüngste, die nun schon so lange tot war.

Hoch über dem See der Vögel Chor
Besingt nur mein Feinslieb;
Und dort am Ufer prangt nur für sie
Der Blumen duft'ger Flor.

Zweiundzwanzig, nein, dreiundzwanzig Jahre war es jetzt her, daß der junge – damals noch *sehr* junge – Bertran de Talair diese Zeilen für Aelis geschrieben hatte. Erstaunlich, daß sie noch immer gesungen wurden, obwohl sich die Troubadoure seither so viele neue Lieder mit neuen Versformen und Versmaßen ausgedacht hatten, und obwohl die heutige Zeit nach immer komplexeren Harmonien verlangte. Trotz alledem war Bertrans Lobpreis auf die längst verstorbene Aelis auch nach zwei Jahrzehnten in Arbonne noch gegenwärtig. Ganz besonders jetzt, dachte Signe und fragte sich zugleich, ob wohl die noch im Halbschlaf aufkeimenden Gedanken an den Frühling ihre Erinnerungen geweckt hatten? Die Seele ging bisweilen seltsame Wege, und Erinnerungen bereiteten kaum weniger häufig neuen Schmerz, als sie Heilung oder Linderung brachten.

Womit sie natürlich bei Bertran angelangt war, dem der tragische Verlust und die Erinnerung in ihren vielen, unerwarteten Erscheinungsformen in diesen zweiundzwanzig Jahren so übel mitgespielt hatten. Was wohl aus ihm geworden wäre, wenn sich die Dinge in jenem längst vergangenen Jahr anders entwickelt hätten? Wobei es schwer, ja eigentlich kaum vorstellbar war, daß sie sich zum Guten hätten wenden können. Guibor hatte einmal ganz nebenbei bemerkt, die schlimmste Tragödie, wenn nicht für die unmittelbar Betroffenen, so doch für Arbonne, sei Girart de Talairs Tod gewesen: wäre Bertrans Bruder am Leben geblieben, um die Nachfolge des alten Herzogs anzutreten und seinerseits Nachkommen zu zeugen, der jüngere Sohn, der Troubadour, wäre niemals Herr von Talair geworden, und die Feindschaft zwischen den beiden stolzen Burgen am See hätte niemals die ungeheure Bedeutung erlangt, die sie für Arbonne inzwischen besaß.

Hätte, wäre, könnte, dachte Signe. Es war so verführerisch, sich – etwa an einem Winterabend vor dem Kaminfeuer oder im Sommer, wenn im Schloßgarten die Bienen summten und die Blumen dufteten – mit den Toten zu beschäftigen, sich auszumalen, daß sie noch lebten und wie dann alles anders wäre. Sie trieb dieses Spiel immer wieder: mit ihren verstorbenen Söhnen, mit Aelis und, seit seinem Tod, auch mit Guibor selbst. Förderlich waren solche Grübeleien nicht, aber sie ließen sich wohl auch nicht unterdrücken. *Erinnerungen,* hatte Anselme von Cauvas einst geschrieben, *die Früchte meines Lebens und seine Qual.*

Sie hatte Bertran schon seit einiger Zeit nicht mehr gesehen, dachte sie und kehrte damit in die Gegenwart zurück, und noch länger war es her, seit Urté de Miraval zum letzten Mal nach Barbentain gekommen war. Beide hatten zur Feier von Guibors Todestag Grußbotschaften und Vertreter entsandt – Urté seinen Seneschall, Bertran seinen Cousin Valery. Offenbar hatte es unter ihren Coranern eine Auseinandersetzung mit tödlichem Ausgang gegeben – keine Seltenheit zwischen Miraval und Talair – und deshalb war keiner der beiden Herzöge imstande oder willens gewesen, seine Burg zu verlassen, um seinen verstorbenen Herzog zu betrauern.

Nicht zum ersten Mal in den seither vergangenen vier Monaten fragte sich Signe, ob sie die beiden hätte herbeordern sollen. Einem Befehl hätten sie sicher gehorcht; Bertran lachend und voller Ironie, Urté in verbissenem Schweigen, und bei den Feierlichkeiten hätten sie soviel Abstand voneinander gehalten, wie ihr Ehrgefühl und ihr Rang es nur zuließen.

Doch nach einer solchen Aufforderung war ihr nicht zumute gewesen, obwohl Roban ihr eindringlich dazu geraten hatte. Der Kanzler hatte eine günstige Gelegenheit gewittert, in aller Öffentlichkeit ihre Autorität über die heillos zerstrittenen Herzöge und Barone von Arbonne zu demonstrieren und zugleich die zwei prominentesten Repräsentanten des Adels an die Kandare zu nehmen. Roban hielt es für wichtig, daß sie, schon mit Blick auf den Norden und auf Gorhaut und Valensa, die mittlerweile Frieden geschlossen hatten, gleich zu Anfang ihrer Regierung Entschlossenheit zeigte.

Wahrscheinlich hatte er recht, dachte Signe, vor allem, was die Notwendigkeit anging, für den Norden, beziehungsweise für den König von Gorhaut und seine Ratgeber, ein deutliches Signal zu setzen. Aber es hatte ihr widerstrebt, Guibors Todestag – noch dazu den allerersten – für plumpe, politische Manöver auszuschlachten. Warum durfte sie nicht wenigstens dieses eine Mal nur in Gesellschaft derjenigen Menschen ihres Gemahls gedenken, die freiwillig zu ebendiesem Zweck nach Barbentain und nach Lussan gekommen waren? Und gekommen waren nicht nur Ariane und Thierry de Carenzu, Gaufroy de Ravenc und seine junge Frau, oder Arnaut und Richilde de Malmont, ihre Schwester und ihr Schwager, neben Urté fast die letzten ihrer Generation, die noch auf einer der großen Burgen saßen. Gekommen waren auch so gut wie alle kleineren Herzöge und Barone und so viele von Arbonnes einfachen Bürgern, daß sie tief gerührt war: landlose Coraner, Künstler aus den Städten, Vertreter des Gottesordens und Priester und Priesterinnen Rians, Bauern aus der Kornkammer des Landes, Fischer von der Küste, Schäfer aus den Bergen an der Grenze zu Götzland und zu Arimonda oder von den Hängen des Nordmassivs, das die von Gorhaut kommenden Winde abhielt, Fuhrleute, Schmiede und Stellmacher, Müller und Kaufleute aus einem Dutzend verschiedener Städte, ja, sogar eine Reihe junger Männer von der Universität – obwohl die ungebärdigen Studenten von Tavernel doch berüchtigt waren für ihre Ablehnung jeglicher Autorität.

Und alle Troubadoure hatten sich auf Barbentain versammelt.

Das hatte sie vollends überwältigt. Mit Ausnahme von Bertran de Talair waren sämtliche Troubadoure und Joglares aus ganz Arbonne gekommen, um an den Gedenkfeierlichkeiten für ihren Herrn teilzunehmen, ihre neuen Elegien vorzutragen und seinen Todestag mit traurigsüßen Weisen zu verschönen. Drei Tage lang hatte man sich an Liedern und Gedichten satthören können, vieles kam von Herzen, und bisweilen war ein großes Kunstwerk darunter.

In dieser Atmosphäre und nachdem so viele ganz spontan, nur aus persönlicher Anteilnahme gekommen waren, hatte Signe nicht die geringste Neigung verspürt, irgend jemanden unter Druck zu setzen, auch wenn es sich um die beiden mächtigsten – und folglich gefährlichsten – Männer ihres Reiches handelte. Wer konnte es ihr verdenken, wenn sie zu vermeiden suchte, daß die feierliche Stimmung durch den uralten Zwist zwischen Miraval und Talair gestört wurde?

Die Schwierigkeit war – und nur deshalb wollte ihr die Sache einfach nicht aus dem Kopf –, daß sie ganz genau wußte, wie Guibor IV., Graf von Arbonne, sich in dieser Situation verhalten hätte. Unmißverständlich und mit allem Nachdruck hätte ihr Gemahl bei einem auch nur annähernd so bedeutsamen Anlaß, gleichviel, ob traurig oder fröhlich, gleichviel, wo er begangen wurde – auf Barbentain selbst oder in den Tempeln des Gottes oder der Göttin in der Stadt Lussan unten am Fluß – auf der Anwesenheit der beiden Adeligen bestanden.

Hätte man andererseits, dachte sie, und das Lächeln auf ihrem immer noch schönen Gesicht vertiefte sich kaum merklich, um *sie* getrauert anstatt um Guibor, so hätte nichts, kein Krieg und kein Hochwasser, kein Feuer und keine Traubenfäule, Bertran de Talair abhalten können, mit den anderen zu ihrem Todestag nach Barbentain zu kommen. Er wäre dabeigewesen. Schließlich war er nicht zuletzt Troubadour, und Signe de Barbentain war die Frau, die das Minnegericht ins Leben gerufen und dieser kleinen Welt voller Schönheit und Würde, dieser Welt der Dichtung und der Musik, den Stempel ihrer Persönlichkeit aufgedrückt hatte.

Ihre Tochter Aelis mochte Bertrans Leidenschaft entfacht und ihn zu seinem Jugendwerk inspiriert haben, jenem Frühlingslied, das auch nach mehr als zwanzig Jahren noch gesungen wurde; ihre Nichte Ariane mochte jetzt die Herrin des Minnegerichts sein, aber für Signe hatten Dutzende von bedeutenden und doppelt so viele unbedeutende Troubadoure in überschäumender Begeisterung Hunderte von Versen geschrieben, und jedes Lied, das irgendeiner edlen Frau in Arbonne gewidmet war, huldigte zum Teil auch ihr.

Schämen sollte sie sich. Sie schüttelte verdrossen den Kopf. Diese ewigen Vergleiche – wenn auch nur in Gedanken – mit Ariane und den anderen Damen von Arbonne, sogar mit ihrer armen, längst verstorbenen Tochter waren kleinlich, eine Alterserscheinung. Vielleicht fühlte sie sich zu wenig geliebt, dachte sie, und wußte sofort, daß daran etwas Wahres war. Guibor war tot, und sie mußte nun in weltlichen Dingen Recht sprechen, nicht an einem imaginären, künstlich geschaffenen Gerichtshof, der sich nur mit der Liebe in ihren verschiedenen Ausprägungen befaßte. Das war ein Unterschied, ein großer Unterschied, der ihr Verhältnis zur Welt und umgekehrt das Verhältnis der Welt zu ihr drastisch verändert hatte.

Es wäre doch besser gewesen, die beiden Herzöge letzten Monat nach Barbentain zu zitieren; Roban hatte wie üblich recht gehabt. Vielleicht hätte ihr das Wiedersehen mit Bertran wie immer ein bittersüßes Vergnügen bereitet. Es empfahl sich ohnehin, ihn bisweilen daran zu erinnern, daß sie ein Auge auf ihn hatte und gewisse Hoffnungen in ihn setzte. Kein Sterblicher konnte von sich behaupten, den Herzog von Talair und seine Handlungsweise kontrollieren zu können, doch einen gewissen, wenn auch sehr begrenzten Einfluß nahm Signe immerhin für sich in Anspruch. Die Gründe dafür waren vielfältig, und die meisten reichten rund dreiundzwanzig Jahre zurück.

Wie man hörte, besuchte er derzeit ausgerechnet das im südwestlichen Bergland gelegene Kastell Baude. Die Lage zwischen Talair und Miraval hatte sich – vorerst – entspannt, und Signe konnte sich vorstellen, daß der Skandal um Evrard von Lussan und Soresina de Baude den ewig unruhigen, selbstzerstörerischen Bertran unwiderstehlich angezogen hatte.

Die Geschichte war aber auch zu köstlich. Beatritz hatte bereits in einer vertraulichen Botschaft berichtet, wie Mallin de Baude den gekränkten Poeten von Rians Insel hatte entführen lassen. An sich hätte Signe empört sein müssen – und Beatritz erst recht – doch dazu war die Sache viel zu erheiternd, und außerdem hatte man den Dichter auf der Insel bereits herzlich satt gehabt, als die Coraner kamen.

Das Volk von Arbonne würde von diesem Zwischenfall natürlich nichts erfahren. Es lag wohl kaum in Mallins Interesse, daß sein Frevel überall bekannt wurde – nur deshalb hatte er vermutlich darauf verzichtet, das Unternehmen persönlich zu leiten –, und Evrard von Lussan wäre gewiß nicht begeistert, wenn alle Welt sich ausmalte, wie er bewußtlos geschlagen und wie ein Mehlsack auf die Burg zurückgeschleppt wurde, die er in so redlichem Zorn verlassen hatte.

Soresinas großer Sühneauftritt – sie war vor dem Dichter auf die Knie gefallen und hatte ihn mit offenen Armen willkommen geheißen – würde dagegen auf allen Burgen und Städten für Gesprächsstoff sorgen. Diesen Teil der Geschichte würde auch Evrard nach Kräften verbreiten. Signe hätte gern gewußt, ob er mit der Dame nun doch noch ins Bett gestiegen war. Ausgeschlossen war es nicht, aber es kam auch nicht weiter darauf an. Im großen und ganzen sah es so aus, als würde die ganze Affäre wider Erwarten doch noch ein glückliches Ende nehmen.

Wobei diese optimistische Einschätzung gewiß nicht der Grund dafür war, daß der notorisch sprunghafte En Bertran de Talair derzeit dem zweifellos überwältigten, jungen Paar in Kastell Baude die Ehre seines Besuches erwies. Mallin de Baude galt als Mann von nicht geringem Ehrgeiz; er wollte hoch hinaus, wollte zu den ganz Großen gehören und mit ihnen die Geschicke dieser Welt lenken, anstatt in seinem Adlerhorst von einem Landsitz zwischen Schafen, Ziegen und Ölbaumterrassen zu verkümmern. Jetzt war einer von den ganz Großen zu ihm gekommen, und Mallin würde bald feststellen, daß solche Träume auch weniger erfreuliche Begleiterscheinungen hatten.

Signe schüttelte den Kopf. Sicher ging da manches nicht mit rechten Dingen zu. Bertrans wilde Eskapaden spielten sich oft im Frühling ab, das ließ sich schon seit Jahren verfolgen. Andererseits war es wohl besser, wenn er sich auf den Bergweiden nahe der arimondischen Pässe austobte anstatt, wie zu Jahresanfang, mit Mord- und Totschlag.

Sie hatte ohnehin nicht die Zeit, sich den Kopf über Liebesaffären zu zerbrechen. Ariane war jetzt die Herrin des Minnegerichts. Signe mußte sich um Gorhaut kümmern, um den bedrohlichen Friedensschluß im Norden und um noch einiges mehr. Und alles ruhte allein auf ihren Schultern. Ihr einziger Führer auf den immer schmaler werdenden Pfaden der Staatskunst war die Erinnerung an Guibors Stimme – *die Früchte meines Lebens und seine Qual.*

Bei den jüngeren Troubadouren und Adeligen gab es eine neue Strömung – Ariane mochte sie sogar gutheißen: in Liedern und Gedichten wurde die Liebe einer Frau zu ihrem Ehemann nunmehr als ungehörig, geschmacklos, ja, schlechterdings unmöglich gebrandmarkt. Wahre Liebe sei nur möglich, wo Mann und Frau sich frei füreinander entscheiden dürften, während in keiner bekannten Gesellschaft eine Ehe ohne Druck zustandekomme.

Alles veränderte sich. Guibor hätte mit ihr über diese neue Marotte gelacht und seine Meinung dazu sehr deutlich zum Ausdruck gebracht. Danach hätte er sie vielleicht in die Arme genommen, sie hätte mit beiden Händen sein Haar zerwühlt, und dann hätten sie im ganz privaten Bannkreis ihrer Liebe bewiesen, daß die Jugend wieder einmal unrecht hatte wie schon so oft. Doch diesen Bannkreis gab es nicht mehr.

Sie wandte sich ab vom Fenster, vom Blick auf den Fluß, von den Erinnerungen an die Vergangenheit, und nickte den beiden Mädchen zu. Zeit, sich anzukleiden und hinunterzugehen. Roban wartete sicher schon. Die Gegenwart verlangte lauthals und gebieterisch, daß man sich mit ihr beschäftige, und übertönte – wie der Fluß, wenn er Hochwasser führte – das leise, ziellose Raunen des Gestern.

* * *

Da, wo er Wache halten wollte, brannte natürlich kein Licht, obwohl an den Wänden des Treppenhauses Fackelhalter angebracht waren. Doch es wäre Verschwendung gewesen; hier oben hatte nach Einbruch der Dunkelheit niemand mehr etwas zu suchen.

Blaise setzte sich in der Fensternische neben dem zweiten Treppenabsatz auf eine Bank. Hier hatte er die Treppe im Auge und hörte sofort, wenn jemand heraufkam, ohne daß er selbst zu sehen gewesen wäre. Andere Männer hätten es womöglich vorgezogen, deutlich sichtbar, vielleicht sogar mit brennender Fackel auf Posten zu stehen, um jeden abzuschrecken, der auch nur daran dachte, die Treppe zu benützen. Blaise war da anderer Ansicht: er hielt es für besser, wenn gewisse Absichten offenbar wurden. Falls jemand im Sinn hatte, in Soresina de Baudes Kemenate zu gelangen, so mochte er es ruhig versuchen. Blaise wollte sehen, wer derjenige war.

Dabei wußte er ohnehin, daß in dieser Nacht nur eine einzige Person für einen solchen Versuch in Frage kam, und das wußte auch Mallin de Baude – deshalb stand Blaise schließlich hier und der ebenso zuverlässige und diskrete Hirnan draußen vor der Mauer unter den Fenstern der Baronin.

Bertran de Talair war seit zwanzig Jahren für seine außergewöhnlich entschlossenen und phantasievollen Verführungsversuche berühmt. Und für seine Erfolge. Blaise zweifelte nicht daran, daß der Troubadour-Herzog von Talair, falls es ihm doch gelingen sollte, bis zu Soresinas Bett vorzudringen, mit einem ganz anderen Empfang rechnen konnte als Evrard von Lussan zu Beginn des Jahres.

Mißmutig lehnte er sich zurück und legte die Füße in den hohen Stiefeln auf die gegenüberliegende Bank. Zuviel Bequemlichkeit war nicht ratsam, wenn man Nachtwache hatte, aber er war einiges gewöhnt und schlief nicht so leicht ein. Schließlich hatte er schon alles mögliche überwacht, unter anderem die Frauengemächer in mehr als einer Burg. Auf die Frauen aufzupassen, sie bei Nacht regelrecht einzusperren, war in Gorhaut ganz alltäglich. Dort dachte niemand daran, dem verheerenden Beispiel Arbonnes zu folgen und die Dichter noch anzufeuern, wenn sie die Frauen des Landes umschwärmten und ihnen den Hof machten. Gorhauts Adel wußte das Seine zu schützen.

Für Blaise war es eine innere Genugtuung gewesen, als Mallin de Baude, nachdem er eine Woche lang tatenlos zugesehen hatte, wie sein Gast, der vornehme Herzensbrecher, seine Frau umgarnte, seinen Söldner aus dem Norden bat, in aller Stille dafür zu sorgen, daß während En Bertrans letzter Nacht in Kastell Baude niemand in Soresinas Gemächer gelangen konnte. Ein kahlköpfiger Wicht von einem Dichter war mit Arbonnes berühmtestem Edelmann wohl doch nicht zu vergleichen. Das hatte Soresinas Verhalten in den letzten Tagen hinreichend bewiesen.

Blaise hatte den Auftrag entgegengenommen und Hirnan – kommentarlos und ohne eine Miene zu verziehen – befohlen, sich vor der Mauer zu postieren. Im Grunde hielt er viel von Mallin de Baude, und der Baron wäre sehr in seiner Achtung gesunken, wenn er die Spannung nicht bemerkt oder nicht beachtet hätte, die seit Talairs Ankunft – er war nicht lange nach Evrards neuerlicher Abreise gekommen – die ganze Burg zum Knistern brachte.

Auffallend, ja sogar komisch war, daß auf Kastell Baude offenbar kein Mensch an dem Überfall auf Rians Insel Anstoß nahm. Allerdings wußte auch kaum jemand, daß ein solcher Überfall stattgefunden hatte. Auf der Burg und im näheren Umkreis war nur bekannt, daß Evrard von Lussan seinen Standpunkt überdacht hatte und nach vorheriger Vereinbarung, begleitet von einer Gruppe von Mallins besten Leuten unter Führung des gorhautischen Söldners, der sie derzeit ausbildete, nach Baude zurückgekehrt war. Mehr brauchten die Leute auch nicht zu erfahren, das hatte der Burgherr Blaise und seinen Coranern mehrfach in aller Eindringlichkeit zu verstehen gegeben.

Hirnan und Maffour kannten offenbar Luths Großmutter und hatten den Auftrag erhalten, ihr vom traurigen Schicksal des Coraners Mitteilung zu machen. Als sie zurückkehrten, grinste Maffour spöttisch, und Hirnan schüttelte verwirrt sein Riesenhaupt: nicht nur, daß die Frau über den Verlust nicht im mindesten erschüttert gewesen war, die Nachricht hatte sie ganz im Gegenteil hellauf entzückt. Schon vor Jahren habe ihr geträumt, daß ihr Enkel eines Tages als Diener der Göttin auf Rians Insel landen würde, berichteten die beiden Coraner. Blaise hatte ungläubig die Augenbrauen hochgezogen; bis er die Arbonneser verstand, würde gewiß noch viel Wasser ins Meer fließen. Dabei war die Reaktion der alten Frau durchaus zu begrüßen; lautes Wehgeschrei hätte peinlich werden können.

Inzwischen hatte Soresina dem heimgekehrten Dichter einen öffentlichen Empfang bereitet, der alle Zuschauer fast zu Tränen rührte. »An der Dame ist eine Schauspielerin verlorengegangen«, hatte Maffour gestichelt. Er hatte neben Blaise im Burghof gestanden, als die junge Baronin sich von dem Knien erhob, um den Troubadour mit einem Kuß auf jede Wange und einem dritten auf die Lippen zu begrüßen.

»Darin sind sie alle gleich«, hatte Blaise zurückgegeben, ohne die Lippen zu bewegen. Dennoch war auch er mit diesem Tag nicht unzufrieden, und dieses Gefühl hielt auch an, als sich herausstellte, daß Evrard sich zwar nicht länger auf Kastell Baude aufzuhalten gedachte – was auch niemand ernsthaft wünschte –, aber, was seine Entführung anging, ebenso gute Miene zum bösen Spiel machte wie Mallin.

Der Dichter hatte in aller Eile ein Gedicht verfaßt, worin er in einer Reihe kunstvoll verknüpfter Bilder beschrieb, wie er, angezogen von einem Lichtschein, der sich schließlich als Soresina de Baudes strahlender Glanz erwies, einer dunklen Höhle entronnen sei. Natürlich verwendete er auch diesmal einen erfundenen Namen für sie, doch da es wiederum der gleiche war wie bisher, wußte jedermann, wer gemeint war, und jedermann war zufrieden.

Als der Troubadour am Ende der Woche Baude verließ, war

seine Börse prall gefüllt, seine Eitelkeit besänftigt und sein Ruf nicht wenig gewachsen. Niemand in ganz Arbonne würde jemals genau erfahren, was sich in der abgelegenen Burg im Hochland zugetragen hatte, sicher war nur, daß der Baron und seine Gemahlin Evrard von Lussan auf irgendeine Weise zur Rückkehr überredet und den Troubadour reich dafür belohnt hatten, daß er ihnen ihre Verfehlungen großmütig verzieh. Unter anderem hatten die Troubadoure durch die rätselhaften Vorfälle sowohl persönlich wie mittels ihrer Satiren und Loblieder unterschwellig an Einfluß gewonnen, eine Entwicklung, die Blaise nicht besonders zusagte, gegen die er jedoch machtlos war. Außerdem war hier nicht seine Heimat. Es ging ihn nichts an, wenn Arbonne sich in neue Torheiten verrannte oder in den alten verharrte.

Die ganze Woche über hatten die Coraner von Baude – ohne jemals auf eine Entscheidung hoffen zu können – Wetten darüber abgeschlossen, wie weit Soresinas Zerknirschung nun tatsächlich gegangen war, oder vielmehr, wie weit der Dichter hatte gehen dürfen. Am Tag von Evrards Abreise hatte Blaise sich die Frau wie den Mann genau angesehen und war zu der Überzeugung gelangt, daß nichts Ungebührliches vorgefallen war. Solche Fragen zu erörtern oder gar zum Gegenstand einer Wette zu machen, war jedoch nicht seine Art, und so schwieg er. Die Börse, die Mallin ihm zusätzlich zu seinem Monatssold überreichte, wies er freilich nicht zurück. Der Baron gewöhnte sich zunehmend an, auf großem Fuße zu leben, und nachdem Blaise eines Vormittags die Höhe seiner Ausgaben überschlagen hatte, fragte er sich, wie lange Mallin sich diesen Aufwand wohl noch würde leisten können. Rang und Namen in der Adelshierarchie hatten in Arbonne wie anderswo ihren Preis, und ob der Baron wirklich ganz und gar überblickte, welche Auswirkungen es haben würde, wenn er noch weiter nach oben strebte, war nicht ganz sicher.

Etwa zehn Tage nach Evrards Abreise war dann – die erste Auswirkung – ein Bote mit einer Nachricht nach Kastell Baude gekommen, die das ganze Schloß in hektische Vorbereitungen stürzte.

* * *

Oberhalb der dunklen Treppe rutschte Blaise unruhig auf seiner Steinbank hin und her. Ein Becher Wein wäre nicht schlecht, dachte er, aber so fahrlässig wäre er niemals gewesen. Er wußte von mindestens zwei Männern, die mit dem Leben dafür bezahlen mußten, daß sie auf Wache getrunken hatten und danach eingeschlafen waren. Den einen hatte er selbst getötet.

In der Burg war alles still; er fühlte sich sehr allein und fern von zu Hause. An sich merkwürdig, denn seine Heimat bedeutete ihm schon lange nichts mehr. Aber Menschen waren ihm manchmal noch wichtig, und hier hatte er bisher keinen richtigen Freund gefunden. Daran würde sich in der kurzen Zeit, die er auf Kastell Baude noch bleiben wollte, wohl auch nichts mehr ändern. Wo mochte Rudel jetzt sein, in welchem Land, welchem Teil der Welt? Der Gedanke an seinen alten Waffengefährten führte ihn zurück in Portezzas Städte und damit kam, vielleicht unvermeidlich in der Stille der Nacht und vor einem Frauengemach, auch die Erinnerung an Lucianna. Blaise schüttelte den Kopf. *Frauen,* dachte er. *Hatte es seit Erschaffung der Welt auch nur eine einzige gegeben, der man trauen konnte?*

Wenn er es zuließ, würde ihn diese Frage, die er sich in diesem Jahr ja nicht zum ersten Mal stellte, geradewegs nach Hause führen. Er würde an seinen Bruder denken, an dessen Frau und – Wie hatte Rians Hohepriesterin nur davon erfahren? – an sein letztes Liebeserlebnis. Erschreckend schutzlos und nackt hatte er sich bei der Begegnung im nächtlichen Wald vor ihren leeren Augenhöhlen gefühlt, und was sie in seiner Seele gesehen hatte, erfüllte ihn nicht gerade mit Stolz. Ob sie wohl, auf welche Weise auch immer, bis zu den Ursprüngen, den tiefsten Wurzeln des Handelns vorzudringen vermochte, ob sie begriff, warum Männer – und Frauen – sich so und nicht anders verhielten?

Blaise war nicht sicher, ob er selbst so ganz erfaßte, was sich vor vier Monaten, bei seinem letzten, kurzen, und von vornherein zum Scheitern verurteilten Besuch in der Heimat zugetragen hatte. Er hatte geglaubt, völlig spontan zu handeln, als er sich am Götzland-Paß von Rudel trennte, um nach fast einem Jahr nach Gorhaut und auf die Burg seiner Väter zurückzukehren. Was war schon ein Land, ein Heim? Er schaute durch die schmale Schießscharte nach draußen. Der blaue Mond war fast voll und stand hoch am Himmel. In Gorhaut hieß er Escoran – ›Gottestochter‹ – hier dagegen nannte man ihn ›Riannon‹, nach der Göttin. Mit dem Vorgang der Namensgebung war eine gewisse Macht verbunden, man wies den Dingen damit eine bestimmte Richtung. Aber der Mond, der dieses seltsam diffuse Licht auf die Landschaft im Osten der Burg warf, blieb immer der gleiche, wie ihn die Sterblichen auch bezeichnen mochten.

Der weiße Vidonne – er trug überall denselben Namen – würde erst später aufgehen. Falls jemand tatsächlich vorhatte, von außen zu Soresinas Fenster emporzuklettern, würde er das bald tun, denn solange der blaue Mond noch allein über den Himmel zog, waren die Schatten dichter. Es war eine laue Nacht, und darüber war Blaise um Hirnans willen froh. Es war äußerst unwahrscheinlich, daß ein normaler Mann versuchen würde, die Außenmauer der Burg zu erklimmen, um eine Frau zu verführen, aber wenn man schon einen Auftrag hatte, konnte man ihn auch ordentlich ausführen. Diese Einstellung hatte Blaise sich schon als Knabe zu eigen gemacht, und als Erwachsener hatte er bisher keinen Anlaß gefunden, sie zu ändern.

Hirnan konnte er da unten natürlich nicht sehen, aber der Mond beschien die fernen Berge, die Felder, auf denen bald der Lavendel blühen würde, und die Straße, die sich in vielen Windungen zur Burg heraufschlängelte. Wenn er sich nicht in acht nahm, würde ihn der Lavendel wieder an Lucianna erinnern. Blaise zwang sich, in die Gegenwart zurückzukehren und das Problem Bertran de Talair mit allen Folgen zu überdenken.

* * *

Sieben Tage zuvor an einem strahlend schönen, windigen Morgen – es war nun unwiderruflich Frühling geworden, und die ersten Blumen leuchteten in der Sonne wie ein bunter Teppich zu Ehren eines hohen Gastes – hatte man auf dem steilen

Serpentinenpfad drei Reiter gesichtet, die langsam auf die Burgtore zugeritten kamen. Vom Wehrgang erscholl ein wirres Trompetensignal, und das Fallgitter wurde so hastig hochgezogen, daß ein Mann beinahe in die Winde geraten wäre. Blaise hatte sich mit den Coranern und dem größten Teil der Dienerschaft im Burghof aufgestellt. Mallin und Soresina ritten in ihrem prächtigsten Staat (ein weiterer Kostenfaktor; Blaise kannte zufällig die Preise für portezzanischen Samt mit Pelzbesatz und eingewebten Goldfäden) dem Trio entgegen.

Blaise sah einen Braunen, einen Grauschimmel, einen edlen Rappen. Ein älterer Joglar mit Harfe und Laute – inzwischen ein vertrauter Anblick – ritt den Braunen; ein breitschultriger Coraner mittleren Alters saß mit der Selbstverständlichkeit des geübten Reiters im Sattel des Grauschimmels. Zwischen den beiden ritt, barhäuptig trotz Wind und Sonnenschein, in einem schlichten Anzug aus braunem Barchent Herzog Bertran de Talair. So unbegreiflich es auch war, er hatte ganz unverkennbar die Absicht, den geziemend entzückten, jungen Baron von Kastell Baude und seine Gemahlin mit seinem Besuch zu beehren.

Dann kam die kleine Gruppe in den Burghof geritten, und Blaise starrte de Talair mit unverhohlener Neugier an. Der Mann war kaum mehr als mittelgroß, sein schmales Zynikergesicht war nach arbonnesischem Geschmack glattrasiert. Blaise wußte von den Coranern, daß er fast fünfundvierzig Jahre alt war, doch das sah man ihm nicht an. Seine Augen waren tatsächlich schon von weitem so verwirrend blau, wie allgemein behauptet wurde. Auf der rechten Wange hatte er eine Narbe, und dank seines altmodisch kurzen Haarschnitts war deutlich zu sehen, daß ihm die obere Hälfte des rechten Ohres fehlte.

Wie er zu diesen Verletzungen gekommen und was mit dem portezzanischen Meuchelmörder geschehen war, der sie ihm beigebracht hatte, wußte inzwischen fast alle Welt. Blaise kannte sogar den Sohn dieses Mannes. Sie hatten vor zwei Jahren in Götzland ein paar Monate lang in den Diensten desselben Herrn gestanden.

Im Lauf der nächsten Stunden und Tage durchschaute Blaise

nach und nach, daß es für die Anwesenheit des Herzogs mindestens drei Gründe gab. In erster Linie ging es natürlich um Mallin. De Talair wollte behutsam und auf Umwegen versuchen, sich in seinem langjährigen Kampf gegen Urté de Miraval um die Vorherrschaft im westlichen Arbonne, wenn nicht im ganzen Land, die Hilfe des aufstrebenden, ehrgeizigen jungen Barons zu sichern. Soviel hatten Hirnan und Maffour schon vor der Ankunft des hohen Gastes erraten.

Das zweite, kaum weniger durchsichtige Motiv war Soresina. En Bertran de Talair hatte nie geheiratet, aber im Lauf der Jahre Beziehungen zu einer unglaublichen Anzahl von Frauen in verschiedenen Ländern unterhalten. Er schien von dem fast krankhaften Wunsch besessen, sich persönlich von den Reizen jeder gefeierten Schönheit zu überzeugen. Evrard von Lussans mittelmäßige Verse hatten immerhin dazu ausgereicht, die Neugier des Herzogs zu wecken.

Selbst Blaise, der Soresina nicht schätzte, mußte zugeben, daß sie in letzter Zeit großartig aussah. Fast schien es, als hätten Evrards Lobpreisungen ihre blonde Schönheit noch reifen, die blitzenden, schwarzen Augen noch verführerischer werden lassen, auf daß die Wirklichkeit der kunstvollen Bildersprache seiner Verse in nichts nachstehe. Warum auch immer, die junge Herrin von Kastell Baude bot in dieser Woche einen geradezu atemberaubenden Anblick, und selbst Männer, die schon lange in ihrer Nähe lebten, drehten sich unwillkürlich um und vergaßen, woran sie eben noch gedacht hatten, wenn ihre Stimme, ihr Lachen aus irgendeinem Raum zu ihnen drangen.

Blaise hätte sich gewiß noch länger den Kopf darüber zerbrochen, wie Bertran de Talair seine Werbung um Mallin de Baudes Freundschaft mit der nicht minder stürmisch, wenn auch etwas diskreter betriebenen Jagd auf die entzückende Gemahlin des jungen Barons zu vereinbaren gedachte, hätte sich nicht sehr bald gezeigt, daß er selbst der dritte Grund für die Visite des Herzogs war.

Am ersten Abend, nach dem fürstlichsten und kostspieligsten Bankett, das Kastell Baude je gesehen hatte – es gab sogar Löffel für die Suppe, die man sonst nur mit Brotstücken auftunkte –, saß Bertran de Talair entspannt zurückgelehnt neben seinen Gastgebern und lauschte, während Ramir, seit mehr als zwanzig Jahren sein Joglar, fast eine Stunde lang Kompositionen seines Herrn vortrug. Selbst Blaise, der auf diesem Gebiet unverändert voreingenommen war, mußte insgeheim zugeben, daß diese Darbietungen – es mochte an der Kunst des alten Joglars oder an Bertrans Fähigkeiten liegen – auf einer anderen Stufe standen als die Werke eines Evrard von Lussan, des ersten arbonnesischen Troubadours, den er je gehört hatte.

Das änderte nichts an seiner Ansicht, daß Verseschmieden eine sinnlose und eines Edelmanns unwürdige Beschäftigung sei. Bei Evrard und seinesgleichen mochte es bei einiger Nachsicht noch verständlich sein: Männern und Frauen, die auf keinem anderen Weg zu Ruhm und bescheidenem Wohlstand gelangen konnten und normalerweise mit den Großen des Reiches niemals in Kontakt gekommen wären, boten die Dichtkunst und die Musik hier in Arbonne eine wohl einzigartige Chance. Bei Bertran de Talair lag der Fall ganz anders: was hatte ein Adeliger, der in allen sechs Ländern als einer der tapfersten Krieger galt, von diesen Liedern, auf die er so viel Zeit vergeudete?

Blaise grübelte noch immer über diese Frage nach und hatte sich soeben einen zweiten Becher Wein genehmigt, als er sah, wie Talair seinen Pokal abstellte, sich vorbeugte und Soresina etwas ins Ohr flüsterte, das sie bis in den Ausschnitt ihrer blaßgrünen Abendrobe hinein erröten ließ. Dann verließ er die Hohe Tafel. Ramir, der Joglar, schien nur darauf gewartet zu haben, denn er räumte sofort seinen Schemel und reichte de Talair seine Harfe. Der Herzog hatte den ganzen Abend lang kräftig getrunken, aber man merkte ihm nichts an.

»Er will selbst für uns spielen«, flüsterte Maffour aufgeregt. »Eine seltene Ehre!« Ringsum erhob sich erwartungsvolles Gemurmel. Offenbar waren andere zu der gleichen Erkenntnis gelangt. Blaise verzog das Gesicht und streifte Maffour mit einem verächtlichen Blick: wie konnte ein Coraner wegen einer derartigen Belanglosigkeit so aus dem Häuschen geraten? Doch als er zu Hirnan hinübersah, der auf der anderen Seite von Maffour saß, beobachtete auch der ältere, normalerweise eher phlegmatische und durch nichts zu erschütternde Coraner den Herzog mit sichtlicher Ungeduld. Seufzend fand Blaise sich damit ab, daß er dieses Land wohl nie begreifen würde, und wandte sich wieder der Hohen Tafel zu. Bertran de Talair hatte inzwischen auf dem niedrigen Schemel Platz genommen. *Noch ein Liebeslied*, dachte Blaise. Immerhin hatte er Evrard wochenlang ertragen, außerdem war ihm nicht entgangen, daß die Herrin des Hauses und ihr vornehmer Gast schon beim Essen feurige Blicke gewechselt hatten. Doch er irrte sich.

An diesem Abend im Hochland zu Anfang des Sommers, in diesem Saal voller Kerzen, blitzender Edelsteine und festlich gekleideter Menschen, im Duft der Lavendelschalen, die auf allen Tischen verteilt waren, sang Bertran nicht von der Liebe, sondern vom Krieg.

Von Krieg und Tod im eisigen Winter, vom Klirren der Äxte, Schwerter und Streitkolben auf eisernen Rüstungen, von schreienden Pferden und wimmernden Menschen, vom dichten Schneegestöber im bitterkalten Nordwind, der den Atem vor dem Munde gefrieren ließ, vom mattroten Licht der untergehenden Sonne, das im Westen, und von Vidonnes frostigfahlem Schein, der im Osten auf einen Totenacker fiel.

Und Blaise erkannte diesen Acker.

Er selbst hatte dort gekämpft und war dem Tod nur knapp entronnen. Hier im tiefen Süden, im von Frauen beherrschten, von Frauen geprägten Arbonne, sang Bertran de Talair von der Schlacht an der Iersen-Brücke, der letzten in jenem Jahr, von der Entscheidungsschlacht, in der das Heer König Duergars von Gorhaut die valensischen Eindringlinge zurückgeworfen hatte.

Es war zugleich die letzte Schlacht eines langen Krieges gewesen, denn am Ende desselben Winters hatten Duergars Sohn Ademar und König Daufridi von Valensa einen Friedensvertrag unterschrieben und damit einen Streit beendet, der die beiden Länder entzweit hatte, solange Blaise denken konnte. Nun beugte Blaise von Gorhaut sich vor, umfaßte seinen Becher fester, und lauschte den vollen, an den Wogenprall kämpfender Heerscharen erinnernden Akkorden, die Bertran seiner

Harfe entlockte, der klaren, tiefen Stimme des Sängers, seiner unerbittlichen Anklage:

Ein Schandfrühling folgt für das stolze Gorhaut,
Verrat übt sein König, der junge, Verrat dessen Mentor.
Weinen und Klagen bei jenen, deren Söhne gefallen,
Verbitterung bei den Tapferen, die gekämpft und gesiegt –
und denen der Lohn nun entrissen. Vertan ist der Sieg,
unter den Händen zerronnen wie verwässerter Wein.

Ein Schandvertrag ist es, ein schmachvoller Friede,
den Ademar dem besiegten Valensa gewährt.
Wo sind die wahren Erben all derer,
Die starben auf eisigem Schlachtfeld zum Ruhme Gorhauts?
Dürfen das blanke Schwert in die Scheide sie stecken,
Wenn verschenkt ward der Sieg, den sie errungen?

Wie mag ein Sohn, dessen Vater jüngst erst gefallen,
Den Federstrich tun, der alle Träume zerstört?
Wird denn ein König, so ehrlos wie Daufridi, die Memme,
Nicht wiederkehren, nachdem er das Eisfeld verließ?
Wo waren sie denn, die Männer Gorhauts und Valensas,
Als um eines faulen Friedens willen die Waffen man streckte,
Auf schwächlicher Könige Geheiß, die nicht würdig ihres Geschlechts?

Mit einem letzten, strengen Akkord beendete Bertran de Talair seinen Vortrag. Totenstill war es im Saal, anders als zuvor, als man die Frühlings- und Liebeslieder des Joglars, mit Beifall und anerkennendem Gelächter belohnt hatte.

In der Stille spürte Blaise von Gorhaut schmerzhaft deutlich, wie sich sein Herzschlag dem hämmernden Rhythmus der Akkorde angepaßt hatte. An der Iersen-Brücke waren Männer gefallen, die er sein Leben lang gekannt hatte. Keine zwanzig Schritte war er von seinem König entfernt gewesen, nur durch einen Berg steifgefrorener Leichen von ihm getrennt, als Duergar von einem Pfeil ins Auge getroffen wurde und, den Namen ihres Gottes schreiend, aus dem Sattel stürzte. Weithin hatte seine Stimme über das Schlachtfeld geschallt, denn er war ein Hüne von einem Mann gewesen.

Fünf Monate später hatten Duergars Sohn Ademar, inzwischen König von Gorhaut, und sein Oberster Ratgeber Galbert, Großpatriarch des Corannos-Ordens, den Vertrag ausgehandelt, der Valensa – im Austausch für Kriegsgefangene, Gold und die Hand von König Daufridis Tochter, sobald sie mündig war – die gesamte Nordmark von Gorhaut bis zum Iersen-Fluß zusprach. Genau die Äcker und Dörfer, die Daufridi und seine Soldaten in dreißig Jahren Krieg nicht hatten erobern können, fielen ihnen nun wenige Monate später dank des taktischen Geschicks und der Zungenfertigkeit der Arimondaner, die sie als Unterhändler verpflichtet hatten, einfach in den Schoß.

Nicht lange danach hatte Blaise von Gorhaut seine Heimat verlassen und eine Reise durch mehrere Länder angetreten, und jetzt, ein Jahr nach Abschluß dieses Vertrages, saß er in Arbonne in diesem Saal.

Eine jähe, verwirrende Erkenntnis riß ihn aus seinen Gedanken. Bertran de Talair saß immer noch, ein Bein elegant nach vorne gestreckt, auf dem niedrigen Schemel, doch nun starrte er Blaise, dem er bei der Begrüßung heute morgen nur knapp zugenickt hatte, quer über den ganzen Raum hinweg an. Blaise richtete sich auf und gab den Blick ruhig zurück. Der Bart war eine gute Tarnung. Gerade jetzt brauchte niemand seine Gedanken zu lesen.

En Bertran strich leise mit den Fingern über die Harfe. Zart wie Glas, wie die Blumen der Tischdekoration, schwebten die Töne durch den stillen Saal. Ebenso leise, aber sehr deutlich fragte der Herzog von Talair: »Was meint Ihr, Nordländer? Wie lange wird er halten, Euer Friede?«

Mit diesen Worten wurde Blaise so manches klar, doch zugleich entstanden neue Rätsel. Er holte vorsichtig Atem, spürte genau, wie alle Blicke im Großen Saal auf ihn gerichtet waren. Im Schein der Fackeln erstrahlten Bertrans Augen in geradezu unheimlichem Blau; ein spöttisches Lächeln umspielte seinen breiten Mund.

»Es ist nicht mein Frieden«, antwortete Blaise, so lässig er konnte.

»Das dachte ich mir«, sagte Bertran schnell. Die helle Stimme klang befriedigt, so als habe er mehr gehört, als Blaise verraten wollte. »Ich dachte mir schon, daß Ihr nicht unserer Musik wegen zu uns gekommen seid, nicht einmal unserer Frauen wegen, so schön sie auch sind.«

Während er sprach, huschten die blauen Augen kurz der Hohen Tafel zu, und das mit einem Mal gar nicht mehr spöttische Lächeln galt der einzigen Frau, die dort saß. Im nächsten Augenblick erhob der Herzog von Talair abermals die Stimme, und diesmal entsprach sein Lied voll und ganz Blaises ursprünglichen Erwartungen. Doch etwas hatte sich verändert – mehr als nur die Stimmung dieses Abends – und mit einem Mal wußte Blaise nicht mehr so genau, was er von einem arbonnesischen Edelmann halten sollte, der in selbsterdachten Worten das Glück besang, das in den schwarzen Augen einer Frau zu finden sei.

* * *

Am nächsten Tag traten die Coraner von Baude auf den Feldern unterhalb des Dorfes zum Schaukampf an. Man ging mit Lanzen auf ein schwankendes Holzgebilde los, das mit seinem weißgeschminkten Gesicht und dem pechschwarzen Haar hier wie überall dem *Racoux* nachempfunden war, einem Schreckgespenst aus den Märchen der Kinderzeit. Mallin hatte den Tag zum Feiertag erklärt, um neben dem Burggesinde auch den Dorfbewohnern und den Landarbeitern Gelegenheit zu geben, die Teilnehmer anzufeuern. Blaise war mit den Leistungen seiner Männer nicht unzufrieden. Er selbst war darauf bedacht, seinen Mann zu stehen, ohne in Prahlerei zu verfallen. Bei vier Ritten traf seine Lanze dreimal mitten ins Zentrum des kleinen Schildes und warf das Racoux auf seinem Ständer ordentlich zurück. Beim vierten Mal verfehlte er es absichtlich, aber nur so knapp, daß die raffinierte Konstruktion nicht einmal zu rotieren begann – wie sie eigentlich sollte – und er dem sonst fälligen Hieb mit dem Holzschwert auf den Hinterkopf entging. In solcher Gesellschaft nicht mit seinem Können zu protzen, mochte ratsam sein, doch brauchte man deshalb noch lange nicht vom Pferd zu stürzen und sich im Staub zu wälzen.

In Gorhaut versah man die *Racoux* bisweilen sogar mit Schwertern aus Eisen anstatt aus Holz. In seiner Knappenzeit hatten etliche Kameraden schwere Verletzungen davongetragen, was aber dem Eifer, mit dem die jungen Männer sich auf die richtige Handhabung ihrer Waffen konzentrierten, natürlich nur förderlich war. Hier in Arbonne gab es einfach zu viele Ablenkungen, zu viele angenehmere Dinge, mit denen sich ein Mann beschäftigen, über die er Bescheid wissen sollte.

Doch als die Wettbewerbe im Bogenschießen begannen und auch Bertrans Cousin Valery an die Scheiben trat, da mußte Blaise widerstrebend einräumen, daß ihm trotz aller Zerstreuungen, die dieses Land seinen künftigen Kriegern bot, im Norden bisher noch kein Bogenschütze begegnet war, der sich mit diesem Mann messen konnte. Selbst sein portezzanischer Freund Rudel hätte hier keine Chance gehabt. Auf vierzig Schritt konnte Blaise noch mit Valery von Talair konkurrieren, und Hirnan nahm es ebenfalls mit ihnen auf. Auch auf sechzig Schritt zogen die beiden – zu Mallins unverhohlener Befriedigung – noch mit ihrem Gast gleich. Als man jedoch die Scheiben unter dem lauten Jubel der Menge auf achtzig Schritt verschob, blieb nur Valery, obwohl er gewiß nicht mehr der Jüngste war, von der neuen Distanz völlig unbeeindruckt. Er zielte in aller Ruhe, zog mit fließenden Bewegungen die Sehne zurück und setzte jeden Pfeil ins Rote. Blaise war schon zufrieden, daß alle seine Schüsse die ferne Scheibe trafen, und Hirnan machte ein grimmiges Gesicht, denn ihm gelang nicht einmal das. Blaise ahnte, daß Bertrans Cousin auch auf hundert Schritt nicht schlechter abgeschnitten hätte, doch Valery war höflich genug, diese Distanz gar nicht erst vorzuschlagen, so daß der Wettbewerb damit beendet war und alle drei unter dem Beifall der Zuschauer vom Platz gehen konnten.

Am nächsten Tag ritt man auf die Jagd. Soresina, die in ihrer grünbraunen Tracht an eine der sagenumwobenen Waldjungfrauen erinnerte, ließ zum ersten Mal ihren neuen Falken fliegen und geriet vor Freude schier außer sich, als der Vogel auf den Bergwiesen nördlich der Burg einen fetten Hasen zur Strecke brachte. Wenig später scheuchten die Treiber einen wild flatternden Corfe- und Wachtelschwarm auf. Die Jagd war in solcher Gesellschaft gewissen ungeschriebenen Gesetzen unterworfen, mit denen Blaise wohl vertraut war. So gab er keinen Schuß ab, ohne sich vorher zu vergewissern, ob etwa Mallin oder der Herzog dasselbe Wild im Visier hatten. Erst ganz zum Schluß, als jeder der beiden Herren mehrfach Beute gemacht hatte, erlegte er mit zwei direkt gegen die Sonne abgeschossenen Pfeilen selbst ein Vogelpaar.

In der dritten Nacht tobte ein Unwetter, wie es in den Bergen im Sommer keine Seltenheit war. Corannos' weißen Speeren gleich zuckten die Blitze, verfolgt von der Donnerstimme des Gottes und von heftigen Regengüssen, über den Himmel. Wie ein ruheloses Gespenst heulte der Wind um die Mauern der Burg, und der Regen trommelte gegen die Fenster, als wolle er sich Einlaß erzwingen. Doch im Großen Saal von Baude hatte man Fackeln und Kaminfeuer entzündet, und die Mauern wie die Fenster hielten Wind und Regen stand. Wieder sang Ramir der Joglar seine Lieder. Seine Stimme übertönte das Toben der Elemente und schuf eine Atmosphäre traulicher Geborgenheit. Selbst Blaise mußte zugeben, daß es Gelegenheiten gab, zu denen die Musik und gewisse andere Annehmlichkeiten, auf die man hier im Süden so großen Wert legte, nicht zu verachten waren. Er vergaß freilich auch die Menschen nicht, die in den Dörfern rings um die Burg in kleinen, morschen Holzhütten hausten, oder die Schafhirten oben auf den Bergen, die auch im strömenden Regen bei ihren Herden ausharren mußten. In dieser Sturmnacht ging er früh zu Bett, zog sich die Steppdecke bis zum Kinn hoch und dankte Corannos für die kleinen Freuden des Lebens.

Der nächste Morgen dämmerte kühl herauf, und es war immer noch recht windig. Die nächtlichen Urgewalten hatten den nahenden Sommer noch einmal zurückgedrängt. Bertran und Valery ließen es sich nicht nehmen, mit den Männern von Kastell Baude in die Berge zu reiten, um – eine unangenehme und undankbare, aber ungemein wichtige Aufgabe – zusammen mit den Hirten diejenigen Schafe des Barons zu suchen und zurückzubringen, die sich im Sturm verlaufen hatten. Die Schafe und ihre Wolle bildeten die wirtschaftliche Grundlage für Mallin de Baudes hochfliegende Pläne, und seine Coraner brauchten sich nicht einzubilden, sie seien über derartige Tätigkeiten erhaben.

Der Weg zu den Hochweiden führte steil bergauf, und der Ritt dauerte zwei Stunden. Die Arbeit an sich war hart, manchmal gefährlich, und nahm fast den ganzen Tag in Anspruch. Als Blaise am späten Nachmittag mit einem nassen, zitternden Lamm auf den Armen unter lauten Verwünschungen – er hatte allen Grund, seinem Herzen Luft zu machen – aus einem schlüpfrigen Hohlweg kletterte, stand er unversehens vor Bertran de Talair. Der Herzog saß, bequem gegen den Stamm eines Ölbaums gelehnt, im Gras. Sonst war weit und breit niemand zu sehen.

»Setzt das Kleine lieber ab, bevor es Euch anpinkelt«, riet ihm der Herzog lachend. »Ich hätte eine Flasche mit arimondischem Branntwein anzubieten, wenn's beliebt.«

»Schon passiert«, knurrte Blaise und stellte das blökende Lamm auf den Boden. »Danke vielmals, aber bei der Arbeit brauche ich einen klaren Kopf.«

»Die Arbeit ist getan. Eurem rothaarigen Coraner – Hirnan, nicht wahr? – zufolge sind noch drei oder vier Tiere über diesen Gebirgszug ins Südtal entkommen, aber die können die Hirten allein einfangen.« Damit hielt er Blaise einladend die Flasche entgegen.

Der kauerte sich mit einem Seufzer neben den Baum und griff zu. Schon nach dem ersten Schluck erkannte er, daß dies kein gewöhnlicher Branntwein war. Er schmatzte genüßlich, dann zog er fragend die Augenbrauen hoch. »Habt Ihr immer Seguignac dabei, wenn ihr in die Berge steigt, um Schafe zu jagen?«

Ein Lächeln flog über Bertran de Talairs intelligente, erstaunlich jugendliche Züge. »Von gutem Branntwein versteht Ihr also etwas«, murmelte er trügerisch sanft. »Man fragt sich unwillkürlich, woher das wohl kommt. Ihr gebt Euch große Mühe, als ganz gewöhnlicher, junger Söldner aufzutreten, ein tüchtiger Gefolgsmann, der, nicht anders als halb Götzland, mit Schwert und Bogen umzugehen weiß. Aber ich habe Euch auf der Jagd beobachtet. Ihr habt bis ganz zum Schluß kein einziges Stück heruntergeholt, obwohl es für einen Mann, der auf achtzig Schritt jedesmal die Scheibe trifft, ein Dutzend Möglichkeiten gegeben hätte. Aber Ihr wart zu sehr darauf bedacht, weder Mallin de Baude noch mich bloßzustellen. Wißt Ihr, was mir das verrät, Nordländer?«

»Keine Ahnung«, behauptete Blaise.

»O doch. Es verrät mir, daß Ihr mit höfischen Sitten Erfahrung habt. Wollt Ihr mir nicht sagen, wer Ihr seid, Nordländer?«

Ohne eine Miene zu verziehen, gab Blaise die schöne Flasche zurück und suchte sich, um Zeit zu gewinnen, eine bequemere Stellung im Gras. Neben ihnen weidete zufrieden das Lamm und hatte offenbar schon ganz vergessen, daß es eben noch in heller Panik geblökt hatte. Blaise hörte im Hinterkopf die Alarmglocken schrillen, doch die direkte Art des Herzogs hatte seine Neugier und seinen Humor geweckt.

»Das will ich lieber nicht«, sagte er offen, »aber ich stand in Götzland wie in Portezza an mehr als einem Hof in Diensten. Allerdings wüßte ich gerne, warum Ihr Euch so brennend für mich interessiert.«

»Ganz einfach«, sagte de Talair. »Ich will Euch anheuern und informiere mich lieber vorher, aus welchen Verhältnissen meine Leute kommen.«

Das ging Blaise in mancher Hinsicht zu schnell. »Ich habe bereits einen Herrn«, sagte er. »Wißt Ihr nicht mehr? Mallin de Baude, ziemlich junger Bursche, Baron in Arbonne. Hübsche Frau.«

Bertran lachte laut auf. Das Lamm hob den Kopf, sah die beiden kurz an und gab sich dann wieder seiner Lieblingsbeschäftigung hin. »Ich muß schon sagen«, bemerkte der Herzog. »Mit solchen Scherzen untergrabt Ihr den Ruf Eures Landes: die Humorlosigkeit der Gorhautaner ist schließlich sprichwörtlich.«

Blaise gestattete sich ein dünnes Lächeln. »Bei uns zu Hause sagt man das den Götzländern nach. Die Valensaner riechen nach Fisch und Bier, die Portezzaner lügen mit jedem Wort, und die Männer von Arimonda schlafen zumeist mit ihresgleichen.«

»Und was sagt man bei Euch zu Hause über Arbonne?« fragte Bertran de Talair leise.

Blaise schüttelte den Kopf. »Ich bin schon lange nicht mehr zu Hause gewesen«, wich er aus.

»Zum letzten Mal vor etwa vier Monaten«, korrigierte de Talair. »Ich habe mich erkundigt. So lange ist es also gar nicht her. Nun, was sagt man?« Er hielt die Flasche mit beiden Händen locker umfaßt. Sein kurzgeschnittenes, braunes Haar schimmerte in der Nachmittagssonne. Jetzt lächelte er nicht mehr.

Auch Blaise war ernst geworden und hielt dem Blick der klaren, blauen Augen so gut wie möglich stand. »Ihr ließet eine Frau über Euch herrschen, sagt man, und hättet schon immer unter der Fuchtel der Frauen gestanden. Und Tavernel an der Mündung des Arbonne habe den schönsten natürlichen Hafen auf dieser Welt.«

»Während Ademar von Gorhaut bedauerlicherweise über keinen einzigen geschützten Seehafen verfügt, weil ihm im Norden Valensa und im Süden das Weiberreich Arbonne den Zugang zum Meer versperren. Armer König. Was sucht Ihr hier, Blaise von Gorhaut?«

»Ich suche mein Glück. Die Sache ist längst nicht so geheimnisvoll, wie Ihr vielleicht glaubt.«

»Und Ihr glaubt es zu finden, wenn Ihr hier in den Bergen den Schafen eines kleinen Barons nachjagt?«

Blaise lächelte. »Es war ein Anfang«, sagte er. »Das erste Angebot, das ich bekam. Eine Chance, Eure Sprache besser zu lernen, in Ruhe abzuwarten, bis sich etwas ergab. Ich hatte meine Gründe, Portezzas Städten für eine Weile den Rücken zu kehren.«

»*Ihr* hattet Eure Gründe? Oder Ademar von Gorhaut? Lauert hinter diesem Bart womöglich ein Spion, mein grünäugiger Jüngling aus dem Norden?«

Mit diesem Verdacht war früher oder später zu rechnen gewesen. Nun war er heraus, und Blaise war erstaunt, wie ruhig er blieb. Er streckte die Hand nach der Branntweinflasche aus. De Talair reichte sie ihm. Blaise nahm noch einen kleinen Schluck und wischte sich mit dem Handrücken über den Mund. Der Seguignac schmeckte vorzüglich.

»Wichtige Informationen gäbe es wahrhaftig genug«, erwiderte er lächelnd. Mit einem Mal war er glänzender Laune. »Für die genaue Zahl der Schafe hier in den Bergen würde Ademar sicherlich ein hübsches Sümmchen springen lassen.«

Auch Bertran de Talair lächelte wieder, stützte sich auf einen Ellbogen und streckte bequem die Beine aus. »Vielleicht ist dies wirklich nur der Anfang, wie Ihr sagt. Ein möglicher Weg in unsere Ratsversammlungen.«

»Das heißt, ich habe bei der Jagd nur aus Berechnung so schlecht geschossen, um Euch zu verleiten, mir eine Stellung anzubieten. Ihr überschätzt mich.«

»Mag sein«, sagte de Talair. »Wieviel bezahlt Euch Mallin?«

Blaise nannte die Summe. Der Herzog zuckte unbeeindruckt die Achseln. »Ich biete Euch das Doppelte. Wann könnt Ihr anfangen?«

»Ich habe meinen Sold bereits für die nächsten zwei Wochen erhalten.«

»Gut. Drei Tage danach erwarte ich Euch auf Talair.«

Blaise hob die Hand. »Eines sollte von vornherein klar sein, und genau das gleiche habe ich auch En Mallin de Baude gesagt. Ich bin Söldner, kein Vasall. Ich schwöre keinen Eid.«

Bertran hatte wieder sein träges, spöttisches Grinsen aufgesetzt. »Selbstverständlich nicht. Wie käme ich auch dazu, Euch einen Gefolgschaftseid abzuverlangen? Aber was wollt Ihr tun, wenn Ademar nach Süden zieht? Tötet Ihr mich dann im Schlaf? Seid Ihr am Ende nicht nur ein Spion, sondern auch ein Meuchelmörder?«

Damit hatte er genauer ins Ziel getroffen, als Blaise lieb sein konnte. Unversehens fiel ihm die Hohepriesterin auf Rians Insel im Meer wieder ein. Er sah verlegen auf seine Hände nieder, und plötzlich war er wieder mit Rudel im portezzanischen Faenna, stand in einer mondlosen Nacht in einem Palastgarten dieser gefährlichen Stadt, sah die Glühwürmchen flimmern, roch den Duft der Orangenbäume, spürte den Dolch in seiner Hand.

Langsam schüttelte er den Kopf und zwang sich, nach Arbonne zurückzukehren, auf diese Hochebene in den Bergen.

Der Mann mit dem beunruhigend scharfen Blick hielt seine strahlend blauen Augen unverwandt auf ihn gerichtet.

»Ich bin ebenso wenig Ademars Gefolgsmann, wie ich der Eure sein werde«, sagte er sehr deutlich zu Bertran de Talair. Dann zögerte er. »Glaubt Ihr wirklich, daß er nach Süden kommen könnte?«

»*Könnte?* In Rians heiligem Namen, wozu hätte er sonst diesen Frieden mit Valensa geschlossen, den ich in meinen Liedern so hartnäckig anprangere? Ihr habt es doch selbst gesagt: Arbonne wird von Weibern beherrscht. Unser Graf ist tot, auf Barbentain sitzt eine alternde Frau, ein Thronerbe ist nirgendwo in Sicht, dafür haben wir Weingärten, Kornfelder und einen ausgezeichneten Hafen. Unsere Männer tun den ganzen Tag nichts anderes, als Liebeslieder zu schreiben und wie unreife Knaben danach zu schmachten, daß ihnen des Nachts eine kühle Frauenhand über die Stirn streicht ... *natürlich* wird Ademar über uns herfallen.«

Blaises gute Laune schwand zusehends. Unter de Talairs Worten zerstob die angenehme Müdigkeit nach einem anstrengenden Tag wie die Gewitterwolken vor den Bergwinden. »Warum wollt Ihr mich dann anheuern?« fragte er. »Warum geht Ihr ein solches Risiko ein?«

»Weil ich das Risiko liebe«, sagte Bertran de Talair, und es klang fast bedauernd. »Ein Fehler von mir, fürchte ich.« Die Hohepriesterin, dachte Blaise, hatte ganz ähnlich gesprochen.

Bertran setzte sich auf und nahm einen letzten Schluck Seguignac, bevor er die Flasche wieder verschloß.

»Vielleicht werdet Ihr uns irgendwann mehr schätzen, als Ihr jetzt glaubt. Vielleicht finden wir hier unten eine Frau für Euch. Vielleicht bringen wir Euch sogar das Singen bei. Um ehrlich zu sein, man hat mir in diesem Frühjahr einen guten Mann getötet, und gute Männer sind nicht leicht zu ersetzen, das wißt Ihr wohl selbst am besten. So kurz nach Eurer Ankunft mit Erfolg Rians Insel zu überfallen, war kein Kinderspiel.«

»Woher wißt Ihr davon?«

Wieder grinste Bertran, aber diesmal ohne Ironie.

Blaise konnte sich plötzlich vorstellen, wie dieses Lächeln auf eine Frau wirken mußte, die der Herzog umwarb – ein sonderbarer Gedanke. »Bei der Jagd einen Corfe zu schießen, ist keine Kunst«, fuhr de Talair fort, ohne auf Blaises Frage einzugehen. »Ich brauche einen Mann, der weiß, wann er *nicht* schießen soll. Auch wenn dieser Mann mir nicht sagen will, wer er ist, und wo er das gelernt hat.« Sein Blick schweifte nach Westen, zu den Bergen, hinter denen Arimonda lag. Zum ersten Mal wirkte er unsicher. »Außerdem habt Ihr mich in den letzten Tagen an meinen Sohn erinnert. Fragt mich nicht, warum. Er starb als Säugling.«

Er stand unvermittelt auf. Auch Blaise erhob sich. Jetzt verstand er gar nichts mehr. »Ich dachte, Ihr hättet nie geheiratet«, sagte er.

»So ist es«, antwortete Bertran leichthin. »Findet Ihr etwa, es wäre an der Zeit?« Das ironische Lächeln, das alles auf Abstand hielt, war wieder da. »Ein Weib, das mir bei Nacht die alten Knochen wärmt, und Kinder, um mir den Lebensabend zu versüßen? Die Vorstellung ist verführerisch. Können wir uns auf dem Rückweg weiter darüber unterhalten?«

Er war zu seinem Pferd gegangen, und Blaise mußte ihm notgedrungen folgen. Auf dem windigen Hochplateau war es kälter geworden, die Sonne verschwand immer wieder hinter den grauen Wolken, die rasch über den Himmel zogen. Erst im letzten Augenblick sah Blaise sich nach dem Lamm um. Es kam brav hinterhergelaufen. Sie saßen auf und machten sich auf den Weg. Vom nächsten Bergrücken aus konnten sie Mallin und die anderen sehen, die sich weiter unten, östlich von ihnen versammelt hatten. Bertran winkte kurz, dann begann der Abstieg. In der Ferne, hinter Wald und Wiesen, weit hinter den anderen Männern war jetzt die Burg zu erkennen. Die Lavendelfelder jenseits davon lagen bereits im Schatten.

Bevor sie die anderen erreichten, warf Bertran de Talair noch einige Fragen auf, die freilich nicht das Geringste mit spätem Eheglück oder den Freuden eines ruhigen Lebensabends zu tun hatten.

* * *

Und jetzt – ob überraschend oder nicht, war eine Frage des Standpunkts – näherte sich von der Treppenbiegung unter der

Fensternische, wo Blaise Posten bezogen hatte, der Schein einer Kerze. Er bemüht sich nicht einmal um Diskretion, dachte Blaise empört. Leise Schritte kamen die Treppe herauf. Genau wie auf dem Berghang verheißen. Damals hatte Blaise nicht daran glauben wollen.

»Ich nehme an, man wird Euch am Abend vor meiner Abreise vor die Gemächer der Baronin stellen«, hatte Bertran de Talair auf dem kalten Ritt zurück zur Burg erklärt. »Vorher würde ich ohnehin nicht hinaufgehen ... zu viele Verwicklungen, und obendrein ein Verstoß gegen die guten Sitten. Nein, ich warte lieber bis zum Schluß, das ist immer das beste. Ich kann mich doch auf Eure Verschwiegenheit verlassen?«

Blaise hatte sich überwinden müssen, um nicht aufzubrausen. Als er endlich antwortete, paßte er sich dem lässigen Tonfall des Herzogs an. »An Eurer Stelle würde ich darauf nicht bauen. Ich werde zwar in Eure Dienste treten, aber erst in zwei Wochen. Im Augenblick wird mein Sold noch von Mallin de Baude bezahlt, und Ihr tut gut daran, das nicht zu vergessen.«

»Bewundernswert, diese Ergebenheit!« hatte de Talair gemurmelt, ohne ihn anzusehen.

Blaise hatte den Kopf geschüttelt. »Rein berufliche Gründe«, hatte er zurückgegeben, ohne die Beherrschung zu verlieren. »Wenn mir der Makel der Unredlichkeit erst einmal anhaftet, bin ich als Söldner keinen roten Heller mehr wert.«

»Unsinn. Was in einem dunklen Treppenhaus ohne Zeugen geschieht, kann Eurem Ruf nicht schaden«, behauptete de Talair im Brustton der Überzeugung. »Wollt Ihr eigentlich jedem Menschen, der Euch über den Weg läuft, Eure eigenen Moralvorstellungen in bezug auf nächtliche Stelldicheins aufzwingen, Nordländer?«

»Gewiß nicht. Aber ich selbst gedenke mich daran zu halten.«

Der Herzog hatte lächelnd zu ihm herübergesehen. »Dann steht uns in ein paar Tagen ein interessantes Treffen bevor.« Dann hatte er Mallin de Baude noch einmal zugewinkt und seinem Pferd die Sporen gegeben, um den Baron und seine Männer einzuholen. Den Rest des Weges legte man gemeinsam zurück.

Und nun wahrte er nicht einmal den Schein, sondern kam ganz offen. Blaise stand auf und trat aus der Fensternische. Nachdem er sich vergewissert hatte, daß Schwert und Dolch griffbereit waren, wartete er reglos, die Beine leicht gegrätscht, um einen sicheren Stand zu haben. Die Helligkeit verstärkte sich, dann sah Blaise die brennende Kerze um die Treppenbiegung kommen. Ihr folgte, gleichsam im Lichtkreis gefangen, Bertran de Talair, in Burgunderrot und Schwarz gekleidet. Sein weißes Hemd stand am Hals offen.

»Da bin ich«, sagte der Herzog leise und lächelte. »Das interessante Treffen kann stattfinden.«

»Nicht mit mir«, sagte Blaise grimmig entschlossen.

»Hm, nein, das hatte ich an sich auch nicht vor. Wir leiden wohl beide nicht über Gebühr an der arimondischen Krankheit. Ich wollte vielmehr ausprobieren, ob ich in der Kemenate am Ende dieser Treppe mehr Glück hätte als noch vor kurzem der arme Evrard.«

Blaise schüttelte den Kopf. »Was ich Euch in den Bergen sagte, war mein Ernst. Ich maße mir nicht an, über Euch oder die Baronin zu urteilen. Mein Schwert steht jedem zur Verfügung, der für meinen Sold aufkommt, hier und anderswo. Im Augenblick bezahlt mich En Mallin de Baude dafür, daß ich seine Treppe bewache. Und nun darf ich Euch bitten, sofort kehrtzumachen und wieder hinabzusteigen, bevor es zu Unnehmlichkeiten kommt.«

»Hinabsteigen?« Bertran hob die Kerze. »Ich habe eine volle Stunde auf mein Aussehen verwandt und sehe dem heutigen Abend seit Tagen in freudiger Erwartung entgegen. Soll das alles umsonst gewesen sein? Um mich erst in Versuchung führen zu lassen und dann unverrichteter Dinge abzuziehen, bin ich zu alt. Aber das versteht Ihr nicht, dafür seid Ihr wohl noch zu jung. Aber Ihr werdet schon noch Eure Erfahrungen sammeln, vielleicht genügen auch die Erinnerungen. Hört zu, Nordländer: ein Mann mag sich von seinem Vorhaben abbringen lassen, das gilt, allen anderslautenden Gerüchten zum Trotz, sogar für mich, aber eine temperamentvolle Frau wird zu Ende führen, was sie begonnen hat, selbst in Gorhaut und ganz besonders in Arbonne.« Bei diesen Worten hob er die Kerze höher, so daß der rötliche Schein sie beide erfaßte.

Blaise begriff nicht sofort, was er damit bezweckte. Erst als er hinter sich ein leises Rascheln hörte, drehte er sich um und setzte zu einem Schrei an. Doch da traf ihn bereits ein Hieb an der Schläfe, und er taumelte – momentan benommen – in die Fensternische zurück. Bertran de Talair hatte die Chance natürlich genützt und war, in einer Hand seinen Dolch, in der anderen die hoch erhobene Kerze, die letzten drei Stufen emporgesprungen.

»Es ist«, raunte er Blaise ins Ohr, »wirklich ungemein schwierig, jemanden zu beschützen, der gar nicht beschützt werden will. Damit seid Ihr wieder um eine Erfahrung reicher, Nordländer.«

Er duftete nach einem unbekannten Parfum, und sein Atem roch nach Pfefferminz. Blaise verschwamm alles vor den Augen, Wellen von Übelkeit brandeten über ihn hinweg, dennoch erhaschte er einen kurzen Blick auf die Frau hinter Bertran. Das lange, blonde Haar hing ihr offen den Rücken hinab. Ihr Nachtgewand war aus Seide und – Blaise sah es im Licht der Kerze und des Mondes, der durch die Schießscharte hereindrang – weiß wie ein Brautkleid. Weiß, die Farbe der Unschuld. Das war das letzte, was er dachte. Ihm blieb auch keine Zeit mehr, um sich zu wehren oder um Hilfe zu rufen, denn schon ließ Bertran de Talair den Griff seines Dolchs gezielt und mit genau bemessener Wucht auf seinen Hinterkopf niedersausen. Blaise verlor jegliches Interesse am Mondschein oder der Symbolik der Farben, er spürte nicht einmal mehr den Schmerz.

* * *

Als er erwachte, saß er, an eine Bank gelehnt, auf dem Steinboden in der Fensternische. Stöhnend drehte er sich zur Seite und sah durch den Fensterschlitz. Der weiße Vidonne stand, fast noch voll, hoch am Nachthimmel und tauchte alles in sein silbernes Licht. Die Wolken hatten sich verzogen, rings um den Mond zeigten sich schwach die Sterne.

Blaise hob die Hand und betastete vorsichtig seinen Hinterkopf. In den nächsten Tagen würde er mit einer Beule von der Größe eines Corfe-Eis und mit einem häßlichen Bluterguß über dem Haaransatz am rechten Ohr herumlaufen. Wieder entfuhr ihm ein Wimmern, und in diesem Augenblick merkte er, daß er nicht allein war.

»Der Seguignac steht gleich über Euch auf dem Sitz«, sagte Bertran de Talair leise. »Nehmt Euch in acht, die Flasche ist offen.«

Der Herzog lehnte auf der anderen Seite der Treppe auf gleicher Höhe wie Blaise an der Wand. Durch das schmale Fenster fiel ein Streifen Mondlicht auf ihn. Seine Kleider waren zerknittert, und das Haar stand wirr nach allen Seiten ab. Die blauen Augen waren unverändert klar, aber' sein Gesicht schien gealtert. Von den Augenwinkeln strahlten Fältchen aus, die Blaise bisher nicht bemerkt hatte, und unter den Augen lagen schwarze Schatten.

Blaise wußte nicht, was er sagen sollte, also hob er die Hand und tastete – behutsam, wie man es ihm geraten hatte – nach der Flasche. Wie pures Feuer glitt ihm der Seguignac durch die Kehle, eine angenehme Wärme breitete sich bis in die Gliedmaßen aus und erweckte Arme und Beine, Finger und Zehen aufs neue zum Leben. Der Kopf tat ihm höllisch weh. Ganz vorsichtig – denn jede Bewegung verstärkte die Qualen – streckte er den Arm aus und reichte die Flasche dem Herzog. Bertran ergriff sie wortlos und trank.

Dann herrschte Stille auf der Treppe. Blaise hatte nach den beiden Schlägen einen ordentlichen Katzenjammer, und das Denken fiel ihm schwer. Er könnte natürlich mit einem lauten Schrei alles aus dem Schlaf reißen. Mallins Zimmer lag an demselben Flur wie Soresinas Kemenate, er wäre vermutlich als erster hier.

Und mit welchen Konsequenzen?

Seufzend nahm Blaise abermals die Flasche entgegen. Sie schimmerte matt im Mondlicht und war mit vielfach verschlungenen Mustern verziert, wahrscheinlich das Werk eines götzländischen Meisterschmieds. Gekostet hatte sie sicher mehr als den Monatssold, den Blaise hier in Baude bezog.

Es hatte wirklich keinen Sinn, im Nachhinein ein großes Geschrei zu erheben. Bertran hatte recht: Soresina de Baude hatte ihre Entscheidung getroffen und getan, was sie wollte. Jetzt war es vorüber, und solange er, Blaise, nicht Alarm schlug und die ganze Burg aufscheuchte, waren die Folgen kaum erwähnenswert.

Was ihn an der ganzen Sache störte, war die Verlogenheit. Wieder eine Frau, die ihren Mann betrog, wieder ein Mann, der bedenkenlos auf Kosten eines anderen seine Gelüste befriedigte. Dabei hatte er gehofft, dieser Herzog Bertran de Talair möge mehr sein als ein übersättigter Verführer, der vor nichts zurückschreckte, um mit einer blonden Frau, die nicht die seine war, eine einzige, schäbige Nacht zu verbringen.

Trotzdem würde er den Vorfall nicht an die große Glocke hängen, und damit hatten Bertran und Soresina wohl von vornherein gerechnet. Es ärgerte ihn, daß sie ihn für so leicht durchschaubar hielten, aber das brachte ihn nicht dazu, seinen Entschluß zu ändern. Kleinliche Rachsucht bezahlte man oft mit dem Leben.

Wo ihn die beiden Schläge getroffen hatten, wetteiferten in seinem Kopf zwei Hämmer miteinander, welcher ihm übler mitspielen konnte. Doch der Seguignac half; im Seguignac, stellte er fest und wischte sich über den Mund, ließen sich Trauer und Einsamkeit immer noch am besten ertränken.

Er wandte sich de Talair zu, um dieser Erkenntnis Ausdruck zu verleihen, doch die Maske des weltklugen Spötters war verrutscht, und was Blaise nun im Narbengesicht des Troubadour-Herzogs sah, ließ ihn verstummen.

»Dreiundzwanzig Jahre«, sagte Bertran de Talair gleich darauf, mehr zu sich selbst, und starrte unverwandt auf den Mond im Fensterschlitz. »Wer hätte gedacht, daß ich so lange leben würde? Ich habe mir die größte Mühe gegeben, der Gott und die gütige Rian wissen es, doch eine Frau wie sie habe ich in diesen dreiundzwanzig Jahren nicht wieder gefunden. Keine konnte die Erinnerung an sie auslöschen, nicht einmal für eine einzige Nacht.«

Blaise war vollkommen hilflos. Einen Moment lang hatte er sogar Mitleid mit Soresina de Baude, die mit ihrem offenen Haar und dem weißen Seidennachthemd da oben in ihrer

Kemenate lag. Worte fand er nicht, vermutlich gab es für das, was er eben gehört hatte, ohnehin keinen angemessenen Trost, und so streckte er einfach noch einmal die Hand mit der Seguignacflasche aus.

Nach kurzem Zögern erschien En Bertrans ringgeschmückte Hand in der Mondlichtbahn und griff danach. De Talair nahm einen tiefen Schluck, holte aus irgendeiner Tasche den Stöpsel und verschloß die Flasche. Dann kam er langsam auf die Beine und machte sich, kaum merklich schwankend, ohne noch einmal eine Kerze zu entzünden, ohne ein Wort zu sagen oder sich noch einmal umzusehen, an den Abstieg. Die Dunkelheit verschluckte ihn, bevor er noch hinter der ersten Biegung verschwunden war. Eine Weile hörte Blaise noch seine leisen Schritte, dann verklangen auch sie, und alles war still. Der Mond wanderte langsam am schmalen Fenster vorbei, nur die Sterne blieben zurück.

Kapitel 3

König Ademar von Gorhaut wendet sich langsam ab von der unterhaltsamen, wenn auch nicht gerade appetitlichen Balgerei – drei Katzen gegen einen Jagdhund, den man eigens zu diesem Zweck verstümmelt hat – vor seinem Thron und mustert den Mann, der ihn bei seinem Vergnügen stört, mit mißtrauischem Blick. Der halbnackten Frau, die vor ihm auf dem Steinboden kniet und mit dem Mund sein Geschlecht bearbeitet, schenkt er keine Beachtung.

»Wir sind uns nicht ganz sicher, ob wir Euch auch recht verstanden haben«, sagt der König. Er hat eine überraschend hohe Stimme, und diesen speziellen Tonfall kennt sein Hofstaat seit etwas mehr als einem Jahr zur Genüge. Im Audienzsaal des königlichen Palasts zu Cortil sind rund fünfzig Männer versammelt, und nicht wenige danken Corannos mit einem stummen Gebet, daß dieser Blick und diese Worte nicht ihnen gelten. Auch eine Handvoll Frauen sind anwesend, und sie mögen darüber anders denken, aber Frauen zählen nicht in Gorhaut.

Herzog Ranald de Garsenc greift nach seinem Bierkrug und nimmt einen tiefen Zug, doch niemand läßt sich von der lässigen Geste täuschen. Aufmerksame Beobachter bemerken immerhin, daß de Garsencs Hand nicht zittert, als er den schweren Humpen wieder absetzt. Der Herzog blickt den König über den Holztisch hinweg an und erhebt die Stimme. »Wenn ich mich nicht irre, war heute morgen von Arbonne die Rede. Ich meinte nur, Ihr könntet die Schlampe doch zur Frau nehmen. Sie ist schließlich Witwe und hat keine Erben. Wäre das nicht die einfachste Lösung?«

Zerstreut vergräbt der König seine großen, ringlosen Hände im langen Haar des Mädchens, das vor ihm auf den Knien liegt, und streicht ihr über den unermüdlich zuckenden Kehlkopf. Aber er sieht sie kein einziges Mal richtig an. Hinter ihr ist der alte Jagdhund inzwischen zusammengebrochen und liegt röchelnd und aus vielen Wunden blutend auf der Seite. Die Katzen haben seit fünf Tagen nichts zu fressen bekommen und machen sich gierig über ihn her. Ademar lächelt schmal und sieht ihnen einen Moment zu, doch als sich die Eingeweide des Hundes auf den Boden ergießen, verzieht er angeekelt den Mund. Auf einen Wink von ihm springen die Wärter herbei, greifen sich die vier Tiere und tragen sie hinaus. Die Katzen sind fast wahnsinnig vor Hunger. Auch als die Türen am anderen Ende geschlossen werden, sind ihre schrillen Schreie im Saal noch zu hören. Der Geruch nach Blut und nassem Fell bleibt zurück und mischt sich mit dem stechenden Rauch der Kaminfeuer und dem säuerlichen Bierdunst, der von den Pfützen auf den Tischen aufsteigt. Von alters her hat nur der Hochadel von Gorhaut das Recht, hier zu sitzen und sich in Gegenwart seines Lehensherrn dem Trunk hinzugeben.

Besagter Lehensherr schließt in diesem Moment die Augen. Sein kräftiger, wohlproportionierter Körper versteift sich, das blasse Gesicht mit dem Vollbart strahlt entzückt auf. Alles schweigt verlegen, die Höflinge entwickeln plötzlich ein lebhaftes Interesse für ihre Fingernägel oder für die schwarzen Deckenbalken. Mit einem tiefen Seufzer sinkt Ademar auf den Thron zurück. Als er die Augen wieder öffnet, wandert sein Blick wie jedesmal, wenn er zum Höhepunkt gekommen ist, zu den Damen seines Hofstaats hinüber, die links vom Thron an den Fenstern stehen. Manche blicken taktvoll zu Boden oder auf die Seite. Die eine oder andere ist sichtlich unangenehm berührt. Ein paar sind aus anderen Gründen rot geworden, und sie geben Ademars Blick provozierend zurück. Die Kniende verdeckt den königlichen Unterleib mit ihrem Körper, nestelt an Schnüren und Ösen herum und streicht sorgsam Ademars Kniehosen und seine Strümpfe glatt. Schließlich legt sie den Kopf in den Nacken und wartet, daß der König sie entläßt.

Ademar von Gorhaut lehnt sich auf seinem Thron zurück, schaut zum ersten Mal auf sie nieder und streicht ihr träge mit dem Finger über die Lippen. Dann verzieht er den Mund zu dem gleichen schmalen Lächeln wie zuvor. »Geh zum Herzog von Garsenc«, befiehlt er. »Der ehemalige Schwertführer meines Vaters bedarf offenbar dringend der Dienste einer richtigen Frau.« Ohne eine Miene zu verziehen, erhebt sich das Mädchen und nähert sich graziös dem Mann, der es eben noch gewagt hat, den König aus seinem Sinnenrausch zu reißen. Wüstes Gelächter schallt durch den Saal; Ademar bedankt sich mit einem Grinsen. Eine der Frauen dreht sich jäh zum Fenster um und blickt über die grauverhangene Landschaft hinaus. Ademar von Gorhaut ist es nicht entgangen. Ihm entgeht ohnehin nicht viel, das hat sein Hofstaat bereits festgestellt, obwohl er noch nicht lange regiert.

»Edle Rosala«, mahnt der König, »warum beraubt Ihr uns Eures Anblicks? Euer Antlitz strahlt wie die Sonne, besonders an einem trüben Tag wie heute. Und Euer Gemahl wäre vielleicht froh, wenn Ihr Euch ein paar neue Kunstgriffe absehen würdet.«

Rosala, blond, hochgewachsen und unübersehbar schwanger, zögert einen Augenblick, bevor sie dem Befehl gehorcht und sich wieder dem Saal zuwendet. Die Worte des Königs quittiert sie nur mit einem stummen, frostigen Nicken. Inzwischen ist das Mädchen unter den langen Tisch gekrochen und läßt sich vor Herzog Ranald de Garsenc nieder. Der Herzog ist knallrot angelaufen und vermeidet es, zu seiner Gattin und den anderen Frauen hinüberzusehen. Etliche Höflinge schlendern mit hämisch funkelnden Augen heran, stellen sich hinter ihn und heucheln lebhaftes Interesse für das Geschehen unter dem Tisch. Ranald starrt geradeaus, schaut niemanden an. Der König hat sich diesen Scherz schon öfter erlaubt, aber noch nie bei einem Adeligen seines Ranges. Es beweist, wieviel Macht Ademar hat – oder welchen Schrecken er um sich verbreitet –, daß er mit einem Mann, der einst, auch wenn es Jahre her ist, Schwertführer des gorhautischen Königs war, so verfahren kann.

»Die Schlampe heiraten«, wiederholt der König langsam, als wolle er jede Silbe auskosten. »Die Gräfin von Arbonne heiraten. Wie alt ist Signe von Barbentain inzwischen, fünfundsechzig oder gar siebzig? Ein absonderlicher Vorschlag, fürwahr … weiß jemand, wie gut sie ihre Zunge einzusetzen weiß?«

Wieder glucksen einige Männer, auch eine von den Frauen am Fenster läßt ein Kichern hören. Im Augenblick ist kein ausländischer Gesandter im Raum; ein Glück, wenn solche Themen erörtert werden. Rosala de Garsenc ist bleich geworden, aber die ebenmäßigen, kräftigen Züge verraten nicht, was in ihr vorgeht.

Auf der anderen Seite des Saales greift ihr Gemahl noch einmal hastig nach seinem Humpen und setzt ihn an den Mund. Diesmal verschüttet er ein wenig Bier. Er wischt sich mit dem Ärmel über den Schnurrbart und fragt: »Kommt es denn darauf an? Ich spreche von einer reinen Vernunftehe, oder hat das etwa jemand bezweifelt?« Er hält inne und wirft wie gegen seinen Willen einen Blick nach unten, bevor er fortfährt. »Ihr heiratet die Alte und steckt sie auf irgendeine Burg im Norden. Wenn sie alsbald am Wechselfieber oder irgendeiner anderen Krankheit krepiert, die Gott ihr schicken mag, fällt Arbonne an Euch. Als nächste könnt Ihr dann die Tochter Daufridis von Valensa freien. Vielleicht ist sie bis dahin alt genug für Euer Bett.«

Ademar hat sich zur Seite gedreht und sieht ihm voll ins Gesicht. Die hellen Augen über dem blonden Bart sind unergründlich. Er sagt kein Wort, kaut nur nachdenklich an einem Ende seines langen Schnurrbarts. Hinten im Saal wird es unruhig, die Stille im Umkreis des Throns scheint den Lärm noch zu verstärken. Die Türhüter ziehen die große Doppeltür auf. Ein Hüne in dunkelblauem Gewand tritt ein und schreitet zielstrebig nach vorn. Bei seinem Anblick hellt sich Ademars Miene auf. Verschmitzt grinsend wie ein kleiner Junge wirft er einen raschen Blick auf Ranald de Garsenc. Der hat den Neuankömmling ebenfalls bemerkt, doch in seinem Gesicht spiegeln sich ganz andere Gefühle.

»Mein lieber Großpatriarch«, sagt der König. Die Schadenfreude in seiner Stimme ist unüberhörbar. »Ihr kommt genau im rechten Moment, um Euch davon zu überzeugen, wie hoch wir unseren Cousin, Euren Sohn, und seine weisen Ratschläge schätzen. Belote, unsere geliebte Mätresse, ist gegenwärtig um ihn bemüht, mit vollem Einverständnis seiner edlen Gemahlin. Wollt Ihr Euch der Familienunterhaltung nicht anschließen?«

Galbert de Garsenc, Großpatriarch des Corannos-Ordens in Gorhaut und Oberster Ratgeber des Königs, würdigt seinen Sohn keines Blickes. Auch als der schrille Ton des Königs im ganzen Saal Heiterkeit hervorruft, nimmt er davon keine Notiz. Unweit vom Thron bleibt er stehen, eine massige, ehrfurchteinflößende Gestalt, neigt sein breites, glattes Gesicht zu Ademar hinab und sagt nur: »Was für Ratschläge, Lehensherr?« Er hat eine tiefe und sehr wohlklingende Stimme; obwohl er leise spricht, erfüllt sie den großen Saal bis in den letzten Winkel.

»Die Frage ist berechtigt! Herzog Ranald hat uns soeben empfohlen, die Gräfin von Arbonne zur Gemahlin zu nehmen und sie in den Norden zu schicken, um dann, sobald die ehrwürdige Greisin bedauerlicherweise einer Seuche zum Opfer fällt, ihr sonnenverwöhntes Land zu erben. Wäre es möglich, daß Ihr diesen Plan mit ihm gemeinsam ausgeheckt habt?«

Als der König verstummt, wendet sich Galbert – er ist als einziger im Saal glattrasiert – erstmals seinem Sohn zu. Ranald de Garsenc ist sehr bleich, aber er erträgt den Blick seines Vaters, ohne mit der Wimper zu zucken. Galbert schürzt verächtlich die Lippen und sieht wieder den König an.

»O nein«, sagt er bedächtig. »Natürlich nicht, Lehensherr. Mit solchen Menschen hecke ich keine Pläne aus. Mein Sohn ist ein Taugenichts, zu nichts anderem gut, als sich mit Bier zu bekleckern und Schankdirnen zu besteigen.«

Das hohe, fröhliche Lachen des Königs von Gorhaut paßt nicht in diesen düsteren Raum mit den schwarzen Balken. »Dirnen? Beim Namen unseres verehrten Gottes! Wie sprecht Ihr denn von seiner edlen Gemahlin, bester Galbert! Von der Frau, die Euren Enkel trägt! Ihr wollt doch wohl nicht sagen...?«

In diesem Augenblick kommt ein voller Bierhumpen durch den Saal geflogen und trifft den Großpatriarchen des Corannos-Ordens mitten auf die breite Brust. Der König hält inne, doch in seinen Augen blitzt es ausgelassen. Galbert taumelt unbeholfen zurück, stürzt fast zu Boden. Am langen Tisch erhebt sich Ranald und stopft hastig sein halb erigiertes Glied in den Hosenschlitz zurück. Viel zu spät treten zwei Wachen vor, doch der König winkt ab. Schwer atmend deutet Ranald de Garsenc mit zitterndem Finger auf seinen Vater.

»Nicht noch einmal, wenn dir dein Leben lieb ist«, sagt er mit unsicherer Stimme. »Beim nächsten Mal könnte es ein Messer sein. Sprich nie wieder so über mich, denn wenn ich davon erfahre, töte ich dich, und Corannos mag über mich richten, nachdem ich diese Welt verlassen habe.«

Alles schweigt erschrocken. Die Drohung wirkt ernüchternd, obwohl solche Szenen an diesem Hof, besonders unter Angehörigen der Garsenc-Sippe, keine Seltenheit sind. Auf Galberts weiter, blauer Robe breiten sich dunkle Bierflecken aus. Er mustert seinen Sohn mit eiskalter Verachtung, ihn kann Ranalds leidenschaftlicher Ausbruch nicht erschüttern. Endlich wendet er sich wieder an den König. »Wollt Ihr diesen Anschlag auf Euren Großpatriarchen dulden, Lehensherr? Wer mich angreift, beleidigt den Gott, der über uns allen steht. Wollt Ihr tatenlos zusehen, soll dieser Frevel ungesühnt bleiben?« Die volle, tiefe Stimme klingt immer noch beherrscht, der gekränkte Unterton ist genau bemessen.

Ademar antwortet nicht sofort. Wieder läßt er sich gegen die massive Holzlehne seines Thronsessels sinken, streicht sich mit einer Hand den Bart. Vater und Sohn stehen wie erstarrt. Der Haß zwischen ihnen ist fast mit Händen zu greifen, hängt dichter im Raum als der Qualm der Kaminfeuer.

»Warum«, sagt König Ademar von Gorhaut schließlich, und gegen den tiefen Baß des Großpatriarchen klingt seine Stimme noch schriller und quengeliger als sonst, »haltet Ihr die Idee, um Signe de Barbentain zu freien, denn eigentlich für so abwegig?«

Herzog Ranald läßt sich auf seine Bank zurückfallen, ein Lächeln der Genugtuung umspielt seine Lippen. Als die Frau unter dem Tisch ihre Bemühungen wieder aufnehmen will, stößt er sie ungeduldig mit dem Knie beiseite. Auf der anderen Seite des Saales hat seine Gattin dem König und seinem Hofstaat abermals den Rücken zugewandt und schaut aus dem Fenster. Es hat zu regnen begonnen. Einen Moment lang studiert er Rosalas Profil, ein rätselhafter Ausdruck huscht über sein Gesicht. Wieder hebt er den Krug an die Lippen und trinkt.

Rosala de Garsenc sieht aus dem Fenster. Der Wind peitscht den kalten Landregen ostwärts über die nebelverhangenen Moore. *Wenn ich nur wüßte,* denkt sie in diesem Augenblick, *wer von den beiden mir mehr zuwider ist.*

Der Gedanke ist nicht neu. Sie hat sich oft und lange überlegt, wen sie mehr haßt, den launischen, meist betrunkenen Ranald, den sie auf Befehl des verstorbenen Königs Duergar heiraten mußte, oder seinen Vater, den gefährlich schlauen, corannosbesessenen Großpatriarchen. Wenn sie, wie heute, im Geist noch einen kleinen, aber ganz natürlichen Schritt weitergeht, erscheint es ihr ganz selbstverständlich, auch Duergars Sohn Ademar, jetzt König von Gorhaut, in diese verkommene Gesellschaft einzureihen. Nicht zuletzt deshalb, weil sie sich ständig bedrückend bewußt ist, daß dieser nach der Geburt ihres Kindes ganz bestimmte Ansprüche an sie stellen wird. Wie er ausgerechnet auf sie verfallen ist, was ihn gerade an ihrem Verhalten so bezaubert – oder reizt –, kann sie sich nicht erklären, aber der stumpfe Blick, mit dem Ademars helle Augen immer wieder auf ihr ruhen, ist nicht mißzuverstehen. Besonders gefährlich ist es hier in Cortil am Abend, wenn an den Tischen bereits zuviel Bier geflossen ist, man den Frauen aber noch nicht gestattet hat, sich zurückzuziehen.

Ein Grund, warum sie ihren Gemahl – vielleicht zu Unrecht – verabscheut, ist seine Angewohnheit, durchaus zu bemerken, wie der König sie anstarrt, sich aber dann gleichgültig wieder seinem Würfelbecher oder seinem Humpen zuzuwenden. Dergleichen müßte, so hatte Rosala in den ersten Monaten ihrer Ehe gedacht, den Herzog von Garsenc doch in seinem Stolz treffen. Aber wie sich herausgestellt hat, gibt es nur zwei Menschen, die imstande sind, Ranalds Temperament zu wecken, sein Vater nämlich und sein Bruder. Das ist natürlich eine uralte und sehr finstere Geschichte, und manchmal hat Rosala das Gefühl, schon seit Ewigkeiten darin verstrickt zu sein; sie kann sich kaum noch erinnern, wie es war, bevor die Herren von Garsenc sie ganz und gar in ihren ständig schwelenden Familienzwist hineingezogen hatten. Zu Hause in Savaric war alles anders gewesen, aber Savaric gehört längst der Vergangenheit an.

Der Wind frischt auf, dreht nach Osten und jagt erst einzelne Tröpfchen, dann einen regelrechten Regenschauer durch das Fenster. Ihr Gesicht und ihr Mieder werden naß. Die Kälte stört sie nicht, sie empfindet sie sogar als angenehm, aber sie muß an das Kind denken. Widerwillig wendet sie sich wieder dem verräucherten, stickigen Raum mit den vielen Menschen zu. Ihr Schwiegervater setzt gerade zu einem Vortrag zum Thema Zwangsheirat und Einmarsch in den warmen, sonnigen Süden an.

»Lehensherr, Ihr kennt die Gründe so gut wie ich und alle Anwesenden hier, mit einer Ausnahme vielleicht.« Ein kurzer Blick zu Ranald, ein Blick voll abgrundtiefer Verachtung. »Sogar die Frauen merken, wenn mein Sohn dummes Zeug schwätzt, sogar die Frauen.« Neben Rosala steht Adelh de Sauvan, seit kurzem Witwe, charakterlos und leicht zu verführen, und sie lächelt. Rosala bemerkt es und sieht darüber hinweg.

»Zu einer solchen Heirat ...« – wieder füllt Galberts sonore Stimme den ganzen Saal – »müßte die Gräfin von Arbonne ihre Einwilligung geben. Und das wird sie nicht tun. Niemals. Und selbst wenn sie aus irgendeinem Grund, vielleicht von weiblichem Begehren übermannt, dazu bereit wäre, würden sich Arbonnes Herzöge noch vor der Hochzeit zusammentun, um sie abzusetzen und zu töten. Glaubt Ihr etwa, die Herren von Carenzu, Malmont oder Miraval würden tatenlos zusehen, wie wir uns Ansprüche auf ihr Land sichern? Ein aberwitziger Gedanke, das müßte selbst eine Frau erkennen. Was, Lehensherr, würde der Troubadour-Herzog von Arbonne Eurer Meinung nach in einem solchen Fall wohl tun ... glaubt Ihr wirklich, Bertran de Talair würde diesen Ehebund dulden?«

»Der Name wird hier nicht genannt!« Ademar von Gorhaut hat sich jäh vorgebeugt. Über dem Bart zeichnen sich zwei unnatürlich rote Flecken ab.

»Und das mit vollem Recht.« Galbert bleibt ruhig, er scheint mit dieser Reaktion gerechnet zu haben. »Ich habe nicht weniger Anlaß als Ihr, Lehensherr, diesen gottlosen Intriganten und seinen unsittlichen Lebenswandel zu hassen.«

Innerlich muß Rosala lächeln, aber sie behält ihre Gesichtszüge unter Kontrolle. Wenig mehr als einen Monat ist es her, daß de Talairs jüngstes Lied auch an den Hof von Gorhaut gelangt ist. Sie kann sich noch gut an den Abend erinnern; auch damals peitschte der Wind den Regen gegen die Mauern. Der Barde war kreidebleich und zitterte an allen Gliedern, und als er auf Ademars Geheiß die Verse des Herzogs von Talair sang, knirschte seine Stimme wie ein Reibeisen.

Ein Schandfrühling folgt für das stolze Gorhaut,
Verrat übt sein König, der junge, Verrat dessen Mentor.

Und so weiter, immer noch schlimmer, obwohl das heisere Gestammel des verängstigten Sängers kaum den Wind zu übertönen vermochte, der draußen über das Moor fegte:

Wo waren sie denn, die Männer Gorhauts und Valensas?
Als um eines faulen Friedens willen die Waffen man
streckte,

Auf schwächlicher Könige Geheiß, die nicht würdig ihres
Geschlechts?

Rosala wird es warm ums Herz, wenn sie an die Gesichter denkt, die sie an jenem Abend im Fackelschein gesehen hat. An die Miene des Königs, den Ausdruck Galberts, an die Adeligen, die kurz zuvor ihr Land verloren hatten und nun, ebenso wie manche Coraner, verstohlene Blicke wechselten. Die mitreißende Begleitung brachte den Text trotz der unsicheren Stimme des Sängers zur Geltung. Der Barde, ein junger Trovaritz aus Götzland, überlebte den Abend wahrscheinlich nur deshalb, weil sich im Großen Saal von Cortil ein Abgesandter aus seiner Heimat aufhielt und die kritische Weltlage es zu dieser Zeit zwingend erforderlich machte, mit König Jörg von Götzland Frieden zu halten. Ademar hätte der Sinn am Ende des Liedes sicher nach ganz anderen Dingen gestanden.

Nun beugt sich der König noch weiter vor, fast als wolle er sich erheben. Wie Brandmale stehen ihm die beiden roten Flecken auf den Wangen. »Niemand hat soviel Anlaß wie wir, Galbert. Überschätzt Euch nicht.«

Der Großpatriarch schüttelt nachsichtig den Kopf. Wieder beherrscht die klangvolle Stimme den Raum. Soviel väterliche

Herzlichkeit schwingt darin mit, daß man sich leicht verleiten läßt, den Mann falsch einzuschätzen. Rosala weiß um die Gefahr; es gibt in dieser Hinsicht kaum noch etwas, das sie nicht weiß.

»Nicht meinetwegen nehme ich Anstoß, Lehensherr«, sagt Galbert. »Als Mensch bin ich ein Niemand, ein völliges Nichts. Doch vor Euch und vor allen sechs Ländern verkörpere ich die Stimme des Gottes in Gorhaut. Und Gorhaut ist das Stammland, hier wurde der Corannos der Alten geboren, lange bevor der Mensch auf Erden wandelte und das Weib sich ins Verderben stürzte. Wer mich kränkt, führt einen Schlag gegen den höchsten Gott, und das kann nicht hingenommen werden. Und es wird nicht hingenommen werden, weiß doch alle Welt, mit welchem Eifer Ihr in dieser Frage Euren Standpunkt vertretet, Lehensherr.«

Faszinierend, denkt Rosala, wie geschickt Galbert ganz unmerklich die Gewichte verschoben hat. Ademar nickt langsam mit dem Kopf; eine Reihe von Männern im Saal folgt seinem Beispiel. Ihr Gemahl trinkt, aber das ist nicht anders zu erwarten. Einen Augenblick lang hat Rosala Mitleid mit ihm.

»Wir hatten angenommen«, sagt der König langsam, »daß Daufridi von Valensa unsere Haltung im Hinblick auf diese Provokation teilen würde. Vielleicht sollten wir über Bertran de Talair sprechen, wenn wir das nächste Mal seinen Abgesandten empfangen.«

Daufridi hat alles bekommen, was nördlich des Iersen liegt, denkt Rosala verbittert. Sie weiß, daß sie mit diesem Gedanken nicht allein ist. *Was kümmern ihn da die Schmähungen aus Arbonne?* Die alten, am Iersen-Fluß gelegenen Besitzungen ihrer Familie befinden sich jetzt unmittelbar an Gorhauts neuer Nordgrenze. So exponiert ist Savaric noch nie gewesen. Und in diesem Saal sitzen Männer, deren Burgen und Ländereien man kurzerhand verschenkt hat; ein Vertrag legt fest, daß sie jetzt zu Valensa gehören, sie wurden im Frieden aufgegeben, nachdem man sie im Krieg verteidigt hatte. König Ademar ist umringt von hungrigen Männern, die ihn zunächst noch fürchten, doch deren Ehrgeiz es bald zu befriedigen gilt.

Es ist doch alles so entsetzlich klar, denkt Rosala, doch ihre maskenhaft starren Züge verraten nichts.

»Ich kann Euch nur dringend empfehlen«, sagt Galbert der Großpatriarch, »beim nächsten Treffen mit dem valensischen Abgesandten dieses Thema anzuschneiden. Natürlich werden wir mit dem elenden Reimeschmied auch allein fertig, aber es wäre vorteilhaft, sich über gewisse andere Dinge zu verständigen, bevor noch ein weiteres Jahr ins Land geht.«

Jetzt hebt Rosalas Gemahl den Kopf, sieht aber nicht seinen Vater an, sondern den König.

»Was für Dinge?« ruft Herzog Ranald laut in die Stille hinein. »Worüber sollte man sich verständigen?« Rosala kann sich manchmal kaum noch vorstellen, daß dieser Mann einst Gorhauts berühmtester Kämpfer gewesen sein soll, Schwertführer für Ademars Vater. Doch das ist lange her, und die Zeit ist mit Ranald de Garsenc nicht gerade schonend umgegangen.

Ademar kaut an seinem Schnurrbart und schweigt. Ranalds Vater gibt die Antwort, in seiner prachtvollen Stimme schwingt ein Hauch von Triumph mit: »Das weißt du nicht?« fragt er und zieht in gespieltem Erstaunen die Augenbrauen in die Höhe. »Wer so freigebig mit unerbetenen Ratschlägen um sich wirft, wird doch wohl auch dieses Rätsel lösen können?«

Ranald macht ein finsteres Gesicht, fragt aber nicht noch einmal nach. Rosala weiß genau, daß er nichts verstanden hat, und wieder überkommt sie ganz unerwartet Mitleid mit ihm. Dies ist ja nur ein kleines Scharmützel im lebenslangen Krieg gegen seinen Vater. Ranald ist gewiß nicht der einzige, den die mysteriöse Randbemerkung des Großpatriarchen verwirrt. Doch ihr Vater war einst ein äußerst fähiger Diplomat, ein enger Vertrauter König Duergars, und von seinen Kindern haben nur Rosala und ihr Bruder überlebt. Sie hat eine gute Erziehung genossen und mehr gelernt als andere Frauen in Gorhaut. Gerade das macht es ihr jetzt noch schwerer, die Gefangenschaft in dieser verfeindeten Familie zu ertragen.

Immerhin weiß sie, worum es geht, ja, sie erkennt es fast zu deutlich. Wenn Ranald heute abend nicht zu betrunken ist, wird er sie vermutlich danach fragen, sobald sie allein sind. Er wird poltern, um sie einzuschüchtern, wird jede Antwort, die sie gibt, verächtlich abtun, und wird doch weggehen und über jedes ihrer Worte nachdenken. Sie ist sich bewußt, daß ihr das eine gewisse Macht über ihn verleiht, eine Macht, der sich schon viele Frauen bedient haben, um dem Tagesgeschehen ihren Stempel aufzudrücken, als wollten sie einen Brief siegeln.

Solche Frauen unterscheiden sich freilich in zweifacher Hinsicht von Rosala. Einerseits sind sie von dem leidenschaftlichen Wunsch beseelt, sich im Fieberglanz des höfischen Lebens zu bewegen und dort ihre Intrigen zu spinnen, andererseits steht ihnen für ihre Klugheit, ihren wachen Geist ein würdigeres, stabileres Gefäß zur Verfügung, als Ranald de Garsenc es jemals sein wird.

Sie weiß noch nicht, was sie sagen wird, wenn ihr Gemahl heute abend ihre Meinung zu hören verlangt. Immerhin rechnet sie damit, und sie ist ja auch überzeugt, die Pläne seines Vaters zu kennen. Außerdem ist sie ziemlich sicher, daß der König darauf eingehen wird. Ademar wird von dem erfahrenen Reiter Galbert wie ein wilder Hengst auf ein Ziel zugetrieben, das jener vermutlich schon seit vielen Jahren zu erreichen sucht. Bei König Duergar von Gorhaut waren alle Einflüsterungen seiner Höflinge und seiner Geistlichkeit – besonders seiner Geistlichkeit – auf taube Ohren gestoßen, und so ist der Großpatriarch erst seit anderthalb Jahren zu wirklichem Einfluß gelangt, genauer gesagt seit jenem Augenblick in der Schlacht an der Iersen-Brücke, als ein valensischer Pfeil durch die bitterkalte Dämmerung geflogen kam und sich in Duergars Auge bohrte.

Nun ist Duergar tot, sein Leichnam ist verbrannt, und in Cortil herrscht sein Sohn, ein stattlicher Mann. Im Norden wurde ein Friedensvertrag unterzeichnet, der ein Viertel der Bevölkerung von Gorhaut – Reiche wie Arme – um ihren Besitz gebracht hat. Und daraus kann – das sieht selbst ein Blinder – nur eines folgen. Rosala wendet sich unwillkürlich – ein Rückzugsmanöver, aber auch ein Reflex, einem Reh gleich, das vor dem Feuer zurückschreckt – wieder dem Fenster zu. Es ist Frühling geworden in Gorhaut, aber die grauen Regenwolken wollen offenbar nicht weichen, und die feuchte Kälte dringt bis ins Mark.

In Arbonne ist es wärmer, wärmer und milder, und die Sonne strahlt freundlicher vom Himmel. In Arbonne, wo die Frauen regieren, und wo es ein Minnegericht gibt, in diesem weiten, fruchtbaren, sonnenverwöhnten Land mit den geschützten, gastfreien Häfen am südlichen Meer, wo man dem Ketzerglauben an Rian anhängt, wo eine Göttin gleichberechtigt an der Seite des Gottes herrscht, anstatt sich in jungfräulicher Demut unter seine eiserne Faust zu ducken.

»Es gibt noch vieles zu besprechen«, sagt Galbert de Garsenc, »bevor es Sommer wird, und die schwere Last der Entscheidungen liegt von Amts wegen auf Euren Schultern.« Er hebt die Stimme, aber Rosala dreht sich nicht um. Sie weiß, was jetzt kommt, kennt die Richtung, in die er den König, die ganze Gesellschaft drängen wird.

»Doch in meiner Eigenschaft als Großpatriarch des Corannos-Ordens in diesem alten, heiligen Land, der Geburtsstätte des Gottes, gebe ich Euch, Lehensherr und allen hier Versammelten folgendes zu bedenken: Eurer übergroßen Weisheit verdanken wir, daß zum ersten Mal im Leben der meisten hier Anwesenden Frieden herrscht zwischen Gorhaut und dem Norden, daß wir unsere Grenzen und unsere Felder nicht mit Schwert und Axt gegen Valensa zu verteidigen brauchen. Unter König Ademar ist unser Land so stolz und mächtig wie nie zuvor in unserer langen Geschichte, und nach wie vor obliegt es uns, in allen sechs Ländern als Sachwalter der heiligen Gottesmacht aufzutreten. Unter diesem Dach sind die Abkömmlinge der ersten Coraner – jener ältesten Brüder des Gottes – versammelt, die jemals über die Berge und Täler der bekannten Welt wandelten. Und vielleicht – Ihr, Lehensherr, braucht es nur zu beschließen – ist es auch unsere Pflicht, eine Strafaktion in die Wege zu leiten, die nicht nur unserer großen Väter würdig wäre, sondern auch die größten Barden inspirieren könnte, zum Ruhme der Herrscher ihrer Zeit die Stimme zu erheben.«

Sehr geschickt, denkt Rosala. *Saubere Arbeit, mein edler Herr.* Sie starrt unverwandt aus dem Fenster auf die wogenden Nebelschwaden über dem Moor. Am liebsten wäre sie jetzt allein da draußen, auf einem Pferd, trotz des Regens, trotz des Kindes, das sich in ihrem Leib regt. Sie wünscht sich fort aus diesem verräucherten Saal, fort von den vielen Stimmen, fort aus dieser Atmosphäre abgestandener primitiver Fleischeslust, fort auch von den honigsüßen Worten, mit denen der Großpatriarch sein Publikum einlullt.

»Im Süden, jenseits der Berge, macht man Corannos zum Gespött«, sagt Galbert, und nun schleicht sich Entrüstung in seine Stimme. »Man lebt unter der strahlenden Sonne, dem großzügigsten Geschenk des Gottes an die Menschheit, und erkennt doch seine unumschränkte Herrschaft nicht an. Man demütigt ihn, indem man einem Weibe Tempel errichtet, einer ruchlosen Göttin der Finsternis und der magischen Künste, der die Frauen huldigen mit blutigen Ritualen. Mit diesem Ketzerglauben schändet und verletzt man unseren geliebten Corannos und beraubt ihn seiner Männlichkeit. Jedenfalls glaubt man das.« Die Stimme schlägt leisere, vertrauliche Töne an, ihr Einfluß verändert sich, wird differenzierter. Der Großpatriarch hat den ganzen Saal in seinen Bann geschlagen, wie verzaubert lauscht man seinen Worten, Rosala spürt es deutlich; selbst die Frauen stehen leicht nach vorne gebeugt da, mit halb geöffneten Lippen.

»Man glaubt es«, wiederholt Galbert de Garsenc leise. »Doch mit der Zeit, so der Gott will, noch in unseren Tagen, wird man in den Länder am Arbonne-Fluß erkennen, daß dies ein Irrtum ist, ein gewaltiger, ein grenzenloser Irrtum, und dann wird man ein für allemal aufhören, den heiligen Corannos zu verhöhnen.«

Noch ruft er nicht zum Krieg auf; noch ist dafür die Zeit nicht reif. Dies ist nur eine erste Erklärung, ein Anfang, leise Trommelschläge am qualmenden Feuer im kalten Spätfrühling, während der Regen gegen die Fenster prasselt und der Nebel über dem Moor hängt.

»Wir ziehen uns zurück.« Die hohe Stimme des Königs von Gorhaut bricht endlich das Schweigen. »Um uns im kleinen Kreis mit dem Patriarchen des Gottes zu beraten.« Er erhebt sich von seinem Thron, ein hochgewachsener, gutaussehender, physisch eindrucksvoller Mann, und alle Höflinge sinken vor ihm auf die Knie. Es ist, als ob der Wind über ein Getreidefeld geht.

Alles ist vollkommen klar, denkt Rosala, als sie sich wieder erhebt. *Jeder kann sehen, was kommt.*

»Eine Frage, meine Liebe«, murmelt Adelh de Sauvan, die plötzlich neben ihr aufgetaucht ist. »Was hört man Neues von Eurem reiselustigen Schwager?«

Rosala erstarrt und weiß sofort, daß das ein Fehler ist. Adelh versteht es meisterhaft, andere aus der Fassung zu bringen. Rosala ringt sich ein nichtssagendes Lächeln ab.

»Leider seit längerem gar nichts mehr«, antwortet sie ruhig. »Die letzte Nachricht kam aus Portezza, aber das ist Monate her. Er meldet sich nicht oft. Doch sobald ich etwas erfahre, werde ich Euer Interesse natürlich befriedigen.«

Der Pfeil geht nicht tief, Adelh lächelt nur. Ihre schwarzen Augen strahlen. »Ich bitte darum«, antwortet sie. »Für diesen Mann interessiert sich wohl *jede* Frau. Blaise besitzt so viele Fähigkeiten, er ist nicht nur ein würdiger Sohn seines großen Vaters, sondern scheint ihm manchmal sogar überlegen zu sein.« Sie legt eine genau berechnete Pause ein. »Natürlich kein Vergleich mit Euren werten Gemahl.« Dabei macht sie ein Gesicht, als könne sie kein Wässerchen trüben.

Zum Glück treten in diesem Moment zwei weitere Frauen heran und ersparen Rosala eine Antwort. Sie bleibt höflichkeitshalber noch ein wenig stehen, dann entfernt sie sich vom Fenster. Mit einem Mal ist ihr kalt, und sie möchte gehen. Doch dazu bräuchte sie Ranalds Begleitung, und er – für einen Moment überläßt sie sich der Verzweiflung – hat sich seinen Bierkrug abermals füllen lassen. Vor ihm auf dem Tisch liegen die Würfel und seine Börse.

Sie begibt sich zum nächsten Kamin und stellt sich mit dem Rücken vor das Feuer. Beunruhigt läßt sie das kurze Gespräch mit Adelh noch einmal an sich vorüberziehen. Unweigerlich drängt sich die Frage, ob die Frau etwas weiß und wieviel. Nichts als Gehässigkeit, beruhigt Rosala sich schließlich, jene gedankenlose Gehässigkeit, die Adelh de Sauvan im Blut liegt, eine Art Raubtierinstinkt, den sie auch schon besaß, bevor ihr Gemahl mit König Duergar an der Iersen-Brücke fiel.

Plötzlich sieht Rosala die halbverhungerten Katzen und den verstümmelten, sterbenden Hund vor sich, ein erschreckendes

Bild. Ein Frösteln überläuft sie. Spontan legt sie die Hände auf ihren Leib, wie um das darin keimende Leben vor der Welt zu beschützen.

* * *

Merkwürdig war vor allem das Licht, die Sonne am tiefblauen Himmel, die jede Einzelheit hervorhob, jedem Baum, jedem vorbeifliegenden Vogel, jedem dahinhuschenden Fuchs und jedem Grashalm diese einzigartige, strahlende Lebendigkeit verlieh. Hier schien alles *mehr* zu sein, als es tatsächlich war, schärfer, deutlicher umrissen. Der abendliche Westwind linderte die Hitze des Tages; schon das Rauschen der Blätter verhieß Erquickung. Obwohl das bei näherem Überlegen lächerlich war: der Wind rauschte in Gorhaut oder Götzland nicht anders in den Bäumen als hier in Arbonne; doch irgend etwas an diesem Land regte die Phantasie zu solchen Hirngespinsten an.

Ein Troubadour, dachte Blaise, während er unter der Nachmittagssonne dahinritt, würde jetzt ein Lied singen oder komponieren oder sich in völlig unverständlichen Gedankenspielereien über die symbolische Sprache der Blumen verlieren. Blumen gab es jedenfalls genug, und ein Troubadour könnte sie natürlich alle beim Namen nennen. Blaise war dazu allein schon deshalb nicht in der Lage, weil es hier in Arbonne so viele verschiedene Gewächse in den ausgefallensten Farben gab, die er noch nie zuvor gesehen hatte, nicht einmal in der berühmten Hügellandschaft zwischen den portezzanischen Städten.

Die Landschaft war wunderschön, er gab es zu, ohne dabei mit den Zähnen zu knirschen. An einem Tag wie heute war ihm einfach nicht nach Zähneknirschen zumute, nicht in diesem milden Licht, nicht jetzt, zu Sommeranfang, wenn alles so prächtig grünte und blühte. Nach Westen erstreckten sich Weinberge, dahinter schloß sich ein dichter Wald an. Der Wind rauschte, die Vögel zwitscherten, und die Trensen seines Reitpferds und des Saumtiers klirrten leise. Sonst war nichts zu hören. Immer wieder sah er in der Ferne das blaue Wasser eines Sees blinken. Wenn man ihn gestern im Gasthaus nicht in die Irre geschickt hatte, handelte es sich um den Dierne-See, in diesem Fall müßte am Nordufer schon bald Kastell Talair in Sicht kommen. Bis zum Abend sollte es bequem zu erreichen sein.

An einem solchen Tag konnte man kaum anders, als guter Dinge zu sein, mochten sich auch die Heimat, die Familie und der Zustand der Welt im allgemeinen in den schwärzesten Farben darstellen. Noch dazu war Blaise vor vier Tagen auf Baude mit aufrichtiger Herzlichkeit verabschiedet worden. Dabei hatte er sich schon Sorgen gemacht, wie Mallin es aufnehmen würde, daß er ihn im Stich ließ und zu Bertran de Talair und seinen Coranern überwechselte. Doch als er zwei Tage nach En Bertrans Abreise mit dem jungen Baron von Baude sprach, schien der auf seine Mitteilung nur gewartet zu haben, ja, sie geradezu zu begrüßen.

Dafür mochte es sachliche Gründe geben. Mallin war wohlhabend, aber nicht reich und stellte vielleicht allmählich fest, daß ihn sein Drang nach oben, sein Streben nach Ruhm und Ehre teuer zu stehen kamen. Besonders nach dem kostspieligen, zweiwöchigen Besuch des Troubadour-Herzogs von Talair war Mallin de Baude daher gewissen Sparmaßnahmen eventuell nicht abgeneigt, und erfahrene Söldnerführer wie Blaise von Gorhaut waren nicht gerade billig.

Am Tag der Abreise hatte ihm Mallin den Segen des Gottes und der Göttin Rian gewünscht; man war immerhin in Arbonne, und so machte Blaise gute Miene zum bösen Spiel und dankte für beides. Der Abschied vom Baron und von Hirnan, Maffour und all den anderen Coranern, die er ausgebildet hatte, fiel ihm überraschend schwer. Er hätte nicht erwartet, daß er die Männer vermissen würde, und nun sah es doch danach aus, wenn auch wohl nicht für lange.

Eine zweite und recht verwirrende Überraschung hatte ihm Soresina in den letzten Tagen auf der Burg bereitet. So sehr Blaise sich auch gegen die Erkenntnis sträuben mochte, die Herrin von Kastell Baude – eine ohnehin attraktive Frau, die sich ihrer Reize auch durchaus bewußt war – hatte jüngst, genauer gesagt, seit Bertran de Talairs Besuch im Hochland, noch weiter an Selbstbewußtsein und an Charme gewonnen. Wie konnte eine einzige heimliche Liebesnacht mit dem Herzog so viel bewirken? Obwohl Blaise schon die Vorstellung abstoßend fand, war er unwillkürlich beeindruckt von der höflichen Ruhe, mit der Soresina ihm seither begegnete. Zudem machte sie in den Tagen zwischen Bertrans und Blaises Abreise an der Seite ihres Gatten eine wahrhaft glänzende Figur. Nichts in ihrem Blick oder ihrem Verhalten ließ erahnen, was sich auf der Treppe vor ihrer Kemenate abgespielt hatte. Manchmal wirkte sie nachdenklich, ja fast ernst, als sei sie innerlich damit beschäftigt, ihr Verhältnis zur Welt neu zu ordnen.

Als Blaise an jenem Morgen endgültig Abschied nahm vom westlichen Hochland, hatten ihn nicht nur Mallin und seine Coraner ein Stück des Weges begleitet, auch Soresina war mit von der Partie gewesen. Schließlich hatte sie ihm sogar anstelle der Hand die Wange zum Kuß geboten, und Blaise hatte nur einen winzigen Moment gezögert, bevor er sich aus dem Sattel beugte und sich ihrem Wunsch fügte.

Als er sich wieder aufrichtete, hatte er Soresinas Blick aufgefangen. Damals, kurz nach seiner Ankunft, als sie ihm erklärte, sie bevorzuge Männer der alten Art, hart und kriegerisch, hatte sie ihn ganz ähnlich angesehen. Sie war sich also treu geblieben, trotz aller Veränderungen.

»Hoffentlich läuft Euch auf Euren Streifzügen durch Arbonne eine Frau über den Weg, die Euch überreden kann, diesen Bart abzunehmen«, sagte sie. »Er kratzt nämlich, Blaise. Vor der Rückkehr nach Gorhaut könnt Ihr ihn ja notfalls wieder wachsen lassen.«

Dabei lächelte sie ganz unbefangen, und Mallin de Baude war sichtlich stolz auf sie. Lachend umfaßte er zum letzten Mal Blaises Arm.

Es hatte in den letzten Jahren eine ganze Reihe solcher Abschiedsszenen gegeben, dachte Blaise, als er jetzt, drei Tage später, durch dieses duftende Blütenmeer ritt, vorbei an Weinstöcken mit den ersten grünen und violetten Knospen, dem blauen See entgegen, der so verlockend in der Sonne glänzte. Vielleicht zu viele, aber das war unvermeidlich bei dem Leben, das er sich erwählt hatte, oder für das er auf Grund seiner Herkunft und der geschriebenen und ungeschriebenen Gesetze, die das Land Gorhaut über die Klippen und Untiefen dieser Welt hinwegsteuerten, von Geburt an bestimmt gewesen war.

Bedauern, Zorn auf das launische Schicksal und aufrichtiger Schmerz hatten seinen Aufbruch aus Portezza begleitet, doch letzten Endes war dieses Leben wohl doch am besten für ihn – auf sich allein gestellt, von keinem Menschen abhängig – schon gar nicht von einer Frau –, nur insofern gebunden, als er sich im Rahmen eines ehrenvollen Vertrages selbst darauf eingelassen hatte. Sein Werdegang war weiter nicht ungewöhnlich. Vielen jüngeren Sprößlingen aus adeligen Familien war in dieser Welt das gleiche Los beschieden. Der älteste Sohn heiratete, zeugte Kinder und erbte den ganzen Besitz: das Land – das eifersüchtig bewacht und vor jeder Teilung bewahrt wurde – das Familienvermögen und sämtliche Titel, die man irgendwann erhalten und auch bei einem etwaigen Monarchenwechsel auf Gorhauts Thron nicht verloren hatte. Die Töchter aus solchen Häusern waren wichtige Faustpfänder und wurden mit einer hohen Mitgift ausgestattet. Mit ihrer Verheiratung suchte man schwierige Bündnisse zu festigen, Grund und Boden zu vermehren oder den weiteren Aufstieg der Familie in der Adelshierarchie zu sichern.

Für die jüngeren Söhne blieb nicht viel übrig, und so stellten sie schon seit langem, genauer gesagt, seit die fortschreitende Zersplitterung des Grundbesitzes zur Neuregelung des Erbrechts geführt hatte, ein Problem dar. Eine reiche Heirat war für die Habenichtse praktisch ausgeschlossen, und so traten viele, wenn Reibereien, persönlicher Stolz oder die nackte Not sie zwangen, den Familiensitz zu verlassen, in den Corannos-Orden ein oder schlossen sich der Coranertruppe irgendeines hohen Herrn an. Einige wenige entschieden sich für einen dritten Weg, der nicht so genau vorauszuberechnen war. Sie verließen die Heimat, zogen in die Welt hinaus und suchten allein oder – die Straßen waren gefährlich – in kleineren oder größeren Gruppen ihr Glück. Im Krieg fand man sie auf den Schlachtfeldern; in den ohnehin seltenen Friedenszeiten fieberten sie vor Ungeduld und brachen untereinander Streit vom Zaun oder zogen mit den Märkten von Stadt zu Stadt, um sich überall in den sechs Ländern bei Einzel- und Massenkämpfen die Köpfe einzuschlagen.

Nicht nur in Gorhaut ging es so zu. Auch Bertran de Talair war, bevor sein älterer Bruder kinderlos starb und die Herzogswürde auf ihn überging, ein fahrender Ritter gewesen, einer der berühmtesten sogar, denn er erschien nicht nur mit Schwert und Harfe, sondern später sogar mit einem livrierten Joglar auf Schlachtfeldern und Turnieren in Götzland, Portezza und im meerumschlungenen Valensa im hohen Norden.

Jahre später hatte sich Blaise von Gorhaut, von König Duergar persönlich zum Coraner geweiht, aus verschiedenen Gründen für die gleiche Laufbahn entschieden.

Er hatte mit seinem Pferd, seiner Rüstung und seinen Waffen die Heimat verlassen, um seine Dienste anderswo feilzubieten. Der Erfolg blieb nicht aus – der größte Teil seines Vermögens lag in Portezza, auf der Bank von Rudels Familie. Es war ein Leben, das es ihm nun gestattete, frank und frei, ohne die lästigen Bindungen, in die so viele seiner Kameraden irgendwie hineingeschlittert waren, die Sommersonne in Arbonne zu genießen.

Wer es gewagt hätte, Blaise zu fragen, ob er glücklich sei, hätte sich wohl eine unwirsche Abfuhr eingehandelt, doch gerade an diesem Tag hätte der junge Mann zugeben müssen, er fühle sich trotz aller bitteren Erfahrungen zu Hause und in Portezzas gefährlichen Städten nicht unglücklich. Er habe, was seine Zukunft angehe, bestimmte Vorstellungen, und die ließen sich auf absehbare Zeit mit seiner jetzigen Lebensweise durchaus vereinbaren. In welches Land es ihn verschlage, kümmere ihn dabei wenig. Wer in Bewegung bleibe, laufe nicht Gefahr, Wurzeln zu schlagen, feste Bande zu knüpfen, sein Herz an Menschen zu hängen … und erleben zu müssen, wie diese Menschen die in sie gesetzten Erwartungen enttäuschten. Wobei ihm das letzte Geständnis wohl auch der hartnäckigste Fragesteller niemals entlockt hätte.

Endlich hatte Blaise den letzten Hügel erklommen und konnte die blaue Fläche des Dierne-Sees erstmals ganz überblicken. Im See lag ein kleines Eiland, von dem drei weiße

Rauchsäulen aufstiegen. Er hielt nur kurz an, um die Aussicht zu genießen, dann ritt er weiter.

Niemand hatte ihm anderslautende Anweisungen gegeben oder ihn in irgendeiner Form gewarnt, und Blaise hatte auch keine Fragen gestellt, also nahm er nun, am Fuß des Hügels angekommen, die deutlich kürzere und ebenere Straße und ritt geradewegs nach Norden auf den See zu. Das Schicksal nahm seinen Lauf.

* * *

Der breite Weg führte am Westufer des Dierne-Sees entlang. In regelmäßigen Abständen stieß man auf verwitterte Meilensteine aus grauer Vorzeit – manche noch aufrecht, andere längst ins Gras gestürzt –, stumme Zeugen für das Alter dieser Straße. Die Insel war nicht allzu weit vom Ufer entfernt – ein guter Schwimmer konnte sie erreichen – und jetzt konnte Blaise auch erkennen, daß die drei weißen Rauchsäulen gleich weit voneinander entfernt in der Mitte der Insel angeordnet waren. Das mußten Rians heilige Feuer sein, soviel war nach drei Monaten in Arbonne selbst für ihn ersichtlich. Wer außer den Priesterinnen der Göttin wäre auch auf die Idee gekommen, am hellen Mittag im heißen Frühsommer Feuer anzuzünden?

Mit zusammengekniffenen Augen spähte er über das funkelnde, blaue Wasser. Auf der ihm zugewandten Seite der Insel lagen etliche kleine Boote vor Anker oder waren auf den Strand gezogen worden. Ein Boot mit einem weißen Segel kreuzte vor dem Wind. Blaise mußte an die Hohepriesterin mit ihrer Eule denken, der er damals, mitten in der Nacht, auf Rians Insel im Meer begegnet war. Rasch wandte er den Blick ab und ritt weiter in den hellen Sonnenschein hinein.

Bald kam er an der kleinen Hütte vorbei, in der trockenes Holz und Reisig gelagert wurden, damit die Menschen am Ufer Signalfeuer entzünden und die Priesterinnen zu Hilfe rufen konnten – bei einer schwierigen Geburt etwa, bei Krankheit, oder um ihnen einen Toten zu übergeben. Blaise hätte am liebsten die Finger gespreizt, um das Böse abzuwehren, aber er beherrschte sich.

Wenig später erblickte er den Triumphbogen.

Wieder hielt er an. Das Saumtier, das mit seinen Habseligkeiten und seiner Rüstung hinterhertrottete, stieß gegen die Kruppe seines Pferdes, senkte friedlich den Kopf und machte sich über das Gras am Straßenrand her. Wie gebannt starrte Blaise dieses steinerne Denkmal menschlicher Arroganz an. Der Soldat in ihm hatte seinen Zweck sofort begriffen. Bewunderung und Betroffenheit wetteiferten in seiner Brust.

Reliefs zierten die Fassade des Bogens, sicher waren auch die Seitenwände mit Bildhauerarbeiten bedeckt. Er brauchte nicht näher zu treten, um sie sich anzusehen; was der Künstler dargestellt hatte, wußte er auch so. Er kannte ähnliche Bauwerke im nördlichen Portezza und in Götzland. Auch in Gorhaut standen zwei davon, nahe der Gebirgspässe. Weiter waren die Alten offenbar nicht nach Norden vorgedrungen.

Der mächtige Bogen legte klar und deutlich Zeugnis ab für das Naturell seiner Erbauer. Wenn die Meilensteine neben den langen, schnurgeraden Straßen von Ordnung und Beständigkeit erzählten, von streng geregelten, gesellschaftlichen Abläufen in einer längst untergegangenen Welt, so kündeten Triumphbögen wie dieser von brutalem Machtstreben, von der gnadenlosen Unterdrückung der einheimischen Bevölkerung in allen Ländern, die die Alten einst erobert hatten.

Blaise hatte an vielen Kriegen teilgenommen, hatte auf den verschiedensten Schlachtfeldern für seine Heimat oder als Söldner um des schnöden Mammons willen gekämpft, hatte Siege und Niederlagen erlebt. An der rauhreifglitzernden Iersen-Brücke hatten er und seine Landsleute an einem trüben Winterabend in Eis und Schnee noch nach dem tragischen Tod seines Königs einen Sieg erfochten, den die Höflinge im nächsten Frühling mit einem elegant formulierten Friedensvertrag in eine Niederlage verwandelt hatten. Das hatte einen anderen Menschen aus ihm gemacht. Das hatte seinem Leben eine neue Richtung gegeben.

Der Bogen, der hier am Ende einer eigens dafür gepflanzten Allee stand, tat eine grausame Wahrheit kund, die, das spürte Blaise in seinem Soldatenherzen, heute noch ebenso galt wie vor Jahrhunderten: wenn du einen Gegner geschlagen, wenn du gesiegt und sein Land besetzt hast, dann laß ihn nie vergessen, daß du die Macht besitzt und keinen Widerstand dulden wirst.

Was geschah, wenn die hochfahrenden Erbauer längst zu Staub zerfallen waren und nur ihre Mahnmale noch standen, darüber mochten sich die milchgesichtigen Philosophen und Troubadoure den Kopf zerbrechen, dachte Blaise, das war nicht Sache eines Kriegers.

Verwirrt, ja verärgert wandte er sich ab. Er hatte sich vollkommen auf das gewaltige Bauwerk konzentriert, und so fiel ihm erst jetzt und leider zu spät auf, daß er nicht mehr allein war am Ufer des Dierne-Sees im Schein der untergehenden Sonne.

Sie waren zu sechst, und alle trugen sie die gleichen dunkelgrünen Hosen und Waffenröcke. Also wohl keine Banditen, immerhin ein Vorteil. Nicht ganz so erfreulich war, daß drei von ihnen bereits ihre Bogen mit aufgelegten Pfeilen im Anschlag hielten, bevor noch ein Wort der Begrüßung gefallen oder eine Herausforderung ausgesprochen worden war. Verschärfend kam hinzu, daß der Anführer – sein Pferd stand etwas abseits vor den anderen – ein drahtiger, dunkelhäutiger Mann mit Schnurrbart, offensichtlich Arimondaner war. Blaise hatte in mehreren Ländern sowie in einem Duell, an das er sich nur ungern erinnerte, obwohl es ihm eine Lehre gewesen war, genügend Erfahrungen mit den Kriegern aus diesem heißen, trockenen Land jenseits der westlichen Berge gesammelt, um sich vor ihnen ganz besonders in acht zu nehmen. Erst recht, wenn sie an der Spitze einer Gruppe von Bogenschützen standen, deren Pfeile auf sein Herz zielten.

Blaise streckte die leeren Hände aus und rief gegen den Wind: »Seid mir gegrüßt, Coraner. Ich bin nur ein harmloser Reisender auf Arbonnes Straßen und habe hoffentlich niemanden beleidigt?«

Dann wartete er stumm und ohne die Hände sinken zu lassen, auf Antwort. Bei einem Turnier in Aulensburg hatte er einmal vier Gegner besiegt, doch diesmal waren es sechs, und sie hatten Pfeil und Bogen.

Der Arimondaner nahm kurz die Zügel an, und sein Pferd,

ein prächtiger Rappe, tänzelte unruhig ein paar Schritte nach vorne. »Manchmal ist es schon eine Beleidigung, wenn ein Coraner mit seiner Rüstung durchs Land reitet«, sagte der Mann. »In wessen Diensten steht Ihr?« Er sprach das Arbonnais fließend, mit kaum merklichem Akzent. Ein Fremder war er in diesem Land ganz sicher nicht. Und er hielt die Augen offen. Blaises Rüstung lag in eine Decke gewickelt auf dem Rücken des Packpferds. Der Arimondaner mußte sie an der Form erkannt haben.

Doch auch Blaise war besonders in kritischen Situationen ein guter Beobachter, und so sah er aus dem Augenwinkel, daß einer der Schützen sich bei dieser Frage erwartungsvoll nach vorn beugte.

Er hatte keine Ahnung, was hier gespielt wurde, und so suchte er Zeit zu gewinnen. Wegelagerer gab es natürlich überall, doch diese Männer waren gut ausgebildet und benahmen sich, als ob die Straße ihnen gehörte. Er wünschte, er hätte vor seiner Abreise von Baude auf der Karte nachgesehen, dann wüßte er jetzt, auf wessen Gebiet er sich befand. Warum hatte er sich nicht wenigstens am Abend zuvor in der Herberge danach erkundigt?

»Ich komme in Frieden, und das ist eine öffentliche Straße«, sagte er. »Sollte ich unwissentlich Privatgebiet betreten haben, so bin ich gern bereit, die üblichen Gebühren zu entrichten.«

»Ich habe Euch etwas gefragt«, sagte der Arimondaner kurzangebunden. »Wo bleibt die Antwort?«

Der barsche Tonfall brachte Blaise in Rage, er spürte, wie ihm der Mund trocken wurde. Er hatte sein Schwert umgeschnallt, sein Bogen hing griffbereit am Sattel, aber wenn die drei Männer hinter dem Arimondaner halbwegs schießen konnten, hatte es wenig Sinn, sich auf einen Kampf einzulassen. Er könnte natürlich das Seil durchschneiden, das den Saumer mit seinem Grauen verband, um dann das Weite zu suchen, aber er wollte seine Rüstung nicht zurücklassen, und schon gar nicht behagte es ihm, vor einem Arimondaner davonzulaufen.

»Ich bin nicht gewöhnt, Fremden Rechenschaft abzulegen, die mich mit gezücktem Bogen bedrohen«, sagte er.

Der Arimondaner lächelte träge, als seien diese Worte ein Himmelsgeschenk. Dann hob er elegant die linke Hand. Die drei Schützen ließen ihre Pfeile fliegen. Blaises Saumer stöhnte dumpf auf und brach zusammen. Zwei Pfeile steckten in seinem Hals, ein dritter war etwas tiefer, in der Nähe des Herzens eingedrungen. Das Tier war tot. Die Schützen hatten bereits neue Pfeile aufgelegt.

Der Arimondaner lachte, und Blaise wurde blaß vor Zorn. »Glaubt Ihr wirklich«, bemerkte der Mann gedehnt, »Eure Gewohnheiten beibehalten zu können, wenn Ihr splitternackt, an Händen und Füßen gefesselt mit dem Gesicht im Staub liegt, während ich mich mit Euch vergnüge, als hätte ich mir für eine Stunde einen Lustknaben gekauft?« Die zwei Männer, die keinen Bogen hatten, waren ohne weitere Anweisung ausgeschwärmt, um Blaise nach beiden Seiten den Weg abzuschneiden. Einer von ihnen grinste breit.

»Ich hatte Euch etwas gefragt«, wiederholte der Mann aus Arimonda leise. Der Wind war abgeflaut; seine Stimme war weithin zu hören. »Wenn Ihr nicht antwortet, stirbt Euer Pferd. In wessen Diensten steht Ihr, Nordländer?«

Verraten hatte ihn natürlich sein Bart, er kennzeichnete ihn wie das Brandmal den Dieb oder die blaue Robe den Corannos-Priester. Blaise holte tief Atem, bezwang seinen Zorn und flüchtete sich in den Schatten der Mächtigen – wie Rudel es mehr als einmal ausgedrückt hatte.

»En Bertran de Talair hat mich für die nächste Saison angeworben«, sagte er.

Da erschossen sie sein Pferd.

Blaise war nicht ganz unvorbereitet, die gespannte Haltung des einen Bogenschützen hatte ihn gewarnt, und so hatte er, während er noch sprach, die Steigbügel von den Füßen geschleudert, hatte noch im Fallen den Bogen aus dem Köcher gezogen und war hinter dem schreienden Hengst gelandet. Fast liegend jagte er, gedeckt durch das sterbende Tier, dem Mann, der ihm nach Süden hin den Weg versperrte, einen Pfeil in den Hals und duckte sich wieder, bevor die drei anderen erneut zu Schuß kamen.

Wieder fuhren zwei Pfeile in den Pferdeleib, der dritte pfiff über Blaises Kopf hinweg. Blaise erhob sich auf ein Knie und schoß rasch hintereinander zwei Pfeile ab. Einer der drei Angreifer starb wie der Hengst mit einem gellenden Aufschrei, der zweite brach lautlos zusammen. Der Pfeil war ihm in die Kehle gedrungen. Der dritte war vor Schreck wie erstarrt. Seelenruhig ließ Blaise den fünften Pfeil von der Sehne schnellen. Auch der letzte Schütze stürzte zu Boden. Auf dem dunkelgrünen Waffenrock breitete sich ein satter Blutfleck aus.

Es war totenstill geworden.

Der Arimondaner hatte sich nicht bewegt. Sein herrlicher Vollblutrappe stand wie angewurzelt, nur die Nüstern blähten sich.

»Das *war* eine Beleidigung«, sagte der Braunhäutige mit immer noch seidenweicher Stimme. »Aus der Deckung schießt Ihr nicht schlecht, wie man sieht. Jetzt kommt heraus und zeigt, ob Ihr auch mit dem Schwert Euren Mann steht. Ich werde absitzen.«

Blaise richtete sich auf. »Wenn Ihr ein Mann wärt, würde ich darauf eingehen«, sagte er. Seine eigene Stimme gellte ihm förmlich in den Ohren. In seinen Schläfen hämmerte es auf altvertraute Weise. Der Zorn drohte ihm den Schädel zu sprengen. »Aber ich will Euer Pferd. Wenn ich es reite, werde ich an Euch denken.« Und damit schoß er seinen sechsten Pfeil ab und traf den Arimondaner mitten ins Herz.

Der Mann wurde heftig nach hinten geschleudert, doch er nützte die Sekunden, die ihm unter der strahlenden Sonne noch blieben. Blaise mußte zusehen, wie er ein Messer zog, den edelsteinbesetzten, tückisch scharfen Krummdolch seiner Heimat, und es, während er noch aus dem Sattel rutschte, dem schwarzen Hengst bis ans Heft in den Hals stieß.

Als der Reiter auf dem Boden aufkam, stellte sich das Pferd auf die Hinterbeine und schrie seinen Schrecken und seine Wut hinaus. Nur für einen Moment berührte die Vorhand den Boden, dann stieg es wieder und schlug unter schrillem Gewieher mit den Hufen. Zum letzten Mal legte Blaise einen Pfeil auf und schoß. So sehr er es bedauerte, er durfte das prächtige Geschöpf nicht länger leiden lassen. Der Hengst brach zusammen, rollte zur Seite. Einmal noch zuckten die Hufe, dann regte er sich nicht mehr.

Blaise kam hinter seinem toten Grauen hervor. Auf der Lichtung war es unheimlich still, nur die Pferde der Bogenschützen wieherten nervös. Der Wind hatte wieder aufgefrischt. Sogar das Vogelgezwitscher war verstummt.

Vor kurzem hatte er sich noch eingebildet, in Arbonne verheiße allein schon das Rauschen des Windes Ruhe und Erquickung und künde vom lässigen Charme des warmen Südens. Jetzt lagen neben der Straße sechs tote Männer im Gras. Unweit davon stand, seinerseits mit grausigen Schlachten- und Todesszenen geschmückt, der mächtige Triumphbogen am Ende seiner Ulmenallee und überblickte stumm und ohne seine Geheimnisse preiszugeben das Geschehen.

Allmählich überwand Blaise seinen Berserkerzorn. Wie immer blieben Verwirrung und Übelkeit zurück. Ein Kampf an sich konnte ihn nach so vielen Jahren kaum noch erschüttern, doch die Nachwirkungen machten ihm jedesmal noch lange zu schaffen. Er fand sich nur schwer damit ab, daß er zu allem fähig war, wenn ihn diese blinde Zerstörungswut überkam. Kopfschüttelnd sah er zu dem Arimondaner hinüber. Eben wäre er noch am liebsten hingegangen und hätte den Toten in kleine Stücke gehauen, um den Aasfressern die Arbeit zu erleichtern. Er schluckte krampfhaft und wandte sich ab.

Dabei bemerkte er, wie sich jenseits der Straße ein kleines Boot mit weißem Segel dem steinigen Seeufer näherte und knirschend auf Grund lief. Zwei Männer waren einer Frau beim Aussteigen behilflich. Blaise klopfte das Herz bis zum Hals. Die Frau war sehr groß, sie trug ein blutrotes Gewand mit silbernem Saum, und auf ihrer Schulter saß eine Eule.

Erst als er sich von seinen beklemmenden Erinnerungen freimachte und genauer hinsah, stellte er fest, daß es sich nicht um die Hohepriesterin von Rians Insel im Meer handelte. Diese Frau war viel jünger, sie hatte braunes Haar und, er sah es deutlich, ihre Augen waren unversehrt. Auch war ihre Eule nicht weiß wie die auf der anderen Insel. Immerhin war sie Priesterin und wurde von zwei Männern und einer Frau begleitet, die ebenfalls Rians Priesterschaft angehörten. Das Boot war dasselbe, das ihm schon früher aufgefallen war. Von der Insel stiegen immer noch die drei Rauchsäulen in den Sommerhimmel.

»Ihr habt Glück.« Die Frau kam mit festen Schritten über Sand und Kies auf ihn zu und blieb neben der Straße im Gras stehen. Sie sprach leise, doch sie taxierte ihn mit ruhigem, unergründlichem Blick. Ihr dichtes Haar war unbedeckt und hing ihr offen über die Schultern. Blaise stellte sich der Prüfung, ohne eine Miene zu verziehen. Wieder mußte er an die Hohepriesterin denken, die ihm trotz ihrer Blindheit bis auf den Grund der Seele geschaut hatte. Der Anblick des Vogels weckte einen Widerhall der heiligen Scheu, die er im Wald auf der Insel verspürt hatte. Das war nicht fair; jetzt, nach dem Kampf, war er für dergleichen besonders empfänglich.

»Das mag schon sein«, antwortete er möglichst ruhig. »Ich konnte nicht erwarten, gegen sechs Gegner zu bestehen. Der Gott war mir wohl gnädig.« Das war geradezu eine Herausforderung.

Sie ließ sich nicht aus der Reserve locken. »Der Gott und Rian gleichermaßen. Wir können bezeugen, daß die anderen Euch angegriffen haben.«

»Bezeugen?«

Sie lächelte, und auch das erinnerte ihn an die Hohepriesterin im nächtlichen Wald. »Ein Quentchen mehr Interesse für die Verhältnisse in diesem Teil der Welt hätte Euch wohl angestanden, Blaise von Gorhaut.«

Ihr Tonfall gefiel ihm nicht, außerdem wußte er nicht, wovon sie eigentlich sprach. Sein Unbehagen wuchs; man hatte mit den Frauen in diesem Land wahrhaftig seine liebe Not.

»Woher kennt Ihr meinen Namen?« Wieder dieses geheimnisvolle, überlegene Lächeln, doch diesmal war er besser darauf vorbereitet. »Dachtet Ihr wirklich, der Göttin entkommen zu sein, nachdem man Euch gestattet hatte, Rians Insel lebend zu verlassen? Ihr seid ein Gezeichneter, Nordländer. Ihr solltet uns dankbar sein.«

»Warum? Weil Ihr mich verfolgt?«

»Wir verfolgen Euch nicht. Wir haben auf Euch gewartet.

Wir wußten, daß Ihr kommen würdet. Und was das Warum angeht... ich will Euch etwas sagen, was Ihr längst selbst hättet in Erfahrung bringen können. Vor zwei Wochen ließ die Gräfin in Barbentain einen neuen Erlaß verkünden: weiteres Blutvergießen unter den Coranern von Miraval und Talair hat fortan zur Folge, daß die schuldige Partei Teile ihres Grundbesitzes an die Krone verliert. Troubadoure und Priester verbreiten die Nachricht im ganzen Land, und alle Adeligen von Arbonne sind namentlich und in aller Form aufgerufen, den Erlaß notfalls mit Gewalt durchzusetzen. Wenn wir nicht zugegen gewesen wären und für Euch aussagen könnten, hättet Ihr En Bertran heute womöglich um einen Teil seiner Ländereien gebracht.«

Blaise machte ein finsteres Gesicht. Einerseits war er erleichtert, aber sie hatte natürlich recht, er hätte sich über diesen Erlaß informieren müssen. »Ihr müßt vergeben, wenn meine Bestürzung sich in Grenzen hält«, sagte er. »Ich gestehe gerne, daß mir mein Leben teurer gewesen wäre als seine Weinberge, auch wenn der Sold, den er mir versprochen hat, sehr großzügig ist.«

Die Priesterin lachte laut auf. Sie war jünger, als er auf den ersten Blick gedacht hatte. »Ob *wir* Euch vergeben, kann Euch... zumindest in diesem Fall gleichgültig sein. Bei Bertran de Talair liegt die Sache anders. Er durfte mit Fug und Recht erwarten, daß ein erfahrener Coraner jede Provokation mindestens so lange vermeiden würde, bis er seine Burg erreicht hatte. Man kann den See auch in östlicher Richtung umreiten, falls Ihr das noch nicht bemerkt haben solltet, auf einem Weg, der nicht durch die Miraval'schen Weinberge führt.«

Blaise mußte zugeben, daß ihm damit – leider zu spät – einiges klar wurde. Hätte er gewußt – oder in Erfahrung gebracht – daß diese Ländereien Urté de Miraval gehörten, er hätte tatsächlich den anderen Weg gewählt. Schließlich war es kein Geheimnis, nicht einmal für Blaise, der noch nicht lange in Arbonne weilte, daß die derzeitigen Herren von Miraval und Talair einander nicht gerade grün waren. Die Gründe dafür lagen offenbar viele Jahre in der Vergangenheit.

Blaise verbarg sein Schuldbewußtsein hinter einem Achselzucken. »Ich sitze seit dem frühen Morgen im Sattel, und dieser Weg schien mir der bequemere zu sein. Außerdem war ich der Meinung, die Gräfin von Arbonne bürge für die Sicherheit der Straßen in ihrem Land.«

»Barbentain ist weit, und gegen regionale Streitigkeiten richten Landesgesetze im allgemeinen wenig aus. Ein kluger Reisender sollte stets wissen, wo er sich befindet, besonders, wenn er alleine unterwegs ist.«

Sie hatte abermals recht, auch wenn sie sich für ihre Jugend allzu überheblich gab. Blaise bemühte sich, darüber hinwegzusehen. Diese Überheblichkeit war offenbar ein Markenzeichen aller Priester. Eines Tages würde er sich fragen müssen, warum es ihm eigentlich so zuwider war, auf das Gerede der Leute zu hören oder sich wenigstens für die Geographie und die Besitzverhältnisse hier in Arbonne zu interessieren.

Hinter der Priesterin waren inzwischen drei weitere, kleine Boote gelandet. Mehrere Männer und Frauen in Rians Tracht stiegen aus, gingen zu den Toten im Gras, hoben sie auf und trugen sie zu den Barken.

Blaise sah sich nach dem Arimondaner um, der neben seinem toten Pferd lag. Dann wandte er sich wieder der Priesterin zu. »Sagt mir, heißt Rian auch seinesgleichen willkommen?«

Die Priesterin lächelte nicht. »Sie erwartet ihn«, sagte sie ruhig, »wie sie uns alle erwartet. Welchen Empfang sie ihm bereiten wird, ist eine andere Frage.« Ihre schwarzen Augen ruhten auf Blaise, bis der den Blick abwandte und an ihr und an der kleinen Insel vorbei zum Nordufer des Sees schaute, wo eine Burg aufragte.

Sie drehte sich um und sah in die gleiche Richtung. »Wir können Euch hinbringen, wenn Ihr wollt«, erbot sie sich. Er war überrascht. »Es sei denn, Ihr wollt eins von den Pferden für Euch behalten?«

Blaise schüttelte den Kopf. »Das einzige, bei dem es sich gelohnt hätte, wurde von seinem Reiter getötet.« Mit einem Mal kam sein galliger Humor zum Durchbruch. »Ich nehme das Angebot dankbar an. Sehr passend... von einem Schiff der Göttin nach Talair gebracht zu werden, nicht wahr?«

»Passender, als Ihr ahnt«, sagte sie, ohne auf seinen spöttischen Ton einzugehen.

Sie bedeutete zwei Priestern, dem toten Saumpferd Blaises Rüstung und sein Gepäck abzunehmen. Blaise holte sich den Sattel von seinem Pferd und folgte der hochgewachsenen, schlanken Gestalt über Gras und Kies zum Boot.

Nachdem auch seine Sachen verladen waren, schob man die Barke ins Wasser. Der Westwind blähte das Segel, und schon glitten sie, die untergehende Sonne im Rücken, über die Wasser des Dierne-Sees.

Blaise musterte die Burg mit sachkundigem Blick und stellte anerkennend fest, daß sie ausgezeichnet zu verteidigen war. Auf einem Felsen über dem See thronend, war sie auf drei Seiten von Wasser umgeben. Im Norden schützte sie ein tiefer Burggraben. Eine Gruppe von Männern wartete am Landungssteg. Ein zweites, mit zwei Priestern und einer Priesterin besetztes Boot hatte bereits angelegt; die Neuigkeiten waren ihm wohl schon vorausgeeilt. Als sie sich dem Ufer näherten, erkannte Blaise Bertrans Vetter Valery, und dann trat zu seiner Überraschung Bertran selbst vor und fing das Tau, das ihm die Priesterin vom Bug aus zuwarf, mit sicherer Hand auf.

Der Herzog von Talair bückte sich und band das Boot an einem Eisenring fest, der in den Holzsteg eingelassen war, dann richtete er sich auf und sah Blaise ausdruckslos an. Von der Vertraulichkeit ihres letzten, nächtlichen Gesprächs stand keine Spur mehr in seinen Augen. *Dreiundzwanzig Jahre,* blitzte es jäh in Blaises Erinnerung auf. Die letzten Worte, die dieser Mann auf der dunklen Treppe zu ihm gesprochen hatte – über eine Frau, die längst gestorben war. Wer hätte *gedacht, daß ich so lange leben würde?*

»Willkommen auf Talair«, sagte Bertran. Im Tageslicht trat die Narbe auf seiner Wange besonders deutlich hervor. Er trug wie damals bei seiner Ankunft in Baude die wetterfeste Kleidung eines Coraners. Auf eine Kopfbedeckung hatte er verzichtet, sein Haar war vom Wind zerzaust. Die schmalen Lippen waren zu einem schiefen Lächeln verzogen. »Wie fühlt man sich, wenn man sich schon einen Feind gemacht hat, bevor man seinen Dienst antreten konnte?«

»Es wäre nicht mein erster«, sagte Blaise sanft. Er war ruhiger geworden; die Fahrt über den See und die Erinnerung an jene dunkle Treppe auf Baude hatte die letzten Nachwirkungen des Kampfrauschs beseitigt. »Auf einen mehr oder weniger soll es mir nicht ankommen. Der Gott wird mich erst dann zu sich holen, wenn meine Zeit gekommen ist.« Er hatte die Stimme erhoben, damit auch jemand anderer seine Worte hören konnte. »Glaubt Ihr wirklich, der Herzog von Miraval würde mich nur deshalb mit seinem Haß verfolgen, weil ich mich bei einem Angriff meiner Haut gewehrt habe?«

»Urté? Zuzutrauen wäre es ihm«, sagte Bertran bedächtig. »Aber an ihn hatte ich eigentlich nicht gedacht.« Er schien zu einer Erklärung ansetzen zu wollen, doch dann wandte er sich ab und ging auf die Burg zu. »Kommt«, rief er Blaise noch zu. »Essen und Trinken stehen bereit. Danach gehen wir in den Stall und helfen Euch, ein Pferd auszusuchen.«

Der breitschultrige, grauhaarige Valery trat ans Boot und reichte Blaise die Hand. Der zögerte kurz, dann griff er zu und stieg aus. Drei Männer hatten inzwischen seine Sachen ausgeladen. Blaise sah sich noch einmal um. Die Leine war bereits gelöst, die Barke glitt rückwärts aufs Wasser hinaus. Die junge Priesterin wandte ihm den Rücken zu, drehte sich aber um, als habe sie seinen Blick gespürt.

Sie sagte nichts, und auch Blaise schwieg. Langsam entfernte sich das Schiffchen vom Ufer. Das Haar der jungen Frau glänzte im warmen Schein der untergehenden Sonne. Die Eule auf ihrer Schulter blickte nach Westen. *Passender, als Ihr ahnt*, hatte sie am Westufer gesagt und mit feierlichem Ernst auf seinen mißglückten Scherz reagiert. Was sie damit gemeint hatte, wußte er nicht, er hatte nicht die leiseste Ahnung. Schon flackerte wieder der Zorn in ihm auf. Er hatte sich von ihr verabschieden, sich bedanken wollen, statt dessen sah er ihr nur einen Augenblick lang nach und wandte sich dann gleichmütig ab.

Valery wartete auf ihn. Bertrans Vetter lächelte ironisch.

»Sechs Männer?« sagte er. »Eines muß man Euch lassen, klammheimlich angeschlichen habt Ihr Euch nicht.«

»Fünf Männer und ein arimondischer Lustknabe«, verbesserte Blaise knapp. Doch sein Groll war fast verflogen; jetzt war er vor allem müde. »Ich kam ganz friedlich angeritten und hatte auch die Straße nicht verlassen. Dann haben sie meine Pferde erschossen.«

»Über den Arimondaner muß ich Euch noch etwas erzählen«, murmelte Valery und sah dem entschwindenden Boot nach. »Erinnert mich später daran.«

»Wozu?« fragte Blaise. »Er ist tot.«

Valery streifte ihn mit einem erstaunten Blick, dann drehte er sich achselzuckend um und setzte sich in Bewegung. Blaise blieb neben ihm. Sie gingen über den Landungssteg und stiegen auf dem schmalen, steil ansteigenden Pfad zum Schloß derer von Talair empor. Die schweren Tore standen offen, Musik schallte heraus. Sie traten ein.

ZWEITER TEIL

Mittsommer

Kapitel 4

Lisseut ging rasch durch die belebten Straßen und erwiderte fröhlich die Grüße, die ihr von allen Seiten – von Bekannten wie von Unbekannten – zugerufen wurden. Dabei wurde ihr immer wieder von neuem bewußt, warum sie den Mittsommerkarneval in Tavernel so sehr liebte. Dieses Fest mit seinen bunten Farben und Lichtern und den vielen Menschen war sozusagen das Zentrum, der Dreh- und Angelpunkt des ganzen Jahres. Eine Tournee war eben zu Ende gegangen, und die nächste hatte noch nicht begonnen. Mittsommer war eine Zwischenphase im Jahreslauf, alles hing in der Schwebe, alles war möglich, alles war erlaubt. Das galt besonders und in jedem Sinn nach Einbruch der Dunkelheit.

Eine maskierte Gestalt in grellem, grüngelbem Vogelkostüm versperrte ihr mit ausgebreiteten Armen den Weg und forderte mit einer tiefen Brummstimme, die eher zu einem Bären gepaßt hätte, einen Kuß. Die Umstehenden lachten. Mit einem eleganten Ausfallschritt und einer Pirouette entzog sich Lisseut der Umarmung. »Es bringt Unglück, vor Sonnenuntergang eine Sängerin zu küssen!« rief sie über die Schulter zurück. Die Antwort hatte sie sich vor zwei Jahren ausgedacht. Sie wirkte noch immer. Nach Sonnenuntergang war sie gewöhnlich mit ihren Freunden zusammen und somit vor Fremden geschützt, die vermeintliche Ansprüche einlösen wollten.

Was im übrigen kein größeres Problem gewesen wäre. Nicht hier und nicht für sie – dazu war sie inzwischen zu bekannt, außerdem hatten Joglares und Troubadoure in Tavernel und besonders an Karneval selbst bei den übermütigsten Studenten eine Sonderstellung. Man konnte zwar über die Stränge schlagen, doch die tollen Tage hatten ihre eigenen Gesetze und Hierarchien.

Als sie den Tempelplatz überquerte, wo sich Rians größter Tempel mit seinen Silberkuppeln und der Corannos-Dom mit seinen gedrungenen, goldglänzenden Türmen gegenüberstanden, trug ihr der Wind von Süden, vom Hafen her, einen Schwall Salzluft zu. Lisseut lächelte. Sie hatte schon fast vergessen, wie das Meer roch. War es nicht wunderbar, nach dem langen Winter und den Frühjahrstourneen durch das Landesinnere und in die Berge wieder hier zu sein? Die intensiven Essensdünste, die ihr auf der anderen Seite des Platzes plötzlich in die Nase stiegen, mahnten sie daran, daß sie gegen Mittag unterwegs zum letzten Mal gegessen hatte. Wenn man es kaum erwarten konnte, in die Stadt zu kommen, wo sich heute und morgen so viele Freunde einfinden würden, die man ein ganzes Jahr nicht gesehen hatte, vergaß man seinen knurrenden Magen. Doch nun spürte sie, wie ausgehungert sie war. Rasch betrat sie eine Garküche und kam mit einem gebratenen Hühnerschenkel in der Hand wieder heraus. Sie nahm sich sehr in acht, damit das Fett nicht auf ihr neues Kleid tropfte.

Mit dem Kleid hatte sie sich selbst ein Geschenk gemacht, nachdem die Frühlingssaison im östlichen Bergland so erfolgreich verlaufen war. Es war ihre bislang beste Tournee gewesen. Nach zwei Wochen im Tempel der Göttin war sie mit dem Troubadour Alain von Rousset, mit dem sie sich diesmal zusammengetan hatte, weitergezogen ins hochgelegene Kastell Ravenc, wo sich Gaufroy de Ravenc als ausnehmend großzügiger Gastgeber erwiesen hatte. Sie hatte sogar ein Zimmer ganz für sich allein gehabt und ungestört in einem herrlich weichen Bett schlafen können, denn En Gaufroy fühlte sich offenbar mehr zu Alain hingezogen als zu ihr. Lisseut dagegen hatte nichts einzuwenden; immerhin hatten Alains bemerkenswerte Lieder und ihr Gesang sowie die nächtlichen Aktivitäten in den Gemächern des Burgherrn den edlen Gaufroy in eine erfreulich generöse Stimmung versetzt, als die beiden schließlich Abschied nahmen.

Wenige Tage danach hatte sie sich in der Stadt Rousset vorübergehend von Alain getrennt – er wollte vor dem Karneval in Tavernel seine Familie besuchen, während sie sich für ein Gastspiel im Corannos-Münster in der Nähe von Gavela verpflichtet hatte. Der Troubadour war des Lobes voll gewesen und hatte ihr angeboten, die Tournee im nächsten Jahr mit ihm zusammen zu wiederholen. Er war ein angenehmer Partner und schrieb recht ordentliche, wenn auch nicht unbedingt begnadete Lieder, und so hatte Lisseut ohne Zögern zugesagt. Einige von den anderen Troubadouren – Jourdain etwa, Aurelian und natürlich Remy von Orrèze – mochten bedeutendere Werke verfassen, die dem Joglar mehr abverlangten, aber Alains lockere, sympathische Art wog vieles auf, und auch die Vorteile, die ihnen aus seinen nächtlichen Kontakten zu Priestern und Adeligen in gewissen Tempeln und Burgen erwuchsen, waren nicht zu verachten. Lisseut fühlte sich geehrt; nach drei Jahren auf den Straßen hatte sie damit zum ersten Mal einen Anschlußvertrag unter Dach und Fach. Um solche Offerten der bekannteren Troubadoure pflegten Arbonnes Joglares mit allen Mitteln zu kämpfen. Sie hatte mit Alain vereinbart, das Abkommen noch vor Karnevalsende im Zunfthaus zu besiegeln. In dieser Woche wurden zahlreiche Verträge abgeschlossen und besiegelt; das war einer der Gründe, warum so gut wie alle Musikanten großen Wert darauf legten, rechtzeitig hier zu sein.

Ein Grund, aber nicht der einzige: Karneval war wie alle Mittsommerfeste Rian geweiht, zudem war die Göttin in Arbonne die Schutzpatronin der Musik und somit auch all jener fahrenden Künstler, die auf staubigen Straßen kreuz und quer durchs Land zogen, um zu Ehren der Liebe ihre Lieder zu dichten und zu singen. Wer sich zur Sommersonnenwende in Tavernel einfand, kam gewiß nicht zuletzt, um Rian zu huldigen.

Über alledem durfte man freilich nicht vergessen, daß sich an Karneval jeder, der nicht gerade in Trauer, krank oder gar tot war, so ausgelassen und ohne Schranken amüsieren konnte wie sonst das ganze Jahr über nicht.

Lisseut hatte ihren Hühnerschenkel abgenagt und wischte sich an der Schürze eines wohlbeleibten, breit grinsenden Obstverkäufer umständlich die Hände sauber. Dann kaufte sie ihm eine Orange ab und rieb sie kurz an seinem Geschlechtsorgan, das sollte Glück bringen. Der Mann stöhnte in gespielter Wollust auf, und die Menge lachte grölend. Auch Lisseut lachte – sie freute sich ihres Lebens, schließlich war sie jung, sie war Sängerin, sie war in Arbonne, und es war Sommer – und ging weiter in Richtung Hafen. An der nächsten Kreuzung bog sie nach rechts ab. Da schwang auch schon das geliebte, altvertraute Schild der *Liensenne* über der Straße hin und her.

Wie immer hatte sie das Gefühl, nach Hause zu kommen. An sich stammte sie natürlich aus Vezét, einem Städtchen, das weiter östlich an der Küste lag und für seine Olivenhaine bekannt war, aber dieses Urbild der ›Taverne von Tavernel‹, dem Anselme von Cauvas vor vielen Jahren sein berühmtes Lied gewidmet hatte, war die Wahlheimat aller Musikanten von Arbonne. Marotte, der Wirt, war für die Hälfte der jüngeren Dichter und Joglares so etwas wie ein zweiter Vater, ein vertrauter Freund. Auch Lisseut hatte ihm schon ihr Herz ausgeschüttet, als sie ihr Elternhaus verlassen hatte und in der Hoffnung, daß ihre Stimme und die Musik sie schon ernähren und ihr Mutterwitz sie am Leben erhalten würden, mit ihrem Onkel, einem Troubadour, in die Welt hinausgezogen war. Keine vier Jahre war das her, doch ihr kam es vor wie eine Ewigkeit. Grinsend zog sie vor dem Lautenspieler auf dem Schild – er stellte angeblich Folquet de Barbentain dar, den ersten Troubadour-Grafen – ihren Federhut, nickte zurück, als ihr ein Mann zuzwinkerte, der mit fünf anderen vor der Tür Münzenwerfen spielte, und trat ein.

Sie begriff sofort, daß sie einen Fehler gemacht hatte.

Sie wußte es, noch bevor Remys schrilles Triumphgeheul den Höllenspektakel übertönte, bevor Aurelian, der neben Remy stand, mit Grabesstimme »Neun!« rief, bevor sie die lachenden Musikanten sah, die mit feuerroten Gesichtern einen triefend nassen, schnurrbärtigen, wütend protestierenden Arimondaner mit dem Kopf nach unten über den verflixten Wasserbottich hielten, um ihn noch einmal unterzutauchen. Und bevor sich die Münzenwerfer mit schadenfrohem Gegacker hinter ihr durch die Tür drängten.

Bei Rians heiligem Namen, sie *kannte* doch den alten Brauch! Wo war sie nur mit ihren Gedanken gewesen? Einfältig wie ein Bauernmädel hatte sie den Männern vor der Tür, die nur darauf warteten, daß der rituelle Neunte eintrat, um ihm gefahrlos folgen zu können, auch noch zugenickt. Lisseut, das gutmütige

Dummchen, wackelte frohgemut dem Bottich entgegen, um sich wie ein blutiger Anfänger taufen zu lassen.

Und jetzt kam ihr auch schon Remy entgegengeeilt – er sah großartig aus, es war wirklich ungerecht. Die blonden Locken klebten ihm schweißnaß auf der Stirn, und aus seinen blauen Augen blitzte der Schalk. Aurelian, Jourdain und Dumar folgten ihm, und dahinter erkannte sie – oh, welche Niedertracht – das lachende Gesicht ihres Partners Alain, der sich mit einem halben Dutzend anderer, darunter natürlich Elisse von Cauvas, diebisch über den unerwarteten Fang freute. Lisseut vermerkte besonders Elisses spöttisches Lächeln und verwünschte sich abermals für ihre eigene Dummheit. Verzweifelt sah sie sich nach einem Verbündeten um, entdeckte Marotte hinter dem Tresen und erhob ihre vielgerühmte Stimme zu einem gellenden Hilfeschrei.

Ihr zweiter Vater grinste von einem Ohr zum anderen und schüttelte den Kopf. Von ihm war kein Beistand zu erwarten. Nicht an Mittsommer in Tavernel. Rasch wandte sich Lisseut wieder an Remy und setzte ihr gewinnendstes Lächeln auf.

»Hallo, mein Lieber«, gurrte sie. »Wie ist es dir denn ergangen, seit ...«

Weiter kam sie nicht. Mit gewohnter Eleganz duckte sich Remy von Orrèze, ihr ehemaliger Liebhaber – jedermanns ehemaliger Liebhaber, wie eine andere Frau einmal ohne jede Bitterkeit bemerkt hatte – unter ihrem abwehrend ausgestreckten Arm hindurch, ging mit der Schulter unter ihre Taille und richtete sich auf. Bevor Lisseut sich eine auch nur halbwegs einleuchtende Begründung ausdenken konnte, warum man ausgerechnet ihr das Bad ersparen sollte, schwebte sie bereits in der Luft. Vorne und hinten packten ein Dutzend Hände mit an, und dann trug man sie zum Bottich am Tresen wie ein Opferlamm aus der Zeit der Alten.

Alle Jahre wieder! dachte Lisseut. Die Männer hielten sie so fest, daß sie nicht einmal zappeln konnte. *Jedes Jahr das gleiche verdammte Spiel! Wo hatte ich nur meinen Kopf?*

Obwohl alles drunter und drüber ging, bemerkte sie, daß Aurelian sich bereits wieder der Tür zugewandt und erneut zu zählen begonnen hatte. Remy hatte ihr den Arm um die Taille gelegt und kitzelte sie. Unverzeihlich, vor allem, weil er ihre empfindlichen Stellen genau kannte. Lisseut zeterte aus Leibeskräften, kicherte hysterisch und schlug um sich. Plötzlich stieß sie mit dem Ellbogen gegen ein Hindernis und konnte gleich darauf voller Genugtuung feststellen, daß Elisse zurücktaumelte, ihrerseits fluchte wie ein Landsknecht und sich mit einer Hand den Kopf hielt. Die Heilige Rian mußte ihr den Arm geführt haben; im ganzen Raum gab es niemanden, den sie lieber getroffen hätte. Mit Ausnahme von Remy vielleicht. Remy von Orrèze hätte sie schon öfter gern geschlagen. Das ging vielen so, es sei denn, sie hörten gerade gebannt zu, wie einer von seinen Lieblingsjoglares sein neuestes Lied sang.

Lisseut sah den Bottich auf sich zukommen und spürte, wie sie auf den Kopf gestellt wurde. Ihr ebenfalls neuer und sündhaft teurer Federhut flog herunter und landete unter den Füßen der johlenden Menge. Die ganze Welt drehte sich, im letzten Moment sah sie noch, wie ihr klatschnasser, arimondischer Leidensgenosse unsanft weggeschleift wurde. Hastig nahm sie einen tiefen Zug der abgestandenen Wirtshausluft, kniff, ein letztes Mal ihre unbeschreibliche Vertrauensseligkeit verwünschend, die Augen fest zu und tauchte ins Wasser.

Es war kein Wasser.

»Marotte!« prustete sie, als man sie wieder herauszog. »Marotte, weißt du, was er gemacht hat? Das ist kein ...«

»Runter!« befahl Remy mit hämischem Gekecker. Lisseut konnte gerade noch nach Luft schnappen, bevor sie abermals unterging.

Diesmal dauerte es länger. Als man sie endlich hochkommen ließ, nahm sie alle Kraft zusammen, drehte den Kopf zum Tresen und krächzte: »Das ist *Wein*, Marotte! Perlwein aus Cauvas! Er hat ...«

Remy kreischte schon wieder *»Runter!«*, doch zuvor hörte Lisseut noch Marottes entsetzten Aufschrei.

»Was? Cauvas? Remy, ich ziehe dir die Haut ab! Du tunkst die Leute in meinen besten ...?«

Mehr konnte Lisseut nicht hören, denn sie versank schon wieder, doch diesmal machte ihr ein Fünkchen Schadenfreude das Bad erträglicher. Sie nahm sogar noch einen Mund voll Wein, bevor man sie zum dritten und letzten Mal herauszog. Als junger Joglar bekam man nicht jeden Tag Goldenen Cauvas kosten, auch wenn es für den Kenner nicht der wahre Genuß sein mochte, nach einem pomadeduftenden Arimondaner kopfüber in das edle Naß getaucht zu werden.

Lisseut wurde mit Schwung aus dem Bottich gezogen und auf die Beine gestellt. Das erste, was sie sah, war Marotte, der sich mit hochrotem Kopf über den Tresen beugte und auf Remy einschrie.

»Karnevalstribut, Marotte!« lachte der blonde Liebling aller Troubadoure mit übermütig funkelnden Augen. »Du wirst an uns in dieser Woche mehr als genug verdienen, um die Kosten zu decken.«

»Das ist ein Verbrechen, du mußt den Verstand verloren haben!« Marotte war so aufrichtig empört, wie es nur ein wahrer Freund edler Weine sein konnte. »Hast du denn eine Ahnung, was Cauvas-Wein *kostet?* Wie viele Flaschen hast du für diesen Unsinn vergeudet? Wie in Rians Namen bist du überhaupt in meinen Keller gekommen?«

»Aber, aber, Marotte«, höhnte Remy verächtlich. »Hast du wirklich geglaubt, dein lächerliches Vorhängeschloß könnte mich abhalten?« Mehrere Leute lachten.

»Sieben!« warf Aurelian leise ein. Trotz des Lärms horchten alle auf. Auch Lisseut, die von einer freundlichen Bedienerin ein Tuch bekommen hatte und sich nun eifrig Gesicht und Haare frottierte, wandte sich erwartungsvoll der Tür zu. Ein junger, rothaariger Student trat ein, blinzelte erstaunt, als er so viele Blicke auf sich gerichtet sah, und stolperte zum Tresen, um sich einen Krug Bier zu bestellen. Niemand achtete mehr auf ihn. Alle Augen hingen an der Tür.

Lange brauchte man nicht zu warten. Der achte Gast war ein breitschultriger, zuverlässig wirkender Coraner mittleren Alters. Einige von den Anwesenden, auch Lisseut, kannten ihn gut. Doch ihr blieb keine Zeit, um die Ungeheuerlichkeit des Geschehens zu erfassen und zu verarbeiten. Schon kam der nächste, der neunte Mann durch die Tür.

»Gütiger Gott!« murmelte Marotte der Schankwirt. Das ungewohnte Stoßgebet an Corannos schallte überlaut durch die plötzliche Stille.

Der neunte Mann war Herzog Bertran de Talair.

»Neun«, bestätigte Aurelian überflüssigerweise. Er sprach leise, fast ehrfürchtig. Dann wandte er sich an Remy. »Aber ich finde wirklich ...«, begann er.

Doch Remy von Orrèze war zu sehr in Fahrt. Er strahlte über das ganze Gesicht, und die blauen Augen unter den schweißfeuchten Locken blitzten.

»Hoch mit ihm!« schrie er. »Jeder kennt die Regeln – der neunte wird untergetaucht in Rians Namen! Auf den Herzog von Talair!«

Der Coraner, Bertrans Cousin und alter Freund Valery, trat tatsächlich grinsend zur Seite, als er die Lage erfaßte. Der Herzog selbst begann zu lachen und wehrte den andrängenden Remy mit erhobenen Händen ab. Jourdain, er war schon sehr betrunken, kam dicht hinter Remy. Alain, Elisse und eine einige andere hielten vorsichtshalber etwas Abstand. Lisseut fiel die Kinnlade herunter, als sie erkannte, daß Remy es tatsächlich ernst meinte: er war drauf und dran, sich an einem der mächtigsten Männer von Arbonne zu vergreifen, um ihn in einen Bottich mit Wasser zu tauchen. Falsch, verbesserte sie sich, in einen Bottich mit edlem und irrsinnig teurem Perlwein aus Cauvas. Remy – der verfluchte, geliebte, vollkommen verrückte Remy – er würde es wagen.

Und er hätte sein Vorhaben auch ausgeführt, hätte nicht in diesem Augenblick ein zweiter Mann – er trug die blaue Tracht des Hauses Talair, war aber an seinem rötlichbraunen Vollbart und seinen Gesichtszügen eindeutig als Gorhautaner zu erkennen – hinter Bertran die Taverne betreten und ihm sein Schwert auf die Brust gesetzt.

Remy torkelte so ungestüm über die glatten Dielen, daß er nicht rechtzeitig anhalten konnte. Lisseut schlug erschrocken die Hände vors Gesicht. Sie stand immer noch neben dem Bottich und konnte alles genau mitverfolgen. Bertran rief den Mann mit dem Schwert rasch beim Namen, doch der hatte die Klinge bereits zur Seite bewegt. Allerdings nur so weit, daß die Spitze Remys linken Arm dicht unter der Schulter streifte.

Blut quoll hervor, und das war kein Versehen, davon war Lisseut überzeugt. Ihr ehemaliger Liebhaber stolperte, blieb stehen und hielt sich den Arm. Seine Hand färbte sich rot. Lisseut sah nicht, was er für ein Gesicht machte, aber sie konnte es sich unschwer vorstellen. Die Musikanten und Studenten in der *Liensenne* begannen zu murren. Das Verbot, in Gastwirtschaften eine Waffe zu ziehen, war so alt wie die Universität selbst, ja, es war einer der Gründe, warum die Universität bis heute überlebt hatte. Und Remy von Orrèze, auch wenn er sich noch so unmöglich benahm, war einer der *ihren*, einer ihrer führenden Köpfe sogar, während der Hüne, der ihn eben mit dem Schwert verletzt hatte, aus Gorhaut stammte.

In diesem kritischen Moment, kurz bevor die Stimmung umschlagen konnte, lachte Bertran de Talair laut auf.

»Wirklich, Remy«, sagte er, »es wäre keine gute Idee gewesen, und Valery weiß das, auch wenn er gern so lange tatenlos zugesehen hätte, bis ich wieder aufgetaucht wäre.« Er streifte seinen Cousin mit einem Blick, der diesen jäh erröten ließ. Der bärtige Coraner hielt immer noch sein Schwert in der Hand. Nun nickte de Talair ihm zu, und er steckte es in die Scheide.

»Das wollte dir vermutlich auch Aurelian sagen«, fuhr En Bertran fort. Der hochaufgeschossene, schwarzhaarige Aurelian war tatsächlich nicht weit von Lisseut entfernt am Tresen stehengeblieben. Er äußerte sich nicht, beobachtete nur gelassen und mit großer Aufmerksamkeit die Szene.

»Ihr wißt, wie es an Karneval zugeht«, trotzte Remy mit hoch erhobenem Kopf. »Und dieser ungehobelte Klotz aus dem Norden hat soeben gegen das Stadtgesetz von Tavernel verstoßen. Soll ich ihn dem Seneschall melden?«

»Warum nicht?« sagte Bertran gleichmütig. »Und mich am besten gleich mit dazu. Ich hätte Blaise über das Waffenverbot aufklären müssen, bevor wir hierherkamen. Du kannst uns beide anzeigen, Remy.«

Remy lachte mit Grabesstimme. »Den Herzog von Talair vor Gericht zerren, das fehlte noch.« Er verstummte und rang nach Atem. »Bertran, eines Tages werdet Ihr Euch entscheiden müssen, ob Ihr zu uns gehören oder den Herzog von Arbonne spielen wollt. Ihr wißt genau, daß Ihr von Rechts wegen mit dem Kopf nach unten über diesem Bottich hängen müßtet.«

De Talair amüsierte sich königlich und tat so, als habe er nicht bemerkt, daß Remy sich erdreistet hatte, ihn ohne Titel beim Vornamen zu nennen. »Du hättest dein Studium nicht aufgeben sollen, mein Lieber«, sagte er lachend. »Ein paar Rhetorikvorlesungen mehr hätten dir wahrhaftig gut getan. Ich habe selten eine unstimmigere Dichotomie gehört.«

Remy schüttelte den Kopf. »Wir befinden uns hier im wirklichen Leben, nicht im Wolkenkuckucksheim der Gelehrsamkeit. Und im wirklichen Leben kommt man um gewisse Entscheidungen eben nicht herum.«

Lisseut sah, wie das Lachen im Gesicht des Herzogs erlosch, und was an seine Stelle trat, ließ sie frösteln. Irgend etwas hatte de Talairs Geduld soeben über Gebühr strapaziert.

»Und ausgerechnet du willst mir nun erklären«, sagte er kalt zu Remy von Orrèze, »wie es im wirklichen Leben zugeht? Hast du dir das auch gut überlegt, Remy? Ich sehe in diesem Raum zwei Arimondaner und einen ganzen Tisch voller Portezzaner, samt und sonders Fremde, außerdem steht ein Götzländer am Tresen, und wie viele sich oben in Marottes Zimmern aufhalten, weiß die Göttin… und du meinst, im wirklichen Leben, oder was du dafür hältst, müßte sich ein Herzog von Arbonne unter diesen Umständen in einen Bottich mit Wasser werfen lassen? Ich kann über so manche Unverschämtheit hinwegsehen, aber alles hat seine Grenzen. Denk nach, Junge. Sieh zu, daß du nüchtern wirst, und gebrauche deinen Verstand.«

»Es ist kein Wasser«, sagte jemand. Verlegenes Kichern schwebte durch die Stille, die nach den Worten des Herzogs entstanden war. Eine dunkle Röte kroch langsam über Remys Nacken. Lisseut schaute zu Aurelian hinüber; er erwiderte den Blick. Sie sah ihre Besorgnis in seinen Augen gespiegelt.

»Er hat den Bottich mit Goldenem Cauvas gefüllt, Herr.« Marotte kam geschäftig hinter dem Tresen hervor und bemühte sich, die düstere Stimmung zu vertreiben. »Wenn er noch einmal bluten soll, braucht Ihr es nur zu sagen.«

»Ein ganzer Bottich voll Cauvas?« kam. En Bertran dem Wirt

lächelnd zu Hilfe. »Wenn das wahr ist, war ich womöglich voreilig. Vielleicht hätte ich mich doch taufen lassen sollen!« Alles lachte erleichtert auf. Auch Lisseut wagte wieder zu atmen. »Nun komm schon, Remy«, fuhr der Herzog fort, »trinken wir eine Flasche auf meine Kosten, während Blaise deinen Arm versorgt.«

»Danke, nein«, lehnte Remy spröde ab. Lisseut kannte seinen Stolz zur Genüge und schüttelte frustriert den Kopf. »Darum kümmere ich mich schon selbst.« Er hielt inne. »Außerdem trinke ich an Karneval lieber mit den Musikanten als mit einem Herzog von Arbonne.«

Damit ließ er Bertran stehen, durchquerte hocherhobenen Hauptes die Schankstube, ging an Lisseut vorbei, als sei sie nicht vorhanden, und verschwand durch eine Tür neben dem Tresen, die zu den Schlafräumen an der Rückseite des Hauses führte. Aurelian entschuldigte sich mit einem Blick bei Bertran und mit einem Achselzucken bei Lisseut und folgte dem Troubadour. Bei Marotte blieb er kurz stehen, um sich einen Krug Wasser und ein paar saubere Handtücher geben zu lassen.

Lisseut fand die Entwicklung hochinteressant. Bis vor zehn Minuten hatte Remy von Orrèze in der Taverne das große Wort geführt, er war ganz in seinem Element gewesen und hatte an diesem Karnevalsnachmittag für die nötige Stimmung gesorgt. Doch auf einmal war er nur noch ein betrunkener Junge gewesen, seine letzten Worte hatten trotz des würdevollen Abgangs in erster Linie kindisch geklungen. Und das war ihm wohl auch bewußt, wie der gekränkte Unterton bewies, den sie gegen Ende hatte mitschwingen hören.

Nun tat er ihr auch noch leid, und nicht etwa wegen der Verletzung, die schien nicht weiter schlimm zu sein. Dabei war sie sich vollauf darüber im klaren, wie sehr Remy ihr Mitleid verabscheuen würde, wenn er davon wüßte. Innerlich lächelnd beschloß sie, ihm ihre Gefühle später haarklein zu schildern – eine erste Revanche für ihr verdorbenes Kleid und den zertrampelten Hut. Remy mochte als Künstler Respekt und Bewunderung verdienen, und sie alle hatten seinem überschäumenden Temperament und seinem unerschöpflichen Einfallsreichtum unvergeßliche Abende zu verdanken, aber das hieß noch lange nicht, daß er sich ungestraft alles erlauben konnte.

Lisseut wandte sich wieder dem Herzog zu. Der bärtige Coraner aus Gorhaut sah sich in dem Raum voller Musikanten um. Unverhohlene Verachtung stand in seinem Gesicht. Plötzlich bedauerte sie es, daß ausgerechnet er Remy verletzt hatte. Niemand sollte einen Troubadour in dieser Taverne mit einer Waffe bedrohen und hinterher eine solche Miene aufsetzen dürfen; schon gar kein Fremder und auf keinen Fall ein Gorhautaner. *Solange die Sonne noch glüht und die Monde über den Himmel ziehen, soll kein Friede herrschen zwischen Gorhaut und Arbonne.* Das hatte schon ihr Großvater gesagt, und auch ihr Vater hatte das Sprichwort häufig gebraucht, vor allem, wenn er vom Herbstmarkt in Lussan zurückkehrte, wo er mit mehr oder weniger Gewinn seine Oliven und sein Öl an die Nordländer zu verkaufen pflegte.

Lisseut starrte den großen Coraner aus dem Norden an und spürte, wie der Zorn sie erfaßte. Warum sagte denn niemand etwas zu ihm? Er wirkte so unerträglich selbstgefällig, wie er so von oben auf die Welt herabschaute. Nur Aurelian war ebenso groß, aber Aurelian war mit Remy hinausgegangen, außerdem wäre der schmächtige, bescheidene Musikant trotz seiner glänzenden Fähigkeiten diesem Schrank wohl kaum gewachsen. Mit jenem kleinen Achselzucken, das so typisch für sie war, obwohl sie es nicht ahnte, nahm Lisseut sich den Nordländer selbst vor.

»Ihr seid unglaublich arrogant«, sagte sie zu ihm. »Worauf bildet Ihr Euch eigentlich so viel ein? Wenn Euer Lehensherr Euch nicht darauf hinweist, muß es eben einer von uns tun: der Mann, den Ihr eben verletzt habt, mag in Karnevalslaune dummes Zeug geredet haben, aber er ist zweimal soviel wert wie Ihr – mit oder ohne verbotene Waffe – und die Welt wird noch an ihn denken, wenn Ihr längst tot und vergessen seid.«

Der Söldner – der Herzog hatte ihn Blaise genannt – blinzelte verdutzt. Aus der Nähe betrachtet wirkte er jünger, als sie ursprünglich geschätzt hatte, und auch sein Blick erschien ihr anders als vorhin vom Tresen aus. Sie wußte nicht, wie sie ihn beschreiben sollte, aber arrogant war wohl doch nicht das richtige Wort. Bertran de Talair und überraschenderweise auch Valery grinsten. Lisseut wurde sich jäh ihres Aussehens bewußt: klatschnaß bis zur Taille, das Haar zerzaust und verklebt. Die neue Bluse war vermutlich ruiniert und schmiegte sich unanständig dicht an ihren Körper. Sie spürte, wie sie rot wurde. Hoffentlich hielt man es ihrem Zorn zugute.

»Da hört Ihr es, Blaise«, sagte der Herzog. »Tot und vergessen. Wieder ein Beweis – falls es dessen noch bedarf –, daß unsere Frauen wahre Bestien sind, besonders, wenn man sie zuvor auf den Kopf gestellt hat. Was hätte jemand wie sie in Gorhaut zu erwarten? Heraus damit!«

Der bärtige Coraner sah lange auf Lisseut nieder und schwieg. Seine Augen waren von einem eigentümlichen Nußbraun, das im Lampenlicht fast grünlich wirkte. Endlich sagte er zögernd, aber doch mit fester Stimme: »Wenn bei uns eine Frau in der Öffentlichkeit so mit einem Coraner des Gottes spräche, würde sie von den Bütteln des Königs bis zur Taille entblößt und mit der Peitsche auf Brust und Rücken geschlagen. Falls sie überlebte, könnte der Beleidigte nach Belieben mit ihr verfahren. Sollte sie verheiratet sein, so dürfte ihr Gemahl sich von ihr scheiden lassen, ohne deshalb vom Gesetz oder von den Corannos-Priestern belangt zu werden.«

Eisiges Schweigen trat ein, eine Kälte, die tödlich war wie das Eis im hohen Norden. Die Freuden des Karnevals waren in unendliche Fernen gerückt. *Solange die Sonne noch glüht und die Monde über den Himmel ziehen …*

Lisseut fühlte sich schwach und hatte zittrige Knie, aber sie zwang sich, dem Blick des Nordländers standzuhalten. »Und was wollt Ihr dann hier?« fragte sie tapfer. Nun zahlte es sich aus, daß sie in der Lehrzeit bei ihrem Onkel so viel Mühe auf Stimmbildungsübungen verwandt hatte. »Warum geht Ihr nicht dorthin zurück, wo Ihr so mit Frauen umspringen könnt, die offen ihre Meinung sagen oder für ihre Freunde eintreten? Wo Ihr mit mir tun könntet, was immer Ihr wolltet, und niemand würde es Euch verwehren?«

»Ja, Blaise«, sprang Bertran de Talair ihr bei. Seine Fröhlichkeit war ihr unbegreiflich. »Warum geht Ihr nicht zurück?«

Und dann erlebte Lisseut eine Überraschung. Der Hüne verzog den Mund zu einem spöttischen Lächeln und schüttelte den Kopf. »Der Mann, der mich für meine Dienste bezahlt, wollte von mir wissen, was eine Frau wie Ihr in Gorhaut zu erwarten hätte«, erklärte er nachsichtig und sah dabei nicht den Herzog an, sondern Lisseut. »Ich glaube nicht, daß En Bertran die Frage ernst gemeint hat: er ist weit genug herumgekommen, um die diesbezüglichen Gesetze in Gorhaut oder auch in Valensa und in Götzland – die Unterschiede sind nicht allzu groß – genau zu kennen. Habe ich denn gesagt, ich würde diese Gesetze gutheißen?«

»*Tut* Ihr das denn nicht?« Lisseut ließ sich nicht entmutigen, aber sie war sich auch bewußt, daß sie auf der ganzen Welt wohl nur hier, inmitten ihrer Freunde, so kämpferisch auftreten konnte.

Der Mann namens Blaise schürzte nachdenklich die Lippen und antwortete nicht gleich; Lisseut begriff allmählich, daß sie keinen stupiden Schlagetot aus dem Norden vor sich hatte.

»Der Herzog von Talair hat den Troubadour, von dem Ihr behauptet, er würde noch berühmt sein, wenn man mich längst vergessen hätte, eben auf seinen Platz verwiesen. Er hat ihn abgekanzelt wie einen dummen, betrunkenen Schuljungen. Das muß sehr viel schmerzhafter gewesen sein als der kleine Kratzer, den ich ihm mit meinem Schwert beigebracht habe. Würdet Ihr wenigstens zugeben, daß es manchmal erforderlich ist, auf seine Autorität zu pochen? Und wenn nicht, hättet Ihr dann wenigstens den Mut, hier und jetzt auch den Herzog zu attackieren? Ich bin ein leichtes Opfer, der Außenseiter in einem Raum voller Menschen, die Ihr kennt. Ist das vielleicht der Grund, warum Ihr gerade mich aufs Korn genommen habt? Und haltet Ihr das für ehrenhaft?«

Er hatte sich unerwartet geschickt aus der Affäre gezogen, aber ihre Frage hatte er nicht beantwortet.

»Ihr habt ihre Frage nicht beantwortet«, sagte Bertran de Talair.

Wieder lächelte Blaise von Gorhaut, das gleiche schiefe, bittere Lächeln wie eben; Lisseut kam es vor, als habe er auf den Einwurf des Herzogs förmlich gewartet. Wie lange die beiden sich wohl schon kannten? »Ich bin hier, nicht wahr?« sagte er ruhig. »Wenn ich solche Gesetze guthieße, säße ich jetzt vermutlich zu Hause bei meiner wohlerzogenen Ehefrau und schmiedete mit dem König und allen Coranern von Gorhaut Pläne für den Einmarsch in Arbonne.« Bei den letzten Worten hatte er bewußt die Stimme erhoben. Lisseut bemerkte aus dem Augenwinkel, daß sich die Portezzaner in ihrer Nische an der vorderen Wand erschrocken ansahen.

»Schön, Blaise«, sagte Bertran scharf. »Wir haben verstanden. Ich denke, das genügt.«

Blaise wandte sich ihm zu. Lisseut bemerkte erst jetzt, daß er sie nicht aus den Augen gelassen hatte, seit sie auf ihn losgegangen war. Dabei hatte er die letzte Bemerkung, was immer sie bedeuten mochte, eindeutig an die Adresse des Herzogs gerichtet. »Ganz meine Meinung«, sagte er leise. »Es ist mehr als genug.«

»Genug wovon?« ließ sich von der Tür eine selbstsichere Stimme vernehmen. »Bin ich etwa zu spät gekommen? Der Spaß ist doch hoffentlich noch nicht vorbei?«

Wenn Bertran de Talair blaß wurde, trat die Narbe auf seiner Wange besonders deutlich hervor, das hatte Blaise schon öfter beobachten können, aber sie war noch nie so blaß gewesen wie jetzt. Der Herzog war starr vor Zorn oder vor Schreck, aber er drehte sich nicht um. Dafür war Valery herumgefahren und hatte sich mit einem Schritt zwischen seinen Cousin und die Tür gestellt.

»Was wollt Ihr hier?« De Talairs Stimme war so kalt wie der Mondschein im Winter. Als Blaise diesen Ton hörte, stellte er sich – mit einiger Verspätung – neben Valery. Vor ihnen bildete sich, als würde ein Vorhang aufgezogen, eine Gasse im Gedränge und gab den Blick auf den Mann frei, der in der Taverne stand.

Blaise sah sich einem wahren Riesen gegenüber. Der Mann trug jetzt, mitten im Sommer, eine Robe aus schier unbezahlbarem, dunkelgrünem Atlas mit weißen Pelzbesätzen. Er war mindestens sechzig Jahre alt. Sein Haar war kurz geschoren wie bei einem Soldaten. Trotz seiner Größe wirkte er behende, seine aufrechte Haltung strotzte geradezu vor Überheblichkeit.

»Was ich hier will?« wiederholte er spöttisch. Eine tiefe,

volle Stimme, die man nicht so leicht vergaß. »Treffen sich hier nicht die Sänger? Haben wir nicht Karneval? Darf man in dieser Zeit nicht Trost suchen in den Freuden der Musik?«

»Ihr haßt die Musikanten«, fauchte Bertran de Talair. Er hatte sich noch immer nicht umgedreht. »Ihr tötet die Sänger, wißt Ihr nicht mehr?«

»Nur die allzu dreisten«, gab der andere ungerührt zurück. »Die vergessen, wo sie sind, und die falschen Lieder singen. Außerdem ist das lange her. Warum soll sich ein Mensch nicht ändern auf dem Weg zum Grabe? So mancher wird im Alter weise.« Davon verriet seine Stimme freilich nichts. Blaise hörte nur Spott, beißend und gnadenlos.

Und plötzlich wußte er, wen er vor sich hatte.

Sein Blick wanderte weiter zu den drei grünlivrierten Coranern im Gefolge des neuen Gastes. Alle trugen sie Schwerter, ohne Rücksicht auf die Gesetze von Tavernel, und alle sahen sie so aus, als wüßten sie damit umzugehen. Grell wie ein Blitz durchzuckte ihn die Erinnerung an eine Straße am Dierne-See, an sechs tote Männer im Frühlingsgras. Die Menge war noch weiter zurückgewichen, die beiden feindlichen Parteien standen allein. Dicht hinter sich wußte Blaise die zierliche Person mit dem braunen Haar, die ihn so heftig attackiert hatte.

»Ich werde nicht mit Euch streiten«, sagte Bertran leise. Er wandte der Tür, dem Hünen mit den kieselgrauen, boshaft funkelnden Augen immer noch den Rücken zu. »Noch einmal, was wollt Ihr hier, edler Herzog von Miraval?«

Urté de Miraval – er füllte den Eingang der *Liensenne* nahezu aus – antwortete nicht. Statt dessen richtete er die tiefliegenden Augen unter den schweren Lidern auf Blaise und unterzog ihn einer eingehenden Musterung. Bertrans Frage überging er, als sei der Herzog nur ein aufdringlicher Bauernknecht. Endlich lächelte er, doch sein Blick blieb tückisch.

»Wenn ich mich nicht irre«, sagte er, »was ich für unwahrscheinlich halte, ist dies der Nordländer, der so gern mit Pfeilen auf seine Mitmenschen schießt.« Seine drei Coraner bewegten sich. Blaise begriff, daß sie sich Platz schafften, um ihre Schwerter ziehen zu können.

»Eure Coraner haben meinen Saumer und mein Reitpferd

getötet«, sagte Blaise ruhig. »Ich mußte davon ausgehen, daß sie auch mir nach dem Leben trachteten.«

»Womit Ihr nicht unrecht hattet«, gab Urté de Miraval zu. Es klang fast liebenswürdig. »Muß ich Euch deshalb sechs Morde verzeihen? Ich denke nicht daran, und selbst wenn ich wollte, so gibt es in diesem Fall noch einen Geschädigten. Der Mann wird überglücklich sein, wenn er erfährt, wo Ihr Euch aufhaltet. Vielleicht stößt er im Lauf des Abends noch zu uns, dann könnte es spannend werden. Im Karnevalsgedränge passieren so viele Unfälle, eine der Schattenseiten solcher Feste, findet Ihr nicht?«

Blaise hatte die kaum verhüllte Drohung wohl vernommen, er verstand nur nicht, worauf sie sich bezog. Valery war neben ihm zusammengezuckt, er wußte offenbar Bescheid.

»Man hat eigens ein Gesetz erlassen, um weiteres Blutvergießen zwischen Miraval und Talair zu verhindern«, sagte Bertrans Cousin schneidend. »Das ist Euer Herzoglichen Gnaden bekannt.«

»Aber natürlich. Und auch meinen sechs ermordeten Männern war es bekannt, das sollten wir nicht vergessen. Wäre es nicht sehr angenehm und ungemein *beruhigend*, wenn die Gesetze unserer geliebten Gräfin in Barbentain auch vor den Gefahren einer wilden Nacht in dieser Stadt zu schützen vermöchten?« Sein Blick löste sich von Valery und heftete sich mit dem gierigen Ausdruck einer Raubkatze auf Blaise.

Nun endlich wandte auch Bertran de Talair sich zu dem Mann in der Tür um.

»Ihr könnt niemanden erschrecken«, sagte er tonlos. »Randvoll wie Ihr seid mit altem, sauer gewordenem Haß. Sogar Eure Trauben schmecken danach. Ich frage Euch nun zum letzten Mal, edler Herzog von Miraval, denn ich gedenke dieses Gespräch nicht länger fortzusetzen: *Was wollt Ihr hier?*«

Auch diesmal blieb ihm sein Gegenspieler die Antwort schuldig. Dafür drängte sich eine Frau in einem langen Kapuzenumhang an seiner massigen Gestalt vorbei und betrat die Taverne.

»Ach du meine Güte!« sagte sie. »So hatte ich mir das nun ganz und gar nicht vorgestellt.« Die Worte klangen träge und schleppend, nicht im mindesten betrübt oder gar zerknirscht, schon eher gelangweilt und frustriert. Eine gewisse Schärfe war nicht zu überhören. *Nicht schon wieder*, dachte Blaise. *Nicht schon wieder eins von diesen schrecklichen Weibern.*

Staunen und Zorn, eine neue Art von Zorn, spiegelten sich in Bertran de Talairs Augen.

»Ariane, was fällt dir ein? Soll das ein Spiel sein? Wenn ja, dann bist du zu weit gegangen.«

Ariane. Ariane de Carenzu, die Herrin des Minnegerichts. Die so Gescholtene hob eine mit kostbaren Ringen geschmückte Hand, streifte sich die Kapuze ab und holte ungeniert mit einem Griff ihr langes Haar heraus.

Aber sie ist doch verheiratet, dachte Blaise dumpf. *Ehefrauen müssen ihr Haar aufstecken, sogar in Arbonne.* Nicht diese Frau. Sie hatte eine dichte, rabenschwarze Mähne, die sich nun, aus der Kapuze befreit, in Wellen über ihren Rücken ergoß. Aufgeregtes Gemurmel erfüllte den Raum. Wenn Blaise die Frau neben Urté de Miraval ansah – und sie zog seinen Blick wie magisch an – verstand er die Verwirrung nur zu gut.

»Zu weit gegangen?« sagte sie jetzt sehr leise. »Ich dulde keine solche Kritik, Bertran, nicht einmal von einem Freund. Seit wann muß ich dich um Erlaubnis fragen, wenn ich die *Liensenne* besuchen will?«

»Das mußt du natürlich nicht. Aber du weißt ganz genau, daß ...«

»Ich weiß nur, daß der Herzog von Miraval mich freundlicherweise eingeladen hat, mir mit ihm und seinem Gefolge das Karnevalstreiben anzusehen, und daß ich seiner Einladung gerne gefolgt bin. Ich hatte gedacht, aber das war wohl ein Irrtum, daß zwei Angehörige des arbonnesischen Hochadels fähig wären, zumindest für diesen einen Abend ihren kindischen Streit zu begraben und sich in Damengesellschaft und auf einem der Göttin geweihten Fest wie zivilisierte Menschen zu benehmen.«

»Kindischer Streit?« wiederholte Bertran fassungslos.

Urté de Miraval lachte. »Dieses Hin und Her ödet mich allmählich an«, sagte er. »Ich wollte hören, was Tavernel in diesem Jahr an Musik zu bieten hat. Statt dessen muß ich mich schon in der Tür mit einem dekadenten Hitzkopf herumzanken. Wer gibt uns denn nun ein Lied zum besten?«

Verlegenes Schweigen trat ein.

»Ich«, sagte Alain von Rousset schließlich klar und deutlich. »Wenn Ihr mit meinen Werken vorliebnehmen wollt. Lisseut, darf ich dich bitten, für uns zu singen?«

Als Lisseut sehr viel später endlich Zeit fand, sich in Ruhe und aus einigem Abstand mit dieser turbulenten Nacht zu befassen, erschien ihr die Sensation gar nicht mehr so groß. Remy und Aurelian hatten den Raum verlassen, und Bertran hätte wohl kaum gestattet, daß man Urté de Miraval seine eigenen Lieder zu Gehör brachte. Unter den anwesenden Troubadouren hatte Alain wohl den größten Ehrgeiz, es war sein gutes Recht, der Aufforderung zu folgen, und daß er sie als Sängerin wählte, war durchaus konsequent, schließlich waren sie bis vor kurzem gemeinsam auf Tournee gewesen.

Doch diese Überlegungen stellte Lisseut wie gesagt erst hinterher an. Im entscheidenden Augenblick konnte sie an nichts anderes denken als an die peinliche Taufe in Goldenem Cauvas, an die Pfütze, die sich unter ihren Füßen bildete, an ihr verdorbenes Kleid und ihr triefend nasses Haar. Ausgerechnet in diesem Zustand sollte sie nun – auch noch zum ersten Mal – für drei der prominentesten Persönlichkeiten Arbonnes, darunter den berühmtesten Troubadour der Gegenwart singen.

Ein Schluckauf schüttelte sie, und sie hoffte, daß niemand den kleinen Kiekser bemerkt hatte. Doch der hünenhafte Coraner aus Gorhaut mit dem dichten, rötlichen Vollbart drehte sich um und musterte sie spöttisch. Erbost funkelte sie ihn an, der jäh aufwallende Zorn half ihr, die Panik zu überwinden. Mit – hoffentlich – lässiger Geste warf sie dem Bärtigen das Tuch zu, das sie immer noch in der Hand hielt, und wandte sich an Alain.

»Es ist mir eine Ehre«, sagte sie mit aller Gelassenheit, deren sie fähig war. Sie sah, daß Alan selbst mit tausend Ängsten kämpfte, und das war nicht gerade ermutigend. Aber sie verstand natürlich: der Troubadour sah eine unerwartete Chance, sein Ansehen zu mehren, griff mit beiden Händen zu – und gab auch ihr die Möglichkeit, berühmt zu werden. Beim Sommerkarneval in der *Liensenne* vor den Herzögen von Talair und Miraval und der derzeitigen Herrin des Minnegerichts auftreten zu dürfen... Lisseut blinzelte und schluckte. Sie durfte nicht zu viel darüber nachdenken, was aus alledem noch entstehen konnte, sonst wurde ihr womöglich noch schlecht.

Zum Glück war Marottes Gesicht das nächste, auf das ihr Blick fiel, und sein beglücktes Lächeln war genau das, was sie brauchte. Man brachte ihr eine Harfe, jemand placierte an der gewohnten Stelle vor den Nischen an der linken Wand einen Schemel und ein Polster, und ehe Lisseut sich versah, hatte sie schon dort Platz genommen, stimmte die Harfe und rückte sich das Polster zurecht.

Trocken war sie immer noch nicht, aber wenigstens nicht mehr tropfnaß, und sie hatte keine Zeit gehabt, sich vorzubereiten. Als sie aufblickte, sah sie Herzog Bertran auf sich zukommen. Ein schmales Lächeln umspielte seine Lippen, doch seine Augen hatten keinen Anteil daran. Solange Urté de Miraval im Raum war, konnte En Bertran wohl nichts aufheitern, dachte sie. Der Herzog nahm seinen leichten Sommerumhang ab und legte ihn lose über ihre Schultern.

»Sonst erkältest du dich noch«, sagte er freundlich. »Laß ihn einfach so hängen, dann ist er dir nicht im Weg.« Mit diesen Worten, den ersten, die er je an sie gerichtet hatte, wandte er sich ab, entfernte sich und ließ sich elegant in einen der drei Polstersessel sinken, die Marotte eilends vor der Bühnenfläche aufgestellt hatte. Lisseut hatte noch kaum begriffen, daß sie jetzt den mitternachtsblauen Umhang des Herzogs von Talair trug, als auch schon Alain von Rousset herüberkam – er hatte vor Aufregung ganz rote Wangen – und ihr zuraunte: »Das ›Gartenlied‹, denke ich. Und vergiß nicht, Lisseut, singen, nicht schreien.«

Die uralte, immergleiche Mahnung der Troubadoure an ihre Joglares. Lisseut hörte sie kaum. Immerhin erkannte sie, daß Alain ihr mit der Wahl dieses Liedes noch einmal ein Geschenk gemacht hatte. Sie lächelte möglichst zuversichtlich zu ihm auf. Er zögerte einen Moment, schien noch etwas sagen zu wollen, dann zog er sich zurück und ließ sie mit der Musik allein.

Lisseut dachte an ihren Vater, wie immer, wenn sie um Gelassenheit und Selbstvertrauen rang, dann sah sie über die Menge hinweg. Sobald es ruhiger wurde, begann sie in genau berechneter Lautstärke: »Ich werde nun eine Liensenne des Troubadours Alain von Rousset singen. Ich widme sie der Göttin und der edlen Ariane de Carenzu, die uns heute abend mit ihrer Anwesenheit beehrt.« Besser so, dachte sie, als sich den Kopf über Rangfolgen zu zerbrechen. Jetzt war sie sich sehr deutlich bewußt, daß sie En Bertrans Umhang trug. Er verströmte einen leichten Duft, aber sie hatte keine Zeit, ihn zu bestimmen. Nur eines spürte sie noch, wie immer, bevor sie zu singen anfing – eine flüchtige Einsicht, die doch so real war wie die Steine einer Mauer – diese Augenblicke, kurz vor dem Einsetzen der Musik, sie waren es, wofür sie lebte, was ihr das Gefühl gab, wahrhaft lebendig zu sein.

Anfangs spielte sie nur auf der Harfe, bis sich das Publikum beruhigte. So hatte Gaetan, der Bruder ihres Vaters, es sie vor Jahren gelehrt. Erst, als vollkommene Stille eingetreten war, fing sie zu singen an.

Als in den Garten du kamst,
Deine Liebe mir zu gesteh'n,
Da erstrahlte der eine Mond
Heller als sonst die Sonne,
Und sein weißes Feuer ließ aufglühen mein Herz.

Als du in die Arme mich nahmst,
Mit Zärtlichkeit mich zu betören,
Da umfingen des Gartens Düfte
Mich schmeichelnd im Dunkel der Nacht,
Und der Tag war fern, eine trübe Ahnung, nicht mehr.

Hohe Kunst war es nicht, aber doch ein solides Stück Arbeit. Alain verstand sein Handwerk, und er war jung und konnte noch reifen. Das Besondere – sein Geschenk an Lisseut – war jedoch, daß das Lied für eine Frauenstimme geschrieben war. Solche Stücke gab es nicht viele, weshalb Arbonnes weibliche Joglares ständig zu tun hatten, um auf

Männerstimmen zugeschnittene Melodien umzuschreiben. Daß die dazugehörigen Texte meist ungeeignet waren, wurde dabei tunlichst ignoriert.

Alain hatte viele Elemente der traditionellen Liensenne so abgewandelt, daß das Geschehen aus der Sicht der Frau geschildert wurde, aber doch genügend vertraute Themen beibehalten, um das Publikum nicht im Zweifel darüber zu lassen, was man ihm vorsetzte. Lisseut beschränkte die Instrumentalbegleitung auf ein Minimum und war nach Kräften bemüht, sich dem Lied in seiner Schlichtheit unterzuordnen. Das Stück war ziemlich lang – geradezu ein Kennzeichen der Liensenne, denn wenn das Publikum Elemente vermißte, an die es gewöhnt war, gab es empörte Proteste. Die Aufgabe des Troubadours bei Werken dieser Art bestand darin, alle bekannten Motive unterzubringen, sie aber nach allen Regeln der Kunst neu zu beleben. Lisseut sang sich durch den Aufgang des zweiten Mondes und durch den Topos des mißgünstigen Beobachters, brachte eine formelhaft, aber sehr kunstvoll gebaute Strophe über die drei Blumen, die traditionellen Beschützer der Liebenden, und eine zweite über den vertrauten Freund hinter sich, der jenseits der Mauer wachte und mit seiner Warnung vor Sonnenaufgang die zärtliche Stimmung störte, und gelangte schließlich zu den Abschiedsworten des Paares.

Es war ein ehrlicher, sauberer Vortrag, und sie spürte, wie die Zuhörer mitgingen. Sie sang hier vor einem sehr sachverständigen Publikum, dennoch hatte sie irgendwann wie so oft das Gefühl, Alains Versen und seiner Musik gerecht zu werden. Für den Schluß behielt sie sich noch eine gewisse Steigerung vor. Hier hatte Alain von Rousset überraschenderweise das übliche Klischee von der immerwährenden Liebe, die alle Hindernisse überwand, verworfen und in einer neuen, künstlerischen Form dem Trennungsschmerz Ausdruck verliehen.

Lisseut gestattete sich nur eine winzige Pause, mehr hätte die Veränderung, das Neue zu sehr betont und die Wirkung zerstört; dann stimmmte sie in hohen, klagenden Tönen die letzte Strophe an.

Und wenn du nun kommst und Abschied nimmst
Und mir sagst, daß die and're du freist,
Dann gedenk unsrer Liebe
Und vergiß nicht den Balsam,
Für mein armes, gebrochenes Herz.

Zu Beginn hatte ihr Blick für einen Moment auf Bertran de Talair und dann auf dem bärtigen Coraner geruht, der hinter ihm stand, doch jetzt, am Ende, blickte sie über alle Köpfe hinweg zu der Tür neben dem Tresen, durch die Remy und Aurelian verschwunden waren. Sie wiederholte, eine Art Echo, noch einmal die Einleitung, ließ den Akkord für den Wächter, den Akkord für die vergangenen Liebesnächte im Garten anklingen, dann verstummte auch die Harfe.

* * *

In Bertrans blauem Umhang wirkte das Mädchen mit dem braunen Haar sehr zart und zerbrechlich und gar nicht mehr überspannt, dachte Blaise. Er fand sie eher intelligent als schön im klassischen Sinne, aber nicht einmal ihn ließ ihre reine Stimme unberührt, und der unerwartet elegische Schluß fesselte ihn, obwohl er nicht ahnte, daß dies etwas Neues war. Die traurigen Worte lenkten seine Gedanken in ganz ungewohnte Bahnen. Natürlich nicht für lange, Blaise von Gorhaut neigte nicht zur Melancholie und hatte auch keine Erfahrung damit – doch für einen flüchtigen Augenblick ließ die zierliche Gestalt, die da mit Bertran de Talairs Umhang um die Schultern auf dem Schemel saß, vor seinem geistigen Auge deutlich das Bild einer Frau erstehen, die in einem Garten stand und um ihren verlorenen Liebsten weinte.

»Oh, wie schön«, seufzte Ariane de Carenzu. Es klang seltsam wehmütig, ganz anders als die herrischen Töne von vorhin. In der Stille nach den letzten Harfenklängen drangen die Worte bis in den letzten Winkel und lösten die Spannung, die den ganzen Raum in Atem gehalten hatte. Blaise holte tief Luft und sah erstaunt, daß die meisten der Umstehenden das gleiche taten.

Normalerweise hätten nun die Zurufe eingesetzt, und man hätte der Sängerin und dem Troubadour, der das Lied geschrieben hatte, anhaltenden Beifall gespendet, doch in diesem Augenblick wurde die Tür zur *Liensenne* heftig aufgerissen. Von der Straße drang heiseres Gegröle herein. Blaise drehte sich rasch um. Als er sah, wer da stand, bekam der Abend schlagartig ein anderes Gesicht.

Der neue Gast war der Mann auf dem Rappen, den er am Dierne-See getötet hatte.

Kapitel 5

Er war es natürlich nicht. Es war natürlich nicht derselbe Mann; die Toten waren und blieben tot, auch hier in Arbonne, auch in der Mittsommernacht. Aber es war das gleiche Gesicht, der gleiche arrogante Blick. Auch der drahtige Körper mit den schwellenden Muskeln, die latente Bösartigkeit – alles erinnerte Blaise frappant an die Begegnung mit dem Arimondaner an jenem Nachmittag am See vor dem Triumphbogen der Alten.

Und der Mann starrte ihn unverwandt an. Glühender Haß und eine wilde Freude funkelten in seinen Augen.

Valery flüsterte, ohne die Lippen zu bewegen: »Ich wollt's Euch immer schon erzählen, daß es einen Zwillingsbruder gibt. Wäre besser, ich hätt's getan. Das ist er. Nehmt Euch in acht.«

Blaise nahm es zur Kenntnis, ohne den Arimondaner aus den Augen zu lassen. Der Mann trug die grüne Tracht von Miraval, und auch er hatte eine Waffe umgeschnallt, das Krummschwert seiner Heimat.

Urté de Miraval erhob sich bedächtig, und auch Bertran, er hatte auf der anderen Seite von Ariane gesessen, stand auf. Die Dame blieb sitzen, aber sie hatte sich umgedreht und blickte über die Schulter zur Tür.

»Quzman«, sagte der Herzog von Miraval, »ich habe mich schon gefragt, wo Ihr so lange bleibt. Ich habe mein Versprechen gehalten. Da ist der gorhautische Coraner, den Ihr so gern kennenlernen wolltet.«

»Das sehe ich«, sagte der Arimondaner. Er hatte eine tiefe, fast melodische Stimme. Und er lächelte. »Ich bin sehr erfreut. Bei uns zu Hause gibt es eine Redensart: Ein Mörder muß rasch bestraft werden, sonst verdorrt das Gras unter seinen Füßen. Kommt Ihr mit mir nach draußen, oder kämpft Ihr nicht von Mann zu Mann?«

»Es war kein Mord«, sagte Valery scharf, bevor Blaise antworten konnte. »Die Priester und Priesterinnen von Rians Eiland waren Zeugen und haben entsprechend ausgesagt.«

Der Mann namens Quzman schien ihn nicht gehört zu haben. Sein Lächeln, die Art, wie er sich mit allen Sinnen auf Blaise konzentrierte, waren irgendwie unheimlich. Auf einer Burg in Götzland hatte Blaise einmal erlebt, wie ein Mann einen anderen so ansah, und noch vor dem nächsten Morgen war der andere tot gewesen. Angesichts dieser blanken Provokation erwachte in Blaise der alte Zorn. Er fühlte sich lebhaft an die Begegnung am See erinnert, an den Arimondaner auf dem Rapphengst, an die infamen Beleidigungen, die dieser so genüßlich vorgebracht hatte.

»Ihr scheint mir wahrhaftig am Boden zerstört«, stellte er lässig fest, fast so gleichgültig, wie sein Freund Rudel oder auch Bertran de Talair eine solche Bemerkung hingeworfen hätten. »War der Mann, den ich getötet habe, nun Euer Bruder oder euer Liebster? Oder gar beides in einer Person?«

»Vorsicht!« zischte Valery warnend. Aber Blaise sah befriedigt, wie dem Arimondaner das Lächeln auf den Lippen gefror und zur Grimasse, zum Grinsen eines Totenschädels wurde.

»Ihr habt ein Schandmaul wie alle Mörder, Nordländer.« Das war Urté de Miraval. »Wie kommen wir dazu, uns von einem Spitzel Ademars von Gorhaut mit Schmutz bewerfen zu lassen?«

Nun kam auch das noch ins Spiel. Wie nicht anders zu erwarten.

»Diesen Vorwurf kann nur ein Narr erheben«, sagte Bertran ruhig. »Und was den Mord angeht: der Mann war als friedlicher Reisender auf den Straßen der Gräfin unterwegs, als er überfallen wurde. Sechs Feiglinge in Euren Diensten erschossen sein Saumtier und sein Reitpferd und wollten auch ihm ans Leben. An Eurer Stelle würde ich nicht so leichtfertig von Mord reden, edler Herzog von Miraval. Wenn mir ein einziger Mann sechs von meinen Strolchen umgelegt hätte, würde ich mir eher überlegen, wie es um die Kampfkraft meiner Coraner bestellt ist.«

»Worte«, sagte Quzman von Arimonda verächtlich. »Nichts

als leere Worte, Arbonnes größte Schwäche. Dieser Mann und ich sollten hinausgehen und die Sache unter uns austragen, niemand braucht sich einzumischen. Aber vielleicht hat er davor Angst? Und was das neue Gesetz angeht, von dem Ihr sprecht ...«

Geschmeidig wie eine Raubkatze trat er zwei Schritte weit in den Raum und kniete vor Urté nieder. »Herr, gewisse Verpflichtungen in Zusammenhang mit der Ehre meiner Familie zwingen mich, um vorübergehende Entlassung aus Euren Diensten zu bitten. Meine Handlungen sollten Euch nicht belasten. Habe ich Eure Erlaubnis, mich zu entfernen?«

»Die habt Ihr nicht«, sagte eine klare, kalte Stimme. Die einzige Stimme in diesem Raum, die Aussicht hatte, sich Gehör zu verschaffen.

Alles wandte sich um. Ariane de Carenzu war nicht aufgestanden, sie hatte sich den Männern nicht einmal vollends zugewandt, sondern schaute noch immer zwanglos über die Schulter, während ihr schwarzes Haar über die Lehne hing. Ihre Worte ließen diese Zwanglosigkeit freilich vermissen. »Ich untersage dieses Duell im Namen der Gräfin von Arbonne. Jegliches Blutvergießen zwischen Talair und Miraval wird mit dem Verlust von Ländereien bestraft. So wurde es verkündet und überall angeschlagen, und dieser Erlaß – versteht mich recht, Ihr Herren – kann nicht mit faulen Tricks umgangen werden. Ich lasse nicht zu, daß die Gräfin zum Gespött wird. Und ich lasse nicht zu, daß man die Nacht der Göttin in dieser Weise entweiht. Ihr seid mir beide, meine Herren, für das Verhalten Eurer Männer verantwortlich.«

»Gewiß, aber wenn er meine Dienste verläßt ...«, begann Urté de Miraval.

»Das kann er nur mit Eurem Einverständnis, und das werdet Ihr ihm verweigern.«

Das klang knapp und gebieterisch, hier sprach jemand, der es gewöhnt war, Befehle zu geben. Blaise fand es auch nach mehreren Monaten in Arbonne noch erschreckend, daß sich zwei Herzöge so ohne weiteres dem Machtwort einer Frau beugten.

Zornige Worte drängten ihm auf die Lippen, doch bevor er

sie aussprechen konnte, wurde ihm ein spitzer Ellbogen in die Rippen gestoßen. *»Tut es nicht!«* knurrte Valery. Er schien seine Gedanken gelesen zu haben.

Sie waren wohl auch nicht schwer zu erraten, dachte Blaise. Er selbst hatte darauf bestanden, sich nicht durch einen Gefolgschaftseid an Bertran de Talair zu binden. Er war Söldner, nichts sonst, und konnte jederzeit den Dienst aufkündigen. Wenn er auf den noch ausstehenden Sold verzichtete, wäre er sofort frei und könnte gegen den Arimondaner kämpfen, ohne irgend jemanden um Erlaubnis fragen zu müssen, auch nicht diese schwarzhaarige Frau, die sich hier als Herrin aufspielte, wenn auch nur als Herrin des Minnegerichts der Troubadoure.

Er holte tief Atem, sah Valery fest in die Augen und schwieg. Dann ließ er den Blick durch den Raum schweifen. Niemand sonst hatte gewagt, sich zu rühren. Ein wenig überrascht bemerkte er, daß ihn das Mädchen mit der Harfe – sie hatte immer noch Bertrans blauen Umhang um die Schultern – von der anderen Seite zu ihm herüberstarrte. Auf die Entfernung konnte er ihren Blick nicht deuten, aber nachdem sie so leidenschaftlich für die Ehre des Troubadours eingetreten war, den er verletzt hatte, wäre sie wohl nicht gerade untröstlich, wenn er einem edelsteinbesetzten, arimondischen Krummschwert zum Opfer fiele.

Er schaute zur Galerie hinauf. Viele Gäste hatten sich an die Balustrade gedrängt, zuerst, um das Lied zu hören, und dann, um den Streit nicht zu versäumen. Die Gesichter wurden zumeist von den Querbalken verdeckt; nur eine Prozession von Beinen in verschiedenfarbigen Strümpfen, am Rumpf abgeschnitten, zog sich über seinem Kopf entlang. Höchst ungewöhnlich, dieses Publikum aus Füßen, Waden und Schenkeln.

»Ihr seid, denke ich, mit einer Nachricht gekommen.« Ariane de Carenzu selbst brach das Schweigen, das auf ihre Worte gefolgt war. Sie sah Quzman an, den Arimondaner. »Geht es um die Boote auf dem Fluß?«

Der Mann sah zu ihr hinüber. Er kniete immer noch vor Urté de Miraval. In dieser Pose hätten sich die beiden kräftigen Gestalten als Relief an der Mauer eines Corannos-Hauses in Gorhaut gut ausgenommen.

»Ja«, sagte Quzman schließlich. »Es ging um die Boote.«

»Fängt man jetzt an?«

»So ist es.« Er verweigerte ihr den Titel, die einfachste Ehrenbezeugung.

»Dann werdet Ihr auf diese Weise Euren Zweikampf ausfechten und uns damit den Karneval verschönen«, erklärte die Herrin von Carenzu. Die Schadenfreude in ihrem eigenwilligen, strahlenden Lächeln war nicht zu übersehen.

»Ein Spiel?« höhnte der Arimondaner. Der ganze Raum atmete erleichtert auf, Vorfreude machte sich breit. Blaise sah, wie Bertran sich rasch abwandte, um ein Lächeln zu verbergen.

»Das ganze Leben ist ein Spiel«, sagte Ariane leise in anderem Ton. »Wir alle spielen mit, Tag und Nacht, so lange, bis uns die Göttin zu sich holt. Doch ich warne Euch noch einmal«, fügte sie fest hinzu. »Sollte in dieser Nacht ein Mann, von welcher Seite auch immer, zu Tode kommen, so werde ich auf Mord erkennen und der Gräfin Meldung machen.«

»Ich war seit Jahren nicht mehr auf dem Fluß«, bemerkte Bertran ohne erkennbare Logik. Er mußte sich sichtlich beherrschen, um nicht laut herauszulachen, aber seine Stimme zitterte.

Urté de Miraval hörte es und nahm die Herausforderung an. »Bei mir ist es Jahrzehnte her«, sagte er. »Aber dennoch und obwohl ich Euch zwanzig Jahre voraushabe, werde ich Euch, edler Herzog von Talair, in jedem ehrlichen Wettkampf schlagen, den zwei Männer gegeneinander führen können.«

Bertrans Lachen war wie ein Peitschenknall, und er sagte mit einer Bosheit, die Blaise nicht ganz begriff: »Nur Männer? Die Einschränkung ist in Anbetracht der Umstände sicher ratsam.«

Urté de Miraval fuhr zurück wie unter einem echten Schlag. Zum ersten Mal war seine Gelassenheit erschüttert, und Blaise fragte sich, warum. Eine Erinnerung regte sich, an eine Äußerung, die er vor Wochen gehört hatte: die Feindschaft der beiden hatte irgendwie mit einer Frau zu tun.

»Bertran«, rief Ariane de Carenzu ungehalten. »Ich finde nicht...«

»Ariane, laß es gut sein! Du hast deinen Willen durchgesetzt, wir haben auf dich gehört. Aber geh nicht zu weit. Das ist ein alter Fehler von dir, ich habe es dir schon oft gesagt, zum letzten Mal vorhin, als du hereingekommen bist.« Er hatte sich zu ihr umgedreht. Seine blauen Augen waren hart und ihrerseits gebieterisch. »Wir werden zu deiner Unterhaltung an dem Spiel auf dem Fluß teilnehmen. Niemand wird zu Tode kommen. Wir respektieren deinen Befehl. Aber mische dich nicht in Dinge ein, die außerhalb deiner Kontrolle liegen. Für die Vergangenheit bist du nicht zuständig.«

»Gewiß nicht«, stimmte Urté de Miraval leise zu. Er hatte sich wieder gefaßt. Blaise mußte sich vorbeugen, um ihn zu verstehen. »Für keinen von den Toten, ob Mann oder Frau. Nicht einmal für die Kinder. Nicht einmal für die Kinder, wenn es denn darum geht.«

Damit hatte er, warum auch immer, bei Bertran de Talair auf einen Nerv getroffen. Der Herzog wandte sich ab von der schwarzhaarigen Frau und sah seinem Widersacher direkt in die Augen. Wieder legte sich eine bedrohliche Stille über den Raum. Von den beiden Männern ging eine Feindseligkeit aus, die fast mit Händen zu greifen war.

»Darum geht es.« Auch Bertrans Stimme war kaum mehr als ein Flüstern. »O ja, edler Herzog, darum und um nichts sonst.«

Die zwei Kontrahenten durchbohrten sich förmlich mit Blicken. Sie glaubten offenbar, allein in der Taverne, allein auf der Welt zu sein. Reichlich spät erkannte Blaise von Gorhaut, daß ihr Haß ungleich tiefer ging, daß die Zentnerlast der Vergangenheit ungleich komplexer war, als er bisher gedacht hatte. Valery murmelte etwas Unverständliches in sich hinein.

»Kommt!« Bertran riß sich los, flüchtete sich in übertriebene Förmlichkeit. »Wir wollen uns an den Fluß begeben, um zur Zerstreuung der Herrin des Minnegerichts ein Kräftemessen zu veranstalten.«

Ohne sich noch einmal umzusehen, ging er zur Tür. Valery folgte ihm rasch. Blaise warf noch einen Blick durch die Schankstube. Ariane de Carenzus Miene hatte sich verändert. Zum ersten Mal wirkte sie verletzlich. Die Gäste erwachten allmählich wieder, als sei ein Bann von ihnen genommen, schüttelten den Kopf und blinzelten verschlafen. Die bestrumpften Beine auf der Galerie gerieten in Bewegung, schwarz und weiß, weiß und blau, weizengelb und rostbraun, blutrot und goldgelb, birken- und tannengrün – ein bunter, festlicher Reigen.

Blaise zögerte noch einen Moment, dachte über die Worte nach, die er eben gehört hatte, und suchte einen Gedanken zu fassen, der ihm kurz durch den Kopf geschossen war. Dann ließ er sich mit der Menge aus der Tür und in den Straßenlärm hinaustragen. Auf dem Weg kam er dicht an Quzman dem Arimondaner vorbei, dichter als ihm lieb war. Er versäumte es nicht, ihm freundlich zuzulächeln.

Valery wartete gleich vor der Tür. Ein Mann und eine Frau, als Krähe und Fuchs verkleidet, prallten gegen Blaise und stolperten mit grölendem Gelächter weiter. Der Mann hielt einen geöffneten Weinschlauch in der Hand, das Kleid der Frau stand vorne weit offen. Für einen Moment fiel der Schein der Laternen über dem Eingang der *Liensenne* auf ihre nackten Brüste. Überall wurde gelacht, überall wurden Karnevalsrasseln gewirbelt oder aneinandergeschlagen und sorgten für einen Höllenspektakel.

»Das gibt es in Gorhaut wahrscheinlich nicht.« Valery plauderte so unbefangen, als wäre eben in der Taverne nichts weiter passiert. Blaise stellte bei sich fest, daß er Bertrans Cousin nicht nur wegen seiner durch nichts zu erschütternden Ruhe sympathisch fand. Der Herzog war dicht vor ihnen, umringt von Musikanten. Auch die Sängerin von vorhin war dabei; sie trug immer noch Bertrans blauen Umhang.

»Wohl kaum«, antwortete Blaise knapp, aber möglichst neutral. Was hätte er auch sagen sollen? Daß er das wüste, nächtliche Treiben im Namen der Göttin als seicht und vulgär empfand, nicht würdig eines Mannes, der danach trachtete, seinem Land und seinem Gott zu dienen?

»Ich wollte Euch schon längst erzählen, daß es zwei Arimondaner gibt«, begann Valery nach einer Pause. Der Lärm war ohrenbetäubend; ein kleiner Junge rannte vorbei und schwenkte aus Leibeskräften eine Rassel in Form eines Stierschädels. Über ihren Köpfen lehnten sich zwei Frauen gefährlich weit aus einem Fenster und riefen den Passanten auf der Straße lachend ihre derben Späße zu.

»Natürlich«, sagte Blaise trocken. »Und warum habt Ihr es nicht getan?«

Valery warf ihm einen kurzen Blick zu. »Ihr hattet kein Interesse.« Er sagte es freundlich, aber Blaise hörte den leisen Vorwurf deutlich heraus. »Ihr hattet eigentlich für gar nichts Interesse. Manchmal frage ich mich, warum Ihr überhaupt auf Reisen geht. Die meisten Menschen verlassen ihre Heimat, um die Welt kennenzulernen. Das scheint bei Euch nicht der Grund gewesen zu sein.«

Eine andere Art von Rippenstoß. Blaise wollte schon etwas dergleichen feststellen, doch dann sagte er nur: »Manche Menschen verlassen ihre Heimat, weil sie ihre Heimat verlassen wollen.«

Valery nickte nur und bog, ohne ihn weiter zu bedrängen, hinter Bertran und den Troubadouren nach rechts in eine dunkle Gasse ein, die vom Meer wegführte.

»Könnt Ihr mit kleinen Booten umgehen?« fragte er nach einer Weile.

»Einigermaßen«, antwortete Blaise vorsichtig. »Was steht uns denn nun eigentlich bevor?«

»Eine Frage!« grinste Valery von Talair. Wenn er lächelte, wirkte er jünger und sah seinem Cousin sehr ähnlich. »Ihr habt tatsächlich eine Frage gestellt!«

Blaise mußte unwillkürlich lachen. Doch er wurde rasch wieder ernst und hörte genau zu, was ihm der andere erklärte. Als Valery fertig war, hatten sie den Fluß erreicht, und Blaise konnte sich selbst alles ansehen – die Menschen, die Lichterketten, die wie vom Himmel gefallene Sterne glitzerten, die Laternen und die Gesichter an den Fenstern der großen Handelshäuser am Flußufer, die quer über das Wasser gespannten Seile, an denen die Flöße vertäut waren, die kleinen Boote, von denen manche noch warteten, andere flußabwärts dem Meer entgegenglitten und einige bereits kieloben trieben, während ihre Insassen daneben herschwammen. Die Szene drückte so viel kindlichen Übermut aus, daß er nicht anders konnte, als abermals laut aufzulachen.

»O Corannos«, stöhnte er, »was ist das nur für ein Land?«

Inzwischen hatten sie die anderen eingeholt. Die Troubadoure und Joglares standen bereits in der Menge am Flußufer, und Bertran de Talair wandte sich um und sah ihn an.

»Wir wissen es«, sagte er ruhig über den Lärm hinweg. »Wißt Ihr es auch?«

* * *

Der Fluß und das Meer und die Nacht waren Rian geweiht, und die Mittsommernacht war ihr besonders heilig, doch zugleich stand an Karneval die ganze Welt kopf – und manchmal war das wörtlich zu nehmen, dachte Lisseut wehmütig, wenn man zum Beispiel in einen Bottich mit Wasser oder Goldenem Cauvas getaucht wurde. In dieser Nacht feierte man die Göttin in ganz Arbonne mit Lärm und Gelächter, der Wein floß in Strömen, und in den dunklen, kopfsteingepflasterten Gassen, auf grasbewachsenen Pferdeweiden oder in den Betten der Häuser, deren Türen dieses eine Mal im Jahr unverschlossen blieben, verkehrte man in einer Weise miteinander, wie es sonst nie erlaubt war.

In der Stadt Tavernel, wo der Arbonne nach seiner langen Reise von den Bergen von Gorhaut endlich das Meer erreichte, gab es obendrein seit unzähligen Jahren den Brauch des Ringstechens auf dem Fluß.

Herzog Bertran hatte offenbar vergessen oder es bewußt versäumt, den Kapuzenumhang zurückzuverlangen, und Lisseut war froh darüber. Doch die freudige Erregung, in der sie am Nachmittag die *Liensenne* betreten hatte, wollte sich nicht wieder einstellen. Dabei war immer noch Karneval, sie war immer noch mit ihren Freunden zusammen, und sie hatte sogar – die Erkenntnis mußte erst noch verarbeitet werden – einen spektakulären Erfolg zu verzeichnen. Aber der Haß, abgestandener und frischer Haß, der jetzt in der Luft lag, ließ die unbeschwerte Fröhlichkeit, die sie vorher beflügelt hatte, nicht mehr aufkommen. Ein Blick auf den grimmigen Urté de Miraval und auf den geschniegelten Arimondaner daneben genügte, um ihr trotz des Umhangs kalte Schauer über den Rücken zu jagen.

Ihr tötet die Sänger, wißt Ihr nicht mehr? hatte En Bertran zum Herzog von Miraval gesagt. Lisseut wußte nicht, ob das stimmte; wenn ja, dann war es vor ihrer Zeit geschehen, und man sprach nicht darüber. Urté hatte es jedenfalls nicht abgestritten. *Nur, wenn sie die falschen Lieder singen,* hatte er ungerührt zurückgegeben.

Gelächter riß sie aus diesen trüben Gedanken und lenkte ihre Aufmerksamkeit auf den Fluß. Was sie sah, entlockte auch ihr ein Lächeln. Jourdain, der auf seine körperliche Geschicklichkeit noch stolzer war als selbst Remy, hatte sich durch die Menge ans Ufer gedrängt und war nun dabei, vorsichtshalber seine teuren Stiefel auszuziehen. Offenbar wollte er sich als erster aus ihrer Gruppe mit einem der Boote aufs Wasser wagen.

Zugleich mit ihm warf auch Lisseut einen raschen Blick zum Himmel. Für ein paar Sekunden würden beide Monde wolkenfrei sein. Das war nicht unwichtig. Auch ohne Sichtprobleme war es schwierig genug, von dieser hüpfenden, kreiselnden Nußschale aus die Ringe zu erwischen.

»Möchtest du dich nicht lieber im Bottich taufen lassen?« rief ihm Alain von Rousset vom sicheren Ufer aus nach. »Da kämst du viel einfacher zu einem Bad.«

Alles lachte. Jourdain brummte irgendeine Grobheit, aber er war zu sehr damit beschäftigt, das winzige, schwankende Boot zu besteigen, das von zwei Männern am Kai festgehalten wurde, und sich darin niederzulassen. Einer der Helfer reichte ihm ein kurzes Ruder mit breitem Blatt, er warf noch einmal einen Blick auf die beiden Monde – der eine im Zunehmen begriffen, der andere fast noch voll – und nickte kurz.

Das Boot wurde losgelassen. Begleitet von ermunternden Zurufen schoß Jourdain wie ein Flaschenkorken auf den reißenden Fluß hinaus.

»Zehn Kupferstücke, daß er keine drei Ringe schafft«, schrie Alain.

»Ich setze dagegen!« sagte Elisse. Sie schlief zur Zeit mit Jourdain.

»Ich erhöhe um zehn«, fügte Lisseut rasch hinzu, eigentlich nur, weil es gegen Elisse ging. »Kannst du mithalten?«

»Kleinigkeit.« Elisse warf ihr goldenes Haar zurück.

»Schließlich war ich in diesem Frühjahr mit *richtigen* Troubadouren auf Tournee.«

Die alberne Stichelei strotzte nur so vor Neid. Lisseut platzte laut heraus. Alains gekränkte Miene verriet, daß er die Komik nicht sah. Lisseut nahm tröstend seinen Arm und ließ ihn nicht mehr los, während sie gemeinsam Jourdains Kampf gegen den Fluß verfolgten.

Nüchtern oder nicht, er steuerte zügig durch die Strömung zum ersten Floß, beugte sich aus dem Kahn und pflückte ohne erkennbare Schwierigkeiten den Kranz aus Olivenblättern, der an einer Stange über dem Wasser hing. Die Priesterin auf dem Floß hob rasch ihre Fackel, um den Treffer anzuzeigen. Auf beiden Seiten brandete Jubel auf. Die Ufer waren bis hinunter zum letzten Seil voller Menschen, und fast noch einmal so viele beugten sich dahinter aus den Fenstern der hohen Häuser.

Mit kraftvollen Ruderschlägen, den Körper weit zur Seite geneigt, steuerte Jourdain sein Boot gegen die Strömung, um über den Fluß zu kommen, bevor er am zweiten Floß vorbeigetrieben wurde. Er schaffte es knapp, hatte einen Augenblick Zeit, das Boot auszubalancieren, streckte sich – der zweite Ring hing natürlich höher – und holte auch diesen Kranz. Dabei geriet er ins Rutschen, taumelte zurück und wäre fast über Bord gegangen. Aber eine zweite Fackel ging in die Höhe, und wieder erhob sich Beifallsgeschrei.

Die momentane Unsicherheit kostete Jourdain jedoch wertvolle Sekunden, und als er endlich wieder richtig saß und nach dem Ruder griff, da hatte er – Lisseut sah es sogar von ferne – sich rasch entschieden, das dritte Floß am gegenüberliegenden Ufer auszulassen und geradewegs flußabwärts auf das vierte zuzuhalten. Nur die Zahl der Ringe zählte, auf die Reihenfolge kam es nicht an.

Die Entscheidung war falsch. Der Arbonne riß das winzige Boot mit sich wie ein Stück Rinde, so daß es vor dem vierten Floß noch einmal deutlich schneller wurde.

»Willst du jetzt gleich bezahlen?« wandte sich Alain an Elisse.

Obwohl sie gegen Jourdain gewettet hatte, beobachtete Lisseut gespannt, wie er sich tapfer erhob, sobald er das Floß auf sich zurasen sah. Er streckte sich, beugte sich aus dem Boot, griff nach dem unerreichbaren Kranz.

Und kam nicht einmal in seine Nähe. Mit einem Aufschrei, der bis zum Pier hinauf zu hören war, verlor er das Gleichgewicht. Das Boot schoß in den Fluß hinaus, während Jourdain, der Schwerkraft trotzend, im Schein der beiden Monde für einen Moment waagerecht über dem Wasser zu hängen schien, um dann mit einem gewaltigen Platscher in den Arbonne zu stürzen. Die riesige Fontäne ging über die Priesterin und sämtliche Zuschauer auf dem Floß hinweg.

Obwohl er vom Ring so weit entfernt war, hätte er es fast geschafft, die Fackel zu löschen. Rasch sprangen zwei Männer vom Floß ins Wasser, um ihm beizustehen – bei diesem Spiel waren schon wiederholt Menschen ertrunken. Erleichtert sah Lisseut, wie sie Jourdain zu einem der Boote am Ufer schleppten und er, dort angekommen, vergnügt zu ihnen herüberwinkte. Er hatte alles unbeschadet überstanden.

»Wie lautet das bisher beste Ergebnis?« fragte Bertran de Talair leise. Erst jetzt fiel Lisseut wieder ein, warum sie eigentlich hier waren.

»Ein Mann hat alle vier Ringe, Herr«, sagte ein Helfer, der draußen auf dem Bootssteg kauerte. »Aber bei der Flußüberquerung ist er gleich zu Anfang vom Seil gestürzt. Die volle Strecke hat also bisher niemand geschafft.«

»Gut.« Der Herzog von Talair begab sich ans Ende des Kais. »Mit Eurem Einverständnis«, wandte er sich an Urté, »will ich Euch nun ein Ziel vorgeben, nach dem Ihr schießen könnt.«

Urté de Miraval tat mit einer lässigen Geste seine Zustimmung kund. Ohne die Stiefel auszuziehen, wartete Bertran ruhig, bis die Helfer das nächste, kleine Boot in Stellung gebracht hatten. Valery und der bärtige Coraner aus Gorhaut waren zu ihm getreten. Ein leises Raunen erhob sich, schwoll an, pflanzte sich an beiden Flußufern entlang fort, bis auch der letzte Zuschauer wußte, was nun geschehen würde.

Zusammen mit fast allen, die auf dem Pier standen, sah Lisseut zum Himmel. Eine rasch nach Osten treibende Wolkenbank hatte sich vor den weißen Vidonne gelegt und würde bald auch die blaue Riannon verhüllen.

»Laß mich zuerst.« Valery von Talair drängte sich im Dunkeln am Herzog vorbei. »Warte du so lange, bis die Monde wieder frei sind. Mich hat niemand herausgefordert, deshalb ist es nicht schlimm, wenn ich es nicht schaffe.« Rasch schnallte er sich das Schwert ab und reichte es einem der Helfer. Dann sah er über die Schulter. Lisseut stand nahe genug, um hören zu können, wie er sagte: »Ein guter Rat, Blaise. Falls Ihr am dritten Floß vorbeischießt, dann tut, was Ihr könnt, um langsamer zu werden, bevor Ihr das vierte erreicht – das Flußwasser schmeckt nicht sonderlich gut.«

Der Arimondaner neben Urté lachte. Es klang nicht angenehm, dachte Lisseut und streifte ihn mit einem schnellen Blick. Der Mann war ihr nicht geheuer. Sie wandte sich ab, sah wieder auf den Fluß hinaus. Hoffentlich hatte der Arimondaner nicht bemerkt, wie sie ihn anstarrte.

Valery stand bereits mit dem flachen Paddel in der Hand im Boot und sah grinsend zu Bertran auf. »Deine Schuld, wenn ich naß werde.«

»Natürlich«, gab sein Cousin zurück. »Alles ist meine Schuld.«

Dann trug die Strömung das Boot davon. Lisseut mußte sich anstrengen, um die Schatten zu durchdringen, doch bald begriff sie einiges mehr von der Welt der Männer: Jourdain, der Troubadour, war sportlich nicht unbegabt und stand in der Blüte seiner Jugend, Valery von Talair dagegen war ein ausgebildeter Coraner, durchtrainiert, zäh und ungemein erfahren.

Der erste Kranz war für ihn nur eine Bagatelle, und sein Boot zeigte bereits in die Gegenrichtung, bevor die Priesterin noch ihre Fackel gehoben und die Menge am Ufer ihr Beifallsgeschrei angestimmt hatte. Der zweite Ring, der den Anstoß zu Jourdains unfreiwilligem Bad im Flußwasser gegeben hatte, kostet ihn kaum weniger Mühe, und anders als der Troubadour bewahrte er nicht nur das Gleichgewicht, sondern behielt auch das Boot unter Kontrolle und brachte es mit kräftigen Ruderschlägen auf die andere Flußseite, während hinter ihm triumphierend eine zweite Fackel in die Höhe ging und an beiden Ufern mit wildem Freudengeheul begrüßt wurde.

»Sie halten ihn für den Herzog«, sagte der kleine Alain

plötzlich, und Lisseut erkannte, daß er recht hatte. Die Nachricht, daß En Bertran an dem Wettbewerb teilnehmen wollte, hatte sich auf beiden Ufern wie ein Lauffeuer verbreitet, bevor die Wolken kamen und Valery seinen Platz einnahm. Mit diesen schrillen Schreien begrüßte das Volk von Tavernel nur seine Favoriten – und dazu zählte der Troubadour-Herzog von Talair schon fast sein ganzes Leben lang.

Inzwischen näherte sich Valery dem dritten Floß, erhob sich in dem schwankenden Boot mit einer Eleganz, die das gewagte Manöver wie ein Kinderspiel erscheinen ließ, und holte mit einem Griff das Olivengebinde von seiner Stange. Dann ließ er sich zurückfallen und begann fieberhaft gegen die Strömung anzurudern, während die Menschen an den Flußufern, in den Erkerfenstern und in den überfüllten Booten an den Kais mit Gebrüll und Gestampfe ihrer Begeisterung Ausdruck verliehen.

Um das vierte und letzte Floß zu erreichen, galt es, die Strömung im bislang spitzesten Winkel zu schneiden. Valery mußte aus Leibeskräften paddeln, um nicht daran vorbeigetrieben zu werden. Jourdain war hier nach dem Kranz gesprungen und ins Wasser gefallen. Valery von Talair hielt hart auf die flußaufwärts gelegene Floßkante zu, das Schifflein drehte sich in der Strömung, er stand mit der gleichen Geschmeidigkeit auf wie zuvor, hob ohne besondere Eile sein Paddel nach oben, fuhr damit an der Stange entlang, die hoch über ihm auf das Wasser hinausragte, und streifte den Ring ab. Als das Boot unter der Stange hindurchschoß, fing er ihn auf.

Mehr konnte Lisseut nicht sehen. Sie stand weit oben am Ausgangspunkt, inzwischen waren beide Monde hinter den heranziehenden Wolken verschwunden, und ringsum drängten sich die Menschen. Als der Rianpriester unten am Floß seine Signalfackel gen Himmel hob, stieß die Menge einen Freudenschrei aus. Unwillkürlich schaute sie zu dem Coraner aus Gorhaut hinüber: er grinste breit, ohne es zu merken, freute sich wie ein Kind. Jetzt sah er lange nicht mehr so streng und finster aus.

»Auch mein Cousin nimmt es mit sechs Männern auf –

nein, mit einem ganzen Dutzend!« strahlte Bertran de Talair, ohne jemand Bestimmten anzusehen. Unter den grünlivrierten Coranern von Miraval entstand Unruhe. Lisseut mit ihren geschärften Sinnen bezweifelte, daß das nur so dahingesagt war. Zwischen En Bertran und dem Herzog von Miraval fiel kaum ein Wort, in dem sich nicht ein Dolch verborgen hätte. Ariane – sie hatte ihr Haar wieder zusammengenommen und unter die Kapuze gesteckt – sagte etwas zu Urté, was Lisseut nicht verstehen konnte. Dann trat sie neben Bertran, um mitzuverfolgen, wie Valery die Strecke beendete.

Ein quer über den Fluß gespanntes Seil war das letzte Hindernis. Genau in der Mitte hing ein Schild mit einem Loch im Zentrum. Sobald das Boot des Kandidaten darunter hindurchfuhr, hatte dieser im Sprung nach dem Seil zu greifen, ich Hand über Hand um den Schild herum auf die jeweils andere Seite zu ziehen – an sich schon eine beachtliche Leistung – und sich dann weiter ans Ufer zu hangeln.

Wer es bis dahin geschafft hatte, mußte unglaublich stark und reaktionsschnell sein. Solche Männer ließen sich von einem Seil über den Fluß normalerweise nicht beeindrucken. Doch dies war ein besonderes Seil, das die Überquerung nahezu unmöglich machte. Zum einen hatte man es heimtückischerweise mit mehreren Schichten Bienenwachs getränkt, um es dann, kurz bevor es über das Wasser gespannt wurde, großzügig mit dem reinsten Olivenöl einzufetten, das die Pressen in Vezéts berühmten Hainen hergaben. Schließlich hatte man es so locker über den Arbonne geführt, daß es in der Mitte tief durchhing. Damit war der bedauernswerte Abenteurer nach allen anderen Strapazen auch noch gezwungen, sich an dem glitschigen Ding bergauf zu ziehen, um die unendlich weit entfernte Plattform am Ufer zu erreichen, wo Ruhm und Ehre seiner harrten.

Lisseut hatte sich diesen Karnevalswettbewerb bereits dreimal angesehen, aber bisher war kein Teilnehmer auch nur die Nähe des Ziels gekommen; spätestens am Schild war noch jeder gescheitert. Dafür war sie Zeuge geworden, wie so mancher stattliche Mann zur komischen Figur wurde, wenn er mit viel Gezappel versuchte, das Hindernis zu überwinden, oder hilflos unter den beiden Monden hing, verzweifelt mit den Beinen strampelte und weder vor- noch zurückkonnte.

Das Spektakel hatte durchaus seinen Sinn; im Karneval hatte alles seinen Sinn, auch scheinbare Belanglosigkeiten oder bloße Exzesse. In dieser der Göttin geweihten, dem gewohnten Rhythmus des Jahres entrückten Nacht wurde alles umgestoßen oder ins Gegenteil verkehrt, und das wurde am deutlichsten sichtbar, wenn tüchtige Männer im Schein des Mondes und der Fackeln ohnmächtig an dem glitschigen Seil baumelten und nur noch über sich selbst lachen konnten oder – falls sie zu verbittert waren, um in die allgemeine Heiterkeit einzustimmen – den Spott der johlenden Menge stumm ertragen mußten.

Valery de Talair brauchte in dieser Nacht freilich keinen Spott zu fürchten, nichts an ihm reizte zum Lachen. Er lenkte sein winziges Boot geradewegs auf den Schild zu. Kurz vor dem Seil stand er zum vierten Mal auf, stieß sich mit einer sehr präzisen, sparsamen Bewegung ab und griff links vom Schild mit beiden Händen nach dem schlüpfrigen Seil. Die Knie bis zur Brust hochgezogen wie ein Bodenturner, der bei einem Festbankett seine Kunststücke vorführte, schwang er aus, so weit er konnte. Am höchsten Punkt ließ er los, schwebte vogelleicht durch die Luft – kam schräg wieder herunter und landete, als sei es das Einfachste, das Natürlichste auf der Welt, eine Nummer, die sich in jeder anderen Nacht wiederholen ließ, auf der anderen Seite des Schildes.

Die Bürger von Tavernel und die Gäste, die zum Karneval in Stadt gekommen waren, mochten sich auf einen Mißerfolg gefreut haben, über den sie herzlich lachen konnten, aber sie wußten auch eine hervorragende Leistung zu würdigen. Das elegante Manöver riß sie zu wahren Beifallsstürmen hin. Geschrei und Applaus erfüllten die Luft. Lisseut stand wieder auf dem Pier, als sie neben sich ein rauhes, freudig überraschtes Bellen hörte. Sie drehte sich um. Der bärtige Coraner aus Gorhaut strahlte über das ganze Gesicht. Diesmal spürte er ihr Interesse; ganz kurz begegneten sich ihre Blicke, dann schlug er verlegen die Augen nieder. Lisseut wollte etwas sagen, doch dann überlegte sie es sich anders und wandte sich lieber wieder Valery auf seinem Seil zu.

Nur durch Zufall und weil weit unten über dem Fluß genau im richtigen Moment eine Fackel aufflammte, sah sie, wie der Pfeil – weißgefiedert war er, erinnerte sie sich später, weiß wie die Unschuld, weiß wie der Winter mitten im Sommer, weiß wie der Tod – den höchsten Punkt seiner langgezogenen Bahn überschritt, wie er dem Coraner in die Schulter fuhr, wie der Mann das Seil losließ und in den Fluß stürzte. Und sie hörte, wie das Gelächter verstummte und Entsetzensschreie durch die Nacht schallten.

* * *

Auch Blaise hatte das Geschehen aus dem Augenwinkel beobachtet und mit dem Instinkt des Berufssoldaten sogar die zwei hohen Handelshäuser mit dem dunklen Holzgebälk registriert, von denen ein Pfeil in diesem Winkel hätte kommen können. Und auch er sah im Fackelschein und im trügerischen Licht des blauen Mondes, der eben aus den Wolken hervorkam, die weißen Federn. Doch im Unterschied zu Lisseut wußte er, was diese Federn zu bedeuten hatten, und der vage Verdacht, der ihn schon in der Taverne gequält hatte, nahm nun Gestalt an und verdichtete sich zu einer schrecklichen Gewißheit.

Doch da rannte er schon. Ein Fehler, denn am Ufer drängten sich die Karnevalsgäste, und das Seil, von dem Valery abgestürzt war, war weit entfernt. Fluchend bahnte sich Blaise mit Ellbogen und Fäusten einen Weg durch die verstörten, schreienden Massen. Auf halbem Wege blickte er auf den Fluß hinaus. Bertran de Talair saß in einem der kleinen Boote und ruderte wie ein Wilder – das hätte er natürlich auch tun sollen. Blaise verfluchte sich selbst und verdoppelte seine Anstrengungen. Ein betrunkener Maskierter knurrte eine Verwünschung und schlug zurück, als er ihn beiseitestieß. Rücksichtslos hieb er dem Kerl den Unterarm gegen die Schläfe und bedauerte es nicht einmal, als der zurücktaumelte. Er war nur darauf gefaßt – auch das ein Reflex – ein Messer in den Rücken zu bekommen. In einer aufgescheuchten Menschenmenge war vieles möglich.

Als er den Bootssteg beim Seil erreichte, hatten die Helfer Valery bereits aus dem Wasser gezogen und auf den Kai gelegt. Bertran kniete mit einer Priesterin und einem Mann, der aussah wie ein Arzt, neben seinem Cousin. Der Pfeil steckte in Valerys Schulter; die Wunde war an sich nicht tödlich.

Nur waren die Federn und die obere Hälfte des Pfeilschafts weiß, während die untere Hälfte – jetzt aus der Nähe konnte Blaise auch das erkennen – mit Ruß nachtschwarz gefärbt war. Vorhin, als die Sängerin ihr Lied beendete und alles sich zum Gehen anschickte, hatte er über sich auf der Galerie der *Liensenne* schwarzweiße Strümpfe gesehen. Eine Welle von Übelkeit überschemmte ihn.

Valery hatte die Augen offen. Bertran hielt jetzt den Kopf seines Cousins im Schoß und redete beruhigend auf ihn ein. Der Arzt, ein spindeldürres Männchen mit einer großen Hakennase und grauem Haar, das von einem Band zurückgehalten wurde, beratschlagte kurz mit der Priesterin, richtete dann den Blick entschlossen auf den schwarzweißen Pfeilschaft und streckte die Hand danach aus.

Blaise trat näher. »Nicht herausziehen«, sagte er leise.

Der Arzt hob den Kopf, in seinen Augen blitzte es zornig auf. »Ich weiß schon, was ich tue«, fauchte er. »Es ist nur eine Fleischwunde. Je eher wir den Pfeil entfernen, desto früher können wir sie behandeln und verbinden.«

Blaise spürte plötzlich eine große Müdigkeit. Valery hatte den Kopf ein wenig zur Seite gedreht und sah ihn ruhig an. In seinen Augen stand eine Frage. Blaise zwang sich, dem Blick standzuhalten, als er, ohne die Stimme zu erheben, erklärte: »Wenn Ihr den Pfeil entfernt, reißt Ihr die Wunde noch weiter auf, und das Gift kann tiefer eindringen. Es könnte auch Euch töten. Riecht daran, wenn Ihr wollt. Die Spitze und sehr wahrscheinlich auch der Schaft sind mit Syvaren bestrichen.« Jetzt sah er den Arzt an.

Der fuhr zurück wie ein verschrecktes Tier. Bertran rief heftig: »Nein!« Er war bleich geworden, und als er Blaise nun ansah, stand das Grauen in seinen Augen. Blaise selbst war von abgrundtiefer Trauer erfüllt, sein Herz war ein einziger, harter Zornesklumpen. Abermals wandte er sich Valery zu. Der Verwundete hatte keine Miene verzogen; wahrscheinlich hatte er bereits geahnt, wie es um ihn stand. Syvaren wirkte schnell.

»Das galt mir«, sagte Bertran, ein heiseres Krächzen.

»Natürlich«, bestätigte Blaise. Die eiskalte Gewißheit lag ihm wie Asche auf der Zunge.

»Es kam nicht von uns, das kann ich im Tempel der Göttin beschwören.« Urté de Miravals tiefe Stimme. Blaise hatte ihn nicht kommen hören.

Bertran blickte nicht einmal auf. »Laßt uns in Ruhe«, sagte er. »Um Euch kümmere ich mich später. Ihr verpestet alles mit Eurer Gegenwart.«

»Ich arbeite nicht mit Gift«, sagte de Miraval.

»Und der Arimondaner?« gab Bertran zurück.

»Er war die ganze Zeit bei uns auf dem Steg.«

Blaise erstickte fast an seinem Wissen, doch als er zum Sprechen ansetzte, kam ihm die Priesterin zuvor.

»Hört auf zu streiten«, sagte sie. »Wir müssen ihn in einen Tempel bringen. Gibt es eine Möglichkeit, ihn zu tragen?«

Natürlich, dachte Blaise. Man war ja in Arbonne. Valery von Talair mochte ein Coraner sein, doch er würde nicht im heiligen Haus des Gottes sterben, sondern begleitet von Rians finsteren Ritualen zu Corannos eingehen. Tief erschüttert und voller Abscheu kehrte Blaise der Priesterin den Rücken. Sie hatte sich die weite Kapuze über den Kopf gezogen. Valerys Augen ruhten wieder auf ihm, und diesmal glaubte er, den Blick zu verstehen.

Ohne auf die anderen, selbst auf Bertran, zu achten, kniete er neben dem Sterbenden auf dem nassen Kai nieder. »Möge der Gott Euch auf ewig Zuflucht gewähren«, sagte er rauh. Die Worte wollten ihm kaum über die Lippen. »Ich glaube zu wissen, wer das getan hat. Ich werde Euch rächen.«

Wachsbleich lag Valery von Talair im Schein der Monde und der Fackeln. Er nickte einmal mit dem Kopf, dann schloß er die Augen.

Blaise erhob sich und verließ ohne ein weiteres Wort, ohne einen Blick zurück mit langen Schritten den Kai. Ein Mann machte ihm Platz; erst später ging ihm auf, daß es Quzman gewesen war, der Arimondaner. Auch andere wichen vor ihm zurück, doch er nahm es kaum wahr. Er spürte noch immer die Asche im Mund, und alles verschwamm ihm vor den Augen. Syvaren auf dem Pfeil. Weißes Gefieder, schwarzweißer Schaft. Blaise ging in sich, suchte nach dem dringend benötigten Zorn und fand ihn auch. Aber der Zorn trug ihn nicht. Zu schwer war die Trauer. Sie umfing ihn wie kalte, feuchte, winterliche Nebelschwaden. Zur einen Hälfte galt sie Valery, den er am Fluß zurücklassen mußte, zur anderen dem Mann, zu dem er nun ging. Groß und streng wie eine der Gestalten auf den Reliefs der Alten schritt er durch den flackernden Schein der Fackeln, durch den Rauch, den Lärm, die Masken. Von ferne drang immer noch Karnevalsgelächter an sein Ohr.

Ich werde Euch rächen. Letzte Worte an einen Sterbenden, einen Kameraden, einen Coraner aus der alten, heiligen Bruderschaft des Gottes, einen Mann, der ihm fast zum Freund geworden wäre im fremden Arbonne, dem Land der Göttin. Und wahrscheinlich waren sie eine Lüge gewesen, diese letzten Worte, eine Lüge der schlimmsten Sorte.

Kapitel 6

Weder in dieser turbulenten Schreckensnacht, noch später, als sie endlich Muße fand, über alles nachzudenken, hätte Lisseut erklären können, was sie bewog, aus Bertran de Talairs verräterischem, blauem Umhang zu schlüpfen und, ohne auf Alains besorgte Zurufe zu achten, dem Mann namens Blaise vom Fluß weg und in das Labyrinth dunkler, krummer Gassen zu folgen.

Vielleicht lag es daran, daß er den Kai so überstürzt verlassen, sich sogar an dem Arimondaner vorbeigedrängt hatte, als sei der Mann gar nicht vorhanden. Vielleicht hatte sie auch sein verstörtes Gesicht gesehen, als er wie ein Blinder über den fackelerhellten Steg hastete und sich in die Menge stürzte. Das Wort *Gift* war wie eine Schlange von der Stelle weggekrochen, wo Valery lag. Nun traf man Anstalten, den Verletzten zu Rians größtem Tempel zu schaffen. Etliche Männer fertigten in fieberhafter Eile aus zwei Stangen und einem Segel eine behelfsmäßige Trage. Die Menge würde schweigend danebenstehen, bis sie mit ihrer Todesfracht vorüber waren, dann würde der Lärm wieder einsetzen, wilder noch als zuvor, denn dieser spektakuläre Mord hatte das Karnevalsgebräu noch berauschender – und diese Nacht vollends unvergeßlich gemacht.

Die Troubadoure und Joglares würden sich sicher zum Tempel begeben, um vor den Mauern Wache zu halten, die meisten um Bertrans, aber einige auch um Valerys willen. Es wäre nicht Lisseuts erste Totenwache gewesen, doch heute würde sie sich nicht anschließen.

Statt dessen folgte sie dem Coraner aus Gorhaut.

Sie mußte mit aller Kraft gegen den Strom schwimmen, denn alles eilte, angelockt von Gerüchten über einen Skandal oder eine Katastrophe, Gerüchten, die jedem Fest erst die rechte Würze gaben, zum Fluß. In der Menge roch es nach Wein und nach gebratenem Fleisch, nach gerösteten Nüssen, süßlichem Parfum und menschlichem Schweiß. Lisseut sah sich plötzlich von einer Horde betrunkener götzländischer Matrosen umringt und geriet für einen Moment in Panik, doch dann riß sie sich los, sah sich hastig nach ihrem Opfer um und eilte weiter.

Dank seiner Größe war es nicht schwer, ihn selbst im dicksten Trubel in den engen Gassen im Auge zu behalten, außerdem ließ jede Fackel an den Wänden der halbverfallenen, alten Speicher – dies war nicht unbedingt das vornehmste Viertel Tavernels – sein Haar rot aufleuchten. Immer wieder scheinbar ziellos die Richtung wechselnd, stürmte Blaise von Gorhaut weiter. In einiger Entfernung vom Wasser lichtete sich das Gedränge, und er kam schneller voran. Lisseut mußte laufen, wenn sie ihn nicht verlieren wollte.

Aus dem Schatten eines windschiefen Hauseingangs streckte eine mit Schmuck behängte Frau in einem prächtigen, grünen Seidenkleid mit Pelzbesatz und mit einer kunstvoll gearbeiteten Fuchsmaske vor dem Gesicht die Arme nach ihm aus, doch er eilte an ihr vorbei. Lisseut wurde sich wieder ihres nassen, strähnigen Haares, ihres verdorbenen Kleides bewußt. Äußerlichkeiten, rief sie sich streng zur Ordnung. In dieser Nacht war ein weißgefiederter Pfeil mit vergifteter Spitze abgeschossen worden, der – man brauchte kein Genie zu sein, um das zu erkennen – dem Herzog von Talair gegolten hatte und nicht seinem Cousin. Der war nur unbemerkt an dessen Stelle in das kleine Boot gestiegen.

An einer Kreuzung blieb Blaise von Gorhaut unvermittelt stehen und sah sich zum ersten Mal um. Lisseut drückte sich rasch in die nächste Türnische und wäre im Dunkeln fast über ein eng umschlungenes Pärchen gefallen, das sich an die Mauer preßte.

Die Frau hatte ihren Rock bis zur Taille hochgezogen. »Schön«, gurrte sie und warf Lisseut einen schmachtenden Blick zu. Es klang ein wenig spöttisch. Die Maske war verrutscht und hing ihr lose über den Rücken. Der Mann lachte, ohne den Mund von ihrem Hals zu nehmen. Beide streckten gleichzeitig die Hände nach Lisseut aus, schlanke und kräftige Finger wollten sie in die Umarmung ziehen. »Schön«, wiederholte die Frau flüsternd, mit halb geschlossenen Augen. Sie verströmte einen intensiven Blütenduft.

»Hm, eigentlich nicht«, stammelte Lisseut verlegen. Für einen Moment regten sich ihre Gefühle, dann riß sie sich los.

»Leb wohl, mein Lieb, leb wohl für immer.« Die Frau sang den alten Refrain mit unerwarteter Wehmut, verdarb jedoch die Wirkung, als sie am Ende kicherte, weil ihr der Mann etwas ins Ohr flüsterte.

Lisseut trat wieder auf die Straße hinaus und zog sich in den zuckenden Schatten zwischen zwei Fackeln rasch die Maske über, die sie sich geschnappt hatte. Eine Katze; die meisten Frauen wählten in dieser Nacht Katzenmasken. Vor ihr hielt Blaise mit ausgestrecktem Arm drei Lehrlinge auf und stellte ihnen eine Frage. Sie lachten und gestikulierten; einer reichte ihm einen Weinschlauch. Blaise zögerte zunächst, dann griff er zu und spritzte sich einen Strahl dunklen Rotweins in den Mund. Lisseut fühlte sich peinlich berührt.

Die Lehrlinge hatten auf den rechten Ast gezeigt, und so schlug Blaise diesen Weg ein. Lisseut drückte sich rasch, fast schon im Laufschritt, an den jungen Männern vorbei; es war viel zu dunkel hier und viel zu still. An der Kreuzung schaute sie nach rechts. Die Gasse führte vom Fluß und vom Marktplatz weg und war womöglich noch verlassener. Die Häuser wurden zunehmend wohlhabender und prächtiger, und auch die Beleuchtung war besser, denn an den Außenwänden waren – ein sicheres Zeichen für den Reichtum der Bewohner – prunkvolle Wandlaternen angebracht. Zwei Mädchen, offenbar Dienstboten, schauten über eine Steinbalustrade herab und riefen ihr einen fröhlichen Gruß zu. Lisseut blieb nicht stehen. Blaise war mit seinen langen Beinen bereits wieder um eine Ecke gebogen. Nun fing sie doch zu laufen an.

Sie erreichte die nächste Straßenkreuzung, bog ebenfalls nach rechts ab, und wußte, bevor sie noch den großen Turm gesehen hatte, der an einer Seite des Platzes am Ende der Straße über einem großen Backsteingebäude aufragte, wo sie sich befand.

Sie war im Kaufherrenviertel von Tavernel gelandet, Arbonnes Tor zur Welt mit seiner tiefen Hafenbucht. Hier hatten die

Bank- und Handelshäuser mehrerer Länder ihre Niederlassungen. Der Turm am Ende der Straße imitierte bewußt den großen Turm von Mignano, des größten Stadtstaates von Portezza, und die stolzen Paläste zu beiden Seiten der Straße vor dem Platz beherbergten Filialen der erfolgreichsten Handelsunternehmen dieses Landes.

Der Karnevalslärm drang nur schwach bis hierher. Lisseut stellte sich in einen Torbogen und spähte vorsichtig hinaus, während Blaise von Gorhaut an einer massiven Tür nach der anderen vorbeiging. Vor einem zweiflügeligen Eisentor blieb er endlich stehen und betrachtete das Wappen, das darüber prangte. In den oberen Stockwerken, wo vermutlich die Schlafräume lagen, brannte Licht. Auf der Straße war niemand zu sehen.

Blaise stand so lange da, als habe er einen schweren, inneren Kampf auszufechten, dann sah er sich mißtrauisch um und verschwand in dem schmalen Durchgang zwischen diesem Haus und seinem nördlichen Nachbarn. Lisseut wartete noch einen Moment, dann wagte sie sich unter ihrem Torbogen hervor und folgte ihm. Aus dem Durchlaß roch es so überwältigend nach Kloake, daß ihr fast übel wurde. Sie hielt den Atem an, duckte sich und spähte mit scharfen Augen ins Dunkel. Der gorhautische Coraner war dabei, hinter dem Haus, vor dem er angehalten hatte, eine rauhe Steinmauer zu erklimmen. Jenseits davon brannte Licht. Einen Moment zeichnete sich seine Gestalt noch vor dem Himmel ab, dann war er drüben.

Höchste Zeit, zum Fluß zurückzukehren. Nun wußte sie ja, wohin er gegangen war. Morgen früh konnte sie feststellen, wem das Haus gehörte, und den Vorfall irgendeiner zuständigen Stelle melden. Als erster käme da wohl Herzog Bertran in Frage, vielleicht auch der Seneschall der Gräfin in Tavernel. Oder gar Ariane de Carenzu, immerhin hatte sie die Männer von Talair und Miraval für diese Nacht unter Friedenspflicht gestellt. Morgen konnte sie sich mit Freunden beraten, mit Remy oder Aurelian. Jetzt machte sie jedenfalls besser kehrt.

Lisseut warf die Maske weg, biß die Zähne zusammen, betrat das stinkende Gäßchen und entdeckte ein paar Schritte hinter der Stelle, wo der Mann aus Gorhaut über die Mauer geklettert war, eine umgestürzte Holzkiste. In solchen Durchgängen lagen immer irgendwelche Kisten herum. Als sie vorsichtig daraufstieg, stoben nach allen Seiten die Ratten davon. Die Kiste war gerade hoch genug, daß sie sich auf die breite Mauerkrone hinaufziehen konnte. Oben angekommen, preßte sie sich flach gegen den Stein und blieb reglos liegen, bis sie sicher sein konnte, daß niemand sie gehört oder gesehen hatte. Dann erst hob sie vorsichtig den Kopf und schaute hinab.

Jenseits der Mauer befand sich ein sorgsam gepflegter, parkartiger Garten. Gleich neben Lisseut wuchs eine Platane, und deren Geäst bot ihr einen gewissen Schutz, der nicht zu verachten war, denn genau in diesem Moment kam Riannon, der blaue Mond der Göttin, hinter einer Wolke hervor, der wohl letzten für längere Zeit. Über sich sah Lisseut die Sterne durch das Laub funkeln. Ein Vogel sang in den Zweigen.

Unter ihr stand Blaise von Gorhaut reglos auf einem Stück Rasen neben einem kleinen, runden Teich, in dem ein Springbrunnen plätscherte. Um den Teich herum waren Blumen gepflanzt, weitere Blumenbeete waren überall im Garten verteilt. Lisseut roch Orangen und Zitronen, nahe der Südmauer wuchs auch Lavendel. Draußen huschten die Ratten durch die feuchte Gasse.

Auf einer kleinen Terrasse am Haus stand, von langen Kerzen beleuchtet, ein Tisch mit Fleisch, Käse und Wein. Daneben lümmelte, die Hände hinter dem Kopf gefaltet, die langen Beine ausgestreckt, ein Mann in einem Sessel. Sein Gesicht lag im Schatten. Diesen Mann sah Blaise an. Er hatte noch kein Wort gesprochen, seit sie ihr Versteck auf der Mauer erreicht hatte, und er hatte sich auch nicht bewegt. Er wandte ihr den Rücken zu und stand so still, als sei er aus Stein. Lisseut klopfte das Herz bis zum Hals.

»Ich muß gestehen, daß ich mir nicht sicher war, ob du kommen würdest«, sagte der Mann am Tisch träge im knappen, eleganten Portezzanisch des Aristokraten. »Es verlangte doch einigen Scharfsinn. Aber wie du siehst, halte ich immer noch große Stücke auf dich – ich habe Essen und Wein für zwei bestellt. Blaise, ich freue mich, daß du hier bist. Wir haben uns lange nicht gesehen. Nun setz dich und iß. In Arbonne ist schließlich Karneval.«

Er stand auf, beugte sich über den Tisch und griff nach einer schlanken Weinkaraffe. Nun fiel das Licht der beiden Monde, der Kerzen und der zierlichen Laternen, die zwischen den Bäumen hingen, voll auf ihn. Ein junger Mann, schlank und blond. Ein Lächeln umspielte seine Lippen. Er trug eine weite, nachtschwarze Seidenrobe mit bauschigen Ärmeln und schwarzweiße Strümpfe, schwarzweiß wie Arsenault der Schwertkämpfer, den sie als Kind im Marionettentheater gesehen hatte – und wie die Pfeile, die ganz offen neben dem Tisch in einem Köcher lagen.

»Du arbeitest also immer noch mit Syvaren«, bemerkte Blaise von Gorhaut gelassen und ohne einen Schritt näher zu treten. Auch er sprach Portezzanisch.

Der blonde Mann verzog angewidert das Gesicht, während er zwei Gläser mit Wein füllte. »Gräßliches Zeug, nicht wahr?« sagte er. »Du machst dir keine Vorstellung, wie teuer es geworden ist. Aber manchmal doch sehr nützlich. Du mußt zugeben, Blaise, bei diesem Wind und der schlechten Beleuchtung war es ein *sehr* schwieriger Schuß. Ich hatte natürlich nichts im voraus geplant, reiner Zufall, daß ich gerade in der Taverne war, als dieses Duell auf dem Fluß beschlossen wurde. Ich mußte mich einfach darauf verlassen, daß Herzog Bertran es schaffen würde, das Seil zu erreichen. Er hat meine Erwartungen erfüllt, Corannos sei seiner Seele gnädig. Und nun komm, allmählich wird es Zeit, daß du mir gratulierst. Aus dieser Entfernung hätte nicht jeder getroffen. Die rechte Schulter, nehme ich an?« Er drehte sich lächelnd um und streckte seinem Besucher ein volles Glas entgegen.

Blaise zögerte, und Lisseut glaubte mit ihren geschärften Sinnen zu erkennen, daß er mit sich rang, ob er den Meuchelmörder über seinen Irrtum aufklären sollte.

»Es war ein guter Schuß«, war jedoch alles, was er sagte. »Aber ich habe etwas gegen Gift, das weißt du ja. In Arbonne ist es verpönt. Hättest du darauf verzichtet, dann hätte man den Mord womöglich einem von Urté de Miravals Männern angelastet. Ungerechtfertigterweise, nehme ich an?«

Die Frage blieb unbeantwortet. »Hätte ich darauf verzichtet, dann hätte es keinen Mord gegeben. Nur einen Herzog mit einer Schulterwunde und vierfacher Leibwache. Und ich wäre um eine stattliche Prämie gekommen.«

»Wie stattlich?«

»Das will ich dir gar nicht verraten. Du würdest blaß vor Neid. Und nun nimm endlich das Glas, Blaise, ich komme mir allmählich wie ein Bettler vor, der um ein Almosen bittet. Du bist doch nicht etwa böse auf mich?«

Langsam ging Blaise von Gorhaut über den Rasen und griff nach dem Kelch. Der Portezzaner lachte und ließ sich wieder in seinen Sessel fallen. Blaise blieb neben dem Tisch stehen.

»In der Taverne«, sagte er langsam, »hättest du sehen müssen, daß ich mit dem Herzog und seinen Männern zusammen war.«

»Natürlich, und ich muß gestehen, es hat mich überrascht. Beim Turnier in Aulensburg hatte ich ein Gerücht gehört – man hat dich übrigens vermißt in Götzland, es wurde viel von dir gesprochen – du seist in diesem Frühjahr in Arbonne, aber ich konnte es nicht glauben. Ich wußte gar nicht, daß du so musikbegeistert bist.«

»Das bin ich auch nicht, keine Sorge. Aber darum geht es jetzt nicht. Ich stehe im Dienst des Herzogs von Talair, und war in der Taverne deutlich zu erkennen. Hast du dir denn dabei nichts gedacht?«

»Ich hatte mir so einiges gedacht, aber nichts, was dir gefallen würde oder was du aus meinem Munde hören möchtest. Du bist also doch böse auf mich. Blaise, was sollte ich denn tun? Wortbrüchig werden und auf meine Prämie verzichten, nur weil du zufällig auf der Bildfläche erscheinst und dich mit einem arimondischen Lustknaben in die Haare gerätst? Wenn ich recht verstanden habe, hast du seinen Bruder getötet.«

»Wieviel hat man dir bezahlt?« fragte Blaise wieder, ohne auf die letzte Bemerkung einzugehen. »Nun sag schon!«

Der hübsche Blondschopf lag wieder im Schatten. Es wurde still. »Zweihundertundfünfzigtausend«, antwortete der Portezzaner ruhig.

Lisseut mußte ein Keuchen unterdrücken. Blaise fuhr ungläubig zurück.

»Niemand bezahlt so viel für ein Attentat«, krächzte er.

Der andere lachte vergnügt. »Ich habe jemanden gefunden. Die Summe wurde im voraus, zunächst unter Vorbehalt, bei unserer götzländischen Filiale zu treuen Händen hinterlegt. Sobald die Nachricht vom traurigen Hinscheiden des ach so musikalischen Herzogs von Talair eintrifft, wird der Vorbehalt aufgehoben. Bei manchen Geschäften«, fuhr er nachdenklich fort, »empfiehlt sich Götzland mit seiner Diskretion ganz besonders, wobei es sicher kein Nachteil ist, aus einer Bankiersfamilie zu stammen.«

Irgend etwas schien den Mann weiterhin zu amüsieren, als habe er sich insgeheim auf Blaises Kosten einen Scherz erlaubt. Lisseut hatte sich von dem Schock noch nicht erholt. Eine Summe dieser Größe überstieg ihr Vorstellungsvermögen.

»Die Bezahlung erfolgt in portezzanischer Währung?«

Wieder ein Lachen, übermütig jetzt, fast erschreckend in der strengen Stille dieses Gartens. Ein langsamer Schluck Wein. »Du wirst mich doch nicht aushorchen wollen, mein Lieber? Das war nämlich noch nie deine Stärke, Blaise. Du hast nicht nur etwas gegen Gift, sondern auch gegen Winkelzüge aller Art. Ich sehe schon, ich mache ganz und gar keinen guten Eindruck auf dich. Seit wir uns getrennt haben, ist es gewaltig mit mir bergab gegangen. Du hast mich noch nicht einmal nach Lucianna gefragt.«

»Wer hat dich bezahlt, Rudel?«

Schroff und hart wie ein Hammer. Blaise hatte nicht getrunken, jetzt stellte er sein Glas auf den Tisch. Lisseut sah, daß seine Hand ein wenig zitterte. Der andere – jetzt hatte er einen Namen – hatte es sicher auch bemerkt.

»Nun sei doch nicht so dickköpfig«, sagte der Portezzaner. »Wann hättest du mir je verraten, wer dich angeheuert hat? Darüber schweigt man als anständiger Mensch. Gerade du müßtest doch wissen, daß es mir noch nie um Geld gegangen ist.« Er wies mit weit ausholender Gebärde auf Haus und Garten. »Das alles und die dazugehörige Stellung in den sechs Ländern wurde mir in die Wiege gelegt, und wenn ich mich nicht allzu dumm anstelle, was ich nicht vorhabe, werde ich auch damit sterben, denn *ich* habe zum Glück einen Vater, der mich liebt.« Er hielt inne. »Trink deinen Wein, Blaise, und dann setzen wir uns zusammen wie zwei zivilisierte Menschen und unterhalten uns darüber, wo wir von hier aus hingehen.«

»Mit der Zivilisation ist es bei uns in Gorhaut nicht so weit her«, sagte Blaise. »Hast du das vergessen?« Jetzt war ein neuer Ton in seiner Stimme.

Der Mann im Sessel räusperte sich, sagte aber nichts. Blaise war keinen Schritt näher gekommen.

»Aber jetzt begreife ich«, sagte er so leise, daß Lisseut ihn kaum verstand. »Du hast deinen Wein zu hastig getrunken, wie? Und dann hast du mehr gesagt, als du eigentlich wolltest, nicht wahr, Rudel?« Sein Portezzanisch war ausgezeichnet, er beherrschte die Sprache viel besser als Lisseut.

»Woher willst du das wissen? Vielleicht war es Absicht«, gab der andere zurück. Auch sein Ton war scharf geworden. »Lucianna sagt immer, ein gutes Glas Wein am Abend ...«

Blaise schüttelte den Kopf. »Nein. Nein, Rudel, Lucianna lassen wir besser aus dem Spiel.« Er holte tief Luft, griff unerwartet nach seinem Glas, trank einen Schluck und setzte es vorsichtig wieder ab. »Du hast zu viel geredet. Jetzt begreife ich auch, was dich so erheitert. Man hat dich in gorhautischer Währung bezahlt. Man hat dir diese Wahnsinnssumme für die Ermordung des Herzogs von Talair im Namen Ademars, des Königs von Gorhaut geboten, doch der Befehl und sicher auch die Idee dazu stammten von Galbert, dem Großpatriarchen des Corannos-Ordens in Gorhaut.«

Der Mann im Schatten nickte langsam mit dem Kopf. »Von deinem Vater«, sagte er.

»Von meinem Vater.«

Blaise wandte sich vom Tisch ab, verließ die beleuchtete Terrasse, ging zum Teich zurück und starrte lange in den künstlichen Wasserstrahl. Lisseut konnte sein Gesicht nur mit Mühe erkennen.

»Als ich den Auftrag annahm, wußte ich nicht, daß du in Talairs Diensten stehst, Blaise. Wie sollte ich auch?« Der Portezzaner war ernst geworden, jetzt war kein Lachen mehr in seiner Stimme zu hören. »Er hatte gewisse Lieder geschrieben, und deshalb wollten sie ihn loswerden.«

»Ich weiß. Eins davon habe ich gehört.« Blaise blickte nicht auf. »Aber dahinter steckt auch eine Botschaft. Mein Vater liebt es, anderen Leuten Botschaften zu senden. Niemand ist vor ihm sicher, will er damit sagen. Niemand sollte es wagen, ihm in die Quere zu kommen.« Empört drehte er sich um. »Es war *vorgesehen*, daß du von der Prämie erzählst. Wenn du es nicht getan hättest, würden sie es tun, glaube mir. Irgendwie wird es sich herumsprechen. Auch das ist nämlich eine Botschaft. Wie weit man zu gehen bereit ist, wenn es sein muß, und daß man über unerschöpfliche Mittel verfügt. Man hat dich benutzt, Rudel.«

Der andere zuckte gleichgültig die Achseln. »Leute wie wir werden immer benutzt. Das ist mein Beruf und auch der deine. Man wirbt uns an, wenn Bedarf besteht. Aber wenn du recht hast, wenn sie wirklich allgemein bekanntmachen wollen, wer für diese Tat bezahlt hat und wieviel, dann solltest du dir ernsthaft überlegen, ob du dich nicht mit mir aus dem Staub machen willst.«

»Warum?«

»Denk nach, Blaise. Du hast doch heute deinen scharfsinnigen Tag. Was hast du hier zu erwarten, wenn dein Geheimnis gelüftet wird? Wenn man erfährt, wer du bist – und daß dein Vater den Herzog von Talair töten ließ, während du ihn beschützen solltest. Ich habe einen gewissen Verdacht, warum du damals nach Arbonne gegangen bist – nein, wir brauchen nicht darüber zu sprechen – aber jetzt kannst du hier nicht mehr bleiben.«

Blaise verschränkte die Arme vor der Brust. »Das Problem wäre zu lösen. Ich bräuchte dich nur anzuzeigen. Noch heute nacht. Als Coraner des Herzogs von Talair wäre das sogar meine Pflicht.«

Das Gesicht des Mannes namens Rudel lag immer noch im Schatten, doch an seiner Stimme hörte Lisseut, daß er abermals lächelte.

»Der vielgeliebte Dichter-Herzog von Talair ist nicht mehr. Er hatte leider ein Lied zu viel geschrieben. Wirklich, Blaise. Dein Vater hat also den Mord bestellt, und dein alter Waffenbruder hat ihn ausgeführt? Nun stell dich nicht dümmer, als du bist. Man wird dich dafür verantwortlich machen. Es tut mir leid, wenn ich dich mit meiner Tat vorübergehend in Verlegenheit gebracht habe, aber jetzt gibt es nur noch eines: wir müssen uns einig werden, wo wir hingehen wollen, und dann müssen wir schleunigst verschwinden. Hast du übrigens schon gehört? Lucianna hat wieder geheiratet. Sollen wir vielleicht das junge Paar besuchen?«

Abermals wurde es still. »Wo?« fragte Blaise leise. Lisseut konnte nur ahnen, wie schwer ihm diese Frage fiel.

»In Andoria. Vor zwei Wochen. Graf Borsiard ist der Glückliche. Mein Vater war bei der Hochzeit. Mich hat man leider nicht eingeladen. Dich natürlich auch nicht, aber es wundert mich doch, daß du nichts davon gehört hattest.«

»Hatte ich nicht.«

»Dann *müssen* wir die beiden besuchen und uns beklagen. Wenn sie ihn noch nicht zum Hahnrei gemacht hat, kannst du dem ja abhelfen. Ich werde schon irgendwie für Ablenkung sorgen.«

»Wie? Indem du jemanden vergiftest?«

Der Mann namens Rudel stand langsam auf. Im Licht zeigte sich, daß sein Gesicht hart geworden war; das Lächeln war erloschen. Er stellte sein Weinglas ab. »Blaise, als wir uns vor einem Jahr trennten, hatte ich den Eindruck, wir seien Freunde. Ich weiß nicht, was geschehen ist, aber im Moment habe ich diesen Eindruck nicht mehr. Wenn es nur wegen des heutigen Abends ist, dann sage es mir und erkläre mir auch, warum. Wenn mehr dahintersteckt, wüßte ich auch das gerne, um mich entsprechend verhalten zu können.«

Beide Männer atmeten jetzt schwer. Blaise löste die verschränkten Arme. »Du hast von meinem Vater einen Auftrag angenommen«, sagte er. »Obwohl du Bescheid wußtest, hast du dich in seine Dienste gestellt.«

»Für zweihundertundfünfzigtausend gorhautische Goldstücke. Wirklich, Blaise, ich ...«

»Du hast immer behauptet, Geld sei dir nicht wichtig. Eben hast du es wiederholt. Dein Vater *liebt* dich, weißt du nicht mehr? Du wirst ihn *beerben*.«

»Und deshalb bist du eifersüchtig? So eifersüchtig wie auf jeden Mann, der Lucianna nahesteht?«

»Vorsichtig, Rudel. Oh, bitte, nimm dich in acht.«

»Was willst du tun? Mich zum Zweikampf fordern? Um zu sehen, ob einer von uns beiden imstande ist, den anderen umzubringen? Wie weit willst du die Albernheiten eigentlich noch treiben, Blaise? Ich hatte keine Ahnung, daß du in die Dienste des Herzogs von Talair getreten warst. Als ich es erfuhr, hatte ich den Auftrag bereits angenommen und konnte nicht mehr zurück. Du bist Söldner, genau wie ich. Du weißt, wie das ist. Ich habe mich von deinem Vater anwerben lassen, weil er mir das höchste Kopfgeld aller Zeiten geboten hat. Zugegeben, ich fühlte mich geschmeichelt. Es war eine Herausforderung für mich. Ich wollte gern der berühmte Attentäter sein, dem man solche Summen bezahlte. Willst du mich deshalb töten? Oder im Grunde eher dafür, daß ich dich meiner Cousine vorgestellt habe und sie nicht sofort ihr ganzes Leben umkrempelte, nur weil du auf der Bildfläche erschienen warst? Bevor du Lucianna überhaupt zu Gesicht bekamst, hatte ich dir schon alles über sie und ihre Familie erzählt. Weißt du noch? Aber du willst dich wohl lieber hinter deinem Zorn verschanzen, willst dich hier in Arbonne vor allen Menschen verkriechen, die du kennst, und legst keinen Wert auf peinliche Erinnerungen? *Sei ehrlich zu dir selbst, Blaise, was habe ich verbrochen?*«

Immer noch lag Lisseut im Schutz der Platanenblätter flach auf der Mauer. Der Vogel in den Ästen über ihr war verstummt, und so hatte sie Dinge gehört, die nicht für sie bestimmt waren. Ihre Hände begannen zu zittern. Dies war ein allzu schmerzliches, allzu intimes Gespräch, jetzt bereute sie, daß sie gekommen war. Sie benahm sich wie eine von den bösen Audraden in den Weckliedern, die aus Eifersucht die Liebenden belauschten und sie zu vernichten suchten. Lange Zeit war alles still bis auf das gleichmäßige Plätschern des Springbrunnens. Springbrunnen kamen auch in den meisten Liedern vor.

Als Blaise wieder das Wort ergriff, wechselte er überraschenderweise ins Arbonnais. »Ich will dir und mir selbst gegenüber ehrlich sein. Ich will gestehen, daß es auf dieser Welt zwei Menschen gibt, einen Mann und eine Frau, denen ich nicht gewachsen bin, und du stehst nun mit allen beiden in Verbindung, nicht wie bisher nur mit der einen. Das macht die Lage so... schwierig.« Er holte tief Atem. »Ich bleibe in Arbonne. Unter anderem, damit es nicht so aussieht, als würde ich mich zu einer Tat zu bekennen, die ich nicht begangen habe. Ich warte bis morgen, dann melde ich den zuständigen Stellen, wer diesen Pfeil abgeschossen hat. Bis dahin kannst du mit einem der Schiffe deines Vaters längst auf See sein. Ich werde versuchen, mich hier durchzuschlagen.«

Der andere trat einen Schritt vor. Wieder fiel das Licht der Kerzen und der Fackeln auf sein Gesicht. Er war ernst geworden und wirkte nun vollkommen aufrichtig. »Wir sind alte Freunde und haben allerhand miteinander erlebt. Ich würde es bedauern, wenn wir von jetzt an Feinde wären. Am Ende tut es mir sogar noch leid, den Auftrag angenommen zu haben.«

Blaise zuckte die Achseln. »Es war ein schöner Batzen Geld, und mein Vater bekommt im allgemeinen ohnehin, was er will. Hast du dir jemals überlegt, warum er sich bei der großen Auswahl an Meuchelmördern in sechs Ländern ausgerechnet für dich entschieden hat, meinen besten Freund?«

Rudel dachte nach, und langsam trat ein neuer Ausdruck in sein Gesicht. Lisseut konnte es genau beobachten. Er schüttelte den Kopf. »Tatsächlich? Das soll der Grund gewesen sein? Darauf wäre ich im Leben nicht gekommen.« Wieder lachte er leise, aber jetzt klang es bitter. »Stolz wie ich bin, hatte ich mir eingebildet, er habe mich einfach für den besten von allen gehalten.«

»Ich hatte ganz allein, fern der Heimat, und ohne sein Zutun einen Freund gefunden, und den wollte er nun kaufen. Du kannst dich geschmeichelt fühlen – immerhin war er bereit, einen hohen Preis für dich zu bezahlen.«

»Hoch genug, wahrhaftig, obwohl ich zugeben muß, daß meine Begeisterung darüber stark nachgelassen hat. Eine Frage hätte ich noch an dich. Ich glaube zu verstehen, warum du uns alle verlassen hast und ganz allein hierher gekommen bist, aber warum willst du jetzt bleiben? Womit hat Arbonne dich gekauft, womit hält es dich? Was bedeutet dir dieser Bertran de Talair, daß du dich trotz des Risikos auf seine Seite schlägst?«

Wieder zuckte Blaise die Achseln. »Arbonne hat nichts getan. Und schon gar nicht hat es mich gekauft. Wenn ich ganz ehrlich bin, gefällt es mir hier nicht einmal so besonders. Zu viel Göttin für meinen Geschmack, aber das kannst du dir vielleicht denken.« Er trat von einem Fuß auf den anderen. »Aber ich habe genau wie du einen Auftrag angenommen und werde ihn ausführen, so gut ich kann. Warten wir ab, wie die Sache ausgeht. Im übrigen halte ich das Risiko nicht für so groß.«

»Überleg dir das noch einmal, Blaise. Überlege es dir genau. Wenn dein Vater der Welt mit der Ermordung des Herzogs von Talair etwas sagen wollte, wie wird seine Botschaft dann wohl lauten? Was will Gorhaut uns allen mitteilen? Mein Vater meint, es würde Krieg geben, Blaise. Wenn er recht hat, ist Arbonne verloren.«

»Mag sein«, sagte Blaise von Gorhaut, und Lisseut wich das Blut aus den Wangen. »Wie gesagt, wir werden bald sehen, wie die Sache ausgeht.«

»Und ich kann nichts für dich tun?«

Müder Spott klang aus Blaises Stimme. »Trink nicht so viel, davon wirst du nur sentimental, Rudel. Bei Sonnenaufgang zeige ich dich als Mörder an. Sieh lieber zu daß du dich in Sicherheit bringst.«

Der andere regte sich nicht. »Etwas gibt es doch«, sagte er langsam, wie zu sich selbst. Dann zögerte er. »Die Leiter sämtlicher Correze-Filialen bekommen schriftliche Anweisung von mir, dich aufzunehmen und zu verstecken, falls das jemals nötig werden sollte.«

»Ich werde sie nicht aufsuchen.«

Auch Rudel wurde jetzt ironisch. »Das liegt nicht in meiner Hand. Für deinen Stolz bin ich nicht verantwortlich. Die Briefe werden jedenfalls geschrieben. Ich kann doch davon ausgehen, daß du dein Geld auch weiterhin bei uns läßt?«

»Selbstverständlich«, sagte Blaise. »Wem sonst könnte ich es anvertrauen?«

»Gut«, sagte Rudel Correze. »Das einzige, was mein Vater

wirklich haßt, sind Kunden, die ihre Konten auflösen. Das hätte er mir sehr übelgenommen.«

»Ich würde es bedauern, der Anlaß für einen Familienstreit zu sein.«

Rudel lächelte. »Wenn du nicht gekommen wärst, Blaise, könnte ich heute außerordentlich zufrieden mit mir sein. Sozusagen im Erfolgsrausch. Vielleicht wäre ich sogar ausgegangen und hätte mich in den Karnevalstrubel gestürzt. Statt dessen spüre ich eine seltsame Melancholie und sehe mich obendrein gezwungen, bei Nacht und Nebel auf Reisen zu gehen, was meiner Verdauung noch nie gut bekommen ist. Was bist du nur für ein Freund?«

»Immerhin bin ich nicht dein Feind. Gib gut auf dich acht, Rudel.«

»Gleichfalls. Der Arimondaner wird dich töten, wenn er kann.«

»Ich weiß. Wenn er kann.«

Schweigen. »Ein paar Worte an Lucianna?«

»Nein. Der Gott möge dich beschützen, Rudel.«

Blaise trat einen Schritt vor, die beiden Männer reichten sich die Hände. Lisseut dachte schon, sie würden sich umarmen, doch dazu kam es nicht. Sie rutschte geräuschlos von der Mauerkrone, tastete mit den Füßen nach der Holzkiste und ließ sich wieder in den stinkenden Durchgang hinabgleiten. Abermals ergriffen die Ratten die Flucht. Als sie auf die Straße trat, hob sie die Maske auf, die sie zuvor weggeworfen hatte, und streifte sie über. Sie hatte das Bedürfnis, eine Schranke zwischen sich und der Welt zu errichten, und sie sehnte sich dringender denn je nach einem ruhigen Plätzchen und einem klaren Kopf, um nachdenken zu können.

Doch das war wohl zuviel verlangt in dieser Nacht.

Sie ging, den großen Platz im Rücken, die leere Straße entlang, vorbei an den massiven Eisentoren, die, das wußte sie ja nun, in das arbonnesische Palais der Familie Correze führten. Der Name war natürlich nicht nur ihr ein Begriff. Jedermann kannte ihn. Sie war unversehens in eine große Sache hineingestolpert und hatte keine Ahnung, wie sie sich verhalten sollte.

Alsbald sah sie auch den Torbogen wieder, unter dem

sie sich versteckt hatte, als Blaise das Seitengäßchen betrat, schlüpfte abermals hinein und spähte durch die länglichen Augenschlitze ihrer Maske vorsichtig nach draußen.

Sie brauchte nicht lange zu warten. Nur Augenblicke später tauchte Blaise von Gorhaut zwischen den beiden Häusern auf. Auf der Straße blieb er stehen und betrachtete nachdenklich den strengen Quader des Turms von Mignano. Jetzt wußte sie, warum, wußte mehr, als sie wissen sollte oder jemals wissen wollte: Mignano stand seit vielen Jahren unter dem Einfluß der Familie Delonghi, und Massena Delonghis einzige Tochter hieß Lucianna und war zweimal vermählt und zweimal vorzeitig Witwe geworden.

Dreimal vermählt, verbesserte sie sich. Diesmal mit dem Grafen Borsiard d'Andoria. Warum nahm sich ein ohnehin einflußreicher und wohlhabender Mann eine solche Frau, obwohl er den Ehrgeiz ihrer Familie und ihren eigenen Ruf kannte? Angeblich war sie sehr schön. Ließ sich mit Schönheit alles entschuldigen, alles erreichen?

Blaise hatte dem Turm den Rücken gekehrt und kam nun mit raschen Schritten die Straße herunter. Im Schein der Laternen leuchteten sein Haar und sein Vollbart wie blankes Kupfer.

Sie wußte selbst nicht, was sie vorhatte, bis sie ihn tatsächlich beim Namen rief. Er blieb stehen, wollte nach dem Schwert greife, doch dann blieb seine Hand zögernd in der Luft hängen und sank schließlich herab. Eine Frauenstimme; von einer Frau hatte er nichts zu befürchten. Lisseut verließ den Torbogen und trat ins Licht. Sie hatte die Maske noch auf. Nun nahm sie sie ab. Dabei löste sich ihr Haar, das sie flüchtig zu einem Knoten zusammengedreht hatte, und fiel ihr in wirren Strähnen ins Gesicht. Sie mußte schrecklich aussehen.

»Aha«, sagte er. »Die Sängerin.« Es klang nicht allzu überrascht. Auch nicht allzu interessiert. Immerhin hatte er sie erkannt. »Ihr habt Euch weit vom Karneval entfernt. Darf ich Euch begleiten, bis Ihr wieder unter Menschen seid?«

Das klang höflich, aber kühl. Als Coraner des Gottes war es seine Pflicht zu helfen, wo man seiner Hilfe bedurfte. Er war gar nicht auf die Idee gekommen zu fragen, was sie hier wollte. Für ihn war sie nur eine ganz gewöhnliche Arbonneserin, die allem Anschein nach nicht allein zurechtkam.

Ihre Mutter hatte sie immer wieder davor gewarnt, daß ihre Impulsivität sie eines Tages teuer zu stehen kommen würde, und sie hatte auch schon mehrmals recht behalten. Wahrscheinlich war auch dies wieder so ein Fall, dachte Lisseut, aber sie konnte einfach den Mund nicht halten.

»Ich bin Euch gefolgt«, sagte sie. »Ich lag oben auf der Gartenmauer hinter der Platane. Ich habe Euch und Rudel Correze belauscht. Und jetzt überlege ich, was ich tun soll.«

Das fassungslose Staunen, das selbst der Bart, auf seine Art ebenso wirkungsvoll wie jede Maske, nicht verbergen konnte, war ihr zunächst eine gewisse Genugtuung. Doch das hielt nicht lange an. Durchaus möglich, erkannte sie plötzlich, daß er sie jetzt tötete. Sie traute es ihm nicht zu, aber auszuschließen war es nicht.

Gleich würde er explodieren. Das Licht war trügerisch, aber sie glaubte zu sehen, wie er den Kopf hob, wie seine Augen schmal wurden. Er hatte Remy in den Arm gestochen. Und am Dierne-See hatte er sechs Männer getötet. Doch seine Hände hingen reglos herab. Sie sah, wie er die Konsequenzen abwog, wie Zorn und Überraschung dem nüchternen Urteil des Soldaten unterworfen wurden. Seine Selbstbeherrschung war beeindruckend; hätte sie vorhin im Garten nicht beobachtet, wie er seinen Wein verschüttete, nur weil der Name einer Frau fiel, sie hätte ihn für hart und eiskalt gehalten.

»Warum?« war schließlich alles, was er sagte.

Vor dieser Frage hatte sie sich gefürchtet, denn sie wußte noch immer keine Antwort darauf. Wenn wenigstens ihr Haar ordentlich aufgesteckt, ihre Kleider nicht so feucht und schmutzig gewesen wären. Sie kam sich vor wie ein Gassenkind. Ihre Mutter würde sich zu Tode schämen.

»Ihr hattet es so schrecklich eilig«, begann sie zögernd, »vom Pier wegzukommen. Und Ihr hattet mich in der Taverne wohl... sehr verwirrt. Ich wollte... mehr erfahren.«

»Und das ist Euch gelungen.« Es klang eher müde als empört. »Was habt Ihr jetzt vor?«

»Ich hatte gehofft, das könntet Ihr mir sagen.« Lisseut sah

auf die Katzenmaske nieder, die sie in der Hand hielt. »Ich habe gehört, daß Ihr bleiben wollt, anstatt mit ihm fortzugehen. Und er meinte, es würde Krieg geben, und ich … ich weiß auch, wer für den Anschlag bezahlt hat.« Sie zwang sich, den Kopf zu heben und ihm in die Augen zu sehen.

»Mein Vater«, sagte er ohne Umschweife. »Ja, weiter.«

Sie runzelte die Stirn, dachte angestrengt nach. »Vorsicht ist nicht gerade meine Stärke, aber ich will mich nicht kopfüber ins Wasser stürzen, ohne zu wissen, wie tief es ist.«

»Tatsächlich?« fragte er mit leichtem Sarkasmus. »Allen Respekt vor soviel Besonnenheit. Warum denken nicht alle Leute so? Aber man fragt sich doch unwillkürlich: wie kommt Ihr dazu, Euch ausgerechnet mir zu offenbaren? Warum erzählt Ihr mir das alles auf einer dunklen Straße, obwohl kein Mensch weiß, wo wir sind, und niemand ahnt, was Ihr belauscht habt? Warum fragt Ihr ausgerechnet Galbert de Garsencs Sohn, was Ihr tun sollt? Ihr wißt, wer mein Vater ist, und damit wißt Ihr auch, wer ich bin. Ihr wißt, daß mein Freund Rudel Correze Valerys Mörder ist. Ihr habt ein Gespräch von ungeheurer Tragweite belauscht. Warum habt Ihr auf mich gewartet? Hängt Ihr so wenig an Eurem Leben, oder habt Ihr wirklich keine Ahnung, was in dieser Welt mit allzu vertrauensseligen Menschen passiert?«

Sie schluckte. Er machte es ihr nicht leicht, wahrhaftig nicht. Wieder strich sie sich das Haar aus dem Gesicht. Die verfilzten Strähnen fühlten sich widerlich an.

»Weil ich Euch glaube, was Ihr zu ihm gesagt habt. Ihr wußtet nichts von mir, warum hättet Ihr also lügen sollen? Ihr hattet mit diesem Mord nichts zu tun. Und Ihr habt gesagt, Ihr würdet Arbonne nicht verlassen, und … und Ihr habt ihm auch nicht verraten, daß er den Falschen erwischt hat.« Ihre Stirn glättete sich, denn sie erkannte, daß sie die Wahrheit sprach. Das *waren* ihre Gründe, doch sie waren ihr erst bewußt geworden, als sie sie in Worte faßte. Sie lächelte sogar. »Ich halte Euch für einen unzivilisierten Nordländer, der nichts von den schönen Dingen des Lebens versteht, aber ich halte Euch nicht für schlecht, und ich glaube, daß Ihr ehrlich wart.«

»Warum«, fragte Blaise von Gorhaut nachdenklich, »ist eigentlich jeder, dem ich heute nacht begegne, so hoffnungslos sentimental?«

Sie lachte laut auf. Blaise grinste kläglich, er schien sich selbst nicht zu begreifen. »Kommt«, sagte er. »Es ist nicht gut, wenn wir in dieser Gegend gesehen werden. Die Leute könnten falsche Schlüsse ziehen.« Damit ging er die breite Straße hinunter. Er hatte sehr viel längere Beine, und sie mußte immer wieder einen kleinen Hüpfer einlegen, um nicht den Anschluß zu verlieren. Das ärgerte sie schon wieder, und so zog sie ihn nach einiger Zeit so energisch am Ärmel, daß er langsamer werden mußte.

»Es kann nicht der Wille des Gottes sein, daß ich mich zu Tode hetze«, murmelte sie. Er wollte etwas sagen, machte aber den Mund wieder zu. Fast kam es ihr vor, als unterdrücke er ein Lachen, aber da mochte sie der Wechsel von Licht und Schatten getäuscht haben.

Leider fiel ihr ausgerechnet jetzt, während sie noch seinen Ärmel in der Hand hielt, wieder ein, daß heute Karnevalsnacht war, Sommersonnenwende. In Tavernel behauptete man, es bringe Unglück, in dieser Nacht allein zu schlafen. Der Mund wurde ihr trocken, sie schluckte und ließ den Ärmel los. Er merkte es nicht einmal, aber wenigstens ging er jetzt in halbwegs vernünftigem Tempo neben ihr her. Ein solider, breitschultriger Mann, in dessen Vergangenheit irgendwo die berühmt-berüchtigte Lucianna Delonghi lauerte. Sie mußte an das engumschlungene Paar im dunklen Hauseingang denken. *Schön*, hatte die Frau geraunt, ganz heiser vor Wollust, und beide hatten die Hände ausgestreckt, um auch sie in den Bannkreis dieser Nacht zu ziehen.

Mit einer stummen Verwünschung schüttelte Lisseut den Kopf. Dann sog sie in tiefen Zügen die Nachtluft ein. An alledem war natürlich nur Remy schuld. Vor ihm wäre sie niemals auf solche Ideen gekommen, und solche Bilder wären ihr – so gut wie – fremd gewesen.

»Wieso laßt Ihr ihn laufen?« fragte sie, um sich abzulenken und das Schweigen zu brechen. Sie waren jetzt in eine belebtere Gegend gekommen. Zu dieser Zeit waren meist Paare unterwegs, ein Gedanke, den sie gleich wieder verdrängte. »Weil er Euer Freund ist?«

Blaise sah auf sie herab. Hatte ihre Stimme etwa belegt geklungen? Er zögerte. Wenn ich ein Mann wäre, würde er nicht zögern, schoß es ihr durch den Kopf. Wenigstens blieb er ihr die Antwort nicht schuldig. »Das ist natürlich ein Grund. Wir haben… eine Menge zusammen erlebt. Aber das ist nicht alles. Rudel Correze ist ein wichtiger Mann, denn er ist der Sohn seines Vaters, und sein Vater ist ein *sehr* wichtiger Mann. Wenn er hier gefaßt würde, müßten wir uns überlegen, was wir mit ihm anfangen sollen, und das könnte schwierig werden. Falls es wirklich zum Krieg kommt, sind wir vielleicht nicht nur in finanzieller Hinsicht auf Portezzas Städte angewiesen.«

Sie wagte noch einen Sprung. Einen großen Sprung. »*Wir?*« fragte sie.

Ein paar Schritte lang blieb er stumm. »Wie man sieht«, sagte er endlich, »seid Ihr nicht nur tapfer, sondern auch klug.« Sie wollte schon mitten auf der Straße eine Verbeugung machen, ließ es aber doch sein. »Aber zuviel Sentimentalität ist ungesund. Ich bin Coraner und stehe derzeit in Herzog Bertrans Diensten. Der Herzog ist nicht tot, aber dafür mußte ein Mann sterben, den ich schätzen gelernt habe. In meinem Gewerbe gewöhnt man sich entweder daran, daß Menschen sterben, die man schätzt, oder man wechselt den Beruf. Bis zum Herbst bin ich womöglich schon in Aulensburg bei Jörg von Götzland, und falls der Krieg tatsächlich ausbricht… komme ich wieder hierher und kämpfe für ihn gegen Euch. Das sollte Euch klar sein. Im Moment geht mein Bestreben dahin, den Ansprüchen des Mannes zu genügen, der meinen Sold bezahlt.«

»Der Sold ist das einzige, was zählt? Ihr würdet nicht etwa deshalb für Gorhaut kämpfen, weil es Eure Heimat ist? Ohne an Geld zu denken?« Sie war schon wieder außer Atem.

Er ging weiter, sah stumm auf sie herab. Als er ihrem Blick begegnete, schlug er die Augen nieder. »Nein«, sagte er endlich. »Das war einmal. Inzwischen denke ich anders.« Er atmete langsam ein. »Seit der Schlacht an der Iersen-Brücke. Seither bin ich Coraner von Beruf. Und der Sold ist das einzige, was zählt.«

»So leicht fällt es Euch, die Seiten zu wechseln? Fühlt Ihr Euch denn an nichts gebunden? An Menschen etwa, oder an Grundsätze?«

»Ihr habt diesen Abend mit einem Angriff auf mich begonnen«, brummte er. »Soll das jetzt zur Gewohnheit werden?«

Lisseut spürte, wie sie rot wurde.

»Ihr müßt gerechterweise zugeben«, fuhr er fort, »daß ich durchaus nicht ohne Grundsätze handle. Aber Bindungen sind in meinem Beruf gefährlich. Genauso gefährlich wie Sentimentalität.«

»Das Wort gebraucht Ihr jetzt mindestens zum vierten Mal«, sagte sie schärfer als beabsichtigt. »Kennt Ihr keinen anderen Ausdruck für menschliche Gefühle?«

Sein Lachen überraschte sie. »Wenn der Punkt an Euch geht, laßt Ihr es dann gut sein?« fragte er.

Er blieb mitten auf der Straße stehen. Ringsum drängten sich jetzt wieder die Menschen. Jemand stieß sie im Vorbeigehen an. Blaise legte ihr eine Hand auf die Schulter. Sie wandte sich um und sah ihn an. »Weiteren Diskussionen mit Euch fühle ich mich heute nicht mehr gewachsen. Ich wäre unweigerlich der Verlierer.« Dann wurde er wieder ernst, ganz der Berufssoldat bei einer Lagebesprechung. »Ihr habt mich vorhin gefragt, was Ihr tun sollt. Ich beabsichtige, morgen früh mit En Bertran zu sprechen. Daß ich ihn heute nacht nicht mehr belästigen will, versteht sich wohl von selbst, unabhängig von meinem Versprechen an Rudel Correze. Ich werde einen umfassenden Bericht abliefern und auch nicht verschweigen, daß ich es war, der Rudel entkommen ließ. Er wird mir vermutlich recht geben, wenn nicht gleich, so doch später. Außerdem wird der Herzog erfahren, wer für diesen Pfeil bezahlt hat. Dafür verbürge ich mich, und wenn Ihr mir nicht glaubt, könnt Ihr mich meinetwegen begleiten.«

Das war mehr, sehr viel mehr, als sie erwarten konnte. Doch ihre Mutter hatte sie ganz richtig eingeschätzt, und so hakte sie noch einmal nach: »Ihr werdet ihm wirklich alles sagen? Auch wer Ihr seid?«

Er verzog keine Miene; offenbar hatte er mit dieser Frage gerechnet. Er durchschaute sie also bereits – ein merkwürdiges Gefühl.

»Auch das, wenn Ihr darauf besteht. Ich kann Euch ohnehin nicht hindern, es auszuplaudern. Ich laufe schließlich nicht herum und bringe Frauen um, die zu viel wissen. Ich kann Euch nur bitten, es mir zu überlassen, ob und wann ich mein Geheimnis lüfte.« Wieder zögerte er. »Niemand, der Euch nahesteht, hat etwas von mir zu befürchten.«

Sie dachte an Remy und seine Schwertverletzung, doch dann faßte sie sich ein Herz und erklärte möglichst ruhig und überlegen: »Schön. Darauf kann ich eingehen. Aber dann ist es besser, wenn ich zu dem Gespräch mit Bertran nicht mitkomme, am Ende läßt er mich hinterher zu sich rufen, um mich zu fragen, was ich noch gehört habe – und ich bin keine gute Lügnerin.« Seine Hand lag immer noch auf ihrer Schulter, sie spürte es deutlich.

Er lächelte. »Danke. Ihr seid sehr großzügig.«

Lisseut zuckte die Achseln. »Keine Sentimentalitäten«, wehrte sie ab.

Er warf den Kopf zurück und lachte laut auf. Im gleichen Augenblick rannte ein Mann mit einer Rassel an ihnen vorbei und machte einen Heidenlärm. Blaise fuhr zusammen.

»Wo soll ich Euch absetzen?« fragte er. »An der Taverne?«

Jetzt hatte er die Hand weggenommen. Es war immer noch Mittsommernacht in Tavernel. »Eigentlich braucht Ihr mich gar nicht… abzusetzen«, begann sie. »Schließlich ist Karneval, und die Nacht ist noch lang. Wenn Ihr wollt, können wir eine Flasche Wein zusammen trinken, und… nun, wenn Ihr tatsächlich vorhabt, noch eine Weile in Arbonne zu bleiben, dann solltet Ihr auch unsere Sitten und Gebräuche kennenlernen.« Verlegen wandte sie sich ab und beobachtete das bunte Treiben auf der Straße. »Angeblich bringt es… Unglück, in dieser Nacht allein zu sein.«

Ihre Mutter hatte ihr prophezeit, daß sie noch einmal die ganze Familie blamieren würde. Sie konnte ihrem Onkel die Schuld geben, weil er sie zur Sängerin gemacht und in die weite Welt entführt hatte. Sie konnte Remy von Orreze die

Schuld geben oder den heiligen Bräuchen, mit denen man in Tavernel zu Ehren Rians die Mittsommernacht beging.

Oder sie konnte sich so lange nervös auf die Unterlippe beißen, bis ihr Begleiter geradezu niederschmetternd korrekt erklärte: »Danke. Für beides. Aber ich gehöre nicht wirklich nach Arbonne, und deshalb fürchte ich das Unglück nicht. Außerdem ist in dieser Nacht ein Coraner gestorben, den ich bewundert habe, und in solchen Fällen ist es bei uns Brauch, in einem Haus des Gottes die Totenwache zu halten.«

»Die ganze Nacht?« Sie sah wieder zu ihm auf. Es fiel ihr nicht leicht.

Er zögerte, suchte nach Worten. Lisseut war sich bewußt, daß sie besser geschwiegen hätte, dennoch sagte sie: »Ich weiß natürlich nicht, was in Portezza geschehen ist, aber ich bin nicht so. Ich meine, normalerweise würde ich nie ...«

Er legte ihr die Hand auf den Mund. Sie spürte, wie seine Finger über ihre Lippen strichen. »Sprecht es nicht aus«, murmelte er. »Wenigstens das möchte ich für mich behalten.«

Er war ein unzivilisierter Nordländer. Er hatte Remy in den Arm gestochen. *Solange die Sonne noch glüht und die Monde über den Himmel ziehen*, hatten ihr Vater und ihr Großvater immer gesagt, *soll kein Friede herrschen zwischen Gorhaut und Arbonne.* Er zog die Hand zurück, zog sich in sich selbst zurück wie hinter eine Maske. Die Mittsommernacht brachte einen eben auf gefährliche Gedanken, sagte sie sich, und das intime Gespräch, das sie im Garten mitangehört hatte, trug das seine dazu bei. Es gab andere Männer, mit denen sie die Nacht verbringen konnte, Männer, die sie kannte, denen sie vertraute, Künstler mit Geist und Witz. Inzwischen waren sie sicher wieder alle in die *Liensenne* zurückgekehrt und feierten unten in der Schankstube oder in den oberen Räumen mit Marottes Wein und seinem Käse, mit ihren Harfen, ihren Lauten und ihrem Gesang die letzten Stunden von Rians heiligster Nacht. Sie würde sicher nicht alleine schlafen müssen.

Es sei denn, sie wollte es nicht anders. Eine unvermutete Traurigkeit stieg in ihr auf. Sie sah an dem Mann vorbei, der vor ihr stand, und bemühte sich verzweifelt, den Diamanten der Freude wiederzufinden, der ihr irgendwann abhanden gekommen war im Laufe dieses ungewöhnlichen Abends, zwischen all den vielen Menschen, der Musik, den Rasseln, dem einen Pfeil aus weiter Ferne und jenem Gespräch am plätschernden Springbrunnen.

Und so geschah es, daß sie noch vor ihm die sechs rotlivrierten Gardisten entdeckte, die mit Fackeln und Schwertern über die Straße auf sie zukamen und sie umstellten.

Ihr Anführer verneigte sich artig vor Blaise von Gorhaut. »Wir wären Euch sehr verbunden«, sagte er untadelig höflich, »wenn ihr die Freundlichkeit hättet, uns zu begleiten.«

Blaise warf rasch einen Blick in die Runde und machte sich mit der neuen Situation vertraut. Dann sah er Lisseut an, suchte in ihren Augen nach einem Hinweis, einer Erklärung. Genau das hatte sie erwartet. Ihm war die Uniform natürlich fremd, während sie sie nur zu gut kannte. Aber sie hatte keine große Lust, ihm behilflich zu sein. Sie war selbst überrascht, wie wütend sie geworden war. Aber wie sollte eine nasse, schmutzige Sängerin aus den Olivenhainen von Vezét in Rians heiliger Nacht gegen eine solche Konkurrenz bestehen?

»Ich fürchte«, sagte sie, »Ihr werdet nun doch nicht zu Eurer Totenwache ins Haus des Gottes kommen. Ich wünsche Euch viel Vergnügen für den Rest der Nacht und den Rest des Jahres.« Seinen verständnislosen Blick, bevor die Gardisten ihn abführten, registrierte sie mit grimmiger Genugtuung, doch die war bald verflogen.

Einer von den Rotlivrierten begleitete sie noch bis zur *Liensenne.* Natürlich, dachte sie verbittert. Auf solche Feinheiten verstanden sie sich. Das gehörte sich auch so, schließlich sollten sie der ganzen Welt ein Beispiel geben.

Kapitel 7

Auch als Blaise die Pfauen im hell erleuchteten Innenhof des Palastes sah, wußte er immer noch nicht mit Sicherheit, wo er sich befand. Von seinen fünf Begleitern, fühlte er sich zwar nicht unmittelbar bedroht, aber er gab sich auch nicht der Illusion hin, er hätte ihnen die höfliche Bitte abschlagen können.

Er war zum Umfallen müde. Gegenüber dieser Lisseut, der jungen Sängerin mit dem strähnigen Haar, war er sehr viel aufrichtiger gewesen, als sie in Anbetracht ihres Verhaltens hatte erwarten können, aber alles hatte er ihr doch nicht gesagt. Sonst hätte er nämlich gestehen müssen, daß sein Wunsch, in einem Haus des Gottes Nachtwache zu halten, nicht allein dem Bedürfnis entsprang, Valery von Talair, der in dieser Nacht zu Corannos eingegangen war, die letzte Ehre zu erweisen. Kaum weniger groß war seine Sehnsucht nach Ruhe, Kühle und Einsamkeit.

Es gab so vieles, worüber er nachdenken, so viele Fragen, mit denen er sich auseinandersetzen mußte, und wenn er nun mit einer – wenn auch noch so couragierten und klugen – Sängerin Wein getrunken hätte und was man im dekadenten Tavernel in solchen Nächten sonst noch trieb, wäre ihm davon sicher nicht leichter ums Herz geworden. Mit einem Mal war sein Leben wieder voller Schwierigkeiten.

Sein Vater hatte eine Viertelmillion Goldstücke an Rudel Correze bezahlt, damit der den Herzog von Talair tötete.

Eine klare Botschaft an die Welt und eine zweite, verschlüsselte, an seinen jüngeren Sohn: *Nun siehst du, wozu ich fähig bin, mißratenes Kind. Nun siehst du, was dir entgeht, wenn du dich gegen mich stellst. Nicht einmal deine Freunde sind vor mir sicher. Dein dummer Trotz hat einen hohen Preis. Wie konntest du nur daran denken, dich mir widersetzen zu wollen?*

Gab es denn nirgendwo auf dieser Welt einen Winkel, in den

er sich flüchten konnte, ohne immer wieder wie in einem gnadenlos blanken Zauberspiegel mit Galbert, dem Großpatriarchen des Corannos-Ordens konfrontiert zu werden?

Und damit nicht genug, er hatte in dieser Nacht noch mehr erfahren. Lucianna war wieder vermählt. Das Bild im Zauberspiegel wechselte, wurde düster und grotesk: flackernde Kerzen neben einem zerwühlten Bett, der Mond des Gottes vor dem Fenster, das herzzerreißende Gezwitscher eines Singvogels in einem prächtigen Käfig – lauter offene Wunden, vor denen das Auge der Erinnerung unwillkürlich zurückschreckte.

Mitten im Winter war er über die Berge gekommen und hatte in Arbonne Zuflucht und Geborgenheit gesucht. Hier war er noch nie gewesen, hier wußte niemand, wer er war, hier konnte er sich unerkannt in der erstbesten, abgelegenen Gebirgsfestung verdingen, bei irgendeinem kleinen Adeligen, der ihn angemessen bezahlte. Hier würde niemand ihren Namen aussprechen, weder bewundernd, noch sehnsüchtig oder gar verächtlich, hier würden ihn die schmerzlichen Erinnerungen, die sich in Portezza angehäuft hatten, nicht länger quälen: die Szenen vor dem Hintergrund kostbarer Gobelins und prächtiger Teppiche, weicher Seidenkissen, edler Marmorvasen und Trinkbecher aus Alabaster, durchweht von sinnverwirrenden Düften, die er vor einem Jahr im Frauentrakt des Delonghi-Palastes im vieltürmigen Mignano besser zu unterscheiden gelernt hatte, als gut für ihn war.

Was habe ich verbrochen, Blaise? Das sah Rudel ähnlich. Messerscharf die Stimme, messerscharf auch der Verstand. Gedanken wie Quecksilber, manchmal so schwer zu fassen wie Mondschein auf dem Wasser, dann wieder hart und gnadenlos tödlich wie … wie ein in Syvaren getauchter Pfeil. Und ebenso scharf auch die Augen. Diesem Mann entging so leicht nichts.

Denn das Verbrechen, der Fehler – und Rudel wußte es, sie wußten es beide – lag darin, daß er Blaise genau das gegeben hatte, was er brauchte. Daß er den gorhautischen Coraner, der noch völlig unter dem Schock des Iersen-Vertrags stand, zuerst nach Aulensburg mitgenommen hatte, an den bierseligen, jagdnärrischen Hof Jörgs von Götzland, um ihn dann, im schönsten, strahlendsten Frühling, Schritt für Schritt nach Süden zu führen, in eine andere, eine völlig neue Welt.

So waren sie schließlich in die von Intrigen zerfressenen Städte Portezzas gekommen, und dort hatte ihn Rudel mit der feinen Gesellschaft bekanntgemacht, mit den reichen Genießern, die stets ein unergründliches Lächeln auf den Lippen hatten, und mit den eleganten und ungemein erfahrenen Frauen, die sich im Glanz der untereinander heillos zerstrittenen Kleinstaaten tummelten. Und irgendwann, in einer stürmischen Nacht, als über den Hügeln nördlich von Mignano der Donner grollte, hatte die schwarzhaarige Lucianna Delonghi den Ehrenplatz an der Tafel eingenommen. Lucianna mit ihren blitzenden Juwelen, ihrem sprühenden, von verwirrenden Fallstricken und Doppeldeutigkeiten durchsetzten Witz, ihrem aufreizend spöttischen Lachen. Lucianna, die sich so unglaublich veränderte, wenn sie, nackt bis auf ebendiese Juwelen, unter dem bunten Betthimmel lag… wenn der Spott aus ihrem Lachen wich und nur noch das Lachen blieb.

Das war Rudels Verbrechen. Und Blaise war aufrichtig genug, um zuzugeben, daß es im Grunde kein Verbrechen war. Rudel hatte ihm nur – nicht ohne ihn zu warnen – eine Tür geöffnet, eingetreten war er selbst. Gezeichnet von jener Schlacht im tiefen Winter, in der sein König gefallen war, hatte er sich in die trügerische Wärme, in den Fackel- und Kerzenschein, in den süßen Duft der Frauengemächer geflüchtet, um sie erst Monate später mit weitaus tieferen Wunden wieder zu verlassen.

* * *

Die Pfauen sahen ihnen hochmütig und furchtlos entgegen. Einer schien ihnen gar das Recht streitig machen zu wollen, den Hof zu überqueren, wandte sich aber dann doch ab und stolzierte, ein prächtiges Rad schlagend, davon. Im Schein der beiden Monde und der Fackeln wirkte der riesige, bunte Fächer theatralisch, ja, geradezu liederlich. Auch in seinen Erinnerungen an Lucianna nahm das Tageslicht keinen sonderlich breiten Raum ein; alles schien sich – theatralisch, liederlich – in irgendwelchen Palästen im Dunkeln oder bei Kerzenschein abgespielt zu haben. Unvergeßlich war ihm vor allem jene schwüle Sommernacht in Faenna, als er zusammen mit Rudel im Auftrag ihres Vaters ihren damaligen Gatten getötet hatte.

Auf der anderen Seite des Innenhofs hielt ein Lakai in dunkelroter Livree zwei Türflügel offen. Dahinter wartete in einer großen Halle eine Hofdame, eine Kerze auf zierlichem Leuchter in der Hand. Auch ihr Kleid war dunkelrot, hatte aber einen weißen Kragen und weiße Manschetten, außerdem trug sie ein weißes Band im dunklen Haar. Der Lakai verneigte sich, und die Frau sank so gekonnt in einen tiefen Knicks, daß die Kerze in ihrer Hand kein einziges Mal flackerte. »Würdet Ihr mir die Ehre erweisen, mir zu folgen?« fragte sie.

Blaise machte sich auch jetzt keine Illusionen. Zwei Gardisten waren zurückgeblieben und hatten sich gleich hinter dem Eingang postiert. Am liebsten hätte er losgewettert, man möge dem Theater doch endlich ein Ende machen, doch alle Beteiligten waren mit solch feierlichem Ernst bei der Sache, daß er sich zurückhielt. Wer immer nach ihm geschickt hatte, legte offenbar übertriebenen Wert auf Etikette; eine Information, die noch einmal nützlich sein mochte.

Der Gedanke – Blaise war hinter der rasch dahintrippelnden Hofdame, gefolgt von zwei Gardisten, die sehr darauf bedacht waren, nicht aus dem Tritt zu kommen, durch einen Korridor marschiert und stieg nun eine breite Freitreppe hinauf – brachte die Erleuchtung. Endlich wußte er, wo er war, und nun verstand er auch, was die letzten Worte der Sängerin zu bedeuten hatten.

Vor einer Tür hielt die Prozession an. Die Frau klopfte zweimal an, drückte auf die Klinke, trat beiseite und gab Blaise mit würdevoller Geste zu verstehen, daß er eintreten solle. Er gehorchte. Hinter ihm wurde die Tür geschlossen, seine Begleiterin und die Gardisten blieben draußen.

Ein offener Kamin, in dem kein Feuer brannte. Kerzen an den Wänden und auf mehreren Tischen. Kostbare Möbel und Teppiche, alles in Dunkelblau und Gold gehalten. Auf einem Tisch eine Flasche Wein und mehrere Becher. Zwei, nein, drei Innentüren, vor dem Kamin zwei tiefe Sessel mit hohen Lehnen. Die Fenster an den Außenwänden standen offen und ließen den Nachtwind ein; von unten drang der Lärm des Karnevals herauf. Die altvertraute Bitterkeit erfüllte Blaises Herz, auch eine gewisse Neugier mußte er sich eingestehen, und darunter pochte dumpf eine neue, noch namenlose Empfindung.

»Ich danke Euch, daß Ihr gekommen seid.« Ariane de Carenzu erhob sich von einem Diwan auf der anderen Seite. Das schwarze Haar hing ihr noch immer schamlos offen über die Schultern. Gekleidet war sie wie zuvor. Ihr Schmuck blitzte wie Feuer und Eis.

»Der Dank gebührt mir nicht, ich hatte keine Wahl«, wehrte Blaise schroff ab. Er war gleich hinter der Tür stehengeblieben, um den Raum auf sich wirken zu lassen, vermied es aber, die schöne Frau allzu offensichtlich anzustarren.

Sie lachte laut auf. »Ich hätte Euch die Wahl gern gelassen, wenn ich sicher gewesen wäre, daß Ihr dann auch kommen würdet.« Ihr Lächeln machte deutlich, daß sie genau wußte, was sie da sagte. Sie war wunderschön. Das schwarze Haar brachte den makellos weißen Teint erst so recht zur Geltung. Der Blick der dunklen, weit auseinanderstehenden Augen war gelassen. Der Mund verriet Entschlossenheit, und in ihrer Stimme vernahm Blaise jene Autorität, die ihm schon in der Taverne aufgefallen war, als sie den Herzögen von Talair und Miraval Frieden diktierte und beide sich widerspruchslos fügten.

Die Frauen von Arbonne, dachte er, verschränkte die Arme vor der Brust und suchte sich hinter seinem Zorn zu verschanzen wie hinter einem Schild. Etwas mehr als ein Jahr war es her, daß ihn eine ebenfalls schwarzhaarige Frau auf ganz andere Weise in einer Frühlingsnacht zu sich zitiert hatte, während draußen über den Hügeln im Norden der Donner des Gottes grollte. Jene Nacht hatte sein Leben verändert, aber letztlich nicht zum Besseren.

Am Feuer steht Wein bereit. Lucianna Delonghi hatte quer auf ihrem Bett gelegen, unter dem Baldachin mit den kopulierenden Paaren. *Wollen wir zuerst diesen Durst stillen?*

Hier gab es kein Bett, im Kamin brannte kein Feuer, und den Wein schenkte die Frau ein. Dann kam sie völlig unbefangen zu ihm herüber und reichte ihm einen Becher. Wortlos nahm er ihn entgegen. Sie blieb nicht bei ihm stehen, sondern drehte sich um und kehrte zu ihrem Diwan zurück. Blaise folgte ihr, fast ohne es zu merken. Sie setzte sich und wies mit einer Hand auf einen Stuhl. Er nahm Platz. Sie hatte Parfum aufgelegt, sparsam nur, ein sehr dezenter Duft. Auf einem Tischchen neben dem Diwan lag eine Laute.

Sie sah ihn aus ihren dunkelbraunen Augen fest an und kam gleich zur Sache: »Wir beide könnten uns den Rest der Nacht mit verschiedenen Themen beschäftigen, aber vielleicht wollt Ihr mir als erstes erzählen, was geschah, nachdem Ihr Euch vom Fluß entfernt hattet?«

Er war müde, Kopf und Herz hatten in dieser Nacht einige Schläge abbekommen, dennoch, so leicht würde er sich nicht einschüchtern lassen.

Er lächelte sogar, obwohl er nicht hätte sagen können, warum. Vielleicht weil sie so geradewegs, so unmittelbar zum Angriff überging. »Ich will nicht ausschließen«, murmelte er, »daß ich Euch den Gefallen tun würde, aber solange ich nicht weiß, wer hinter Euch an der Tür steht und uns belauscht, werdet Ihr mir gewiß verzeihen, wenn ich lieber schweige.«

Er war auf manches gefaßt, aber ihr glockenhelles Lachen verblüffte ihn. Sie klatschte vergnügt in die Hände. Ihr kostbares Rubincollier verschwand für einen Moment hinter ihren schmalen Fingern.

»Natürlich verzeihe ich Euch!« rief Ariane de Carenzu. »Schließlich habt Ihr mir eben erst fünfundzwanzig Silber-Barben eingebracht. Einem Mann, der Euch so gewaltig unterschätzt, solltet Ihr nicht länger dienen.«

»Einspruch.« Bertran de Talair betrat durch die Tür hinter ihr den Raum. »Ich habe Blaise nicht unterschätzt. Aber vielleicht habe ich mich insofern geirrt, als deine Reize nicht mehr so unwiderstehlich sind, wie sie einmal waren.«

»Ich habe Eure Laute erkannt«, bemerkte Blaise knapp und ohne Bertran richtig anzusehen. »Mag sein, daß ich mit Eurer Musik nicht viel anzufangen weiß, aber das Instrument kann ich identifizieren.« Er hatte Mühe, die Fassung zu wahren, denn hinter dem Herzog war eine zweite Frau eingetreten. Sie war sehr groß, ihr schwarzes Haar war von grauen Strähnen durchzogen, und sie war blind. Auf ihrer Schulter saß eine weiße Eule. Er war ihr schon einmal begegnet, im nächtlichen Wald auf einer Insel im Meer. Damals hatte sie ihm die tiefsten Geheimnisse seines eigenen Herzens offenbart.

»Du hättest dir wenigstens *Mühe* geben können«, wandte sich Bertran nun vorwurfsvoll an Ariane. »Ich habe gute Lust, die Wette für ungültig zu erklären. Du warst etwa so verführerisch wie eine nasse Ziege in einer Höhle.«

»Verschone uns mit deinen abartigen Neigungen«, gab Ariane honigsüß zurück.

De Talair warf lachend den Kopf in den Nacken, so daß es Rians Hoherpriesterin überlassen blieb, Blaise das zu sagen, was er wirklich hören wollte. Sie hatte die leeren Augenhöhlen zielsicher in die Richtung gewandt, wo sein Stuhl stand. Er selbst hatte sich inzwischen erhoben.

»Der verletzte Coraner wird nicht sterben. Sobald die Schulterwunde verheilt ist, dürfte er völlig wiederhergestellt sein.«

»Das ist nicht möglich«, sagte Blaise. Alles in ihm sträubte sich. »Der Pfeil war in Syvaren getaucht.«

»Und weil Ihr das am Fluß erwähnt habt, verdankt er Euch sein Leben«, fuhr die Priesterin ernst fort. Ihr Gewand war so grau wie die Strähnen in ihrem Haar. Sonne, Wind und das Salz des Meeres hatten ihr die Haut dunkel gegerbt, der Kontrast zu Arianes glattem, alabasterweißem Teint hätte nicht größer sein können. »Man hat ihn zu mir in den hiesigen Tempel gebracht, und da ich das Gift kannte und er noch in derselben Nacht zu mir kam, konnte ich es bekämpfen.«

»Aber das ist ausgeschlossen. Ihr *könnt* niemanden heilen, der mit Syvaren vergiftet wurde. Kein Arzt der Welt kann das.«

Sie gestattete sich jenes kleine, überlegene Lächeln, an das er sich noch gut erinnerte. »Letzteres ist richtig. Und auch mir war es nur möglich, weil nicht zuviel Zeit verstrichen war, und weil ich mich an einem geweihten Ort befand. Außerdem ist Mittsommernacht. Habt Ihr denn schon vergessen, Nordländer, daß Rians Dienerinnen im Brennpunkt der göttlichen Mysterien zu den erstaunlichsten Dingen fähig sind?«

»In Gorhaut werden Frauen verbrannt, wenn sie mit schwarzer Magie hausieren gehen.« Er wußte nicht, warum er das sagte, aber das Unbehagen, das ihn auf der Insel überkommen hatte, das Pulsieren des Waldbodens unter seinen Füßen, war ihm tatsächlich noch deutlich in Erinnerung, und etwas davon wurde jetzt wieder lebendig. Außerdem sah er wie durch einen verräucherten Tunnel die erste Hexenverbrennung vor sich, der er vor vielen Jahren beigewohnt hatte. Sein Vater hatte das Urteil gesprochen und seine beiden kleinen Söhne mitgenommen, als es vollstreckt wurde.

Jetzt lächelte Rians Hohepriesterin nicht mehr. »Aus Angst unterstellen die Männer, die Kräfte der Frauen seien ein Ausfluß finsterer Mächte. Nur aus Angst. Ihr bezahlt dafür einen hohen Preis: keine Frau hätte zur Rettung Valerys von Talair auch nur einen Finger gerührt, wenn dieser Pfeil ihn in Gorhaut getroffen hätte.« Sie hielt inne, schien auf eine Antwort zu warten, als habe sie einen Schüler vor sich. Blaise schwieg und spielte den Gleichgültigen. Plötzlich schlug die Eule mit den Flügeln, blieb aber auf der Schulter der Priesterin sitzen. Die sagte nun in ganz anderem Ton: »Ich soll Euch von Luth von Baude grüßen. Er hat sich auf der Insel zu einem würdigen Diener Rians entwickelt.«

Blaise verzog das Gesicht. »Luth wäre nicht einmal einem Bierkrug ein würdiger Diener«, sagte er, endgültig von Zorn und Verwirrung überwältigt.

»Das ist nicht Euer Ernst, Ihr seid nur verstört. Ihr würdet nicht glauben, wozu auch ein Mann fähig ist, wenn er die Gewißheit hat, ganz in sich zu ruhen.« Es war ein sanfter Tadel, aber Blaise spürte wie schon einmal in Gegenwart dieser Frau, daß jedes ihrer Worte eine tiefere Bedeutung hatte, daß sie Schichten seines Inneren ansprach, zu denen eigentlich niemand hätte vordringen dürfen.

Das alte Weiblein, das vor so vielen Jahren auf Garsenc-Gebiet verbrannt worden war, hatte ihm vor allem leidgetan. Eine Nachbarin hatte beim Femegericht zum Jahresende behauptet, die Alte habe ihr die Kuh verhext, und nun sei dem Tier die Milch versiegt. Galbert hatte beschlossen, ein Exempel zu statuieren. Das sei jedes Jahr einmal nötig, manchmal auch öfter, hatte er seinen Söhnen erklärt.

Auch nachdem die weißhaarige Hexe den Feuertod gestorben war, hatte die Kuh keine Milch gegeben. Blaise war eigens hinterher ins Dorf gegangen und hatte sich danach erkundigt. Damals war etwas in ihm zerbrochen, das wurde ihm jedesmal, wenn die Erinnerung wiederkehrte, von neuem bewußt. Dann sah er sich wieder vor dem Scheiterhaufen stehen und spürte die Hand seines Vaters bleischwer und erdrückend auf seiner Schulter. Galbert hatte sichergehen wollen, daß sein widerspenstiger, jüngerer Sohn ihn nicht blamierte, indem er sich im entscheidenden Moment abwandte. Dabei hatte es gar keine Macht der Finsternis gegeben, keine verborgene Gefahr, nur eine verängstigte Frau, die so lange schrie, bis der schwarze Rauch sie erstickte, die Flammenzungen sie verzehrten und sich ein widerlicher Geruch nach verbranntem Fleisch verbreitete. Irgendwie hatte Blaise das schon vorher geahnt.

Rians Hohepriesterin besaß dagegen wirklich geheime Kräfte, das hatte er bereits auf der Insel gespürt. Allein, daß sie von Rosala gewußt hatte, war ihm unbegreiflich und unvergeßlich. Und der Giftanschlag von heute nacht? Bertran stand lachend vor ihm und hatte mit Ariane de Carenzu eine Wette abgeschlossen. Valery *konnte* nicht tot sein. Trotz des Syvarens auf dem Pfeil.

Der Schmerz, der Blaise wie ein Stein in der Brust lag, seit der schwarzweiße Pfeil durch die Luft geflogen war, ließ allmählich nach. Rudel Correze, dachte er plötzlich, würde in seinem Selbstbewußtsein schon bald gewaltig erschüttert werden. Fast hätte er gelächelt, statt dessen sank er kraftlos auf seinen Stuhl zurück und griff nach seinem Weinbecher. Aber er trank nicht, sondern wiegte den Silberpokal nur in beiden Händen. Er mußte auf der Hut sein vor diesen beiden Frauen und dem Mann, ermahnte er sich. Sehr auf der Hut.

»Wie groß ist Eure Macht?« wandte er sich ruhig an die Blinde, die immer noch hinter dem Diwan stand.

Und war – das schien sein Schicksal zu sein – völlig verblüfft, als die Priesterin lachte. »Wie? Wollt Ihr etwa einen Vortrag über das Wesen der Natur-, Himmels- und Ritualkräfte hören, vielleicht noch mit einem Exkurs über die drei Obersten Harmonien? Ich bin keine Dozentin, und wir sind hier auch nicht an der Universität. An was für ein Honorar hattet Ihr denn gedacht, Nordländer?«

Ihr Spott trieb Blaise das Blut in die Wangen. Doch die Hohepriesterin hatte kaum geendet und lachte noch, als Ariane de Carenzus kühle Stimme gezielt und scharf wie ein Dolch dazwischenfuhr. »Das Thema mag faszinierend sein, aber Ihr müßt Euren Bildungshunger noch ein wenig zügeln. Vielleicht erinnert Ihr Euch, daß ich Euch vorhin eine Frage stellte. Ihr wolltet nicht mit der Sprache heraus, solange Ihr nicht wußtet, wer sich hinter der Tür verbarg. Das war nicht mehr als recht und billig. Jetzt wißt Ihr es, und ich wäre dankbar für eine Antwort.«

Was geschah, nachdem Ihr Euch vom Fluß entfernt hattet? Eine einfache Frage, und doch traf sie direkt ins Herz der Gefahr. Bertran de Talair war bisher rastlos auf- und abmarschiert. Nun blieb er an einem der Tische stehen, nahm einen Kristall in die Hand und drehte ihn spielerisch im Kerzenlicht hin und her, ohne Blaise auch nur für einen Moment aus den Augen zu lassen.

Der wandte sich – ganz selbstverständlich – wieder an die Hohepriesterin in dem schlichten, grauen Gewand und sagte leise: »Wenn Ihr meine Gedanken lesen könnt, und bei unserer letzten Begegnung schien es so, dann brauche ich auf solche Fragen nicht mehr zu antworten.« Es war eine schlichte Feststellung.

Seltsamerweise wurde ihre Miene sanfter, als habe er damit eine neue Saite berührt. Sie schüttelte den Kopf. »Ich habe Euch in jener Nacht auch erklärt, daß unsere Macht nicht so weit reicht, wie wir es uns wünschen würden, und daß sie schwächer wird, je weiter wir uns von Rians heiligen Feuern entfernen. Auf der Insel der Göttin konnte ich in Eurem Herzen und in Eurer Geschichte so manches erkennen, doch Ihr werdet Euch erinnern, daß es dabei zumeist um Liebe ging und um Haß. Außerdem sagte ich, ich könnte Euch die Zukunft weissagen. Das war gelogen. Auch jetzt kann ich Eure Gedanken nicht lesen. Ihr müßt schon selbst sagen, was Ihr uns mitzuteilen habt.«

»Nicht alles«, widersprach Blaise ruhig. »Zum Beispiel könntet Ihr offenbaren, wer ich bin.«

Für einen Moment wurde es still.

Dann sagte Bertran: »Aber das wissen wir doch längst, Blaise de Garsenc.« Er legte den Kristall aus der Hand. Seine Stimme klang ein wenig gereizt. »Habt Ihr denn wirklich geglaubt, Ihr könntet völlig unerkannt durchs Land reisen? Traut Ihr mir zu, daß ich jemanden in meine Dienste nehme, ohne zu wissen, wer er ist?« Im Kerzenlicht trat die alte, weiße Narbe in seinem klugen, zynischen Gesicht besonders deutlich hervor.

Blaise schluckte. Die Dinge überstürzten sich. Eine Erinnerung blitzte auf. »Aber Ihr habt mich doch danach gefragt. Als wir uns kennenlernten, wolltet Ihr wissen, wer ich sei. Wozu, wenn Ihr bereits im Bilde wart?«

Bertran zuckte die Achseln. »Manchmal erfährt man auf eine Frage mehr als nur die Antwort. Blaise, Ihr mögt – genau wie ich – von Eurem Vater halten, was immer Ihr wollt, er ist ein Machtfaktor in der Welt von heute, und sein jüngerer Sohn hat sich schon vor Jahren als Coraner einen Namen gemacht. Es war – zumindest in gewissen Kreisen – kein Geheimnis, daß Galbert de Garsencs Sohn unmittelbar nach Unterzeichnung des Iersen-Vertrages seine Heimat verlassen hatte. Und als einige Zeit später von einem auffallend großen, rotbärtigen Coraner gorhautischer Herkunft und mit beachtlichen Fähigkeiten berichtet wurde, der sich neuerdings auf Kastell Baude aufhalte … nun, da lagen gewisse Schlußfolgerungen nahe. Jedenfalls beschloß ich, mir die Sache selbst anzusehen. Ihr seid übrigens der erste Mann, der sich auf diese Distanz mit meinem Cousin im Bogenschießen messen konnte.«

Blaise schüttelte den Kopf. Die Enthüllungen flogen ihm nur so um die Ohren. »Ich habe mich nicht mit ihm gemessen. Und der Mann, der heute nacht auf Valery geschossen hat, ist uns womöglich beiden überlegen.« Das hatte er eigentlich nicht unbedingt sagen wollen.

»Na schön«, murmelte Ariane de Carenzu, die Worte schwebten im Raum wie ein zärtliches Streicheln. »Das bringt uns doch schon ein Stück weiter.« Blaise sah sie an. Sie hatte die Lippen leicht geöffnet, und ihre Augen strahlten.

»Es war meine Absicht, den Herzog morgen früh zu unterrichten«, sagte er zurückhaltend. »Ich hatte versprochen, so lange zu warten.«

»Stand es Euch denn zu, derartige Versprechungen abzugeben?« Der einschmeichelnde Ton war wie weggeblasen. So hatte sie in der Taverne zu Talair und Miraval gesprochen, und damals hatte Blaise ihre herrische Art ebenso wenig gefallen wie jetzt. Herausfordernd und mit weit geöffneten Augen hielt er ihrem Blick stand. Es war seltsam, er würde sich später noch damit auseinandersetzen müssen, aber seit seine Identität bekannt war, hatte er sehr viel mehr das Gefühl, unter seinesgleichen zu sein. Das mochte bei näherer Betrachtung peinlich sein – entsprang es letzten Endes doch nur dem Umstand, daß er der Sohn seines Vaters war – doch zunächst empfand er nun einmal so und nicht anders.

»Ihr müßt bedenken«, erklärte er der Herzogin von Carenzu, »daß ich glaubte, En Bertran bei der Trauer um seinen Cousin nicht stören zu dürfen.«

»Rührend, diese Besorgnis.« Das war Bertran. »War dies der Grund für Euer Versprechen?«

»Einer der Gründe.« Blaise sah ihn offen an. »Es gab noch andere.«

»Nämlich?«

Blaise zögerte. Das war gefährliches Terrain. »Den Wunsch etwa, uns allen ein ausnehmend delikates, politisches Problem zu ersparen, darüber hinaus auch ein persönliches Motiv, über das ich mich nicht äußern möchte.«

»Ich weiß nicht, ob wir in diesem Fall auf Eure Privatsphäre Rücksicht nehmen können, außerdem ist in diesem Raum wohl jeder imstande, sich auch zu den delikatesten, politischen Problemen selbst ein Urteil zu bilden und entsprechend zu reagieren. Ihr sagt mir jetzt am besten frei heraus, um wen es sich handelt.« Der Herzog gab sich unverändert lässig, doch Blaise war inzwischen lange genug mit ihm zusammen, um sich von dieser Fassade nicht täuschen zu lassen.

»Nun stell dich nicht dümmer, als du bist, Bertran. Wir wissen doch genau, um wen es sich handelt.« Die fünfte Stimme im Raum kam, selbstsicher und kompromißlos, von einem der beiden Sessel vor dem Feuer. Blaise fuhr herum, sah aber niemanden,

bis die Sprecherin sich vorsichtig erhob. Dann endlich begriff er. Die anderen waren, wie er erbost feststellte, nicht überrascht.

Er hatte sich die Sessel natürlich angesehen, als er den Raum betrat; sie waren breit und dick gepolstert und standen dem Kamin zugewandt, aber die Lehnen waren nicht hoch genug, um einen Mann zu verdecken.

Doch man war schließlich in Arbonne, und bei einer Frau lag die Sache anders, besonders, wenn sie so klein und grazil war wie diese weißhaarige Greisin. Er erkannte sie sofort, denn sie hatte bei einigen Turnieren die Siegerehrung vorgenommen. Signe de Barbentain, die Gräfin von Arbonne.

Sie hatte sich dem Herzog zugewandt. »Wenn du auch nur mit halbem Ohr zugehört hast, Bertran, müßte dies eine der Fragen sein, auf die du die Antwort bereits kennst. In diesem Fall solltest du einen Coraner, der sich zum Schweigen verpflichtet hat, nicht in Verlegenheit bringen. In anderen Teilen dieser elenden Welt mag dergleichen üblich sein, aber hier tun wir so etwas nicht.«

Ihr Kleid war mattweiß und blau und an der Vorderseite dicht mit Perlknöpfen besetzt. Ein goldenes Diadem hielt ihr Haar zurück. Sonst trug sie, von zwei Ringen abgesehen, keinen Schmuck. Blaise wußte, daß man sie einst als die schönste Frau der Welt gerühmt hatte, und etwas von dieser Schönheit hatte sich erhalten. Besonders auffallend waren die dunklen, fast schwarzen Augen.

Er verneigte sich, ein Bein nach vorne gestreckt, mit einer Hand den Teppich berührend. Das war seine Pflicht als Coraner, so sehr es ihm auch gegen den Strich gehen mochte.

»Gewiß hat man im vergangenen Jahr nicht nur mir zugetragen, daß Galbert de Garsencs jüngerer Sohn einige Monate in Mignano und Faenna in den Palästen der Delonghi verbracht hat. Und gewiß habe nicht nur ich gewisse Gerüchte – wir brauchen nicht näher darauf einzugehen – in Zusammenhang mit Engarro di Faennas Tod gehört. Bei alledem taucht immer wieder ein Name auf – ein Name, der nicht nur unserem Freund hier eine persönliche Reaktion zu entlocken vermag, sondern tatsächlich zu weitreichenden, diplomatischen Verwicklungen

Anlaß geben könnte – der Name Rudel Correze nämlich. Ein gefragter Meuchelmörder, wie ich aus zuverlässiger Quelle erfahre, nicht zuletzt wegen seines Geschicks im Umgang mit Pfeil und Bogen. Ihr könnt beruhigt sein«, fuhr sie gelassen fort und sah Blaise dabei erstmals direkt an. »Ihr habt Euer Wort nicht gebrochen, ich habe das nicht von Euch erfahren.«

Blaise räusperte sich und zerriß damit die Stille. »Ich fürchte doch«, sagte er.

Sie lächelte. »Ihr wußtet nicht einmal, daß ich hier war.«

Unwillkürlich lächelte Blaise zurück. »Auch das wäre ein Grund zur Beunruhigung, denn ich war stümperhaft nachlässig.« Er holte tief Atem. »Herrin, ich habe Rudel Correze geraten, sich noch in dieser Nacht einzuschiffen, weil ich morgen früh die zuständigen Stellen in der Stadt über seine Identität informieren würde.«

»Zuständige Stellen? Darf ich annehmen, daß damit ich gemeint war?« Bertran war um den Diwan herumgegangen und hatte sich neben Ariane gestellt. Beatritz, die Hohepriesterin, stand schon seit längerem regungslos und hatte kein Wort mehr gesprochen.

Blaise schüttelte den Kopf. »Er glaubt, er hätte Euch getötet. Und ich habe ihn in diesem Glauben gelassen.«

Bertran warf den Kopf zurück und lachte schallend. »Er wird also ahnungslos davonsegeln, um – von wem auch immer – seine Prämie einzufordern. Großartig, Blaise! Die Blamage wird er lange nicht verwinden.«

»Das dachte ich auch. Und dafür, daß er Syvaren ins Spiel brachte, hat er Strafe verdient. Aber findet Ihr nicht auch, daß es diplomatisch unklug gewesen wäre, den Liebling des Hauses Correze festzunehmen? Die Lage ist derzeit äußerst kritisch.«

Ariane de Carenzu nickte. »Mehr als unklug. Es hätte uns in große Verlegenheit bringen können, ihn hier hinter Schloß und Riegel zu haben.«

»Zu diesem Schluß war auch ich gekommen«, sagte Blaise freundlich. Jetzt spielte er auf Zeit, um einem Problem auszuweichen, das noch unberührt wie eine gespannte Falle auf ihn lauerte.

Natürlich war es die Hohepriesterin, die schließlich das Wort ergriff, als habe sie wieder einmal seine Gedanken gelesen: »Gibt es noch mehr, was wir wissen sollten?« In diesem Augenblick flog die weiße Eule von ihrer Schulter, schlug einmal mit den Flügeln und landete weich auf der Schulter der Gräfin. Die ja Beatritz' Mutter war, wie Blaise sich plötzlich erinnerte. Signe de Barbentain hob die Hand und streichelte den Vogel.

Sie würden es ohnehin erfahren. Das war unvermeidlich, denn bald würde es alle Welt wissen. Aber so lange wollte er nicht warten. Also wandte er sich wieder an Bertran de Talair. Er war schließlich der Mann, dem der Anschlag gegolten hatte, und der Mann, in dessen Diensten er stand.

»Zwei Punkte sind noch von Wichtigkeit. Zum einen die Prämie.« Er holte Atem. »Rudel Correze sollte für Eure Ermordung zweihundertfünfzigtausend Goldstücke erhalten.«

Mit aufrichtiger Genugtuung sah Blaise, daß En Bertran, der weltgewandte, unvergleichlich kultivierte Herzog von Talair über die Summe nicht weniger erschrocken war als er selbst wenige Stunden zuvor im Correze'schen Garten. Ariane de Carenzu hielt sich staunend die Hand vor den Mund. Die Gräfin konnte er nicht sehen, sie stand hinter ihm. Die Hohepriesterin hatte sich nicht bewegt und keine Miene verzogen. Er hatte auch nichts anderes erwartet.

»Und von wem?« fragte Bertran. Zum ersten Mal hörte man ihm an, daß er unter Druck stand. »Ist das der zweite Punkt?«

Blaise nickte. Der alte Zorn, jener schwer zu fassende, anhaltende Schmerz, der immer von neuem aufwallte wie aus einer nie versiegenden Quelle, hatte ihn wieder gepackt. Er sprach geradeheraus, denn er konnte nicht anders.

»Von meinem Vater«, sagte er. »Im Namen des Königs von Gorhaut.«

Erst später, im Rückblick erkannte er, wie sehr ihn die nächsten Worte mitten ins Herz getroffen hatten.

»Das muß ja *schrecklich* für Euch sein«, rief die Gräfin von Arbonne erschüttert.

Alles wandte sich ihr zu. Sie sah Blaise an. Die herrlichen Augen waren weit aufgerissen. »Er hat sich ausgerechnet

Euren Freund ausgesucht? Unter allen Meuchelmördern, die es gibt? Wie muß er Euch hassen! Was habt Ihr denn nur getan, daß Euer Vater Euch so sehr haßt?«

Das Erbarmen eines ganzen Lebens spiegelte sich in diesen Augen. Und etwas davon galt ihm, er konnte es kaum fassen. Noch keine zwei Jahre war es her, ging es ihm flüchtig durch den Sinn, daß ihr Gatte gestorben war. Angeblich hatten die beiden, eine Seltenheit fürwahr, eine echte Liebesehe geführt. Etwas bewog ihn, sich nach ihrer Nichte umzusehen, nach Ariane. Auch sie hatte dunkle Augen, in denen jetzt eine tiefe Wehmut stand. Schließlich wandte er sich der Tochter, der Priesterin zu. Sie hatte keine Augen mehr, und ihre Züge verrieten nichts als tiefe Konzentration. Er erinnerte sich vage, daß es noch eine zweite Tochter gegeben hatte, die bereits tot war. Wieder so eine traurige Geschichte, die ihm vermutlich bekannt sein sollte, es aber nicht war, denn er hatte sich weder als Heranwachsender, noch später, als er in verschiedenen Heeren diente und von Turnier zu Turnier reiste, besonders für Arbonne interessiert.

Er drehte sich wieder nach der alten Frau um, von deren Schönheit einst die ganze Welt gesprochen hatte. Jetzt, am Abend ihres Lebens, ging ein anderer Glanz von ihr aus, der von schwerem Leid und harten Erfahrungen zeugte. Er hatte soeben ein Geständnis von ungeheurer Tragweite abgelegt, doch sie hatte als erstes seinen ganz privaten Kummer angesprochen. Nicht einmal Rudel, der ihn so gut kannte und Feingefühl und Scharfblick im Überfluß besaß, hatte ihm je so tief in die Seele geschaut wie Signe de Barbentain mit einem einzigen Blick.

Es war still geworden; von ferne drangen die letzten Reste des Karnevalslärms in den Raum. Blaise war nicht sicher, ob sie auf ihre Frage wirklich eine Antwort erwartete. Endlich sagte er heiser: »Es gibt Männer, die es nicht ertragen, daß man sich ihnen widersetzt. Gleichviel, worum es geht. Und ein ungehorsamer Sohn schlägt wohl die tiefsten Wunden. Ich sollte dem Corannos-Orden beitreten und wie mein Vater Patriarch werden. Damit fing alles an. Später kam noch mehr dazu. Ich selbst bin nicht frei von Schuld.«

»Wollt Ihr ihn verteidigen?« fragte sie ernst.

Blaise schüttelte den Kopf. »Gewiß nicht.« Er zögerte. »In unserer Familie geht man nicht gerade pfleglich miteinander um. Meine Mutter hätte nicht sterben dürfen.«

»Bei Eurer Geburt?«

Ein seltsames Gefühl, mit der Gräfin von Arbonne über solche Dinge zu sprechen, andererseits kam es ihm irgendwie ganz selbstverständlich vor. Er nickte.

Sie legte den Kopf ein wenig schräg, wie es ihre Art war. »Glaubt Ihr, sie hätte etwas ändern können? In Gorhaut?«

»Ich würde es gern glauben« sagte Blaise. »In solchen Dingen gibt es keine Gewißheit.«

»Die Toten«, sagte Bertran de Talair leise, »können uns entsetzlich quälen.«

Blaise und die Frauen wandten sich ihm zu. Der Herzog wirkte sonderbar verwirrt, fast abwesend, und schien mit diesen Worten mehr preisgegeben zu haben, als er eigentlich wollte. Schon wieder – diese Nacht strotzte nur so von unerwünschten, bitteren Erinnerungen – sah Blaise eine Szene aus der Vergangenheit vor sich: eine dunkle Treppe in Kastell Baude, eine Flasche Seguignac, die mitten in der Nacht von Hand zu Hand ging, tiefe Traurigkeit in den Zügen des Mannes, der soeben eine Frau verführt hatte, obwohl er sie noch nicht einmal zwei Wochen lang kannte.

»Sie können uns auch den Lebenden entfremden«, sagte Beatritz die Priesterin, und die Schärfe in ihrer Stimme verriet Blaise, daß sie und der Herzog dieses Thema nicht zum ersten Mal erörterten. Alle hier Anwesenden kannten sich schließlich schon seit langem. Bertrans Lippen wurden schmal.

»Die Gedanken einer liebenden Schwester«, sagte er kalt. »Müssen wir schon wieder über unsere Familien sprechen?«

»Nach mehr als zwanzig Jahren würde ich eher sagen, die Gedanken einer reifen Frau«, gab die Hohepriesterin ungerührt zurück. »Ich frage dich, mein hoher Herr, wo denn dein Erbe ist. Wer würde deinen Besitz verwalten, wenn dich der Pfeil heute tatsächlich getroffen hätte? Und würde uns die Feindschaft zwischen Miraval und Talair stärken oder schwächen, falls Ademar von Gorhaut mit einem Heer nach Süden zöge? Sei doch so gut und laß mich an deinen Ansichten teilhaben. Du mußt verzeihen«, fügte sie mit beißendem Sarkasmus hinzu, »wenn mich die Welt von heute mehr berührt als deine Liebeslieder, die du vor zwanzig Jahren gedichtet hast.«

»*Genug*«, befahl Signe de Barbentain scharf. »Bitte, hört auf! Sonst glaube ich noch, ich hätte zu lange gelebt.«

Ariane gelang es, die entstandene Verlegenheit zu überbrücken. »Mehr als genug«, murmelte sie, trank gemächlich einen Schluck Wein und stellte den Becher wieder ab. »Laßt doch die alten Geschichten, es gibt so viel Neues, womit wir uns beschäftigen sollten. Vor allem mit unserem bärtigen Freund.« Die dunklen Augen ruhten kritisch auf Blaise. »Seid Ihr das?« fragte sie sehr direkt. »Seid Ihr ein Freund?«

Genau damit hatte er gerechnet. »Ich bin Coraner und stehe in Diensten des Herzogs von Talair«, erklärte er. Die korrekte Antwort, die Antwort des Söldners.

»Das genügt nicht«, gab Ariane gelassen zurück. »Nicht mehr, nachdem Euer Vater eine Viertelmillion in Gold bezahlt hat, um Euren Herrn ermorden zu lassen. Ihr werdet Euch wohl oder übel entscheiden müssen, ob Ihr mehr sein wollt als ein Söldner oder weniger. Rudel Correze ist kein Meuchelmörder wie viele andere, sein Name und seine Herkunft schaffen nicht alltägliche Probleme, und das gleiche gilt für Euch. In Anbetracht der gegenwärtigen Situation sogar noch mehr. Es könnte zum Krieg kommen. Gorhaut hat im Iersen-Vertrag Gebiete abgetreten. Was das zu bedeuten hat, wißt Ihr selbst sicher am besten. Galbert de Garsencs Sohn kann nicht als gewöhnlicher Söldner in Arbonne bleiben, genauso wenig, wie Bertran in der *Liensenne* Wein trinken und würfeln kann wie ein gewöhnlicher Troubadour.« Sie sprach so ruhig und fest wie ein Feldherr zu seinen Soldaten.

Und sie hatte recht. Er sah es ein, obwohl der alte, abgestandene Zorn sich wieder regte. Nun war es wieder so weit: er konnte gehen, wohin er wollte, allein oder in Gesellschaft, konnte unerkannt bleiben oder seinen Namen laut hinaustrompeten, sein Vater war stets bei ihm oder eilte ihm voran, versperrte ihm jede Tür, warf überall seinen Schatten.

Blaise bemerkte, daß er die Hände zu Fäusten geballt hatte.

Er holte tief Atem und entspannte sich ganz bewußt. Dann wandte er sich an den Herzog.

»Ich bin ein Mann, der sich an Abmachungen hält«, sagte er. »Das solltet Ihr eigentlich wissen.«

Blaise antwortete mit seinem charakteristischen Achselzucken. »Gewiß, aber das spielt jetzt kaum noch eine Rolle. Niemand, nicht einmal ein König oder ein Großpatriarch, zahlt zweihundertundfünfzigtausend Goldstücke, nur um sich eines Sängers zu entledigen, dessen Lieder ihm nicht gefallen. Das Spiel ist über Euch und mich hinausgewachsen, Blaise, es ist keine Privatangelegenheit mehr. Ob es Euch paßt oder nicht, Ihr seid zu einer Hauptfigur geworden.«

Blaise schüttelte störrisch den Kopf. »Ich bin Coraner, und jeder kann mich anheuern. Wer mir genug bezahlt, dem diene ich im Krieg wie im Frieden. Und wenn man mich fortschickt, suche ich mir einen neuen Herrn.«

»Spart Euch die Phrasen, Blaise de Garsenc. Und tut nicht so, als verstündet Ihr nicht, worum es geht«, wies Beatritz ihn streng zurecht. »Ihr seid der Sohn des wichtigsten Mannes von Gorhaut. Der König ist Wachs in Galberts Händen, das ist allgemein bekannt. Eure Familie mag innerlich zerrissen sein, aber sie hat die größten Besitzungen im ganzen Land, besonders seit alle Grundherren Eurer Nordmark durch den Vertrag enteignet wurden. Wollt Ihr wirklich vor uns, vor die Gräfin von Arbonne hintreten und behaupten, der einzige Unterschied zwischen Euch und Luth von Baude bestehe darin, daß Ihr der bessere Schwertkämpfer seid? Seid Ihr nur deshalb jahrelang vor Eurem Vater weggelaufen, weil Ihr nicht wagt, gegen ihn aufzustehen?«

»Gegen ihn *aufzustehen?*« wiederholte Blaise fassungslos. Nun war er wirklich wütend. »Mein ganzes Leben lang habe ich nichts anderes getan, zuerst zu Hause, und später fern der Heimat. Ich hasse jeden einzelnen Buchstaben dieses Vertrages. Ich habe Gorhaut verlassen, weil ich nicht in einem Land leben wollte, dem man seinen Stolz geraubt hatte. Das weiß dort jeder. Ich habe eindeutig Stellung bezogen. Was soll ich denn noch tun? Wie ein Rasender nach Hause reiten und mich selbst zum König von Gorhaut ausrufen?«

Er verstummte entsetzt. Die Stille, die auf diesen Ausbruch folgte, schüchterte ihn ein. Die starren, konzentrierten Gesichter der beiden Frauen und des Mannes auf dem Diwan sagten ihm genug. Seine Kehle war wie ausgedörrt, er konnte kaum schlucken. Er schloß kurz die Augen, wie ein schaurig verzerrtes Echo klangen ihm seine eigenen Worte in den Ohren. Er schlug die Augen wieder auf und wandte sich langsam – sein Herz klopfte, als sei er meilenweit gelaufen – dem Kamin zu, wo klein und zierlich, mit weißem Haar und immer noch schön, die Gräfin von Arbonne stand. Eine Hand hatte sie haltsuchend auf die Sessellehne gelegt, die unvergleichlichen Augen ruhten auf ihm, und jetzt lächelte sie, das strahlende Lächeln einer stolzen Mutter, deren Kind soeben wider Erwarten eine schwierige Prüfung bestanden hatte.

Niemand sprach ein Wort. Der Raum war im Schweigen erstarrt. Und plötzlich flog in dieser Mittsommernacht in Tavernel, am Dreh- und Angelpunkt, im Zentrum des Jahres, die weiße Eule auf, glitt lautlos auf breiten Schwingen zu Blaise und ließ sich – ob ein Segen oder eine Bürde, war für einen gewöhnlichen Menschen nicht zu erfassen – auf seiner Schulter nieder.

Kapitel 8

Der rotlivrierte Carenzu-Gardist führte Lisseut durch die nächtlichen Straßen und verabschiedete sich, abermals mit einer tadellosen Verbeugung, am Eingang zur *Liensenne.* Sie blieb einen Moment unschlüssig stehen und lauschte dem Lärm von drinnen. Ein Wirrwarr von Empfindungen tobte in ihrem Innern. Sie hatte sich noch nicht entschieden, ob sie sich lieber in den geselligen Trubel der Schankstube stürzen oder sich in einen der halbwegs ruhigen Räume im Obergeschoß zurückziehen sollte, als der Lärm plötzlich abflaute und eine melancholische Hymne an Rian, gesungen von einer dünnen, scharfen Stimme, durch das Fenster drang.

Lisseut huschte um die Ecke, lief die Gasse an der Rückseite der Taverne entlang, schlüpfte durch die Hintertür ins Haus und stieg die Treppe hinauf. Sie hatte wirklich keine Lust, sich Evrard von Lussans bigottes Gequäke anzuhören. Auf der Treppe und im oberen Korridor mußte sie an mehreren, eng umschlungenen Pärchen vorbei – die meisten Zimmer waren längst, manchmal mehrfach vergeben – bevor sie die Tür eines Raumes erreichte, der schon seit Jahren immer für diese Woche reserviert war.

Sie wußte, daß die Tür nicht abgeschlossen sein würde, aber sie klopfte trotzdem an. Vor zwei Jahren hatte sie eine peinliche Situation heraufbeschworen, indem sie drei Männer und eine Frau in einem denkbar ungünstigen Moment überraschte. Seither war vor allem ihr Verhältnis zu Elisse etwas getrübt.

Anstatt eines Herein sang eine angenehm getragene Männerstimme:

Einsam bin ich und traurig, denn fort ist mein Feinslieb
Entschwand auf weißem Rosse, und ließ allein mich zurück…

Lächelnd öffnete sie die Tür. Aurelian war tatsächlich allein. Er saß, bequem gegen die Wand gelehnt, auf einem der beiden

Betten, und schlug die Saiten seiner Laute. Sein Hemd stand am Hals offen, die Stiefel hatte er ausgezogen. Die langen Beine ragten über die Bettkante hinaus. Er lächelte Lisseut ernst zu und wies mit einer Kopfbewegung auf den Tisch, wo eine bereits geöffnete Weinflasche nebst einigen Gläsern stand. Auf dem zweiten Bett lag ein Haufen zerknitterter Kleidungsstücke, eins davon war blutig. Sie goß sich ein Glas Wein ein, nahm rasch einen Schluck – sie hatte ihn dringend nötig – und ging mit der Flasche zu Aurelian, um auch ihm nachzuschenken. Dann trat sie an das einzige, kleine Fenster, das auf die Gasse hinter der Taverne hinausging. Unten war niemand zu sehen, aber von der Straße waren Geräusche zu hören, und von der Schankstube drang immer noch Evrards Gesang herauf.

Aurelian trällerte leise weiter, ein neues Lied zum gleichen Thema:

Mein einsames Herz fließt über vor Gram,
Gedenk' ich der vielen Nächte
Mit meinem Feinslieb, als so glücklich ich war
Wie noch nie ein Mann auf der Welt …

»Ich konnte dieses Lied noch nie leiden«, unterbrach er sich unvermittelt, »aber wenn Jourdain einmal etwas geschrieben hat, läßt er nicht mehr mit sich reden. Ich weiß wahrhaftig nicht, warum ich es überhaupt noch singe.«

»Wegen der Melodie.« Lisseut starrte gedankenverloren aus dem Fenster. »Jourdains Musik ist immer besser als seine Texte, das habe ich dir schon oft gesagt.«

Aurelian schmunzelte. »Schön. Dann bring das doch auch ihm bei.« Er hielt inne; sie spürte seinen prüfenden Blick. »Für eine Karnevalsnacht bist du viel zu schwermütig, meine Liebe. Du weißt doch, daß Valery auf dem Weg der Besserung ist?«

»*Was?*« Sie fuhr herum. »Ich wußte nicht … Er ist nicht tot! *Wie ist das möglich?*«

»Die Hohepriesterin war in Tavernel, aber frage mich nicht, warum, ich bin nur ein unwissender Troubadour. Wichtige Staatsgeschäfte. Valery sollte für den Rest seines Lebens einen Zehnten dessen, was Bertran ihm bezahlt, an die Göttin abführen. Die Hohepriesterin konnte das Gift bekämpfen, und die Wunde selbst war nicht weiter schlimm. Im Tempel hieß es, er würde bald wieder auf den Beinen sein. Also kamen die meisten von uns in glänzender Stimmung hierher. Hörst du es nicht? Da unten feiern eine Menge Leute, die du kennst, warum gehst du nicht hinunter?«

»Und was ist mit dir?« Sie und Aurelian waren alte Bekannte.

Er griff nach seinem Weinglas. »Mein Bedarf an wüsten Gelagen ist mittlerweile selbst an Mittsommer schnell gedeckt. Ob das schon das Alter ist, Lisseut?«

Lisseut schnitt ihm eine Grimasse. »Ich weiß es nicht, ehrwürdiger Greis. Meinst du?« Aurelian war nur zwei oder drei Jahre älter als sie, aber er war immer der stillste in der ganzen Runde gewesen und hatte sich von den wildesten Seiten des Troubadourdaseins eher ferngehalten.

»Wo ist Remy?« Im Anschluß an ihre letzten Überlegungen eine ganz natürliche Frage. Ihr Blick streifte das zweite, das zerwühlte Bett und wanderte wieder zurück zu Aurelian.

Der zog in gespieltem Erstaunen eine Augenbraue in die Höhe. »Dumme Frage. Das kommt darauf an, wie spät es ist. Er hatte etliche Verabredungen.«

»Wie geht es ihm?«

»Sein Stolz ist verletzt. Sonst fehlt ihm nichts, aber das ist schlimm genug. Wahrscheinlich betrinkt er sich heute nacht bis zur Besinnungslosigkeit. In den nächsten Tagen müssen wir alle sehr behutsam mit ihm umgehen.«

Lisseut schüttelte den Kopf. »Ich denke nicht daran. Er schuldet mir noch einen Hut und ein Kleid. Von meinem verletzten Stolz gar nicht zu reden. Fällt mir gar nicht ein, besonders nett zu ihm zu sein. Statt dessen werde ich ihn sagen, daß er mir wie ein beleidigter, kleiner Junge vorkam, als En Bertran ihn ausschimpfte.«

Aurelian zuckte zusammen. »Die Frauen von Vezét... Was glaubst du, woran liegt das wohl? Vielleicht am Olivenöl? Müßt ihr besonders feurig sein, weil es so mild ist?«

Unten quälte sich Evrards aufdringliche Stimme noch immer noch durch den schlappen Lobpreis Rians. Lisseut spürte plötzlich, wie müde sie war. Mit einem matten Lächeln stellte sie ihr Glas ab, setzte sich neben Aurelian auf das Bett und legte den Kopf an seine Schulter. Er machte ihr bereitwillig Platz und legte seinen langen Arm um sie.

»Im Moment fühle ich mich gar nicht so besonders feurig«, sagte sie. »Es war eine anstrengende Nacht.« Er drückte ihren Arm. »Der Arimondaner hat mir nicht gefallen«, sagte sie nach einer kurzen Pause.

»Der Nordländer offenbar auch nicht. Denk einfach nicht mehr daran. Sie gehen uns beide nichts an. Denk lieber an dein Lied. Alain ist übrigens unten, glücklich und zufrieden wie eine Krähe im Weizenfeld. Alle Welt redet nämlich von seinem Erfolg, trotz allem, was sonst noch passiert ist.«

»Tatsächlich? Das freut mich für Alain.«

»Freue dich lieber für seinen Joglar, Lisseut. Und morgen unterschreibst du keinen Vertrag, bevor du nicht mit mir gesprochen hast – dein Wert ist seit heute nachmittag enorm gestiegen, glaube mir.«

»Und warum machst du mir dann kein Angebot?« Ein weiterer Scherz, dabei fand sie die Neuigkeit wirklich aufregend. Aber es war so viel geschehen, daß sie ihre Gefühle nicht einmal in diesem Fall mehr klar zu trennen vermochte.

Er nahm die Frage ernst, wie es seine Art war. »Sollte ich irgendwann ein Lied für eine Frau schreiben wie Alain, dann gehört es dir, das verspreche ich. Ansonsten werde ich weiterhin mein eigener Joglar sein … ich bin nicht stolz, meine Liebe. Ich habe als fahrender Sänger angefangen und werde wohl auch als solcher enden.«

Sie legte ihm die Hand aufs Knie. »Das war doch nur Spaß, Aurelian.« Aurelian gehörte zur ersten Garnitur der Troubadoure, aber unter den Joglares war er vermutlich der beste, mit Ausnahme von Bertrans Ramir vielleicht, doch der wurde allmählich alt und ging längst nicht mehr so oft auf Tournee wie früher.

Von unten war höflicher Applaus zu hören. Ein neuer Sänger stimmte sein Instrument. Aurelian und Lisseut wechselten einen spöttisch erleichterten Blick, dann lachten sie leise. Sie streckte sich und küßte ihn auf die Wange. »Wie viele Jahre sind es nun schon?« fragte sie, obwohl sie die Antwort sehr gut kannte.

»Daß wir Karneval zusammen verbringen? Ich bin tief gekränkt. Mir sind unsere gemeinsamen Nächte unauslöschlich ins Herz gebrannt, und du vergißt sie so schnell. Vier sind es, meine Liebe. Reicht das schon für eine Dauerbeziehung?«

»Möchtest du das denn?« fragte sie. Er hatte die Hand nach oben wandern lassen und streichelte ihr den Nacken. Seine Finger waren sanft; er war ja auch ein sanfter Mann.

»Ich möchte dein Freund sein, solange ich lebe«, sagte Aurelian leise. Sein dunkler Kopf neigte sich über sie, und sie küßten sich.

Lisseut entspannte sich, wohliges Behagen durchströmte sie. Genau das hatte sie heute nacht gebraucht. Langsam ließ sie sich zurücksinken, vergrub die Finger in seinem dichten, schwarzen Haar und zog ihn zu sich herab. Und dann liebten sie sich genau wie in den vergangenen drei Jahren an Karneval… schufen mit viel Zärtlichkeit und hin und wieder einem Lachen inmitten des wilden Treibens auf den Straßen, der Musik unten in der Taverne und der Sommersterne, die um dieses Zentrum des Jahres kreisten, eine Insel der Stille.

Später legte sie den Kopf auf seine Brust, sein Arm umfing ihren Körper, und sie lauschten gemeinsam einer Stimme, die zu einer uralten Melodie Anselme von Cauvas' zartestes Lied sang. Irgendwann in der Mittsommernacht kam man in der *Liensenne* immer wieder darauf zurück:

Schwarz wie die Nacht liegt da die Welt,
Ihr Glanz ist es, der sie erhellt…

Ohne so recht zu wissen, warum, fragte Lisseut: »Aurelian, was weißt du von Lucianna Delonghi?«

»Genug, um ihr aus dem Weg zu gehen. Sie heißt jetzt übrigens Lucianna d'Andoria, sie hat wieder geheiratet, aber nur die Familie ihres Gemahls wird sie jemals so nennen. Ich würde keine Wette darauf abschließen, daß Borsiard d'Andoria ein hohes Alter erreichen oder daß sein Familienleben besonders harmonisch verlaufen wird.«

»Warum hat er sie dann geheiratet? Macht hat er doch wohl selbst genug? Warum holt er sich die Delonghi nach Andoria?«

Aurelian lachte leise. »Warum handeln die Menschen immer wieder gegen die Vernunft? Warum tun wir nicht, was uns die Metaphysiker an der Universität lehren? Sagen wir doch einfach, das sei Rians Einfluß auf unsere Herzen und Seelen. Ihretwegen lieben wir auch die Musik mehr als die Rhetorik.«

Das war es nicht, was sie hören wollte.

»Ist sie schön, Aurelian?«

»Ich habe sie nur einmal aus der Ferne gesehen.«

»Und?«

»Remy könnte sie sicher besser beschreiben.«

»Remy liegt in irgendeinem Bett oder betrinkt sich. Sag du es mir.«

Beide schwiegen für einen Moment. Von unten war weiterhin Anselmes Liebeslied zu hören.

»Sie ist so schön wie ein Stück Obsidian im Neuschnee«, sagte Aurelian langsam. »Sie glitzert wie ein Diamant im Kerzenschein. Sie hat das Feuer eines Rubins oder eines Smaragds. Womit soll ich sie noch vergleichen? Sie ist eine Gefahr, man kann sich in ihr verlieren. Wie der Krieg oder die Berge stellt sie eine Herausforderung dar, und ich glaube, sie kann auch ebenso grausam sein.«

Lisseut schluckte krampfhaft. »Das klingt wie Remy, wenn er zu viel Wein getrunken hat«, sagte sie endlich gewollt ironisch. So hatte sie Aurelian noch nie erlebt. »Du hast sie wirklich nur von ferne gesehen?«

»Es war in Faenna, und ich saß am anderen Tischende«, bestätigte er gelassen. »Näher hätte ich mich nicht herangewagt, aber das hat vollauf gereicht. Mit dieser Frau kann man nicht leben. Ich will nicht freveln, sonst würde ich sagen, sie hat die dunkle Seite der Göttin in sich. Sie zerstört jeden, der sie begehrt.«

»Und dennoch wird sie begehrt.«

»Wir haben alle unsere dunklen Seiten, und manche nächtlichen Wünsche würden wir bei Tag gern verleugnen ...« Er zögerte. »Manchmal träume ich von ihr.«

Lisseut schwieg betroffen. Sie bedauerte schon, gefragt zu

haben. Die Verwirrung von vorhin war zurückgekehrt und hatte den Frieden zerstört. So lagen sie stumm beieinander und lauschten den Klängen von unten. Irgendwann beruhigte die Musik ihre Nerven, wie sie es immer tat, und noch bevor es still wurde, waren sie beide eingeschlafen. Doch Lisseut träumte in Aurelians Armen von Pfeilen und hörte Rudel Correze in seinem Garten lachen.

Wenn morgen früh die Sonne durchs Fenster schien und sie weckte, würde Aurelian verschwunden sein, und Remy von Orreze würde schnarchend und sturzbetrunken in Stiefeln und Kleidern auf dem zweiten Bett liegen. Lisseut würde nur einen Augenblick lang zögern, um dann mit einem inbrünstigen Dankgebet an Rian und an Corannos die Waschschüssel zu nehmen, die Aurelian aufmerksamerweise gefüllt hatte, bevor er ging, und sie über dem blonden Troubadour, ihrem ersten Liebhaber, auszuleeren. Dann würde sie schleunigst das Zimmer verlassen und die Treppe hinunterlaufen, während er mit seinem empörten Gezeter alles aufweckte, was an diesem strahlenden Mittsommertag in der *Liensenne* noch schlief.

Danach würde sie sich sehr viel besser fühlen.

* * *

Guibor IV., Graf von Arbonne pflegte – immer vorausgesetzt, das Land blieb von Krieg und Pest verschont – alle zwei oder drei Jahre zum Mittsommerkarneval nach Tavernel zu reisen, zu Ehren der Göttin und um seinen Untertanen im Süden zu zeigen, daß er seine Pflichten getreulich erfüllte und nicht vergessen hatte, was das Meer für Arbonne bedeutete. Als junger Mann hatte er sogar einmal am Ringstechen teilgenommen und drei Kränze geholt. Den vierten hatte er verfehlt und war ins Wasser gefallen. Als er wieder auftauchte, ließ er sein vergnügtes Gelächter erschallen, das ihn, neben anderen Eigenschaften, bei seinem Volk so beliebt gemacht hatte.

In jenen Nächten, überlegte Signe de Barbentain – sie befand sich in einem Zimmer im Rian-Tempel, und im Kamin brannte ein Feuerchen, denn inzwischen fröstelte sie sogar im Sommer – hatte sie sich um den alten Aberglauben, wonach es Unglück brachte, an Mittsommer allein zu schlafen, nicht weiter gekümmert. Sie hatte neben ihrem Gemahl gelegen, und der wüste Lärm von draußen hatte zum Zauber dieser Nacht einfach dazugehört.

Heute war sie allein, und sie hatte Angst. Nicht etwa vor dem Tod; Rians Ruf würde ergehen, wenn es soweit war, lange konnte es ohnehin nicht mehr dauern. Damit hatte sie sich längst abgefunden. Nein, sie hatte Angst um ihr Land, das vom Strom der Ereignisse unaufhaltsam mitgerissen wurde.

In dieser Nacht hatte man neue Teile des Musters entdeckt, und nun lag die Gräfin von Arbonne hellwach in ihrem Bett, betrachtete die zuckenden Schatten, die das Kaminfeuer und die Kerzenflamme an die Wände warfen, und versuchte noch einmal, sich mit den neuen Erkenntnissen auseinanderzusetzen. Gorhaut würde südwärts ziehen, das war eine Tatsache, der man sich stellen mußte. Roban der Kanzler hatte diese Entwicklung schon an dem Tag prophezeit, als die Nachricht vom Iersen-Vertrag in Barbentain eingetroffen war. Und nun hatte man ganz gezielt eine phantastische Summe auf Bertran de Talairs Kopf ausgesetzt. Signe überlief es eiskalt. Er hätte in dieser Nacht nur zu leicht den Tod finden können. Wenn die Wolken nicht genau im richtigen Moment gekommen wären, wenn Beatritz sich nicht in Tavernel aufgehalten hätte, wenn Blaise, der bärtige Coraner, nicht den Pfeil und den Meuchelmörder erkannt und sofort Syvaren vermutet hätte, wäre Bertran jetzt womöglich nicht mehr am Leben, Talair stünde ohne einen Erben da, und Arbonne hätte einen Mann verloren, den es dringend brauchte.

Blaise, der Coraner aus Gorhaut, war ein Problem für sich. Zum fünfzigsten, zum hundertsten Mal wog Signe Risiken und Chancen in diesem Spiel, das Beatritz und Bertran gemeinsam ausgeheckt hatten, um Galbert de Garsencs jüngeren Sohn für ihre Sache zu gewinnen, gegeneinander ab. Roban hatte nichts damit zu tun haben wollen, er war mit abweisendem Gesicht um den ganzen Ratssaal herummarschiert, als der Plan erstmals besprochen wurde. Sie konnte es ihm nicht verdenken; Beatritz und Bertran, an sich grundverschieden, vertrauten beide bedingungslos ihrem eigenen Urteilsvermögen und teilten darüber hinaus einen Hang zum Risiko, der gelegentlich nervenaufreibend war.

Und nun war dieser Blaise de Garsenc ganz anders als erwartet. Die Gerüchte hatten ihn als eiskalten Raufbold geschildert, der sich im Lauf der Jahre auf vielen Turnieren und in einigen Kriegen in allen sechs Ländern einen Namen gemacht hatte. Roban behauptete, sie selbst habe ihm vor sechs Jahren auf dem Herbstmarkt von Lussan den Lorbeer überreicht; sie konnte sich nicht daran erinnern. Wie sollte sie sich die vielen Jünglinge auch alle noch merken, die offenbar die ewige Jugend gepachtet hatten, während sie selbst zusehends alterte?

Jedenfalls war dieser Gorhautaner nicht der Barbar aus dem Norden, den sie sich vorgestellt hatte. Gewiß, er konnte zornig werden, das sah man sofort, aber er war nicht dumm, und in erster Linie war er wohl verbittert. Bevor er hierherkam, hatte man ihm in Portezza übel mitgespielt; die Gerüchte darüber entsprachen vermutlich der Wahrheit. Nun, er wäre nicht der erste junge Mann, der sein Herz vor der Tür zu Lucianna Delonghis Schlafgemach verloren hatte, und er würde nicht der letzte sein.

Signe rieb sich im Dunkeln unter der Bettdecke die schmerzenden Finger; momentan fror sie eigentlich ständig. Früher hatten sich alle jungen Männer auf Anhieb in sie verliebt. Aber sie hatte gewußt, wie sie damit umzugehen hatte. Sie hatte ihnen verweigert, was sie nicht geben konnte, hatte aber ihren Stolz geschont und sie zugleich noch fester an sich und damit – was noch wichtiger war – auch an Guibor und an die Sache gebunden, die Arbonne in der Welt vertrat. Die Rituale der höfischen Liebe waren eine eigene Kunstform und dienten einem ganz bestimmten Zweck. Wer wüßte das besser als sie, die sie sowohl diesen Zweck festgelegt wie die gesamte Richtung geprägt hatte.

Vor dreißig Jahren hätte sie diesen gorhautischen Coraner vielleicht noch mit gewissen Künsten an sich zu fesseln vermocht. Das war vorbei; List und Tücke in dieser Form waren jüngeren Frauen vorbehalten und hätten, wenn ihr Urteil richtig war – und sie hatte in diesen Dingen einen sehr scharfen Blick – bei diesem Mann ohnehin nicht verfangen. Nach seinen

Erfahrungen mit Lucianna Delonghi würde Blaise von Gorhaut sich nicht so bald wieder an den Reizen einer Frau die Finger verbrennen.

Damit konnten sie nur noch an seinen Zorn und seinen Haß appellieren, und das hatte ihr schon früher, in ihrer Jugend nicht gelegen, und erst recht nicht jetzt, da Guibor sie verlassen hatte und die Welt so traurig und leer geworden war. So verzweifelt die Lage auch sein mochte, es widerstrebte ihr, den Haß eines Sohnes auf seinen Vater für ihre Zwecke auszunützen.

Und doch. Und doch hatte der Mann selbst die entscheidenden Worte gesprochen, ohne daß ihn jemand dazu angestachelt oder gar verführt hätte: *Was soll ich denn noch tun? Wie ein Rasender nach Hause reiten und mich selbst zum König von Gorhaut ausrufen?*

Er hatte es nicht ernst gemeint, hatte nicht einmal im Traum daran gedacht, daß es ernst gemeint sein könnte, aber der schmachvolle Iersen-Vertrag brannte in seinem Herzen wie eine offene Wunde, und die Machenschaften seines Vaters hatten ihn tief verletzt. Alle Welt wußte schließlich, daß Galbert de Garsencs jüngerer Sohn den von seinem Vater ausgehandelten Frieden verurteilt und Gorhaut im Zorn verlassen hatte.

Vielleicht. Vielleicht hatte sich hier wirklich ein Riß aufgetan, der sich nördlich der Berge in Gorhaut vergrößern ließ. Aber sie fühlte sich alt und müde. Wenn sie nur schlafen könnte. Sie wollte sich nicht mit strategischen Überlegungen beschäftigen. Sie sehnte sich nach Musik, nach der warmen Sommersonne, in der die Trauben reiften und nach der sanften Wärme der Erinnerungen.

Jemand klopfte leise an ihre Tür. Es gab nur einen Menschen, der sie so spät noch stören würde.

»Komm herein«, sagte sie und beobachtete im flackernden Schein des Feuers und der einzigen Kerze, wie die Tür aufging, wie Beatritz, das einzige Kind, das ihr geblieben war, sie hinter sich schloß und in ihrem hellen Nachtgewand mit festen Schritten, die über ihre Blindheit hinwegtäuschten, den Raum betrat. Die weiße Eule flog von ihrer Schulter und ließ sich auf einem Bettpfosten nieder.

Signe mußte an das erste Wiedersehen mit Beatritz denken, nachdem die Tochter ihr Augenlicht der Göttin geopfert hatte. Es war keine angenehme Erinnerung. Für jede Mutter wäre es schmerzlich gewesen, ihr Kind so verstümmelt zu sehen, auch wenn sie die alten, heiligen Motive dafür kannte und wußte, daß der Verlust mit neuer Macht aufgewogen werden würde.

Beatritz trat an ihr Bett. »Habe ich dich geweckt?«

»Nein. Mir geht zu viel im Kopf herum, als daß ich schlafen könnte.«

»Genau wie mir. Zu viele Gedanken in Rians heiliger Nacht.« Ihre Tochter zögerte. »Störe ich, oder hast du ein Plätzchen für mich frei? Ich habe Angst und finde keine Ruhe.«

Signe lächelte. »Kind, bei mir ist immer Platz für dich.« Sie schlug die Decke zurück, und ihre Tochter legte sich zu ihr. Signe nahm sie in den Arm und strich ihr über das ergrauende Haar. So weich war es gewesen, so schwarz und glänzend, als Beatritz noch klein war, als sie noch zwei Brüder hatte, eine Schwester und einen Vater. *Jetzt sind wir beide allein,* dachte Signe und summte dazu eine fast vergessene Melodie. *Ganz allein.*

* * *

Auf dem Weg vom Haus des Gottes zu Bertrans Stadtpalais bemühte sich Blaise, an gar nichts zu denken. Morgen früh und in den kommenden Tagen würde er noch genug Zeit haben, sich mit den Dingen zu beschäftigen, die er in dieser Nacht erfahren, und mit den gefährlichen, neuen Wegen, die sich ihm so unvermutet eröffnet hatten. Jetzt war es spät, und er war todmüde.

Auf den Straßen war es still geworden; nur hin und wieder kamen vereinzelte Pärchen oder Gruppen von Lehrjungen mit Weinschläuchen und zerknitterten Masken in den Händen an ihm vorbei. Beide Monde standen im Westen, und der Wind hatte die Wolken vertrieben. Bis Tagesanbruch fehlten freilich selbst in dieser, der kürzesten Nacht des Jahres, noch etliche Stunden. Hell glänzten die Sterne am Himmel. In Gorhaut nannte man sie Lichter des Gottes, hier waren sie Rian geweiht. Zum ersten Mal fragte sich Blaise, ob es letzten Endes wirklich einen Unterschied machte. Welche Kräfte ihnen die Sterblichen auch zuschreiben mochten, sie waren und blieben fern und kalt. Er hatte von legendären, geheimnisvollen Ländern im fernen Süden gehört, jenseits von Meer und Wüste, wo man ganz andere Götter und Göttinnen verehrte. Ob dort dieselben Sterne schienen, mit dem gleichen, strahlenden Glanz?

Blaise schüttelte den Kopf. Müßige Nachtgedanken. Er sehnte sich nach seinem Bett, nach ein paar Stunden Schlaf. Am liebsten wäre er noch auf der Straße umgesunken wie die Gestalten, die er in den Hauseingängen liegen sah. Die meisten waren nicht allein, und was sie vor dem Einschlafen getrieben hatten, war nicht schwer zu erraten.

Zuvor hatte er die größte von Rians Kuppeln aufgesucht – das erste Mal im Leben, daß er einen ihrer Tempel betrat –, um nach Valery zu sehen, bevor es Morgen wurde. Man hatte ihn ohne weiteres eingelassen; er hatte schon befürchtet, sich irgendeinem blutigen Ritual unterziehen zu müssen, doch man hatte nichts dergleichen verlangt. Valery hatte geschlafen. Man hatte Blaise erlaubt, von der Tür aus im Schein einer Kerze einen Blick in den Raum zu werfen. Die Schulter war ordentlich verbunden. Was man sonst zur Heilung unternommen hatte, konnte er sich nicht vorstellen und schon gar nicht beurteilen. Seiner Erfahrung nach war gegen Syvaren kein Kraut gewachsen.

Auf dem Weg nach draußen hatte er noch gesehen, daß sich im größten Raum des Tempels unter der hohen Kuppel eine Schar von Menschen, Männer wie Frauen, versammelt hatte. Eine Priesterin in weißem Gewand hielt einen Gottesdienst ab. Dann war er, ohne sich lange aufzuhalten, zum nächsten Corannos-Haus weitergegangen. Nachdem er sich am Eingang feierlich die Hände gewaschen und Anrufung und Bittgebet gesprochen hatte, war er in der kleinen Coranerkapelle mit den Steinwänden vor dem Relief niedergekniet. Zum ersten Mal seit langem endlich allein, hatte er sich ganz der tiefen Stille hingegeben, in der Hoffnung, die heitere Ruhe des Gottes zu spüren.

Doch dazu war es nicht gekommen, nicht in dieser Nacht.

Selbst in der Kapelle hatten sich seine Gedanken – gleich einem Raubvogel, der auf einem Feld einen Hasen gesichtet hatte – unermüdlich im Kreis gedreht und waren immer wieder bei den verhängnisvollen Worten gelandet, die er in jenem Raum im Carenzu-Palais gesprochen hatte. Und die natürlich nicht ernst gemeint waren, keineswegs. Er hatte nur allen Anwesenden zeigen wollen, wie hilflos er in Wirklichkeit war, so sehr er das Verhalten seines Vaters und König Ademars in Gorhaut auch verurteilen mochte. Aber man hatte ihn anders verstanden, und als nach seinem Ausbruch alles schwieg, die weiße Eule aufflog und sich auf seine Schulter setzte, da hatte sein Herz geklopft, als poche jemand mit der Faust an das Tor des Schicksals.

So klopfte es auch jetzt wieder, als er durch das Labyrinth menschenleerer Straßen und Gassen heimwärts ging. Er versuchte, sich die ganze Sache aus dem Kopf zu schlagen. Er war zu müde, um ein Geschehen von solcher Tragweite zu überblicken.

Der junge Serlo stand Wache unter den Laternen, die den Eingang zum Stadtpalais des Herzogs erleuchteten. Er nickte Blaise durch die Gitterstäbe zu, und sah erst nach rechts und nach links die Straße entlang, bevor er das Tor öffnete. Es war unverschlossen gewesen – das war hier an Mittsommer Tradition – aber nach dem Mordanschlag hatte man es doch für ratsam gehalten, wenigstens am Haupteingang einen Posten aufzustellen. Bertrans Coraner wurden von Valery von Talair ausgezeichnet geführt; als Ausbilder wurde Blaise hier nicht benötigt. Statt dessen konnte er selbst noch einiges lernen, nicht zuletzt aus den ständigen Reibereien mit den Coranern von Miraval. Ein jahrelang schwelender Konflikt zwischen zwei benachbarten Burgen verlief nach anderen Regeln als eine Schlacht zwischen zwei feindlichen Heeren.

»Ich war bei Valery«, sagte Blaise, als er eintrat. »Er schläft ruhig.«

Serlo nickte. »Ich werde erst wieder ruhig schlafen, wenn wir herausgefunden haben, wer diesen Pfeil abgeschossen hat«, sagte er. »Hoffentlich halten die Göttin und der Gott für Schützen, die Syvaren verwenden, in der Ewigkeit eine besondere Hölle bereit.«

»Ich habe im Krieg schon Schlimmeres erlebt«, antwortete Blaise ruhig. Er hatte etwas anderes sagen wollen, war aber zu müde, um nach den richtigen Worten zu suchen. »Gute Nacht«, verabschiedete er sich.

»Gute Nacht.«

Hinter ihm fiel das Tor ins Schloß. Wenn sich auch noch ein Schlüssel gedreht hätte, wäre ihm das sehr lieb gewesen; er vertrat in bezug auf Arbonnes Traditionen seine eigene Meinung. Andererseits war es, wie er Bertran de Talair kannte, höchst unwahrscheinlich, daß sich der Herzog heute nacht in seinem Palais aufhielt. Kopfschüttelnd durchquerte Blaise den Innenhof, passierte die Tür, stieg die Treppe hinauf und ging den Korridor entlang zu der kleinen Kammer, auf die er als Söldnerhauptmann Anspruch hatte. Ein nicht zu verachtendes Privileg; Coraner schliefen meist alle zusammen in Dormitorien oder im Großen Saal von Talair, und ein höherer Dienstgrad berechtigte allenfalls dazu, im Winter näher am Feuer und in den heißen Sommernächten näher an den Fenstern zu liegen.

Als er seine Tür öffnete, wäre er vor Müdigkeit fast gestolpert. Das Parfum stieg ihm in die Nase, bevor er die Frau auf seinem Bett sitzen sah.

»Wißt Ihr nicht mehr«, sagte Ariane de Carenzu, »daß wir beide uns über verschiedene Themen unterhalten wollten? Bisher hatten wir uns wohl nur auf die offiziellen Fragen beschränkt.«

»Wie seid Ihr an der Wache vorbeigekommen?« fragte Blaise. Sein Puls hatte sich wieder beschleunigt. Die Müdigkeit war verflogen. Seltsam, wie schnell das manchmal ging.

»Überhaupt nicht. Es gibt verschiedene Wege in dieses Palais. Das ist in meinem eigenen Haus nicht anders.«

»Weiß Bertran, daß Ihr hier seid?«

»Hoffentlich nicht. Aber ich glaube kaum. Er ist sicher selbst unterwegs. Wir haben immer noch Mittsommer, Blaise, und wir sind in Tavernel.« Er wußte, was das bedeutete; die Sängerin hatte es ihm erklärt, kurz bevor ihn die Soldaten dieser Frau abgeführt hatten.

Sie trug das Haar natürlich immer noch offen, und ihr zartes

Parfum beeinflußte die Atmosphäre in dem kleinen Raum auf irritierende Weise. Aber Blaise de Garsenc hatte seine eigenen Regeln und Moralbegriffe, und dagegen hatte er schon einmal verstoßen, als er sich letzten Sommer in den parfümierten Netzen einer Frauenwelt verfangen hatte. Jetzt sagte er: »Wo *wir* sind, ist mir klar. Aber wo ist der Herzog von Carenzu?« Er wollte sie verletzen, ohne so recht zu wissen, warum.

Sie blieb gelassen, soweit er das bei Kerzenschein beurteilen konnte. »Mein Gemahl? Auf Schloß Ravenc, nehme ich an, bei En Gaufroy. Die beiden haben ihre eigenen Mittsommertraditionen, und dabei sind Frauen nicht erwünscht.«

Blaise hatte schon von Gaufroy de Ravenc gehört. Man sagte ihm nach, seine junge Gattin auch nach fast dreijähriger Ehe noch nicht zur Frau gemacht zu haben. Über Thierry de Carenzu hatte er keine derartigen Gerüchte gehört, aber er hatte schließlich auch nicht danach gefragt. Die Sache interessierte ihn nicht weiter.

»Ich verstehe«, sagte er heiser.

»O nein«, widersprach Ariane de Carenzu scharf. Kein Funken Ironie, kein Lächeln war mehr in ihrer Stimme. »Ich fürchte, Ihr versteht überhaupt nichts. Soeben habt Ihr insgeheim den Schluß gezogen, ich würde nur deshalb allein durch die Nacht streunen, weil mein Gemahl Männer als Bettgefährten vorzieht. Als nächstes werdet Ihr mein Verhalten vor diesem Hintergrund begreiflich finden. Doch nun hört mir gut zu: daß ich hier bin, ist meine eigene Entscheidung, und solange mich der Mann, dem mein Vater mich zur Frau gegeben hat, nicht einsperrt, haben seine Vorlieben und Neigungen damit nicht das geringste zu tun.«

»Hauptsache, man amüsiert sich? Von Loyalität haltet Ihr wohl nichts?«

Sie schüttelte ungeduldig den Kopf. »An dem Tag, an dem in unserer Gesellschaft Männer und Frauen frei wählen dürfen, wen sie heiraten wollen, könnt Ihr auch Loyalität von mir verlangen. Doch solange selbst in Arbonne die Frauen nur Figuren im Spiel um Burgen und Staaten sind, fühle ich mich dazu in keiner Weise verpflichtet. Ich widme mein Leben der Aufgabe, die Verhältnisse zu ändern. Und Thierrys Gewohnheiten haben damit nicht das geringste zu tun.« Sie stand auf und verdeckte mit ihrem Körper die Kerze. Ihr ausdrucksvolles Gesicht lag plötzlich im Schatten. »Allerdings bin ich über Euren Geschmack und Eure Neigungen nicht informiert. Ist es Euch lieber, wenn ich gehe? Ich kann ebenso unbemerkt verschwinden, wie ich gekommen bin.«

»Was macht es schon aus, wenn man Euch bemerkt?« Verbissen nährte er seinen Zorn. »Sind wir nicht in Arbonne? In Tavernel, an Mittsommer?«

Da sie die einzige, flackernde Kerze im Rücken hatte, konnte er ihr Gesicht nicht sehen, aber das ungeduldige Kopfschütteln entging ihm nicht. »Nun kommt schon, Blaise, ganz so dumm seid Ihr nun wieder nicht. Natürlich ist Diskretion ein wesentliches Element. Ich will niemanden in Verlegenheit bringen, am allerwenigsten mich selbst. Alle öffentlichen Verpflichtungen gegenüber meinem Gemahl und meinem Volk habe ich stets getreulich erfüllt. Das kann ich guten Gewissens sagen. Ich respektiere Thierry, und er respektiert mich. Mit meinen Pflichten gegen mich selbst sieht es anders aus, und was bei Nacht und ohne Zeugen zwischen zwei erwachsenen Menschen geschieht, braucht die Welt nicht zu erfahren.«

»Wozu dann das Ganze? Warum kommen zwei Menschen überhaupt zusammen? Hat Euer Minnegericht auch darüber entschieden?« Es sollte zynisch klingen, hörte sich aber nicht sehr überzeugend an.

»Selbstverständlich«, sagte sie. »Sie kommen zusammen, um sich an der Gabe des Lebens zu erfreuen, die sie von der Göttin ... oder von Eurem Gott, wenn Euch das lieber ist, erhalten haben. Die besten Dinge im Leben dauern manchmal nur eine Nacht, und am nächsten Morgen ist alles vorüber. Habt Ihr diese Erfahrung noch nicht gemacht?«

Er hatte tatsächlich ein Erlebnis in dieser Richtung gehabt, doch der nächste Morgen hatte ihm letztlich nur Qualen gebracht, die nicht vergehen wollten. Beinahe wäre er damit herausgeplatzt. Statt dessen schwiegen sie beide. Im Gegenlicht hatte sie große Ähnlichkeit mit Lucianna. Er konnte sich einbilden, ihr schwarzes Haar fühle sich genauso an, konnte sich an die leichte Berührung erinnern, die eine Spur zog ...

Aber nein. Erinnerungen an die Vergangenheit ließen den Zorn von neuem sprudeln. Diese Frau hatte ihm, soweit er wußte, nichts getan, aus ihrer Sicht erwies sie ihm mit ihrem Besuch sogar eine hohe Ehre. Er schluckte.

»Es ist schon gut«, sagte sie. »Ihr seid müde. Ich wollte Euch nicht kränken. Ich werde jetzt gehen.«

Hinterher wußte Blaise nicht mehr, wie es zugegangen war, doch plötzlich hielt er sie in den Armen. Er zitterte; seit Rosala hatte er keine Frau mehr angerührt, und auch jene Nacht und die Zeit danach waren mit Zorn und Schuldgefühlen schwer belastet. Sein Mund näherte sich dem ihren, er sog in tiefen Zügen ihren Duft ein und schottete sich zugleich ab. Diese ausgekochten Frauen aus dem Süden würden ihn mit ihren Verführungskünsten nicht noch einmal übertölpeln. In dieser Hinsicht hatte er von Lucianna einiges gelernt. Wenn er nach einem Frühling und einem Sommer in Portezza nicht wenigstens so weit gekommen war, konnte er sein Leben auch gleich wegwerfen. Blaise war auf alles gefaßt, für alles gewappnet.

Und war es doch nicht. Denn wo Lucianna Delonghi die Liebe als Werkzeug benützt hatte, als Waffe in ihren raffinierten, generalstabsmäßig geplanten Operationen zum Zwecke des Lust- und Machtgewinns, um die Männer damit wehrlos zu machen und an sich zu fesseln, erlebte Blaise in dieser Nacht in Tavernel, wie eine starke Frau ihre Liebe verschenkte, sich rückhaltlos, leidenschaftlich wie der Wind und doch niemals ohne Würde, ehrlich und bedingungslos hingab.

So lagen sie denn auf seinem Bett in Bertran de Talairs Stadtpalais, eng umschlungen und, nachdem die einzige Kerze erloschen war, im Dunkeln, und in dieser Nacht vergaß Blaise für eine Weile den alten und den neuen Schmerz und fand zu einem Miteinander, das ihm bisher versagt geblieben war. Er gab, was er zu geben hatte, und gegen Ende, als kein Zynismus mehr aufkommen konnte, zeigte er ihr sogar einiges, was er in Portezza gelernt hatte und was zwei Menschen nur dann miteinander tun konnten, wenn Vertrauen und Begehren sich zusammenfanden. Ariane de Carenzu nahm alles an, lachte sogar einmal in atemlosem Entzücken, und vergalt es ihm mit einer seltenen und kostbaren Gabe, einem kahlen Baum gleich, der des Nachts erblüht. Blaise wiederum war bei aller Bitterkeit, die in ihm wohnte, doch weise und stark genug, das Geschenk nicht zurückzuweisen und sie seine Dankbarkeit spüren zu lassen.

Endlich schlief er ein. Sie lag in seinen Armen, er trank ihren Duft, alles Begehren war gestillt, nun konnte er durch das Dornengestrüpp seiner Geschichte in seine Müdigkeit zurückkriechen wie in einen Garten.

Einige Zeit später erwachte er, ein Geräusch draußen auf der Straße hatte ihn aufgestört. Sie war noch bei ihm, ihr Kopf lag auf seiner Brust, ihr schwarzes Haar ergoß sich über sie beide. Staunend hob er die Hand und strich darüber.

»Na«, sagte Ariane. »Na, na, na …«

Er lachte leise. Genau das hatte sie erreichen wollen. Dann schüttelte er den Kopf. »Das war die längste Nacht, die ich je erlebt habe.« Unglaublich, was alles passiert war, seit sie am Nachmittag in Tavernel eingetroffen und durch die belebten Straßen zur *Liensenne* gegangen waren.

»Ist sie denn schon vorüber?« flüsterte Ariane de Carenzu. Langsam erwachte ihre Hand zum Leben, ihre Fingernägel streiften kaum spürbar seine Haut. »Wenn man den Liedern glauben kann, haben wir noch Zeit, bis die Lerche den Tagesanbruch verkündet.«

Er spürte, wie das Begehren zurückkehrte, unaufhaltsam wie eine Woge, die weit draußen auf dem Meer entsteht. »Warte«, bat er unbeholfen. »Ich muß dich etwas fragen.«

»Du meine Güte.«

»Nein, nichts Schlimmes, auch nicht weiter schwierig. Es geht um Arbonne, um Menschen, die wir beide kennen. Ich hätte mich schon längst erkundigen sollen.«

Die Hand auf seinem Oberschenkel hielt inne. »Ja?«

»Was ist zwischen Talair und Miraval geschehen? Woher dieser Haß?« Er hatte die Wahrheit gesagt, hatte in dieser Nacht eine Einsicht gewonnen: es war unnatürlich, wie sehr er sich in den Monaten seiner Ankunft dagegen gewehrt hatte, dieses Land näher kennenzulernen.

Ariane schwieg einen Augenblick, dann seufzte sie. »Also

doch eine schlimme und zugleich eine schwierige Frage. Nun muß ich meinerseits Erinnerungen nachjagen.«

»Verzeih mir, ich ...«

»Nein, schon gut. Ich denke ohnehin die ganze Zeit daran. Unsere Erinnerungen sind uns niemals fern. Schließlich bestimmen sie einen großen Teil unseres Wesens.« Sie zögerte. »Hast du wenigstens von Aelis de Barbentain gehört, die Aelis de Miraval wurde?«

Er schüttelte den Kopf. »Bedauere. Nein.«

»Signes und Guibors jüngstes Kind. Zur Erbin von Arbonne bestimmt, weil ihre Schwester Beatritz sich der Göttin weihte und die beiden Brüder in jungen Jahren an der Pest starben. Wurde siebzehnjährig mit En Urté de Miraval vermählt. Sie war meine Cousine.« Sie zögerte einen Moment lang. »Bertrans Geliebte, und, wie ich glaube, die eine, große Liebe seines Lebens.«

Wieder trat Schweigen ein. Blaise hörte so deutlich, als stünde der Sprecher mit im Raum, die Worte, die Bertran in einer anderen Nacht auf einer dunklen Treppe gesprochen hatte: *Ich habe mir die größte Mühe gegeben, der Gott und die gütige Rian wissen es, doch eine Frau wie sie habe ich in dreiundzwanzig Jahren nicht wieder gefunden.*

Blaise räusperte sich. »Du hast vermutlich recht. In Kastell Baude hat er eine Bemerkung gemacht, die ... dazu passen würde.«

Ariane hob den Kopf und sah ihn an. »Dann muß er in einer ganz außergewöhnlichen Stimmung gewesen sein. Sonst spricht er nie davon.«

Blaise nickte. »So ist es.«

»Und er muß dir vertraut haben. Seltsam.«

»Vielleicht wußte er auch nur, daß ich nichts damit anfangen konnte.«

»Mag sein.«

»Erzählst du mir nun die Geschichte? Es wird Zeit, daß ich einiges erfahre.«

Wieder seufzte Ariane. Sie fühlte sich überrumpelt, die Frage kam völlig unerwartet. Dreizehn Jahre war sie damals alt gewesen, aufgeweckt, temperamentvoll und fröhlich, ein

Kind noch. Hinterher hatte sie lange gebraucht, um ihre Fröhlichkeit wiederzufinden, und das Kind in ihr war in jener Nacht mit Aelis gestorben.

Jetzt war sie eine erwachsene Frau, stand in den verschiedensten Rollen – als Herrin des Minnegerichts, Tochter aus adeligem Hause, durch Heirat einem zweiten verbunden – auf der Weltbühne und hatte die damit verbundenen Lasten zu tragen. Anders als Beatritz oder Bertran liebte sie das Risiko nicht, sie pflegte jeden Schritt genau zu bedenken, bevor sie ihn tat. Sie hätte das Komplott gegen Galbert de Garsencs Sohn nicht ausgeheckt, und sie hatte es auch nicht gebilligt, als man ihr davon erzählte. Doch inzwischen hatte sie sich ihre eigene Meinung über den Mann gebildet, der sich mit seiner Bitterkeit umgab wie mit einem Panzer, um seine verletzten Gefühle zu schützen.

Und so erzählte sie ihm die Geschichte. Sie lagen beieinander auf seinem Bett in Bertrans Palais, sie hatten sich geliebt, und draußen mußte die Nacht allmählich der Dämmerung weichen, während sie im Rhythmus, im Takt ihrer eigenen Worte in die Vergangenheit reiste. Sie erzählte ihm alles, verwob bedächtig die traurigen Fäden des alten Gewirks zu einer Geschichte, alle Fäden bis auf einen, von dem sie niemals sprach. Es war nicht ihr Geheimnis, und sie hatte nicht das Recht, es zu verraten, unter keiner Bedingung, nicht im Vertrauen, nicht einmal in höchster Not.

Sie liebten sich nicht noch einmal, als sie schließlich zu Ende war und verstummte. Ariane hatte immer wieder festgestellt, daß es ihr schwerfiel, an den Wünschen der Gegenwart festzuhalten, solange die Erinnerung an Aelis noch lebendig war.

* * *

Elisse von Cauvas war eitel, und ihre üppige Figur, die angenehme Stimme und die lachenden Augen mit den langen Wimpern gaben ihr auch allen Grund dazu. In ihrer Gesellschaft fühlte jeder Mann sich geistreicher und witziger als sonst. Daß sie ausgerechnet in der Stadt geboren war, die stolz darauf war, Anselme, den ersten Troubadour, zu ihren Söhnen zählen zu dürfen, hielt sie für eine Schicksalsfügung, die sie dazu bestimmte, als Joglar von Burg zu Burg, von Stadt zu Stadt zu wandern. Jeden Morgen beim Aufwachen dankte sie dem Himmel, daß ihr der Lebenslauf einer Handwerkerstochter erspart geblieben war. Sie hätte sich nur unsäglich gelangweilt und frühzeitig graue Haare bekommen. Man heiratete den Lehrling, überlebte – wenn man Glück hatte – viele Geburten in wenigen Jahren und schuftete sich dann zu Tode, um seine Familie sattzubekommen, das undichte Dach zu flicken und die Ritzen in der Wand zu verstopfen, durch die im Winter der kalte Wind pfiff.

Das wäre nichts für sie. Jedenfalls jetzt nicht mehr. Sie war, mit allenfalls einer ärgerlichen Ausnahme, sicher die bekannteste unter den weiblichen Joglares, die mit den fahrenden Musikanten durch Arbonne zogen. Und diese Ausnahme, Lisseut von Vézet, hatte bis vor kurzem nur deshalb Aufmerksamkeit erregt, weil ihr Name Elisses eigenem so ähnlich war. Noch vor etwa einem Jahr hatte Jourdain in diesem Zusammenhang eine Anekdote erzählt, über die sie alle sehr gelacht hatten.

In der letzten Saison hatten sich jedoch einige Veränderungen oder zumindest Ansätze zu Veränderungen ergeben. Zuerst hatte man sie und Jourdain in zwei oder drei Städten und in einer in den Bergen unweit von Götzland gelegenen Burg auf die wunderschönen Lieder angesprochen, die Alain von Rousset und seine neue Sängerin zu Gehör brachten. Und nach einem Auftritt im Haus eines reichen Kaufmanns in Seiranne hatte ein Schwachkopf von einem Dorfvogt die Unverschämtheit besessen, sie, Elisse zu fragen, wie denn die Ölbäume zu Hause in Vezét gediehen. Sie hatte nicht gleich begriffen, welchem Irrtum der Mann erlegen war, doch dann war sie so wütend geworden, daß sie für eine Weile den Saal verlassen mußte, um sich zu beruhigen, während Jourdain allein die Gäste unterhielt.

Aber solchen Kränkungen hing man besser nicht lange nach, überlegte sie jetzt, in der Mittsommernacht, in ihrem bequemen Bett. Auch wenn Lisseut leider erst heute abend mit Alains Lied – einem in Elisses Augen eher mittelmäßigen

Werk – einen so umwerfenden Erfolg erzielt hatte. Warum hatte Jourdain nur wieder einmal geschlafen? Schon wieder stieg der Zorn in ihr auf. Dabei war es eine so einmalige Gelegenheit gewesen. Warum hatte er es versäumt, Ariane und den Herzögen seine eigenen Werke zu empfehlen und sie von Elisse singen zu lassen? Erst später, auf dem Fluß, bei einem der albernen Spiele, auf die alle Männer so versessen waren, hatte ihr Troubadour und derzeitiger Liebhaber sich vorgedrängt – um prompt flußabwärts ins Wasser zu plumpsen und zum Gespött zu werden.

Im übrigen war ›derzeitiger Liebhaber‹ nach der heutigen Nacht – vielleicht – schon nicht mehr der richtige Ausdruck. Elisse streckte sich wie eine Katze und warf das Laken zurück, das ihre Blöße bedeckte. Dann sah sie zum Fenster hinüber. Der Mann, mit dem sie nach dem Liebesakt noch zusammengelegen hatte, saß nun auf dem Sims und zupfte an den Saiten ihrer Laute. Normalerweise war sie nicht sehr glücklich, wenn ihre Liebhaber sich ohne ein Wort davonschlichen, und schon gar nicht konnte sie es leiden, wenn Fremde sich an ihrer Laute vergriffen... doch bei diesem Mann war sie gern bereit, in jeder Beziehung so viele Ausnahmen zu machen wie eben nötig.

Sie hatte die Laute nur mitgebracht, weil sie nicht ganz sicher gewesen war, was er von ihr wollte. Als Marotte, der Wirt der *Liensenne*, am frühen Abend zu ihr kam und ihr geheimnisvoll ins Ohr flüsterte, sie würde dringend – so seine Worte – im größten Raum im oberen Stock erwartet, nachdem die Tempelglocke die dritte Nachtstunde eingeläutet habe, da hatte Elisse sich schon gefragt, ob womöglich ihre Tage als Jourdains Sängerin gezählt seien.

Doch als sie in ihrem besten Kleid und – zu Ehren des Mittsommerfests – mit einer Blume im Haar an die Tür des betreffenden Zimmers klopfte, schenkte ihr der Mann, der ihr öffnete, ein so anerkennendes Lächeln, daß ihr die Knie weich wurden. Schließlich *war* heute Mittsommernacht, sie hätte sich denken können, daß er sie nicht zum Vorsingen bestellt hatte. Und im Grunde hatte sie auch gar nichts dagegen einzuwenden; für eine temperamentvolle, leidenschaftliche und halbwegs selbstbewußte Frau führten in Arbonne viele Wege zum Erfolg, und einer davon begann in diesem Bett.

Der Mann, auf den sie ihre Hoffnungen setzte, saß mit dem Rücken zu ihr auf dem Fenstersims und betrachtete den Morgenhimmel, während er ihrer Laute einige Akkorde entlockte. Er spielte sehr gut, und als er zu singen begann – so leise, daß sie die Ohren spitzen mußte, die Worte schienen gar nicht für sie gedacht zu sein – da klang das Lied seltsam traurig, obwohl es das gar nicht war.

Es war ein altes Stück, er hatte es vor langer Zeit selbst geschrieben. Hübsches Liedchen, hatte Jourdain einmal abfällig bemerkt. Es ärgerte ihn, daß das Publikum besonders im Frühling immer wieder danach verlangte, viel öfter als nach seinen eigenen, musikalisch sehr viel anspruchsvolleren Werken.

Als Elisse nun dem leisen Gesang lauschte, war sie ganz anderer Meinung: für sie war in diesem Liebeslied das Wesen der Troubadourlyrik verkörpert. Doch sie lag allein in dem breiten Bett, auch wenn die vergangene Stunde keine Wünsche offengelassen hatte, und ahnte, daß ihre Meinung völlig unerheblich war und niemand danach fragen würde. Der Mann auf dem Fenstersims hatte vermutlich ganz vergessen, daß sie noch da war.

Das störte sie zwar, aber nicht allzu sehr. Bei jedem anderen wäre sie womöglich in blinder Wut aus dem Zimmer gestürmt, aber dieser Mann war so einmalig, daß Elisse von Cauvas durchaus willens war, sich nach ihm zu richten. Sie hoffte nur, schnell und, nun ja, befriedigend genug zu reagieren, um ihn ihrerseits zu beeindrucken. Bisher war ihr das noch immer gelungen.

So lag sie ganz still und hörte zu, wie Bertran de Talair auf ihrer Laute spielte und die Dämmerung über der leeren Straße mit seinem Lied begrüßte. Sie kannte den Text; jedermann kannte diesen Text:

Hoch über dem See der Vögel Chor
Besingt nur mein Feinslieb;
Und dort am Ufer prangt nur für sie
Der Blumen duft'ger Flor.

Der Weinstock setzt die Reben an
Grün werden Baum und Strauch,
Denn wo mein Lieb den Fuß nur setzt
Bricht sich der Frühling Bahn.

Und Rians Sterne in der Nacht
Strahlen auf sie herab
Des Gottes und der Göttin Mond
Halten getreulich Wacht.

Die Melodie war tatsächlich von kindlicher Schlichtheit, und die Worte paßten sich an, dachte Elisse. Jourdain hatte natürlich recht; im Gegensatz zu seinen verschlungenen Harmonien, die sie immer so endlos lange üben mußte, kam mit diesem Lied auch ein völlig ungeschulter Sänger zurecht. Die lange Lehrzeit, die man den Joglares von Arbonne abverlangte, hätte sich dafür kaum gelohnt.

Daher war es um so merkwürdiger, daß sie beim Zuhören plötzlich den Tränen nahe war. Elisse hatte seit einer Ewigkeit nicht mehr geweint, höchstens vor Wut oder vor Enttäuschung. Es mußte daran liegen, daß Mittsommer war, sagte sie sich, und daß so viele außergewöhnliche Dinge auf sie eingestürmt waren, nicht zuletzt die längst erträumte und dennoch unverhoffte Aufforderung, sich in diesem Raum einzufinden.

Sie griff nach dem Kissen, auf dem er im Dunkeln neben ihr gelegen hatte, und drückte es an sich, während das Lied mit einer Wiederholung des betörenden Refrains zu Ende ging. Die Frau, die es verherrlichte, war seit mehr als zwanzig Jahren tot, rief sie sich in Erinnerung, war gestorben, bevor sie, Elisse, zur Welt gekommen war. Sie war tot, und selbst wenn sie noch lebte, müßte sie heute über vierzig Jahre alt sein. An sich keine Konkurrenz, kein Grund zur Beunruhigung, wenn er mit diesem Wecklied Erinnerungen heraufbeschwor. Die Tote kam nicht wieder, sie, Elisse, lag jetzt, am Morgen nach Mittsommer in seinem Bett. Damit hielt sie doch wohl alle Trümpfe in der Hand. Lächelnd wartete Elisse darauf, daß er sich ihr zuwandte, daß er bemerkte, wie sie sich seinen Blicken darbot, wie sie ihm zeigte, daß sie zu allem bereit war.

Bertran de Talair sah aus dem Fenster. Auf den Straßen wich

die Nacht allmählich einem trüben Grau, im Osten krochen die ersten, fahlen Morgenfinger über den Himmel. Niedergeschlagen überlegte er, wie oft er schon die Dämmerung hatte heraufziehen sehen, während die falsche Frau darauf wartete, daß er in ein Bett zurückkehrte, das er zuvor verlassen hatte. Er würde nicht zurückkehren. Schon die Vorstellung war ihm zuwider. Er schloß die Augen und konzentrierte sich darauf, sein Lied zu Ende zu bringen.

Hoch über dem See der Vögel Chor
Besingt nur mein Feinslieb;
Und dort am Ufer prangt nur für sie
Der Blumen duft'ger Flor.

Ein neuer Tag brach an. Es gab viel zu tun, eine ganze Welt wartete auf ihn, die verschiedensten Aufgaben wollten erledigt werden. Er schlug die Augen auf und spürte wieder einmal, wie sie ihm entglitt und, das Kind in den Armen, im Nebel der Erinnerung verschwand.

DRITTER TEIL

Herbst

Kapitel 9

An jenem milden, sonnigen Herbstmorgen, der ihr Leben unwiderruflich verändern wird, kehrt Rosala von ihrem Lieblingsspaziergang zurück und steigt vorsichtig den steilen, mit Bäumen bestandenen Pfad hinauf, der von der Wassermühle zur Burg führt. Auf dem freien Platz vor der Zugbrücke sieht sie ihren Schwiegervater auf seinem Pferd sitzen. Er wartet auf sie.

Sie ahnt nichts Gutes, ihre Atemzüge werden schneller, sie legt schützend die Hände auf den gewölbten Leib, geht aber entschlossen weiter, ohne langsamer zu werden. Ihr Gatte ist bei Hof, doch das ist Galbert sicher bekannt.

»Guten Morgen, Vater«, sagt sie, als sie sich dem Burghof nähert. Die Zugbrücke ist herabgelassen; auf dem Vorplatz üben eine Handvoll Coraner mit viel Getöse den Umgang mit dem Schlagstock, dahinter laden ein paar Leibeigene unter den wachsamen Augen des Burgvogts Getreidesäcke ab. Auf Schloß Garsenc herrscht reger Betrieb, denn heute ist Zehnttag. Doch niemand kommt den beiden so nahe, daß er ihr Gespräch mithören könnte.

Galbert de Garsenc – in Reitkleidung wirkt er noch riesiger als sonst – erwidert ihren Gruß nicht sofort, sondern schaut mit steinerner Miene auf sie herab. Er müßte natürlich absitzen, das gebietet die Höflichkeit gegenüber der Frau seines Sohnes; daß er es nicht tut, ist eine erste Warnung. Er will sie einschüchtern. Rosala weiß inzwischen, daß dieser Mann mit nahezu allem, was er tut, jemanden zu knechten sucht.

»Willst du nicht eintreten?« fragt sie, als sei sein Benehmen ganz normal. »Ranald ist nicht hier, wie du wohl weißt, doch ich will gerne tun, was ich kann, um es dir bequem zu machen.« Sie lächelt, aber nur kurz; sie wird sich vor diesem Mann nicht demütigen, das hat sie sich geschworen.

Er reißt an den Zügeln, läßt das Pferd ein wenig tänzeln, obwohl sie dicht davorsteht. Sie regt sich nicht; Vor Pferden hat sie keine Angst, außerdem wird ihr Schwiegervater es nicht gerade jetzt darauf anlegen, ihr körperlichen Schaden zuzufügen. Der Grund liegt auf der Hand.

Galbert räuspert sich. »Geh hinein«, sagt er. Die berühmte Stimme ist kalt wie Eis. »Geh sofort ins Schloß, bevor du uns noch weiter bloßstellst. Ich hatte schon gehört, du würdest dich im Freien herumtreiben, aber ich wollte es nicht glauben. Deshalb bin ich selbst gekommen, ich war überzeugt, es könne sich nur um haltlose Gerüchte handeln. Und was muß ich sehen? Du hast wirklich die Stirn, dich in deinem Zustand vor den Leibeigenen zur Schau zu stellen, genau wie man es mir berichtet hat. Schämst du dich nicht? Bist du denn wirklich ganz und gar verkommen?«

Sie hat schon etwas dergleichen erwartet und ist jetzt fast erleichtert, daß sie recht behalten hat. Nun weiß sie wenigstens, aus welcher Richtung dieser neueste Angriff kommt.

»Der Vorwurf ist ungerecht und unter deiner Würde«, sagt sie mit aller Gelassenheit, deren sie fähig ist. »Ich verhalte mich nicht anders, als es die Savaric-Frauen seit Generationen tun. Und das weißt du auch, Vater, leugne es nicht. Unsere Frauen haben sich nie im Zimmer verkrochen, wenn sie guter Hoffnung waren, sie haben sich ihre täglichen Spaziergänge auf dem Familienbesitz nicht nehmen lassen.«

Wieder reißt er an den Zügeln; das Pferd trippelt unruhig auf der Stelle. »Du bist aber keine Savaric mehr, du bist jetzt eine Garsenc.«

»Falsch. Ich werde immer eine Savaric bleiben, Vater. Du solltest dir nichts vormachen. Niemand kann mir nehmen, womit ich geboren wurde.« Sie zögert. »Ich kann nur hinzugewinnen.« Das ist ein Versöhnungsangebot; in Ranalds Abwesenheit will sie es wirklich nicht auf eine Auseinandersetzung mit seinem Vater ankommen lassen. »Mein edler Gemahl weiß, daß ich es ablehne, das Bett zu hüten; ich habe ihm von unserer Familientradition erzählt, sobald wir sicher sein konnten, daß ich empfangen hatte. Er hatte nichts dagegen einzuwenden.«

»Natürlich nicht. Wer würde auch auf Ranald hören? Seine

Dummheit ist grenzenlos. Er ist eine Schande für unsere Vorfahren.«

Rosala lächelt honigsüß. »Er hat mich gebeten, ihm jede abfällige Äußerung von dir sofort mitzuteilen. Fallen deine Bemerkungen in diese Kategorie, was meinst du?«

Sieh dich vor, ermahnt sie sich. *Mit dem Mann ist nicht zu spaßen.* Aber es fällt ihr schwer, vor ihm zu kuschen, und ganz besonders, wenn sie an ihren Vater und ihr Zuhause denkt. Sie will sich nicht klein machen vor diesem emporgekommenen Großpatriarchen, der so sehr auf seine Würde pocht.

Galbert schluckt eine heftige Antwort hinunter, sie sieht es genau. Ranald ist ein Hitzkopf, und Blaise ebenfalls, wenn auch in geringerem Maße. Verglichen mit den beiden ist der Vater ein wahrer Eisblock – er hält Zorn und Haß gnadenlos im Zaum.

»Du willst mich provozieren«, sagt er. »Soll ich dir die Peitsche zu kosten geben?« Sein Tonfall ist trügerisch sanft, es klingt, als würde er ihr anbieten, sie durch den Park zu begleiten oder einen Diener zu rufen.

»O ja.« Rosala wird kühner. »Eine vorzügliche Idee. Du kommst hierher, weil du dich angeblich um das Kind in meinem Leib sorgst, und dann drohst du mir mit Prügeln. Sehr konsequent.«

Als er seinerseits lächelt, erschrickt sie zutiefst, bemüht sich aber, sich nichts anmerken zu lassen.

»Ich kann warten«, sagt Galbert de Garsenc leise. »Du bist kein Kind mehr. Man kann die Strafe hinausschieben, ohne daß du den Anlaß dafür vergessen würdest. Ich habe viel Geduld. Wenn du jetzt allerdings nicht sofort ins Haus gehst, sehe ich mich gezwungen, vor den Coranern und dem Gesinde Hand an dich zu legen. Du trägst den ersten Vertreter der nächsten Garsenc-Generation, und ich werde nicht zulassen, daß du ihn mit deinem Leichtsinn in Gefahr bringst.«

Rosala bleibt, wo sie ist. Sie weiß genau, daß er ihr nichts tun wird. Plötzlich ist ihr alles egal, sie droht in einer Woge von Haß zu ertrinken. »Du mußt mir und meiner Familie unsere Unwissenheit verzeihen«, sagt sie. »Du hast auf diesem Gebiet natürlich sehr viel mehr Erfahrung. Wer wüßte besser als du, was zu tun ist, damit eine Frau ihre Niederkunft lebend übersteht?« Ein gefährlicher Hieb, für den sie womöglich noch teuer wird bezahlen müssen. Galberts erste Frau war wenige Stunden nach Blaises Geburt im Kindbett gestorben, und die nächsten beiden hatten bei Fehlgeburten ihr Leben gelassen.

Ratsam oder nicht, sie wollte ihn verletzen, aber er lächelt immer noch, und so weiß sie nicht, ob es ihr gelungen ist. »Wie gesagt«, murmelt er, »Peitschenschläge sind an keine Zeit gebunden.«

»Natürlich«, gibt sie zurück. »Ich bin dir auf Gnade und Ungnade ausgeliefert, Vater. Sieh dich nur vor, damit du mich nicht allzu sehr verstümmelst, sonst steht am Ende zu befürchten, daß der König keine rechte Freude mehr an mir hat, wenn er mich zu sich holt.«

Das hatte sie nicht sagen wollen; die Worte sind ihr herausgerutscht. Aber sie bedauert nicht, sie ausgesprochen zu haben. Schließlich hängt diese Drohung ständig über ihr.

Zum ersten Mal hat sie dem Großpatriarchen eine Reaktion entlockt. Jetzt wird ihr klar, daß man sie in diesem Punkt bisher für völlig ahnungslos hielt. Es ist fast komisch: glaubt man bei Hof denn wirklich, die Frauen trotteten wie eine Herde Schafe durch die Welt, die Augen sittsam gesenkt, das Denken ausgeschaltet, ohne wahrzunehmen, was um sie herum vorgeht? Wenn die Gefahr nicht so konkret wäre, könnte man darüber lachen.

Galbert de Garsencs Lächeln vertieft sich, das glattrasierte, fleischige Gesicht bekommt einen grausamen Zug. »Du kannst es kaum noch erwarten, wie ich sehe. Wie eine läufige Hündin. Am liebsten würdest du das Kind in deinem Schoß töten, um früher hechelnd in Ademars Bett kriechen zu können. Du bist schlecht und verdorben wie alle Frauen, und die aus deiner Sippe ganz besonders. Das habe ich dir auf den ersten Blick angesehen.«

Rosala erstarrt. Ein jäher Schwindel erfaßt sie. Der steile Anstieg, das grelle Sonnenlicht und nun dieser Strom von wüsten Beschimpfungen. Sie wünscht tatsächlich, Ranald wäre zu Hause; vielleicht hätte seine Anwesenheit Galberts Niedertracht ein wenig gemildert oder die Angriffe zumindest von ihr abgelenkt. Sie hat es sich selbst zuzuschreiben, denkt sie zittrig. Warum hat sie ihren Stolz nicht unterdrückt und ist brav ins Haus gegangen? Wie soll sie, allein und wehrlos, gegen diesen Mann bestehen?

Ihr ist sterbensübel, als sie zu ihm aufschaut. Ihre Familie ist nicht weniger vornehm als die seine, sagt sie sich empört, jedenfalls sind die Unterschiede kaum der Rede wert. Sie weiß, was jetzt gesagt werden muß, nimmt sich zusammen und beginnt:

»Hör mir gut zu! Ich werde nicht zulassen, daß er mich anrührt, eher bringe ich mich um. Das schwöre ich dir. Mir ist völlig klar, daß du den König in seinen abscheulichen Wünschen bestärkt hast, ohne Rücksicht auf deinen Sohn oder auf die Ehre deiner Familie. Dir ist jedes Mittel recht, um diesen Schwächling noch fester an dich zu binden. Aber ich, Vater, bin nicht dein Werkzeug und werde es auch niemals sein. Solange ich lebe, wird Ademar nicht bei mir liegen.«

Sie beobachtet ihn scharf, dann fügt sie hinzu: »Und für dich, Vater, den Großpatriarchen des Corannos-Ordens, gilt das gleiche. Lieber wähle ich den Tod, als zu ertragen, daß deine Hand oder deine Peitsche mein weißes Fleisch berühren, auch wenn du jede Nacht im Haus des Gottes davon träumen magst.« Das ist ein Schuß ins Ungewisse, aber der Pfeil trifft ins Schwarze. Unversehens weicht die gesunde Röte aus Galberts Gesicht, er kneift die Augen zu schmalen Schlitzen zusammen und weicht zum ersten Mal ihrem Blick aus. Rosala kann nicht triumphieren, sie kämpft nur gegen eine neue Welle von Übelkeit an.

Jäh wendet sie sich ab und betritt die Zugbrücke. Die Coraner auf dem Vorplatz haben ihre Übungen eingestellt, irgend etwas an den beiden Gestalten vor der Mauer hat ihre Aufmerksamkeit erregt. Sie trägt den Kopf hoch und täuscht Gelassenheit vor.

»Rosala«, sagt Galbert hinter ihr. Er hat die Stimme leicht erhoben. Sie hat gewußt, daß er sie rufen wird. Er muß schließlich das letzte Wort behalten, alles andere widerspräche seinem Naturell. Sie überlegt, ob sie nicht einfach weitergehen soll, ohne sich umzudrehen, aber die Coraner haben ihn gehört. Unter vier Augen riskiert sie manches, was sie vor Publikum nicht wagen würde: bis zu einem gewissen Punkt läßt er sich ihre Aufsässigkeit vielleicht gefallen, aber öffentlich bloßstellen darf sie ihn nicht. Dafür bezahlt man als Frau in Gorhaut mit dem Leben.

Mitten auf der Brücke bleibt sie stehen und dreht sich langsam zu ihm um. Später wird sie sich an diesen Augenblick erinnern, an die Sonne, die hoch am Himmel steht, an den Wind im rotgoldenen Laub der Kastanien zu beiden Seiten des Weges, an das Zwitschern der Vögel im Geäst, an den funkelnden Bach, in dem sich der blaue Himmel spiegelt. Ein prachtvoller Herbsttag.

»Ich weiß nicht«, sagt Galbert de Garsenc mit gesenkter Stimme und treibt sein Pferd näher heran, »ob dein teurer Gatte dich von unserem jüngsten Beschluß in Kenntnis gesetzt hat. Ich nehme an, er hat es vergessen, wie es seine Art ist. Wir sind nämlich übereingekommen, daß er das Kind, falls es ein Sohn wird, in meine Obhut gibt. Aha! Das überrascht dich, meine liebe Rosala! Genau wie ich dachte, der Bursche hat es versäumt, dich zu informieren. Ein Knabe gehört Corannos, ein Mädchen magst du behalten; mit einer Tochter kann ich zunächst nichts anfangen, später wird sich gewiß eine geeignete Verwendung für sie finden.«

Rosala ist einer Ohnmacht nahe. Die Sonne am Himmel dreht sich wie verrückt im Kreis. Mit einem stolpernden Schritt sucht sie das Gleichgewicht zu wahren. Wie ein Hammer schlägt ihr das Herz in der Brust. Dann spürt sie Blut auf der Zunge: sie hat sich in die Unterlippe gebissen.

»Du ... du willst deiner Familie ihren Erben vorenthalten?« stammelt sie. Sie kann keinen klaren Gedanken fassen, alles sträubt sich in ihr, sie traut ihren Ohren nicht.

»Nein, nein, nein, nicht unbedingt.« Jetzt lacht er, spielt den Zuschauern auf dem Vorplatz Wohlwollen und gute Laune vor. »Aber ein zweiter Großpatriarch ist für unsere Familie mindestens ebenso wichtig wie ein Erbe für dieses Schloß. Ranalds Bruder« – er nennt Blaise nie mit Namen – »war dafür vorgesehen, nach mir in den Dienst des Gottes zu treten. Ein großer Teil unserer Zukunft war darauf abgestellt. Mit seiner

Weigerung hat er meine Pläne durchkreuzt und mich in eine schwierige Lage gebracht, aber wenn du mir nun einen Knaben schenkst, läßt sich der Schaden vielleicht noch beheben. Natürlich werde ich mit den letzten Weihen so lange warten, bis ich weiß, wo das Kind besser aufgehoben ist – hier auf Garsenc oder im Haus des Gottes. Es gibt dabei vieles zu berücksichtigen, und du kannst mir sehr behilflich sein, indem du weitere Kinder bekommst, meine liebe Schwiegertochter. Und wenn nicht – immerhin hat es einige Zeit gedauert, bis du zum ersten Mal empfangen hattest – nun, dann findet Ranald gewiß eine zweite Frau, die dazu imstande ist. Darüber mache ich mir weiter keine Sorgen. Ich muß gestehen, ich freue mich darauf, mich persönlich um die Erziehung meines Enkels zu kümmern. Und deshalb bitte ich dich, teuerste Rosala, enttäusche mich nicht. Sieh zu, daß es ein kräftiger Junge wird, mit dem Corannos zufrieden sein kann.«

Sie kann ihm nichts erwidern. Es hat ihr die Sprache verschlagen. Sie kann sich kaum noch auf den Beinen halten. Plötzlich kommt sie sich nackt vor, schutzlos den gleichgültigen oder nur mäßig interessierten Blicken ihrer Haus-Coraner und der Leibeigenen ausgesetzt.

»Du solltest jetzt wirklich hineingehen«, sagt Galbert freundlich. »Du siehst nicht gut aus. Leg dich zu Bett, mein Kind. Ich würde dich gerne begleiten, doch leider bleibt mir für häusliche Pflichten dieser Art keine Zeit. Die Ereignisse überstürzen sich, ich muß zurück an den Hof. Du hast doch wohl verstanden, was ich dir sagen wollte? Ich möchte nicht noch einmal kommen müssen.«

Ohne eine Antwort abzuwarten, dreht er sich um und hebt betont höflich – die Coraner sollen es sehen – die Hand zum Gruß. Doch es ist die Hand, in der er die Peitsche hält, und das ist sicher kein Zufall; dieser Mann überläßt nichts dem Zufall. Dann reitet er davon. Sie sieht noch, daß er lächelt.

Kurze Zeit später sitzt Rosala allein in ihren Gemächern im Innern der Burg und ringt die Hände, daß die Knöchel weiß hervortreten. Irgendwann hat sie, mehr oder weniger unbewußt, einen Entschluß gefaßt: sie wird die Burg verlassen.

Galbert hat einen Fehler gemacht, denkt sie. Er hatte gewiß

nicht vor, ihr von seinen Plänen zu erzählen, er konnte sich schließlich denken, was sie davon halten würde; aber sie hatte ihn in Rage gebracht, als sie ihn auf seine geheimsten Gedanken ansprach, und da hatte er den Kopf verloren. Er wollte ihr Angst einjagen, sie verletzen, das letzte Wort haben.

Sie weiß noch nicht, wie sie es anstellen soll, sie weiß nur, daß sie nicht bleiben und ihr Kind diesem Mann ausliefern wird. *Jetzt bin ich im Krieg*, denkt sie. Sie ist sich im klaren, daß sie nur den einen Vorteil hat: Sie weiß es, und Galbert weiß es noch nicht. Wie als Antwort auf diese Überlegung bewegt sich das Kind in ihrem Leib zum ersten Mal an diesem Tag und versetzt ihr einen kräftigen Tritt gegen die Rippen.

»Still«, flüstert sie. »Still, mein Liebes. Dir wird nichts geschehen. Du brauchst keine Angst zu haben, niemand wird dich finden. Niemand weiß, wo dein Vater ist, niemand weiß, ob er sich jemals zu dir bekennen wird, aber ich werde dich beschützen, mein Kleines. Ich schwöre es bei meinem und bei deinem Leben.«

* * *

Die Männer von Talair ritten durch den kühlen, arbonnesischen Herbst nach Norden. Blaise dachte an das Kind: an Aelis de Miravals und Bertrans Sohn. Die Geschichte, die Ariane ihm drei Monate zuvor in der Mittsommernacht erzählt hatte, als über Tavernels schmutzigen Straßen und Gassen der Morgen graute, wollte ihm überraschenderweise nicht mehr aus dem Kopf, und jedesmal, wenn er daran dachte, wanderte sein Blick wie von selbst zu dem Mann, dessen Tod seinem Vater eine Viertelmillion in Gold wert gewesen wäre.

Vor dreiundzwanzig Jahren hatte sich eine Tragödie abgespielt, deren Nachwirkungen Arbonne bis auf den heutigen Tag erschütterten. Arianes leise, bedächtige Worte klangen ihm noch im Ohr: »Wie gesagt, Diskretion ist alles in der Liebe. Meine Cousine Aelis hatte es daran fehlen lassen, wobei man zu ihrer Entschuldigung anführen könnte, daß sie noch sehr jung war. Außerdem war sie sehr impulsiv und konnte ihr Temperament nicht beherrschen. Liebe und Haß hatten große Macht über sie, und sie war keine Frau, die sich mit ihrem

Schicksal abgefunden oder innerhalb der häuslichen Mauern das Beste aus ihrem Leben gemacht hätte.«

»Genau wie du«, hatte Blaise zu bedenken gegeben. »Wo liegt der Unterschied?«

Darauf hatte sie nur traurig gelächelt und eine Weile geschwiegen.

»Der Unterschied liegt vermutlich darin, daß ich miterlebt habe, was sie tat, und welche Folgen es hatte. Aelis selbst ist der Unterschied, der mein Leben verändert hat. Sie hat ihrem Gemahl nämlich reinen Wein eingeschenkt. Sie hat die Wahrheit versteckt gehalten wie ein Schwert, um ihm damit erbarmungslos einen letzten Stoß zu versetzen – und die Klinge war, wenn du so willst, mit einem langsam wirkenden, tödlichen Gift bestrichen. Als die Priesterin, die ihr beistand, ihr eröffnete, daß sie die Geburt nicht überleben würde, holte man Urté in die Wochenstube. Ich glaube, daß er trauerte, und ich bin bis heute überzeugt, daß seine Trauer echt war, wobei ich nicht leugnen will, daß es ihn am meisten schmerzte, den Einfluß zu verlieren, den er ihr verdankte. Doch Aelis war hart wie Stahl, und ihr Stolz war noch auf dem Totenbett ungebrochen. Sie richtete sich mühsam auf, und dann erklärte sie Urté, das Kind sei von Bertran de Talair.«

»Woher weißt du das?«

»Ich war dabei«, hatte Ariane gesagt. »Nun gut, dieser Augenblick hat mein Leben verändert und mich zu dem gemacht, was ich bin. Ihre Worte an Urté prägen unsere Welt bis auf den heutigen Tag. In unserem Land sähe es anders aus, wenn Aelis auf ihre Rache verzichtet hätte.«

»Rache wofür?« hatte Blaise gefragt, obwohl er allmählich zu begreifen begann.

»Dafür, daß sie nicht geliebt wurde«, hatte Ariane schlicht geantwortet. »Daß man ihren Wert allzu sehr unterschätzte. Daß man sie fortschickte vom Hof ihres Vaters und sie in die düstere, feuchte Festung Miraval sperrte, wo es weder Licht noch Fröhlichkeit gab.«

Er hatte sich schon etwas dergleichen gedacht. Früher hätte er für diese Begründung nur Verachtung aufgebracht. Wieder eine von diesen Frauen, die sich aus Eitelkeit dem Lauf der

Welt entgegenstellten. Mit einiger Verwunderung hatte er festgestellt, daß er inzwischen anders empfand, jedenfalls hatte er in jener Nacht in Tavernel anders empfunden, als Ariane de Carenzu in seinen Armen lag. Doch dann hatte er erkannt – ein Schock, den er so gut wie möglich zu verbergen suchte –, daß diese neue Sicht der Dinge letztlich nur eine besonders radikale Form des Protests gegen seinen Vater sein mochte.

»Ich kann erraten, was du jetzt denkst«, hatte Ariane gesagt.

»Das glaube ich nicht«, hatte er abgewehrt, ohne sich genauer zu äußern. »Wie hat Urté reagiert?« hatte er gefragt, um von seinen eigenen, familiären Problemen abzulenken. Die alte Geschichte hatte ihn tief berührt. Die Frage selbst war reine Formsache, denn er war überzeugt gewesen, En Urté de Mirivals Reaktion zu kennen.

Arianes Antwort hatte ihn überrascht. »Das weiß niemand genau. Und das ist das eigentlich Tragische an Bertrans Schicksal, Blaise. Aelis gebar einen Sohn, bevor sie starb. Ich habe gesehen, wie ihn die Priesterin ans Licht der Welt holte. Ich habe ihn schreien hören. Urté hatte so lange gewartet und nahm ihn mit, und niemand – weder Aelis, noch die Priesterin und ganz gewiß nicht ich mit meinen dreizehn Jahren – war imstande, ihn daran zu hindern. Er war der Herr im Hause. Ich weiß noch, wie sich sein Gesicht veränderte, als sie ihm sagte, wer der Vater war; ich werde es nie vergessen. Und ich sehe immer wieder vor mir, wie er sich über Aelis beugte, als sie in den letzten Zügen lag, und ihr etwas ins Ohr flüsterte, was ich nicht hören konnte. Dann verließ er den Raum, mit Bertrans weinendem Kind in den Armen.«

»Um es zu töten.«

Sie schüttelte den Kopf. »Wie gesagt, das weiß niemand. Es ist wahrscheinlich, sehr wahrscheinlich sogar, wenn man Urté kennt und sich vor Augen hält, daß der Knabe als Aelis' Sohn Erbe von Barbentain und damit letztlich von ganz Arbonne gewesen wäre. Es ist wahrscheinlich, aber wir wissen es nicht. Auch Bertran weiß es nicht, jedenfalls nicht mit Sicherheit. Wenn das Kind überlebte, wenn es heute noch lebt, dann weiß nur Urté de Miraval, wo es ist.«

In diesem Augenblick hatte Blaise den Schmerz, den Bertran

mit sich herumschleppte, in seiner ganzen Größe und Grausamkeit erkannt. »Und deshalb durfte er Urté all die Jahre über nicht töten – und muß ihn immer noch schonen –, denn mit ihm ginge die letzte Möglichkeit dahin, die Wahrheit zu erfahren oder das Kind zu finden.«

Ariane hatte im grauem Dämmerlicht zu ihm aufgesehen und stumm genickt. Blaise hatte sich vorzustellen versucht, wie es wohl gewesen sein mochte, mit dreizehn Jahren eine solche Nacht zu erleben, die nun auf der eigenen Vergangenheit lastete wie eine Fuhre Steine.

»Ich hätte ihn trotzdem getötet«, hatte er sehr viel später erklärt.

Und sie hatte darauf nur geantwortet: »Du und Bertran de Talair, Ihr seid eben sehr verschieden.«

* * *

Während Blaise nun mit Herzog Bertran und den Coranern von Talair nach Norden zum Herbstmarkt von Lussan ritt, dachte er weiter über diese Bemerkung nach. Es waren mehr oder weniger ihre letzten Worte in dieser Nacht gewesen. Bald darauf hatten sie sich angekleidet, Ariane hatte sich die Kapuze ihres Umhangs tief ins Gesicht gezogen und nach einem flüchtigen, geradezu keuschen Abschiedskuß im ersten Licht des Morgens sein Zimmer verlassen.

Was war es eigentlich, das die Menschen so verschieden machte? Die Zufälle des Lebens wie Abstammung, Erziehung, Glück und Unglück? Was wäre wohl aus Blaise geworden, wenn er der Erbe von Garsenc gewesen wäre und nicht der jüngere Sohn, den sein Vater zum Priester des Gottes bestimmte, ohne ihn zu fragen? Oder wenn seine Mutter nicht gestorben wäre – die Frage, die auch Signe de Barbentain gestellt hatte? Ob das etwas geändert hätte? Oder wenn Galbert de Garsenc ein anderer gewesen wäre, sanfter vielleicht und weniger machthungrig?

Ein utopischer Gedanke; Blaise konnte sich einfach nicht vorstellen, daß sein Vater anders sein könnte, als er war. Galbert erschien ihm so ewig wie ein Naturgesetz oder wie eines der riesigen Monumente aus der Zeit der Alten, die seit Anbeginn der Welt existierten und nichts anderes ausstrahlten als schiere Macht.

Auch Bertran de Talair war ein jüngerer Sohn. Nur hatte ihm der frühe Tod seines Bruders die Herzogswürde eingebracht und zugleich die bittere Feindschaft zwischen den beiden hohen Häusern begründet. Bis dahin hatte er, wie für seinesgleichen üblich, im Dienste verschiedener Herren in Schlachten und auf Turnieren gekämpft, um auf diese Weise sein Glück zu machen und seinen Platz in der Welt zu finden. Jahre später hatte Blaise de Garsenc in Gorhaut den gleichen Weg eingeschlagen. Den gleichen Weg – bis auf die Musik.

Die Musik durfte man nicht vergessen, dachte Blaise. Sie prägte Bertran, sie prägte ganz Arbonne. Er schüttelte den Kopf, lächelte über sich selbst. Kaum war er ein halbes Jahr in diesem Land, schon verirrten sich seine Gedanken in gänzlich ungewohnte Gefilde. Energisch holte er sie wieder in die Gegenwart zurück, auf die große Straße durch Arbonne, die schon zur Zeit der Alten den Fluß mit der Kornkammer im Osten verbunden hatte.

Blaise kniff die Augen zusammen und spähte durch den Staub. Alle Tagträume waren vergessen. Er befand sich fast am Ende des Zuges, hinter einer langen Reihe von – zumeist mit Talair-Wein beladenen – Fuhrwerken, die sie nach Lussan begleiten sollten. Bertran und Valery waren auf dem Weg zu ihm. Sie hatten es nicht eilig, ritten aber doch schnell genug, um den Verdacht aufkommen zu lassen, an der Spitze der Kolonne sei etwas geschehen. Weit vorne konnte er Fahnen erkennen. Offenbar war man im Begriff, einen anderen Zug zu überholen. Das war nichts Ungewöhnliches. Wenn irgendwo ein Markt stattfand, herrschte auf allen Zufahrtswegen und ganz besonders auf der Hauptstraße reger Verkehr. Blaise zog fragend die Augenbrauen hoch, als die beiden ihn erreichten, geschickt ihre Pferde wendeten und ihn in die Mitte nahmen.

»Abwechslung macht das Leben süß«, sagte Bertran spöttisch lächelnd. Blaise kannte dieses Lächeln inzwischen zur Genüge, es verhieß nichts Gutes. »Freudige Überraschungen aller Art stehen uns bevor«, fuhr der Herzog fort. »Was könnt

Ihr mir zum Beispiel über einen Mann namens Rudel Correze erzählen?«

Nach einigen Monaten in Bertrans Gesellschaft hatte sich Blaise an solche Eröffnungen allmählich gewöhnt. Man konnte wahrhaftig den Eindruck gewinnen, für einen Arbonneser seien Schlagfertigkeit und Witz das wichtigste auf der Welt.

Er bemühte sich, auf Bertrans Ton einzugehen. »Er schießt nicht schlecht«, antwortete er trocken. »Fragt Valery.«

Der hünenhafte Coraner – er war inzwischen völlig wiederhergestellt – stieß einen gequälten Seufzer aus.

Bertran wurde unvermittelt ernst. »Wir haben uns«, begann er, »alle miteinander den ganzen Sommer lang um eine Entscheidung herumgedrückt. Jetzt müssen wir wohl Farbe bekennen.«

»Sind das vor uns die Correze-Fahnen?« fragte Blaise.

»In der Tat. Aber nicht allein. Ich glaube, auch die Farben Andorias und der Delonghi erkannt zu haben.«

Seltsam, wie man immer wieder völlig ahnungslos in die Fallen des Lebens tappte, dachte Blaise. Vielleicht war es auch gar nicht so seltsam. Warum würde man sonst von Fallen sprechen? An sich einleuchtend. Dennoch überlief es ihn kalt. Ob die beiden anderen sein Erschrecken wohl bemerkt hatten? Wieso war er eigentlich nie auf die Idee gekommen, daß auch Lucianna den Markt von Lussan besuchen könnte?

Dabei hatte es bis zum Herbst so viele weltbewegende Ereignisse gegeben, die es nahelegten, mit dem Erscheinen der Delonghi bei dieser alljährlich stattfindenden Zusammenkunft zu rechnen. Sie würden kommen, um Geschäfte zu machen, um sich das Turnier anzusehen, Wetten abzuschließen oder sogar mitzukämpfen, um an den Erntedankfeiern teilzunehmen und um zu erfahren, was es in den sechs Ländern Neues gab, bevor der Winter mit Schnee und Regen die Straßen unpassierbar machte. Und wo die Delonghi-Männer waren, da war das berühmt-berüchtigte Kleinod der Familie meist nicht weit. Lucianna war keine Frau, die man so ohne weiteres zu Hause ließ.

Bertran hatte sich jedoch zuerst nach Rudel erkundigt und darüber hinaus ein Problem angesprochen.

Blaise antwortete möglichst knapp. »Ihr werdet nicht umhin können, Rudel und auch seinen Vater, falls er dabei ist, zu begrüßen. Sobald er Euren Gruß erwidert hat, steht er unter dem Marktfrieden und wird sich daran halten. Wahrscheinlich wird er es sogar komisch finden, sich in Eurer Gesellschaft zu zeigen.«

»Auch mir wird es ein Vergnügen sein«, murmelte Bertran. »Ich glaube, der Mann könnte mir gefallen.«

Inzwischen hatte alle Welt von dem gescheiterten Anschlag wie von der Summe erfahren, die dafür geboten worden war, und einige Leute wußten auch, wer den Giftpfeil abgeschossen und den falschen Mann getroffen hatte. Für Rudel mußte die Sache sehr peinlich gewesen sein, dachte Blaise, besonders, weil er sich von Arbonne schnurstracks nach Götzland begeben hatte, um seine Prämie einzufordern. Einige Zeit später hatte Bertran – er unterhielt bemerkenswert gute Beziehungen zu König Jörgs Hof – erfahren, daß man Rudel gezwungen hatte, die volle Summe zurückzuerstatten. Da er bereits einen Teil davon ausgegeben hatte, war wohl oder übel sein Vater eingesprungen und hatte die Rechnung beglichen. Blaise konnte sich ausmalen, wie wenig angenehm das für seinen alten Freund gewesen sein mochte.

Dennoch freute er sich auf das Wiedersehen. Ihre Freundschaft hatte in vieler Hinsicht Ähnlichkeit mit einem Boxkampf nach komplizierten Regeln, und in jenem Garten in Tavernel war die Runde an ihn gegangen, das wußten sie beide. So deutlich gewann er nicht oft; einen solchen Sieg mußte man auskosten.

Und das hätte er auch getan, wenn Lucianna nicht gewesen wäre. Wenn Rudel sich als Verlierer fühlte, war ihm jedes Mittel recht, um die Scharte wieder auszuwetzen, das wußte Blaise aus Erfahrung. Er schüttelte den Kopf. Damit würde er sich gegebenenfalls beschäftigen, wenn es so weit war. Im Moment galt es, eine andere Hürde zu nehmen. Bertran und Valery sahen ihn schweigend an. Vorne wurde es zunehmend lauter, der Zug geriet ins Stocken. Die Fahnen der anderen Gruppe waren jetzt deutlich zu erkennen: Correze, Delonghi, Andoria und ein oder zwei weitere, die ihm fremd waren.

Er wandte sich an Bertran. Der Herzog war wie üblich barhäuptig und trug den schlichten Reitanzug, den er auf Reisen bevorzugte. Valery hatte Blaise erzählt, das habe ihm schon einmal das Leben gerettet, als ein Attentäter nicht in der Lage gewesen sei, de Talair aus der Gruppe herauszufinden.

»Es gibt nichts zu entscheiden. Nicht jetzt.« Blaise sprach ganz ruhig. Vorne hatten sich drei Reiter aus der Kolonne gelöst und kamen in einer Staubwolke auf sie zugesprengt. »Unter den Portezzanern sind mit Sicherheit etliche, die mich kennen. Wenn wir mit ihnen reiten wollen, kann ich nicht anonym bleiben.«

»Das dachte ich mir«, sagte Bertran. »Schön. Ich darf also davon ausgehen, daß ich vorübergehend die Ehre habe, einen Mann namens Blaise de Garsenc zu meinen Coranern zu zählen, obwohl dessen Vater offensichtlich den sehnlichen Wunsch hegt, mich töten zu lassen?«

Man befand sich sozusagen am Scheideweg, in diesem Augenblick konnte sich vieles ändern. »Wenn Ihr so wollt«, sagte Blaise leise.

Die drei Reiter waren näher gekommen. Er kannte sie nicht. Trotz der staubigen Straße waren sie aufs prächtigste gekleidet. Die Portezzaner legten Wert auf Äußerlichkeiten.

»Und die andere Sache?« Kaum merkliche Erregung klang aus Bertrans Stimme. »Die wir bisher immer wieder hinausgeschoben hatten?«

Blaise wußte, was der Herzog meinte, natürlich wußte er es. *Was soll ich denn noch tun? Mich selbst zum König von Gorhaut ausrufen?* Seine eigenen Worte.

Er schüttelte den Kopf. Wenn er nur daran dachte, wurde ihm das Herz so schwer wie ein Stein. Der Abgrund war so gewaltig, daß er nicht einmal in seinen kühnsten Träumen auf die Idee gekommen wäre, ihn zu überspringen. »Nein«, sagte er. »Lassen wir das. Es ist Herbst, und in Lussan herrscht Marktfrieden. Falls überhaupt jemand aus Gorhaut kommt, wird er sich still verhalten, und danach muß Ademar sich gedulden, bis es Frühling wird und die Pässe wieder frei sind. Warten wir ab.«

Valery sagte in seiner bedächtigen Art: »Vielleicht könnten

wir den Winter nützen, um unsererseits manches in die Wege zu leiten, anstatt nur abzuwarten, was die anderen tun.«

Blaise wandte sich ihm zu. »Es tut mir leid«, fauchte er, »wenn ich Euch den Winter verderbe, nur weil ich mich weigere, mich als Galionsfigur mißbrauchen zu lassen.«

Bertran lachte laut auf. »Gut pariert«, sagte er, »obwohl Ihr Euch ehrlicherweise nicht als Galionsfigur bezeichnen könnt. Wenn man unterstellt, daß Ademar mit dem Iersen-Vertrag sein Land verraten hat, wer in Gorhaut hätte dann mehr Anspruch darauf, sein Nachfolger zu werden, als Ihr? Euer Bruder vielleicht?«

»Vielleicht«, sagte Blaise. »Aber er wird keinen Finger rühren. Er steht ganz unter der Fuchtel meines Vaters.« Er zögerte. »Lassen wir die Sache auf sich beruhen, Bertran. Jedenfalls vorerst.«

Alle schwiegen, denn die drei Reiter mit dem jungen Serlo im Schlepptau waren fast da. Ihre prächtige, schwarzrote Livree kam Blaise zunächst nur bekannt vor, dann wurde ihm schlagartig klar, in wessen Diensten sie standen. Wieder schlug ihm das Herz bis zum Hals. Was er auch tat, wohin er auch ging, die Vergangenheit holte ihn immer wieder ein. Der erste Reiter brachte sein Tier zum Stehen und verneigte sich unterwürfig.

»Schön, wir wollen es dabei bewenden lassen«, sagte Bertran leise. Und schnellte sich, noch bevor er zu Ende gesprochen hatte, so kraftvoll und elegant wie eine gespannte Feder aus dem Sattel.

Er prallte mit der Schulter so hart gegen Blaise, daß dem die Luft wegblieb, und stieß auch ihn vom Pferd. Beide landeten hart auf der staubigen Straße. Das Messer, das der zweite Mann in der schwarzroten Livree geworfen hatte, sauste über den gesenkten Kopf des ersten hinweg und passierte genau die Stelle, wo noch einen Augenblick zuvor Blaises Kopf gewesen war. Portezza war berühmt für die Geschicklichkeit seiner Messerwerfer.

Aber Bertran de Talair hatte die bestgeschulten Coraner in ganz Arbonne. Valery tötete den Angreifer mit einem kurzen, präzisen Schwerthieb, und den dritten Mann erledigte Serlo mit einem derben Fluch kurzerhand von hinten. Als Bertran und Blaise sich voneinander lösten und aufstanden, war nur noch der Anführer am Leben. Bertran zuckte zusammen, als er sein Knie abbog.

Serlo und Valery hielten den Portezzaner von vorn und hinten mit ihren Schwertern in Schach. Alles war so schnell und geräuschlos vonstatten gegangen, daß an der Spitze des Zuges niemand etwas mitbekommen hatte. Dennoch lagen zwei Tote auf der Straße. Der Portezzaner blickte auf sie hinab, dann sah er Bertran an. Ein kunstvoll gezwirbelter Schnurrbart zierte das schmale, sonnengebräunte Gesicht. An den Fingern über den Reithandschuhen blitzten mehrere Ringe.

»Ich verzichte auf Widerstand und gebe mich in Eure Hand«, erklärte er ruhig in akzentfreiem, elegantem Arbonnais. »Mein Cousin wird sich nicht lumpen lassen, wenn es um das Lösegeld geht, dessen könnt Ihr versichert sein.«

»Euer Cousin hat soeben einen Frieden gebrochen, den zu sichern die Gräfin von Arbonne feierlich versprochen hatte«, gab Bertran eisig zurück. »Dafür wird er sich noch mehr zu verantworten haben als Ihr.«

»Und es wird ihm gewiß gelingen«, sagte der Mann diplomatisch.

Bertran erbleichte; Blaise kannte die Anzeichen. Der Herzog wurde nun erst richtig wütend. Er selbst stand noch zu sehr unter Schock, um angemessen reagieren zu können.

»Ich wäre mir da nicht so sicher«, sagte Bertran gefährlich leise. »Doch zunächst habe ich eine Frage an Euch: Warum trachtet Ihr meinem Begleiter nach dem Leben?«

Zum ersten Mal malte sich Unsicherheit in den Zügen des Portezzaners. Er sah Blaise von der Seite an, wie um sich über etwas zu vergewissern. Dann hellte sich seine Miene auf, und noch bevor er ein Wort sagte, hatte Blaise begriffen, was geschehen war. Etwas berührte sein Herz und ließ es erzittern wie eine straff gespannte Bogensehne oder die Saiten einer Laute.

»Dieser Mann hat meinen Cousin, den edlen Borsiard d'Andoria, tödlich beleidigt«, verkündete der Portezzaner. »Ihr habt mit der Sache nichts zu tun, En Bertran. Für Euch wie für die

Gräfin von Arbonne empfindet mein Cousin nur den wärmsten Respekt.« Wie Honig tropften ihm die Worte von den Lippen.

»Wenn ein Mann in meinem Gefolge überfallen wird, habe ich damit eine ganze Menge zu tun. Und Eure Lippenbekenntnisse sind wertlos, wenn Ihr während eines Marktfriedens Überfälle ausführt. Euer edler Cousin hat einen Fehler begangen.«

»Und ich bin Borsiard d'Andoria noch nie begegnet«, fügte Blaise hinzu. »Es würde mich interessieren, worin die tödliche Beleidigung besteht.« Er wußte es natürlich oder glaubte, es erraten zu können.

»Dergleichen ist nicht für die Öffentlichkeit bestimmt«, beschied ihn der Portezzaner herablassend. »Außerdem geben die Andorianer keine Erklärungen ab.«

»Ein zweiter Fehler«, sagte Bertran. Es klang abschließend. »Wozu noch lange zögern? Ich bin Herzog von Arbonne und habe geschworen, den von der Gräfin garantierten Frieden zu schützen. Nun muß ich handeln.« Er wandte sich an Serlo. »Du nimmst dir drei Coraner und hängst diesen Mann an den nächsten Baum. Vorher ziehst du ihn aus und brandmarkst ihn als Friedensbrecher. Alle Welt weiß, wie dieses Verbrechen bestraft wird.«

Bei aller Großspurigkeit war der Portezzaner ein tapferer Mann. »Ich bin von Adel, und ich bin ein Cousin Borsiards von Andoria«, sagte er. »Ich habe Anspruch auf entsprechende Behandlung.«

Bertran de Talair schüttelte den Kopf. Valery zog besorgt die Stirn in Falten. Offenbar war die Sache auch ihm nicht geheuer. Doch der Herzog war nicht zu halten. »Ihr habt versucht, einen Mann zu ermorden, und ihr habt einen Frieden gebrochen, für den sich alle sechs Länder verbürgt haben. Ihr werdet keinen Fürsprecher finden.« Er wandte sich wieder an Serlo. »Hängt ihn!«

Serlo hatte bereits drei Männer gerufen. Nun wurde der Portezzaner unsanft vom Pferd gezerrt. Ein Mann hatte ein Seil am Sattel hängen. Östlich der Straße an einem Feldrain stand eine Eiche. Dorthin brachten sie ihn.

»Das könnt Ihr nicht machen!« Der Portezzaner verrenkte sich fast den Hals, um zu Bertran zurückschauen zu können. Zum ersten Mal klang Angst aus seiner Stimme. Blaise erkannte, daß er die Gefahr bisher nicht ernst genommen hatte. Sein Rang und der Name seiner Familie waren ein wirksamer Schutz, deshalb hatte er geglaubt, ungestraft töten zu können. Mit Geld ließe sich alles regeln.

»Bist du dir auch ganz sicher?« sagte Valery leise zu seinem Cousin. »Wir könnten Andoria vielleicht noch brauchen.«

Mit einer Härte in den blauen Augen, die an Grausamkeit grenzte, sah Bertran de Talair zu den Coranern am Baum hinüber. Sie waren dabei, den Portezzaner zu entkleiden; der Mann schrie nun doch um Hilfe. Tonlos und ohne sich nach Valery umzudrehen, antwortete der Herzog: »So sehr sind wir auf niemanden angewiesen, daß wir unsere Würde opfern würden, um ihm nachzulaufen. Wo immer ein Markt abgehalten wird, ist der Herrscher des betreffenden Landes verpflichtet, den Frieden zu sichern, denn nur dadurch wird der Handel überhaupt möglich. Du weißt es. Jedermann weiß es. Was eben geschah, war ein unverschämter Affront gegen die Gräfin und das Land Arbonne, den ich nicht dulden werde. Borsiard d'Andoria mag tun, was er will, diese drei Männer müssen sterben. Wenn wir nach Lussan und nach Barbentain kommen, werde ich der Gräfin nahelegen, Andoria Marktverbot zu erteilen. Ich denke, sie wird meinem Rat folgen.«

Er ging zu seinem Pferd und stieg auf. Blaise überlegte kurz, dann folgte er seinem Beispiel.

Weit vorne, noch vor der Spitze ihres Zuges, wurde es erneut unruhig. Neben der Straße hatten Bertrans Coraner eine Schlinge an einem Ast des Baumes befestigt. Der Verurteilte war bis auf sein Untergewand entkleidet. Nun zog Serlo entschlossen sein Messer aus dem Gürtel, die anderen hielten den wild um sich schlagenden Portezzaner fest, und der junge Coraner ritzte ihm das Zeichen des Eidbrechers in die Stirn. Blaise sah so etwas nicht zum ersten Mal. Er hätte sich gerne abgewandt, aber er beherrschte sich. Plötzlich stieß der Mann einen schrillen Verzweiflungsschrei aus. Vorne hatten sich fünf

Reiter aus der Gruppe gelöst und kamen in gestrecktem Galopp über den Grasstreifen neben der Straße gesprengt.

»Nimm dir so viele Männer, wie du brauchst«, befahl Bertran seinem Cousin. »Umstellt den Baum! Wer versucht, die Hinrichtung zu verhindern, bezahlt mit seinem Leben! Blaise, Ihr bleibt hier bei mir!«

Valery gehorchte ohne Widerrede. Die übrigen Coraner von Talair hatten den Befehl bereits erwartet und begaben sich rasch in Stellung. Das Schwert gezückt, den Pfeil auf der Bogensehne, bildeten sie einen großen Kreis um den Galgenbaum. Blaise stand neben Bertran am Ende der Kolonne bei den beiden Toten und sah zu, wie man dem dritten Portezzaner die Hände vor dem Körper fesselte, ihn auf sein Pferd setzte und ihm die Schlinge um den Hals legte. Aus den Schnitten, mit denen Serlo ihn gezeichnet hatte, rann ihm das Blut übers Gesicht. Die fünf galoppierenden Reiter schrien und winkten jetzt heftig. Serlo drehte sich um und sah Bertran fragend an. Der Herzog nickte. Serlo stieß dem Pferd sein Messer in die Kruppe. Das Tier machte einen Satz. Der Portezzaner wurde nach hinten gerissen, sprang förmlich in die Luft. Dann pendelte er langsam aus, so als habe man ihm den Lebensfaden durchschnitten. Alle hatten das Knacken gehört. Er war bereits tot.

Unmittelbar vor Valery und seinen Männern rissen die fünf Portezzaner ihre Pferde zurück. Natürlich waren sie hoffnungslos in der Minderheit. Der Anführer schrie auf Valery ein und peitschte in blinder Wut sein prächtiges Pferd. Bertran wandte sich scheinbar gelangweilt an Blaise.

»Wir beide haben noch eine Kleinigkeit zu klären«, sagte er, ganz so, als seien sie allein in der herbstlichen Landschaft. »Es ist mir eben erst eingefallen. Auch wenn Ihr noch nicht bereit seid, in Gorhaut in irgendeiner Form Ansprüche geltend zu machen, werden wir jetzt miteinander nach Lussan reiten, und Ihr werdet wohl oder übel als der auftreten müssen, der ihr seid – was eben geschehen ist, hat uns die Entscheidung abgenommen. Das heißt aber, ich kann Euch nicht länger wie einen gewöhnlichen Coraner behandeln. Auch wenn es Euch lieber wäre – was ich verstehen kann –, es schickt sich nicht, daß ich Euch weiterhin Befehle erteile. Seid Ihr einverstanden, wenn ich Euch aus meinen Diensten entlasse? Darf ich dir statt dessen als meinem Freund und Waffengefährten Talairs Gastfreundschaft anbieten?«

Unter den gegebenen Umständen war das natürlich die einzige Lösung. Doch Blaise war nicht glücklich darüber. Ein neuer Wechsel, einer von so vielen in diesem Jahr. Es war, als rase sein Leben in wilder Fahrt einem fernen Ziel entgegen, das bisher noch gar nicht zu erkennen war.

Er rang sich ein Lächeln ab. »Ich hatte schon darauf gewartet, daß Euch mein Sold zu teuer würde. Allerdings muß ich gestehen, daß ich Euch nicht für so knausrig gehalten hätte, edler Herr. Die Öffentlichkeit hat ein ganz anderes Bild von Euch.«

Bertran war so verblüfft, daß er laut herauslachte. Genau in diesem Moment war es in der aufgeregten Gruppe am Baum still geworden, so daß das Gelächter nicht zu überhören war. Die fünf Portezzaner drehten sich um. Der Anführer auf dem prächtigen Pferd, ein kleiner Mann mit schwarzem Haar, starrte lange herüber und schien die Coraner vergessen zu haben. Dann machte er ohne ein weiteres Wort kehrt und ritt zurück nach Norden. Seine Kameraden folgten ihm.

»Das«, sagte Bertran, »war nicht unbedingt vorteilhaft.«

»Wer war der Mann?«

Der Herzog sah ihn verwundert an. »Du hast tatsächlich die Wahrheit gesagt? Du bist ihm nie begegnet? Das war Borsiard d'Andoria, Blaise. Zumindest den Namen müßtest du schon gehört haben. Er hat übrigens vor kurzem geheiratet, und zwar ...«

»Lucianna Delonghi, ich weiß«, unterbrach Blaise. Und dann fügte er hinzu: »Deshalb will er mich ja töten.«

Sein Inneres war ein wahrer Hexenkessel von Gefühlen, doch mittendrin war jäh ein winziges Flämmchen Stolz aufgeflackert. Natürlich, so mußte es sein, Lucianna hatte von ihm gesprochen, trotz allem, was geschehen war. Borsiard d'Andoria wußte, daß der ehemalige Geliebte seiner neuen Gattin aus Gorhaut stammte, und er wollte ihn beseitigen.

Bertran de Talair hatte schnell begriffen. »Ach so«, sagte er leise. »Engarro di Faenna! Dann stimmten also die Gerüchte?«

»Daß ich ihn im Auftrag der Delonghi getötet habe? Ja.« Blaise war selbst überrascht, wie leicht ihm dieses Eingeständnis jetzt fiel. Er zögerte einen Moment, dann fuhr er fort: »Zusammen mit Rudel Correze.«

Das mußte Bertran erst verdauen. »Und deshalb will sie dich jetzt aus dem Weg räumen?« Er machte ein skeptisches Gesicht.

Blaise schüttelte den Kopf. »Kaum. Sie nimmt die Sache bestimmt nicht so wichtig, daß sie sich die Mühe machen würde, die Spuren zu verwischen. Aber Borsiard denkt anders darüber. Wahrscheinlich hatte er bei Engarros Ermordung die Hand im Spiel, obwohl ich damals nichts davon wußte. Ich bin ihm unheimlich. Er fürchtet, ich könnte irgend etwas sagen oder tun. Rudel vertraut er sicher mehr; er ist mit den Delonghi verwandt. Ich bin eine unbekannte Größe.« Er hielt inne.

»*Das* wäre also die ›tödliche Beleidigung‹?«

Blaise sah den Herzog an. Bertrans blaue Augen ruhten forschend und ein wenig zweifelnd auf ihm, doch in ihren Tiefen funkelte es boshaft.

»Ein Teil davon«, räumte Blaise vorsichtig ein.

Bertran nickte langsam. »So etwas hatte ich mir fast gedacht«, sagte er. »Das Kleinod der Delonghi, die schöne Lucianna. Unser Freund Borsiard ist eifersüchtig. Sehr interessant.« Wieder nickte er. »Allmählich nimmt das Bild Gestalt an. Irgendwann einmal mußt du mir mehr von ihr erzählen. Trifft wirklich alles zu, was über sie geredet wird? Ich habe natürlich schon mit ihr gesprochen, aber das war vor Jahren in einem Saal voller Menschen. Damals war sie noch sehr jung. Vielleicht sollte ich froh sein, daß ich ihrem Einfluß nur kurzfristig ausgesetzt war? Ist sie tatsächlich so gefährlich, wie man ihr nachsagt?«

Blaise zuckte die Achseln. »Ich lebe. Noch.«

»Wunden?«

»Etliche Narben. Ich arbeite daran.«

Bertran verzog den Mund zu einem schiefen Lächeln. »Das ist schon mehr, als die meisten von uns nach einer solchen Affäre behaupten können.«

»Ihr habt sie geliebt«, sagte Blaise. Wieder war er über sich selbst überrascht. »Das geht tiefer.«

»Der Tod auch.« Bertran zuckte die Achseln, dann schüttelte er den Kopf, wie um die trüben Gedanken zu vertreiben. »Sind wir nun Freunde? Bist du als Gast auf Talair, um mir die Kosten für einen geschulten Coraner zu sparen?«

Blaise nickte. »Ich denke schon. Obwohl wir damit eine merkwürdige Richtung einschlagen. Was glaubst du, wo wird der Weg enden?«

Bertran lächelte. »Wenigstens diese Frage läßt sich leicht beantworten: Auf Schloß Barbentain beziehungsweise in der Stadt Lussan. Hast du nicht gehört, daß dort ein Markt stattfindet?« Damit wendete er sein Pferd, und sie ritten los.

Immer einen Scherz auf den Lippen, dachte Blaise, dafür opferte man fast alles. Jedenfalls kam es ihm manchmal so vor. Dann fiel ihm ein, daß er sich noch nicht einmal bedankt hatte. Dabei hatte Bertran ihm doch das Leben gerettet.

Spontan riß er sein Pferd herum, ritt ein Stück zurück, saß noch einmal ab und hob den Dolch auf. Der Griff war nach portezzanischer Manier mit Edelsteinen besetzt. Er schwang sich wieder in den Sattel und galoppierte dem Herzog hinterher. Bertran sah ihn mit hochgezogenen Augenbrauen an.

Blaise reichte ihm die Waffe mit dem Griff voran. »Wäre schade gewesen, sie liegenzulassen«, sagte er. »Ich danke dir. Du hast schnell reagiert für einen Mann, der seine besten Jahre hinter sich hat.«

Bertran grinste. »Mein Knie ist auf jeden Fall nicht mehr das, was es einmal war.« Er nahm den Dolch und betrachtete ihn. »Hübsche Arbeit«, sagte er, »ein klein wenig protzig vielleicht.« Damit steckte er ihn in seinen Gürtel.

Mehr wurde nicht gesprochen, und Blaise wußte, daß es dabei auch bleiben würde. Bewährte Kämpfer hatten einen eigenen Ehrenkodex. Früher hatte er den arbonnesischen Coranern unterstellt, sie würden sich daran nicht halten, sondern sich von ihren Troubadouren für den kleinsten Erfolg in einer Schlacht oder auf einem Turnier mit überschwenglichen Versen feiern lassen. Doch inzwischen hatte er gelernt, daß dem nicht so war. Er hatte im vergangenen halben Jahr eine Menge gelernt, offenbar ganz von allein.

Vorne setzte sich jetzt die Portezzanerkolonne in Bewegung. Man schien es recht eilig zu haben. Borsiard d'Andoria wollte wohl vor Bertran in Barbentain sein. In solchen Fällen war es manchmal entscheidend, wer als erster Klage erhob. Bis zum Markt hatten sie allerdings noch zwei Tage zu reiten.

Valery kam bereits angesprengt, als hätte er Blaises Gedanken gelesen. Bertran sah seinen Cousin an. »Ich werde nicht versuchen, sie zu überholen. Wir lassen uns Zeit. Du nimmst dir fünf Mann und reitest voraus!« befahl der Herzog. »Sprich mit der Gräfin oder mit Roban, dem Kanzler, wenn möglich mit beiden zusammen. Meine Empfehlung lautet, allen Portezzanern freien Zugang nach Lussan und zum Schloß zu gewähren, mit Ausnahme der Andorianer. Erkläre ihnen, warum.«

Der große, grauhaarige Coraner war bereits auf dem Weg.

»Valery«, sagte Bertran. Sein Cousin zügelte sein Pferd und drehte sich im Sattel um. »Blaise de Garsenc steht nicht mehr in meinen Diensten, sondern beehrt Talair als mein Freund mit seinem Besuch. Vielleicht nimmt er sogar mit unseren Männern am Massenkampf teil. Sag der Gräfin Bescheid.«

Valery nickte, streifte Blaise mit einem raschen Blick und galoppierte dann in einer Staubwolke am Zug entlang nach vorne.

Damit war die Entscheidung gefallen. Im Lichte dessen, was geschehen war, mochte sie unabwendbar und selbstverständlich erscheinen. Doch in der Aufregung hatten sie alle drei etwas vergessen. Das mochte unter diesen Umständen verständlich sein, was aber an den Folgen nichts änderte.

Zu ihrer Rechten sahen Bertran und Blaise den Toten hängen. Fast nackt schwang er an seinem Ast hin und her, und aus dem Mal des Eidbrechers, das man ihm in die Stirn geritzt hatte, tropfte noch immer Blut.

Kapitel 10

Für Roban, den Kanzler von Arbonne, waren die letzten Tage sehr aufreibend gewesen. Die Gründe waren jedes Jahr die gleichen und standen in engem Zusammenhang mit dem Herbstmarkt. Schließlich war er schon seit einer Ewigkeit mit der Aufsicht über die vielfältigen Vorbereitungen betraut, die nun einmal anfielen, wenn man die halbe Welt zu Gast hatte.

In den Anfangszeiten des Herbstmarktes hatten die Bürger von Lussan voll Stolz darauf bestanden, die gesamte Organisation selbst in die Hand zu nehmen, doch als der Markt zunehmend an Bedeutung gewann und das damit verbundene Turnier mehr und mehr Prominenz – nicht selten auch Könige und Königinnen – aus allen sechs Ländern anzog, da schluckten die Städter ihren Stolz hinunter und baten den Grafen von Barbentain um Hilfe. Als der sich mit den wichtigen, detaillierten und dabei im Grunde langweiligen Planungen für den einen Monat dauernden Markt konfrontiert sah, hatte er die Aufgabe Roban übertragen. Wem sonst? Als hätte er nicht ohnehin genug zu tun gehabt!

Die Städter halfen natürlich mit – was auch nur recht und billig war, wenn man bedachte, wieviel Lussan von dieser Veranstaltung profitierte – außerdem hatte der Graf genügend Mittel zur Verfügung gestellt, daß Roban zwei Marktordner und zwei Siegelbewahrer ernennen konnte, die ihn unterstützten. Er hatte die Erfahrung gemacht, daß es sehr wichtig war, solche Ämter in eigener Regie vergeben zu dürfen; nur dann konnte man sich fähige Leute suchen, anstatt sich mit denen behelfen zu müssen, denen der Graf einen Gefallen schuldete. Nach fast vierzig Jahren in Barbentains Diensten war er mit beiden Möglichkeiten vertraut.

Als er den Markt zum ersten Mal organisierte, hatte er sich aus der Coranergarde von Barbentain einen Hauptmann geholt und ihm die Auswahl und die Überwachung von einhundert Bütteln übertragen, die von Sonnenaufgang bis Sonnenuntergang als Marktpolizei tätig sein sollten. Bei Nacht konnte eine Polizeitruppe wenig ausrichten. Der Graf – und jetzt die Gräfin – bürgte nur bis Sonnenuntergang innerhalb von Lussan und auf den Zufahrtsstraßen zum Markt für Sicherheit. Kein Herrscher in den sechs Ländern wäre imstande gewesen, den Schutz der Gäste auch bei Nacht zu gewährleisten. Allerdings hatte Roban schon vor Jahren die Idee gehabt, mit nicht geringen Kosten für die Dauer des Marktes die drei Hauptstraßen der Stadt zu beleuchten.

Durch solche Kleinigkeiten war der Markt von Lussan zur größten Attraktion in allen sechs Ländern geworden, und darauf war Roban stolz, allen Strapazen und Enttäuschungen zum Trotz. Er hatte stets die Meinung vertreten, wenn man schon etwas anpacke, könne man auch gleich ganze Arbeit leisten, und natürlich hatte er es nicht zuletzt dieser Einstellung zu verdanken, daß er chronisch überlastet war. Andererseits nährte sie auch sein Selbstbewußtsein: er wußte – genau wie der Graf und neuerdings auch die Gräfin – daß es auf Barbentain, ja, in ganz Arbonne einfach niemanden gab, der solche Sonderaufgaben zuverlässiger erledigt hätte als er.

Die Steuereintreiber des Marktes waren ihm direkt unterstellt – auf alle Waren, die Lussan verließen, wurden Zölle erhoben, die geradewegs in die Schatztruhen der Gräfin wanderten – doch für die Ernennung und Bezahlung der Inspektoren und Urkundsbeamten, der Schreiber, Buchhalter und Kuriere waren die Bürger der Stadt verantwortlich. Sie schickten auch – eine im Grunde überflüssige Maßnahme – zur Erntezeit ihre Herolde in die Dörfer des Umlandes, um die Bauern von Arbonne an den bevorstehenden Herbstmarkt mit seinen Puppentheatern, den Tierdressuren, den Tänzern und Sängern, den Männern, die glühende Kohlen schluckten oder Tauben verschwinden ließen, und den fliegenden Händlern zu erinnern, die nicht nur Schmuck, Spielzeug und Geschirr verkauften, sondern auch für jedes Leiden von Unfruchtbarkeit bis Verdauungsstörungen ein Mittelchen bereithielten. Natürlich strömten zu diesem Anlaß auch Frauen aus allen Teilen der bekannten Welt nach Lussan, um in den Tavernen ihre Dienste feilzubieten, für eine Stunde oder auch für eine ganze Nacht.

Diese Bereiche überließ Roban den Bürgern nur zu gern; er kümmerte sich lieber um die Gäste, die mit soliderer Ware über die Berge kamen oder mit Schiffen in Tavernel landeten und dann den Fluß herauffuhren, um die Kaufleute aus aller Herren Länder also, die Seide, Wolle und Holz nach Lussan brachten, Heilkräuter, Riechwässer und schier unbezahlbare Gewürze aus dem Osten, Dolche aus Arimonda, Schwerter und Rüstungen aus Aulensburgs Schmieden, Langbogen und Stoffe aus Valensa, geschnitzte Corannos-Statuen aus Gorhaut, Gold- und Silberschmuck aus Portezza sowie Käse, Wein, Oliven und Olivenöl aus dem Süden von Arbonne selbst. Auf dem Markt von Lussan konnte man kaufen, was das Herz begehrte, man traf Menschen aus allen Teilen der bekannten Welt, und wenn man in einer Taverne einem Schiffskapitän einen Krug Bier spendierte, bekam man die schönsten Geschichten über die sagenhaften, unerforschten Länder weit im Süden erzählt.

In Privathäusern, wo Fürsten und reiche Kaufherren vor allzu neugierigen Blicken geschützt waren, führte man bei Tag hinter geschlossenen Fensterläden oder des Nachts bei Kerzenschein Gespräche, die im kommenden Jahr den Lauf der Geschichte in den sechs Ländern bestimmen würden.

Der Markt von Lussan fand immer als letzter statt, bevor der Winter Straßen und Gebirgspässe unpassierbar machte. Danach bot sich auf Monate hinaus keine Gelegenheit mehr zum persönlichen Meinungsaustausch. Roban wußte aus langer Erfahrung, daß die Ergebnisse solcher Unterredungen hinter streng verschlossenen, prunkvollen Türen das wichtigste Vermächtnis jedes Marktes waren.

Ganz besonders galt das in diesem Jahr, vielleicht mehr als in jedem anderen seit Menschengedenken, denn der Iersen-Vertrag zwischen Gorhaut und Valensa hatte das Gleichgewicht der Kräfte zwischen den sechs Ländern tief erschüttert, und insbesondere Arbonne hatte allen Grund, die daraus resultierenden Konsequenzen zu bedenken und zu fürchten.

Daher war es nicht verwunderlich, daß der ohnehin überlastete und chronisch nervöse Kanzler von Arbonne als unverbesserlicher Pessimist sofort mit dem Schlimmsten rechnete, als man ihm meldete, Herzog Bertrans Cousin Valery bitte dringend um Audienz bei der Gräfin und ihm selbst. Valery brachte gewiß keine Neuigkeiten, die angetan wären, seine überreizten Nerven zu beruhigen.

Und Roban behielt natürlich recht. Tief betroffen stand er in dem kleinen Privatkabinett hinter dem Audienzsaal neben dem Stuhl der Gräfin, während Valery von Talair in nüchternem Ton seinen Bericht vortrug. Auf den Coraner aus Gorhaut – ohnehin ein schwieriger Fall – sei ein Mordanschlag verübt worden, worauf man zwei Portezzaner aus Andoria getötet sowie einen dritten – einen Cousin und vermutlich einen besonderen Günstling Borsiards höchstselbst – an Ort und Stelle hingerichtet habe. Valery ersparte seinen Zuhörern nichts. Roban überlegte fieberhaft. Die Spannungen im Gefolge dieses Zwischenfalls könnten den Markt ruinieren, bevor er überhaupt begonnen hatte. Und ihm selbst würden sie wahrscheinlich einen dieser verheerenden Migräneanfälle bescheren, die ihn für einen Tag und eine Nacht außer Gefecht zu setzen pflegten.

Manchmal kam es ihm vor, als lebe er seit seiner Kindheit hier auf diesem Schloß und habe nie etwas anderes getan, als – zuerst mit dem Grafen und jetzt mit der Gräfin – all die Krisen zu bewältigen, die Arbonnes störrischer Adel mit irgendwelchen unüberlegten Aktionen heraufbeschwor. In Wirklichkeit stammte Roban natürlich selbst aus Arbonne. Er war der Sohn eines kleinen Adeligen, auf Kastell Vaux geboren, doch hatte man ihn, wie bei jüngeren Söhnen jüngerer Söhne üblich, frühzeitig Corannos geweiht. Im Orden legte er schon früh so ausgeprägte Fähigkeiten im Bereich der Mathematik wie der Rhetorik an den Tag, daß ihn Guibor IV. aus dem Münster des Gottes an seinen Hof holte, bevor ihm noch der erste Bart sproß.

So war er nach Barbentain gekommen und hatte rasch alle Stufen der Beamtenhierarchie bis hinauf zum Kanzler erklommen. Bei seiner Ernennung hatte man seine früheren Beziehungen zum Klerus des Gottes sehr betont – ein Akt des

Ausgleichs seitens des Grafen, der in politischen Fragen stets vorsichtig war. Doch das war schon so lange her, daß sich wohl kaum noch jemand daran erinnerte. An seinem steilen Aufstieg hatte kaum jemand Anstoß genommen, obwohl es bei Hof genügend strebsame Männer gab. Doch Roban hatte schon als junger Mann den Eindruck unbedingter Zuverlässigkeit vermittelt. Er genoß Vertrauen. Und das hatte er auch *verdient*, dachte er oft; wenn man nur öfter auf ihn *hören* würde in diesem Land, wo alle Männer Hitzköpfe waren und die Frauen mehr von Musik hielten als von einer geordneten Verwaltung.

Roban hatte nichts gegen Musik. Er hörte den Troubadouren und ihren Joglares gern zu, wenn sich die Gelegenheit ergab. Vor langer Zeit hatte er sogar mit einem Lied aus eigener Feder um die Hand der Frau angehalten, die der Graf ihm empfohlen hatte. Inzwischen hatte er sowohl die Melodie wie auch den Text fast vergessen – und das war vermutlich gut so. Dennoch löste die Musik, so Robans Ansicht, nicht alle Probleme, genauer gesagt, es gab in der Politik Momente, da kam man mit romantischen Troubadourweisen nicht mehr weiter, da zählte nur noch schonungsloser Realismus. Roban hielt sich für einen Realisten. Er wußte, welche Handlungen welche Konsequenzen nach sich zogen. Das wußte zwar auch Bertran de Talair, vielleicht sogar noch besser, doch der Herzog kümmerte sich oft einfach nicht darum. Das war typisch für Arbonne, dachte der Kanzler düster. Was sich vor zwei Tagen an der Hauptstraße am Fluß ereignet hatte, war nur ein Beispiel von vielen.

Der Anschlag hatte Strafe verdient, gewiß, es hatte etwas geschehen müssen. Doch was die Andorlaner – wie gemeldet war auch von ihnen heute eine Delegation eingetroffen, staubbedeckt und mit schweißnassen Pferden – wohl aufs äußerste empörte, war das Schnellgericht am Straßenrand, das der Herzog von Talair abgehalten hatte. Einen Adeligen hängte man nicht einfach an den nächsten Baum wie einen gewöhnlichen Dieb. Bertran hatte den Mann sogar brandmarken lassen; als Valery das erwähnte, zuckte Roban zusammen und wandte sich ab, um seine Erschütterung zu verbergen. Er versuchte noch, einen Hustenanfall vorzutäuschen, aber die Gräfin hatte das Manöver wohl durchschaut.

Der Gräfin etwas zu verheimlichen, gelang ihm ohnehin nur selten. Vor vierzig Jahren hatte er sich auf den ersten Blick in sie verliebt. Und er liebte sie noch immer, mehr als sein Leben. Zumindest davon ahnte sie nichts, dessen war er fast sicher – obwohl es in seinen Augen eine der wichtigsten Eigenschaften des Roban de Vaux war. Solange er denken konnte, hatte er nur eine einzige Frau von ganzem Herzen geliebt, ohne Rücksicht auf seine eigene Ehe und seine Kinder, ohne Rücksicht auf den gewaltigen Standesunterschied, und er würde der Gräfin von Arbonne bis zu seinem letzten Atemzug unerschütterlich die Treue halten. Früher hatte er vor Sehnsucht oft schlaflos in seinem schmalen Bett gelegen, doch heute verschwendete er kaum noch einen Gedanken auf seine Gefühle. Nach vier Jahrzehnten waren sie einfach eine feststehende Tatsache, das Fundament, auf dem sein ganzes Dasein gründete.

In dem Kabinett hinter dem Audienzsaal brachte er nun seine Gesichtszüge in Ordnung und strich mechanisch sein Wams glatt, um sich dann wieder Bertrans Cousin zuzuwenden. Valery führte soeben sehr ruhig und sachlich aus, warum man es nicht dulden könne, daß Adelige mit dreisten Mordanschlägen auf offener Straße den Frieden brächen, nur weil sie es für selbstverständlich hielten, daß mit Zahlung eines Lösegeldes alles erledigt sei. Des weiteren behauptete Bertrans ausnehmend tüchtiger Cousin – im Grunde ein Mann ganz nach Robans Geschmack –, der Herzog habe mit seinem Schnellverfahren zwar energisch die Autorität der Gräfin verteidigt, ihr aber zugleich die Möglichkeit offen gelassen, sein Verhalten zu mißbilligen und die Andorianer durch Zugeständnisse zu beschwichtigen.

Hier sah Roban einen schwachen Hoffnungsschimmer, und so suchte er einzuhaken, während er im Geiste rasch die verschiedenen Möglichkeiten durchging. Doch er kam nicht zu Wort, denn Valery schöpfte nicht einmal Atem. Bertran selbst, fuhr er fort, empfehle freilich, derartige Beschwichtigungsversuche nicht in Erwägung zu ziehen. Roban schloß die Augen.

Von diesem Moment an war er ganz sicher, daß eine Migräne im Anzug war.

Die Glaubwürdigkeit der Gräfin als weiblicher Herrscher von Arbonne, mahnte Valery von Talair, verlange geradezu, daß sie die gleiche Entschlossenheit an den Tag lege wie etwa Jörg von Götzland in einer vergleichbaren Situation. Bertran schlage vor, Borsiard d'Andoria Marktverbot zu erteilen. Natürlich, was sonst? dachte Roban verbittert. Dem Kanzler war es unbegreiflich, wie an sich intelligente Menschen so etwas nur denken, geschweige denn aussprechen oder ganz beiläufig anregen konnten.

»Götzland sieht sich nicht der Gefahr einer Invasion im nächsten Jahr gegenüber«, fuhr er dazwischen, als er endlich eine Lücke fand. »Die Gräfin hat mehr zu berücksichtigen als die protokollarischen Gepflogenheiten eines Jahrmarktes. Um einen wichtigen Mann wie Borsiard d'Andoria vor den Kopf zu stoßen, ist der Zeitpunkt ungünstig – *denkbar* ungünstig – gewählt.«

»Ihr hättet ihm also gestattet, seinen Mann freizukaufen? Ihr würdet ihn mit seiner neuen Gattin unbehelligt in Lussan auf dem Markt und hier im Schloß umherstolzieren lassen, nachdem er auf unseren Straßen Mord und Totschlag begehen wollte? Und wenn der gorhautische Coraner nun tot wäre? Was dann?«

»Dann wäre manches einfacher«, gab Roban allzu schnell zurück. Valery hatte einen wunden Punkt berührt. »Ihr wißt, was ich von En Bertrans wahnwitzigem Plan halte.«

»Der Vorschlag kam von meiner Tochter.« Die Gräfin hatte bisher geschwiegen. Ein schlechtes Zeichen, daß sie ihn gleich mit den ersten Worten zurechtwies. »Bertran hat nur zugestimmt. Auch ich war einverstanden. Ihr wart dagegen, Ihr habt Eure Argumente vorgebracht, und Ihr habt meine Entscheidung gehört. Nun fallt mir nicht auf die Nerven, Roban. Ich kenne Eure Bedenken, aber ich sehe keine andere Möglichkeit, als Bertrans Handlungsweise im Nachhinein gutzuheißen. Ich werde Borsiard d'Andoria Marktverbot erteilen.« In diesem Punkt war sie ihrem gräflichen Gemahl erstaunlich ähnlich: auch er hatte Entscheidungen von ungeheurer Tragweite stets mit einer Schnelligkeit getroffen, daß Roban Hören und Sehen verging.

»Das wird uns teuer zu stehen kommen.« Der Kanzler spürte, wie ihm, wie immer wenn er sich aufregte, diese unvorteilhafte Röte in die Wangen stieg. »Nun fließt d'Andorias Geld im nächsten Jahr nach Gorhaut, darauf gehe ich jede Wette ein.«

Valery von Talair zuckte nur gleichmütig die Achseln. »Gorhaut braucht keine fremden Gelder, edler Kanzler. Die Summen, die es nach den Bedingungen des Iersen-Vertrags von Valensa erhalten hat, sind mehr als ausreichend. Erinnert Euch doch nur, was man für den Anschlag auf Bertran geboten hat. Das sah nun wahrhaftig nicht nach Goldmangel aus.«

»In Kriegszeiten herrscht immer Goldmangel«, prophezeite Roban düster. Tatsächlich wußte er aus geheimer Quelle genau Bescheid über die Höhe der Beträge, die Valensa laut Vertrag noch an Gorhaut zu entrichten hatte. Die Zahlen waren schwindelerregend.

»Dabei fällt mir etwas ein«, sagte die Gräfin. Sie hatte einen anderen Ton angeschlagen, den Roban nur zu gut kannte. »Wenn Daufridi von Valensa für die Ländereien, die Gorhaut ihm abgetreten hat, so viel bezahlt, dann muß seine finanzielle Lage doch verzweifelt sein.«

»Schon möglich, daß er gewisse Schwierigkeiten hat«, räumte Roban vorsichtig ein. Er hatte gelernt, daß Vorsicht geboten war, wenn sie so redete – als nächstes schüttelte sie meist irgendeinen Plan aus dem Ärmel. Und ihre Ideen machten ihn fast immer entsetzlich nervös. Seine Migräne verschlimmerte sich.

Valery hielt sich rasch die Hand vor den Mund, aber Roban hatte sein Grinsen gesehen. Die de Talair waren unglaublich schlau. Man hatte kaum eine Chance.

»Darüber werden wir uns unterhalten müssen«, murmelte die Gräfin. »Ich habe nämlich eine Idee.«

Roban hatte keine Ahnung, worauf sie hinauswollte, und daß Valery offenbar im Bilde war, verdroß ihn. Immer wieder sah er sich in die undankbare Rolle des Mannes gedrängt, der zurückblieb und sich um den lästigen Kleinkram kümmerte, während ringsum quecksilbrige Geister wieselflink auf den gefährlichsten und finstersten Pfaden wandelten.

Die Gräfin sah Valery strafend an; auch sie hatte das Lächeln bemerkt. »Aber vielleicht ist Bertran schon lange vor mir darauf gekommen.« Das klang sehr viel weniger streng, als Roban lieb war. Sie hatte eine große Schwäche, dachte er nicht zum ersten Mal: sie liebte ihre galanten, aber verantwortungslosen Adeligen viel zu sehr, um sie am kurzen Zügel zu halten. Und Bertran de Talair war ein ganz besonderer Fall.

Valery zog sich geschickt aus der Affäre. »Sollte En Bertran zum Thema Valensa irgend etwas zu sagen haben, so wird er Euch seine Überlegungen gewiß sofort nach seiner Ankunft mitteilen. Wir können ihn wohl heute gegen Abend erwarten.«

»Wenn ich Glück habe«, gab Signe de Barbentain trocken zurück, »wird er mir höchstens mitteilen, welche Schritte er bereits unternommen hat. Mit jenen Versen, die ihn letzten Sommer fast das Leben gekostet hätten, war es nicht anders. Übrigens«, wandte sie sich an Roban, »und das ist wichtig: ich möchte, daß Barbentains Gardisten immer präsent sind, wo der Herzog von Talair auf dem Markt auch geht und steht. Ich will seine eigenen Coraner nicht kränken, doch falls jemand finstere Absichten hegt, sollte er wissen, daß wir die Augen offenhalten.« Roban nickte. Das war vernünftig; er hatte es gerne, wenn sie ihm vernünftige Anweisungen gab.

»Rudel Correze kommt übrigens mit den Delonghi«, bemerkte Valery so beiläufig, als sei es ihm eben erst wieder eingefallen. »Sie hatten sich alle mit den Andorianern zusammengetan.«

»Großartig«, sagte die Gräfin bissig. Roban konnte es nur recht sein, wenn sie ausnahmsweise auf jemand anderen wütend war, obwohl gerade Bertrans Cousin ihren Zorn gewiß nicht verdient hatte. »Soll ich ihm auch Marktverbot erteilen? Vielleicht können wir uns in dieser Woche gleich *jede* bedeutende Familie in Portezza zum Feind machen?« Signe de Barbentain verlor nur selten die Beherrschung, aber jetzt spürte Roban, daß sie mit ihrer Geduld am Ende war. Es war ihm eine Genugtuung, bewies es ihm doch, daß sie seine Sorgen verstand und teilte. Wieder strich er sich das Wams glatt.

Valery schüttelte den Kopf. »Blaise de Garsenc meint, hier würde der Mann nichts unternehmen. Die Correze seien zu klug, um die wirtschaftlichen Folgen eines Friedensbruchs zu riskieren. Außerdem habe Rudel seiner Ansicht nach den Auftrag ohnehin zurückgegeben.«

»Wie kommt er denn darauf?« fragte Roban mißmutig. »Niemand in dieser Familie schreibt zweihundertfünfzigtausend Goldstücke einfach in den Wind.«

Valery sah ihn Verzeihung heischend an. »Ganz meine Meinung, edler Kanzler. Doch Blaise behauptet, Rudel Correze ausnehmend gut zu kennen, und er sieht keine Gefahr mehr.«

»Wir halten wirklich große Stücke auf diesen Coraner aus Gorhaut, nicht wahr?«

»Das reicht, Roban!« Er hatte seinen Fehler sofort erkannt – nun entlud sich ihr aufgestauter Zorn unvermittelt über seinem Haupt. Das passierte immer wieder, so als sei er das harmloseste Opfer, der Mann, den man gefahrlos abkanzeln konnte. Womit sie ja auch recht hatte, dachte er kläglich, schon seit Jahrzehnten. Früher hatte er noch manchmal überlegt, ob seine Frau wohl ahnte, was er für die Gräfin empfand, und ob es sie kümmerte. Jetzt kamen ihm solche Gedanken schon lange nicht mehr.

»Wir werden diese Frage nicht noch einmal aufrollen«, erklärte Signe streng. »Der Mann ist nicht irgendein Coraner aus Gorhaut. Er ist der Sohn von Galbert de Garsenc, und wenn wir überhaupt hoffen können, dieses Land zu spalten, dann nur durch ihn. Sollte er uns verraten, dann werde ich, bevor wir alle in den Tod gehen, noch öffentlich verkünden, daß Ihr recht hattet. Genügt Euch das, Roban? Seid Ihr damit zufrieden?«

Der Kanzler schluckte krampfhaft. Ihm war jämmerlich zumute, wie immer, wenn sie ihn zusammenstauchte. In jüngeren Jahren hatte er sich nach einer solchen Standpauke manchmal in sein stilles Kämmerchen zurückgezogen und bittere Tränen vergossen. Gelegentlich hätte er das auch heute noch gern getan. Ein beschämendes Eingeständnis, dachte der Kanzler, für einen Mann seines Alters und seiner Position. Ob sie es wohl jemals bemerkte, wenn er seine Migräne bekam? Vielleicht hätte sie mehr Verständnis für ihn und würde ihn nicht so hart anfassen, wenn er sie einmal darauf aufmerksam machte?

* * *

Signe konnte sich nicht erinnern, daß ihr Roban mit seinem Dickkopf zu Guibors Lebzeiten jemals so schrecklich auf die Nerven gefallen wäre. Allerdings hatte sie damals sehr viel weniger mit ihm zu tun gehabt; er war nur der tüchtige Beamte im Hintergrund gewesen, und bei Guibor hatte es kein Ratgeber gewagt, Meinungsverschiedenheiten auf die Spitze zu treiben. Bei ihr war das offenbar anders. Vielleicht verließ sie sich zu sehr auf Roban, vielleicht spürte er ihre Schwäche und wollte deshalb umso stärker sein. Sie wußte es wirklich nicht; sie hatte auch nicht viel darüber nachgedacht. Er war einfach da, war immer dagewesen, und man konnte ihm bedingungslos vertrauen. Er würde jede Aufgabe zuverlässig erledigen, sofern sie überhaupt zu erledigen war. Er war ein wenig rot im Gesicht und hatte Schatten unter den Augen. Und er strich schon wieder sein ohnehin faltenloses Wams glatt. Ganz kurz schoß ihr die Frage durch den Kopf, ob Roban – das Schicksal aller tüchtigen Männer – am Ende überlastet sei.

Sie fühlte sich im Moment tatsächlich nicht besonders stark, aber das ging niemanden etwas an, nicht einmal Roban oder Valery. »Sobald Borsiard d'Andoria in Lussan eintrifft, laßt Ihr ihn rufen«, befahl sie dem Kanzler. »Ich werde ihn hier empfangen. Ich will ihn nicht auf dem Verordnungsweg ausweisen. Er wird den Spruch von mir persönlich hören, hier im Schloß.«

Und so war es noch am gleichen Nachmittag gekommen. Borsiard war rasend vor Wut in den Audienzsaal gestürmt und hatte verlangt, daß sie Bertran de Talair für die Ermordung dreier andorianischer Adeliger maßregle und mit dem Tode bestrafe. Signe sah, daß er tatsächlich glaubte, damit durchzukommen. Er hielt sie eben für eine schwache Frau, die sich von seinem Zorn schon soweit einschüchtern lassen würde, daß sie tat, was er wollte.

Diese Erkenntnis hatte sie in eiskalte Wut versetzt und ihr die nötige Kraft gegeben, um den Portezzaner in die Knie zu zwingen. Irgendwann war er schließlich ganz klein. Sie war schon mit besseren Männern fertig geworden. Sobald sie zu sprechen anfing, die Worte in genau berechnetem Tempo wie Steine in den stillen Raum rollen ließ, war Borsiard in sich zusammengefallen, als hätte sie ihm die Luft abgelassen.

»Nehmt Eure Leute und Eure Waren und geht«, hatte sie ihm vom uralten Thron der Grafen von Arbonne herab befohlen. »Ich verbiete Euch, auf einem Markt Handel zu treiben und Gewinne zu machen, dessen Gesetze Ihr so schändlich mißachtet habt. Eure Männer wurden zu Recht getötet, der Herzog von Talair hatte wie alle Adeligen von Arbonne einen entsprechenden Auftrag von uns. Worum es bei Eurem Streit mit Blaise de Garsenc von Gorhaut – einem Streit, an dem wir keinerlei Interesse haben – auch gehen mag, die Straßen zum Markt von Lussan waren nicht der Ort, um ihn auszutragen, eine Feststellung, die wiederum sehr in unserem Interesse liegt. Ihr könnt Arbonne unbehelligt verlassen. Wir geben Euch sogar einen Trupp Männer als Geleitschutz bis zur portezzanischen Grenze mit... es sei denn, Ihr hättet ein anderes Ziel?«

Das hatte Guibor ihr immer gepredigt: ergreife die Initiative, sprich das Problem von dir aus an, bevor dein Gegner es tut. Und tatsächlich, wie auf ein Stichwort hatten sich Borsiards edle Züge haßvoll verzerrt. »Davon könnt Ihr ausgehen«, sagte er. »Ich habe einiges in Gorhaut zu erledigen und werde deshalb nach Norden reisen.«

»An König Ademars Hof seid Ihr gewiß herzlich willkommen«, hatte Signe ruhig zurückgegeben. Dieser Mann konnte sie nicht erschüttern, so reich er auch war. Roban mochte sagen, was er wollte, er war viel zu leicht zu durchschauen. Wie lange seine Ehe wohl halten würde? Sie gestattete sich ein Lächeln; notfalls leistete ihr Lächeln ihr immer noch gute Dienste. »Hoffentlich wird es Eurer edlen Gemahlin in Cortil nicht zu kalt, wenn im Norden der Winter einkehrt. Auch die Langeweile könnte ihr zu schaffen machen«, murmelte sie. »Sollte sie es vorziehen, nach Hause zurückzukehren, werden wir Ihr gern eine Eskorte stellen. Ja«, ein spontaner Einfall, »vielleicht wollt Ihr auch ohne sie nach Norden reisen. In diesem Fall wäre es uns ein Vergnügen, sie noch eine Weile als Gast an unserem Hofe zu haben. An Zerstreuung würde es ihr gewiß nicht mangeln. Es wäre nicht gerecht, einer Frau die Freuden des Marktes vorzuenthalten, nur weil ihr Gemahl die Gesetze gebrochen hat. So etwas tut man nicht in Arbonne.«

* * *

Als sie am Abend desselben Tages in ihrem Bett lag, bereute sie schon fast, die Beherrschung verloren und diese Einladung ausgesprochen zu haben. Wenn sich Lucianna Delonghi – in Gedanken nannte sie die Frau, die doch mehrfach verheiratet gewesen war, immer noch bei ihrem Mädchennamen – einen vollen Monat lang in Barbentain und in Lussan aufhielt, konnte das zu zahllosen Peinlichkeiten führen. Andererseits hätte sie sich nur der Delegation ihres Vaters anzuschließen brauchen, um auf dem Markt bleiben zu können. Mit der Einladung vermittelte man den Anschein, etwas zu kontrollieren, was sich ohnehin nicht verhindern ließ. Jedenfalls hoffte Signe, daß es die Öffentlichkeit so sehen würde. Insgeheim war sie neugierig darauf, diese Frau wiederzusehen. Zum letzten Mal war Lucianna Delonghi vor sechs oder sieben Jahren noch vor ihrer ersten Hochzeit auf Barbentain gewesen. Ihr Vater hatte sie dem Grafen und der Gräfin vorgestellt. Ein blutjunges Ding noch, durchtrieben wie die ganze Familie, sehr aufgeweckt und schon damals sehr schön. Und seither hatte sie wohl eine Menge erlebt.

Vielleicht wäre es interessant zu beobachten, inwiefern sie sich verändert hatte, dachte Signe. Aber das konnte warten. Im Moment wollte sie niemanden sehen. Sie hatte sich früh zurückgezogen und es Roban und den Marktordnern überlassen, ihre Anweisungen bezüglich der Andorianer auszuführen. Mit Schwierigkeiten war kaum zu rechnen; Borsiard war fern der Heimat und hatte nur eine Handvoll Coraner bei sich, er würde sich kaum der Schande einer offiziellen Abschiebung aussetzen. Durchaus wahrscheinlich war es dagegen, daß er nach Norden zog – und damit Robans düstere Prophezeiungen erfüllte. In solchen Dingen behielt der Kanzler meistens recht. Schwieriger zu erraten war, was Borsiard in Gorhaut vorhatte. Jedenfalls waren die Auswirkungen unübersehbar: eine Finanzquelle weniger für Arbonne, ein Verbündeter weniger, wenn es zum Krieg kam, und möglicherweise ein weiteres Truppenkontingent auf der gegnerischen Seite, falls Gorhaut das wünschte.

Signe stieß einen tiefen Seufzer aus. Bertran hatte richtig gehandelt, er hatte ihr die Last abgenommen und sie sich auf die eigenen Schultern geladen. Sie wünschte nur ... sie wünschte nur, er würde nicht immer wieder in Situationen geraten, wo es für alle mit so viel Ärger verbunden war, wenn er das Richtige tat.

Im Augenblick sehnte sie sich nur nach Ruhe. Zuweilen linderte die Nacht die schlimmsten Sorgen. Nicht immer kam der Schlummer sofort, doch wenn sie erst einmal schlief, dann hatte sie fast immer schöne, tröstliche Träume. Manchmal lustwandelte sie im Schloßgarten oder ging, wieder jung geworden, mit Guibor über ihre geliebte Wiese unter dem Aquädukt der Alten in der Nähe von Carenzu; ab und zu waren auch ihre vier Kinder dabei: die kluge Beatritz mit dem schimmernden Haar, die beiden Jungen – der lebhafte, abenteuerlustige Guibor und der stillere Piers, der sich immer etwas abseits hielt – und Aelis, die durch das grüne, grüne Gras hinter ihnen herlief. In Signes Träumen war Aelis immer älter als die anderen, obwohl sie doch das jüngste ihrer Kinder gewesen war, und sie sah immer so aus wie in dem Jahr, bevor sie starb, eine wilde Schönheit, erst spät zu voller Blüte gelangt.

In dieser Nacht wünschte Signe den Schlaf herbei wie eine Frau den letzten, zärtlichen Liebhaber, den sie jemals haben würde. Die Ängste des Tages würden auch morgen noch da sein, angereichert mit neuen Problemen, neuen Gefahren aus dem Norden ... heute wollte sie sich in ihren Träumen verlieren.

Der Wunsch sollte nicht in Erfüllung gehen.

Das Klopfen an der äußeren Tür war so leise, daß sie es im Schlaf vermutlich überhört hätte. Doch eines von den Mädchen wäre auf jeden Fall aufgewacht. Schon stand Brisseau, die ältere, in ihrem weißen Nachtgewand wie ein verschrecktes Gespenst in Signes Zimmer.

»Sieh nach, wer es ist«, befahl die Gräfin, obwohl es zu dieser Stunde nur eine einzige Möglichkeit gab.

Roban wartete im Vorzimmer, während sie ihren Morgenrock überzog. Dann ging sie zu ihm hinaus; sie lehnte es ab, in ihrem Schlafzimmer Besucher zu empfangen oder Staatsgeschäfte zu erledigen. Er trug immer noch das gleiche Wams. Erschrocken begriff Signe, daß er noch gar nicht im Bett gewesen war. Es war schon sehr spät, und der Kanzler sah nicht gut aus. Die beiden Mädchen hatten hastig die Kerzen angezündet. In ihrem Schein sah sie die scharfen Falten in seinem Gesicht. Die Augen lagen tief in den Höhlen. Er wirkt viel älter, als er ist, dachte sie plötzlich. Er hatte sich aufgerieben in ihren und Guibors Diensten. Ob er wenigstens das Gefühl hatte, es habe sich gelohnt? Zum ersten Mal fragte sie sich, was er wohl von ihnen halten mochte. Von ihr, genauer gesagt. Guibor war tot; über die Toten dachte man nicht schlecht. Sie hatte tatsächlich keine Ahnung, wie ihr Kanzler sie beurteilte. Oberflächlich, entschied sie. Wahrscheinlich war er irgendwann zu dem Schluß gekommen, sie sei ein oberflächliches, flatterhaftes Geschöpf, das eine feste Hand brauche. Vielleicht drängte er ihr deshalb in letzter Zeit seine Ansichten so hartnäckig auf.

Jedenfalls sah er wirklich nicht gut aus.

»Setzt Euch«, sagte sie. »Setzt Euch erst einmal. Brisseau, eine Flasche Most für den Kanzler.«

Sie hatte erwartet, daß Roban den Stuhl ablehnen würde, und als er das nicht tat, verstärkte sich ihre Unruhe. Sie zwang sich zur Geduld, nahm ihm gegenüber Platz und wartete, bis das Mädchen den Most gebracht und auf den Tisch gestellt hatte. Und dann ließ sie ihm Zeit, den ersten Schluck zu trinken.

»Sprecht«, sagte sie endlich.

»Herrin, ich habe heute abend eine Botschaft vom Rian-Tempel in der Stadt erhalten«, begann er. Seine Stimme klang ungewohnt matt. »Angeblich von einer Person, die unmöglich in

Lussan sein konnte. Diese Person bat um Audienz und ... um Asyl.«

»Ja?«

»Jawohl. Ich begab mich also persönlich in die Stadt, um in Erfahrung zu bringen, ob die Botschaft echt war. Ich fürchte, Herrin, sie ist echt. Ich fürchte, wir stecken in einer schweren Krise. Verglichen damit ist die Andoria-Geschichte nicht mehr als eine Lappalie.«

»Wer ist diese Person? Wer ist in der Stadt?«

»Sie ist nicht mehr in der Stadt. Mir blieb keine Wahl, Herrin, ich mußte sie ins Schloß bringen lassen, bevor noch jemand von ihrer Anwesenheit und den näheren Umständen erfuhr.« Der Kanzler nahm einen zittrigen Atemzug. »Gräfin, es hat den Anschein, als habe die edle Rosala de Garsenc von Gorhaut ihren herzoglichen Gemahl heimlich verlassen, um bei uns Zuflucht zu suchen. Sie befindet sich jetzt auf Barbentain, und, Herrin ... ich verstehe wahrhaftig nicht viel von solchen Dingen, aber ich halte es durchaus für möglich, daß sie in diesem Augenblick niederkommt.«

* * *

Cadar de Savaric – seine Mutter hatte ihm demonstrativ den Vornamen ihres Vaters und den Namen ihrer Familie gegeben – erblickte kurz vor Tagesanbruch auf Schloß Barbentain das Licht der Welt.

Die Strapazen der Reise über die Berge nach Arbonne hatten dazu geführt, daß die Wehen bei Rosala frühzeitig einsetzten, dennoch war Cadar ein kräftiges, rosiges Kind. Als die Rian-Priesterin, die man eilends ins Schloß geholt hatte, ihn aus dem mütterlichen Schoß zog und die Nabelschnur durchtrennte, stieß er einen lauten Schrei aus, der seiner erschöpften Mutter geradezu triumphierend in den Ohren klang.

Nachdem man ihn ausgiebig in angewärmter Milch gebadet hatte, wie es sich für ein Kind aus höchsten Kreisen geziemte, wickelte ihn die ältere der beiden Priesterinnen geschickt in blauen Samt und reichte ihn der Gräfin von Arbonne, die während der stundenlangen Wehen in der Wochenstube ausgeharrt hatte. Die weißhaarige Signe de Barbentain mit dem hellen, makellosen Teint, unter dem sich bläulich die Adern abzeichneten, drückte das Kind an sich und betrachtete es mit einer Zärtlichkeit, die Rosala nicht ganz begreifen konnte, aber doch ungemein beruhigend fand. Endlich trat Signe an ihr Bett und legte ihr den Kleinen sanft in die Arme.

Rosala hatte nicht mit so viel Güte gerechnet. Sie hatte überhaupt nicht gewußt, was sie zu erwarten hatte. Als Galbert de Garsenc vor einer Woche davongeritten war, hatte sie beschlossen, nach Süden zu fliehen, sowie sich eine Möglichkeit ergab. Weiter hatte sie sich keine Gedanken gemacht.

Der bevorstehende Markt von Lussan hatte ihr die erwünschte Gelegenheit geboten. Garsenc lag nahe an der Hauptstraße, die zum Paß hinaufführte, und Rosala sah Tag für Tag Coraner und Händler in kleinen Grüppchen an den Garsenc'schen Gütern vorbeiziehen. Die einen hielten oft am Corannos-Haus an und sprachen ein kurzes Gebet, die anderen hielten in der Burg oder unten im Dorf ihre Waren feil.

Zwei Tage nach dem Besuch ihres Schwiegervaters teilte Rosala ihrem Gatten in wenigen Zeilen mit, sie gedenke nach Norden zu reisen, auf die Besitzungen ihrer eigenen Familie, um dort die Niederkunft abzuwarten. Sie habe, log sie, einen Traum gehabt, einen schrecklichen, prophetischen Alptraum. Zu viele Kinder und ihre Mütter seien auf Schloß Garsenc schon bei der Geburt gestorben, und deshalb habe sie Angst um ihr Kind. Auf Savaric würde sie sich sicherer fühlen. Sie hoffe, er würde sie verstehen und nachkommen, sobald es seine Verpflichtungen bei Hofe erlaubten. Sie unterzeichnete den Brief mit ihrem Namen.

Noch in der gleichen Nacht verließ sie das Schloß unbemerkt durch einen Hinterausgang. Ihr Lieblingspferd stand im Coranerstall vor den Mauern, wo es Auslauf hatte, wenn sie nicht reiten konnte. Eine Stallwache gab es nicht – niemand würde es wagen, sich den Zorn der de Garsenc zuzuziehen, indem er sich an ihren Pferden vergriff. Schwerfällig war sie aufgestiegen und im Damensitz davongeritten. Im Licht der beiden Monde war die Landschaft von erschreckender Schönheit. Das Kind lag groß und schwer in ihrem Schoß. Sie hatte nur eine schwache Hoffnung, matt wie das Licht der Sterne neben Vidonne, ihr Ziel zu erreichen.

Nach dieser einen Nacht war es mit dem Reiten vorbei. Die körperlichen Beschwerden wurden so stark, daß ihr nichts anderes übrigblieb, als das Pferd noch vor Tagesanbruch in der Nähe eines kleinen Dorfes freizulassen und langsam zu Fuß zur Straße zurückzukehren. Bei Sonnenaufgang erreichte sie, hungrig und zu Tode erschöpft, das Lager einer Schaustellertruppe und sprach zwei Frauen an, die in einem Bach badeten und sich bei ihrem Anblick in erschrockenen Ausrufen ergingen. Sie nannte den erstbesten Namen, der ihr in den Sinn kam, und behauptete, sie sei auf dem Weg nach Arbonne, weil sie hoffe, dort tüchtige Hebammen zu finden. Zwei Kinder seien ihr bereits bei der Geburt gestorben, log sie und spreizte hinter dem Rücken die Finger, um das Unglück abzuwehren. Sie sei zu allem bereit, um dieses Baby zu retten.

Und das war die Wahrheit. Die reine Wahrheit.

Da sie damit angedeutet hatte, sie wolle Magie zu Hilfe nehmen, spreizten die Frauen ihrerseits die Finger, boten ihr aber großzügig an, sie mit nach Süden zu nehmen. So holperte Rosala in einem ungefederten Wagen mit zwei diebischen, grauen Äffchen, einem sprechenden Vogel aus den nördlichen Sümpfen, einer Viper in einem Korb und einem geschwätzigen Tierbändiger über die Berge. Der Mann hatte groteskerweise blaue Zähne, vom Gift der Schlange, wie er erklärte, bevor man ihr die Zähne gezogen habe. Seither müsse er sie mit selbstgefangenen Mäusen und kleinen Eidechsen füttern. Jedesmal, wenn der Wagen über ein Schlagloch fuhr – und Schlaglöcher gab es viele auf dem Weg durch den Paß – vergewisserte sich Rosala mit einem ängstlichen Blick auf den Korb, ob die Schließe auch noch standhielt. Der Bär und die Bergkatze waren zum Glück hinter ihnen in einem eigenen Wagen untergebracht.

Sie sprach so wenig wie möglich, um nicht ständig einen unverdächtigen Akzent vortäuschen zu müssen. Solange sie mit Othon fuhr, war das nicht weiter schwierig: er gehörte zu den Menschen, die es nicht überleben würden, die Stimme zu verlieren. Aber er behandelte sie gut und brachte ihr jedesmal

Suppe und Brot vom Lagerfeuer mit, wenn Essenszeit war. Sie brauchten drei lange Tage, um von Gorhaut auf die Paßhöhe und hinunter nach Arbonne zu gelangen. In dieser Zeit gewöhnte sie sich an seine monotone Stimme und die sich endlos wiederholenden Geschichten von früheren Reisen. Irgendwann hatte sie das Gefühl, schon immer mit diesen Menschen und in diesem Wagen unterwegs gewesen zu sein. Schloß Garsenc erschien ihr wie ein ferner Traum aus dem Leben einer anderen Frau.

Als Rosala am vierten Morgen die Plane anhob und aus dem Wagen stieg, ging im Osten über den Hügeln gerade die Sonne auf. Nach Süden erstreckte sich eine Landschaft, die ihr sehr fremdartig erschien. Der Fluß neben der Straße leuchtete strahlend blau. In der Ferne glitzerten, im Morgendunst kaum zu erkennen, mehrere Türme.

»Das ist Barbentain«, verkündete Otho hinter ihr. Sie drehte den Kopf und rang sich ein schwaches Lächeln ab. Er kratzte sich an seinen intimen Körperteilen, streckte und reckte sich und stöhnte genüßlich. »Das schönste Schloß, das ich in meinem ganzen Leben gesehen hab'. Schätze, heut' abend sind wir dort. Hat mal 'nem Grafen gehört, is' noch gar nicht lange her – vielleicht haste schon von ihm gehört – Guibor der Dritte, kann auch der Vierte gewesen sein. Richtiger Schrank von 'nem Mann, 'n wahrer Wüterich im Kampf – und in der Liebe, aber das sin'se hier ja alle.« Er kicherte vulgär und bleckte dabei seine blauen Zähne. »Wie auch immer, 'n wahres Prachtexemplar, nie was Bess'res gesehen. Jetzt sitzt seine Witwe auf'm Thron. Von ihr weiß ich nicht viel. Soll mal recht hübsch gewesen sein, aber jetzt isse alt.« Othon gähnte, dann spuckte er ins Gras. »Alt wer'n wir alle«, erklärte er abschließend, kratzte sich noch einmal und trollte sich ins Gebüsch, um seine Notdurft zu verrichten. Einer der Affen folgte ihm.

Rosala legte eine Hand auf ihren Leib und folgte mit den Augen dem glänzenden, vielfach gewundenen Band des Flusses nach Süden. Die Hügel an den Ufern waren mit Zypressen und einer Kiefernart bestanden, die ihr bislang unbekannt war. Auf den Terrassenhängen westlich der Straße wuchsen Arbonnes berühmte Ölbäume.

Sie gönnte ihnen nur einen kurzen Blick, dann wandte sie sich wieder den fernen, glitzernden Türmen des Schlosses zu, in dem jetzt die Witwe Guibors IV. herrschte. *Heiratet die Schlampe,* hatte ihr Gatte vor gar nicht langer Zeit König Ademar von Gorhaut geraten. Rosalas Vater hatte einmal erzählt, die Gräfin von Arbonne sei in jungen Jahren die schönste Frau der Welt gewesen. Wenigstens ein Punkt, in dem er mit Othon, dem Dompteur, einer Meinung war.

Die Gräfin brauchte nicht schön zu sein. Nur freundlich und auf eine ganz bestimmte Art mutig, denn Rosala wußte, daß sie ihren Mut gewaltig auf die Probe stellen würde. Sie war mit den Verhältnissen in der Welt genügend vertraut, um beurteilen zu können, was ihre Ankunft, noch dazu mit dem künftigen Erben von Garsenc – oder dem künftigen Nachfolger des Großpatriarchen von Gorhaut – im Schoß, für Barbentain bedeutete. Aber sie sah wirklich keine andere Möglichkeit, es sei denn, sie hätte auf das Kind verzichtet, und das kam nicht in Frage.

Einige Zeit später, die Sonne stand hoch am klaren, blauen Herbsthimmel, spürte sie die ersten Wehen. Sie versuchte, sich nichts anmerken zu lassen, aber irgendwann wurde sogar Othon aufmerksam, und sein Redestrom versiegte. Er ließ die Frauen kommen, und die standen ihr bei, so gut sie konnten, aber der Weg nach Lussan war noch weit. Erst lange nach Einbruch der Dunkelheit wurde sie vor Rians Tempel abgesetzt.

* * *

Ein gesunder, kräftiger Junge, dachte Signe. Ein unerwartetes Glücksgefühl durchströmte sie, als sie ihn in den Armen hielt. Dabei hätte die Angst um ihr Volk stärker als jedes andere Gefühl sein müssen. Das Kind und seine Mutter stellten eine ungeheure Gefahr dar, nun hatte Gorhaut einen Vorwand und konnte jederzeit in Arbonne einmarschieren. Draußen ging Roban auf und ab wie ein werdender Vater, der verzweifelt auf einen Erben hoffte, aber Signe wußte, daß seine Unruhe ganz andere Ursachen hatte. Er wünschte sich gewiß, daß Rosala de Garsencs Kind ein Mädchen wäre. Wegen eines

Mädchens würden Gorhauts Coraner nicht so leicht über Arbonne herfallen.

Doch das war wohl zuviel verlangt. Diesmal schienen sowohl Rian als auch Corannos die Hand im Spiel zu haben, und wenn der Gott und die Göttin zusammenwirkten, so ein altes Sprichwort, dann konnten die Menschen nur noch niederknien und den Kopf senken. Auch Signe senkte nun den Kopf, lächelte noch einmal auf das Kind in seiner aristokratisch blauen Windel hinab und brachte es dann zu seiner Mutter. Im Kerzenschein war Rosala de Garsenc kreidebleich, riesengroß standen die blauen Augen in dem verhärmten Gesicht, doch ihr Ausdruck war unverändert furchtlos und entschlossen. Signe empfand tiefe Bewunderung für diese Frau. Im Lauf der Nacht hatte sie zwischen einzelnen Wehen ihre ganze Geschichte hervorgekeucht, die Gründe für die Flucht, die Bitte um Asyl.

Eine Bitte, die Signe ihr unmöglich abschlagen konnte; selbst Roban, zu seiner Ehre sei es gesagt, hatte die Frau nach Barbentain gebracht. Der Kanzler würde es bei Tageslicht vermutlich nicht mehr wahrhaben wollen, doch Signe war fast sicher, daß ihm Rosalas Schicksal zu Herzen gegangen war. Er hatte die Gorhautanerin nicht nur aus pragmatischen Erwägungen ins Schloß geholt. Plötzlich war sie stolz auf ihn.

Dabei war sie sich durchaus bewußt, daß sie mit ihrem Mitgefühl, ihrer selbstverständlichen Humanität womöglich das ganze Land ins Verderben stürzten. Auch Rosala war sich darüber offenbar im klaren. Obwohl sie vor Schmerz oft nur noch stammeln konnte, war ihre beeindruckende Intelligenz in dieser langen Nacht immer wieder offenbar geworden. Daneben war sie ungeheuer mutig. Man brauchte sehr viel Mut, um Galbert de Garsenc die Stirn zu bieten, und genau das hatte sie getan.

»Hier ist Euer Kind.« Signe war leise ans Bett getreten. Nun sprach sie die alte Formel: »Ist die Mutter bereit, ihm einen Namen zu geben?«

»Cadar.« Rosala hob die Stimme, um dem Namen gleich von Anfang an Gehör zu verschaffen in dieser Welt. »Sein Name sei Cadar de Savaric.« Dann streckte sie die Arme aus, und Signe legte das Kind hinein.

Der Name war eine Kampfansage, fast schon eine Provokation. Die Gräfin war froh, daß Roban nicht dabei gewesen war; der Kanzler hatte ohnehin einen harten Tag hinter sich. Auch sie fühlte sich alt und müde, spürte die durchwachte Nacht und die Last ihrer Jahre. Unendlich fern erschienen ihr die Zeiten, da Barbentain noch von Musik und von Gelächter erfüllt gewesen war, wie ein Traum, wie das Luftschloß eines Troubadours, aber nicht wie ein Teil ihres eigenen Lebens.

»Der Junge hat auch einen Vater«, gab sie pflichtschuldigst zu bedenken. »Wollt Ihr das Band wirklich zerschneiden? Wenn sich der Vater nun doch noch zu ihm bekennen und ihm Schutz und Sicherheit bieten wollte? Stünde der Name dann nicht im Wege?«

Die Frau war erschöpft, es war nicht fair, sie so unter Druck zu setzen, aber es mußte sein, bevor der Name diesen Raum verließ. Rosala sah mit ihren klaren, blauen Nordländeraugen zu ihr auf und sagte: »Wenn sein Vater kommt, um ihn unter seine Fittiche zu nehmen, werde ich noch einmal darüber nachdenken.« Eine Schwingung in diesem Satz, die besondere Betonung eines Wortes, eine Art von leiser Musik, die man eher spürte als wirklich hörte, gab Signes innerer Unruhe neue Nahrung.

»Er braucht einen Mann und eine Frau, die vor dem Gott für ihn einstehen – und vor der Göttin, falls es dieses Ritual auch in Arbonne gibt«, fuhr Rosala fort.

»Gewiß. Rians und Corannos' Paten. Wir respektieren beide Gottheiten, aber das ist Euch sicher bekannt.«

»Natürlich. Würdet Ihr meinem Kind und mir die Ehre erweisen, für Cadar Pate zu stehen? Oder ist das zu viel verlangt?«

Es war zuviel verlangt, in mehr als einer Hinsicht. Wenn die Gräfin eine so enge Beziehung zu diesem Kind knüpfte, würde es für Arbonne erst recht zur Gefahr. Roban wäre vor Empörung knallrot angelaufen.

»Mit Freuden«, sagte Signe de Barbentain und blickte tief bewegt auf den Kleinen hinab. Ihren eigenen Enkel, der vor vielen Jahren in einer Winternacht zur Welt gekommen war, hatte sie nie gesehen. Ob er verschollen oder tot war, wußte niemand außer Urté de Miraval, und er würde es nicht verraten. Niemals würde er es verraten. Diese Nacht war wie ein unentwirrbarer Knoten aus verflossenen Jahren, Erinnerungen und Verlusten, durchdrungen und durchsetzt mit Schmerz. Sie sah die blonde Frau an und dachte an Aelis.

»Die Ehre ist ganz auf meiner Seite«, sagte sie.

Rosala schob die Decke zurück und legte den Säugling an die Brust. Er begann sofort zu saugen, ein blinder Reflex, der erste von allen. Signe war den Tränen gefährlich nahe. Zu wenig Schlaf, versuchte sie sich einzureden, aber sie wußte genau, daß es nicht daran lag.

»Wer soll der zweite Pate sein?« fragte sie. »Kennt Ihr jemanden in diesem Land, den Ihr darum bitten möchtet?«

In der Geschichte eines jeden Menschen, ob Mann, Frau oder Kind, fängt bisweilen ein neues Kapitel an, und dann geschieht etwas, das alles weitere unwiderruflich prägt. Dies war ein solcher Moment. Rosala blickte von ihrem Kissen auf – das blonde Haar war schweißverklebt, ihr Sohn lag an ihrer Brust – und sagte zur Gräfin von Arbonne: »So jemanden gibt es, doch auch für ihn könnte es eine Zumutung sein. Mein Vater hat einmal erklärt, er sei auf jeden Fall ein tapferer und ehrlicher Mann, und, verzeiht mir, ich weiß, daß er ein Feind Galbert de Garsencs ist. Das mag in Rians und Corannos' Augen nicht der lauterste Grund sein, jemanden zum Paten zu bestellen, aber mein Kind braucht vor allem einen Beschützer. Ist der Herzog von Talair in Lussan? Und glaubt Ihr, er würde uns diesen Dienst erweisen?«

Nun weinte Signe doch, und gleich darauf mußte sie – sie erschrak über sich selbst – unter Tränen lachen. »Er ist hier«, sagte sie. »Und wenn ich ihn darum bitte, ist er wohl auch dazu bereit.« In diesem Raum drängten sich bereits so viele Erinnerungen, mischten sich so viele Echos, und nun kam auch noch Bertran ins Spiel.

Sie sah aus dem Fenster; im Osten begann sich der Himmel grau zu färben. Jetzt erst, viel zu spät, fiel ihr etwas ein, ein weiterer Faden in diesem schwarzen Zeitgespinst: »Ihr wißt, daß der Bruder Eures Gatten zum Gefolge des Herzogs von Talair gehört?«

Sie hatte zeit ihres Lebens scharf beobachtet, und nun sah sie zweierlei. Die Frau hatte davon nichts gewußt, und es war wichtig für sie, enorm wichtig sogar. Signes Unruhe, dieser kaum zu vernehmende Mißklang, kehrte zurück. Eine Frage, mehrere Fragen drängten ihr auf die Lippen, aber dafür war jetzt keine Zeit, vielleicht würde nie Zeit dafür sein. Mit einem Mal vermißte sie Beatritz schmerzlich. Warum war ihre Tochter in diesem Jahr nur auf Rians Insel geblieben und hatte die Reise zum Markt gescheut?

Rosala de Garsenc sagte langsam und deutlich: »Ich möchte ihn noch nicht sehen. Und ich möchte nicht, daß er erfährt, daß ich hier bin. Ist das möglich?«

»Ich glaube nicht, daß er Euch verraten oder zur Rückkehr drängen würde. Dafür kennen wir Blaise inzwischen ein wenig zu gut.«

Rosala schüttelte den Kopf. »Darum geht es nicht. Ich bin ... zu tief in diese Familie verstrickt. Müßte ihm der Herzog denn sagen, daß ich hier bin?«

Signe schüttelte den Kopf, um ihre immer noch wachsende Unruhe zu verbergen. »Bertran hat im Umgang mit Frauen eine etwas merkwürdige Art, und er gilt als ziemlich unberechenbar, aber er würde niemanden enttäuschen, der ihm vertraut.«

Rosala blickte auf das Kind an ihrer Brust hinab, während sie die jüngste Neuigkeit verarbeitete. Cadar hatte erstaunlich dichtes Haar. Die feuchten Löckchen auf seiner Stirn schimmerten im Kerzenlicht in einem eigentümlichen, fast rötlichen Braun. Wie das Haar seines Vaters, dachte sie. Was Signe ihr eben eröffnet hatte, war an sich so überraschend nicht. Sie hatte schon im Lauf des Sommers gehört, daß Blaise Portezza wieder verlassen hatte. Sie schloß kurz die Augen. Sie war so schrecklich müde, kaum fähig, alles zu bewältigen, was auf sie einstürmte.

Sie blickte zur Gräfin auf. »Ich bin eine schwere Belastung für Euch. – Doch, das ist wahr. Aber ich habe für das Kind keine andere Möglichkeit gesehen. Ich danke Euch, daß Ihr mich aufgenommen habt. Ich danke Euch, daß Ihr Cadars Patin sein wollt. Nun hätte ich noch eine letzte Bitte. Würdet

Ihr den Herzog von Talair fragen, ob er willens ist, zusammen mit Euch vor Corannos und Rian für meinen Sohn einzustehen und ihn auf dieser Welt vor allem Schaden zu bewahren?«

Schließlich machte sich der Kanzler Roban persönlich mit zweien seiner Leib-Coraner auf die Suche nach En Bertran de Talair. Der Herzog war nicht in seinem eigenen Bett, doch der Kanzler ließ nicht locker, bis er ihn gefunden hatte. Leider war Bertran nicht allein, und so kam es zu einem etwas peinlichen Auftritt, der aber Robans Mission nicht ernsthaft gefährden konnte.

Als die beiden über die heruntergelassene Zugbrücke auf die Schloßinsel ritten, ging über dem Fluß gerade die Sonne auf und schickte ihr Licht wie ein Himmelsgeschenk in die Wöchnerinnenstube. Bertran de Talair trat mit dem Morgenglanz ein, wie immer in einen Mantel von Ironie gehüllt, ein kaum verhohlenes, zynisches Funkeln in den Augen. Er sah zuerst die Gräfin an, dann die Frau in ihrem Bett, und schließlich blickte er stumm auf die Wiege am Fußende und auf das schlafende Kind hinab.

Lange stand er so da. Allmählich veränderte sich seine Miene, und endlich wanderte sein Blick zurück zu der jungen Mutter. Rians Priesterinnen hatten sie gewaschen, ihr ein blaues Seidenhemd angezogen und das lange Haar gebürstet. Nun lag es über Kissen und Decke gebreitet und schimmerte golden im milden Sonnenlicht. Sie hatte blaue Augen, genau wie er.

»Darf ich Euch gratulieren?« sagte er steif. »Ihr habt einen schönen Sohn. Ich wünsche ihm Glück für sein Leben.«

Sie registrierte, soviel sie konnte: die helle, klare Stimme, die Narbe, die verstümmelte Ohrmuschel, die ausdrucksvollen Züge, aus denen nun aller Spott gewichen war.

»Galbert de Garsenc, der Großpatriarch des Corannos-Ordens in Gorhaut, will dieses Kind für sich haben«, sagte sie ohne Einleitung und in tiefem Ernst. Sie sprach sehr bedächtig, hatte sich jedes Wort überlegt, während sie auf ihn wartete. Es war eine knappe, schlichte Rede, für rhetorische Floskeln war sie zu müde, sie brachte kaum über die Lippen, was unbedingt gesagt werden mußte.

»Soweit bin ich im Bilde«, antwortete er beherrscht.

»Ich fürchte, unter diesen Umständen ist die Übernahme der Patenschaft für mein Kind mehr als eine bloße Formalität.«

»Unter diesen Umständen muß man das wohl so sehen.«

»Wärt Ihr trotzdem dazu bereit?«

»Ich bin dazu bereit«, erklärte er ruhig. Und dann, nach einer Pause: »Solange ich lebe, wird er dieses Kind nicht bekommen.«

Sie schien aus tiefer Starre zu erwachen, das Blut schoß ihr in die Wangen, und ihr Atem ging hörbar schneller. »Danke«, flüsterte sie. Jetzt kamen auch die Tränen – zum ersten Mal in dieser Nacht, doch das konnte er nicht wissen. Sie drehte den Kopf zur Seite und sah die Gräfin an. »Ich danke Euch beiden. Mehr Sicherheit kann er in dieser Welt nicht finden. Jetzt kann ich mich ausruhen.«

Damit fielen ihr die Augen zu, und sie war eingeschlafen. Bertran und die Gräfin standen sich zu beiden Seiten des Bettes gegenüber und sahen sich lange an. Keiner sprach ein Wort.

Endlich grinste der Herzog. Darauf hatte Signe mehr oder weniger gewartet, und nun war sie fast erleichtert. Sein Lächeln brach den Bann dieser Nacht.

»Das war allein Eure Entscheidung«, sagte er endlich. »Nicht die meine. Keine Vorwürfe.«

»Mir war klar, daß du dich einem Kind nicht verweigern konntest«, gab sie zurück. »Von mir wirst du keinen Vorwurf hören. Wir müssen zu unserem Wesen stehen, sonst werden wir uns selbst zum Feind.« Es war Morgen, und sie hatte die ganze Nacht kein Auge zugetan. Dennoch war sie nicht müde, jetzt nicht mehr. Sie trat ans Ostfenster und schaute hinaus über die Insel, den Fluß, über ihr Land, das in den kräftigen Rot- und Goldtönen des Herbstes erstrahlte.

Roban der Kanzler stand in der Tür. Er hatte alles gehört, nun sah er seine Gräfin am Fenster stehen, schrecklich klein und zart, aber schön wie eine Elfenbeinstatue. Schweigend strich er sich wieder einmal das Wams glatt, obwohl es nicht nötig war. Die hehren Gefühle, die eben Ausdruck gefunden hatten, konnten ihm den Blick nicht trüben. Die Wahrscheinlichkeit, daß ganz Arbonne bis zum nächsten Sommer überrannt und zerstört sein würde, nahm rasant zu.

* * *

In Lussan gab es viele Tavernen, und während des Marktes war der Andrang überall groß. Deshalb war es schlichtes Pech, daß Othon der Dompteur, nachdem er bereits drei andere Schenken besucht und sich mit den üblichen Getränken in Stimmung gebracht hatte, zu später Stunde noch den *Triumphbogen* beehrte. Der Wein hatte seine Geschwätzigkeit noch gesteigert, und so führte er an einem ganzen Tisch voller Schausteller bald das große Wort. Unter anderem erzählte er auch von dem ungewöhnlichen Fahrgast, den er in seinem Wagen mitgenommen hatte. Wenn ausgerechnet ein Mann, der zusammen mit einer Schlange und mehreren Affen in einem Wagen fuhr, einen menschlichen Reisebegleiter als ungewöhnlich bezeichnete, konnte er sicher sein, mit seiner Geschichte Aufmerksamkeit zu erregen.

»Blondes Haar und blaue Augen«, verkündete Othon, »wahrscheinlich 'ne Schönheit, aber das war in ihrem... Zustand, wenn ihr versteht, was ich meine, nicht so leicht zu erkennen.« Er hielt inne. Jemand war so freundlich, ihm nachzuschenken. »Die wenigsten Frauen seh'n besonders gut aus, kurz bevor sie was Kleines kriegen, das is' jedenfalls meine Erfahrung.«

Jemand äußerte eine gewagte Vermutung, die Othons Erfahrungen mit seinen Affen in Zusammenhang brachte. Alles lachte, der Dompteur trank noch einmal und fuhr dann fort, gelassen und unbeirrt wie alle Redner, die daran gewöhnt sind, auch ein schwieriges Publikum bei der Stange zu halten. Die drei Männer am Nebentisch, die ihr Gespräch unterbrochen hatten, um ihm zuzuhören, bemerkte er nicht.

»Sie hat so getan, als ob se die Frau von 'nem Bauern, 'nem Schmied oder 'nem Fuhrmann is', aber das war se nicht, das hat man ihr gleich angeseh'n. Ich bin in meinem Leben auf so vielen Schlössern gewesen, daß ich 'nen Adeligen am Geruch erkenne, wenn ihr versteht, was ich meine.« Der Spaßvogel an seinem Tisch wollte wieder mit einem Scherz dazwischenfahren, doch diesmal kam er nicht gegen Othon an. »Wir ham'se hier am Rian-Tempel abgesetzt, und ich geh' jede Wette ein, daß die Rian-Priesterinnen mittlerweile das Balg von irgend'nem vornehmen Gorhautaner auf die Welt geholt haben – wenn das kein Witz ist?«

Es hätte ein Witz sein können, der aber in diesem Herbst etwas zu sehr unter die Haut ging. Jedermann wußte, wie sehr sich die Spannungen zwischen Gorhaut und Arbonne verschärft hatten, und so wollte in einer Taverne voller Fremder aus aller Herren Länder niemand der erste oder der lauteste Lacher sein. Othon war enttäuscht und schwieg eine Weile, um sich dann mit bewundernswertem Optimismus in einen weitschweifigen Bericht über seinen letzten Besuch auf Barbentain zu stürzen. Doch inzwischen hatte sein Publikum das Interesse verloren, und er führte nur noch Selbstgespräche.

Auch die drei Männer am Nebentisch hörten ihm nicht mehr zu, sie hatten ihre Zeche bezahlt und schickten sich an, den *Triumphbogen* zu verlassen.

Draußen, unter den teuren Straßenlaternen, die nur zu Marktzeiten brannten, beratschlagten die drei Coraner – sie stammten zufällig aus Gorhaut, genauer gesagt von Schloß Garsenc – hastig und in beträchtlicher Aufregung über ihr weiteres Vorgehen.

Zunächst überlegten sie, mittels Strohhalmen zu entscheiden, wer von ihnen die Neuigkeiten, die sie aufgeschnappt zu haben glaubten, nach Gorhaut bringen sollte. Wenn derjenige mehrere Pferde zuschanden ritt, war die Strecke in zwei Tagen zu bewältigen. Doch nach kurzer Überlegung änderten sie den Plan. Der Überbringer einer solchen Botschaft begab sich vielleicht in ernste Gefahr, vielleicht erwartete ihn aber auch eine Belohnung – das war bei den Herren von Gorhaut, vor allem bei den de Garsenc schwer abzuschätzen.

Schließlich beschlossen sie, auf die Lösegelder zu verzichten, die sich beim Massenkampfspiel einheimsen ließen – und derentwegen sie ursprünglich nach Lussan gekommen waren – und statt dessen gemeinsam nach Norden zu reiten, um Herzog Ranald mitzuteilen, daß seine vermißte Gemahlin sich mit ziemlicher Sicherheit in Lussan aufhalte. Was das zu bedeuten hatte, wagten sie nicht einmal untereinander zu erörtern. Sie kehrten in ihre Herberge zurück, bezahlten die Rechnung, sattelten ihre Pferde und brachen auf.

Aus der Sicht des Dompteurs Othon schlug das Pech endgültig zu, als einer der drei Gorhautaner an der Stadtmauer von Lussan vor dem weit geöffneten Nordtor mit einem Ruck sein Pferd anhielt und seine Gefährten aufgeregt auf ein Versäumnis hinwies. Die anderen waren sichtlich erschüttert, wechselten verängstigte Blicke und nickten stumm.

Nun kamen die Strohhalme doch noch zum Einsatz. Der Coraner, der auf den erschreckenden Gedanken gekommen war, zog, vielleicht zu Recht, den kürzesten, verabschiedete sich von den beiden anderen und sah ihnen nach. Sie hatten den beschwerlichen Ritt über den Gebirgspaß vor sich. Er kehrte allein in die Herberge zurück. Noch in dieser Nacht stieß er dem Tierbändiger ein Messer zwischen die Rippen, als der allein in eine Gasse stolperte, um seine Notdurft zu verrichten. Kein schwieriger, aber auch kein besonders befriedigender Mord. Nach Sonnenuntergang konnte sich kein Herrscher für Sicherheit auf den Straßen verbürgen, nicht einmal, wenn Markt war. Dennoch hatte der Coraner gegen die Friedenspflicht verstoßen, und das behagte ihm nicht. Doch seine Ansichten waren in einer Situation wie dieser nicht von Belang. An einem Springbrunnen wusch er das Blut von seinem Dolch, dann kehrte er in den *Triumphbogen* zurück, um noch einen Krug Bier zu trinken. Menschen zu töten machte durstig, das hatte er schon immer gewußt.

Man könne nicht riskieren, hatte er den beiden anderen Coranern am Stadttor erklärt, von Ranald de Garsenc oder, schlimmer noch, vom Großpatriarchen persönlich gefragt zu werden, warum man dem geschwätzigen Alten nicht das Maul gestopft, sondern zugelassen habe, daß er seine gehässigen Äußerungen weiterverbreitete, obwohl sie der Familie, der die drei Coraner Gefolgschaft geschworen hatten, nur schaden konnten.

Immerhin hatte Othon einen ganzen Tisch voller Zuhörer gehabt, und Klatsch und Tratsch waren auf jedem Markt wohlfeil. Bis zum nächsten Abend redete ganz Lussan von der gorhautischen Adeligen, die zur Geburt ihres Kindes nach Süden gekommen war. Einige Leute hatten zudem gehört, daß die Gräfin und der Herzog von Talair bei Tagesanbruch zuerst Rians Tempel und dann das steinerne Haus des Gottes auf Barbentain aufgesucht hätten. Ein besonders heller Kopf erwähnte etwas von einer Patenschaft bei einem Neugeborenen, und auch das war bei Einbruch der Dunkelheit auf dem ganzen Markt herum.

Othons Tod wurde dagegen kaum beachtet. Nächtliche Messerstechereien unter dem fahrenden Volk waren an der Tagesordnung, darüber verlor man kein Wort. Die Tiere wurden noch vor Ende des Marktes an einen anderen Dompteur verkauft. Einer der Affen verweigerte zur allgemeinen Überraschung das Futter und starb.

Kapitel 11

Eine Frage!« rief der Trovaritz aus Aulensburg.

Seine Stimme war nicht laut genug, um den Lärm in der vollbesetzten Taverne zu übertönen, so daß ihn nur die Nächststehenden hörten, und von denen lachten die meisten. Doch davon würde er sich nicht abschrecken lassen, dachte Lisseut, die am Nebentisch saß. Nun kletterte er unsicher auf seinen Stuhl und von da aus weiter auf den Tisch, an dem noch ein weiteres Dutzend götzländischer Musikanten saßen. Er war schwer betrunken, wie mittlerweile die meisten Gäste im *Senhal*. Auch sie selbst hatte sich zur Feier der Markteröffnung zwei oder drei Glas Wein genehmigt. Jourdain und Remy hatten je eine erfolgreiche Sommertournee hinter sich – der eine in Arimonda, der andere in den Städten von Portezza – und hielten abwechselnd den ganzen Tisch frei, während sie sich gegenseitig mit Berichten über ihre sensationellen Triumphe überboten.

Nun begannen die Götzländer mit ihren schweren Bierkrügen rhythmisch auf den Tisch zu hämmern, und nach einer Weile wurde es tatsächlich still. Der Trovaritz auf dem Tisch nützte die Atempause, um abermals: *»Eine Frage!«* zu grölen.

»Zum Teufel mit dem Kerl«, knurrte Remy. Er erzählte gerade von einer Nacht im portezzanischen Vialla. Beim großen Sommerfest habe man dort nicht nur seine Lieder gesungen, er habe auch bei den Stadtvätern an der Hohen Tafel gesessen. Als Joglar war natürlich wieder Aurelian aufgetreten. Lisseut konnte es noch immer nicht verwinden, daß ihr hochaufgeschossener, schwarzhaariger Liebhaber sich seine Chancen als aufstrebender Dichter verdarb, indem er sich monatelang als Sänger hergab und mit seiner fabelhaften Stimme Remys Ruhm förderte. *Wir sind alte Freunde,* hatte er friedlich erklärt, als sie ihm deshalb Vorhaltungen machte: *Ich singe gern. Und ganz besonders Remys Lieder. Warum willst du mir das Vergnügen nicht gönnen?* Mit Aurelian zu streiten, war außerordentlich schwierig.

»Eine Frage an die Troubadoure von Arbonne!« brüllte der Götzländer. Der Lärm war soweit abgeflaut, daß man ihn diesmal deutlich hören konnte. Remys ausdrucksvolles Gesicht versteinerte, er drehte sich um und starrte den Betrunkenen, der so gefährlich schwankend auf dem Nebentisch stand, aufgebracht an.

»Heraus damit!« sagte Alain von Rousset. Er saß neben Remy. »Bevor du fällst und dir den Hals brichst.« Lisseut stellte erfreut fest, daß Alain inzwischen sehr viel selbstsicherer auftrat. Das war nicht zuletzt ihr Verdienst: sie waren gute Partner und wurden beide zusehends bekannter.

»Ich fall' schon nicht runter«, lallte der Trovaritz, und da war es auch schon fast passiert. Zwei von seinen Kumpanen hatten rasch zugegriffen und ihn gestützt. In dem überfüllten Raum war es auffallend still geworden. Der Mann streckte ungeduldig die Hand aus. Einer von seinen götzländischen Landsleuten tat ihm den Gefallen und reichte ihm einen Humpen. Der Trovaritz nahm einen tiefen Schluck, wischte sich mit dem Handrücken den Schnurrbart ab und erklärte: »Will bloß mal wissen, warum wir uns Arbonne immer noch zum Vorbild nehmen soll'n. In der Musik, mein' ich. In Aulensburg spiel'n wir alle eure Lieder. Sänger gibt's auch in Arimonda und Portezza. Alles, was ihr macht, machen wir auch. Und bestimmt nicht schlechter! Höchste Zeit, daß wir mal rauskommen aus eurem Schatten.« Er trank noch einmal, geriet bedrohlich ins Wackeln und sagte in das Schweigen hinein: »Noch dazu, wo's euch nächstes Jahr vielleicht schon gar nicht mehr gibt!«

Zwei von den Männern an seinem Tisch besaßen immerhin noch so viel Anstand, daß sie erschrocken zusammenzuckten und den Trovaritz herunterzogen, aber die verhängnisvollen Worte waren bereits gesprochen. Lisseut wäre gern wütend geworden, aber seit Mittsommer waren ihre Gefühle offenbar nur noch von Angst und Schwermut bestimmt. Man brauchte kein Hellseher zu sein, um sich zu fürchten, wenn man in die Zukunft schaute.

An ihrem Tisch saßen vier Troubadoure, aber Aurelian

würde gewiß nicht seine eigenen Lieder anbieten. Wenigstens singen könnte er. Remy und Jourdain sahen sich an, und Alain räusperte sich nervös. Lisseut war gerade im Begriff, ihre Anregung vorzubringen, als ihnen die Entscheidung abgenommen wurde.

»Wenn es gestattet ist, möchte ich die Frage beantworten.« Sie kannte die Stimme, jedermann kannte diese Stimme, aber sie hatten den Mann nicht hereinkommen sehen, hatten nicht einmal gewußt, daß er in Lussan war. Lisseut sah sich rasch um. Ramir von Talair trat mit seiner Laute unter dem Arm langsam aus der hintersten Ecke der Taverne und tastete sich vorsichtig zwischen den vollbesetzten Tischen hindurch in die Mitte des Raums.

Bertrans Joglar mußte mindestens sechzig Jahre alt sein und ging für seinen Herzog nur noch selten auf Tournee. Früher war Ramir mit seiner Laute, seiner Harfe und Bertran de Talairs Liedern in Arbonne von Burg zu Burg und von Stadt zu Stadt gezogen und hatte auch in den anderen fünf Ländern viele von den größeren Städten und so manches Schloß besucht. Doch die Zeiten waren längst vorbei. Jetzt blieb er meistens auf Talair, wo ihm eine eigene Zimmerflucht zur Verfügung stand und er im Großen Saal Anspruch auf einen Ehrenplatz am Kamin hatte. In den letzten zwei Jahren war er nicht einmal mehr an Mittsommer nach Tavernel gekommen, was unter den jungen Künstlern beide Male fieberhafte Spekulationen ausgelöst hatte. Nun würde En Bertran bald nicht mehr umhin können, sich einen neuen Joglar zu suchen. Höher konnte ein Sänger nicht steigen. Eine solche Partnerschaft war ein Wunschtraum, dem man in schlaflosen Nächten immer wieder nachhängen konnte.

Lisseut beobachtete den alten Sänger mit einer Mischung aus Zärtlichkeit und Trauer. Sie hatte ihn lange nicht mehr gesehen. Er war alt geworden, geradezu gebrechlich. Das runde, gütige Gesicht mit den Blatternarben, die noch aus seiner Kindheit stammten, war ein Teil ihrer Welt, seit sie denken konnte. Wenn Ramir einmal nicht mehr war, würde alles anders sein, dachte sie, während er nach vorne schlurfte. Das Gehen schien ihm schwerzufallen.

»Also wirklich ...«, begann Remy flüsternd.

»Halt den Mund!« fauchte Aurelian ungewohnt aggressiv. Der schlaksige Troubadour sah Ramir ganz merkwürdig an.

Alain sprang auf und holte den Sängerschemel und die Fußstütze. Der Joglar bedankte sich mit einem Lächeln. Es war nicht üblich, daß ein Troubadour einem Spielmann behilflich war, doch Ramir war eine Ausnahme. Ohne Alains Hand zu ergreifen, ließ sich der Alte vorsichtig auf den niedrigen Schemel hinab und streckte mit einem hörbaren Seufzer der Erleichterung das linke Bein aus. Einer von den Götzländern lachte. Als Ramir ungeschickt am Riemen seines Lautenkastens herumnestelte, sah Lisseut, wie sich auf der anderen Seite ein Arimondaner die Hand vor den Mund hielt, um sein Lächeln zu verbergen.

Dann hatte Ramir das Instrument endlich aus dem Kasten geholt und schlug probeweise die Saiten an. Die Laute hatte wohl ebenso viele Jahre auf dem Rücken wie er, doch schon beim Stimmen waren die Töne von fast schmerzhafter Reinheit. Lisseut hätte für ein solches Instrument fast alles gegeben. Sie sah sich um. Im *Senhal* herrschte gespannte Stille, nur von leisem Raunen und Wispern unterbrochen. Die Taverne war so voll, daß man sich kaum bewegen konnte. Auf der Galerie standen die Gäste dicht gedrängt an der Balustrade und schauten herab. Auf der Ostseite fiel das Kerzenlicht auf eine lange, schwarze, schimmernde Mähne. Lisseut war nicht allzu überrascht. Ariane de Carenzu saß, wie immer entgegen aller Tradition mit offenem Haar, neben einem schlanken, gutaussehenden Mann, ihrem Gemahl. Lisseut hatte Herzog Thierry inzwischen kennengelernt. Bevor sie nach Lussan kam, hatten sie und Alain auf Einladung der Herrin des Minnegerichts zwei Wochen auf Carenzu verbracht. Beim Abschied war jeder um eine prallgefüllte Silberbörse reicher gewesen, und Lisseut hatte obendrein für den Winter eine purpurrote Weste aus feiner Wolle mit einem kostbaren Futter aus Eichhörnchenpelz bekommen. Sie hatte Remy schon gewarnt, das gute Stück nur ja nicht zu beschädigen, wenn ihm sein Leben lieb sei, sonst müsse er es ihr ersetzen. Anstelle einer Antwort hatte er eine Flasche Goldenen Cauvas bestellt. Dann hatten sie gescherzt und gelacht und Erinnerungen an den Mittsommerkarneval ausgetauscht.

Sie wandte sich wieder Ramir zu. Er war immer noch damit beschäftigt, die Laute zu stimmen und seine Finger zu lockern. Unwillkürlich kam Lisseut eine der ersten Lektionen ihres Onkels in den Sinn: was immer du tust, laß dich am Anfang nicht drängen. Du beginnst erst, wenn du soweit bist, solange sie sehen, daß du dich vorbereitest, werden sie dir ihre Aufmerksamkeit nicht entziehen.

»Man hat uns den Fehdehandschuh hingeworfen«, sagte Ramir wie im Plauderton, ein Ohr der Laute zugeneigt, während die Finger geschäftig über die Saiten glitten. Er sprach so leise, daß alle sich vorbeugen mußten, um ihn verstehen zu können. Mit einem Schlag war es mucksmäuschenstill geworden. Auch das ein alter Trick der Joglares, dachte Lisseut. Jetzt lächelte auch Remy, sie sah es aus dem Augenwinkel.

»Die Frage ist an sich merkwürdig.« Zum ersten Mal sah Ramir kurz zum Tisch der Götzländer hinüber. »Wie soll man Lieder aus verschiedenen Ländern und verschiedenen Traditionen gerecht beurteilen? Natürlich macht man auch in Aulensburg und in Arimonda, an König Vericennas Hof gute Musik, insofern kann ich der... nüchternen... Einschätzung unseres Freundes nur zustimmen.« Ein Kichern durchlief den Raum. Allmählich, unmerklich fast, paßte Ramirs Stimme sich den Akkorden an, die er scheinbar willkürlich seiner Laute entlockte. Aurelian lauschte gebannt und schien alles um sich herum vergessen zu haben.

»Vor diesem Hintergrund fragt man uns nun, was Arbonne den anderen Ländern voraushabe.« Ramir hielt inne und sah sich ohne Eile um. »Und im Grunde fragt man uns auch, was die Welt denn verlöre, wenn Arbonne einmal nicht mehr sei.«

Er verstummte, nur die weichen Klänge, die seinem Instrument fast wie von selbst entquollen, erfüllten den Raum. Lisseut mußte plötzlich schlucken. Ramir fuhr fort: »Ich bin nur ein Sänger, und Fragen wie diese sind schwer zu beantworten. Ich singe euch lieber ein Lied und bitte schon jetzt um Verzeihung, wenn es euch enttäuscht und euren Beifall nicht findet.«

Eine alte Floskel, die heute niemand mehr verwendete. »Ein Lied vom ersten aller Troubadoure.«

»Aha«, flüsterte Remy. »Warum auch nicht?«

Ramirs Finger eilten rascher über die Saiten, eine Melodie nahm Gestalt an, als hätten die Töne den Ruf des Joglars vernommen und strömten nun aus aller Welt zusammen. »Anselme von Cauvas war von einfacher Herkunft«, sprach Ramir weiter. Auch an diesen alten Brauch, zu Beginn eines Liedes den *Vidan*, die Lebensgeschichte des Komponisten zu erzählen, hielt sich von der jüngeren Generation niemand mehr. »Doch er war so klug und begabt, daß er im Haus des Gottes in Cauvas Aufnahme fand. Dort entdeckte ihn Herzog Raimbaut de Vaux und holte ihn auf seine Burg, wo schließlich sogar der Graf Folquet höchstselbst auf ihn aufmerksam wurde. Der Graf war sehr angetan von Anselmes Weisheit und seiner Verschwiegenheit, er überhäufte ihn mit Ehren und entsandte ihn über viele Jahre in Staatsgeschäften in alle sechs Länder. Mehrmals fand Anselm unter den adeligen Damen seiner Zeit die große Liebe, doch er blieb stets keusch und rechtschaffen und nannte niemals den Namen der betreffenden Frauen. Seine Leidenschaft, sein ganzes Verlangen legte er in die Lieder, die er für sie dichtete. Und so wurde er Arbonnes erster Troubadour.«

Die Begleitung, mit der er seine Worte unterlegte, war wunderschön, zart wie die feinste Spitze und schillernd wie die Steine eines kostbaren Geschmeides. »Ich könnte«, fuhr Ramir fort, »jetzt eines von Anselmes Liebesliedern singen, ich könnte die ganze Nacht lang Liebeslieder von ihm singen, bis uns die Morgensonne aus den Häusern lockte, aber dies ist eine ganz besondere Frage, und ich werde sie entsprechend beantworten. Wenn die verehrten Gäste gestatten, möchte ich mir erlauben, ein Lied vorzutragen, das Anselme einst in der Fremde schrieb.«

Die Begleitung veränderte sich, nun stand sie für sich allein im Schein der Kerzen und Laternen und sollte im Gedränge der Taverne Raum schaffen für die Schönheit, während draußen die ersten kalten Herbstwinde über das Land strichen. Lisseut hatte die Melodie sofort erkannt. Alle am Tisch kannten sie. Sie war den Tränen nahe und hätte gern die Augen geschlossen, wollte aber auch keine Bewegung Ramirs versäumen. Und dann hob der Joglar zu singen an:

Wenn der Wind von Arbonne
Nach Norden fegt über die Berge,
Dann jauchzt mein Herz im fernen Gorhaut, und ich weiß,
Jetzt ist Frühling in Tavernel und Lussan,
In den Ölgärten von Vezét
Wie auf Miravals Weinbergen;
Und im Süden singt wieder die Nachtigall.

Abermals legte Ramir eine Pause ein. Seine volle Stimme, die schlichten, reinen Klänge hatten alle in ihren Bann geschlagen. Dabei wirkte das Lied altertümlich und schmucklos, an manchen Stellen sogar holprig. Welten trennten es von Jourdains kunstvoll verschlungenen Harmonien, von dem raffinierten Wechselspiel von Gedanken, Bildern und sich wandelnden Formen in Remys besten Werken oder Alains neuesten Liedern. Doch man spürte, wie echt es war. Mit dieser Stimme hatte etwas Neues begonnen. Lisseut wußte, daß sie hier ihre Wurzeln hatte, sie und alle Joglares und Troubadoure, auch die Trovaritze aus Götzland am Nebentisch, alle arimondischen und portezzanischen Sänger, und die wenigen Künstler in Gorhaut und Valensa, die es vielleicht wagten, andere Musik zu schaffen als die ewiggleichen, donnernden Schlachtgesänge des Nordens.

Wie um den Gedankengang fortzuführen, setzte Ramir zur nächsten Strophe an. Seine Stimme mochte einiges von ihrer früheren Kraft verloren haben, aber dafür hatten die Jahre sie geläutert, und die Weisheit des Alters hatte sie zu einem Instrument von seltener Güte reifen lassen, das seiner Laute in nichts nachstand:

Hier oben im fernen Gorhaut
Sind die Männer taub für die Musik,
Und die Frauen versagen dem Dichter ihre Gunst
Und erst recht ihre Liebe. Doch die Erinnerung
An den süßen Gesang der Vögel, an die Gärten,

die der Arbonne benetzt mit seinen reinen Fluten,
Wenn er von den Bergen herabstürzt und zum Meer sich wälzt –
Was für ein Bild – Rians größtes Geschenk! –
Bringt zurück mir die Heimat und wiegt mich des Nachts
in den Schlaf.

Das Lied war zu Ende, doch Ramir spielte – wiederum nach alter Sitte – noch ein wenig weiter. Endlich kamen auch seine Finger auf den Saiten zur Ruhe. In der Taverne war es still. Lisseut schaute langsam von einem ihrer Freunde zum anderen. Alle hatten sie dieses Lied schon gehört, alle hatten sie es selbst gesungen, aber nicht so. So noch nie. Sie sah, daß ausgerechnet Remy Tränen in den Augen hatte. Ihr selbst drohte die Rührung das Herz zu sprengen.

Ramir senkte den Kopf und legte seine Laute behutsam in den Kasten zurück. Auch diesmal hatte er Schwierigkeiten mit dem Riemen. Noch immer sprach niemand ein Wort. Endlich war das Instrument verstaut. Ramir winkelte mit einer Schmerzgrimasse sein wehes Bein an, hievte sich zum Stehen hoch und verneigte sich feierlich vor dem Tisch mit den Götzländern. Natürlich, Lisseut begriff: sie waren es ja, die sozusagen ein Lied bestellt hatten. Er hatte sich schon zum Gehen gewandt, als ihm etwas einfiel und er sich noch einmal zu den Götzländern umdrehte.

»Verzeiht«, sagte er, »aber dürfte ich noch eine Verbesserung anbringen?« Wieder sprach er so leise, daß alle sich vorbeugen mußten, um ihn zu verstehen. Doch dann kamen Worte, freundlich und voll leiser Melancholie, die Lisseut niemals mehr vergessen sollte. »Ich sagte vorhin, ich würde keines von Anselmes Liebesliedern singen, doch nach reiflicher Überlegung möchte ich mir selbst widersprechen. Es war doch ein Liebeslied.«

Ariane de Carenzu war es, die einen Augenblick später oben auf der Galerie aufsprang und als erste Beifall klatschte. Dann war der ganze Troubadourstisch auf den Beinen, und der Lärm im *Senhal* schwoll unaufhaltsam an. Als sich schließlich auch die Götzländer wie ein Mann erhoben, mit Fäusten und Zinnkrügen auf den dunklen Eichenholztisch trommelten und ihre Begeisterung laut hinausschrien, da begann Lisseut vor Schmerz und vor Stolz zu weinen. Mit tränenblinden Augen sah sie Ramir, den Lautenkasten mit beiden Händen an die Brust gedrückt, mit langsamen Schritten davongehen. Doch er kehrte nicht in seine Ecke zurück, sondern flüchtete vor den Lichtern, vor dem Tumult der Taverne hinaus in die Herbstnacht und zu den Sternen.

* * *

Einige Tavernen und Herbergen in und um Lussan machten im Marktmonat besonders gute Geschäfte damit, daß sie ihre Häuser zu dieser gewinnträchtigen Zeit *nicht* offenhielten. Der Inhaber des *Silberbaums*, eines angesehenen, etwa drei Meilen vor den Stadtmauern zwischen Feigen- und Olivenbäumen gelegenen Landgasthofs, hatte sich dieser kleinen, aber erlesenen Gruppe nur zu gerne angeschlossen. Herzog Bertran de Talair hatte ihn nur gebeten, gegen ein fürstliches Entgelt für die Dauer des Marktes einige seiner Coraner und Diener bei sich aufzunehmen. En Bertran selbst würde sich natürlich meistens in seinem Stadtpalais in Lussan oder auf Barbentain bei der Gräfin aufhalten, aber er fand es wohl hilfreich, ein diskretes Quartier zur Verfügung zu haben, dessen Zufahrtswege sich gut überwachen ließen, so jedenfalls die Überlegungen des Wirts, die dieser jedoch wohlweislich für sich behielt.

Blaise saß im kleineren der beiden Zimmer im Erdgeschoß des Gasthofs. Der Raum war behaglich eingerichtet, und im Kamin brannte ein Feuer. Draußen pfiff der Nachtwind um die Mauern. Blaise drehte gelangweilt sein Weinglas zwischen den Fingern, sah nicht zum ersten Mal zu Valery hinüber und zog vielsagend die Augenbrauen hoch. Bertrans Cousin zuckte nur die Achseln. Der Herzog saß am Tisch, beschrieb ein Pergament und zog immer wieder irgendwelche zerknitterten Dokumente zu Rate. Man hätte meinen können, es handle sich um weltbewegende Dinge, doch Blaise wußte es besser. Der Herzog schrieb nach eigenen Aussagen nur an einem Lied und hatte sich Ruhe ausgebeten.

Irgend jemand wurde erwartet. Draußen waren Coraner postiert, die sofort melden sollten, wenn sich die Besucher näherten. Bertran hatte es natürlich nicht für nötig gehalten, ihnen mitzuteilen, um wen es sich handelte. Eine Überraschung, so seine banale Erklärung. Blaise hielt nichts von Überraschungen. Und er hielt nichts vom Warten. Manchmal fragte er sich, wieviel er wohl von Bertran de Talair hielt.

Zumindest der Talairsche Wein war ausgezeichnet, außerdem war der Sessel weich gepolstert, und das Feuer verbreitete eine gemütliche Wärme. Auf einem zweiten, langen Tisch standen verschiedene Speisen bereit, und die bunten Teppiche an den Steinwänden machten den grauen Raum freundlicher. Gründe genug, um Corannos dafür zu danken, daß man noch lebte. Vor vier Tagen auf der Straße nach Lussan war er dem Tod nur sehr knapp entronnen. Seither gab es in der Stadt nur ein Thema: das Marktverbot für die Andorianer. Normalerweise hatte Blaise für Klatsch und Tratsch wenig übrig und mied die Orte, wo man dergleichen zu hören bekam, aber in diesem Fall war er immerhin persönlich betroffen, und so hatte er aufmerksam zugehört, als Valery ihnen sofort nach ihrer Ankunft alles haarklein erzählte.

Die erste Nacht hatten sie – jedenfalls Blaise und Valery – im Talair-Palais verbracht. Bertran hatte ein nächtliches Stelldichein geplant, das er – typisch für ihn – weder absagen noch verschieben wollte. Kurz vor Tagesanbruch war es dann zu einem merkwürdigen Zwischenfall gekommen: Roban, der Kanzler von Arbonne – ein hohlwangiges Männchen, das ziemlich despotisch auftrat, Blaise hatte ihn bis dahin nicht kennengelernt –, wollte unbedingt den Herzog sprechen. Als ihm Valery, noch völlig verschlafen, auf sein Drängen eine Adresse nannte, unter der Bertran eventuell zu erreichen wäre, hatte der Kanzler voller Abscheu das Gesicht verzogen. Daraufhin hatte sich Valery erboten, den kleinen Trupp zu begleiten, doch Roban – er trug einen Pelzumhang, denn draußen war es kalt – hatte abgelehnt und war davongeritten, nachdem er Blaise mit kaum verhohlenen Mißtrauen gemustert hatte. Valery hatte es bemerkt und mit einem vielsagenden Blick auf Blaise die Achseln gezuckt. Dann hatten sie beide gegähnt und sich für den Rest der Nacht wieder in ihre Betten verkrochen.

Als sie das nächste Mal herunterkamen, war Bertran noch nicht wieder eingetroffen. Erst am späten Vormittag war er zurückgekehrt, und für den Rest des Tages war er sehr schweigsam gewesen. Zweimal hatte er ohne Erklärung für kurze Zeit allein das Haus verlassen. Am Abend war er geheimnisvoll lächelnd und nach Parfum duftend wieder ausgegangen, diesmal zu einer anderen Adresse. Blaise hatte Valery gar nicht erst gefragt, wer dort wohnte; er wollte es nicht wissen.

Am Spätnachmittag des nächsten Tages hatten sie alle drei ihre Pferde geholt und waren durch das Stadttor hinaus und über eine kurvenreiche Landstraße zum *Silberbaum* geritten, wo der größte Teil der herzoglichen Coranergarde untergebracht war. Wieder hatte Bertran kaum gesprochen. »Wir sind mit jemandem verabredet«, mehr hatten sie nicht aus ihm herausbekommen. »Nach Einbruch der Dunkelheit.« Valery hatte nur die Achseln gezuckt, als Blaise ihn ansah, und Blaise hatte festgestellt, daß er auch von Valerys Achselzucken allmählich genug hatte.

Nun starrte er ins Feuer und beschäftigte sich ohne großen Erfolg mit den großen und bedrohlichen Fragen der Zukunft. Als Serlo plötzlich in der Tür zum Nebenzimmer erschien, fuhr er erschrocken auf.

»Ein Besucher, Herr. Allein, weiter Umhang, das Gesicht verhüllt. Wer er ist, will er nicht sagen.«

Bertran schob seine Papiere zusammen und stand auf. »Schon gut. Führe ihn herein. Dann stellst du dich vor die Tür. Ich will nicht gestört werden, Serlo. Wenn ich dich brauche, rufe ich.«

Der junge Coraner nickte und ging hinaus. Valery erhob sich, auch Blaise stand auf. In den blauen Augen des Herzogs funkelte die Neugier und noch etwas – ein jungenhafter Übermut, der regelrecht ansteckend war. Auch Blaise kribbelte es in den Fingern.

Gleich darauf kam Serlo zurück und brachte einen Mann in einem langen, schwarzen Kapuzenumhang mit, der sich ein Tuch vor das Gesicht gebunden hatte, so daß nur die Augen freiblieben. Er trug ein Schwert, war aber, wie Serlo bereits gemeldet hatte, allein. Er wartete, bis der junge Coraner das Zimmer verlassen und die Tür hinter sich geschlossen hatte. Dann streifte er sich mit sparsamen Bewegungen die Kapuze vom Kopf, ließ den Umhang fallen und nahm das Tuch ab.

Blaise sah Bertran scharf an. Der Herzog schien aufrichtig erstaunt, dann blitzte der erste Zornesfunke in seinen Augen auf. Blaise mußte unwillkürlich lachen.

»Ich wünsche allerseits einen guten Abend«, sagte Rudel Correze vergnügt in das Schweigen hinein. »Ich komme doch hoffentlich nicht zu spät. Oder etwa gar zu früh?«

Bertran war rot geworden; seine Narbe zeichnete sich weiß ab. »Ich kann Euch nur raten, mir schleunigst zu erklären, wer Ihr seid und was Ihr hier wollt«, befahl er in eisigem Ton. Valery war vorgetreten und hatte nach seinem Schwert gegriffen. Nun sah er erst Blaise, dann den Mann in der Tür unschlüssig an.

Blaise lachte immer noch. Soviel Dreistigkeit war einfach unglaublich. »Auf dem Weg nach Lussan wolltest du den Mann noch gern kennenlernen. Soll ich euch vorstellen?«

Bertrans Blick wanderte zu dem Neuankömmling zurück. »Aha.« Die Kälte wich aus seiner Stimme, er zog spöttisch eine Augenbraue hoch. »Der junge Correze? Der Schütze mit den Giftpfeilen?«

Rudel verneigte sich tief. Im Schein des Feuers und der Kerzen glänzte sein Haar wie blankes Metall. Als er sich wieder aufrichtete, machte er ein unglückliches Gesicht. »Dafür möchte ich mich vielmals entschuldigen. Für einen Schuß im Dunkeln war das Ziel sehr weit entfernt. Ich bin sehr erfreut, Euch gesund und munter zu sehen.« Er wandte sich an Valery. »Und Ihr seid wiederhergestellt, wie ich hoffe?«

»Vollkommen, danke der Nachfrage.« Valery nahm die Hand vom Schwertgriff. »Ich bin der lebende Beweis für die Heilkunst der Rian-Priesterinnen.« Blaise bemerkte das belustigte Funkeln in seinen Augen.

Ihn selbst hatte sich sein alter Freund bis zum Schluß aufgespart. »Du hast unser letztes Gespräch wohl sehr genossen«, sagte Rudel Correze leise. »Es muß Spaß gemacht haben, mich im unklaren zu lassen und selbst Bescheid zu wissen.«

»Nicht unbedingt«, widersprach Blaise. »Jedenfalls noch nicht zu diesem Zeitpunkt. Damals hielt ich Valery nämlich noch für tot, und auf das, was du mir erzählt hast, war ich ganz und gar nicht gefaßt. Die Lage war für mich nicht einfach. Selbst wenn ich gewollt hätte, ich hätte dich über deinen Irrtum nicht aufklären können. Wenn du gehört hättest, daß der Herzog noch am Leben war, hättest du dich verpflichtet gefühlt, einen zweiten Versuch zu unternehmen. Dann wäre mir nichts anderes übrig geblieben, als dich festnehmen zu lassen, und das wäre wiederum für Arbonne sehr peinlich geworden.«

»Und für mich erst«, erwiderte Rudel lachend. Doch er hatte aufmerksam zugehört.

»Dir wäre ganz recht geschehen«, sagte Blaise. »Eins gebe ich zu, ich habe mir hinterher mit Vergnügen ausgemalt, wie man in Götzland reagiert hast, als du dein Geld abholen wolltest.«

Empört fuhr Rudel auf. »Das kann ich mir denken. Du hast alles getan, damit ich in Aulensburg als strahlender Sieger auftrat, den erfolgreichen Abschluß meines Auftrags meldete und mir diese absurd hohe Prämie abholte – um dann, zwei Wochen später, erfahren zu müssen, daß der hochgeschätzte Herzog von Talair ...« – er lächelte kurz zu Bertran hinüber – »immer noch diplomatische Beziehungen zu König Jörg in Aulensburg unterhielt, und das offenbar nicht aus dem Grab heraus.«

»Und dann hast du das Geld zurückgegeben?« Blaise spielte den Unwissenden. Er amüsierte sich königlich.

»Ich habe zurückgegeben, was noch übrig war, als der Botschafter von Gorhaut den Hof von Aulensburg in ziemlich unverschämter Weise unter Druck setzte. Ein äußerst unangenehmer Mensch, das kann ich dir versichern. Ich mußte die Bankfiliale meines Vaters um eine bestimmte Summe bitten, die ich ... privat nicht so ohne weiteres aufbringen konnte.«

»Und das schon nach zwei Wochen?« Blaise zog in gespielter Überraschung die Augenbrauen in die Höhe. »Was hast du bloß angestellt? Sämtliche Edelsteine des Ostens aufgekauft? Wieviel Geld kann ein Mensch denn in zwei Wochen ausgeben?«

»Genug«, sagte Rudel knapp. Er war ein wenig rot geworden. »Oder jedenfalls so viel, daß wir beide nach jener Nacht in Tavernel zumindest quitt sein dürften. Mein Vater hat momentan eine kaum höhere Meinung von mir als der deine von dir. Er verliert immer gleich den Kopf, wenn es an seinen Geldbeutel geht.«

»Wie traurig.« Bertran de Talair hatte die Fassung wiedergefunden. Diesen Tonfall und auch das Glitzern in den Augen kannte Blaise zur Genüge. »Aber die Vergangenheit muß wohl oder übel hinter der Gegenwart zurückstehen, und deshalb noch einmal die gewiß nicht unberechtigte Frage: Was wollt Ihr hier?«

»Die Frage ist durchaus berechtigt.« Rudel hielt inne und sah demonstrativ zu dem langen Tisch an der hinteren Wand hinüber. »Nach allem, was man hört, ist Euer Wein recht trinkbar«, sagte er höflich.

Kopfschüttelnd ging Valery hinüber und schenkte ein. Dann kam er zurück, reichte dem Portezzaner das Glas und blieb wartend neben ihm stehen. Bertran sagte nichts mehr, und auch Blaise schwieg. Rudel nahm einen Schluck und lächelte anerkennend.

»Ich bin im Augenblick leider ohne Beschäftigung«, sagte er dann ruhig. Blaise sah, daß sowohl Bertran als auch Valery die Anspielung verstanden hatten. »Der Vorfall im vergangenen Sommer und die überraschende Anteilnahme meines alten Freundes Blaise an Eurem Schicksal hatten mein Interesse geweckt, En Bertran. Da ich vor dem Turnier nichts Besseres zu tun hatte, ließ ich es mir nicht nehmen, in den vergangenen zwei Tagen, nachdem wir alle in Lussan eingetroffen waren und uns – bedauerlicherweise ohne den etwas cholerischen Herrn von Andoria – auf dem Markt ein wenig umgesehen hatten, jeden Eurer Schritte zu überwachen.« Er trank wieder, mit sichtlichem Genuß. »Als Ihr Euch hier draußen vor den Mauern ein Domizil suchtet, obwohl Ihr doch Euer Palais in der Stadt hattet, und Euch dann heute abend nur in Begleitung Eures Cousins und meines Freundes Blaise hierher auf den Weg machtet, schien mir der Schluß nahezuliegen, daß ein geheimes Treffen bevorstand.«

Rudels Gelassenheit war zu bewundern, doch der Herzog von Talair stand ihm in nichts nach. Kühl und ohne zu lächeln, sagte Bertran: »Der Schluß mag tatsächlich naheliegen, doch nachdem Eure Überlegungen so weit gediehen waren, stellt sich die Frage, was Euch eigentlich bewog, sich uns ausgerechnet jetzt aufzudrängen?« Der Disput erschien Blaise so irreal wie eine Halluzination. Immerhin hatte einer von den Männern, die sich hier so gepflegt unterhielten, erst vor drei Monaten versucht, den anderen für eine Viertelmillion in Gold zu töten. Außer diesen beiden kannte er niemanden, der imstande gewesen wäre, dieses Gespräch zu führen.

Wieder hob Rudel sein Glas an die Lippen, dann setzte er sein strahlendstes Lächeln auf. »Ich will ganz ehrlich sein«, murmelte er. »Ich dachte, es könnte ein Spaß werden.«

Ein Blick in das hübsche, kluge Gesicht seines Freundes, und Blaise war überzeugt, daß dies zumindest ein Teil der Wahrheit war, vielleicht sogar der größte. Das hatte offenbar auch Bertran erkannt. Sichtlich amüsiert sah er zu Valery hinüber und schüttelte den Kopf. Sein Cousin machte ein gequältes Gesicht.

»Könnte es sein, daß der Bursche dich an jemanden erinnert?« fragte Bertran.

»O ja«, sagte Valery. »An einen Cousin, mit dem ich aufgewachsen bin, und von dem ich nie erwartet hätte, daß er so alt werden würde, wie er heute ist.« Blaise drehte den Kopf zur Tür; er hatte Stimmen gehört, und jetzt näherten sich von draußen Schritte. »Was«, fuhr Valery ruhig fort, »soll nun mit ihm geschehen?«

»Ich darf vielleicht erwähnen«, sagte Rudel rasch, bevor Bertran antworten konnte, »daß ich noch ein weiteres Steinchen gefunden habe, das mir half, das Rätsel zu lösen. Als ich heute abend an der Stadtmauer Wache hielt, sah ich bei Einbruch der Dunkelheit eine kleine Gruppe von Männern aus der Stadt reiten. Einer trug eine Maske, die anderen nur Kapuzen. Sie hatten es nicht eilig, und das verschaffte mir die Gelegenheit zu dieser angenehmen, kleinen Unterhaltung in vertrautem Kreise.«

Jemand klopfte schüchtern an die Tür.

»Ja, Serlo, was ist?«

Die Stimme des junges Coraners auf der anderen Seite klang verwirrt und gereizt. »Verzeiht, Herr, aber hier ist noch ein Besucher. Er trägt eine Maske und behauptet, heute abend hier mit Euch verabredet zu sein. Er hat eine Eskorte bei sich.«

»Vier Mann«, warf Rudel hilfsbereit ein.

»Vier bewaffnete Coraner«, fuhr Serlo fort. »Die Tracht ist mir nicht bekannt.«

»Das ist wohl auch nicht beabsichtigt.« Bertran öffnete die Tür. »Ich glaube, das ist der Mann, den wir erwarten. Bring ihn herein, Serlo, und dann kümmerst du dich um seine Eskorte. Mag sein, daß wir nicht in Freundschaft scheiden, aber heute sind sie noch unsere Gäste. Behandle sie entsprechend.«

Serlo ging. Man sah ihm die Enttäuschung an.

»Meine Neugier wächst zusehends«, bemerkte Rudel Correze vergnügt. »Ich bin Euch sehr dankbar, daß Ihr mich mit dazugebeten habt.«

Bertran drückte die schwere Tür ins Schloß. Er war ernst geworden. »Wir haben nur einen Augenblick Zeit«, sagte er. »Ich kann Euch von meinen Coranern bewußtlos schlagen oder gefesselt und geknebelt irgendwo in ein Hinterzimmer legen lassen. Vielleicht bleibt mir nichts anderes übrig. Ein letztes Mal: seid Ihr wirklich nur aus Leichtsinn und Übermut hergekommen?«

Auch Rudel lächelte nicht mehr, kein Wunder, aber er schien nicht allzu beeindruckt – wer ihn kannte, hätte das auch nicht erwartet. In seinen Augen spiegelte sich das Feuer, als er sagte: »Ich bin schon so lange in meinem Beruf, daß ich es nicht mehr gewöhnt bin, um Aufträge zu betteln, aber wie bereits erwähnt, bin ich derzeit ohne Beschäftigung. Ihr könntet den Wink mit dem Zaunpfahl endlich verstehen, um meinen Stolz nicht noch weiter zu verletzen.«

Wieder trat Schweigen ein, dann konnte Bertran de Talair das Lachen nicht mehr halten. Blaise hatte seinen Freund zunächst entgeistert angestarrt, nun platzte auch er heraus. Rudel grinste zufrieden. Man konnte über Rudel Correze sagen, was man wollte, dachte Blaise wehmütig, jedenfalls langweilte man sich nie, wenn er dabei war.

Und En Bertran de Talair war vom gleichen Schlag. »Ihr wollt also in meine Dienste treten«, sagte der Herzog. »Sehe ich das richtig?«

»So ist es.«

»Darf ich fragen, warum?«

Nun, da Rudel endlich ernst wurde, konnte man nicht mehr übersehen, daß man den Sproß eines der reichsten und vornehmsten Bankhäuser in Portezza vor sich hatte, einen Mann, der mit den meisten Adelshäusern dieses Landes in verwandtschaftlichen Beziehungen stand. Er stellte sein Glas neben sich auf dem Tischchen ab.

»Einigen wir uns darauf, daß ich nichts dagegen habe, mich für den Einsatz meiner Fähigkeiten bezahlen zu lassen. Das ist mein Beruf. Wogegen es mich ganz gewaltig stört, wenn jemand ohne mein Wissen meine Beziehungen ausbeutet. Mir war nicht bekannt, daß Blaise in Euren Diensten stand, als sein Vater mir diesen Auftrag gab. Sonst hätte ich nicht angenommen. Ich muß davon ausgehen, daß Galbert de Garsenc sich nur deshalb für mich entschieden hatte, weil ich der Freund seines Sohnes bin, nicht etwa, was sehr viel schmeichelhafter gewesen wäre, aus Bewunderung für mein Können. Die Vorstellung behagt mir nicht. Ich habe den Auftrag in aller Form zurückgegeben. Nun ist es Ehrensache für mich, dafür zu sorgen, daß kein anderer ihn erfolgreich ausführt, falls die Prämie noch einmal angeboten werden sollte.«

»Das bezweifle ich. Der Kunde hat seinen Standpunkt deutlich gemacht. Jetzt läuft ein größeres Spiel.«

»Ihr habt vermutlich recht. Dennoch wäre es mir ein Vergnügen, für Euch tätig zu sein, En Bertran.«

Valery hüstelte. »Ich bezweifle sehr«, sagte er, »daß wir Eure Preise bezahlen können.«

Blaise grinste. Rudel nicht. »Ich würde diese Angelegenheit gerne vergessen. Das Angebot war in vieler Hinsicht wider die Natur. Es wäre mir eine Ehre, für die gleiche Summe für Euch tätig zu sein wie mein Freund Blaise, mit weniger kann ich mich aus verständlichen Gründen allerdings nicht zufriedengeben.«

Blaise und Bertran wechselten einen Blick, dann sahen sie zu

Valery hinüber, und schließlich brachen alle drei in Gelächter aus. Rudel gab sich alle Mühe, Würde zu bewahren, doch Blaise konnte verstehen, wie schwierig das war, wenn man gleich dreifach verlacht wurde.

Immerhin war Rudel sein Freund, und der Zwischenfall im vergangenen Sommer hatte ihn sichtlich aus der Bahn geworfen. Außerdem hatte er eben angeboten, sich auf ihre Seite zu schlagen – wobei Blaise bei dem Gedanken, auf wie vielen Seiten er selbst stand, wieder einmal von einer quälenden Unruhe erfaßt wurde.

Wenigstens aufklären mußte er ihn. »Ich fürchte, du unterschätzt dich. Ich bekomme nämlich keinen Sold. Ich stehe nicht mehr im Dienst des Herzogs, sondern kämpfe übermorgen im Turnier als Freund und Waffengefährte an seiner Seite. Für mein derzeitiges Einkommen wirst du also kaum arbeiten wollen.«

Wieder errötete Rudel. »So ist das also. Und ich bin eben eine Verpflichtung eingegangen. Ich kann deine Erheiterung verstehen.«

Bertran schüttelte den Kopf. In diesem Moment wurde abermals an die Tür geklopft. »Keineswegs. Ich wäre sehr erfreut, Euch bei mir zu haben. Auf jeden Fall würdet Ihr für Unterhaltung sorgen. Ich biete Euch das gleiche, was Blaise bekam, bevor sich die Verhältnisse änderten. Darüber können – und müssen – wir uns später noch in Ruhe unterhalten. Zunächst möchte ich alle Anwesenden um Diskretion bitten.« Damit ging er zur Tür und öffnete.

Serlo stand hinter einem aufallend großen Mann mit schwarzem Bart. Ein Kämpfer, schlank und sehnig, der tatsächlich Maske und Kapuze trug und für den Ritt durch die Nacht in schlichtes Schwarz gekleidet war. Auf der Schwelle blieb er stehen, sah sich die vier Anwesenden eingehend an, lächelte dünn und nahm die Maske ab. Er hatte tiefliegende, graue Augen unter dichten, schwarzen Brauen.

»Ich hätte nicht erwartet, Euch in solcher Gesellschaft anzutreffen, de Talair«, begann er in hartem Arbonnais. »Mich eingerechnet, habt Ihr ein ganzes Zimmer voller Feinde um Euch versammelt.« Dennoch trat er unbefangen und ohne jedes Mißtrauen über die Schwelle. Bertran schloß hinter ihm die Tür.

»Mein Cousin Valery«, stellte der Herzog leise vor. »Zumindest ein Freund. Blaise de Garsenc und Rudel Correze sind Euch offenbar bereits bekannt. Und das gilt wohl auch umgekehrt.«

Natürlich kannten sie ihn. Rudels Auftauchen mochte ein Schock gewesen sein, doch der Anblick dieses Mannes warf Blaise fast um. Zum letzten Mal hatte er diese berechnenden, grauen Augen unter den dichten Brauen vor knapp zwei Jahren in Eis und Schnee auf einem Schlachtfeld im Norden gesehen. Die matte Wintersonne war im Untergehen begriffen, übergoß mit blutrotem Schein den Schnee und die Leichenberge. Der seit drei Generationen tobende Krieg hing wie ein Fluch über allem. Es wurde erbittert gekämpft.

Blaise verbeugte sich genau so weit, wie es die Höflichkeit erforderte, ohne sich seine Gedanken anmerken zu lassen. Auch Rudel und Valery machten ihren Diener. Und nachdem Herzog Bertran alle vorgestellt hatte, drehte er sich um und folgte ihrem Beispiel.

Man verbeugte sich eben vor den Herrschern dieser Welt.

»Den jungen Garsenc habe ich als Krieger fürchten gelernt«, sagte König Daufridi von Valensa mit einem Blick auf Blaise. »Der Correze-Sproß könnte dagegen eher Euch gefährlich werden, oder waren die Gerüchte letzten Sommer nur eitles Geschwätz?«

»Keineswegs, Hoheit.« Bertran richtete sich auf. »Doch zum Glück für meinen empfindlichen Seelenfrieden scheint Rudel Correze es inzwischen zu bedauern, einem harmlosen Menschen wie mir nach dem Leben getrachtet zu haben, und will sich nun sogar meinen Coranern anschließen, um seinen Fehler wiedergutzumachen. Ist es nicht so?«

»Gewiß«, bestätigte Rudel. »Ich habe meine Torheit eingesehen, Hoheit, und En Bertran gestattet mir freundlicherweise, die Aufrichtigkeit meines Gesinnungswandels unter Beweis zu stellen, indem er mich in seine Dienste nimmt.« Das klang vollkommen gefaßt, obwohl Blaise genau wußte, daß diese Begegnung auch für Rudel eine ungeheure Überraschung war, die er erst verarbeiten mußte. Er fragte sich, ob wohl die Gräfin von Arbonne über diese Zusammenkunft informiert war.

»Allmählich muß auch ich befürchten«, begann König Daufridi von Valensa, »Eurem vielgerühmten Charme nicht gewachsen zu sein, de Talair. Ich sehe mich deshalb genötigt, mir zur Stärkung meiner Widerstandskräfte die ... äh ... harmlosen Verse, die Ihr im letzten Frühjahr über mich geschrieben habt, genauer in Erinnerung zu rufen.« Er durchquerte mit drei langen Schritten den Raum, daß die Dielen unter seinen Stiefeln knarrten, nahm Bertrans Laute vom Tisch und schlug routiniert drei Akkorde an. Dann wandte er sich den vier Männern zu und begann zu singen:

Wird denn ein König, so ehrlos wie Daufridi, die Memme,
Nicht wiederkehren, nachdem er das Eisfeld verließ?
Wo waren sie denn, die Männer Gorhauts und Valensas,
Als um eines faulen Friedens willen die Waffen man streckte,

Auf schwächlicher Könige Geheiß, die nicht würdig
ihres Geschlechts?

Bertran war an den Tisch getreten, um Wein einzuschenken, doch jetzt hielt er inne, die Karaffe in einer Hand, und sah nachdenklich auf. Daufridi schlug einen letzten Akkord an und legte die Laute behutsam ab.

»*Daufridi, die Memme*«, wiederholte er nachdenklich. »Ich muß gestehen, ich war gespannt, was Ihr mit Eurer Einladung zu erreichen hofftet. Ursprünglich hatte ich nicht vorgehabt, in diesem Jahr den Markt zu besuchen. Für die Turniere werde ich langsam zu alt.«

Bertran nahm ein Glas und brachte es dem König. »Es freut mich sehr, Eure Neugier so weit gereizt zu haben, daß Ihr doch gekommen seid. Zumindest«, murmelte er, »weiß ich nun, daß Hoheit meine Lieder gekonnt vorzutragen wissen. Zudem habt Ihr mich darauf aufmerksam gemacht, daß ich, der ich als Dichter stets nach künstlerischer Ausgewogenheit und klaren Formen strebe, der Zukunft und ihren Möglichkeiten mehr Beachtung schenken sollte.«

Daufridi lachte leise, nahm das Glas und ließ sich in einen

der tiefen Sessel sinken. Dann streckte er die langen Beine zum Kamin hin aus, um sie sich vom Feuer wärmen zu lassen, und forderte mit huldvoller Geste auch die anderen auf, sich zu setzen. Sie gehorchten. Der König – der Bart konnte die Ironie in seinem klugen Gesicht nicht verbergen – betrachtete Bertran. Blaise wußte, daß die beiden gleich alt waren, aber Daufridi wirkte älter. Auch er war gezeichnet – eine rote Narbenschwiele, bleibendes Andenken an einen Schwerthieb, zog sich an seiner linken Halsseite entlang und verschwand unter dem Kragen. Blaise wußte sogar, wie weit die Wunde einst gegangen war, denn er hatte den Hieb beobachtet. Mit diesem Hieb war eine Schlacht beendet worden, doch der Mann, der ihn führte, hatte dafür an der Iersen-Brücke mit dem Leben bezahlt.

»Als nächstes werdet Ihr mir jetzt erzählen…« – Daufridi von Valensa hielt sein Glas gegen das Feuer und bewunderte die satte, dunkelrote Farbe des Weins –, »Ihr hättet die Zeile über meine schändliche Feigheit nur aus Gründen der poetischen Symmetrie eingefügt. An sich hättet Ihr König Ademar von Gorhaut und den Vater dieses Mannes…« – er wies mit dem Glas auf Blaise – »treffen wollen. Der Angriff auf meine Person sei ein bedauerlicher Fehler gewesen, für den Ihr mich aufrichtig um Vergebung bätet. Galbert de Garsenc hat mich, nebenbei bemerkt, im letzten Sommer aufgefordert, einen Teil der Prämie für den Attentäter zu übernehmen. Ich hielt die Summe für weit überzogen und lehnte ab. Nur, damit Ihr Bescheid wißt.« Er setzte sein Glas an die Lippen. »Euer Wein«, verkündete er, »ist ausgezeichnet.«

»Ich danke Euch. Darf ich Euch das Kompliment für Euer logisches Denken und Eure prophetischen Fähigkeiten zurückgeben, Hoheit? Ihr habt exakt erraten, was ich sagen wollte.« Bertran sprach mit tiefem Ernst.

Daufridi mokierte sich weiterhin. »Jetzt habt Ihr mich enttäuscht. Seit wann läßt sich ein Dichter von politischen Interessen dazu bewegen, sein Werk zu verleugnen?«

Blaise hatte viel von diesem König und seiner messerscharfen, geradezu aggressiven Intelligenz gehört, einer Eigenschaft, die den bierseligen, zänkischen Herrschern des Meereslandes

Valensa bisher völlig abgegangen war. Allein die Bedingungen des Iersen-Vertrags legten beredtes Zeugnis für Daufridis diplomatische Fähigkeiten ab, gestatteten sie ihm doch, für – zugegebenermaßen sehr viel – Geld Gebiete zu erwerben, um die er fünfzig Jahre lang vergeblich Krieg geführt hatte. Man brauchte kein Genie zu sein, um zu sehen, wer bei diesem Vertrag der Gewinner war – solange man ignorierte, daß Gorhaut nun, da der Friede an seiner Nordgrenze gesichert war, freie Hand hatte. Zum ersten Mal fragte sich Blaise, ob die Portezzaner, die Valensa mit den Verhandlungen betraut hatte, den Inhalt der Schriftstücke und die Vorschläge der Abgesandten wirklich selbständig formuliert hatten oder nur als sachkundiges Sprachrohr dieses harten Geschäftsmanns aufgetreten waren.

Vor zwei Jahren war es noch sein größter Wunsch gewesen, Daufridi von Valensa zu töten.

Er erinnerte sich gut daran, wie er, außer sich vor Wut und Schmerz, versucht hatte, sich zu Daufridi durchzuschlagen, nachdem Augenblicke zuvor sein eigener König Duergar, von einem Pfeil ins Auge getroffen, gleich einem gefällten Baum aus dem Sattel gestürzt war. Wie ein Rabe des Gottes hatte sich sein Todesschrei in die eisige Luft des Nordens aufgeschwungen. Wenn Blaise die Augen schloß, konnte er diesen Schrei immer noch hören. Doch Cadar de Savaric, Rosalas Vater, war ihm zuvorgekommen, ihm hatte Daufridi die häßliche, rote Narbe zu verdanken. Gleich darauf war Cadar unter den Keulen und Äxten der königlichen Leibwache zusammengebrochen, und damit hatte Gorhaut auf einen Schlag zwei seiner größten Männer verloren.

Zwei Männer, die sich lieber selbst den Bauch aufgeschlitzt hätten, dachte Blaise verbittert, als den Iersen-Vertrag zu unterzeichnen. Den Vertrag, den sein eigener Vater mit so viel List und Tücke entworfen hatte, um die Nordmark, die von alters her zu Gorhaut gehörte, gegen Valensas Gold einzutauschen, ohne dabei seine finsteren Hintergedanken preiszugeben.

»Ich hatte immer gedacht« – Daufridi lächelte dünn unter dem ergrauenden Vollbart –, »den Troubadouren sei in dieser vergänglichen Welt nichts heiliger als ihre Kunst. Wollt Ihr jetzt behaupten, ich sei die ganze Zeit einem Irrtum erlegen?«

Bertran, der gegenüber dem König in einem zweiten Sessel Platz genommen hatte, ließ sich nicht aus der Reserve locken. Er hatte sich wohl auf derartige Sticheleien eingestellt.

»Wenn alles andere gleichwertig ist«, sagte der Herzog leise, »sind unsere Werke uns vielleicht deshalb heilig, weil sie unser einziges Vermächtnis an die Nachwelt sind, weil nur sie verhindern, daß unser Name mit uns stirbt. Ein mir bekannter Dichter geht sogar noch weiter. Alles, was die Menschen heute tun, alles, was geschieht, aller Glanz, alle Schönheit, aller Schmerz, habe nur den einen Sinn, sagt er, Material zu liefern für die Lieder, die wir unseren Nachkommen hinterlassen. Wir führen unser Leben, auf daß es für sie zur Musik werde.«

Daufridi legte nachdenklich die langen Finger aneinander. »Und Ihr, de Talair? Glaubt Ihr daran?«

Langsam schüttelte Bertran den Kopf. »Der Gedanke ist mir allzu ausgefallen, allzu lebensfern. Ich bin, es überrascht mich selbst, dafür zu sehr befangen in den Kämpfen dieser Welt. In jungen Jahren hätte ich das nicht für möglich gehalten. Damals war mein Leben ein einziges Werben um den Tod. Vielleicht ist die Zeit auch Euch noch in Erinnerung. Inzwischen bin ich älter geworden. Um ehrlich zu sein, ich hätte nicht erwartet, so lange zu leben.« Er lächelte kurz. »Rudel Correze ist keineswegs der erste, der versucht hat, mich in Rians Reich zu schicken. Dennoch weile ich noch immer unter den Lebenden, und inzwischen habe ich entdeckt, daß ich diese Welt um ihrer selbst willen schätze, nicht nur als Stoff für irgendein Lied. Ich liebe sie für ihre köstlichen Weine, für die schönen, großzügigen und stolzen Frauen und für die tapferen und klugen Männer, die sie hervorbringt, für die erste Frühlingsahnung mitten im Winter und für die Gewißheit, daß Rian und Corannos auf uns warten, was wir auch tun. Und jetzt, Hoheit, da mein Herz längst nicht mehr jung und das Feuer erloschen ist, wird mir allmählich klar, daß es eines gibt, was ich noch mehr liebe als die Musik, auch wenn sie mir noch immer über jeden Schmerz hinweghilft.«

»Liebe, de Talair? Das Wort hätte ich aus Eurem Munde

nicht erwartet. Hatte ich nicht vor mehr als zwanzig Jahren gehört, Ihr hättet der Liebe entsagt? Damals redete alle Welt davon, ich erinnere mich genau. Hat man mir also noch einen falschen Bericht in unseren fernen, kalten Norden gesandt? Was ist denn dieses eine, edler Herzog? Dieses Etwas, das Ihr immer noch liebt?«

»Arbonne«, sagte Bertran de Talair.

In diesem Augenblick begriff Blaise endlich, wozu sie hier waren. Er sah erst Bertran an, eher schmächtig, eisern beherrscht und doch wie eine götzländische Armbrust ständig unter Spannung, und dann den hochgewachsenen, hageren König von Valensa und überlegte, während in seinem Innern die verschiedensten Empfindungen miteinander kämpften.

Er brauchte nicht lange zu warten. Daufridi von Valensa war kein sentimentaler Schwärmer, das war ihm von vornherein klar gewesen. Der König von Valensa nahm die gefalteten Hände auseinander, griff nach seinem Glas, nahm einen Schluck Wein und bemerkte prosaisch: »Ich denke, jeder von uns liebt seine Heimat. Dieses Gefühl habt Ihr nicht erfunden, de Talair.«

»Das wollte ich damit auch nicht andeuten«, gab Bertran ruhig zurück.

»Ich bekenne, für Valensa eine ähnliche Leidenschaft zu hegen, und es ist wohl nicht falsch, dem jungen Garsenc hier eine entsprechende Einstellung zu Gorhaut zu unterstellen – auch wenn er über gewisse … politische Entscheidungen, die dort jüngst getroffen wurden, nicht glücklich sein mag.« Er schenkte Blaise sein dünnes Lächeln, doch sein Blick blieb kühl. Dann wandte er sich an Rudel. »Was die Portezzaner betrifft, so haben sie eigentlich kein Land, nicht wahr? Vermutlich gilt ihre Liebe ihren Städten oder vielleicht ihren Familien. Würdet Ihr das akzeptieren, Correze?« Das klang bewußt nüchtern, fast schon pedantisch. Blaise ahnte, daß er sich auf diese Weise der Anziehungskraft zu entziehen suchte, die Bertrans Worte auch auf ihn ausübten.

»Gewiß, Hoheit.« Rudel hustete. »Ich kann nur hoffen, daß sich auch mein lieber Vater irgendwann wieder daran erinnert.«

Die Zähne des Königs blitzten auf. »Ach? Er wird doch nicht etwa böse auf Euch sein? Ihr hattet einen Teil des Geldes, das Ihr zurückerstatten mußtet, bereits ausgegeben, nicht wahr? Ein Jammer. Aber mit der Zeit werdet Ihr sicher Vergebung finden.« Er wandte sich wieder an Bertran, der die ganze Zeit über reglos dagesessen hatte.

Die beiden Männer sahen sich so lange an, daß Blaise sich dem Eindruck nicht entziehen konnte, sie weilten in einer anderen Welt und hätten ihn selbst, Rudel und Valery, der neben dem Kamin saß, völlig vergessen.

Endlich sagte Daufridi leise: »Man sollte sein Herz nicht an Menschen oder Dinge hängen, de Talair. Menschen sterben, Dinge nimmt man uns weg. Das ist der Lauf der Welt.«

»Wer wüßte das besser als ich? Ich lebe mit dieser Wahrheit seit dreiundzwanzig Jahren.«

»Und deshalb sind Eure Gefühle erkaltet?«

»Und deshalb werde ich nicht zusehen, wie nach der Frau, die ich liebte, nun auch noch mein Land sterben muß.«

Es wurde still im Raum. Blaise wagte nicht, sich zu rühren, warf nur aus dem Augenwinkel einen Blick auf Rudel. Sein Freund ließ sich kein Wort entgehen.

»Das ist also der Grund für die Einladung«, sagte Daufridi von Valensa schließlich. »Ihr wolltet sehen, wieviel Unterstützung ich Euch geben kann.«

»Richtig. Seid Ihr überrascht?«

»Kaum. Aber vielleicht überrascht es Euch, wenn ich Euch sage, daß ich Euch nichts geben kann?«

»Ich würde gern die Gründe erfahren.« Bertran war bleich, aber gefaßt.

Daufridi zuckte die Achseln. »Ich habe einen Vertrag unterzeichnet und brauche mindestens fünf Jahre, um die Gebiete, die man an uns abgetreten hat, unter Kontrolle zu bekommen. Wir müssen unsere eigenen Bauern dort ansiedeln, müssen die Dörfer mit Valensanern besetzen und meinen Baronen Zeit lassen, in den Burgen und Schlössern, die nun uns gehören, Wurzeln zu schlagen. Wer von den Gorhautanern bleiben will – einige werden es wohl sein – braucht ebenfalls Zeit, um zu erkennen, daß es schlimmere Schicksale gibt, als unter der Herrschaft des Königs von Valensa zu leben. Über kurz oder lang werden die fruchtbaren Äcker nördlich des Iersen, die der Vertrag uns zuspricht, auch wieder Erträge bringen, und dann erhalten wir alles, was wir dafür bezahlt haben und in den nächsten drei Jahren noch bezahlen müssen, mit Gewinn zurück. Doch um diese Ziele zu verwirklichen, brauche ich Frieden.« Wieder trank er von seinem Wein. »Eine ganz einfache Rechnung, de Talair. Ich hätte gedacht, die Fakten seien Euch bekannt.«

»Ihr habt also nichts dagegen, wenn Gorhaut seine Blicke jetzt nach Süden richtet?«

»Ich bin nicht gerade unglücklich darüber«, räumte Daufridi ein.

Wieder wurde es still. Dann ließ sich eine helle, klare Stimme vernehmen. »Verzeiht«, sagte Rudel Correze, »ich weiß, es ist anmaßend, aber ich hätte doch eine Frage.« Daufridi und Bertran wandten sich ihm zu. »Was, Hoheit, geschieht wohl mit Valensa, wenn Gorhaut tatsächlich mit Feuer und Schwert nach Süden kommt und dieses Land erobert?«

Blaise hatte sich in Gedanken die gleiche Frage gestellt, aber Rudel hatte schon immer die flinkere Zunge gehabt. Ein typischer Portezzaner. Doch er hatte etwas bewirkt. Zum ersten Mal rutschte Daufridi unruhig auf seinem Sessel hin und her.

»Darüber habe auch ich mir schon Gedanken gemacht«, gestand er.

»Und zu welchem Schluß seid Ihr gelangt?« Das kam vom Kamin her, wo Valery saß, die kräftigen Arme vor der Brust verschränkt.

Bertran beugte sich ein wenig vor und ergänzte die Frage seines Cousins: »Angenommen, Gorhaut würde Arbonne überrennen und den ganzen Reichtum unseres Landes und seiner Seehäfen an sich bringen? Angenommen, in einem Jahr gäbe es nicht mehr sechs, sondern nur noch fünf Länder? Zu welchem Schluß mögen Hoheit wohl gelangt sein? Glaubt Ihr wirklich, Ihr könntet in diesem Fall Eure fünf Jahre Frieden genießen und... wie sagtet Ihr noch, die fruchtbaren Äcker im Norden unter Kontrolle bekommen? Wie lange würde es Eurer

Meinung nach wohl dauern, bis Ademar sich abermals nach Norden wendete?«

Blaise spürte, wie eine sonderbare Verwandlung mit ihm vorging. Die Worte der beiden Männer erschienen ihm plötzlich wie die festgefügten Formeln eines Gottesrituals im Tempel oder die allseits bekannte Eröffnung eines Spiels in der Taverne. Ein Zug folgte auf den anderen und erzwang den nächsten.

Eine leichte Schärfe war in Daufridis Stimme getreten. »Wie gesagt, ich habe darüber nachgedacht. Schlüsse habe ich vorerst noch nicht gezogen.«

Blaise sah die nächsten Züge so klar vorher, als seien sie bereits gemacht worden. »Natürlich nicht«, sagte er. »Deshalb sind Hoheit schließlich hier, nicht wahr? Ihr wolltet sehen, ob der Herzog von Talair Euch eine Lösung anzubieten hätte. Nun stellt Ihr enttäuscht fest, daß er seinerseits Eure Hilfe braucht, und das erschreckt Euch. Ihr wißt – Ihr wißt *genau*, daß es nicht in Valensas Interesse liegen kann, wenn Arbonne unter Gorhauts Herrschaft gerät. Warum also verweigert Ihr die Hilfe, um die man Euch bittet?«

Daufridi von Valensa drehte sich zur Seite und sah Blaise forschend an. Die dichten Brauen waren so drohend zusammengezogen, daß die harten, grauen Augen fast darunter verschwanden. »Nun möchte ich meinerseits eine Frage stellen«, bemerkte er kühl. »Vielleicht hätte ich das gleich zu Anfang tun sollen, bevor ich mich so freimütig äußerte. Was wollt *Ihr* hier, Garsenc? Warum seid Ihr nicht in Cortil an Ademars Hof und trefft Vorbereitungen für die ruhmreiche Eroberung, die Euer Vater und der König planen? Vielleicht fiele sogar ein Stück Land für Euch ab. Sind jüngere Söhne nicht immer auf Land versessen? Wir haben von Vaterlandsliebe gesprochen – wie steht es damit bei Euch, de Garsenc?«

Darauf hatte Blaise schon gewartet: auch diese Sätze waren vorherbestimmt, waren der nächste Zug in dem Spiel, das hier unaufhaltsam ablief. Er hätte zu gerne gewußt, ob Bertran sich das alles so zurechtgelegt hatte, ob er diese Entwicklung vorausgesehen oder etwa gar gezielt zum Höhepunkt geführt hatte.

Es war an sich nicht wichtig. Der Höhepunkt war da.

»Weil ich mich dazu durchgerungen habe, gegen Ademar von Gorhaut zu kämpfen«, sagte er. »Weil ich ihn für einen schwachen Herrscher halte, der es nicht wert ist, daß man ihm Gefolgschaft leistet. Weil ich glaube, daß er mein Volk mit dem Iersen-Vertrag verraten und verkauft hat. Weil das Gorhaut, dem meine Liebe gehört, jene Nation ist, die Corannos, der Gott der Alten, als erste von den sechs bekannten Ländern aufsuchte, jene Nation, wo die ersten Coraner schworen, dem Gott und ihren Mitmenschen zu dienen und nie vom Pfad der Tugend abzuweichen. Weil ein Überfall auf Arbonne bedeuten würde, diesen Pfad endgültig zu verlassen, um ein Reich zu errichten, das sich letztlich nicht halten ließe. Weil mein Vater das auch weiß. Er will gar nicht über Arbonne herrschen, er will es nur brennen sehen. Weil er längst jede echte Verbindung zu seinem Gott verloren hat, falls eine solche je bestand.«

Er mußte Atem holen, die Worte waren aus ihm herausgesprudelt, als sei in seinem Innern ein Damm gebrochen. Und dann gab er die endgültige Erklärung ab, machte den letzten Zug in diesem Spiel, traf seine Entscheidung:

»Und weil ich mich, noch bevor der Markt von Lussan zu Ende geht, öffentlich zum Thronprätendenten von Gorhaut erklären werde, um zu sehen, ob es in meinem Land – und anderswo – noch Männer von Ehre gibt, die sich um mich und meine Sache scharen.«

Er hörte, wie Rudel zischend den Atem einzog. Zumindest seinen Freund hatte er überrascht. Den sonst so unerschütterlichen Sproß des Hauses Correze aus der Fassung gebracht zu haben, war doch immerhin etwas.

Auch der König von Valensa zeigte Wirkung. Daufridi umfaßte mit beiden Händen die Armlehnen des Sessels und ließ sie nicht mehr los. Einen Augenblick lang schien es, als wolle er sich erheben, dann blieb er doch sitzen, obwohl es ihn sichtlich Überwindung kostete.

Wieder wurde es still im Raum. Nur das Prasseln des Feuers und die schweren Atemzüge der vier Männer waren zu hören. Von draußen, wo Bertrans Männer die Coraner des Königs unterhielten, drang lautes Gelächter herein.

»Aha«, hauchte Daufridi von Valensa schließlich. »So ist das also. Es scheint, als gäbe es doch einiges zu besprechen.«

Blaise fühlte sich schwindlig, fast benommen. Er griff nach seinem Glas und trank. Alle Bewegungen erschienen ihm unnatürlich verlangsamt. An sich sollte jetzt die Eule mit im Raum sein, Beatritz de Barbentains weiße Eule, und sie müßte sich abermals auf seine Schulter setzen, um allen zu zeigen, was für ein Narr er doch war.

Kapitel 12

»Dir ist hoffentlich klar, daß ich sie nicht zurückhaben will.« Ranald de Garsenc starrt den Mann auf der anderen Seite des Raumes wütend an. Er hat auf diese Auseinandersetzung mit seinem Vater gewartet und sich – soweit das überhaupt möglich ist – auch darauf vorbereitet. Als ihm zwei stammelnde, völlig erschöpfte Coraner die Nachricht von Rosalas Flucht nach Arbonne brachten, war das ein Schock gewesen, wenn auch kein so schwerer wie vielleicht zu erwarten. Doch das war ihm erst im Lauf des Tages klargeworden.

Als Ranald – am Morgen bei einem ersten Streit – erfahren hatte, daß Galbert auf Garsenc gewesen war, um Rosala mitzuteilen, daß er Anspruch auf das Kind erhebe, hatte er verbittert aufgelacht.

»*Du* hast sie also vertrieben«, hatte er gesagt. »Nicht ich und auch niemand sonst. Dein stürmisches Temperament, Vater. Wahrscheinlich hast du dich über sie geärgert. Und deshalb *mußtest* du sie in ihre Schranken weisen.« Galbert hatte ihn böse angesehen und dabei seine riesigen Hände immer wieder auf- und zugemacht.

»Genau so ist es gewesen, nicht wahr?« Ranald hatte nicht locker gelassen. »*Du* bist der Narr, der Versager, Vater, du ganz allein. Du hast einfach blind um dich geschlagen. Du mußtest es ihr ins Gesicht schleudern, um zu sehen, wie sie reagierte. Dabei hätte dir klar sein müssen, daß du ihr auf gar keinen Fall damit drohen durftest, dich an ihrem Kind zu vergreifen.«

»Drohen? *Ihr* Kind?« Galbert hatte in seine tiefe Stimme alle Verachtung gelegt, deren er fähig war. »So siehst du das also? Nicht etwa dein Kind? Unser Kind? Wie kann man nur ein solcher Weichling sein? Du machst mir Schande vor dem Gott und den Menschen.«

Es war ein Diener mit im Raum gewesen, und sicher hatten

hinter allen drei Türen Lauscher gestanden. König Ademars Palast in Cortil war nicht der richtige Ort für vertrauliche Gespräche. Ranald sah sich jäh in die Defensive gedrängt und war knallrot angelaufen. »Wir sprechen später weiter, wenn du dich beruhigt hast«, hatte er gesagt. »In diesem Zustand ist ohnehin nichts mit dir anzufangen. Ich werde dich zu Mittag hier erwarten, Vater.«

Damit hatte er mit raschen Schritten den Raum verlassen, bevor Galbert antworten konnte. Der Coraner im Vorzimmer hatte gerade noch Zeit gefunden, sich am Fenster zu schaffen zu machen. Ranald hatte ihn nicht beachtet. Er war mit seinem Abgang nicht unzufrieden gewesen, bis er, allein in seinen Privatgemächern im Palast, genauer über die Konsequenzen nachgedacht hatte, die sich aus dem Verhalten seiner Frau ergeben würden.

Er hatte einen Diener um Bier geschickt, sich in einen Sessel ans Fenster gesetzt und hinausgeschaut auf das Land. Der Herbstwind fegte über den Himmel, gelegentlich kämpfte sich die Sonne durch die Wolken. Der König war seit dem frühen Morgen auf der Jagd. Wahrscheinlich war bereits jemand hinterhergeritten, um ihm die Nachricht zu bringen; an Ademars Hof gab es genügend ehrgeizige Männer, die allzeit bereit waren, ihn mit Neuigkeiten zu versorgen, ganz besonders mit Neuigkeiten, die dem Ansehen des Hauses de Garsenc abträglich waren. Ranald wußte, daß Galbert als zu mächtig galt. Wahrscheinlich *war* er auch zu mächtig. Bis vor zwei Generationen hatte die Familie nicht weniger königliches Blut in den Adern gehabt als Ademars Linie, und nun war der Großpatriarch auch noch der oberste Ratgeber des Königs. Kein Wunder, daß man ihn fürchtete. Sicher gab es bei Hof nicht wenige, die über Rosalas Flucht allein deshalb frohlocken würden, weil sie für die großen de Garsencs so peinlich war.

Der Diener hatte das Bier gebracht, und Ranald hatte dankbar seinen ersten Humpen an diesem Tag geleert. Dann hatte er die Beine ausgestreckt und die Augen geschlossen. Doch er fand keine Ruhe. Seine Frau hatte ihn in ihrem letzten Brief belogen. Sie war mit ihrem Kind geflohen. Mit seinem Kind. Das inzwischen allem Anschein nach geboren war – in Arbonne.

Die Coraner, die ohne Rücksicht auf die Pferde in zwei Nächten und einem Tag über die Berge nach Norden geritten waren, um ihm diese Nachricht zu bringen, hatten nicht gewußt, ob es ein Junge war oder ein Mädchen. Dabei wäre das nicht unwichtig gewesen. Ranald war es an diesem Vormittag schwergefallen, sich über die politischen Konsequenzen des Geschehens klarzuwerden. Solche Analysen waren ohnehin nicht seine Stärke. Er wäre viel lieber mit dem König auf die Jagd geritten, und am allerliebsten wäre er auf Garsenc gewesen und hätte mit seinen Männern seine Wälder durchstreift. Er hatte sich mit geschlossenen Augen in seinem Sessel zurückgelehnt und sich Rosala mit einem Säugling vorzustellen versucht. Für einen Moment hatte er sich sogar selbst in der Rolle des Vaters gesehen. Dann hatte er die Augen geöffnet und sich aus der Bierkanne auf dem Tisch noch einmal eingeschenkt.

Mehr zu trinken hatte er nicht gewagt. Er war zu Mittag mit seinem Vater verabredet und hatte im Lauf der Jahre die schmerzliche Erfahrung gemacht, daß es ratsam war, zu solchen Anlässen halbwegs nüchtern zu erscheinen.

* * *

»Ich will sie nicht zurückhaben«, wiederholt er nun. Es ist Mittag; die Wolken sind verschwunden, die Sonne steht hoch am blaßblauen Himmel und scheint durch die Westfenster herein. Ranald bemüht sich, ruhig zu bleiben. Er tritt sogar näher an seinen Vater heran, um leiser sprechen zu können. Diesmal hat man die Diener weggeschickt. Ranald will nicht, daß dieses Gespräch im ganzen Palast, ja, in ganz Gorhaut bekannt wird.

Auch Galbert scheint sich beruhigt zu haben. Der Großpatriarch wirkt sogar bedenklich gefaßt. Bevor er antwortet, sucht er sich gezielt einen Sessel aus, um seinen massigen Leib darin zu verstauen. Er hat sich umgezogen, trägt jetzt die blaue Corannos-Robe. Blaise hatte es, bevor er fortging, stets abgelehnt, mit seinem Vater zu sprechen, wenn der im Gewand des Gottes auftrat. Einmal, genauer gesagt, das letzte Mal, als er hier war, hatte er sogar von Entweihung gesprochen. Es war wieder einmal zu einem leidenschaftlichen Wortgefecht über den Iersen-Vertrag gekommen, und am Ende war Ranalds jüngerer Bruder aus dem Zimmer und aus dem Schloß gestürmt und hatte geschworen, nie wieder nach Gorhaut zurückzukehren zu wollen, solange dieser Vertrag Gültigkeit habe. Mit der Erinnerung an diesen Abend steigt ein weiteres Bild vor Ranald auf: Seine Frau sitzt in ihrem Sessel am Feuer und weint stumm vor sich hin, während die drei Männer sich gegenseitig anschreien.

»Du willst sie also verstoßen. Eine durchaus verständliche Reaktion«, sagt jetzt sein Vater. Er hat die Hände vor dem mächtigen Bauch gefaltet. Mit wachsendem Einfluß hat er auch an Gewicht zugenommen, stellt Ranald verdrießlich fest. »Jeder andere hätte längst die nötigen Vorbereitungen für ihre Ermordung getroffen. Soll ich das für dich erledigen?«

»So wie damals beim Herzog von Talair? Nein, vielen Dank. Du bist mir in solchen Dingen nicht gründlich genug, Vater.« Bis zu einem gewissen Grad hat er sich damit revanchiert, aber das Thema ist ihm unangenehm. Im Grunde will er nämlich nicht, daß Rosala stirbt. Er will sie zwar nicht zurückhaben – soweit ist alles klar –, aber muß man sie denn gleich hinrichten, nur weil sie auf eine Drohung seines Vaters hin die Nerven verloren hat? »Mit derart überzogenen Maßnahmen erniedrigen wir uns selbst«, fügt er hinzu.

Galbert zwinkert, als sei er überrascht. Wahrscheinlich ist er es tatsächlich, denkt sein ältester Sohn. Es kommt nicht oft vor, daß Ranald bei einem Streit so klar bei Verstand ist. Wieder drohen ihn Müdigkeit und Selbstverachtung zu überwältigen. »Du willst sie also einfach laufen lassen? Damit die ganze Welt über dich lacht«, sagt sein Vater mit dieser wegwerfenden Handbewegung, die Ranald immer schon gehaßt hat. »Nun, das ist deine Sache. Ich kann nicht ewig den Mann für dich spielen. Du wirst aber hoffentlich nicht bestreiten«, fährt er übertrieben höflich fort, »daß das Kind gewisse Probleme aufwirft.«

Natürlich. Obgleich Ranald im Lauf des Vormittags erkannt hat, daß er auch in dieser Frage gespalten ist. Aber er ist überhaupt ein zerrissener Mensch, das weiß er schon seit langem.

Früher war das Leben sehr viel einfacher, damals, als er noch König Duergars Schwertführer war und nichts anders zu tun hatte, als jeden Gegner, gegen den man ihn beim Turnier antreten ließ, vom Pferd zu stoßen oder im Zweikampf zu besiegen. Vor zehn Jahren konnte er das noch ganz ausgezeichnet.

Schwierige Fragen zu durchdenken, liegt ihm weit weniger. Rosala will offenbar um jeden Preis verhindern, daß Galbert das Kind in die Hände bekommt, dafür hat sie sogar ihr Leben aufs Spiel gesetzt und sich freiwillig in die Verbannung begeben. Ranald kann ihre Haltung ja verstehen, wenn er ganz ehrlich ist, das Problem ist, er kann ihr nicht nachgeben. Schließlich steht er als Herzog von Garsenc an der Spitze des Adels von Gorhaut: sein Vater, der nächste Erbe des Titels, nachdem sein Bruder Ereibert kinderlos starb, wurde statt dessen Großpatriarch des Corannos-Ordens, ein Amt, mit dem noch mehr Einfluß verbunden ist. Rosalas Kind – Ranalds Kind – ist eine wichtige Figur in einem gewaltigen Spiel um die Macht.

»Wenn es ein Junge ist«, sagt Ranald leise, »holen wir ihn zurück. Ich werde ihr das Leben schenken, sie kann auch gehen, wohin sie will, aber das Kind muß sie herausgeben – wenn es ein Junge ist. Ein Mädchen kümmert mich nicht. Der König wird unsere Ehe scheiden, schon morgen, wenn ich ihn darum bitte, dann kann ich wieder heiraten und noch mehr Kinder zeugen. Um wenigstens dich zufriedenzustellen, Vater.« Wieder dieses bittere Lächeln. »Brauchst du sie alle für deine Pläne, oder genügen dir ein paar?«

Galbert überhört die letzten Worte. »Du meinst also, wenn das Kind ein Junge ist, holen wir es uns zurück. Und du glaubst, Rosala wäre damit einverstanden, obwohl sie ursprünglich deshalb außer Landes geflüchtet ist?« Auch er spricht leise. Auch er will sicher nicht, daß dieses Gespräch überall herumgetragen wird.

Ranald zuckt die Achseln. »Sie kann ebenfalls weitere Kinder bekommen. Wenn sie uns damit loswird, willigt sie vielleicht ein.«

»Und wenn nicht?« bohrt sein Vater weiter. Seine Ruhe ist alarmierend. »Wenn sie nicht einwilligt?«

Zu spät erkennt Ranald, worauf das Ganze hinausläuft. In

letzter Zeit ist es immer das gleiche, was Galbert de Garsenc auch anpackt. In plötzlicher Erregung springt er aus seinem Sessel auf.

»War es etwa Absicht?« faucht er. »Hast du sie gezielt so weit getrieben, daß sie die Flucht ergriff? Um diese Situation heraufzubeschwören?«

Galbert lächelt so selbstgefällig und breit, daß seine Augen fast in den Speckfalten verschwinden. »Was hast du denn gedacht? Natürlich«, murmelt er.

»Das ist eine Lüge.« Ranald spürt, wie seine Hände sich zu Fäusten ballen – an sich eine Marotte seines Vaters; er hat vergeblich versucht, sie sich abzugewöhnen. »In Wirklichkeit hat sie dich so weit getrieben, daß dir etwas herausgerutscht ist, was du an sich für dich behalten wolltest.«

Sein Vater schüttelt langsam den Kopf, daß seine Hängebacken zittern. »Nun stell dich nicht dümmer, als du ohnehin schon bist, Ranald. Warum, glaubst du, bin ich überhaupt nach Garsenc geritten? Was sollte ich denn mit einem Säugling? Ich wüßte doch gar nichts damit anzufangen. Du scheinst heute ausnahmsweise nüchtern zu sein. Nütze die Gelegenheit: Denk nach. Übrigens liegt es – allen Wahnvorstellungen zum Trotz – nur in deinem eigenen Interesse, meine Version der Geschichte zu bestätigen. Für unsere Zwecke hätte die Sache gar nicht besser laufen können.«

»Für *unsere* Zwecke? Du meinst wohl eher, für deine. Jetzt wirst du also gegen Arbonne Krieg führen, um das Kind zurückzuholen.« Es ist nicht ganz unwahrscheinlich, daß sein Vater die Wahrheit sagt und Rosala wirklich mit einem raffinierten Manöver zur Flucht provoziert hat. Er ist es gewöhnt, andere Menschen zu benutzen, und hat sein Leben lang mit solchen Methoden gearbeitet.

Jäh wird die Stille zerrissen. Die größte Tür im Raum fliegt krachend auf und prallt gegen die Wand. Vater und Sohn fahren herum. Ein Hüne steht in der Tür, Haar und Bart sind schweißnaß, die breiten Schultern und der Brustkorb voller Blut- und Grasflecken, Reithosen und Stiefel schlammverspritzt. König Ademar von Gorhaut wirft seine Reitgerte auf den Steinboden und zischt: »Ich will sie wiederhaben! Hört

Ihr, Galbert? Sie muß sofort zurückkommen!« Er ist knallrot im Gesicht, die hellen Augen sind starr vor Zorn.

»Selbstverständlich, Lehensherr«, beschwichtigt ihn der Großpatriarch. Er hat das Gleichgewicht rasch wiedergefunden. »Aber gewiß doch. Ihr spürt, wie sehr man unsere Familie gekränkt hat, und wollt uns helfen, angemessen darauf zu reagieren. Wir sind Euch zu tiefem Dank verpflichtet. Mein Sohn und ich hatten uns ohnehin gerade über unser weiteres Vorgehen unterhalten.«

»Tut, was immer Ihr wollt! Ich will sie nur wiederhaben!« wiederholt Ademar und fährt sich mit der behandschuhten Hand durchs Haar.

»Und das Kind natürlich auch«, murmelt Galbert. »Das Kind ist ungemein wichtig.«

Die tiefe, ruhige Stimme tut endlich doch ihre Wirkung. Der König von Gorhaut atmet tief durch und schüttelt den Kopf. Dann sagt er etwas besonnener: »Natürlich. Das Kind auch. Sehr wichtig. Ein Erbe für Garsenc, wenn es ein Junge ist. Natürlich.« Zum ersten Mal sieht er Ranald an, doch gleich huscht sein Blick unstet weiter.

»Wenn es ein Junge ist und man ihn uns vorenthält«, fährt Galbert de Garsenc immer noch mit dieser besänftigenden Stimme fort, »muß alle Welt einsehen, daß es unser gutes Recht ist, ihn uns mit Gewalt zu holen.«

Ademar bückt sich unvermittelt, hebt die Gerte auf und schlägt sich damit gegen das Bein. »Richtig. Nur zu! Götzland, Arimonda, Portezza ... Ihr müßt es ihnen eben so erklären, daß sie es einsehen. Tut alles, was nötig ist. *Aber ich will sie wiederhaben!*«

Er dreht sich auf dem Absatz um, und verläßt, ohne einen zweiten Blick auf Ranald zu verschwenden, mit dröhnenden Schritten den Raum. Hinter ihm erscheint ein Diener, greift mit ausdrucksloser Miene nach der schweren Tür und schließt sie. Die beiden Herren von Garsenc sind wieder unter sich.

Galbert bemerkt den Gesichtsausdruck seines Ältesten und fängt leise an zu lachen. »Schön«, sagt er. Seine Hängebacken zittern, er bemüht sich nicht, seine Erheiterung zu verbergen. »Du hast eben eine Entdeckung gemacht. Offenbar gibt es wenigstens eine Person in diesem Land, die sich nach deiner teuren Gemahlin sehnt. Auch wenn ich nicht weiß, warum.«

Ranald wendet sich ab. Ihm ist übel, er braucht etwas zu trinken. Der Anblick des hünenhaften Königs, der so erbost in der Tür steht, hat sich förmlich eingebrannt in sein Gehirn. Er kann das Bild nicht abschütteln. Sein eigener Zorn hat sich dagegen schon wieder verflüchtigt. Offenbar ist ihm im Lauf der Jahre die Fähigkeit zu starken Gefühlen abhanden gekommen.

»Für dich könnte es nicht besser laufen, wie?« fragt er leise. Jetzt steht er am Fenster und schaut auf den Innenhof des Palasts hinaus. Draußen steigen Ademars Leib-Coraner im hellen Sonnenschein von den Pferden und prahlen mit ihren blutigen Jagdtrophäen.

»Sie haben der Gattin und dem Erben des Herrn von Garsenc Asyl gewährt«, läßt sich die tiefe, klangvolle Stimme seines Vaters friedlich vernehmen, »und dafür müssen sie bestraft werden. In den Augen der Welt gibt uns das den Vorwand, den wir brauchen.«

»Und wenn sie die beiden nun ausliefern?« Ranald wendet sich vom Fenster ab. Er fragt sich, wie lange König Ademar seine Frau wohl schon begehrt. Warum ihm das bisher nie aufgefallen ist. Und schließlich, ob sein Vater den König in seinen Wünschen am Ende noch unauffällig bestärkt hat. Um ein weiteres Werkzeug, ein weiteres, politisches Instrument zu haben. An sich sollte er den König zum Zweikampf fordern. Es wäre seine Pflicht. Aber er weiß, daß er es nicht tun wird. Ranald verabscheut seine eigene Schwäche, aber er braucht bald etwas zu trinken, lange hält er nicht mehr durch.

Sein Vater schüttelt den Kopf. Ranald erinnert sich, daß er ihm eine Frage gestellt hat. Er kann sich kaum noch konzentrieren. »Ausliefern? Arbonne? Das sich von Frauen beherrschen läßt?« Der Großpatriarch lacht. »Dazu wird es nicht kommen. Arbonne zerstört sich lieber selbst, bevor es uns eine Frau und ein Neugeborenes ans Messer liefert.«

Ranald hat einen gallebitteren Geschmack im Mund. »Oder du nimmst ihnen die Arbeit ab.«

»Das gedenke ich zu tun.« Zum ersten Mal hebt Galbert de Garsenc seine prachtvolle Stimme. »In Corannos' Namen und um seines ewigen Ruhmes willen werde ich dieses Eitergeschwür weiblicher Verderbnis zerstören. Danach geht all mein Sinnen und Trachten, mein ganzes Leben ist auf dieses Ziel hin ausgerichtet.«

»Und nun bist du ihm schon so nahe.« Ranalds Stimme ist schroff geworden. Er weiß, daß er nicht mehr lange bleiben kann. Wird er am Ende noch krank? Das Bild des Königs will ihm nicht aus dem Kopf. »Alles hat sich nach deinen Wünschen gefügt. Erst Duergars Tod und der Vertrag, dann Rosalas Flucht, und nun hast du auch noch Ademar in der Hand.« Er ist zu laut geworden, aber das ist ihm jetzt egal. »Nun braucht das Kind nur noch ein Junge zu sein, damit du auch den anderen Ländern deine Pläne schmackhaft machen kannst.«

»Ganz richtig erkannt.« Sein Vater lächelt wohlwollend. »Mein Sohn, ich bin angenehm überrascht. Ich habe den Gott auf Knien angefleht. Nun kann ich nur hoffen, daß Corannos meine Worte gehört hat und mich einer Antwort für würdig erachtet, auf daß ich bald ausziehen kann mit Feuer und Schwert in seinem allerheiligsten Namen. Du hast ganz recht, das Kind braucht nur noch ein Junge zu sein.«

* * *

Rosala trat aus dem Zimmer, wo ihr Sohn schlief, und ging den Korridor entlang. Cadar war in der Obhut der Amme, die man für ihn besorgt hatte, und außerdem wohnte die jüngere der beiden Priesterinnen, die ihr bei der Entbindung beigestanden hatten, bis zum Ende seiner ersten Lebenswoche noch auf Barbentain. In Arbonne gab man gut auf kleine Kinder acht, stellte sie fest, jedenfalls wenn sie aus adeligem Hause stammten. Gewisse Erscheinungen waren wohl überall auf der Welt gleich. Rosala hatte ihre Zweifel, daß man um das Kind der Amme in ihrem Dorf ebenso besorgt gewesen war. Sie wußte nur, daß es gestorben war, wie oder warum, wollte sie nicht wissen. Kinder starben so leicht. Im allgemeinen empfahl man den Müttern, ihr Herz im ersten Jahr nicht allzu sehr an die Kleinen zu hängen, um nicht völlig zu verzweifeln, wenn sie ihnen genommen wurden. Ein Ratschlag, den Rosala schon vor Jahren gehört hatte. Damals hatte er ihr eingeleuchtet. Jetzt dachte sie anders. Konnte eine Frau denn umhin, ein so winziges, so hilfsbedürftiges Geschöpfchen zu lieben, wenn es erst einmal in ihren Armen lag? Sie war unsäglich dankbar für die Fürsorge, die man Cadar angedeihen ließ. Nach der alptraumhaften Reise im ungefederten Wagen des Schaustellers schien sie hier in einem sicheren Hafen gelandet zu sein.

Doch sie kannte die Welt und wußte, daß der Schein trog. Man würde ihr nicht so ohne weiteres gestatten, mit ihrem Kind friedlich bei der alten Gräfin zu leben, den Liedern der Troubadoure und Joglares zu lauschen, die das Schloß besuchten, oder über die Felder am Fluß zu reiten, während die Jahre vergingen und Cadar erst zum Kind und dann zum Mann heranwuchs. In Gorhaut waren Frauen schon dafür hingerichtet worden, daß sie es gewagt hatten, ihren Ehemännern in der Öffentlichkeit eine vorlaute Antwort zu geben. Womit hätte dann erst eine Frau zu rechnen, die mit ihrem Kind außer Landes geflohen war? Und nicht etwa irgendeine Frau mit irgendeinem Kind. In dem Zimmer, das sie eben verlassen hatte, schlief der Erbe der Herzöge von Garsenc, und solange Ademar unvermählt blieb, stand Cadar dem Thron gefährlich nahe, genauer gesagt, an dritter oder vierter Stelle in der Thronfolge, je nachdem, ob man den enterbten Blaise mitzählte oder nicht.

Es war im Grunde unwichtig. Gorhaut würde kommen, um Cadar und vermutlich auch sie selbst zu holen. Zunächst würde man noch die Form wahren und prächtig gekleidete Sendboten schicken, die mit gestelzten Reden, mit honigsüßen Briefen und mit Geschenken an die Gräfin appellieren sollten. Die Geschenke würden ausgesucht kostbar sein, das lag in der Natur der Sache, die Ansprachen wortreich und überaus höflich und die Briefe voll von unverhüllten Forderungen, kalt und präzise formuliert und gestützt von Ultimaten, die nichts der Fantasie überließen.

Rosala überlegte, ob sie vielleicht ein Schiff nach Osten besteigen sollte, um Arbonne von ihrer Gegenwart zu befreien. Vielleicht fand sie an den fernen Höfen der sagenhaften Magierkönige ein Zuhause für sich und Cadar. Doch auch das war Illusion. Sie wußte, was weiße Frauen in den Palästen und auf den Bazaren jener Länder, die die Welt mit Gewürzen und Seide belieferten, zu erwarten hatten, und sie wußte auch, was man dort mit kleinen Knaben anzustellen pflegte.

Aus dem Großen Saal drangen Musik, Stimmengemurmel und Gelächter herauf. Wann hatte sie zum letzten Mal ein Lachen gehört, das nicht gehässig klang? Man hatte ihr gesagt, an diesem Abend trete ein junger Künstler aus Orrèze auf, der hervorragende Musik zum besten gebe. Sicher hätte niemand etwas dagegen einzuwenden, wenn sie hinunterginge. Doch sie fühlte sich noch zu erschöpft und angeschlagen, um sich in der Öffentlichkeit zu zeigen. Allein sein zu dürfen, war eine Seltenheit in ihren Kreisen, nicht weniger kostbar als alle anderen Geschenke, die sie auf Barbentain empfangen hatte.

Vorsichtig ließ sie sich in einer Fensternische nieder, um zu lauschen. Etliche Kissen milderten die Härte der steinernen Bank. Das Fenster war aus buntem Glas und zeigte, kunstvoll eingeätzt, eine grüne Insel im Meer. Rosala beugte sich vor, öffnete es einen Spalt und ließ den leichten Wind eindringen. Das Licht des blauen Mondes fiel auf ihr Gesicht. Riannon nannte man ihn hier, nach der Göttin, nicht Escoran nach dem Gott. Nur wegen dieses Unterschieds sollte Arbonne zerstört werden.

Sie schob den Gedanken rasch von sich: Argument und Schlußfolgerung waren zu einfach. Und dabei war doch nichts einfach auf dieser Welt.

Unten rauschte der Fluß durch die Nacht und begleitete mit weichem, unablässigem Gemurmel den Gesang des Joglars. Heute war es kühl auf der Insel Barbentain; Rosala zog den wollenen Umhang, den man ihr gegeben hatte, fester um sich. Doch die frische, klare Luft erquickte sie und gab ihr die beruhigende Gewißheit, daß es für Cadar das beste gewesen war, hierherzukommen. Die nächsten Züge in diesem großen Spiel lagen nicht mehr in ihrer Hand. Ihr eigenes Leben war plötzlich sehr eng geworden, alles drehte sich um den Herzschlag eines einzigen Geschöpfs. Sie spürte – an sich war es zum Lachen – das Bedürfnis, den Gang zurückzugehen und noch einmal nach dem schlafenden Kind zu sehen. Seltsam, wie schnell und vollständig einen die Liebe zurückerobern konnte.

Ihr Vater war der letzte Mensch gewesen, den sie geliebt hatte, und er war vor fast zwei Jahren an der Iersen-Brücke gefallen. Ihre Mutter war ihm im letzten Jahr der Pest vorausgegangen. Ihrem Bruder Fulk brachte sie keine wirklich innigen Gefühle entgegen, und umgekehrt war es genauso. Er würde sich nicht an die Spitze der Meute setzen, die sie zurückholen wollte, aber er würde auch nicht die Stimme erheben, um diese Meute aufzuhalten. Immerhin war er ein guter Verwalter für Savaric, und das rechnete sie ihm hoch an. Die Ländereien ihrer Familie lagen unmittelbar an der neuen Grenze, dem Iersen, und waren für Überfälle aus Valensa völlig offen. Falls der Vertrag irgendwann nicht mehr hielte, wären sie noch mehr gefährdet.

Und er würde nicht halten, das hatte Fulk ihr im letzten Jahr anvertraut, als sie, eine Seltenheit, beide zugleich in Cortil waren. Friedensabkommen dieser Art hätten niemals Bestand, doch Gebiete, die lange genug in fremder Hand gewesen seien, müsse man für immer verloren geben. Er hatte leise gesprochen, und nur zu ihr allein. Fulk de Savaric war viel zu vorsichtig, um den einflußreichen Großgrundbesitzer herauszukehren und offen Kritik zu üben, noch dazu, wenn ein neuer König auf dem Thron saß. Sein Vater hätte die Zustände sicher lautstark verurteilt, ohne sich um die Folgen zu scheren.

Genau wie Blaise de Garsenc, bevor er zum ersten Mal das Land verließ, und auch ein Jahr später, bei seinem so gründlich mißglückten Besuch in der Heimat.

Der Gedanke an Blaise bedrückte Rosala. Sie wußte, daß er zusammen mit dem Herzog von Talair hier in Lussan war. Sie bräuchte ihm nur eine Botschaft zu schicken, unmißverständlich oder verschlüsselt, das lag bei ihr, und er würde kommen. Ob er wohl inzwischen erfahren hatte, daß sie im Schloß war? Die Priesterinnen hatten ihr erzählt, der ganze Markt rede von nichts anderem als von der vornehmen Dame aus Gorhaut, die man so kurz vor der Niederkunft in den Tempel gebracht hatte. *Othon*, hatte sie wehmütig gedacht; es wäre wider seine

Natur gegangen, die Geschichte für sich zu behalten, und sie hatte an sich auch kein Recht, das von ihm zu erwarten.

Auf das Gerede der Leute hatte Blaise jedoch noch nie gehört, und En Bertran de Talair hatte ihr in die Hand hinein versprochen, ihn erst dann aufzuklären, wenn sie ihr Einverständnis gab. Wahrscheinlich – der Gedanke durchfuhr sie wie ein Stich – hatte Blaise nicht einmal gewußt, daß sie ein Kind erwartete. Seit jener Nacht, in der er zum zweiten Mal die Heimat verließ, hatten sie nichts mehr voneinander gehört.

Rosala erinnerte sich noch gut daran. Und jetzt, in Arbonne, am offenen Fenster, das Raunen des Flusses und die leise Musik aus dem Treppenhaus in den Ohren, kehrte sie im Geist zurück in jene dunkle Winternacht. Am Himmel war kein Stern zu sehen, ein Sturm tobte um die Mauern von Schloß Garsenc, Schnee und Eiskörner prasselten gegen die Fenster. Drinnen ging es noch wüster zu. Sie hatte mit anhören müssen, wie Vater und Söhne sich gegenseitig verfluchten, sich die schlimmsten Vorwürfe ins Gesicht schleuderten, mit unverzeihlichen Beleidigungen bittere Wunden schlugen. Von niemandem beachtet hatte sie in ihrem Sessel am Feuer gesessen, leise vor sich hingeweint und sich ihrer eigenen Schwäche geschämt. Wie hatte sie sich danach gesehnt, den Raum verlassen, sich dem irrationalen, tödlichen Haß der Garsenc-Sippe entziehen zu können, aber ohne Ranalds Erlaubnis durfte sie nicht gehen, und wenn sie eine Bitte äußerte, würde man auf sie aufmerksam werden. Sobald der Vater sich ihrer erinnerte, würde sie sein nächstes Opfer sein.

So war sie jämmerlich frierend neben dem niedergebrannten Feuer sitzengeblieben, während die Tränen auf ihren Wangen erkalteten. Niemand hatte Holz nachgelegt, die Diener hatten vorsichtshalber das Feld geräumt. Endlich hatte ihr Schwager in blinder Raserei mit heiserer Stimme die letzten Verwünschungen gegen Vater und Bruder ausgestoßen – hatte den einen des Verrats an Gorhaut bezichtigt, ihn unwürdig gescholten, dem Gott ein Greuel, den anderen als Trunkenbold und Feigling geschmäht – und war hinausgestürmt in die wilde Nacht. Sie hatte ihm unter Tränen beigepflichtet. Blaise de Garsenc war ein kalter, harter, bitterer Mann, von dem sie nie so etwas wie Güte oder Herzlichkeit erfahren hatte, doch was die beiden anderen anging, hatte er recht. Und wie recht er hatte.

Als man sich irgendwann doch zurückzog, hatte sie lange wachgelegen. Ranald war im Nebenzimmer sofort eingeschlafen, sie hatte sein Schnarchen durch die geschlossene Tür gehört. Manchmal führte er Selbstgespräche in der Nacht oder wimmerte wie ein Kind, das schlimme Träume hat. In den ersten Monaten ihrer Ehe hatte sie noch versucht, ihn zu beruhigen, wenn das geschah; inzwischen hatte sie es längst aufgegeben. Vor Angst und Kälte zitternd, hatte sie dem Heulen des Windes gelauscht und auf Blaises Rückkehr gewartet. Er mußte ja noch seine Sachen holen, bevor er ging. Als sie endlich die schweren Tritte seiner Stiefel im Korridor vernahm, war sie aufgestanden und mit bloßen Füßen über den bitterkalten Steinboden zu seinem Zimmer gegangen.

Sie klopfte nicht an. Er war dabei, im Schein einer Kerze seine Satteltaschen zu packen. Auf seinen Kleidern lag noch der Schnee, im rötlichbraunen Haupt- und Barthaar hingen kleine Eisklumpen. Sie hatte nur ihr Nachthemd an, das blonde Haar hing ihr offen über die Schultern. So hatte er sie gewiß noch nie gesehen. Im ersten Moment starrten sie sich an wie versteinert, als wagten sie nicht, die nächtliche Stille im Schloß zu brechen, dann fragte Rosala so leise, daß ihre Worte nicht über den Raum, ja, nicht einmal über den Lichtkreis der einen Kerze hinausdringen konnten: »Willst du mich nicht lieben? Ein einziges Mal nur, bevor du gehst?«

Und Blaise kam zu ihr, nahm sie in die Arme, legte sie auf sein Bett. Ihr goldenes Haar bedeckte sein Kissen, sie hob die Hüften an, mit leisem Rascheln schob er ihr das Nachthemd bis zur Taille hinauf. Dann blies er die Kerze aus, streifte seine nassen Kleider ab und nahm sie im Dunkeln, bevor er abermals seine Heimat verließ. Stumm nahm er sie, von Zorn und Bitterkeit erfüllt, durchdrungen von dem ewigen, unstillbaren Schmerz über seine eigene Ohnmacht. Sie spürte keine Liebe in diesem Raum, keine Liebe zwischen sich und ihm, kein einziges Fünkchen.

Und es kümmerte sie nicht.

Sie hatte gewußt, was ihn dazu veranlassen, ja, dazu treiben würde, sich in dieser Nacht an ihr zu vergreifen, und es hatte sie nicht gestört. *Ich bin zu allem bereit*, hatte sie sich geschworen, während sie in ihrem kalten Bett auf seine Rückkehr wartete, und dann hatte sie ihren Mut zusammengenommen. Für dieses eine, einzige Mal war sie wirklich zu allem bereit gewesen.

Und später, in seinem Zimmer, im Dunkeln, während draußen der Wind pfiff und heulte, noch einmal der gleiche Gedanke: sie wollte gern alles ertragen – die Hände, die so hart zupackten, die ersten, drängenden Stöße, die immer rascher werdenden, erregten Atemzüge – solange sie nur das Kind empfing, das Ranald ihr nicht geben konnte.

Danach sprach er einmal ihren Namen. Das würde sie ihm nicht vergessen.

* * *

Das alles fiel ihr jetzt, auf Barbentain, in der dunklen Fensternische wieder ein. Und plötzlich bekam es eine tiefere Bedeutung. Nicht so sehr für sie selbst – sie gab sich in dieser Beziehung keinen Illusionen hin – aber für Cadar. Vernünftig oder nicht, im Nachhinein erschien es ihr wichtig, daß bei der Empfängnis ihres Kindes wenigstens mit diesem einen Wort ein Band geknüpft worden war. Ironie des Schicksals, daß ausgerechnet der Mann dafür gesorgt hatte; sie selbst hatte sich so völlig in ihr Anliegen verrannt, daß sie nicht fähig gewesen war, die Hand auszustrecken. Was hätten wohl die Priesterinnen der Göttin dazu gesagt? Was ereignete sich nach ihrer Überzeugung, wenn Corannos und Rian in Liebe zueinanderfanden – falls das jemals geschah? Sie wußte so gut wie nichts über die religiösen Gepflogenheiten hier in Arbonne, kannte nur die Zerrbilder, die in Gorhaut von den Brüdern des Gottes mit unverhohlenem Abscheu verbreitet wurden. Ob sie wohl lange genug hierbleiben würde, um die Wahrheit zu erfahren?

Schritte kamen durch den Korridor. Die Amme, dachte sie in jähem Schrecken und wollte schon aus der Nische treten. Doch kurz vor ihrem Versteck hielten die Schritte inne, eine unbekannte Frauenstimme begann zu sprechen, und eine Männerstimme antwortete. Rosala blieb reglos im Schatten sitzen. Im nächsten Augenblick begriff sie. Hier wurde ein Mord geplant.

»Rasch und lautlos soll es gehen«, sagte die Frau nervös in hartem Arbonnais. »Das soll ich Euch noch einmal eigens sagen.«

»Ein Dolch macht im allgemeinen nicht viel Lärm«, antwortete der Mann belustigt. Es war eine tiefe, selbstbewußte Stimme.

»Ihr versteht mich nicht. Sie will damit nicht in Verbindung gebracht werden. Man wird die Leiche fortschaffen müssen, ohne daß jemand davon erfährt. Sie sagte, es wäre am besten, wenn er Euch nicht sähe, sonst schreit er vielleicht.«

»Aha. Sie will ihn also ablenken? Damit er nicht mehr wahrnimmt, was ringsum geschieht? Findet sie das etwa aufregend? Will sie hinterher am Ende noch mehr von mir?«

»Ihr braucht nicht ordinär zu werden«, tadelte die Frau.

Der Mann lachte leise. »Keine Sorge. Ich richte mich da ganz nach deiner Herrin. Wenn sie Blut lecken will, muß sie es sagen. Aber sehen muß er mich, sonst hat alles keinen Sinn. Er muß wissen, wer ihn tötet.«

»Er könnte um Hilfe rufen. Wir dürfen nicht riskieren ...«

»Das wird er nicht. Ein Mann wie er ruft nicht so leicht um Hilfe. Und er wird auch nicht viel Zeit dazu haben, das verspreche ich dir. Nun komm schon, welche Tür? Mir sitzt ein Gespenst im Nacken, und ich zaudere schon viel zu lange.«

Dann gingen zwei Gestalten an Rosala vorbei. Ihre Schatten folgte ihnen zunächst und überholten sie, als sie die Wandfackel im leeren Korridor passierten. Rosala drückte sich mit dem Rücken ans Fenster. Unten im Großen Saal sang der Joglar von ewiger Liebe und unerfüllter Sehnsucht. Keiner der beiden drehte sich nach ihr um. Sie kannte weder den Mann, noch die Frau. Vor einer Tür verharrten die Schritte. Rosala hielt den Atem an und beugte sich ein wenig aus der Nische. Der Mann zog lächelnd einen Dolch aus dem Gürtel, öffnete die Tür und schlüpfte, lautlos und federnd wie eine Katze in den dahinterliegenden Raum. Die Tür fiel ins Schloß. Von drinnen war kein Laut zu hören. Die Frau zögerte einen Moment, und Rosala sah, wie sie hastig die Finger spreizte, um das Unglück abzuwehren. Dann eilte sie weiter den Korridor entlang und huschte am anderen Ende die Treppe hinunter.

Nun war alles still, nur die Stimme des Sängers drang, traurig und melodiös, schwach von unten herauf. Rosala schlug die Hände vors Gesicht. Gleich würde etwas Schreckliches geschehen. Sie könnte natürlich schreien, um Hilfe herbeizurufen. Vielleicht würde die Hilfe auch noch rechtzeitig eintreffen, aber sehr wahrscheinlich war es nicht.

Eine Frau wie sie schrie nicht so leicht um Hilfe.

Sie beruhigte sich mit einem tiefen Atemzug und dachte angestrengt nach. Ihre erste, ja, ihre *einzige* Aufgabe war es, Cadar zu beschützen und für ihre eigene Sicherheit zu sorgen, denn sie war der einzige Mensch, den er hatte. Darüber ließ sich nicht streiten, und so blieb ihr nur eine einzige Wahl.

Rosala de Savaric stand auf, warf einen Blick nach hinten, wo ihr neugeborener Sohn schlief, und ging dann entschlossen in die andere Richtung. Sie war und blieb die Tochter ihres Vaters. Sie würde nicht stumm in einer Fensternische sitzen und tatenlos zusehen, wie in einem Schloß, wo man sie freundlich aufgenommen hatte, ein Mord geschah.

Zufällig wußte sie sogar, durch wessen Tür der Mann mit dem Dolch soeben verschwunden war. Seit der Ankunft dieses Gastes durchzog eine ganz eigentümliche Mischung aus Gewürz- und Parfumdüften den gesamten Korridor. Und die Priesterinnen und die Amme redeten seit zwei Tagen von nichts anderem mehr. Vor der Tür zögerte Rosala einen Moment und warf einen letzten Blick zurück zu Cadars Zimmer. Dann straffte sie die Schultern wie einst ihre Mutter, öffnete die Tür und betrat Lucianna Delonghis Gemächer.

* * *

Daufridi und seine Eskorte verließen den Gasthof als erste. Bertran ließ ihnen einen gewissen Vorsprung, dann ritt auch er mit seinen Begleitern durch die Bäume zum Westufer des Flusses hinab und nach Lussan zurück. Gleich hinter dem Stadttor wollte sich der Herzog von den anderen trennen.

Er sah Blaise zögernd an, dann grinste er im Mondschein

wie ein Wolf. »Ich hatte ganz vergessen – der Baron von Kastell Baude ist heute morgen eingetroffen. Ich wollte Mallin noch rasch guten Tag sagen, bevor er schlafen geht. Soll ich Grüße von dir bestellen?«

Blaise fand Bertrans unerschöpfliche Energie auf diesem Gebiet immer noch beunruhigend, auch wenn er seit dem Gespräch mit Ariane de Carenzu manches besser verstand. Eben hatte der Herzog von Talair noch ernste und tiefgründige Gespräche über das Schicksal seines Landes geführt, und nun stand ihm schon wieder der Sinn nach nächtlichen Eskapaden.

Blaise zuckte die Achseln. »Ich bitte darum«, murmelte er. »Auch an Soresina, falls du sie zufällig siehst.«

Wieder blitzten Bertrans Zähne auf. »Ihr braucht nicht auf mich zu warten. Die Sonne wird mich heimwärts geleiten, wenn der Tag anbricht.« Das sagte er immer, es war der Refrain eines Liedes, das er vor vielen Jahren geschrieben hatte. Dann wendete er sein Pferd und verschwand in den Schatten.

»Können wir ihn denn allein lassen?« fragte Rudel. »Unter diesen Umständen?« Unglaublich, dachte Blaise: die Frage kam ausgerechnet von dem Mann, der Bertran noch vor drei Monaten nach dem Leben getrachtet hatte.

»Er wird nicht allein sein«, antwortete Valery leise und schaute die Gasse entlang, in die sein Cousin geritten war. »Paßt auf!« Im nächsten Moment kamen drei Reiter aus der Dunkelheit gesprengt und folgten dem Herzog. Als sie die Fackeln an der Stadtmauer passierten, hob einer die Hand und winkte. Valery winkte zurück. Als Blaise die Tracht erkannte, wich seine Besorgnis: offenbar hatte die Gräfin von Arbonne Vorkehrungen getroffen, um ihren eigenwilligen Herzog zu beschützen.

»Folgen sie ihm bis in die Schlafgemächer?« fragte er.

Valery lachte leise und nahm die Zügel an. »Wir gehen davon aus«, sagte er, »daß er dort selbst auf sich aufpassen kann.«

Rudel lachte. »Weiß er, daß er beschattet wird?«

»Anzunehmen«, antwortete Valery. »Vermutlich amüsiert er sich darüber.«

»Er scheint sich über sehr vieles zu amüsieren«, bemerkte Rudel.

Valery drehte sich im Sattel um und sah ihn an. »Über vieles, aber nicht alles. Laßt Euch nicht täuschen, jedenfalls nicht, wenn Ihr bei uns bleiben wollt. Der Mann, der heute abend mit Daufridi sprach und ihn überzeugte, das war der wahre Bertran. Vieles andere, auch was er jetzt gerade tut, ist nur Teil einer einzigen, lebenslangen Flucht.«

Eine Pause trat ein. »Wird diese Flucht gelingen?« Die Frage klang nachdenklich. Rudel Correze war ein ausnehmend kluger Mann.

Blaise sah wieder das Treppenhaus von Kastell Baude vor sich, sah die Flasche Seguignac von Hand zu Hand gehen. »Ich glaube nicht«, sagte er leise. »Deshalb gibt er sich ja solche Mühe. Ich finde«, sagte er zu Valery, »er hätte Urté de Miraval längst töten sollen.«

Sie ritten soeben unter einem Torbogen hindurch, der die ganze Straße überspannte, und so lag Valerys Gesicht im Schatten. »Ich finde das auch«, sagte Bertrans Cousin endlich, als sie wieder ins Licht des blauen Mondes eintauchten, das schräg über die steilen Dächer fiel. »Aber wir sind schließlich keine Dichter, außerdem ist da noch das Kind.« Alter, müder Zorn klang aus seiner Stimme, noch war die Glut unter der Asche nicht erloschen.

»Das«, sagte Rudel, »wird man mir erklären müssen.«

»Ein andermal«, vertröstete ihn Blaise. »Für heute ist die Geschichte zu verworren.«

Sie ritten weiter. Um den Markt herum waren etliche Straßen beleuchtet, aber es herrschte nicht viel Verkehr. Der Markt von Lussan war, wie alle derartigen Veranstaltungen, schon deshalb nicht mit einem Karneval zu vergleichen, weil er einen ganzen Monat dauerte. Nicht einmal Bertran de Talair, dachte Blaise, hätte einen ganzen Monat voll zügelloser Exzesse überlebt. Auf den Märkten wurden in erster Linie Geschäfte gemacht, das Nachtleben war allenfalls das Salz in der Suppe.

Genau über dieses Nachtleben schien sich Rudel, wie vielleicht nicht anders zu erwarten, jedoch Gedanken zu machen, als sie unter den beiden Laternen vor den honiggelben Mauern des Talair-Palasts absaßen und die Pferde nach hinten zu den

Ställen führten. Ein Stallknecht trat verschlafen aus den Schatten und nahm ihnen die Tiere ab. Zu dritt gingen sie zur Eingangstür zurück. Als sie wieder unter den Laternen standen, hatte Rudel diesen gewissen Ausdruck im Gesicht, den Blaise nur zu gut kannte.

»Ich wüßte da eine hübsche Taverne«, sagte er, »gleich hinter dem portezzanischen Marktbezirk. Sollen wir diese Nacht wirklich schon beenden, oder können wir noch einen Rest von Energie zusammenkratzen? Ich würde den Thronprätendenten von Gorhaut gern zu einem Glas Wein einladen.«

Valery sah sich rasch um, aber Rudel hatte bewußt leise gesprochen, und der Platz vor dem Haus war leer. Trotzdem schlug Blaises Herz bei dieser Anspielung auf seine Erklärung heute abend schneller. Auf jeden Fall hatte sie Ergebnisse gezeitigt.

Es scheint, als gäbe es doch einiges zu besprechen, hatte Daufridi von Valensa gesagt und Blaise mit zusammengezogenen Brauen durchdringend angesehen, um dann aufmerksam zuzuhören, während Bertran de Talair eine Reihe von Vorschlägen umriß, die bisweilen überraschend, in einem Fall geradezu beängstigend waren.

Jetzt, auf der Straße vor dem Haus, schüttelte Valery den Kopf. »Ich fühle mich heute wie ein alter Mann. Eure Pläne sind zu verwickelt, als daß mein armer Kopf noch folgen könnte. Mein Bett ruft nach mir. Geht ihr beiden nur allein. Man bleibt nicht ewig jung.«

Auch Blaise war hin- und hergerissen: einerseits sehnte er sich nach seinem ruhigen Zimmer, andererseits war er innerlich so aufgewühlt, daß er irgendwie Dampf ablassen mußte. Wenn Rudel in früheren Zeiten vorgeschlagen hatte, eine Nacht durchzufeiern, hatte er selten abgelehnt.

Aber in jenen Monaten in Götzland und später in Portezza, nachdem er Gorhaut zum ersten Mal verlassen hatte, war wohl auch er – die Erkenntnis kam ganz plötzlich, wie eine jähe Erleuchtung – irgendwie gehetzt, auf der Flucht gewesen. Nun hatte ihn der Weg in vielen Windungen über zahllose Tavernen und Städte, über Turniere, Höfe und Burgen, durch Tage und Nächte, über Schlachtfelder im Morgennebel und über einen Mord in Faenna an diesem kühlen, arbonnesischen Herbstabend nach Gorhaut zurückgeführt, in seine Heimat und zum Iersen-Vertrag, den er – er hatte es zweimal geschworen, zum letzten Mal beim Blut seiner Mutter in einer stürmischen Nacht auf Garsenc – niemals anerkennen würde.

Die Schwüre jüngerer Söhne, auch wenn sie aus den mächtigsten Familien stammten, wogen meist nicht schwer in dieser Welt. Doch in dieser Nacht hatte es so ausgesehen, als bilde sein Gelübde eine Ausnahme von dieser Regel. Vielleicht waren auch die Pfade der Torheit noch breiter, ebener und einladender, als man gemeinhin annahm, und er war soeben im Begriff, gründlich in die Irre zu laufen.

An Schlaf war jedenfalls nicht zu denken. Valery wandte sich mit einem schiefen Lächeln von den beiden ab, ging zur Tür des Palasts und klopfte leise an. Das Gitter vor dem Guckloch glitt auf, dann öffnete der wachhabende Coraner die Tür. »Gute Nacht«, rief Bertrans Cousin über die Schulter. »Seid möglichst leise, wenn ihr zurückkommt. Ich werde nämlich schlafen, soviel ist sicher.«

Blaise sah ihm noch einen Moment nach, dann wandte er sich an Rudel. Der Freund stand unter der Laterne, hatte den Kopf schiefgelegt und die Augenbrauen erwartungsvoll hochgezogen – eine Pose, die Blaise nur allzu vertraut war. Valery hatte vorhin erklärt, Rudel habe große Ähnlichkeit mit dem jungen Bertran. Jetzt mußte Blaise ihm recht geben.

»Übernimm du die Führung«, sagte er. »Wenn die Sache so weitergeht, wie sie begonnen hat, und wenn du das Rennen tatsächlich bis zum Ende mitlaufen willst, dann haben wir heute womöglich zum letztenmal die Chance, als einfache Coraner eine Taverne zu besuchen.«

Sie setzten sich in Marsch. »Das Rennen mitlaufen?« Rudels Stimme schraubte sich empört in die Höhe. »Glaubst du etwa, du wirst mich jetzt noch los?« Er bog um eine Ecke und strebte dem schwachen Lichtschein über dem Marktviertel zu. Es war eine herrliche Nacht, klar wie ein Schäfertraum. »Das Spiel ist so spannend, daß ich nicht für alles Geld meines Vaters vorzeitig aufhören würde.«

»Großartig«, murrte Blaise. »Freut mich, daß ich wieder einmal zu deiner Unterhaltung beitragen kann. Was würde eigentlich passieren, wenn ich an deinen Vater schriebe und ihn um all sein Geld bäte, weil wir nichts mehr zum Leben haben?«

Rudel Correze lachte. Er lachte immer noch, als sechs Männer zwischen zwei Häusern herausgelaufen kamen und ihnen mit gezücktem Bogen auf beiden Seiten den Weg versperrten.

Dann war es ganz still in der dunklen Straße, nur weit vorne und weit hinten brannten ein paar Lichter. Blaise betrachtete die Schützen – sie wirkten tödlich entschlossen – und dachte kurz an Bertran, der sich irgendwo in der Stadt mit Soresina de Baude vergnügte, und an Valery, der im Palais Talair langsam die Wendeltreppe hinaufstieg, um sich friedlich schlafen zu legen.

»Ich finde das«, hörte er Rudel sagen, »nicht im mindesten komisch. Ich hatte mich auf dieses Glas Wein im *Senhal* sehr gefreut. Ihr wißt hoffentlich«, er hob die Stimme, damit ihn die stummen Männer auch gut hören konnten, »daß ich Vitale Correzes Sohn bin. Wenn Ihr uns noch weiter belästigt, seid Ihr des Todes – und es wird kein angenehmer Tod sein.«

Eines mußte man Rudel lassen, dachte Blaise und nützte das Ablenkungsmanöver seines Freundes, um die finstere Straße und die Seitengassen nach einem Fluchtweg abzusuchen, er hatte niemals Hemmungen, sich auf seinen Vater zu berufen. Vielleicht war das normal, wenn man ein gutes Verhältnis hatte. Blaise wäre lieber gestorben, als sich mit Galbert de Garsencs noch berühmterem Namen aus der Affäre zu ziehen.

Durchaus möglich, daß er in diesem Punkt beim Wort genommen wurde. Das waren keine gewöhnlichen Banditen oder Straßenräuber. Blaise hatte ein flaues Gefühl in der Magengrube. Einer der Bogenschützen kam ihm bekannt vor. Die Tracht war – natürlich – nicht zu identifizieren, aber er war fast sicher, den Mann, der ihm am nächsten stand, schon einmal gesehen zu haben. Hatte er nicht letzten Sommer in Tavernel am Mittsommerabend neben En Urté de Miraval im Eingang der *Liensenne* gestanden?

»Ich kenne die Leute, denke ich«, raunte er Rudel zu. »Könnte unangenehm werden.«

»Daß es ein Vergnügen wird, hatte ich auch nicht erwartet«, gab Rudel bissig zurück. »Du nach links, ich nach rechts?« Mit ihren Schwertern hatten sie gegen die Bogenschützen keine Chance, aber Blaise hatte keinen besseren Plan. Hier waren die Straßen menschenleer, und der Markt war weit. Sie konnten nur hoffen, daß die Bogenschützen bei der schlechten Beleuchtung nicht treffen würden.

»Es tut mir leid«, sagte er. »Du warst besser dran, als du noch böse auf mich warst.«

»Nicht unbedingt. Ärger ist schlecht für Herz und Leber. Sagt jedenfalls der Arzt meines Vaters. Er empfiehlt ein beschauliches Dasein. Man könnte es ja einmal damit versuchen.«

Blaise war schon auf dem Sprung, um loszurennen, sobald Rudel das Zeichen gab. Nun fragte er sich kurz, warum keiner von den Schützen ein Wort gesprochen oder auch nur eine Handbewegung gemacht hatte.

Als vier weitere Männer rasch aus dem Durchgang zwischen den beiden Häusern kamen und hinter ihnen Posten bezogen, begriff er. Wozu Befehle geben, wenn es genügte, seine Opfer so lange in Schach zu halten, bis die Henkersknechte sie niedermetzelten? Auch einen von den neuen Männern hatte er schon gesehen – und das war sein letzter, klarer Gedanke.

»Ein beschauliches Dasein, das wäre mein Traum«, hörte er Rudels entrückte Stimme, Dann sah er aus dem Augenwinkel, wie sein schlanker, aristokratischer Freund in die Knie ging. Im nächsten Augenblick traf auch ihn eine Holzkeule und raubte ihm die Besinnung.

* * *

Als Blaise wieder zu sich kam, schmerzte sein Kopf, als wolle er zerspringen, und als er die Augen öffnete, drehte sich die Welt so schwindelerregend um ihn, daß er sie rasch wieder schloß. Immerhin blieb er soweit bei Bewußtsein, daß er erstaunt feststellen konnte, wie weich er lag. Dann stieg ihm ein Parfum in die Nase. Ein vertrauter Duft, der Erinnerungen wachrief. Im nächsten Moment kehrte Blaise vollends in die

Wirklichkeit zurück und erkannte abrupt, wo er sein mußte. Erschrocken riß er die Augen auf und drehte den Kopf zur Seite. Die Bewegung löste eine Welle von Übelkeit aus. Der Schmerz war überwältigend.

»Es tut mir aufrichtig leid«, sagte eine Frauenstimme, »aber es stand zu befürchten, daß du nicht freiwillig mitkommen würdest.«

»Wozu die Umstände?« keuchte Blaise. Er konnte sie nicht sehen, sie war hinter ihm. Daß er weder Arme noch Beine bewegen konnte, fiel ihm erst auf, als er unter neuen Qualen versuchte, sich umzudrehen. Er lag auf ihrem Bett – Deshalb lag er so weich! – und war mit Händen und Füßen an die vier Pfosten gefesselt. Dichte Schwaden ihres unvergeßlichen Parfums hüllten ihn ein. »Warum hast du mich nicht gleich auf der Straße töten lassen?«

»Was?« Endlich trat Lucianna Delonghi in sein Blickfeld. »Glaubst du, ich würde auf dieses Vergnügen verzichten?«

Er hatte sie mehr als ein Jahr nicht gesehen. Ihr Seidenhemd war so durchsichtig, daß sie sich ihm auch nackt hätte zeigen können. Dafür war sie über und über mit blitzenden Juwelen behängt: ein Diadem im Haar, Saphirgehänge in den Ohren, ein Kollier aus Diamanten und Perlen um den Hals. Die schmalen Finger waren mit Ringen geschmückt, um die Handgelenke lagen Armreifen aus Gold, Silber und Elfenbein, und zwischen ihren Brüsten baumelte, rot wie das Feuer im Kamin, ein wahres Prachtstück von einem Anhänger. Blaise erinnerte sich, daß sie Juwelen liebte, daß sie auch in warmen Nächten gern ein Feuer im Kamin prasseln hörte, und daß sie im Bett gern mit Schnüren und raffinierten Knoten herumspielte.

Man hatte ihm Kleider und Stiefel ausgezogen; er trug nur ein Hemd, das kaum seine Blöße bedeckte. Der Verzweiflung nahe, unternahm er noch einen – vergeblichen – Versuch, wenigstens die Hände freizubekommen. Wut und Schmerzen an Leib und Seele waren nicht mehr das einzige, was ihn beherrschte. Unaufhaltsam wie die Gezeiten des Meeres kehrte auch das Verlangen zurück.

Sie war so schön, daß ihm das Herz weh tat, wenn er sie nur ansah. Sie war die Verkörperung aller Genüsse, die jeden im

Kampf gefallenen Coraner der Legende nach im Paradies erwarteten. Sein Mund war trocken. Die schillernde, langbeinige, fast nackte Gestalt weckte Erinnerungen an die Liebesspiele im vorletzten Sommer. Zwei Körper in stürmischer Umarmung, das aufregende Gefühl, wenn sie ihn mit den Beinen umschlang oder rittlings auf ihm saß und ihm mit den Fingernägeln Schultern und Arme zerkratzte, die verräterische Linie ihres Halses, wenn sie beim Höhepunkt den Kopf tief in den Nacken legte – alles war wieder so gegenwärtig, als geschähe es in diesem Moment, hüllte ihn ein wie der Duft ihres Parfüms. Seine Erregung machte sich auch äußerlich bemerkbar, er konnte es nicht verhindern. Lucianna registrierte es mit einem Blick nach unten. Dergleichen war ihr noch nie entgangen. Als sie wieder aufsah, umspielte ein zufriedenes Lächeln ihre Lippen.

»Entzückend«, hauchte sie mit ihrer ausdrucksvollen Stimme. Sie trat kurz aus seinem Blickfeld, kam wieder zurück. »Und ich dachte die ganze Zeit, du hättest mich verlassen, weil du böse auf mich warst, weil du mich nicht mehr begehrtest.« Jetzt stand sie neben dem Bett und sah auf ihn nieder. »Ich hasse es, von einem Mann verlassen zu werden, Blaise. Habe ich dir das nie gesagt?« Plötzlich hielt sie einen Dolch in der Hand. Er hatte auf dem Nachttisch gelegen. Sein Griff war mit Edelsteinen besetzt, mit blutroten Rubinen. Nun begann ein neues Spiel. Sie trat ans Fußende des Bettes, nagte gedankenverloren an ihrer Unterlippe, als sei sie einer Erinnerung auf der Spur, und strich ihm dann, scheinbar unabsichtlich, mit der Klinge über die Fußsohle. Eine jähe Drehung, Blaise spürte, wie die Spitze ins Fleisch drang, wie das Blut hervorquoll. Er hatte nichts anderes erwartet.

»Ich habe dich verlassen, weil du es so wolltest, Lucianna. Genau so war es und nicht anders.« Es fiel ihm schwer, verständliche Sätze zu bilden. Die hämmernden Kopfschmerzen und die steigende Flut des Begehrens drohten alles andere auszulöschen. Ihr Duft war überall, erstickte jeden klaren Gedanken. Sie strich weiter um das Bett herum, im Schein des Feuers zeichnete sich jede Rundung ihres Körpers plastisch ab. »Du weißt, daß ich geblieben wäre, wenn du nur gewollt hättest.

Ich hätte dir nicht widerstehen können, nicht einmal nach der Sache mit Engarro.«

»Aha.« Sie blieb stehen und sah ihm direkt in die Augen. Ihre heller Teint war makellos; sie war noch so jung, die Erkenntnis traf ihn wieder einmal wie ein Schock. »Aber du hättest mir immer widerstehen *wollen*, nicht wahr, mein Bester? Du wärst vielleicht bei mir geblieben, aber nur gegen deine innerste Überzeugung, rettungslos in meinen schwarzen Netzen gefangen ... willst du das leugnen, Blaise?«

Er schluckte krampfhaft. Sie war die wahre Tochter ihres Vaters, die raffinierteste Frau, die ihm je begegnet war. Jetzt ließ sie den Dolch an der Innenseite seines Schenkels nach oben tanzen. »Ich brauche etwas zu trinken, Lucianna«, sagte er.

»Ich weiß schon, was du brauchst. Beantworte meine Frage.«

Blaise drehte den Kopf zur Seite und wieder zurück, sah ihr fest in die Augen. »Du irrst dich. Ich war noch naiver, als du ahnen konntest. Rudel wollte mich warnen – aber ich habe nicht auf ihn gehört. Du wirst es nicht glauben, aber ich dachte, du seist nur so geworden, weil dein Vater dich zu einem Werkzeug gemacht hatte, zu einem Instrument seiner Politik. Ich dachte, du wärst noch immer zu wahrer Liebe fähig, wenn du nur frei entscheiden könntest, und ich bildete mir ein, du würdest diese Liebe ausgerechnet mir schenken.« Stück für Stück kam die Bitterkeit zurück, vermischt wie eh und je mit brennendem Verlangen. »Ich war noch ein viel größerer Narr, als es den Anschein hatte.«

Während er noch sprach, fiel ihm plötzlich ein, daß Ariane de Carenzu in einem anderen Bett im vergangenen Sommer ganz ähnlich über Entscheidungsfreiheit und die seltsamen Wege der Liebe gesprochen hatte. Jetzt kam ihm auch zu Bewußtsein, wie grotesk diese Unterhaltung im Grunde war; schließlich hatte man ihn hierhergebracht, um ihn zu töten. Wo wohl ihr Gatte sein mochte? Wahrscheinlich wartete Borsiard d'Andoria vor den Stadtmauern. Gefangengenommen hatten ihn, Blaise, freilich die Coraner von Miraval; eine merkwürdige Allianz. In Gorhaut gab es ein Sprichwort: *Wenn sich die Feinde verbünden, braucht der Mensch Flügel wie ein Vogel, um zu entfleuchen, oder Kräfte wie ein Löwe, um zu kämpfen.* Im Moment hatte er keines von beiden, statt dessen lag er wehrlos und an allen Gliedern gefesselt auf Luciannas Bett, und sein Schädel dröhnte wie eine Tempelglocke.

»Tu, was du willst«, sagte er müde, als sie keine Anstalten machte, ihr Schweigen zu brechen. Die schwarzen, von sorgfältig aufgetragenen Lidschatten umrahmten Augen waren weit geöffnet, aber unergründlich. Die Pupillen wirkten unnatürlich vergrößert. Sie hatte wieder ihre berauschenden Mittel eingenommen, um die Lustgefühle zu steigern. Er fragte sich, ob sie inzwischen wohl ständig davon Gebrauch machte. Und er fragte sich, wie eine sterbliche Frau nur so schön sein konnte.

Wieder versuchte er zu schlucken. »Zumindest dein Ehrgefühl sollte dir verbieten, einen Mann zu quälen, der dir nie etwas zuleide getan hat oder tun wollte.« *Jetzt rede ich schon wie ein Advokat,* dachte er verdrießlich. »Wenn du mich töten mußt, weil du oder dein Gatte es so wollen, dann mach endlich voran, Lucianna.« Er schloß die Augen.

»Hältst du es für angebracht, in deiner Lage Forderungen zu stellen, Blaise?« Ihr Tonfall war schärfer geworden. »Oder dich abträglich über das Verhalten meines Vaters oder meines Gemahls zu äußern?« Die Dolchspitze bohrte sich in seinen Schenkel. Er reagierte nicht, sondern hielt die Augen geschlossen. Das war offenbar die einzige Möglichkeit, sich gegen sie zu wehren. Außer Schweigen natürlich. Einmal in Mignano hatte sie gemerkt, daß sie ihn beim Bankett mit einer Bemerkung verärgert hatte. An diesem Abend war ihre Dienerin viel später als üblich gekommen, um ihn in ihre Gemächer zu geleiten. Dort eingetroffen, sah er auch, warum. Das Bett war von mindestens hundert brennenden Kerzen in allen Größen und Formen umgeben, und Lucianna lag nackt und – genau wie er jetzt – an Händen und Füßen gefesselt wie ein Opfertier in einem Tempel für tote und längst vergessene Götter in ihrem flackernden Licht.

Sie hatte gewartet, bis die Dienerin draußen war, und dann gesagt: »Du bist böse auf mich, aber dazu hast du keinen Anlaß. Mach mit mir, was du willst.« Sogar damals war ihm aufgefallen, daß das keine Entschuldigung war. Sie war keine

Frau, die sich entschuldigte. Sie hatte sich mit Öl eingerieben, und ihr Körper glänzte verführerisch, als sie sich im Schein der Kerzen, ohne zu lächeln und mit weit aufgerissenen Augen, langsam hin- und herdrehte. Blaise hatte vor dem Bett gestanden und lange auf sie niedergeschaut. Dann hatte er sich allmählich entkleidet, während sie im hellen Licht gefesselt unter ihm lag und zusah ... und schließlich hatte er sämtliche Knoten gelöst, bevor er sich zu ihr legte.

Lucianna hatte gelacht. Damals hatte er geglaubt, sie sei irgendwie erleichtert. Doch als er diesen Augenblick jetzt noch einmal durchlebte, klang das Lachen anders, und er vernahm darin aufrichtige Belustigung über die Naivität dieses sturmerprobten Coraners gorhautischer Herkunft, der im dekadenten Portezza die erfahrenste Frau der ganzen Welt bestieg. So jung Lucianna an Jahren auch war, wirklich jung schien sie nie gewesen zu sein. Wieder stieg die Bitterkeit in ihm auf. Vielleicht würde das immer so bleiben. Bertran de Talair, dachte er plötzlich, hatte nie verwunden, was ihm die Liebe in jungen Jahren angetan hatte.

Sie schwieg noch immer. Blaise hatte den Kopf zur Seite gedreht und hielt die Augen geschlossen. Er spürte, wie die Klinge zurückgezogen wurde, und gleich darauf sagte Lucianna: »Damals ... gegen Ende jenes Sommers, bevor Engarro getötet wurde ... dachte ich, ich hätte dich zu spät kennengelernt.« Ihre Stimme hatte einen seltsamen Unterton. Aber nicht das war es, was Blaise schließlich veranlaßte, die Augen zu öffnen. Er hatte vom anderen Ende des Raums ein Geräusch gehört und einen kaum merklichen Luftzug gespürt.

Als er aufschaute, wandte ihm Lucianna den Rücken zu und schaute zur Tür. Blaise folgte ihrem Blick. Quzman von Arimonda stand im Zimmer und fletschte lächelnd die weißen Zähne. In der Hand hielt er einen Dolch, so lang wie ein kleines Schwert.

Nur ganz kurz streifte Lucianna mit ihren schwarzen, von der Droge geweiteten Augen noch einmal den gefesselten Blaise, dann wandte sie sich endgültig von ihm ab und trat ans Feuer. Nun war der Weg frei für den Mann aus Arimonda, der gekommen war, um seinem Leben ein Ende zu setzen. Es waren also tatsächlich Miraval-Coraner gewesen, die ihn hierhergebracht hatten; auch das letzte Mosaiksteinchen fiel damit an seinen Platz.

»Angepflockt wie ein Pferdedieb«, bemerkte Quzman genüßlich. »In Arimonda hätten wir ihm Augen und Geschlechtsteile mit Honig bestrichen, hätten ihn in der Wüste neben einen Blutameisenbau gelegt und wären fortgegangen.« Lucianna sagte nichts. Sie starrte unverwandt ins Feuer.

»Was bin ich froh, daß wir nicht in Arimonda sind«, sagte Blaise ungerührt. Der Mann würde die Genugtuung haben, ihn sterben zu sehen, aber nicht mehr. »Ein Land voller Feiglinge, Blutschänder und Lustknaben.«

Das Lächeln des Arimondaners erlosch nicht. »Ihr seid ein Narr«, sagte er. »Wie könnt Ihr mich reizen, wenn Euer Geschlechtsteil ungeschützt vor meiner Klinge liegt? Hier endet Euer Leben. Der Geist meines Bruders kann es kaum erwarten, Eurem Schatten im Jenseits zu begegnen, und ob der Weg dorthin leicht oder schwer ist, liegt ganz in meiner Hand.«

»Nein«, sagte Lucianna leise, ohne sich umzudrehen. »Tut, wozu Ihr gekommen seid, aber macht schnell.«

»Wozu bin ich denn gekommen? Um eine Hinrichtung zu vollziehen.« Das Lächeln des Arimondaners vertiefte sich. »Und um eventuell meinen Spaß mit einer Leiche zu haben.«

»Was erlaubt Ihr Euch?« Lucianna sah unverwandt ins Feuer. Sie sprach tonlos und sehr leise. Der Arimondaner lachte nur und ging auf das Bett zu.

»Eine harte Strafe.« Blaise riß den Blick von dem Mann mit der Klinge los und sah die Frau an, die ihn gelehrt hatte, auf einem bestimmten Gebiet Lust und Schmerz bis zum äußersten auszukosten. »Nur, weil ich dir zu spät begegnet bin. Hoffentlich ist dein neuer Gatte nun zufrieden. Vielleicht denkst du auch schon an den nächsten?«

Sie stieß einen erstickten Laut aus, ein Lachen vielleicht, aber um sich zu vergewissern, blieb ihm keine Zeit, denn in diesem Moment, gerade als er sich von ihr abwandte, um sich wie ein Mann dem Tod zu stellen, sich in Würde der ewigen und unendlichen Macht des Gottes zu ergeben, ging abermals die Tür auf, und Blaise sah, wie vom Donner gerührt, die Frau seines Bruders hinter dem Arimondaner ins Zimmer treten.

»Wenn Ihr die Waffe gebraucht«, verkündete Rosala mit glasklarer Stimme, »dann lasse ich Euch der Gräfin von Arbonne vorführen bevor die Nacht vorüber ist, das schwöre ich beim heiligen Corannos. Ihr habt den Marktfrieden gebrochen, und ich werde nicht ruhen, bis Ihr beide die gerechte Strafe erhalten habt.«

Nach diesen Worten schien ihre Energie zunächst erschöpft. Die drei Anwesenden starrten sie schweigend an. Erst jetzt – er konnte es förmlich sehen – erkannte sie, wer da auf dem Bett lag, und sagte mit völlig veränderter Stimme: *»Blaise?«* Es war fast komisch.

Lucianna lachte tatsächlich. »Wie rührend. Ein Wiedersehen«, murmelte sie und wandte sich vom Feuer ab. Sie hielt immer noch ihren eigenen Dolch mit dem edelsteinbesetzten Griff in den Händen. »Garsencs entlaufene Kinder in der Höhle der schwarzen Hexe. Wenn das kein Stoff für eine Ballade ist.«

»Nicht unbedingt«, widersprach Quzman von Arimonda. »Denn jetzt müssen sie beide daran glauben.«

Sein Lächeln war nun doch verschwunden. Er trat noch einen weiteren Schritt auf Blaise zu.

Lucianna Delonghi rief laut und sehr deutlich: *»Jetzt!«*

Die Türen zu beiden Seiten des Bettes sprangen auf. Ein halbes Dutzend Coraner in gräflicher Tracht stürmte mit gezückten Schwertern herein, dicht gefolgt von Roban, dem Kanzler von Arbonne, und, in einigem Abstand, von einem stattlichen, schwarzhaarigen, prächtig gekleideten Mann. Als letzter kam mit unsicheren Schritten, eine Kompresse an die Schläfe pressend, Rudel Correze.

Die Coraner umstellten den Mann aus Arimonda. Einer nahm ihm den Dolch ab. Quzmans finsterer Blick wich nicht von Lucianna. Sie sah ihn mit eisiger Verachtung an und erklärte von oben herab: »Ihr seid einem Irrtum erlegen, außerdem seid Ihr ein ungehobelter Klotz. Eines davon wäre verzeihlich gewesen, doch beides ist zuviel. Ich darf hinzufügen, daß für den Herzog von Miraval, in dessen Auftrag Ihr handelt, ein gleiches gilt.«

Auch der letzte Satz war im ganzen Raum zu verstehen. Der stattliche Mann, ihr Vater, lächelte verkniffen, während Roban, der Kanzler, verstört zusammenzuckte. Blaise begriff erst allmählich, daß er noch einmal davongekommen war. Lucianna hatte die ganze Sache nur inszeniert, um irgend jemandem eine Falle zu stellen. Aber wem? Quzman? Urté? Allen beiden? Er schaute nach links. Rudel hielt sich an einem Bettpfosten fest und sah auf ihn herab. Er war so grün im Gesicht, daß der Spott in seinem Blick nicht so recht zur Geltung kam.

»Wenn du noch lange unnütz herumstehst, anstatt endlich diese Schnüre zu durchschneiden«, knurrte Blaise mit zusammengebissenen Zähnen, »dann weiß ich nicht, was ich hinterher mit dir anstelle.«

»Mit *mir?*« gab sein Freund aufgebracht zurück. »Was kann mir schon noch passieren? Miravals Coraner haben mich wegen eines Komplotts meiner verwünschten Cousine Lucianna, mit dem ich übrigens nicht das geringste zu tun hatte, ohnehin halb umgebracht.« Immerhin ging er mit äußerst vorsichtigen Bewegungen daran, Blaises Fesseln zu durchtrennen.

»Hiermit verhafte ich Euch im Namen der Gräfin von Arbonne«, sagte der Kanzler zu Quzman. Sehr glücklich sah er nicht aus. Blaise, der endlich wieder aufrecht sitzen konnte und sich langsam die Handgelenke rieb, hatte dafür volles Verständnis. »Sie wird morgen früh über Euer Schicksal entscheiden«, schloß Roban kalt.

Der Arimondaner ließ sich nicht einschüchtern. »Nur über mein Schicksal allein?« sagte er. »Seht Ihr nicht, daß diese Frau den Nordländer bereits an Händen und Füßen gefesselt hatte wie ein Schwein auf der Schlachtbank? Und daß einer von ihren Männern bereits auf dem Weg hierher versucht hat, ihn zu töten, ist Euch sicher auch bekannt. Sie treibt ein doppeltes Spiel. Wollt Ihr zulassen, daß sie damit durchkommt? Sie wird uns alle auslachen.« Blaise sah zu Lucianna hinüber; sie hatte inzwischen einen dickeren Morgenmantel angezogen. Nun stand sie am Fenster und würdigte Quzman und die übrigen Anwesenden keines Blickes.

»Bisher lacht hier niemand«, sagte der Kanzler. »Und wenn

sie ein doppeltes Spiel getrieben hat, dann wart Ihr allein das Opfer. Sie hat mir noch gestern nacht, unmittelbar nachdem Ihr an sie herangetreten wart, von Eurem Angebot berichtet.«

Keine ungeschickte Strategie, um die Katastrophe abzuwenden oder zumindest den Schaden zu begrenzen, dachte Blaise, aber vermutlich nicht von Erfolg gekrönt. Jedenfalls nicht, solange der schwarzhaarige Mann, der mit den anderen den Raum betreten hatte, dabeistand und aufmerksam zuhörte. Massena Delonghi war für Blaise kein Unbekannter. Schließlich hatte er im vorletzten Sommer in den Schlössern des Portezzaners gewohnt und mit seiner Tochter geschlafen. Und er hatte zusammen mit Rudel Correze in Delonghis Auftrag einen Fürsten getötet.

Wie die Entwicklung zeigte, hatte Lucianna offenbar gar nicht die Absicht gehabt, Blaise in dieser Nacht ermorden zu lassen. Allerdings hatte sie für die Art der Fesselung wie für ihre Worte und ihr Verhalten bislang noch keine Erklärung abgegeben. Oder etwa doch? *Ich hasse es, von einem Mann verlassen zu werden, Blaise. Habe ich dir das nie gesagt?* Vielleicht war das die Erklärung. Vielleicht hatte sie damit nicht mehr und nicht weniger gesagt als die Wahrheit. Das wäre nun wirklich etwas Neues, dachte er zynisch.

Der Ablenkungsversuch des Kanzlers ging erwartungsgemäß daneben. »In den Fall ist noch eine weitere Person verwickelt«, sagte Massena Delonghi, ein aalglatter, geschniegelter Mann, dem man nachsagte, er strebe die Herrschaft über ganz Portezza an und treibe seine Tochter in immer neue Ehen, um dieses Ziel zu erreichen. »Wenn ich recht informiert bin, steht der Arimondaner im Dienst des Herzogs von Miraval. Und wenn ich meine liebe Tochter soeben richtig verstanden habe, waren es Herzog Urtés Coraner, die neben unserem jungen Freund hier auch unseren teuren Cousin überfallen haben.«

»Vielen Dank«, strahlte Rudel. »Es freut mich ungemein, daß man mich noch nicht ganz vergessen hat.«

Roban schien dagegen keineswegs erfreut. »Natürlich werden wir En Urté morgen früh auffordern, sich zu den Vorfällen zu äußern. Im Augenblick steht uns nur ein Mann zur Verfügung, der dank der … Machenschaften … Eurer Tochter bei einem Mordversuch auf frischer Tat ertappt werden konnte.«

»Wofür man ihn doch hoffentlich brandmarken und hängen wird?« Lucianna hatte sich endlich umgedreht und schaute mit hochgezogenen Augenbrauen in die Runde. In ihrer Kühle und Unnahbarkeit war sie ein würdiges Ebenbild ihres Vaters. Auch von dieser Seite hatte Blaise sie schon mehrfach kennengelernt. Nun sah sie den Kanzler an. »So, wie der Herzog von Talair den armen Cousin meines teuren Gatten brandmarken und hängen ließ. Ganz genau so, würde ich vorschlagen. Sollte nämlich die Gräfin von Arbonne bei der Rechtsprechung zwischen Fremden und Gefolgsleuten ihrer eigenen Adeligen Unterschiede machen, sähen wir uns bedauerlicherweise veranlaßt, an ihrer Neutralität zu zweifeln.« Die berühmten Augenbrauen blieben vielsagend nach oben gewölbt.

»Des weiteren«, fügte Massena Delonghi eher bekümmert als vorwurfsvoll hinzu, »muß morgen früh tatsächlich festgestellt werden, inwieweit Herzog Urté für diesen eklatanten Bruch des Marktfriedens verantwortlich zu machen ist. Keine angenehme Aufgabe für die Gräfin, gewiß, aber wenn sie zuläßt, daß portezzanische Edelleute wie gemeine Diebe hingerichtet werden, kann sie vor den Verfehlungen ihrer eigenen Untertanen, selbst wenn diese höchsten Kreisen entstammen, nicht die Augen verschließen.«

Blaise erkannte, daß Luciannas Vater die Situation in vollen Zügen genoß. Die Delonghi liebten nichts mehr als möglichst komplizierte Intrigen, die niemand mehr durchschaute. Für Massena konnten Urtés Sturz oder das Dilemma der Gräfin allenfalls von geringem Interesse sein, aber er gefiel sich in der Rolle des Mannes, der in beiden Fällen die Fäden zog. Und letztlich, davon war Blaise überzeugt, würde er in irgendeiner Form auch davon profitieren. Wenn Arbonne bisher gehofft hatte, seine internen Streitigkeiten für sich behalten zu können, so war dieser Traum nun endgültig ausgeträumt. Blaise fragte sich sarkastisch, wann Massena Delonghi wohl an Galbert de Garsenc in Gorhaut schreiben oder den Leiter seiner Handelsniederlassung in Cortil veranlassen würde, ganz zwanglos an König Ademars Hof vorzusprechen und, sozusagen als Belohnung dafür, daß die Delonghi Arbonne in Verlegenheit gebracht hatten, die Aufnahme diskreter Geschäftsbeziehungen anzuregen.

Rudel hatte sich indessen nützlich gemacht und, leider mit einiger Verspätung und recht umständlich, auch Blaises Fußfesseln gelöst. Zudem hatte er in einer Ecke die Kleider und die Stiefel seines Freundes entdeckt. Blaise zog sich so rasch an, wie sein brummender Schädel es zuließ. Rosala hatte, allein und abseits von allen anderen, auf einer kleinen Bank neben der Tür Platz genommen. Blaise bemerkte jedoch, daß sie jede seiner Bewegungen aufmerksam beobachtete. Sie wirkte merkwürdig befangen. Bei der letzten Begegnung mit ihr war er ebenfalls nackt gewesen. Sie übrigens auch. Die Erinnerung traf ihn wie ein Schock.

Die Tür stand immer noch weit offen. Jetzt trat Luciannas Dienerin Imera ein und riß Blaise aus seinen Gedanken. An sie erinnerte er sich noch gut. Ihr wissender Blick hatte ihn auf so manchem nächtlichen Streifzug durch den einen oder anderen Palast zu den Gemächern ihrer Herrin begleitet. Nun blieb Imera in der Tür stehen, überschaute kurz die Szene und gestattete sich, als sie den von Schwertern umringten Arimondaner bemerkte, ein winziges Lächeln.

Bei ihrem Anblick hatte Blaise das Gefühl, in dieser Nacht tatsächlich alle wichtigen Stationen seiner eigenen Vergangenheit durchwandern zu müssen. Zuerst die Begegnung mit Rudel und König Daufridi in jenem Gasthof vor der Stadt, dann das Wiedersehen mit Lucianna hier in diesem Zimmer, jetzt fehlte nur noch ...

»Die Gräfin von Arbonne ist hier«, meldete Imera.

Natürlich. Blaise betastete vorsichtig die blutverkrustete Beule an seinem Hinterkopf und bereitete sich im Geiste auf die Anstrengungen eines Kniefalls vor. Er war nicht allzu überrascht. Allmählich gewann er der ganzen Sache sogar eine komische Seite ab. Die kleine, elegante Signe de Barbentain betrat in einem blaßblauen, mit Perlen bestickten Gewand mit festen Schritten den Raum. Ihr folgte – und das *war* ein Schock – mit finsterem Gesicht der stämmige Herzog Urté de Miraval.

»Herrin!« rief Roban, und alles sank in die Knie und erhob sich wieder. »Ich dachte, Ihr wärt längst schlafengegangen. Ich wollte Euch nicht…«

»Wie kann ich schlafen«, fragte die Gräfin von Arbonne, »wenn man in den unteren Räumen unseres Palastes so herrlich musiziert, während nur ein Stockwerk darüber aufs schändlichste Verrat geübt wird? Nur dem Herzog von Miraval habe ich es zu danken, daß ich rechtzeitig hier bin, um die nötigen Schritte zu unternehmen. Roban, ich habe morgen früh ein ernstes Wort mit Euch zu reden.«

»Aber Gräfin«, begann der Kanzler ein wenig zu beflissen, »der Herzog von Miraval war doch selbst…«

»Der Herzog von Miraval wurde von einem aus Arimonda stammenden Coraner aus seiner Leibgarde davon in Kenntnis gesetzt, daß die Gemahlin des verbannten Borsiard d'Andoria einen zweiten Anschlag auf das Leben unseres teuren gorhautischen Freundes plante.« Signe hielt sich sehr aufrecht und sprach mit unerbittlicher Strenge.

»Quzman hatte, wie ich leider gestehen muß, mit dem Nordländer ebenfalls ein Hühnchen zu rupfen«, schaltete Urté sich ein. »Sein Haß war so groß, daß er sogar einen Bruch des Marktfriedens in Kauf nahm, um der edlen Lucianna von Andoria bei ihrem schändlichen Vorhaben behilflich zu sein. Ich ließ der Sache zunächst ihren Lauf, denn ich war überzeugt, ihr rechtzeitig ein Ende machen – und dabei aufdecken zu können, daß hinter allem dieser portezzanische Abschaum steckte. Nun sehe ich mit Genugtuung, daß sich alles nach Wunsch entwickelt hat.« Er sah Lucianna frostig an.

Blaise schaute zu Rudel hinüber. Sein Freund lächelte schmerzlich zurück. Er hielt sich immer noch das Tuch an die Schläfe. Dann wandten sie sich beide dem Kanzler von Arbonne zu. Roban gab sich überrascht, doch auch diesmal übertrieb er ein wenig. *Der Mann ist ein Fuchs,* dachte Blaise. *Vielleicht kommt er tatsächlich damit durch.* Massena Delonghi war unter seiner Sonnenbräune blaß geworden, doch auch er lächelte. Selbst ein Meister im Taktieren, wußte er das gerissene Manöver zu würdigen.

Als habe er Blaises Gedanken gelesen, sagte Roban: »Aber

Gräfin, es *gab* gar kein Komplott von portezzanischer Seite. Die edle Lucianna Delonghi d'Andoria hatte kein anderes Ziel, als die Absichten ebendieses Arimondaners aufzudecken. Zu diesem Zweck hat sie mich gestern abend persönlich aufgesucht. Sie gab nur deshalb vor, auf seinen Plan einzugehen, weil sie verhindern wollte, daß mit dem gorhautischen Coraner anderweitig kurzer Prozeß gemacht würde. Sie scheint von der Voraussetzung ausgegangen zu sein, daß ... äh ... der Herzog von Miraval das Vorhaben seines Gefolgsmannes tatkräftig unterstütze.«

»Was natürlich ein Irrtum meinerseits war«, brach Lucianna mit seidenweicher Stimme das erschrockene Schweigen, das den Worten des Kanzlers folgte. »Sobald sich in etwas privaterem Rahmen eine Gelegenheit dazu ergibt, werde ich mich bemühen, angemessene Wiedergutmachung zu leisten.« Sie schenkte Urté ihr strahlendstes Lächeln.

»Meine liebe Tochter ist manchmal allzu impulsiv«, hieb nun auch Massena Delonghi in dieselbe Kerbe, »und es lag ihr natürlich sehr am Herzen, den Fehltritt Ihres ... nicht weniger impulsiven Gemahls zu sühnen.« Achselzuckend breitete er die Arme aus. »Offenbar hat hier *jedermann* in gutem Glauben gehandelt.«

»Bis auf einen«, stellte Signe de Barbentain eisig fest und sah dabei den Arimondaner an.

Wie Blaise schon früher festgestellt hatte und auch jetzt wieder bemerkte, war Quzman von Arimonda weder ein Feigling, noch ein Narr. Obwohl der Mann von Schwertern und feindseligen Blicken regelrecht umzingelt war, lächelte er.

»Es ist doch immer wieder das gleiche, nicht wahr?« fragte er ruhig und sah seinen Herrn fest an. Herzog Urté verzog keine Miene und antwortete nicht. »Plötzlich bin ich und nicht etwa der Mörder meines Bruders der Sündenbock. Eines ist mir freilich unerklärlich«, wandte er sich furchtlos und ohne jede Ehrerbietung an die Gräfin von Arbonne. »Wie konnte es ohne Wissen des edlen Herzogs von Miraval geschehen, daß heute nacht zehn seiner Leib-Coraner für mich tätig waren?«

Der schwache Punkt in der Geschichte, dachte Blaise, nachdem er hastig alle möglichen Begründungen durchgegangen war.

Jetzt reißt er Urté mit sich ins Verderben. Doch er hatte die Arbonneser abermals unterschätzt.

»Ein Umstand, der mich tief bekümmert.« En Urté de Miraval zog mit seiner tiefen Stimme alle Register des Bedauerns. »Ich wollte die Loyalität und die Umsicht meiner Coraner auf die Probe stellen, und so verzichtete ich darauf, sie vor Quzmans bösen Absichten zu warnen und seine Pläne zu vereiteln. Leider muß ich gestehen, daß zehn von ihnen seinen zweifellos beachtlichen Überredungskünsten nicht widerstehen konnten. Sie hatten dem Coraner aus Gorhaut jenen unglückseligen Zwischenfall vor einem halben Jahr, der sechs ihrer Kameraden das Leben kostete, nicht verziehen und waren deshalb bereit, Quzman bei dieser Greueltat zu unterstützen.«

»Dann müssen wohl auch diese Männer bestraft werden?« Kopfschüttelnd sah Massena Delonghi die Gräfin an. Wahrhaft erschütternd, dieser neueste Beweis für die Verkommenheit der Welt. Wie konnte inmitten so vieler guter, ehrlicher Menschen das Böse nur so üppig wuchern?

Blaise sah, daß das Lächeln Quzmans von Arimonda zur Grimasse erstarrt war. Der Mann hatte vollkommen verstanden.

»Sie haben ihre Strafe bereits erhalten«, sagte Urté knapp. »Sie sind tot.«

Und damit hatte der Kanzler endgültig gewonnen, erkannte Blaise. Wenn man davon ausging, daß er nur hier war, um zu verhindern, daß die Sache allzu hohe Wellen schlug, und daß die Gräfin sich ausgerechnet an diesem kritischen Punkt in der Geschichte Arbonnes mit der bitteren Feindschaft zwischen Miraval und Talair befassen mußte, so hatte er seine Aufgabe mit Bravour gelöst. Wieder sah Blaise zu seinem Freund hinüber. Rudel betrachtete Arbonnes äußerlich so unscheinbaren Kanzler mit widerwilliger Bewunderung.

Spontan drehte Blaise sich zu Rosala um. Sie saß immer noch auf der Bank neben der Tür. Auch in ihrem Gesicht spiegelte sich dieses zynische Verständnis, was Blaise nicht weiter verwunderte. Sie hatte immer eine rasche Auffassungsgabe besessen. Er hatte sie anfangs gewaltig unterschätzt, hatte nur eine Frau in ihr gesehen, die Gattin seinees älteren Bruders –

ohne zu bemerken, wie klug sie in Wirklichkeit war. Doch selbst während seiner seltenen und kurzen Besuche zu Hause war er immer wieder mit der Nase darauf gestoßen worden, aus welchem Hause Rosala kam. Jedes von Cadar de Savarics Kindern war mit der Weltpolitik groß geworden. Mit dieser Überlegung trat er ein paar Schritte auf sie zu. Rosala war das letzte und buchstäblich das größte Rätsel dieser Nacht.

Erstaunt beobachtete er, wie auch Signe de Barbentain sich umdrehte, Rosala zulächelte und neben ihr auf der Bank Platz nahm. Dann umfaßte die Gräfin von Arbonne mit beiden Händen die Hand seiner Schwägerin. »Ihr hattet gedacht, Ihr müßtet ein Menschenleben retten?« fragte sie. Sie sprach leise, aber Blaise war nun etwas näher und konzentrierte sich nur auf die beiden, so daß er jedes Wort mitbekam. Hinter ihm gab der Kanzler soeben Befehl, den Arimondaner zu fesseln.

»Das dachte ich tatsächlich«, sagte Rosala. »Ich wußte nur nicht, wessen Leben es war.«

»Um so mutiger von Euch, sofort zu handeln, meine Liebe. Wie geht es Cadar?«

Blaise blieb wie angewurzelt stehen und blinzelte verdutzt.

»Er ist in seinem Zimmer und schläft«, antwortete Rosala. »Die Amme ist bei ihm.« Mit diesen Worten hob sie die Lider und richtete die klaren, blauen Augen direkt auf Blaise.

»Dann verlassen wir doch diese unerfreuliche Szene, um nach Eurem Kind zu sehen«, hörte Blaise die Gräfin sagen.

»Nichts lieber als das«, murmelte die Frau seines Bruders und erhob sich. Blaise schlug das Herz bis zum Halse. »Ihr wart seit heute morgen nicht mehr bei ihm, nicht wahr?«

Auch Signe stand auf. »Aber ich habe den ganzen Tag an ihn gedacht«, sagte sie lächelnd. »Kommt Ihr?«

Bevor Blaise wußte, wie ihm geschah, hatte er den Raum durchquert und stand vor den beiden. Die Gräfin sah ihn gelassen an. Doch er hatte nur Augen für Rosala. Schließlich beugte er sich nieder und küßte sie vorsichtig auf beide Wangen.

»Welch eine Überraschung«, sagte er unbeholfen und spürte, wie er errötete. Sie hatte ihn schon immer verlegen gemacht.

»Habe ich recht gehört? Du hast ein Kind geboren? Du hast *hier* ein Kind geboren?«

Sie hielt den Kopf hoch erhoben, und das schöne, intelligente Gesicht verriet keinerlei Gemütsbewegung, doch jetzt aus der Nähe entdeckte er Spuren von Müdigkeit und Überlastung. Dennoch hatte sie sich bedenkenlos in Lebensgefahr begeben, war einfach so hinter einem bewaffneten Mann in diesen Raum gestürmt, ohne zu wissen, wen es überhaupt zu retten galt.

Nun sagte sie ernst: »Es tut mir leid, daß du es auf diese Weise erfahren mußt. Man hatte mir gesagt, daß du hier bist, aber ich konnte mich bisher nicht durchringen, Verbindung zu dir aufzunehmen, schließlich hatte ich Garsenc ohne Ranalds Wissen verlassen und werde auch nicht zurückkehren.« Sie hielt inne, um ihm einen Augenblick Zeit zu lassen, diese Eröffnung zu verarbeiten. »Vor zwei Tagen wurde ich – Corannos und Rian sei Dank – eines Knaben entbunden. Er schläft ein paar Zimmer weiter auf diesem Stockwerk. Sein Name ist Cadar. Cadar de Savaric.« Wieder verstummte sie. Blaise kam es vor, als habe man ihn noch einmal an der gleichen Stelle auf den Kopf geschlagen. »Du kannst ihn dir ansehen, wenn du willst«, schloß seine Schwägerin.

»Wie reizend, ich bin zutiefst gerührt«, ließ sich von hinten spöttisch eine Stimme vernehmen. »Gorhauts verirrte Kinder. Ich hatte recht, es ist tatsächlich Stoff für eine Ballade. Warum gehen wir nicht *alle* mit, um uns an dem Kind zu ergötzen?« Er hatte Lucianna nicht kommen hören; früher war sie so wichtig für ihn gewesen, daß er stets genau gespürt hätte, wo sie sich befand. Das war vorbei. Blaise empfand darüber eine dumpfe Trauer, die er sich nicht erklären konnte.

»Ich kann mich nicht entsinnen, Euch dazu aufgefordert zu haben«, wehrte Rosala ruhig ab. »Am Ende wollt Ihr für Euren Dolch doch noch ein Ziel finden.«

Sie hatte die Waffe also gesehen und wahrscheinlich auch bemerkt, daß sie ihm die Haut geritzt hatte. Was hatte sie sich dabei wohl gedacht? fragte sich Blaise. Was hätte sie schon denken können? Lucianna Delonghi war jedoch nicht gesonnen, sich von einer anderen Frau in Verlegenheit bringen zu lassen. »Säuglinge pflege ich nur zu erstechen, wenn sie mir den Schlaf rauben«, schnurrte sie träge wie eine Katze. »Ausgewachsene Männer bieten mehr Anlaß dazu. Außerdem ist das Vergnügen größer. Nachdem ich ohnehin wach bin, droht Eurem Kind vorerst keine Gefahr. Jedenfalls nicht von meiner Seite. Fürchtet Ihr nicht eher, daß unser lieber Blaise mit seinem ungestümen Temperament den Kleinen entführen könnte, um ihn seinem Bruder und seinem Vater zu übergeben?«

»An sich nicht«, sagte Rosala. Dann sah sie Blaise an. »Sollte ich das fürchten?«

Lucianna lachte. Die Gräfin von Arbonne sah Massena Delonghis Tochter nachdenklich an. Ihr fester, durchdringender Blick ließ Lucianna verstummen. Blaises Verstand arbeitete auf Hochtouren, obwohl sein Kopf immer noch von Schmerzwellen erschüttert wurde. Er mußte sich über die Auswirkungen dieses ungeheuerlichen Geschehens klarwerden. Halbverschüttet regte sich zudem die Erinnerung an eine stürmische Nacht auf Schloß Garsenc vor acht Monaten. Damals hatte er Rosala zum letzten Mal gesehen.

Hastig verdrängte er den Gedanken daran. Sie hatte ihm eine Frage gestellt und wartete auf seine Antwort. »Ich selbst habe meine Familie verlassen«, sagte er. »Wie käme ausgerechnet ich dazu, jemanden auf dieses Schloß zurückbringen zu wollen? Zumindest in diesem Punkt kannst du also ganz beruhigt sein. Aber du weißt sicher auch, daß man deine Flucht nicht so ohne weiteres hinnehmen wird.«

»Dessen sind wir uns alle bewußt«, kam es von Signe de Barbentain. »Wir hatten die leise Hoffnung, Ihr hättet vielleicht einen Vorschlag zu machen?«

»Was für einen Vorschlag?« Rudel war herangetreten. »Weißt du etwa, wie man einen kaputten Schädel flickt?«

»Familienangelegenheiten«, wehrte Blaise ab, doch es war mehr als das, sehr viel mehr sogar, schließlich handelte es sich um eine ganz besondere Familie.

Genau in diesem Moment hatte Blaise einen Geistesblitz, der sofort und mit verwirrender Schnelligkeit Gestalt annahm. Nachdem er Rudel vorgestellt hatte, drehte er sich um, als wolle er das Geschehen am anderen Ende des Raumes beobachten. In Wirklichkeit dachte er scharf nach und gelangte mit eiskalter Logik zu einem zwingenden Schluß, wobei ihn das Ergebnis seiner Überlegungen keineswegs froh stimmte.

Urté de Miraval und Massena Delonghi standen am Feuer und unterhielten sich leise. Quzman wurde gerade von Barbentains Coranern gefesselt. Sie gingen nicht gerade sanft mit ihm um, doch der Arimondaner ertrug es hocherhobenen Hauptes und verzichtete auf jede Gegenwehr. Neben Blaise verneigte sich Rudel Correze vor der Gräfin, dann verbeugte er sich tief vor Rosala und küßte ihr die Hand. Lucianna flüsterte ihrem Cousin etwas zu, das Blaise nicht verstand.

Er atmete tief durch. Das Leben könnte um vieles einfacher sein, überlegte er, bevor er zum Sprechen ansetzte, wenn er endlich aufhörte, es sich selbst schwer zu machen.

»Auf ein Wort«, wandte er sich leise an den Kanzler von Arbonne. Eigentlich interessant: Sobald er den Mund aufmachte, verstummten alle anderen, als hätten sie nur auf ihn gewartet. Er war es nicht gewöhnt, der Mittelpunkt einer so erlauchten Gesellschaft zu sein, und wußte auch nicht, wie es dazu gekommen war. Lucianna stand unnötig dicht bei ihm. Er versuchte sie zu ignorieren.

Roban der Kanzler zog eine Augenbraue hoch. Der Mann war nicht unbedingt sein Freund.

»Ich habe tatsächlich einen Vorschlag zu machen. Letzten Endes betrifft die ganze Sache nur uns beide, diesen Mann und mich.« Er nickte dem Arimondaner zu. »Mit der Gräfin oder ... den großen Fragen unserer Zeit steht sie in keinem Zusammenhang. Ich habe vor einiger Zeit seinen Bruder getötet, in Notwehr, und nun glaubt er, ihn rächen zu müssen. Vielleicht würde ich ähnlich empfinden, wenn es um meinen Bruder ginge.« Er hörte, wie Rosala vor Schreck der Atem stockte. Auch das war interessant: von allen Anwesenden hatte sie offenbar als erste erraten, worauf er abzielte. Jedenfalls zum Teil, denn alles konnte sie nicht wissen.

»Eure Darstellung entspricht nicht ganz der Wahrheit«, schaltete sich Massena Delonghi ein. »Immerhin handelt es sich um Marktfriedensbruch. Worum es auch geht bei Eurem

Streit – und das ist tatsächlich Eure Sache – er war verpflichtet, sich für die Dauer des Marktes zurückzuhalten.«

»Man kann auch nicht unbedingt sagen, daß nur die beiden betroffen sind.« Nun mischte sich auch noch Rudel ein. »Vielleicht irre ich mich, aber ich glaube mich zu erinnern, daß die Gräfin von Arbonne vergangenen Sommer eine Verfügung erlassen hat, die jegliches Blutvergießen zwischen Miraval und Talair unter Strafe stellt.«

Erst jetzt begriff Blaise, was sein Freund beabsichtigte, und schämte sich. Er hätte ihn besser kennen müssen. Rudel wollte sich nicht einmischen; er wollte Blaise nur das Stichwort für das nächste Argument liefern. Ob Blaise es aufnahm, war seine Sache. Wenn er es allerdings nicht tat, hätte er gar nicht erst anzufangen brauchen.

»Dazu ist zu sagen, daß ich der Coraner-Garde von Talair nicht mehr angehöre, seit man, wie allseits bekannt, auf dem Weg hierher versuchte, mich zu töten. Nachdem meine Identität bekannt war, hielt Herzog Bertran es nicht mehr für angemessen, einem Sohn Galbert de Garsencs wie einem gewöhnlichen Söldner Befehle zu erteilen. Mittlerweile bin ich nur noch als sein Freund hier. Wenn Quzman von Arimonda und ich eine Meinungsverschiedenheit austragen, verstoßen wir folglich nicht gegen den gräflichen Erlaß.«

Während er sprach, hatte der Arimondaner abermals zu lächeln begonnen. Weiß blitzten die Zähne in dem bräunlichen Gesicht. Nun ließ er auch die Muskeln spielen. Er hatte einen prachtvollen Körper. Ein kluger und ein äußerst gefährlicher Mann.

»Mein Vorschlag ist folgender«, fuhr Blaise ungerührt fort. »Dieser Mann und ich treten auf dem Turnier gegeneinander zum Zweikampf an. Mit dem Ausgang dieses Duells soll alles, was heute abend geschehen ist, ein für allemal erledigt sein.«

Quzman sah ihn an. »Ihr zwingt mich noch, Euch für einen Mann zu halten«, sagte er. »Auf Leben und Tod?«

Blaise zuckte die Achseln. Nun war es soweit. »Alles andere lohnt die Mühe nicht.«

Hinter ihm zischte Rudel Correze eine Verwünschung. Er hatte wohl doch nicht alles vorhergesehen. Ein kleiner Triumph; Blaise war seinem Freund nur selten so weit voraus. Von Rosala war nichts mehr zu hören, nur die Gräfin sagte ganz leise:

»Ich sollte dieses Duell nicht zulassen. Ihr habt doch hoffentlich einen triftigen Grund dafür?«

»Das hoffe ich auch.« Blaise drehte sich nicht um. Er und der Arimondaner sahen sich unverwandt an. Vor langer Zeit hatte man ihm beigebracht, daß oft die ersten Sekunden nach einer Herausforderung entscheidend seien für den Ausgang eines Zweikampfs. Und das Wichtigste sei, nicht als erster den Blick abzuwenden.

Urté de Miraval lächelte breit. »Tausend Goldstücke auf den Arimondaner«, sagte er. »Hält jemand dagegen?«

»Ich«, sagte Massena Delonghi. »Eine Wette gibt dem Ganzen doch erst die rechte Würze.«

Seine Tochter lachte.

»Man erwartet offenbar von mir«, sagte Signe de Barbentain, »daß ich meine Einwilligung gebe. Ich wüßte jedoch nicht, wieso. Womit hätte sich der Arimondaner eine solche Chance verdient?«

Blaise wandte sich der Herrin über dieses Land zu. Eine mutige Frau und dabei schön wie ein Bild. »Ich kann Euch keinen Grund nennen, ich kann Euch nur darum bitten«, sagte er ernst. »Arbonne ist von jeher für die Großmut seiner Herrscher berühmt, auch wenn das in Gorhaut so mancher gerne leugnen würde.« Er hielt inne; forschend ruhten ihre blauen Augen auf ihm. »Ich gehöre nicht dazu, Hoheit. Nicht mehr.«

Ganz kurz nur blitzte in ihrem Blick Verständnis auf, wurde gleich wieder von Trauer überschattet. Er war nicht sicher, ob er richtig gesehen hatte. Spontan kniete er vor ihr nieder. Sie legte ihm die Hand auf den Kopf. Die schmalen Finger strichen ihm über das Haar, die Wange, den Bart, faßten ihn unter dem Kinn und hoben es an. Dann sah sie ihm fest in die Augen.

»Ihr seid uns teuer, Blaise von Gorhaut«, sagte sie sehr förmlich. »Wir können nur hoffen, daß uns aus diesem Zweikampf nicht neues Leid erwächst. Aber wir wollen Eurer Bitte entsprechen und dieses Duell genehmigen.« Dann sah sie über ihn hinweg. »Der Arimondaner bleibt bis zum Beginn des

Zweikampfs in Gewahrsam, doch soll ihm anständige Behandlung zuteil werden. Die beiden Männer werden kämpfen, bis einer von ihnen tot ist. Der Kampf wird hiermit auf den ersten Vormittag des Turniers angesetzt. Solche Entscheidungen sind uns zuwider. Wir ziehen uns jetzt zurück. Auf uns wartet ein Kind, das wir den ganzen Tag noch nicht gesehen haben.«

Schließlich ging Blaise mit der Gräfin und Rosala den Korridor entlang zu Cadars Zimmer. Das Kind war wach und lag an der Brust seiner Amme. Blaise sah es lange an, bevor er sich Rosala zuwandte. Er sagte nichts, und ihr Gesicht gab ihm keine Antwort auf seine stummen Fragen. Er hatte nichts anderes erwartet.

Einige Zeit später verließ er allein die Kinderstube. In einer dunklen Ecke neben der Treppe wartete Imera auf ihn. Damit hatte er fast gerechnet. Sie wies mit der Hand auf Luciannas Tür. Er sah, daß sie nur angelehnt war. Ein Streifen Fackellicht fiel auf den Korridor.

Gleich einer Meereswoge unter nächtlichen Sternen stürmte das Verlangen auf ihn ein und schlug wie an ein felsigem Gestade. Blaise blieb im Schatten der Treppe neben Luciannas Dienerin stehen. In diesem Moment begriff er, daß er von solchen Gefühlen wohl niemals ganz frei sein würde. Doch mit dem nächsten Herzschlag kam – als breche der weiße Mond hinter den Wolken hervor und scheine in heiterer Ruhe auf die Erde nieder, wo die Menschen lebten und starben – die Erkenntnis über ihn, daß er sie meistern konnte. Er war ihnen nicht wehrlos ausgeliefert. Er konnte auf der Welle reiten. Mit einem tiefen Atemzug schüttelte er den Kopf, ging an Imera vorbei und stieg die dunkle Wendeltreppe hinab.

Im Großen Saal von Barbentain brannte noch Licht. Einige Leute waren noch wach. Ein dünner, schwarzhaariger Mann sang ein Lied. Blaise blieb in der Tür stehen und lauschte. Eine volle und doch traurige Stimme, eigentlich wunderschön. Der Mann kam ihm bekannt vor, ein paar von den anderen Musikanten ebenfalls. Dann entdeckte er eine Frau und wußte Bescheid: die Sängerin vom Mittsommerabend, Lisseut. Das braune Haar kam ihm verändert vor, er begriff nicht gleich, woran es lag. Natürlich, heute war es frisch gewaschen und glänzte, während es ihr damals in feuchten, verklebten Strähnen um die Schultern gehangen hatte. Es amüsierte ihn, wie genau er sich daran erinnerte. Er wartete, bis sich ihr Blick von dem Sänger löste und durch den Raum schweifte. Als sie ihn in der Tür entdeckte, lächelte sie und hob grüßend die Hand. Blaise zögerte kurz, dann lächelte er zurück.

Er wollte schon den Saal durchqueren, um sie anzusprechen, doch plötzlich war jemand neben ihm.

»Ich habe auf dich gewartet«, sagte Rudel. »Dabei war ich gar nicht sicher, ob du vor morgen früh herunterkommen würdest.«

Blaise sah seinen Freund an. »Ich auch nicht«, sagte er leise. »Bis eben. Aber jetzt fühle ich mich frei.«

Rudel blieb ernst. »Frei zum Sterben?«

»Diese Freiheit haben wir immer. Sie ist ein Geschenk des Gottes und zugleich eine Last.«

»Nicht gleich so pathetisch. Nicht jeder ist ein Narr, der es geradezu darauf anlegt, Blaise.«

Blaise lächelte. »Ist das wirklich Rudel Correze, der da spricht? Der tollkühnste Söldner aller Zeiten? Wenn es dich befriedigt, darfst du mir auf dem Heimweg in aller Ausführlichkeit erklären, inwiefern ich ein Narr bin.«

»Das würde mich ungemein befriedigen«, behauptete Rudel. Und dann folgte eine ausführliche und bemerkenswert klar formulierte Liste von Gründen, die den ganzen Weg vom Schloß bis zum Talairschen Palais in Lussan in Anspruch nahm.

Blaise hörte eine Weile zu, doch als Bertrans Stadthaus in Sicht kam, schweiften seine Gedanken ab zur schwierigsten Frage dieser an schwierigen Fragen so reichen Nacht, zuckten zurück und wagten sich, wenn auch zögernd, abermals vor.

Er hatte noch nie ein Neugeborenes gesehen. Das Kind hatte ungewöhnlich dichtes, rötliches Haar, und die Garsenc-Nase war bereits zweifelsfrei zu erkennen. Es sah aus wie Ranald. Es sah auch aus wie Blaise. Rosala hatte es auf den Arm genommen, als es sich endlich sattgetrunken hatte und gewickelt werden mußte, aber ihre Augen und ihr Mund hatten nichts verraten. Nichts als Liebe hatte in ihrem Blick gestanden, als sie auf ihren schlafenden Sohn hinabsah.

Natürlich würden sie ihn holen kommen.

Sein Großvater und der König von Gorhaut würden unter keinen Umständen auf dieses Kind verzichten. Rosala hatte Blaise ganz kurz von ihrer letzten Begegnung mit Galbert berichtet. Er fragte sich, ob sein Vater den Zusammenstoß bewußt provoziert hatte, aber solche Überlegungen konnte er nicht mit ihr teilen.

»Du hast dich mit keinem Wort verteidigt«, beklagte sich Rudel, als sie zum zweiten Mal in dieser langen Nacht unter den Laternen vor Bertrans Palast standen.

»Wie könnte ich denn? Du hast doch vollkommen recht.«

»Und?«

Blaise schwieg einen Moment. »Warum hast du von dem Geld für das Attentat diesen teuren Stein für Lucianna gekauft?«

Rudel verstummte. Auf der kopfsteingepflasterten Straße war es still. Nur die Sterne schauten vom Himmel herab.

»Woher weißt du das? Hat sie dir etwa erzählt, daß ich ...«

»Nein. Das würde sie niemals tun. Ich habe den Rubin erkannt, Rudel. Du hast ihn mir einmal gezeigt, bei einem Goldschmied in Aulensburg. Alles weitere war nicht schwer zu erraten. Du verstehst doch, was ich damit sagen will, Rudel? Wir sind alle Narren, jeder auf seine Weise.« Trotz der beiden Laternen in ihrem Rücken war es ziemlich dunkel. Der Himmel war klar, ein leichter Wind wehte. Beide Monde waren untergegangen.

»Ich liebe sie«, gestand sein Freund endlich. »Ich habe keinerlei Veranlassung, irgendeinen Menschen auf dieser Welt als Narren zu bezeichnen.«

Blaise war völlig ahnungslos gewesen, bis er den auffallenden, blutroten Stein zwischen Luciannas Brüsten hatte hängen sehen. Nun erfüllte ihn eine tiefe, schwer zu erklärende Schwermut.

Dennoch lächelte er und faßte seinen Freund am Arm. »Du hast vor längerer Zeit von einer hübschen Taverne gesprochen. Wir wurden leider unterbrochen, aber wenn du willst, hätte ich gegen einen zweiten Versuch nichts einzuwenden.«

Er wartete, und dann lächelte Rudel zurück.

Die Sonne geleitete sie heimwärts, als der Tag anbrach.

Kapitel 13

Turniere sowie alle Duelle, die in Gegenwart von Frauen ausgetragen wurden, standen in Arbonne unter der Schirmherrschaft der Herrin des Minnegerichts. Folglich hatte Ariane de Carenzu auch dafür zu sorgen, daß bei dem Duell zwischen Blaise de Garsenc von Gorhaut und Quzman di Peraño von Arimonda auf dem Markt von Lussan alle Vorschriften beachtet wurden.

Von Ariane stammte die trockenste und prosaischste Reaktion auf Blaises Vorschlag von der vergangenen Nacht. Am nächsten Morgen waren alle im Carenzu'schen Stadtpalais zusammengekommen: Blaise, Bertran, Valery und – leichenblaß im Gesicht – Rudel Correze. Die durchwachte, durchzechte Nacht nach dem harten Schlag auf den Kopf war dem sonst so weltgewandten Correze-Sproß offenbar nicht gut bekommen.

Auch Blaise war nicht in bester Form, aber er hatte sich beim Trinken mehr zurückgehalten als Rudel und durfte damit rechnen, im Laufe des Tages, ganz sicher aber morgen wieder der alte zu sein. Das war auch gut so. Morgen hatte er einen Zweikampf vor sich – auf Leben und Tod.

»Ich weiß wirklich nicht...« – Ariane lehnte sich elegant zurück. Sie hatte die Besucher auf einem Diwan mit schwellenden Polstern empfangen –, »ob ich dich für völlig oder nur für halb verrückt erklären soll.«

Das klang hart und zynisch und wurde in einem Kommandoton vorgetragen, der ganz und gar nicht zu ihrer morgendlich frischen Erscheinung passen wollte. Sie trug ein Kleid aus blaßgelbem, an Mieder und Ärmeln himmelblau unterlegtem Stoff, und auf ihrem schwarzen Haar saß eine weiche Haube im gleichen, sanften Blauton. Ariane hatte sich an Blaise gewandt, und ihre Miene war alles andere als sanft.

»Ich weiß es deshalb nicht, weil ich keine Ahnung habe, wie du im Nahkampf deinen Mann stehst. Urté hätte den Arimondaner – die beiden Arimondaner – jedenfalls nicht angeheuert, wenn sie nicht ganz ausgezeichnet wären.«

»Quzman? Er ist *wirklich* gut«, murmelte Bertran de Talair. Auf einem Tablett stand eine Flasche Wein bereit, und er bediente sich trotz der frühen Stunde. Inzwischen sah er die Sache wohl eher von der komischen Seite, doch zunächst hatte er die Nachricht mit verbissenem Schweigen aufgenommen, ohne die anderen an seinen Gedanken teilhaben zu lassen.

»Das ist Blaise auch«, kam es matt von Rudel, der sich so tief in einem Sessel verkrochen hatte, daß nur seine Schädeldecke zu sehen war. »Immerhin hat er Quzmans Bruder und die fünf Miraval-Coraner getötet.«

»Mit Pfeilen«, sagte Valery leise. Er wirkte am bedrücktesten von allen. »Diesmal geht es mit dem Schwert Mann gegen Mann.«

»Nicht unbedingt«, sagte Ariane. »Ich könnte ohne weiteres...«

Blaise schüttelte den Kopf. »Sinnlos. Er kämpft, womit er will, genau wie ich. Ich würde mich schämen, die freie Wahl der Waffen einzuschränken.«

»Wenn du es nicht tust, könnte es dein Tod sein«, schoß Ariane zurück.

Plötzlich ging Blaise ein Licht auf, und er erkannte mit einem Gefühl wachsender Hilflosigkeit, daß die vorgebrachten Bedenken nicht ausschließlich das Ergebnis einer nüchternen Abwägung von Risiko und möglichem Gewinn waren. Die Gräfin, Bertran und Valery und natürlich Rudel machten sich Sorgen um ihn, und mittlerweile lag – selbst für jemanden wie Blaise, der in solchen Dingen ganz sicher nicht den schärfsten Blick besaß – auf der Hand, daß auch Arianes Interesse am Reglement dieses Duells nicht völlig abstrakt war.

Als sie das Haus betraten, waren sie ihrem Gemahl begegnet, doch Herzog Thierry hatte sich aufs liebenswürdigste entschuldigt, als Bertran erklärte, es handle sich um einen offiziellen Besuch, der nur seine Gattin betreffe. Der Herzog von Carenzu war ein schlanker, gutaussehender Mann, dem man seine sexuellen Neigungen nicht ansah. Laut Valery besaß er große Autorität bei seinen Männern.

Auch seiner Frau, dachte Blaise jetzt, fehlte es daran nicht. Ihr klarer Blick machte ihn ganz ungewohnt verlegen, beschwor er doch an diesem strahlenden Herbstmorgen allzu deutlich die Erinnerung an die gemeinsam verbrachte Sommernacht herauf, an ihre Worte, ihr Verhalten, den eigentlichen Liebesakt. Unter vier Augen hätte sie vielleicht ganz anders mit ihm gesprochen. Und umgekehrt war es ebenso. Die jähe Erkenntnis, daß er dieser Frau bedingungslos vertraute, überraschte ihn sehr.

Sie hatten ihr von dem Treffen mit König Daufridi erzählt. Bertran hatte es auch mit der Gräfin und mit Roban erörtert; bevor man hierher kam, war man schon in aller Frühe im Palast gewesen. Die Dinge gerieten allmählich in Fluß. Seit sich Rosala de Garsenc mit ihrem neugeborenen Knaben auf Barbentain aufhielt, war jedermann klar – *mußte* jedermann klar sein, dachte Blaise –, daß jeden Augenblick mit dem Schlimmsten zu rechnen war. Der dumpfe Kopfschmerz wollte nicht weichen. Inzwischen bereute er den zweiten Teil der letzten Nacht kaum weniger als den ersten.

Er sah Ariane an, labte sich an ihrer kühlen Schönheit wie an einem erquickenden Trunk und sagte endlich: »Letztlich geht es doch nur darum, wie man vor den Augen der Welt dasteht. Ich verliere viel, wenn ich den Eindruck entstehen lasse, ich hätte Angst vor ihm oder wollte mir zu offensichtlich Vorteile verschaffen. Ich danke dir für deine Besorgnis, aber wenn wir nicht ehrlich spielen, verliert das Duell seinen Sinn.«

»Hat es denn überhaupt einen Sinn? Dürfen wir davon wirklich ausgehen?« Die Gräfin hatte am Vorabend die gleiche Frage gestellt. Ohne auf die Schärfe des Tons einzugehen, gab er auch die gleiche Antwort.

»Ich hoffe es. Ich hoffe es sehr.«

Sicher war er sich nämlich nicht. Im Moment gab es nichts, worüber er sich sicher gewesen wäre. Blaise kam sich vor wie einer jener Tänzer aus Arimondas Frühgeschichte, die der Sage nach zur Unterhaltung ihrer Könige über die Köpfe lebender Stiere gesprungen sein sollten. Mitten in einem solchen Sprung befand er sich jetzt, die tödlich blanken Hörner schienen ihn fast zu berühren. Irgendwann im Lauf der letzten Nacht war in ihm – zur einen Hälfte aus Frömmigkeit, zur anderen aus nackter Angst – der Verdacht entstanden, er sei von Corannos ganz gezielt nach Arbonne geführt worden. Nicht zufällig sei er in den Süden gegangen, nicht, um dem Druck zu Hause oder dem Liebesschmerz in Portezza zu entfliehen, sondern weil das Schicksal es so gewollt habe, weil ihm hier die womöglich einmalige Chance geboten würde, das Gelübde zu erfüllen, das er beim Verlassen von Schloß Garsenc abgelegt hatte. Er hatte nicht geplant, so mit Daufridi von Valensa zu sprechen. Er hatte die Herausforderung an Quzman nicht vorbereitet. Er tanzte nur mit den Stieren, folgte jeder ihrer Bewegungen, schwebte dicht über den Hörnern des Schicksals.

Er holte tief Atem, nahm seine Gedanken zusammen und erklärte Ariane, wie er gewisse Dinge am nächsten Tag geregelt haben wolle. Ihre Züge glätteten sich, und sie hörte aufmerksam zu. Bertran kam näher, legte eine Hand auf die Rückenlehne des Diwans und machte, als Blaise geendet hatte, seinerseits einen Vorschlag. Valery sagte kein Wort. Er wirkte tief betroffen. Rudel kauerte noch immer in seinem tiefen Sessel, von hinten war nur der wirre Blondschopf zu sehen. Blaise hatte ihn schon im Verdacht, einfach eingeschlafen zu sein, wurde jedoch am Ende des Treffens eines Besseren belehrt.

»Mein Vater hatte recht«, ließ sich der Erbe des Correze-Vermögens nachdenklich vernehmen. »Wahrscheinlich werde ich diesen Treueschwur mehr bereuen als alle anderen Fehler meines Lebens zusammen. Wie konnte ich nur aus dem Bankgeschäft aussteigen, um mich mit diesen verrückten Gorhautanern einzulassen?«

Darauf hätte es eine Reihe von Antworten gegeben, sarkastische, witzige oder kritisch-sachliche. Doch niemand sagte ein Wort.

* * *

»Er wird schräg nach unten schlagen, um dann mit einem tief angesetzten Rückhandhieb auf deine Knie zu zielen«, sagte Valery. Rudel zog die Schnürung des Lederpanzers fester, der für beide Gegner vorgeschrieben war.

»Ich weiß«, sagte Blaise. »Bei Krummschwertern ist das so

üblich.« Aber er hatte gar nicht richtig zugehört und registrierte auch kaum den wachsenden Lärm, der von den Pavillons herüberdrang. Wenn er und Quzman die Zelte verließen, würde das Geschrei noch einmal anschwellen, um dann während der Einführungszeremonie abzuflauen und, sobald es ernst wurde, in anderer Tonlage von neuem einzusetzen. Das war auf der ganzen Welt so. Blaise hatte schon eine Reihe von Duellen als Zuschauer miterlebt, und vor vielen Jahren war er als frischgebackener, jüngster Coraner des Königs von Gorhaut töricht genug gewesen, seinerseits einen valensischen Söldner zum Zweikampf zu fordern, der seinen Herrn beleidigt hatte. Blaise wußte, daß er damals nur mit viel Glück dem Tod entgangen war; der Valensaner hatte seinen jugendlichen Gegner nicht so recht ernstgenommen und dafür mit dem Leben bezahlt. Blaise hatte die Rüstung des Toten jahrelang getragen.

»Er wird ein Messer im Gürtel haben und ein zweites hinter der linken Wade«, murmelte Rudel. »Und er wird nicht zögern, sie auch einzusetzen. Er ist dafür bekannt, daß er beidhändig wirft und genau trifft. Also laß deinen Schild oben.«

Wieder nickte Blaise. Sie meinten es gut mit ihm und überschütteten ihn nur deshalb mit Anweisungen, weil sie Angst um ihn hatten. Er verhielt sich nicht anders, wenn er seinen Freunden bei Zweikämpfen als Schildknappe diente. Auch Rudel hatte er schon beigestanden – dreimal, wenn er sich recht erinnerte.

Aber wie schon so oft war er nicht recht bei der Sache. Vor einem Kampf pflegten seine Gedanken auf den überraschendsten Pfaden zu wandeln. Das half ihm, Ruhe zu bewahren, bis es wirklich losging. Dann freilich war es, als würde ein Vorhang aufgerissen, alle Sinne erwachten und strebten pfeilschnell dem Kampfplatz zu.

Jetzt gingen ihm gerade Rudels letzte Worte am Morgen des vergangenen Tages in Arianes Palais durch den Kopf. Er dachte an Vitalle Correze, der seinen Sohn vergötterte und ihn lieber als Bankier denn als Coraner gesehen hätte, und an sein Verhältnis zu seinem eigenen Vater. Was ihn ausgerechnet darauf gebracht hatte, wußte er nicht. Vielleicht gewann er mit zunehmendem Alter mehr Erfahrung mit der Welt und den Kräften, die sie beherrschten, und konnte allmählich überschauen, in welchem Ausmaß die Männer des Hauses Garsenc sich gegenseitig vergiftet hatten. Zum ersten Mal stellte er sich die Frage, wie Ranald wohl auf Rosalas Flucht reagiert haben mochte, und mußte sich eingestehen, daß er nicht die leiseste Ahnung hatte. Er kannte seinen Bruder nicht besonders gut.

Valery klopfte ihm unsanft auf die Schulter, und Blaise setzte sich gehorsam auf den Schemel und streckte die Beine aus. Seine Freunde knieten nieder, wickelten ihm die weichen, portezzanischen Ledergamaschen um Schenkel und Waden und banden sie fest. Hinter den gesenkten Köpfen sah Blaise durch einen Spalt zwischen den Zeltbahnen die bunten Pavillons und das grüne Gras, auf dem er bald schon seinem Gegner gegenüberstehen würde, in der Morgensonne leuchten.

Seinen Anweisungen folgend, hatte man die Fahne über seinem Zelt noch nicht aufgezogen. Für die meisten Zuschauer in den Pavillons und für das gemeine Volk auf den Stehplätzen war er einfach ein Coraner aus Gorhaut, der mit einem Arimondaner in Streit geraten war und nun für die größte Attraktion des Turniers sorgte. Nur eine Handvoll Leute wußte mehr, und natürlich würde es auch Gerüchte geben; das war bei solchen Anlässen fast unvermeidlich.

Er war kein bißchen aufgeregt. Mittlerweile war er vor einem Kampf immer ruhig, anders als zu Anfang, vor vielen Jahren. Die ganze Nacht hatte er auf dem kalten Steinboden des unerwartet schönen Corannos-Hauses in Lussan auf den Knien gelegen und gebetet. Aber er hatte nicht um einen Sieg gefleht, das tat kein Coraner, sondern vor den zwei hohen Kerzen über dem Relief nur die uralten Bitten um Sonnenauf- und -untergang gesprochen und die Kraft des lebenspendenden, goldenen Gotteslichts beschworen. Das Relief, ein wahres Meisterwerk, zeigte Corannos, wie er den ersten Menschen das Feuer schenkte, auf daß die Nächte ein wenig von ihrem Schrecken verlören.

Vielleicht hätte ihn die schlichte Würde der Häuser des Gottes in diesem Land gar nicht so sehr zu überraschen brauchen. Er hatte immer gewußt, daß man Corannos in Arbonne verehrte; schließlich gab es auch hier Coraner, und die Initiationsrituale und die Anrufungen waren die gleichen wie in Gorhaut und in den anderen Ländern. Dennoch war es ihm damals, in der ersten Zeit auf Kastell Baude im Hochland, nicht leichtgefallen, seine lebenslangen Vorurteile zu überwinden und all die gehässigen Anspielungen – die meisten natürlich von seinem Vater – gegen Arbonne und seine Menschen zu vergessen. Seltsam, wie oft er in letzter Zeit an seinen Vater denken mußte. Vielleicht auch ganz natürlich angesichts dessen, was er zu tun gedachte. Es hieß ja immer, wenn man in höchster Gefahr schwebe, ziehe im Geiste das ganze Leben an einem vorbei.

Galbert de Garsenc hatte seinen jüngeren Sohn zum Corannos-Priester bestimmt. Blaise sollte in seine Fußstapfen treten, daran gab es nichts zu rütteln. Der Großpatriarch war gewohnt, seinen Willen durchzusetzen. Als der Junge schon als Kind wiederholt aus der Domschule unweit von Cortil ausriß, als er die Prügel, die ihm – erst zu Hause von Galberts schwerer Hand und dann bei seiner Rückkehr noch einmal von den Priestern – verabreicht wurden, stumm ertrug, und als er sich schließlich im Alter von sechzehn Jahren standhaft weigerte, die Weihegelübde zu sprechen, machte er damit dem Großpatriarchen einen dicken Strich durch seine so sorgfältig ausgearbeiteten Pläne.

Schließlich hatte man – auf väterlichen Befehl – versucht, Blaise so lange hungern zu lassen, bis er die Gelübde ablegte. Diese Wochen hatte er niemals vergessen. Manchmal riß ihn die Erinnerung daran noch heute mitten in der Nacht aus dem Schlaf. Wenn ihm der Magen knurrte, geriet er immer noch in helle Panik, und er war physisch unfähig, einen Menschen auszupeitschen.

Hätte Eure Mutter etwas ändern können? hatte Signe de Barbentain gleich in jener ersten Nacht gefragt, als er sie kennenlernte. Er wußte es nicht und würde es auch nie erfahren. Der Mensch hatte doch nur dieses eine Leben, wie sollte er solche Fragen beantworten? Schon als kleiner Junge hatte er gelernt, daß Weinen keinen Sinn hatte, weil es auf der ganzen Welt niemanden gab, der ihn getröstet hätte. Die Priester in der Domschule waren seinem Vater geradezu hörig; von ihnen hätte es keiner gewagt, dem undankbaren, mißratenen Sohn Beistand zu leisten. Niemals. Auf Garsenc hatte Ranald sich einmal bei Nacht in Blaises Zimmer geschlichen, um die Peitschenstriemen auf dem Rücken seines Bruders mit Salbe zu bestreichen. Als Galbert am nächsten Morgen entdeckte, was geschehen war, hatte er erst Ranald ausgepeitscht, um dann Blaise noch ein zweites Mal zu züchtigen. Ranald hatte nie wieder versucht, in eine Strafaktion einzugreifen.

Blaise hätte das Weglaufen aufgeben können. Er hätte die Gelübde ablegen können, die man von ihm verlangte, doch diese Möglichkeit kam ihm nicht in den Sinn. Für ihn gab es keine Alternative. Als Galbert endlich einsehen mußte, daß sein Sohn lieber Hungers sterben würde, als nachzugeben, da hatte er ungerührt verkündet, er werde ihn für seinen Ungehorsam öffentlich hinrichten lassen. Dann hatte König Duergar von dem grausamen Familiendrama erfahren und sich persönlich eingeschaltet. Er hatte die Hinrichtung verboten, er hatte befohlen, den halbverhungerten Jungen mit Essen und Trinken zu versorgen, und er hatte einen Monat später den Treueid des ausgemergelten, schweigsamen Sechzehnjährigen mit den tief eingesunkenen Augen entgegengenommen und ihn zum Coraner von Gorhaut geweiht.

Herzog Ereibert de Garsenc, ein markiger Greis mit schlohweißem Haar, starb kinderlos, als seine beiden Neffen neunzehn beziehungsweise einundzwanzig Jahre alt waren. Sein Ruf als strenger Feldherr hatte es ihm ermöglicht, allen Gerüchten über seine Mannesschwäche, die ihn sein Leben lang verfolgten, die Stirn zu bieten. Ranald war sein Erbe. Er gab schweren Herzens sein Amt als Königlicher Schwertführer auf, um Herzog von Garsenc und damit der größte und mächtigste Grundbesitzer in Gorhaut zu werden. Nach den Plänen seines Vaters *hätte* Blaise zu diesem Zeitpunkt bereits seinen festen Platz in der Hierarchie des Gottesordens einnehmen und sich anschicken sollen, den Gipfel zu erklimmen, um schließlich Galberts Nachfolge als Großpatriarch anzutreten und über Könige und Fürsten zu gebieten. Das Haus Garsenc *hätte* bereit sein sollen, für die nächsten Generationen – ohne

Rücksicht darauf, wer dem Namen nach gerade König war – über Gorhaut zu herrschen und das Land sozusagen wie sein Wappentier, der aufgerichtete Bär, zwischen den Pranken zu halten.

Ranald würde Söhne zeugen, die nach ihm Garsenc übernehmen oder Blaise in die Priesterschaft folgen könnten, und Töchter, um andere große Familien mit den Banden der Ehe an das Haus Garsenc zu ketten. Und irgendwann, eines nicht mehr allzu fernen Tages, stiege man man vielleicht sogar noch höher und erränge den Thron für sich. Dann würde ein Garsenc in Cortil herrschen und Gorhauts Grenzen immer weiter ausdehnen, zuerst jedoch – zuallererst natürlich – über die Gebirgspässe nach Süden, nach Arbonne, in jenes gottlose Ketzerland, wo die Frauen das Sagen hatten und weibische Männer sich in ihren blutigen Ritualen suhlten.

All das war Blaise von Kindesbeinen an bekannt. Mit ihm hatte Galbert nämlich gesprochen, als seine Söhne noch klein waren. Zunächst hatte er nicht begriffen, warum das so war, und dann hatte er Ranald lange Zeit bedauert. Jetzt war das alles weit, weit weg.

»Die Stiefel«, sagte Rudel.

Blaise hob erst das linke, dann das rechte Bein.

»Fertig«, sagte Valery. Blaise stand auf, und Rudel faßte ihn um die Taille und schnallte ihm das lange Aulensburger Schwert in der einfachen Soldatenscheide um. Dann nahm er den leichten Helm vom Tisch und wog ihn in der Hand. Blaise griff danach und setzte ihn auf. Valery wartete bereits mit dem runden, glatten Schild. Auch den nahm Blaise an sich.

»Wo willst du die Messer haben?« fragte Valery.

»Eins in den Gürtel. Das andere ist schon an seinem Platz.«

Valery stellte weiter keine Fragen, Rudel hielt es ebenso. Auch sie hatten diese Prozedur schon mehrmals hinter sich. Rudel nahm mit ernster Miene ein schmales, schwarzes Messer von der Truhe neben dem Zelteingang und reichte es Blaise.

Der lächelte ihm kurz zu. »Weißt du noch? Das hast du mir geschenkt.«

Rudel spreizte hastig die Finger. »Das ist nicht wahr. Ich habe es *gefunden*, und du hast mir ein Kupferstück dafür bezahlt. Bei uns verschenkt man keine Messer, du ungebildeter Nordländer.«

Blaise lachte. »Verzeih mir. Ich hatte vergessen, daß du im Herzen immer noch ein abergläubischer, portezzanischer Bauer bist. Wer hat dir eigentlich erlaubt, deine Hacke in den Weinbergen liegen zu lassen und mit vornehmen Leuten durch die Welt zu reisen?«

Eine übermütige Stichelei, die keiner Antwort bedurfte und auch ohne Antwort blieb, denn in diesem Augenblick begannen die Trompeten zu schmettern.

Valery und Rudel stellten sich zu beiden Seiten des Zelteingangs auf. Traditionsgemäß hatten die Schildknappen in diesem Moment zu schweigen; Abschiedsworte jeglicher Art wurden als Herausforderung an das Schicksal betrachtet. Das wußte auch Blaise. So sah er die beiden nur an und lächelte. Er war immer noch ruhig, doch jetzt spürte er ein erstes, verräterisches Flattern seines Pulsschlags. Draußen senkte sich Schweigen über die Menge wie ein riesiger Vogel.

Er nickte, Valery und Rudel zogen jeder eine Plane beiseite. Er zog den Kopf ein, schlüpfte zwischen ihnen hindurch und trat hinaus in den Sonnenschein auf das grüne Gras.

Quzman von Arimonda war der erste Mensch, den er erblickte. Er stand am Eingang seines Zelts am anderen Ende des Feldes. Hinter ihm flatterte ein Banner: drei Stiere auf rotem Grund. Blaise registrierte das Krummschwert, das sich der Arimondaner nach westlicher Manier auf den Rücken geschnallt hatte, und sah auch den blanken, goldenen Schild. Er blickte nach Osten, prüfte den Winkel der aufgehenden Sonne, prägte ihn sich ein; wenn der Mann aus Arimonda mit seinem Schild das Licht einfing und zurücklenkte, würde er ihn blenden. Nur unterschwellig vernahm Blaise das erwartungsvolle Geraune der gierigen Menge. Ein Duell auf Leben und Tod war das spannendste Ereignis überhaupt.

Wieder ein kurzer Trompetenstoß, Blaise wandte sich dem mittleren Pavillon zu, vor dem nun der Herold von Arbonne erschienen war. Sein Herz schlug jetzt schneller, aber nicht in Erwartung des Kampfes, noch nicht. Zuvor kam noch etwas anderes.

Der Herold erhob seine klangvolle Stimme, um die erlauchtesten Häupter namentlich zu begrüßen. Blaise sah König Daufridi von Valensa neben der Gräfin sitzen. Sein bärtiges Gesicht war unergründlich, spiegelte nichts als höfliches Interesse.

»Zu meiner Linken«, rief der Herold endlich, und seine geschulte Stimme schallte mühelos über den Kampfplatz und die vollbesetzten Pavillons hinweg, »steht Quzman di Peraño von Arimonda. Er verteidigt in diesem Zweikampf die Ehre seiner Familie und ist bereit, Corannos und Rian sein Leben zu Füßen zu legen.« Er hielt inne.

Blaise holte Atem. Es war so weit.

»Nun gut«, sagte er zu den beiden Männern hinter sich. »Fangt an!«

Er drehte sich nicht um, doch als der Herold von Arbonne sich ihm zuwandte, hörte er, wie über seinem Zelt mit lautem Rascheln zwei Banner aufgezogen wurden. Im nächsten Moment entstand, als peitsche der Wind das Meer gegen die Küste, eine Woge von Lärm, in der die Stimme des Herolds nahezu unterging.

Doch der Mann gab nicht auf. »Zu meiner Rechten«, verkündete er, »steht Blaise de Garsenc von Gorhaut. Auch er will die Ehre seines Namens verteidigen, doch obendrein erhebt er hier auf diesem heiligen Feld, wo der Gott und die Göttin über den Wert der Kämpfer befinden, vor den Vertretern der sechs Nationen Anspruch auf die Krone des Königreichs Gorhaut, die sich derzeit widerrechtlich im Besitz des Verräters Ademar befindet!«

Nun war alles auf den Beinen; der Herold mußte aus Leibeskräften schreien. »En Blaise erklärt, daß er sich aus freien Stücken in dieses Duell gegen einen Mann begibt, den die Gräfin von Arbonne öffentlich eines schweren Verbrechens beschuldigt. Der Kampf soll entscheiden, ob sein Anspruch berechtigt ist. Ihr alle seid Zeuge. Er setzt sein Leben aufs Spiel, um zu beweisen, daß die Krone ihm gebührt.«

Die letzten Worte waren kaum noch zu verstehen. In den Pavillons und auf den Stehplätzen tobte das Volk. Doch es war nicht von Belang, ob der Herold sich Gehör verschaffen konnte oder nicht. Die Banner allein sagten genug. Blaise drehte sich langsam um – im Moment war noch alles Theater, alles Symbol, der blutige Ernst kam erst später – und nickte, ein Gleicher unter Gleichen, Signe de Barbentain und Daufridi von Valensa zu. Und die Gräfin von Arbonne erhob sich im Angesicht ihres Volkes und der Gäste aus allen Ländern der bekannten Welt und begrüßte Blaise mit ausgestreckter Hand als Gleichen unter Gleichen. Die Menge geriet außer sich. Blaise achtete nicht auf das Geschrei. Er wartete. Ein Augenblick, ein zweiter, endlich sträubten sich ihm die Haare im Nacken. Auch Daufridi stand auf. Stolz wandte sich der hochgewachsene Herrscher von Valensa nach links und nach rechts, ohne Eile, denn in solchen Gesten war er ein Meister. Dann sah er Blaise an und legte bedächtig die rechte Hand zum Coranergruß auf die linke Schulter.

Was niemand hatte vorhersehen können, war geschehen. Daufridi hatte Blaise nicht ganz so rückhaltlos anerkannt wie Signe – dafür spielte der Valensaner ein allzu kompliziertes Spiel – aber er hatte ihm mehr zugestanden, als zu erwarten war: er hatte ihn als würdig erachtet, daß er, ein König, sich seinetwegen erhob.

Blaise schloß erleichtert die Augen, riß sie aber sofort wieder auf. Natürlich hatte er gezweifelt, aber das durfte er sich nicht anmerken lassen. Daufridi hatte keinerlei Zusagen gemacht – schon gar nicht im Hinblick auf dieses völlig unerwartete Ereignis. Als er vor zwei Tagen den Gasthof vor den Mauern verließ, hatte er sich lediglich zu der unverbindlichen Bemerkung herbeigelassen, er wolle über Bertrans Angebot nachdenken. Offenbar hatte er Wort gehalten. Zunächst war er auf ihrer Seite. Blaise gab sich freilich keinen Illusionen hin. Sollte der König von Valensa irgendwann zu der Überzeugung kommen, Arbonne und Blaise seien für ihn gefährlicher als Ademar und Galbert, würde er ihnen im Handumdrehen die Freundschaft aufkündigen. Im Moment hatte er sich jedenfalls inmitten des ohrenbetäubenden Geschreis erhoben, um Blaise auf der Bühne des Weltgeschehens willkommenzuheißen. Das war immerhin etwas; es war sogar eine ganze Menge.

So heiter und gelassen wie nur irgend möglich, wandte

Blaise sich von den Pavillons ab, um sich zum ersten Mal anzusehen, was da über seinem Zelt flatterte.

Der Bär von Garsenc, leuchtend rot auf tiefblauem Grund, wäre für all jene, die bis zu diesem Moment nicht einmal gewußt hatten, wer Blaise war, allein schon aussagekräftig genug gewesen. Doch über ihm flatterte stolz und prächtig, eine dreiste Provokation, die Fahne der Könige von Gorhaut im Wind.

Blaise stand im Zentrum einer immer noch wachsenden Lärmflut, blickte auf zu der goldenen Sonne auf weißem Grund unter der Königskrone und über dem Schwert des Gottes, und hatte das seltsame Gefühl, diese Fahne noch nie richtig gesehen zu haben. In einer Hinsicht traf das auch zu: sie war noch nie auf sein Geheiß in Wind und Sonnenschein aufgezogen worden. Damit fing nun alles an. Seit dieses Tuch über seinem Kopf flatterte, seit es vor den Augen der Welt in seinem Namen gehißt worden war, hatte es wahrhaft angefangen. Er verneigte sich tief vor dem Hoheitszeichen der Könige seines Landes, während ringsum der Jubel immer noch weiter anschwoll und lauter wurde, als er es jemals für möglich gehalten hätte.

Er wußte jedoch, wie er ihn zum Schweigen bringen, wie er die Zuschauer in den Pavillons und auf den Stehplätzen zurückpfeifen konnte wie die Jagdhunde, so daß sie nur noch auf das achteten, was vor ihnen auf dem grünen Gras unter der Morgensonne geschah. Hier hatte es angefangen, und hier würde es womöglich auch enden, denn noch galt es, die Zustimmung des Gottes zu erlangen. Die Zustimmung Corannos' und der Göttin von Arbonne. Zum ersten Mal in seinem Leben schickte Blaise von Gorhaut ein Gebet an Rian. Dann wandte er sich dem Arimondaner zu und zog sein Schwert.

Wer nur zum Vergnügen tjostierte oder um seine Kräfte zu messen, der saß in vollem Turnierstaat zu Pferde. Roß und Reiter trugen prächtige Rüstungen, und die kostbare Ausstattung des Coraners war ebenso wichtig wie sein Können. Natürlich war niemand gern der Verlierer – schon weil das ein teurer Spaß werden konnte – aber die Rüstung bewahrte zumeist vor schweren Verletzungen, und auf lange Sicht glichen sich, außer bei einer Handvoll der berühmtesten Kämpfer, Siege und Niederlagen mehr oder weniger aus. Ein Turnier war ein großes Schauspiel zur Belustigung des Adels wie des gemeinen Volkes, eine Gelegenheit, mit Reichtum und Erfolg zu prahlen und seine Tapferkeit unter Beweis zu stellen, und so wurde es auch normalerweise betrachtet.

Ein Duell auf Leben und Tod trug man dagegen zu Fuß aus. Körperschutz war nur in engen Grenzen gestattet. Es gab keinerlei Prunk, keine kunstvoll verzierten Brustharnische, keine Helmzier. Zweikämpfe dieser Art waren eher primitive Prügeleien, auch dann, wenn sie als Gottesurteile galten, aber sie hatten eine uralte Tradition. Schon bevor die Alten kamen, hatte man auf diese schlichte Weise den Mut und die Willenskraft eines Mannes und die Macht seiner Göttinnen und Götter auf die Probe gestellt. Natürlich dienten auch Duelle zur Unterhaltung, wie die Erregung der Zuschauer gerade jetzt wieder bewies, aber das Vergnügen war nicht ungetrübt. Das schlimme Ende überschattete alles: irgendwann würde ein Mann mit gebrochenen Gliedern im zertrampelten Gras sein Leben aushauchen und damit allen, die sich versammelt hatten, um den Ausgang mitzuerleben, schmerzlich in Erinnerung rufen, daß auch sie sterblich waren.

Hauptsächlich deshalb verstummte das Geschrei sofort, als Blaise sein Schwert zog. In den Corannos-Klöstern, in die sich manche Männer und Frauen zurückzogen, wenn sie ihr Ende nahen fühlten, schmückten Bildteppiche die Wände der Refektorien, und auf mindestens einem dieser Teppiche war stets der Tod dargestellt. Der lachende Knochenmann zog – in der Hand einen Stößel, um auch den letzten Funken Leben zu zerreiben – an der Spitze einer langen Prozession über einen winterlich kahlen Hügel nach Westen, der untergehenden Sonne entgegen. Und stets schritt, auch das eine alte Tradition, als erster in diesem Zug, noch vor den gekrönten Häuptern dieser Erde, Hand in Hand mit dem Tod ein hochgewachsener Coraner in der Blüte seiner Jahre einher. Das Schwert in seiner Scheide nützte ihm nichts, der Tod führte ihn unerbittlich hinweg.

Quzman di Peraño hob lächelnd den Arm und zog das Krummschwert aus der Rückenscheide. Dann öffnete er eine

Schnalle und ließ das Gehänge hinter sich ins Gras fallen. Einer seiner Schildknappen, ein Coraner von Miraval, bückte sich rasch und hob es auf. Der Arimondaner kam näher. Trotz seiner Größe bewegte er sich mit der Eleganz eines Akrobaten. Blaise beobachtete ihn genau und sah, daß er mit den ersten Schritten leicht nach Westen abschwenkte. Wie erwartet. Er kannte dieses Manöver noch von seinem letzten Duell mit einem Mann aus Arimonda. Damals war er dem Tod nur um Haaresbreite entronnen.

Auch Blaise ging nun dem Mann entgegen, dessen Bruder er getötet hatte. Nicht zum ersten Mal bedauerte er, nur so wenig über ihn und seine Kampfesweise zu wissen. Valery hatte ihm eine Menge über die Gepflogenheiten von Krummschwertkämpfern erzählt – das meiste war Blaise nicht neu gewesen – aber über Quzman selbst war, von Äußerlichkeiten abgesehen, so gut wie nichts bekannt. Ein wahrer Hüne und doch flink wie eine Katze, ungemein tapfer und von brennendem Rachedurst erfüllt, ein Mann, der heute nichts, aber auch gar nichts mehr zu verlieren hatte. *Vielleicht,* dachte Blaise, *bin ich schon tot, bevor die Sonne ihren höchsten Stand erreicht.*

Die Gefahr hatte immer bestanden. Einen harmlosen Gegner zu besiegen, mehrte nicht den Ruhm. Damit konnte man sich keinen Namen machen vor den gekrönten Häuptern dieser Welt und unter dem Banner der Könige von Gorhaut – was doch das Ziel der ganzen Inszenierung war.

Nach ein paar Schritten fand Blaise, was er gesucht hatte. Der kleine Rundschild ruhte auf seinem linken Unterarm, die Finger waren frei. Er nahm das Schwert in diese Hand und bückte sich rasch. Während Quzman weiter auf ihn zukam, scharrte er eine Handvoll Erde zusammen und schleuderte sie mit kräftigem Schwung gegen den blanken Schild des Arimondaners. Quzman hielt überrascht inne, so daß Blaise Zeit hatte, mit einem zweiten Lehmklumpen die Spiegelwirkung zu dämpfen, bevor er sich aufrichten und die Waffe wieder in die Schwerthand nehmen mußte.

Quzman lächelte nicht mehr. Dafür grinste Blaise und sagte mit wohlberechnetem Spott: »Ein allzu hübsches Spielzeug.« Es war so still geworden, daß er nicht einmal die Stimme zu heben brauchte. »Ich lasse es säubern, wenn Ihr erst tot seid. Wie viele Männer habt Ihr mit diesem feigen Blendtrick schon getötet?«

Quzman schwieg für einen Moment. »Könnt Ihr Euch eigentlich vorstellen«, fragte er dann mit vor Erregung heiserer Stimme, »mit welcher Wonne ich Euch sterben sehen werde?«

»Ich denke schon. Blutameisen in der Wüste, Ihr erwähntet es bereits. Mir dagegen«, gab Blaise zurück, »ist es herzlich gleichgültig, ob Ihr am Leben seid oder nicht. Der Tanz kann beginnen. Wollt Ihr noch weiter mit der Zunge kämpfen, oder wißt Ihr auch mit Eurer Klinge umzugehen?«

Er wußte sogar ganz ausgezeichnet damit umzugehen, und er war bis aufs Blut gereizt. Der erste Hieb wurde, genau wie Valery vorhergesagt hatte, mit der Rückhand schräg nach unten geführt. Blaise parierte ihn mühelos und lenkte ihn kurz vor seinem Körper ab – doch dann war er, obwohl er damit gerechnet hatte, kaum schnell genug, um den tückischen, auf seine Knie gezielten Gegenhieb abzuwehren. Knirschend und mit einer Wucht, die ihm fast das Handgelenk lähmte, prallten die Klingen aufeinander. Der Mann hatte nicht nur Bärenkräfte, auch seine Reaktionen waren schneller, als Blaise erwartet hatte.

Während er sich das noch klarmachte, wich er blitzschnell aus und warf sich, eine reine Reflexbewegung, zu Boden. Nur sein Instinkt, über Jahre hinweg in Turnieren und Schlachten geschult, rettete ihm das Leben. Unversehens hatte das Krummschwert zitternd in der Erde gesteckt, während Quzman sich mit der behandschuhten Hand an die Wade griff und blitzschnell ein Messer auf Blaises Kehle schleuderte. Die Klinge ging – fast – vorbei. Blaise spürte einen brennenden Schmerz und faßte sich rasch mit der Schwerthand ans Ohr. Als er die Hand wegnahm, war sie blutig. Von den Pavillons drang ein tiefes Seufzen herüber, als streiche der Wind über das Moor.

Bevor das Schwert noch zur Ruhe gekommen war, hatte Quzman es schon wieder herausgezogen und lächelte, daß die weißen Zähne blitzten. »Auch *das*«, sagte er, »sieht hübsch aus. Warum packt Ihr nicht Schlamm darauf wie ein Bauer, wenn Ihr schon so gern im Schmutz wühlt?«

Blaise hatte große Schmerzen, die sich sicher noch verschlimmern würden, aber das Ohr hatte er wohl nicht eingebüßt. Nicht ganz jedenfalls. Er konnte auf dieser Seite immer noch hören. Jäh kam ihm Bertran in den Sinn. Auch ihm fehlte ein Stück der Ohrmuschel. Er mußte diesen Platz lebend verlassen, es hing so viel davon ab. Doch jetzt überkam ihn wieder der blinde Zorn, jener vertraute und zugleich furchterregende Dämon, der ihn noch bei jedem Kampf gepackt hatte.

»Spart Euch den Atem«, preßte er heraus, sprang vom Boden auf und griff an. Fortan wurde kein Wort mehr gesprochen, dafür fehlte beiden die Zeit und tatsächlich auch der Atem. Nur das hektische Klirren war zu hören, wenn die Klingen aneinander entlangschrammten, manchmal ein tiefes, dumpfes Dröhnen, wenn ein Schwert gegen einen Schild prallte, oder ein verhaltenes Ächzen, wenn sich die Gegner umkreisten und mit kaltem Eisen und noch kälterem Blick nach einer Lücke suchten, um den tödlichen Hieb anzubringen.

Quzman von Arimonda war tatsächlich gut, von glühendem Stolz durchdrungen wie alle seine Landsleute und ganz besonders seine Familie, leidenschaftlich entschlossen, seinen Racheschwur zu erfüllen. Er focht mit tänzerischer Eleganz und tödlicher Zielsicherheit. In den ersten drei Gängen landete er noch zwei Treffer und verletzte Blaise am Unterarm und an der Wade.

Dafür erhielt er selbst eine klaffende Wunde am Oberschenkel, und sein Lederharnisch war nicht stark genug, um seine Rippen vor einem Sichelhieb aus der Vorhand zu schützen. Das gegnerische Schwert stammte immerhin aus Aulensburg, und der Mann, der es führte, stand ihm an wütender Entschlossenheit in nichts nach.

Blaise hielt nicht inne, um sich zu vergewissern, wie schwer die Verletzungen des Arimondaners waren. Er drängte vorwärts, griff von beiden Seiten an und wurde jedesmal so hart abgewehrt, daß er den Aufprall bis zum Ellbogen oder gar bis in die Schulter spürte. Er registrierte, daß aus Quzmans linker Brustseite immer neues Blut quoll. Sein eigenes Bein protestierte heftig gegen jede Belastung, doch er versuchte, nicht darauf zu achten. Der Tiefschlag hätte ihn leicht zum Krüppel machen können, doch er hatte Glück gehabt. Er stand noch aufrecht. Aber dieser Mann versperrte ihm weiterhin den Weg – wohin?

Zu vielen Dingen, nicht zuletzt zur Verwirklichung seines Traums von einem neuen Gorhaut. Er hatte nämlich recht genaue Vorstellungen davon, wie seine Heimat sich darstellen *sollte* – vor den Augen der Welt, in der Sicht des Gottes und in seiner eigenen Seele. Das hatte er vor zwei Tagen auch König Daufridi von Valensa erklärt, als der ihn fragte, ob er sein Land liebe.

Natürlich liebte er es, so sehr, daß ihm manchmal das Herz weh tat wie einem alten Mann die gichtigen Finger, wenn es regnete. Er sehnte es herbei, dieses Gorhaut seiner Träume, ein Land, würdig des Gottes, der es auserwählt hatte, und würdig, von aller Welt geachtet zu werden. Kein Schlangennest von Intrigen, beherrscht von einem moralisch verkommenen König, der nur ein Sklave seiner Triebe war, bewohnt von Menschen, denen ein schmachvoller Vertrag ihren Besitz geraubt hatte, korrumpiert von verbrecherischen Machenschaften unter dem Deckmantel einer pervertierten Corannos-Frömmigkeit, Machenschaften, die kein anderes Ziel hatten, als den Nachbarn südlich der Berge zu vernichten.

Große Hoffnungen für seine Heimat zu hegen, von Macht und Entfaltung zu träumen, war eine Sache. Das himmelblaue Gottesgewand als Rechtfertigung für zahllose, qualmende Scheiterhaufen zu mißbrauchen, auf denen Scharen von Menschen – eine ganze Nation – als Ketzer brennen sollten, hatte damit nichts zu tun. Blaise hatte solche Scheiterhaufen schon als Kind gesehen. Besonders jenes erste Mal würde er nie vergessen, als sich die Hand seines Vaters in seine Schulter krallte und nicht zuließ, daß er sich abwandte.

Er wußte genau, was Galbert wollte, und wozu er Ademar von Gorhaut verleiten würde, sobald der erst einmal im Süden war. Wenn im Frühling der Schnee schmolz, würde das gorhautische Heer ungeheuer stark und bestens ausgerüstet sein. Er hatte die Scheiterhaufen gesehen; er würde nicht zulassen, daß noch weitere aufgeschichtet wurden. Das hatte er sich schon vor vielen Jahren geschworen, als ihm die Todesschreie jener Greisin in den Ohren gellten und die Flammen vor seinen Augen ihr weißes Haar erfaßten. Doch um seinen Vater und den König daran hindern zu können, mußte er diesen Arimondaner besiegen, der ihm mit seinem blutigen Krummschwert im Wege stand.

* * *

Die berühmtesten Troubadoure und die bekannteren Joglares brauchten sich bei den Turnieren nicht mit Stehplätzen zu bescheiden wie das gemeine Volk. Ariane de Carenzu hatte ihnen zum Zeichen der Wertschätzung, die sie in Arbonne genossen, am Rande des Kampfplatzes, nicht weit von ihrem eigenen entfernt, einen Pavillon reserviert. Die Einladung dorthin stellte Jahr für Jahr einen der wichtigsten Gradmesser für den Erfolg eines fahrenden Musikanten dar. Lisseut befand sich in diesem Herbst zum ersten Mal unter den Auserwählten. Das hatte sie natürlich Alain zu verdanken. Der Ruf des kleinen Mannes war stetig gewachsen, seit er an jenem denkwürdigen Abend in Tavernel mit seinem selbstbewußten Auftreten erreicht hatte, daß sie der Herrin des Minnegerichts und den Herzögen von Talair und Miraval sein Lied vortragen durfte.

Und natürlich auch dem rotbärtigen Coraner aus Gorhaut, der nun da vorne im Gras um sein Leben kämpfte. Er war wohl doch nicht nur ein einfacher Coraner. Nicht mehr jedenfalls, seit über seinem Zelt die beiden bunten Fahnen in die Höhe gegangen waren und daraufhin ein Tumult losbrach, den die Stimme des Herolds kaum zu übertönen vermochte. Sie wußte schon seit Mittsommer, wer Blaise de Garsenc war, hatte aber Wort gehalten und niemandem davon erzählt. Nun hatte er sich vor der ganzen Welt zu erkennen gegeben. Und damit nicht genug. Derselbe Mann, den sie vor wenigen Monaten in der *Liensenne* so heftig attackiert und hinterher bis zum Correze-Garten verfolgt hatte, erhob nun Anspruch auf die Krone von Gorhaut.

Im Rückblick konnte sie sich kaum noch vorstellen, daß sie ihn damals in Tavernel aufgefordert haben sollte, sie auf ihr

Zimmer zu begleiten. *Es bringt Unglück, in dieser Nacht allein zu sein,* hatte sie ihm erklärt. Dabei war es gerade ihr vorlautes Mundwerk, das sie immer wieder ins Unglück stürzte. Ihre Mutter würde sich nicht mehr aus dem Haus wagen, falls sie jemals davon erfahren sollte. Lisseut wurde selbst jetzt, Monate später, noch rot, wenn sie sich an die Szene erinnerte.

Sie sah zu den beiden Fahnen empor, die fröhlich im Wind flatterten. Was mochte er sich wohl gedacht haben, als diese aufdringliche, pudelnasse Sängerin mit dem strähnigen Haar an ein und demselben Abend gleich zweimal auf ihn losging, um dann mitten auf der Straße seinen Arm zu nehmen und ihn einzuladen, das Bett mit ihr zu teilen? Dabei war er nicht einmal ein Freund ihres Gesangs. Lisseut zuckte schmerzlich zusammen, obwohl sie inmitten ihrer Freunde unter dem bunten Zeltdach saß. Zum Glück bemerkte es niemand. Die anderen waren zu sehr damit beschäftigt, Wetten auf das bevorstehende Duell, auf den Tod eines Menschen abzuschließen.

Im nächsten Augenblick rückten alle Grübeleien, alle Erinnerungen an den vergangenen Sommer in weite Ferne. Die beiden Männer auf dem Kampfplatz holten ihre Schwerter, ein gerades und ein krummes, aus der Scheide und gingen aufeinander zu. Blaise bückte sich und bewarf den Schild seines Gegners mit Gras und Erde, wozu, das verstand sie erst, als sich Aurelian unaufgefordert zu ihr herüberbeugte und es ihr flüsternd erklärte. Sie drehte sich nicht einmal nach ihm um. Das Kampfgeschehen fesselte sie und stieß sie zugleich ab. Dann redeten die beiden Kontrahenten miteinander, ohne daß man sie verstehen konnte. Schließlich fuhr der Arimondaner zurück, als habe er sich verbrannt, und ging mit einem Satz zum Angriff über. Einmal, zweimal wurden seine Attacken pariert. Vor Aufregung vergaß sie fast zu atmen. Das war kein Spiel mehr, hier lauerte der Tod. Das wurde ihr mit einem Schlag klar, als sich das Krummschwert plötzlich in die Erde bohrte.

Unmittelbar darauf, sie sollte sich später genau an den Augenblick erinnern – der Arimondaner hatte eben seinen Dolch geschleudert, Blaise hatte sich zur Seite geworfen, die Klinge hatte ihn am Ohr getroffen und das Blut hervorquellen lassen – stellte Lisseut verzweifelt fest, daß sie im Begriff war, ihr Herz zu verlieren. Es wollte sich heimlich davonstehlen wie ein Vogel, wenn der Winter kommt. Doch warum wollte es ausgerechnet nach Norden fliegen, wo es keine Wärme gab, keine Geborgenheit, wo es nicht auf freundlichen Empfang hoffen durfte?

»O Mutter«, flüsterte sie, doch ihre Mutter war weit weg in ihrem Olivenhain über der kleinen Küstenstadt. Niemand beachtete Lisseut. Vor dem Pavillon kämpften zwei Männer auf Leben und Tod, und einer davon hatte nach einer Krone gegriffen. Wie immer dieser Kampf auch enden mochte, er würde Stoff für zahllose Lieder bieten, und in Tavernen und Schlössern würde man noch jahrelang davon sprechen. Lisseut krallte die Hände im Schoß ineinander und sprach ein Gebet an die gütige Rian. Und das Herz sprang ihr aus der Brust und flog über das grüne Gras.

* * *

Vieles, was Blaise vom Schwertkampf wußte, hatte er sich selbst beigebracht oder – wenn er, selten genug, zu Hause war und Ranald sich zu einer geheimen Unterrichtsstunde bereiterklärte – von seinem Bruder gelernt. Blaise sollte in den Orden eintreten, wozu brauchte er da ein Schwert? Einiges verdankte er auch den Fechtmeistern, bei denen er, viel später als die meisten jungen Gorhautaner, ein Jahr lang in die Lehre ging. Doch da hatte ihm der König bereits die Coranerwürde verliehen, weniger, um seine Verdienste zu würdigen, als um dem Großpatriarchen einen öffentlichen Denkzettel zu verpassen.

Hauptsächlich hatte der Unterricht freilich vor Ort stattgefunden, entweder im Krieg oder, wenn Frieden war, bei den Massenkämpfen auf den Turnieren. Die ersten Monate und Jahre hatte er nur mit viel Glück überlebt. Das war ihm seit langem klar. So ahnungslos und unerfahren, wie er damals war, hätte er die Schlachtfelder von Thouvars, Graziani und Brissel oder die ersten Turniere in Aulensburg oder im valensischen Landeston von Rechts wegen nicht auf eigenen Beinen verlassen dürfen. Bis es zur Schlacht an der Iersen-Brücke kam, hatte er die Kunst des Tötens und des Überlebens freilich in

Vollendung beherrscht. Dennoch war er dem Tod noch nie so nahe gewesen wie an jenem Wintertag, und das war gewiß der makaberste von all den vielen Scherzen, die das Schicksal im Lauf seines Soldatenlebens schon mit ihm getrieben hatte.

Wie auch immer, die Strategie, die er jetzt verfolgte, war für ihn so selbstverständlich wie die Tatsache, daß die Sonne im Osten aufging oder die Vögel im Winter gen Süden zogen. Der Arimondaner war auf der linken Seite schwer verletzt. Nun galt es, ihn mit Vorhandhieben gegen Kopf oder Schultern immer wieder zu zwingen, Deckung hinter seinem Schild zu suchen. Ob die Hiebe auch trafen, war nicht von Belang; damit war bei einem starken Gegner ohnehin nicht zu rechnen. Aber jedesmal, wenn Quzman seinen Schild hochriß, um einen Hieb abzuwehren, würde sich die Wunde öffnen und bluten, und Arm und Seite würden schwächer werden. Ein Routinemanöver, das jedem halbwegs erfahrenen Soldaten geläufig war.

Nach einer Weile erkannte Blaise, daß seine Rechnung aufging. Man merkte dem Arimondaner die Anstrengung an, obwohl sein überheblicher Gesichtsausdruck sich kaum veränderte. Auch in seiner Aufmerksamkeit ließ er nicht nach, doch der Blutstrom aus der Seite war stärker geworden. Mit jener eiskalten Präzision, deren sich alle Feldärzte rühmten, obwohl sie den meisten abging, machte Blaise sich nun daran, die Wunde, die er geschlagen hatte, noch weiter für seine Zwecke auszunützen.

Er ging völlig konzentriert und ruhig zu Werke, mit unendlicher Geduld und viel Bedacht – und das kostete ihn beinahe das Leben.

An sich hätte er dafür, daß er Quzman auf den Leim ging, den Tod verdient. Der Arimondaner trat zurück, rammte abermals sein Schwert in die zertrampelte Wiese und tastete, sobald er die Hand freihatte, wie zuvor nach seiner Wade. Blaise, auf ein zweites Messer gefaßt, war bereits zur Seite gesprungen und wollte sich eben zu Boden werfen, als Quzman sich auf ein Knie niederließ und statt dessen mit der linken Hand wie ein Diskuswerfer seinen Schild schleuderte. Die schwere Scheibe prallte mit voller Wucht gegen Blaises Schienbeine. Er brach mit einem Aufschrei zusammen. Der Arimondaner zog sein Schwert aus der Erde, richtete sich blitzschnell wieder auf, stürmte vorwärts und hob die Klinge, um dem Gestürzten das Haupt abzuschlagen.

Mit dem Mut der Verzweiflung stieß Blaise sich mit beiden Beinen nach hinten und rollte seitlich ab. Der Schmerz raubte ihm den Atem. Das Schwert sauste um Haaresbreite an seinem Kopf vorbei, doch jetzt war man sich so nahe, daß Quzman im Vornüberfallen tatsächlich nach seinem zweiten Messer griff.

Er sollte es nicht erreichen.

Jahre zuvor, auf einem der endlosen Feldzüge gegen Valensa, hatte König Duergar von Gorhaut, der auch weiterhin ein gewisses Interesse für Galbert de Garsencs ungewöhnlich aufsässigen, zweiten Sohn bekundete, den jungen Blaise eines Tages auf einen Inspektionsritt um das Heerlager mitgenommen. Auf diesem Ritt – es war im Frühling – hatte der König ganz nebenbei eine besonders geeignete Methode empfohlen, ein verborgenes Messer bei sich zu tragen, um dann darauf hinzuweisen, daß blühende Kirschbäume ein gutes Versteck für Bogenschützen abgäben.

Blaise litt Höllenqualen, sein Schwert konnte er nicht einsetzen, und so wälzte er sich in seiner Not noch einmal herum und ließ den Schildgriff los. Dann zog er den Dolch aus der Eisenscheide, die er, dem königlichen Rat folgend, an der Innenseite des Schilds hatte anbringen lassen. Als er schwerfällig ausrollte, stieß er sich mit dem rechten Arm kräftig ab, schmetterte Quzman den Schild gegen die Schulter, zog die Linke mit dem Dolch darunter hervor und versetzte dem Arimondaner zwei Stiche. Beim ersten Mal drang die Klinge tief in die Muskulatur des Schwertarms ein, beim zweiten Mal zog sie einen Schnitt quer über die ohnehin schon verletzte Rippenpartie.

Sein Gegner krümmte sich vor Schmerzen. Blaise kroch unter ihm hervor, rappelte sich auf und holte rasch sein Schwert zurück. Quzman konnte seinen Schwertarm nicht mehr gebrauchen, und aus seiner linken Seite ergoß sich ein frischer Blutstrom ins Gras. Wie aus weiter Ferne hörte Blaise das Geschrei der Zuschauer. Plötzlich bemerkte er, daß er schwankte wie ein Betrunkener. Sein zerfetztes Ohr brannte wie Feuer. Die Schwertwunde und der Hieb mit dem Schild waren fast zu viel gewesen. Seine Beine drohten ihm den Dienst zu versagen. Dennoch – er stand aufrecht und hatte auch sein Schwert wieder, während der andere am Boden lag.

Mit möglichst ruhiger Hand setzte er Quzman die Schwertspitze an die Kehle. Unversöhnlicher Haß stand in den schwarzen Augen des Arimondaners, aber immer noch keine Furcht, nicht einmal jetzt, im Angesicht des Todes.

»Nur zu«, sagte er. »Bald bin ich mit dem Geist meines Bruders vereint.«

Keuchend stieß Blaise hervor: »Ist damit die Blutschuld beglichen? War es ein fairer Kampf? Sprecht Ihr mich frei vor dem Gott?«

Quzman brachte ein bitteres Lächeln zustande. »Ist Euch das so wichtig?« Mühsam rang er nach Luft. »So sei es denn. Es war ein fairer Kampf.« Wieder ein Röcheln. »Mehr als fair, nach allem, was in den Räumen dieser Frau geschah. Mein Blut soll nicht über Euch kommen. Stoßt zu!«

Das Geschrei war verstummt. Die Stille rings um die beiden war geradezu unheimlich. Jemand rief etwas von den Stehplätzen herüber. Die einsame Stimme verklang, wieder kehrte Schweigen ein. In diesem Moment erkannte Blaise, daß es noch eine andere Möglichkeit gab. Und daß er sie – er war selbst erstaunt – nicht unversucht lassen wollte.

Er bemühte sich, ruhig und gleichmäßig zu atmen, und sagte langsam: »Eure Verletzungen sind nicht tödlich. Und ich brauche gute Männer, um meine Pläne zu verwirklichen. Ich habe Euren Bruder nur getötet, weil ich von sechs Coranern angegriffen wurde, und auch erst, nachdem man auf mich geschossen hatte. Konntet Ihr Euch nicht bereitfinden, die Vergangenheit ruhen zu lassen? Ich will Euer Blut nicht an den Händen haben, auch wenn mich keine Schuld trifft.«

Quzman schüttelte den Kopf, ein seltsamer Friede lag auf seinen Zügen. »Vielleicht hätte ich eingeschlagen«, flüsterte er. Sein Atem ging flach und rasch. »Doch eines spricht dagegen: Mein Bruder hatte nie einen Bogen bei sich, und er mußte sterben, weil ihm ein Pfeil die Kehle durchbohrte. Ihr hättet Euch zum Kampf stellen sollen wie ein Mann, Nordländer. Statt dessen habt Ihr ihn aus sicherer Entfernung erschossen, und deshalb muß einer von uns sterben.«

Blaise schüttelte den Kopf. Eine große Müdigkeit hatte ihn befallen. »Muß diese Feindschaft denn für alle Ewigkeit besiegelt werden?« Er kämpfte gegen eine neue Schmerzwelle an. Von seinem Ohr tropfte das Blut. »Damals, am See, das war kein Turnier. Ich kämpfte um mein Leben, und ich stand allein gegen sechs Mann. Ich werde Euch nicht töten, Arimondaner. Wenn ich darum bitte, läßt man Euch ziehen. Macht mit Eurem Leben, was Ihr wollt, Ihr wißt jedenfalls, daß ich Euch gern auf meiner Seite hätte.«

»Tut das nicht«, warnte Quzman von Arimonda.

Blaise hörte nicht auf ihn, drehte sich um und ging mit vorsichtigen Schritten – jede Bewegung war eine Qual – auf den Pavillon zu, wo die Gräfin mit Ariane, Bertran und dem König von Valensa saß. Der Weg dahin erschien ihm unendlich weit, und fast überstieg es seine Kräfte, nicht schneller zu werden und sich nicht umzusehen.

Er konnte nicht mehr als fünf oder sechs Schritte zurücklegen, doch das überraschte ihn nicht. Der Mann war schließlich aus Arimonda. Die Chance war allenfalls gering gewesen.

»Ich sagte Euch doch, Ihr sollt mich töten!« rief Quzman di Peraño. Blaise vernahm Schritte auf dem Gras des arbonnesischen Kampfplatzes, schickte ein stummes Gebet zum Himmel und wurde – vom Gott selbst oder von der Göttin, die hier sehr viel mehr war als dessen jungfräuliche Tochter – prompt erhört. Pfeile schwirrten durch die Luft.

Der Arimondaner stöhnte auf und rief einen Namen. Dann fiel mit dumpfem Aufschlag ein Körper ins Gras.

Lange stand Blaise reglos da und suchte die Trauer zu überwinden, die ihn unerwartet überfallen hatte. Als er sich endlich umdrehte, sah er Valery von Talair und Rudel Correze, die besten Bogenschützen, die er kannte, mit grimmigen Gesichtern von seinem Zelt her auf sich zukommen. Beide hielten ihre Bogen in der Hand, doch auf den Sehnen lagen keine Pfeile mehr. Langsam ging er zurück und blieb vor der Leiche des Arimondaners stehen. Quzman lag bäuchlings im Gras und hielt immer noch sein prächtiges Schwert umklammert, doch als Blaise ihn nun genauer ansah, machte er eine erstaunliche Entdeckung. Nicht zwei, sondern vier Pfeile steckten im schlaffen Körper des Toten und ließen ihn aussehen wie eine mit Nadeln gespickte Magierpuppe. Kein würdiges Ende für einen so stolzen Mann.

Stirnrunzelnd hob Blaise den Kopf. Hinter dem letzten Pavillon erschien ein dritter Mann mit einem Bogen in der Hand und schritt zögernd über das Gras. Er schien nur darauf gewartet zu haben, daß man ihn bemerkte. Als Blaise ihn erkannte, blinzelte er überrascht. Ein schwieriger Schuß auf diese Entfernung, aber er erinnerte sich, daß Hirnan, der beste Coraner von Baude, auch ein ausgezeichneter Schütze war.

Dann hatte Hirnan ihn auch schon erreicht, verneigte sich und sah verlegen zu ihm auf. »Ich bitte um Vergebung«, sagte er. »Ich sah ihn mit dem Schwert in der Hand aufstehen, aber ich wußte nicht, daß die anderen bereits entsprechende Befehle hatten.«

»Sie hatten keine Befehle«, widersprach Blaise sanft. »Ich wußte vorher nicht, daß ich so handeln würde.« Er legte dem hünenhaften Coraner freundschaftlich die Hand auf die Schulter. »Ich freue mich, dich wiederzusehen, Hirnan, und ich habe dir nichts zu verzeihen – du hättest mir beinahe das Leben gerettet.«

Hirnan atmete erleichtert auf, aber er lächelte nicht. Die vielen, neugierigen Blicke bereiteten ihm sichtliches Unbehagen. »Ich habe gehört, was der Herold sagte«, murmelte er. »Wir hatten natürlich keine Ahnung, wer Ihr seid.« Er sah Blaise in die Augen. »Aber ich hatte mir im letzten Frühjahr selbst ein Urteil gebildet. Ich bin kein vornehmer Mann und kein besonderer Kämpfer, doch wenn Ihr jemanden braucht, dem Ihr vertrauen könnt, so wäre es mir eine Ehre, in Eure Dienste zu treten.«

Damit hatte Blaise wahrhaftig nicht gerechnet. Eine Woge der Rührung durchflutete ihn mit angenehmer Wärme und drängte den Schmerz zurück. Hirnan war ein Mann, den er schätzte und achtete. »Die Ehre ist ganz auf meiner Seite«, sagte er feierlich. »Auch ich hatte mir im Hochland ein Urteil gebildet. Aber du gehörst zur Coraner-Garde von Kastell Baude, und Männer wie dich verliert Mallin sicher nicht gern.«

Zum ersten Mal flog ein Lächeln über Hirnans Gesicht. »Seht dort hinüber«, sagte er. »En Mallin selbst hat mir befohlen, meinen Bogen bereitzuhalten, als der Arimondaner am Boden lag und er Euch mit ihm sprechen sah. Ich glaube nicht, daß er etwas dagegen hat, wenn ich mich Euch anschließe.«

Hirnan wies auf einen leuchtend gelben Pavillon am unteren Ende des Kampfplatzes. Mallin de Baude war inzwischen aufgestanden. Blaise konnte selbst aus dieser Entfernung das Lächeln des jungen Barons erkennen und fühlte sich unwillkürlich in den Frühling und in die Berge zurückversetzt. Grüßend hob er die Hand. Und Mallin de Baude erwiderte den Gruß mit einer Selbstverständlichkeit, als absolviere er jeden Tag solche Auftritte vor den Augen der ganzen Welt. Dann verneigte er sich vor Blaise wie vor einem König. Neben ihm sank Soresina de Baude in ihrem grasgrünen Kleid mit unvergleichlicher Anmut in einen tiefen Knicks, blieb einen Augenblick in dieser Stellung und erhob sich wieder. Von den Pavillons wie von den Stehplätzen erhob sich erstauntes Gemurmel.

Blaise schluckte. Es fiel ihm nicht leicht, sich auf die neue Situation einzustellen. Am liebsten hätte er sich seinerseits verbeugt, doch wer nach einer Krone griff, dienerte nicht vor einem kleinen Baron. Die Spielregeln änderten sich, mit diesem Tag begann für ihn ein neues Leben. Wie lange es währen würde, wußte niemand. Die Vorstellung war erschreckend.

Jemand räusperte sich. Er drehte sich um, Rudel und Valery standen hinter ihm. »Das Ohr muß verbunden werden. Außerdem war da noch ein vierter Pfeil«, bemerkte Valery nüchtern.

Rudel schnitt seltsame Grimassen, er schien hin- und hergerissen zwischen Verwunderung und Spott. »Und da betritt der geheimnisvolle Schütze auch schon die Bühne. Wie der Coraner im Puppenspiel, der am Ende die Maske abnimmt. Das Spiel *ist* zu Ende, Blaise. Du mußt dir rasch etwas einfallen lassen. Da drüben, beim anderen Zelt.«

Blaise sah hinüber. Hinter dem Zelt des Arimondaners erschien in prächtiger, grüngoldener Tracht, einen Langbogen in der Hand, Urté de Miraval. Es war tatsächlich wie im Theater.

Jetzt hatte man ihn auch in den Pavillons und auf den Stehplätzen bemerkt, und natürlich schwoll der Lärm abermals an.

Urté kam so gemächlich dahergeschlendert, als spaziere er durch die Weingärten von Miraval.

Vor Blaise blieb er stehen, in kerzengerader Haltung. Man sah ihm sein Alter nicht an. Die kleine Gruppe befand sich wie auf einer Insel der Stille, während ringsum das Geschrei immer lauter wurde.

»Von mir«, begann Urté, »dürft Ihr keinen Ehrengruß erwarten. Als ich mich das letzte Mal erkundigte, hieß Gorhauts König noch Ademar. Vor einem vermessenen Thronräuber werde ich das Haupt nicht beugen.«

»Und wieso rettet Ihr ihm dann das Leben?« Rudel hatte die Frage gestellt. Blaise schwieg und dachte angestrengt nach.

Der Herzog wandte den Blick nicht von Blaise. Rudel schien für ihn nicht vorhanden zu sein. Er lächelte verkniffen. »Der Arimondaner war eine Enttäuschung. Vor zwei Tagen hat er mich um zehn Coraner gebracht, und heute morgen habe ich tausend Goldstücke an Massena Delonghi verloren. Außerdem will ich nicht unbedingt der Lehensherr eines Mannes sein, der seinen Duellgegner von hinten tötet. Das könnte meinem Ansehen schaden, versteht Ihr?«

»Ich denke schon«, sagte Blaise. Eiskalt stieg der Zorn in ihm auf. »Er durfte nicht überleben, weil er eine Bedrohung darstellte, nicht wahr? Ihr hattet ihn in Luciannas Schlafgemach verraten, und nun hätte er weiterhin behaupten können, jener Anschlag auf mein Leben vor zwei Tagen ginge eigentlich auf Euer Konto. Sehr schädlich für Euer Ansehen, zugegeben. Ihr habt nicht mir das Leben gerettet, Herzogliche Gnaden, Ihr habt Euch nur einen unbequemen Mitwisser vom Halse geschafft.«

Der Herzog blieb ungerührt. »Ein triftiger Grund, würde ich sagen. Nehmt Euch in acht und treibt Eure Vermessenheit nicht zu weit, sonst werdet auch Ihr mir noch unbequem.«

Rudel ließ ein heiseres Lachen hören. »Seid Ihr verrückt geworden?« fragte er empört. »Wie könnt Ihr ihm drohen?«

Urté nahm noch immer keine Notiz von ihm. Blaise sagte langsam und deutlich: »Kommt es denn wirklich darauf an, was ich tue? Nach allem, was man hört, genügt schon der kleinste Fehler, um Euch zum Töten zu provozieren. Ein Sänger, der das falsche Lied anstimmt, ein loyaler Coraner, der Eure Befehle zum falschen Zeitpunkt ausführt.« Er hielt inne und sah Urté durchdringend an. Er war sich durchaus im klaren, daß es besser wäre, nicht weiterzusprechen, aber jetzt hatte der Zorn die Oberhand gewonnen, und er kannte keine Hemmungen mehr: »Vielleicht auch ein Kind, das so unvorsichtig war, sich den falschen Vater auszusuchen, oder eine junge Frau, die ...«

»Ich denke, das genügt«, sagte Urté de Miraval. Er lächelte nicht mehr.

»Meint Ihr wirklich? Und wenn ich nun anders dächte? Wenn ich anderer Ansicht wäre? Wenn ich wahrhaft unbequem werden möchte, wie Ihr Euch auszudrücken beliebt? Wenn *ich* nun öffentlich erklärte, Ihr hättet mir nach dem Leben getrachtet? Und Euch noch anderer, vielleicht viele Jahre zurückliegender Verbrechen bezichtigte?« Blaise spürte, wie seine Hände zitterten. »Wenn Ihr wollt, fordere ich Euch auf der Stelle zum Duell. Meine Schildknappen stehen bereit, und vor dem Zelt dort drüben warten schon zwei Coraner von Miraval. Es wird mir ein Vergnügen sein, die Klingen mit Euch zu kreuzen. Ich habe nämlich etwas gegen Männer, die Säuglinge töten, edler Herzog.«

Urté de Miraval war nachdenklich geworden. Er hatte sich wieder beruhigt, war aber sehr blaß. »Hat Euch das de Talair erzählt?«

»Bertran hat mir nichts erzählt. Ich habe ihn auch nie danach gefragt. Er hat mit der ganzen Sache nichts zu tun.«

Nun lächelte der Herzog wieder, aber auch diesmal war es kein angenehmes Lächeln. »Aha«, murmelte er, »dann also Ariane im letzten Sommer. Natürlich, das hätte ich mir denken können. Die Dame ist mir lieb und wert, aber im Bett kann sie den Mund nicht halten.«

Blaise riß den Kopf zurück. »Ich habe Euch eben zum Duell gefordert. Muß ich mich wiederholen? Wollt Ihr mit mir kämpfen, Herzogliche Gnaden?«

Urté de Miraval überlegte kurz, dann schüttelte er den Kopf. Er hatte sein Gleichgewicht vollends wiedergefunden und schien sich köstlich zu amüsieren. »Nein. Zum einen seid Ihr verletzt, und zum zweiten seid Ihr vielleicht gerade jetzt nicht ohne Wert für unser Land. Ihr habt Euch wacker geschlagen, Nordländer. Das erkenne ich an, und dafür zolle ich Euch meinen Respekt. Seht nur, die Frauen warten auf Euch. Führt das Spiel zu Ende, Coraner, und dann laßt Euch das Ohr verbinden. Wenn die Wunde erst gesäubert ist, steht zu befürchten, daß Ihr ausseht wie de Talair.«

Damit war er sozusagen entlassen. Blaise spürte deutlich, daß Urté ihn wie einen vielversprechenden Jüngling behandelt hatte, aber er wußte nicht so recht, was er dagegen tun sollte. Valery kam ihm zu Hilfe.

»Eine Frage hätte ich gern noch gestellt, Herzogliche Gnaden«, murmelte Bertrans Cousin. Ihm schenkte Urté die Aufmerksamkeit, die er Rudel verweigert hatte. »Woran liegt es, daß Ihr den Kopf heute noch höher tragt als sonst? Ihr schämt Euch doch nicht etwa, mit dem Arimondaner finstere Mordpläne ausgebrütet zu haben, während wir anderen, En Bertran eingeschlossen, alles daransetzten, um Arbonne vor dem Untergang zu bewahren? Wie lange soll die Vergangenheit noch die Gegenwart überschatten, edler Herzog, gleichviel, ob Ihr das Kind nun getötet habt oder nicht?«

Urté verschlug es für einen Moment die Sprache, und Blaise nützte die Gelegenheit. Die frische Brise der Genugtuung hatte seine Wut ein wenig abgekühlt. Er nickte dem Herzog höflich zu, dann kehrte er ihm vor aller Augen den Rücken und ging auf den Pavillon zu, in dem die Gräfin von Arbonne und die Herrin des Minnegerichts saßen. Er hörte, wie seine Freunde ihm folgten. Der Herzog von Miraval blieb mit seinem Bogen allein neben der Leiche seines Coraners zurück. Hell fiel das Licht der Herbstsonne auf die beiden.

* * *

Roban, der Kanzler – er stand unaufdringlich, aber jederzeit dienstbereit an der Rückwand des weißgoldenen, gräflichen Pavillons – zuckte zusammen, als er sah, wie Galbert de Garsencs Sohn sich umdrehte und Urté de Miraval einfach stehenließ. Obwohl er natürlich kein Wort de Gesprächs mitbekommen hatte, war die Botschaft unmißverständlich: der Herzog hatte eine eiskalte Abfuhr erhalten.

Botschaften wie diese hatte es am heutigen Tag in Hülle und Fülle gegeben, und die Aussage war immer die gleiche. Roban war nicht glücklich über die Entwicklung – für seinen Geschmack war das Spektakel zu bombastisch, eine einzige Provokation – aber er mußte zugeben, daß der Gorhautaner sich ausgezeichnet gehalten hatte. Nach diesem Vormittag blieb ihm nichts anderes übrig, als dem Mann zu vertrauen. Blaise de Garsenc mochte scheitern, sie alle mochten scheitern, aber als er heute morgen die Fahne der Könige von Gorhaut über seinem Zelt aufziehen ließ, hatte er sich selbst jeder Möglichkeit begeben, Arbonne zu verraten.

Roban winkte unauffällig, und einer von seinen Leuten kam von der Wiese hinter dem Pavillon herbeigeeilt. Er befahl dem Mann, schleunigst den Leibarzt der Gräfin und die heilkundige Priesterin zu holen.

Drüben auf dem Kampfplatz wies En Urté nun endlich mit gebieterischer Geste die beiden Miraval-Coraner an, die Leiche des Arimondaners fortzuschaffen. Roban hatte den größten Teil seines Lebens bei Hofe verbracht und wußte daher genau, warum Urté hinter dem Zelt gestanden und diesen langen, prächtigen Pfeil abgeschossen hatte. Als der Herzog vor zwei Tagen zusammen mit der Gräfin die Zimmer der Delonghi-Tochter betreten hatte, war er natürlich davon ausgegangen, daß Blaise von Gorhaut bereits tot sein würde. Dabei hatte ihn wohl kaum persönliche Abneigung gegen den jungen Coraner zu seiner Tat getrieben – de Miraval hatte womöglich nicht einmal gewußt, wer Blaise wirklich war –, es sollte nur wieder einer der kleinen und doch so verheerenden Nadelstiche werden, die so kennzeichnend waren für den ewigen Streit zwischen Miraval und Talair. Bertran schätzte den Gorhautaner und fühlte sich ihm verbunden; und das war für Urté Grund genug, den Tod des Mannes billigend in Kauf zu nehmen. Den Arimondaner konnte man danach getrost seinem Schicksal überlassen – genauso war es ja auch gekommen – und um die schwierige, vielleicht sogar gefährliche Dame aus Portezza mochte sich die Gräfin kümmern. Und natürlich Roban. Die heiklen Aufgaben blieben immer an Roban hängen.

Er sah Blaise de Garsenc entgegen. Der Coraner konnte sich kaum noch auf den Beinen halten. Hinter ihm rannten die beiden grünlivrierten Miraval-Coraner auf ihren Herrn zu. Roban war ein Mensch, der mit offenen Augen durch die Welt ging, und so war ihm schon lange – und auch diesmal wieder – aufgefallen, daß die beiden verfeindeten Herzöge sich niemals direkt attackierten. Es war, als hätten sie sich stillschweigend, ja, sogar unbewußt darauf geeinigt, daß sie sich gegenseitig brauchten, um die bitteren Erinnerungen an die Vergangenheit frisch und lebendig zu erhalten und sich, so unbegreiflich es auch war, allein durch ihre Existenz einen Grund zum Weiterleben zu liefern.

Roban fand die ganze Feindschaft lächerlich, so hoffnungslos irrational wie ein heidnisches Ritual aus finsterer Zeit, andererseits gab es da eine Bemerkung der Gräfin, die ihn immer noch überzeugte: sobald man an einen der beiden Männer dachte, fiel einem zwangsläufig auch der zweite ein. Sie waren aneinander gefesselt, ineinander verkrallt, dachte Roban. Aelis de Mirävals Tod hielt sie wie in einem Netz gefangen. Roban sah zu Bertran hinüber. Der Herzog hatte sich in seinem Sessel unter dem goldenen Baldachin der Gräfin bequem zurückgelehnt und beobachtete feixend, wie Urté, gefolgt von den beiden Coranern mit der Leiche des Arimondaners, vom Kampfplatz stolzierte.

Es nahm kein Ende, es würde nie ein Ende nehmen, solange die beiden lebten. Wie viele Menschen – und Nationen – würden sie wohl noch in das schwarze Netz zerren, um sie in jener Zeit vor mehr als zwanzig Jahren einzusperren, als auf Miraval eine hübsche, junge Frau mit dunklem Haar gestorben war?

Der Mann, der eben noch verkündet hatte, er erhebe Anspruch auf den gorhautischen Thron, stand jetzt vor der Gräfin. Roban hätte ihn fast nicht wiedererkannt, wobei natürlich zu berücksichtigen war, daß er ihn zum letzten Mal an Händen und Füßen gefesselt und mehr oder minder nackt auf dem Bett einer Frau gesehen hatte. Trotz seiner Verletzungen, die ihm sicher Schmerzen bereiteten – sein Ohr blutete heftig – stand der Gorhautaner in guter Haltung vor den beiden höchsten Damen von Arbonne und dem König von Valensa. Er war auch nicht ganz so jung, wie der Kanzler zuerst gedacht hatte. Ein unerwarteter Hauch von Schwermut lag auf seinem Gesicht. So sah kein unreifer Jüngling drein.

Hinter ihm standen Bertrans Cousin und Vitalle Correzes Sohn sowie ein dritter Coraner in der Livree von Kastell Baude. Fast schon ein Gefolge, dachte der Kanzler. Oder war es nur die Haltung des Gorhautaners, die diesen Eindruck erweckte? Konnte allein die Tatsache, daß ein bestimmter Anspruch erhoben worden war, einen Menschen so grundlegend verändern? O ja, entschied, Roban, wenn es um einen Anspruch von dieser Tragweite ging. Oft genug war ein Mensch nicht mehr und nicht weniger als das, was andere in ihm sahen, und von heute an würde die ganze Welt diesen hochgewachsenen Coraner aus dem Norden mit neuen Augen betrachten. Daher vielleicht die Schwermut, dachte er plötzlich.

Die Gräfin erhob sich, bedeutete aber den neben ihr Sitzenden, Platz zu behalten. Roban konnte ihr Gesicht nicht sehen, aber sie würde gewiß nicht lächeln. Nicht jetzt, zuviel stand an diesem Vormittag auf dem Spiel. Ihre klare, helle Stimme war weithin zu vernehmen. »Ihr habt Euch ehrenvoll geschlagen, Blaise de Garsenc«, begann sie, »und Rian und Corannos waren Euch gnädig. Hiermit erklären wir die Blutfehde zwischen Euch und Quzman di Peraño für endgültig beigelegt. Alle Anwesenden sind Zeugen.« Sie warf einen bedeutungsvollen Blick zu seinem Zelt hinüber, über dem die Fahne der gorhautischen Könige im Winde flatterte. »Was heute morgen sonst noch angeschnitten wurde, gilt es in den kommenden Tagen ausgiebig zu erörtern. Wir hoffen, daß uns auch der König von Valensa mit klugen Ratschlägen beistehen wird. Doch das hat Zeit. Fürs erste solltet Ihr Euch auf Barbentain in die Obhut unserer Heiler begeben.« Sie sah sich kurz nach Roban um, er nickte ihr zu. »Mehr haben wir nicht zu sagen, außer, daß wir Rian bitten, Euch ihren Segen zu geben.«

Und das war nicht wenig, dachte Roban grimmig. Die Gräfin hatte bereits Stellung bezogen, indem sie sich erhob und dem Gorhautaner den Ehrengruß entbot, als er sein Banner aufziehen ließ, doch damit hatte sie ein zweites und sehr deutliches Zeichen gesetzt. Der Kanzler warf einen Blick nach hinten. Der Leibarzt und die Priesterin waren eingetroffen und kamen rasch, fast im Laufschritt auf den Pavillon zu. Doch noch durfte Blaise de Garsenc sich nicht zurückziehen, um sich ihren fähigen Händen zu überlassen. Er stand auf der Bühne, und das Stück war noch nicht zu Ende.

Die Gräfin hatte wieder Platz genommen. Nun erhob sich Ariane. Die Farben ihres Gewandes – ein herbstliches Rostbraun und ein blasses Gold – standen ihr ausgezeichnet zu Gesicht. Sonnenaufgang und Sonnenuntergang, dachte der Kanzler mit Blick auf die beiden Frauen, oder besser noch, Mittag und Abenddämmerung, denn auch Ariane war kein junges Mädchen mehr. Dennoch war die Herzogin von Carenzu im hellen Sonnenlicht eine wahrhaft blendende Erscheinung. Robans Liebe gehörte freilich der älteren Frau, der Würde des Tagesausklangs, ihr wollte er die Treue halten bis zum Tode.

Nun stand die Verleihung der Rose auf dem Programm, und der Kanzler war neugierig, wie sich der Gorhautaner aus der Affäre ziehen würde. Doch zunächst beschwor Ariane mit den alten Formeln die Symbolik des Minnegerichts. Roban war kein Troubadour und kein Coraner, kein guter Tänzer, kein witziger Gesellschafter und gewiß keiner von den Männern, die bei den höfischen Damen in Modefragen den Ton angaben. Dennoch brannte die Liebe zu seinem Land wie ein unsichtbares, niemals erlöschendes Feuer in seiner Brust, und er wußte, daß gerade diese scheinbar so oberflächlichen Rituale Arbonne prägten und es abgrenzten vom Rest der Welt. Selbst er, der Tag für Tag so knochentrocken und unromantisch durch die Gänge des Schlosses wandelte, hatte einst davon geträumt, die Rose zu gewinnen und sie vor den jubelnden Massen der Gräfin – Wem sonst? – zu überreichen. Und es war noch gar nicht lange her, daß dieser Traum verblaßt war.

»Wir haben hier in Arbonne gewisse Traditionen«, sagte Ariane. »Rian, unsere Göttin, ist sehr viel mehr als nur Corinna, die jungfräuliche Tochter des Gottes. Sie tritt in vielerlei Gestalt auf, und sie verkörpert beides, das Leben wie den Tod. Und deshalb«, jetzt beherrschte ihre klare, kräftige Stimme allein das Feld, »deshalb gibt es am Ende eines Duells auf Leben und Tod eine Zeremonie zu Ehren Rians und ihrer Töchter, der irdischen Frauen. Wir bitten den Mann, dem die Göttin und der Gott den Sieg schenkten, eine Rose zu vergeben.« Sie hielt inne. »Manchmal, ein Zeichen besonderer Wertschätzung, stellen wir ihm auch deren drei zur Verfügung.«

Man reichte ihr einen Kasten, sie klappte ihn auf, und Roban sah, daß sie diesem Tag tatsächlich das große Zeremoniell zugedacht hatte. Das kam nur selten vor, aber Signe und Ariane waren offenbar bemüht, den Mann und den Anlaß möglichst unvergeßlich zu machen. Ob der gorhautische Coraner überhaupt ermessen konnte, welche Bürde er sich aufgeladen hatte? Wie lange würde er wohl am Leben bleiben? Wobei natürlich als nächstes zu fragen wäre, wie lange Arbonne selbst noch zu leben hatte, bevor dieser Krieg hereinbrach, der so sicher kommen würde, wie der Frühling auf den Winter folgte.

»Weiß steht für die Treue.« Ariane hielt den Kasten hoch, so daß alle ihn sehen konnten. Durch alle Pavillons ging ein erwartungsvolles Raunen. Der Tag bot mehr, als irgend jemand sich erhofft hatte. »Gelb steht für die Liebe und Rot für die Sehnsucht.« Sie lächelte. »Wie Ihr sie vergebt, steht in Eurem Belieben, Edler de Garsenc. Es wird uns eine Ehre sein, uns Eurer Entscheidung zu beugen.«

Seine Kleidung war übersät mit Gras- und Blutflecken, doch das kümmerte Blaise von Gorhaut im Augenblick nicht weiter. Mit einer feierlichen Verbeugung nahm er den Kasten aus Arianes schmalen Händen. Reine Formsache, dachte Roban, ein Schauspiel für die Zuschauer in den anderen Pavillons und auf den Stehplätzen, und Stoff für neue Lieder, mit denen Troubadoure und Joglares die Ereignisse nach Beendigung des Marktes bis in die entlegensten Burgen und Dörfer des Landes tragen konnten. Doch obwohl er das Ritual schon so oft erlebt hatte, obwohl er wußte, was es damit auf sich hatte, war er tief bewegt.

Blaise reichte den geöffneten Kasten an Vitalle Correzes Sohn weiter, entnahm ihm die weiße Rose und betrachtete sie einen Augenblick lang schweigend. Dann wandte er sich wieder an die Herrin des Minnegerichts.

»Falls es gestattet ist, auch jemanden zu bedenken, der heute nicht unter uns weilt, möchte ich die Rose namens Treue an eine Frau vergeben, die sie mehr verdient als jede andere. Darf ich Euch bitten, die Blüte in Verwahrung zu nehmen und sie der Auserwählten in meinem Namen zu Füßen zu legen, sobald es Eure Zeit erlaubt?«

Ariane nickte feierlich. »Es ist gestattet, und ich werde Eure Bitte gern erfüllen. Wer soll die Rose erhalten?«

»Meine Schwester«, sagte Blaise. Roban war fast sicher, daß die Ergriffenheit in seiner Stimme echt war. »Rosala de Savaric de Garsenc, denn sie hat ihrem Kind und ihrem eigenen Traum von Gorhaut die Treue gehalten. Bitte richtet ihr auch aus, daß ich zu ihr stehen werde, solange ich lebe.«

Roban wußte, daß Rosala sich nach wie vor im Schloß aufhielt. Wenige Tage nach der Niederkunft hatte sie im Freien noch nichts zu suchen. Der Herold verkündete nun ihren Namen der Öffentlichkeit. Bisher hatte es nur Gerüchte gegeben, dies war die erste, offizielle Bestätigung, um wen es sich bei der geheimnisvollen Fremden auf Barbentain tatsächlich handelte. Über diesen Tag würde man in den sechs Ländern wahrhaftig noch lange reden, dachte Roban und schüttelte den Kopf.

Blaise hatte bereits nach der roten Rose gegriffen. Er zögerte einen Augenblick und runzelte scheinbar ratlos die Stirn, doch dann glitt zum ersten Mal, seit er hier stand, ein Lächeln über seine Züge. Die Blume auf den flachen Händen vor sich hertragend, humpelte er zu einem der nächsten Pavillons weiter und blieb vor Lucianna Delonghis reichgeschnitztem Sessel stehen. Vor zwei Tagen hatte ihn diese Frau an ihr Bett gefesselt und mit ihrem Dolch traktiert. Nun streckte er beide Arme aus und überreichte ihr, wieder mit einer tiefen Verneigung, die rote Rose der Sehnsucht.

Roban wartete gespannt. Lucianna wurde blaß, ihr Vater, der neben ihr saß, lächelte geschmeichelt – doch das Lächeln erlosch, als ihm aufging, was die Geste zu bedeuten hatte. Lucianna Delonghi sagte kein Wort; zum ersten Mal, seit der Kanzler sie kannte, war sie in Gefahr, die Fassung zu verlieren. In diesem Moment wandte sich Roban mit dem untrüglichen

Instinkt des Höflings wieder Ariane zu und bemerkte, wie diese die Lippen zusammenpreßte. *Noch eine Verwicklung,* dachte er. *Wann mag das wohl geschehen sein?*

»Ich werde das Gefühl nicht los«, murmelte Bertran de Talair, der bisher geschwiegen hatte, »daß wir mit dem Mann mehr bekommen, als wir eigentlich haben wollten. Er wird mich noch das Fürchten lehren. An Borsiard d'Andoria hat er sich soeben wirkungsvoll gerächt.«

Roban mußte ihm beipflichten. Der Gorhautaner hatte in aller Öffentlichkeit einer Frau die Rose der Sehnsucht überreicht, deren Gatte des Marktes verwiesen worden war, weil er versucht hatte, ihn töten zu lassen. Nun glaubte sicher jedermann in den Pavillons und fast jeder auf den Stehplätzen genau zu wissen, warum. Kein Wunder, daß Massena Delonghi das Lächeln vergangen war. Roban wandte sich gerade noch rechtzeitig wieder dem portezzanischen Pavillon zu, um beobachten zu können, wie der Gorhautaner ein einziges Wort zu der Schönen sagte. Der Kanzler war fast sicher, ›Lebewohl‹ von seinen Lippen abgelesen zu haben. Vielleicht galt die Rache nicht nur dem Ehemann.

Der Herold war noch dabei, Lucianna d'Andorias Namen auszurufen, als Blaise bereits zurückkam, um die gelbe Rose zu holen. Auch sie nahm er in beide Hände, dann wandte er sich der Gräfin und der Herrin des Minnegerichts zu, schaute von einer zur anderen und sagte dann leise in die stille Morgenluft hinein: »Wenn Ihr gestattet, werde ich diese Blüte noch eine Weile behalten. In meiner Heimat Gorhaut gesteht man sich die Liebe zuerst persönlich, ehe man sie vor aller Welt erklärt.«

Und bevor eine der Frauen antworten konnte, fiel er sang- und klanglos in Ohnmacht.

Das, dachte der Kanzler von Arbonne prosaisch und winkte aufgeregt die Heiler heran, war vermutlich die erste Handlung dieses Tages, die nicht für das Publikum bestimmt war.

* * *

Doch darin hatte er sich geirrt.

»Du kannst ja in Ohnmacht fallen, wenn die Sache zu lange dau-

ert und du genug hast«, hatte Rudel gemurmelt, ohne die Lippen zu bewegen, als Blaise die erste Rose nahm. *»Der tapfere Sieger, der sich mit letzter Kraft aufrecht hält. Die Zuschauer werden begeistert sein.«*

Gegen Ende, auf dem Rückweg von Luciannas Pavillon, war Blaise zu dem Schluß gekommen, daß ihm die Sache tatsächlich zu lange dauerte. Auf den aufrichtigen Schmerz in ihren Augen war er nicht gefaßt gewesen. Zorn, gewiß, auch Stolz und Verachtung, aber nicht diesen jäh aufzuckenden Schmerz.

Es war der Tropfen, der das Faß zum Überlaufen brachte. Mit einem Mal war ihm ganz wunderlich zumute. Um nicht wirklich zusammenzubrechen, befolgte er Rudels Rat, ließ sich zum Schein ins Gras sinken und schloß die Augen. Besorgte Stimmen wurden laut, die Gräfin rief Hilfe herbei, Bertran geleitete mit Zurufen den Leibarzt zwischen den Sitzreihen hindurch zu ihm. Rudel und Valery fertigten rasch eine Bahre, um ihn vor der stechenden Sonne und den vielen neugierigen Blicken in Sicherheit zu bringen. Hirnan bahnte ihnen mit seinem harten Hochlandakzent den Weg.

Irgendwann auf dem Weg zum Schloß verlor Blaise tatsächlich das Bewußtsein, doch zuvor konnte noch eine überraschende Erkenntnis in sein vorübergehend wehrloses Bewußtsein eindringen: Cadar, Rosalas Kind, war mit großer Wahrscheinlichkeit sein Sohn.

* * *

Die meisten Troubadoure machten ihrer Begeisterung lautstark bis hemmungslos Luft. Selbst als En Blaise de Garsenc ohnmächtig zu Boden sank, konnte das ihren Übermut nicht dämpfen. Remy hatte sich offenbar dazu durchgerungen, den unerfreulichen Zusammenstoß am Mittsommerabend zu vergessen. Irgendwann würde er ihn vermutlich zum Anfang einer Blutsbrüderschaft umdeuten. Jourdain und Alain verabredeten sich bereits zu einer gemeinsamen Arbeitssitzung am Nachmittag, um beim abendlichen Festbankett auf Barbentain wenigstens mit einem Lied aufwarten zu können.

»Du siehst nicht gut aus. Was ist los mit dir?« Natürlich Aurelian, dem nie etwas entging, auch nicht im dicksten Trubel.

Lisseut rang sich ein zittriges Lächeln ab. »Ich habe soeben entdeckt, daß mir Duelle nicht viel abgeben.«

»Mir auch nicht, und ich weiß das schon seit längerem. Aber jetzt ist es vorüber. Wir können gehen.« Er zögerte und sah nachdenklich auf sie hinab. »Es wird es überstehen. Der Leibarzt und eine Priesterin sind schon bei ihm.«

»Ich habe es gesehen. Natürlich wird er es überstehen.« Seine Worte verrieten ihr, daß er manches ahnte, und ihre knappe Antwort war ein Eingeständnis gewesen, aber das kümmerte sie nicht. Er hatte die weiße Rose der Frau seines Bruders zugesprochen und die rote Lucianna Delonghi, die übrigens genauso schön war, wie Aurelian gesagt hatte. Die gelbe hatte er behalten.

Aurelian schwieg für einen Augenblick. Ein paar Kinder waren auf das Gras gelaufen und spielten Zweikampf. Die ersten Gäste verließen die Pavillons und mischten sich unter die aufgeregte Menge. Lussans Gasthöfe würden ausgezeichnete Geschäfte machen.

»Und du, meine Liebe?« fragte Aurelian schließlich. »Wirst du es überstehen?«

»Ich weiß es nicht«, antwortete sie wahrheitsgemäß.

Kapitel 14

Escoran, der blaue Mond, steht als kreisrunde Scheibe am Himmel, Ranald bemerkt es erst jetzt. Unheimlich ist das Licht, das über dem Gebirgspaß mit seinen Bäumen und den nackten Felsen liegt. Man munkelt, daß in blauen Vollmondnächten die Bewohner des Totenreichs in diese Welt herüberwechseln. Dann, so erzählen die Hirten, gehen viele von ihnen in den Bergen um: Luftgeister so klein wie Blumen; zottige Ungeheuer mit großen Füßen, die ein ahnungsloses Pferd samt seinem Reiter packen und verschlingen können, so daß die Morgensonne nur noch einen Haufen Knochen findet; oder Gespenster, die schon so manchen Säugling aus seiner Wiege entführt haben, um damit auf Nimmerwiedersehen in die Hügelgräber zu entschwinden.

Wieder einmal sucht Ranald zu ergründen, warum er sich hier so unwohl fühlt. Er geht gern auf die Jagd, und die Nacht birgt für ihn gewiß keine Schrecken, schon gar nicht, wenn fünfzig der besten Männer des Königs ihn begleiten. Und in gewissem Sinne ist auch dies nichts anderes als ein Jagdausflug in großem Stil.

Wenn er ehrlich ist, sieht die Sache freilich ganz anders aus.

Er wendet den Kopf nach links und betrachtet lange das strenge Profil des einzigen Mannes, dem es hier offenbar noch weniger gefällt als ihm. Fulk de Savaric ist wirklich zu bedauern. Er hatte Cortil gerade einen seiner seltenen Besuche abgestattet, als die Nachricht von der Flucht seiner Schwester eintraf. Der König hatte sich noch am gleichen Abend zum Angriff entschlossen und ganz deutlich gemacht, er gebe den Herzögen von Garsenc und Savaric nicht nur Gelegenheit, sich ihm anzuschließen, sondern rechne fest mit ihrer Teilnahme an der Operation. Die Botschaft war nicht mißzuverstehen: dieses Unternehmen war eine Bewährungsprobe für die Loyalität des Adels.

Zwei Tage und eine Nacht sitzen sie nun schon im Sattel, die zweite Nacht bricht gerade an. Dreimal haben sie die Pferde gewechselt, sie haben sich kaum Zeit zum Essen genommen und sind meist im Galopp geritten. So angespannt, so verbissen in seinem Zorn hat Ranald seinen König noch nie erlebt.

Vermutlich ist es das, was ihn am meisten stört. Der König scheint über Rosalas Flucht sehr viel empörter zu sein als Ranald selbst. Fast könnte man meinen, sie sei vor Ademar davongelaufen und nicht vor ihrem Gemahl. Und vielleicht stimmt das sogar. Ranald gibt sich über den Zustand seiner Ehe keinen Illusionen hin, aber er fragt sich doch mit einer gewissen Wehmut, ob sie auch so viel riskiert hätte – schließlich hat sie sogar das Leben des Ungeborenen gefährdet –, um von Garsenc und von ihm wegzukommen, wenn nicht auch sein Vater und der König mit im Spiel gewesen wären. Und die beiden spielen eine große Rolle. Galbert hat gedroht, ihr das Kind wegzunehmen, und Ademar – was hat Ademar getan? Wollte er die Gemahlin seines mächtigsten Herzogs verführen? Sie etwa gar vergewaltigen, falls sie ihm nicht zu Willen wäre?

Und alles spricht dafür, daß sie nicht vorhatte, ihm zu Willen zu sein. Immerhin hat sie sich, kaum zu glauben, für die doch sicher beängstigende Alternative entschieden, allein in ein fremdes Land zu flüchten, anstatt sich darauf zu verlassen, daß ihr Gatte sie schon vor den Übergriffen seines Vaters und seines Königs zu schützen wissen würde. Und was, überlegt Ranald, verrät dies alles – im Licht des Tages oder im bläulichen Schein des Vollmonds – wohl über den Charakter des Herzogs von Garsenc, der trotzdem, wenn auch nur widerwillig, mit diesem König über die Berge reitet, um in Arbonne ein Blutbad anzurichten?

Wie jeder erfahrene Soldat hätte prophezeien können, ist letztlich alles ganz einfach. Die drei arbonnesischen Coraner im Wachturm auf dem Südhang des Gebirgsmassivs sind es gewöhnt, daß während des Markts von Lussan Besucher von Norden ins Land kommen, und sie vertrauen – mit gutem Recht – auf die allgemeine Friedenspflicht, die auf jedem Markt gilt.

Ademar läßt seine Schar außer Sichtweite anhalten und

schickt fünf Coraner zum Turm hinab. Die Wachen begrüßen sie freundlich, bitten sie herein, laden sie zum Essen ein und bieten ihnen an, im Stroh zu übernachten. Die drei Arbonneser sind tot, bevor sie noch zu Ende gesprochen haben. Man gibt das vereinbarte Signal, der Rest der Truppe schließt auf, dann werden die drei Grenzwächter auf königlichen Befehl enthauptet und kastriert und die hölzernen Gebäude neben dem Steinturm in Brand gesteckt.

Nun hat man es eilig, die Flammen könnten die Bevölkerung warnen. Kurze Zeit später brechen die Gorhautaner über das nahegelegene Dörfchen Aubry herein wie die wilde Jagd aus den Hirtenmärchen: fünfzig johlende Reiter mit Schwertern oder brennenden Fackeln in den Händen, die ohne Vorwarnung, ohne Anlaß und ohne Gnade morden und brennen. Dieser Überfall in Friedenszeiten soll ein Zeichen setzen, das gar nicht deutlich genug ausfallen kann.

Ranald weiß, daß er von seinem König und von dem Patriarchen, der in Vertretung seines Vaters mitgekommen ist, aufmerksam beobachtet wird, und so nimmt er sich demonstrativ, wenn auch leicht angewidert, die wenigen Dorfbewohner vor, die mit irgendeiner Waffe in der Hand unter dem Gebrüll des Viehs und dem Geschrei der Kinder aus ihren Hütten stolpern. Er ist ein ausgezeichneter Fechter, früher war er sogar berühmt, in letzter Zeit heimst freilich eher sein Bruder die Erfolge ein, wenn er von Turnier zu Turnier und von Krieg zu Krieg zieht. Doch Ranald war derjenige, der Blaise beigebracht hat, mit der Klinge umzugehen, und Ranald de Garsenc war es auch, der mit neunzehn Jahren von Ademars Vater Duergar zum Schwertführer des Königs von Gorhaut ernannt wurde.

An diese Zeit denkt er oft zurück, es war sicher die beste seines Lebens. Beim König und am Hof genoß er wegen seiner Tapferkeit großes Ansehen, Frauen aus allen Schichten schenkten ihm ihre Gunst, sein überragendes Können verlieh ihm Sicherheit, und zu alledem kam das blinde, überschäumende Selbstvertrauen der Jugend. Und – dies war das wichtigste von allem – er war für eine Weile dem Einfluß seines Vaters entronnen.

Dann war sein Onkel Ereibert de Garsenc gestorben, und

Ranald hatte die Herzogswürde übernommen, mit all den Bürden und Privilegien, die ein solches Amt mit sich brachte, und mit den besonderen Problemen, die sich aus der Nähe zu einem oft umstrittenen Herrscher ergaben. Man hatte feierlich einen neuen Schwertführer eingesetzt, Ranald war in den Süden des Landes zurückgekehrt, auf das Schloß seiner Ahnen, und fortan hatte ihm wieder sein Vater gesagt, was er zu tun und zu lassen hatte. Mehr als zehn Jahre ist das jetzt her, und meistens tut er immer noch, was Galbert sagt. Wenn man ihn fragte, ob es in dieser Zeit etwas gegeben habe, was ihm wirklich Freude bereitete, worauf könnte er da wohl verweisen?

Gewiß nicht auf dieses Massaker in Friedenszeiten und seine Bedeutung. Ranald de Garsenc ist gewiß nicht sentimental, er scheut den Krieg nicht, er könnte sich sogar vorstellen, einen Eroberungsfeldzug gegen Arbonne zu führen. Doch dies ist kein Krieg, jedenfalls noch nicht, dies ist nur ein gemeiner Racheakt. Und ihm hat man die Rolle des Rächers zugedacht, ohne ihn zu fragen, ob er sie auch spielen will. So ist er nur auf Geheiß seines Königs mitgeritten, um mit Blut und Feuer ein Zeichen zu setzen.

Nicht weit vom Dorf liegt ein kleiner, der Göttin Rian geweihter Tempel, der nördlichste Tempel von Arbonne, der Grenze zu Gorhaut am nächsten. Seinetwegen sind sie hier. Die dreißig oder vierzig Bewohner von Aubry werden mitten in der Nacht aus dem Schlaf gerissen und bis auf das letzte Kind niedergemacht. Die Männer – zumeist Hirten und Bauern – werden wie die Wachposten im brennenden Turm enthauptet und ihrer Geschlechtsteile beraubt. Ademar von Gorhaut versteht es, seine Meinung über die Männer im frauenbeherrschten Arbonne unmißverständlich kundzutun.

Dann reiten sie weiter zum Tempel.

Im Schein des Vollmonds Escoran und der eben aufgegangenen Vidonne-Sichel werden die acht Rian-Priesterinnen in dem kleinen Kloster aus ihren Betten gerissen. Auf Befehl des Königs werden sie von den Soldaten vergewaltigt, bevor sie bei lebendigem Leib verbrannt werden. Rastlos treibt Ademar sein großes Pferd von Gruppe zu Gruppe und sieht zu, was die

Coraner mit den Frauen anstellen. Allenthalben gellen ihre Schreie, immer lauter prasselt das herbstlich trockene Holz, das man rasch zusammengetragen und zu einem Scheiterhaufen aufgeschichtet hat. Einmal sieht Ademar zu Ranald hinüber und lacht. Im Feuerschein hat sein hellblondes Haar einen rötlichen Schimmer.

»Wollt Ihr Euch nicht auch eine Frau nehmen, Edler von Garsenc? Ein Geschenk von Eurem König, um Euch über Euren schweren Verlust hinwegzutrösten?« Er ruft es so laut, daß jeder es hören kann.

Ranald hat immer noch sein Schwert in der Hand, obwohl er es doch gar nicht mehr braucht. »Nach Euch, Lehnsherr«, sagt er. »Wie in allem, so bin ich auch hier Euer Gefolgsmann.«

Lachend wirft Ademar den Kopf in den Nacken. Ranald fürchtet schon, der König könnte tatsächlich absteigen und sich wie seine Coraner über eine der gefesselten Frauen hermachen, aber Ademar treibt sein Pferd nur mit einem weiteren Peitschenschlag auf Galberts Patriarchen zu, der den Scheiterhaufen beobachtet. Mit schwerem Herzen schaut Ranald ihm nach. Er weiß, was er eigentlich zu tun hätte. Und er weiß auch, daß er es nicht tun wird. Im Schein des Feuers und der beiden Monde sieht er Fulk de Savarics Blick auf sich gerichtet. Beide wenden sich wortlos ab.

Das ist nicht seine erste Verbrennung. Er hat im Herrschaftsbereich von Garsenc selbst schon Menschen auf den Scheiterhaufen geschickt, getreu der Maxime seines Vaters, man müsse einmal im Jahr ein Exempel statuieren, um zu verhindern, daß Leibeigene und Dorfbewohner übermütig würden. Jedesmal hat er dem Spektakel beigewohnt, ohne mit der Wimper zu zucken. Acht Frauen auf einmal hat er freilich noch nie brennen sehen. An sich dürfte es auf die Zahl nicht ankommen, doch als das grausige Spiel endlich anfängt, macht sie doch einen Unterschied.

Über die schrillen Schreie und das Gebrüll des verschreckten Viehs hinweg hört Ranald, wie der von seinem Vater abgestellte Patriarch die Anklage verliest. Die Opfer werden feierlich mit Corannos' Fluch belegt, und schließlich – die Stimme des Priesters schwillt triumphierend an – wird das Geschenk des Gottes beschworen, um die Ketzerei vom Angesicht der Erde zu tilgen.

Als Züchtigung in göttlichem Auftrag hat Galbert den Überfall bezeichnet, als der König nach der Besprechung mit seinem Großpatriarchen den Thronsaal von Cortil verließ und bekanntgab, noch am gleichen Abend nach Arbonne reiten zu wollen.

Noch lange dringen die Schreie aus den Flammen, bis der Rauch sie allmählich erstickt. Das ist immer so. Als die Frauenkörper langsam schwarz werden, breitet sich ein durchdringender Geruch nach verbranntem Fleisch aus. Ademar befiehlt den Aufbruch. Der König von Gorhaut hat vollbracht, wozu er gekommen ist, seine Wut ist verraucht, jetzt führt er seine Coraner zurück in die Berge. Als sie den einsamen Wachturm und die immer noch schwelenden Holzschuppen erreichen, stimmt ein Coraner ein Lied an – einen Lobpreis auf das stolze Gorhaut, den Sieger in jeder Schlacht, auf die auserwählten Krieger des Gottes und auf Corannos' geliebtes Land – und bald singen alle mit.

Drei Wachposten in einem Turm und ein Dorf voller Hirten und Bauern wurden getötet, acht Priesterinnen vergewaltigt und verbrannt. Eine Züchtigung in göttlichem Auftrag.

Und das ist erst der Anfang.

* * *

Der Westwind trieb den Rauch von ihm weg, so daß er von dem bewaldeten Höhenrücken aus genau beobachten konnte, was unter ihm geschah. Das Massaker im Dorf verfolgte er mit ausdrucksloser Miene. Als die Frauen, manche nackt, andere in dünnen Hemden, die man ihnen sofort vom Leibe riß, von Männern, die er kannte, aus dem Tempel gezerrt wurden, spürte er erschüttert ein allzu bekanntes Kribbeln in den Lenden. Er stand gut versteckt zwischen den Bäumen, aber doch so nahe, daß er nicht nur die Schreie der Priesterinnen, sondern auch die derben Zoten der Coraner hören konnte. Den König erkannte er sofort, und gleich darauf entdeckte er auch den Herzog von Garsenc, seinen Lehensherrn. Diese beiden

Männer hatte er gesucht, ihretwegen war er nach Norden geritten.

Die Verbrennung war nicht nach seinem Geschmack, doch sie allein hätte ihn noch nicht stutzig gemacht. Dennoch blieb der stumme Beobachter oberhalb von Aubry auf seinem Pferd sitzen, bis die Coraner von Gorhaut ihre Gelüste befriedigt und ihr Werk vollendet hatten und die Schreie erstarben. Und auch dann regte er sich nicht, obwohl es nun wirklich höchste Zeit gewesen wäre, zu ihnen hinunterzureiten, denn plötzlich schwenkte der König den Arm über dem Kopf, die fünfzig Reiter saßen geschlossen auf und sprengten nach Nordosten auf die Berge zu.

Inzwischen zitterte er nämlich am ganzen Leibe. Sein Zögern verwirrte, ja, bestürzte ihn. Schon den ganzen Tag über hatten ihn Gedanken geplagt, wie er sie bisher nicht kannte. Gehorsam und Angst, beides längst in Fleisch und Blut übergegangen, hatten ihn veranlaßt, Lussan gegen Mittag in nördlicher Richtung zu verlassen, um die Nachricht von den Ereignissen auf dem Turnierplatz nach Cortil zu bringen. An einem Straßengasthaus hatte er angehalten, um einen Krug Bier zu trinken, und dann war er unglaublich lange sitzen geblieben, obwohl er sich immer wieder ermahnt hatte, doch endlich sein Pferd zu besteigen. Die Botschaft sei enorm wichtig, ja, gefährlich, und wenn er zu lange zaudere, gerate er womöglich selbst noch in Verdacht.

Dennoch ging der Tag schon fast zur Neige, als er das Gasthaus verließ und sein Pferd in Galopp trieb, ohne es jedoch zu überanstrengen. Nach Cortil war es noch weit, sagte er sich, er mußte achtgeben, damit das Tier nicht schlappmachte. Im Schein von Escorans blauem Licht sah er schließlich Aubry vor sich liegen. Er schickte sich gerade an, auf der Straße zum Paß daran vorbeizureiten, als er Hufgetrappel und Männerstimmen hörte und vom Waldrand aus zu seinem Erstaunen den König erkannte, zu dem er doch unterwegs war.

Seither hatte er wie versteinert zugesehen, während seine Kameraden erst die Bewohner des Dorfes abschlachteten und dann die Priesterinnen des unweit davon gelegenen Tempels und wieder davonritten. Was die Coraner mit den Priesterinnen anstellten, und daß sie die Frauen hinterher verbrannten, ließ ihn ziemlich kalt, obwohl kein halbwegs normaler Mann so etwas wirklich *genießen* konnte. Dennoch war es nicht das, was ihn veranlaßt hatte, sich da oben auf seiner Anhöhe so still zu verhalten. In den Jahren des grausamen Krieges gegen Valensa hatte man auf den Gehöften und in den Städten zu beiden Seiten der Grenze ebenso schlimm, wenn nicht noch schlimmer gehaust. Sein Vater hatte ihm einmal erklärt, je länger ein Krieg dauere, desto schrecklichere Dinge bekomme man zu sehen, und desto mehr verrohe man selbst. Und wie so vieles, was ihm sein Vater im Lauf der Jahre gesagt hatte, entsprach wohl auch das der Wahrheit.

Es war nicht allein die Aufregung am Morgen gewesen, obwohl auch sie mitspielte. Eiskalt war es ihm den Rücken hinuntergelaufen, die Haare hatten ihm zu Berge gestanden, als Blaise de Garsenc das Banner der Könige über seinem Zelt hißte und seinem Land den Krieg erklärte. Der jüngste de Garsenc war ihm immer schon der liebste von allen gewesen, und zwei- oder dreimal hatte er das auch ausgesprochen – allerdings nur im engsten Freundeskreis.

Doch das allein hätte nichts geändert. Ein Coraner in Gorhaut lernte frühzeitig, sich nicht um Dinge – wie etwa um die Berechtigung irgendwelcher Befehle – zu kümmern, die ihn nichts angingen. Ranald, der Herzog von Garsenc, war sein Lehensherr, und wenn der Herzog hauptsächlich die Befehle seines Vaters in Cortil ausführte, so war es nicht Sache der Coraner von Garsenc, sich darüber Gedanken zu machen.

Er wäre mit seinen Neuigkeiten ja auch hinabgeritten, erkannte er endlich – der König war mit seinem Trupp längst abgezogen, und er saß immer noch reglos auf seinem Pferd und sah zu, wie das Feuer von zweien der Holzhäuser auf ein drittes übergriff – wenn da nicht noch etwas gewesen wäre, ein Erlebnis aus seiner eigenen Vergangenheit, das dieser lange Tag aus seinem Unterbewußtsein nach oben geholt hatte wie einen Eimer aus einem tiefen Brunnen.

Jetzt hörte er nichts mehr als das Knistern der Flammen und ein schwaches Wimmern – ein Kind oder ein Tier, das noch nicht ganz tot war. Dann verstummte auch das Weinen, ein

Windstoß schürte das Feuer, und mit lautem Knall gingen die letzten Holzhäuser in Flammen auf.

Der wahre Grund, warum er so reglos auf dieser Anhöhe verharrte und seinen König, seinen Lehensherrn und die Coraner beobachtete, die er seit langen Jahren kannte, war eine Episode aus dem Jahr, in dem sein Vater starb.

Seine Familie hatte auf einem Stück Land gelebt, das der Baron auf ihren Namen überschrieben hatte, als nach der letzten Pestwelle die Arbeitskräfte knapp wurden und zu viele Äcker brachlagen. Es war nur ein kleines Anwesen, aber nachdem sein Vater sich sein Leben lang für andere abgerackert hatte, war es sein ganzer Stolz. Der Hof lag in Gorhauts Kornkammer, der Nordmark, genauer gesagt, er hatte *einst* in Gorhauts Nordmark gelegen. Nun gehörte er zu Valensa, denn im Iersen-Vertrag waren Gebiete abgetreten worden, die König Duergar noch mit seinem eigenen Schwert, mit seinen Leib-Coranern und mit Hilfe derjenigen Bauern geschützt hatte, die tapfer genug waren, das Ihre zu verteidigen.

An der Schlacht an der Iersen-Brücke hatte er selbst teilgenommen, hatte in Eis und Schnee mit dem gorhautischen Heer gekämpft und einen blutigen Sieg errungen, und hatte bitterlich um seinen König getrauert, als man die Schwerter in die Scheide steckte und die Lanzen niederlegte. Nur wenige Monate später – er war inzwischen zur Freude seiner Familie zum Coraner geweiht worden und diente im Süden auf Schloß Garsenc dem jungen Herzog – hatte er erfahren, daß nicht nur seine Eltern und die anderen Bauern, sondern ganze Dorfgemeinschaften im Norden aufgefordert wurden, ihre Sachen zu packen und anderswo Zuflucht zu suchen.

Es sei nur vorübergehend, hatten die Boten des neuen Kö nigs Ademar beteuert. Der neue König sei ein weiser Mann und habe sie nicht vergessen – bald schon würden sie alle mit größeren, fruchtbareren Ländereien entschädigt werden. Doch zunächst war der Lebenstraum seines Vaters ausgeträumt, der heißgeliebte, eigene Hof wurde den Valensanern, die man fünfzig Jahre lang bekämpft hatte, auf silbernem Tablett überreicht. Einfach so.

Dabei hatten seine Eltern sogar noch Glück im Unglück gehabt, denn sie hatten in Cortil bei der Schwester seiner Mutter und ihrem Mann Unterschlupf gefunden; zwar mußten sie nun wieder für andere arbeiten, aber wenigstens hatten sie ein Dach über dem Kopf. Zweimal hatte er seinen Vater dort besucht. Der alte Mann, ein typischer Nordmärker, sprach nicht viel, doch sein Sohn hatte nicht den Eindruck, als sei er allzu begeistert von seinem Schicksal.

Wo das verheißene Land liegen sollte, wußte jeder. Auf den Gehöften, in den Tavernen und auf den Burgen redete man von nichts anderem. Bei seinem zweiten und letzten Besuch in der Bauernkate, wo seine Eltern jetzt hausten, hatte sich auch sein Vater dazu geäußert.

Sie hatten einen Abendspaziergang gemacht und im Nieselregen auf der grauen Heide gestanden. Plötzlich hatte sein Vater sich abgewandt und in den Schlamm gespuckt. »Was«, hatte er gesagt, »verstehe ich schon von Ölbäumen?«

Der Sohn hatte nicht geantwortet, sondern nur den winzigen Regentropfen zugesehen. Alles, was er hätte sagen können, wäre entweder Hochverrat gewesen oder eine Lüge.

Doch an diesem Morgen hatte der jüngere Garsenc-Sohn auf einem Turnierplatz unter Arbonnes klarem Himmel Ademar des Verrats bezichtigt und vor den vornehmen Damen und Herren aus allen sechs Ländern Anspruch erhoben auf den Thron von Gorhaut. Und der Mann, der jetzt auf einer Anhöhe über einem brennenden Dorf auf seinem Pferd saß, erkannte endlich die schlichte Wahrheit: Blaise de Garsenc hatte recht.

Sein Vater hätte sicher genauso gedacht, nur hätte er den Gedanken niemals in Worte gefaßt. Er und seine Familie waren ein Teil von Gorhaut, sie hatten ihr Leben und ihr Land unter den Schutz des Königs gestellt – und der hatte ihre Sicherheit, ihre Geschichte und ihr Vertrauen verschenkt, indem er seinen Namen auf ein Stück Papier setzte. Man munkelte, Galbert, der Großpatriarch, stecke hinter der ganzen Sache. Er wolle Arbonne vernichten, weil man dort die Göttin verehre.

Davon verstand er nichts, und es kümmerte ihn auch nicht weiter, aber er hatte gesehen, wie sein Vater daran zugrundeging, daß er fern der Nordmark, wo er sein ganzes Leben verbracht hatte, auf einem fremden Hof unterkriechen mußte.

Sein Vater war am Ende jenes Sommers gestorben. Eines Morgens habe er sich zu Bett gelegt, so stand es im Brief des Schreibers, und vier Tage später sei er zu seinem Gott eingegangen, ohne noch ein Wort gesprochen zu haben. Schmerzen habe er offenbar nicht gelitten, so hieß es weiter. Unter die besten Wünsche für sein weiteres Leben hatte seine Mutter ihr Zeichen gesetzt. Er trug den Brief noch immer bei sich.

Ein letztes Mal blickte er auf das brennende Aubry hinab. Dann holte er tief Atem. Er war nun mit sich im reinen, was aber seine Angst nicht verringerte. Er wendete sein Pferd und ritt zurück nach Süden, woher er gekommen war. Diesmal hatte er eine andere, eine wahre Schreckensbotschaft zu überbringen. Der Feind war mit Feuer und Schwert über das Land hergefallen, und er würde wiederkommen, so sicher wie der Tod.

Im nachhinein erkannte er, daß die Entscheidung schon damals gefallen war, auf jenem letzten Abendspaziergang mit seinem Vater im Regen. Er hatte bisher nur keine Möglichkeit gesehen, sie in die Tat umzusetzen. Das hatte sich jetzt geändert.

Er gab seinem Pferd die Sporen und ließ das brennende Aubry hinter sich zurück. Den Blick hielt er fest auf die leere Straße gerichtet, die jetzt, im Mischlicht der beiden Monde, so fremdartig glänzte.

* * *

Blaise war nicht begeistert, aber die Priesterin und der Leibarzt waren sich einig gewesen, und so schluckte er widerwillig einen Kräutersud, der ihn für den Rest des Tages in tiefen Schlaf versetzte.

Als er erwachte, lag er in einem Zimmer auf Schloß Barbentain. Der Himmel vor seinem Fenster leuchtete in den sanften Rosa- und Violettönen des Sonnenuntergangs, und das Blauschwarz der Dämmerung war nicht mehr fern. Den Fluß konnte er vom Bett aus nicht sehen, doch durch das offene Fenster hörte er sein Rauschen. Drüben in Lussan zündete man bereits die ersten Lichter an. Eine ganze Weile lag er so da und war mit sich und der Welt zufrieden, obwohl seine Beine schmerzten und der Verband an seinem Ohr drückte.

Er hob die Hand und betastete ihn, dann drehte er vorsichtig den Kopf in die andere Richtung – und entdeckte, daß er nicht allein war.

»Es hätte schlimmer kommen können«, sagte Ariane leise. Sie saß auf halbem Wege zwischen ihm und der Tür in einem Sessel. »Du hast einen Teil der Ohrmuschel eingebüßt, aber mehr wird nicht passieren, sagen die Ärzte. Bei Bertran war es damals ähnlich.«

»Wie lange bist du schon hier?«

»Noch nicht lange. Sie sagten, du würdest bis Sonnenuntergang schlafen. Ich hatte gefragt, ob ich dich allein sprechen könnte, sobald du aufwachtest.«

Sie hatte das Prunkgewand abgelegt und gegen ein sehr viel schlichteres, dunkelblaues Kleid eingetauscht. Nur die Ärmel waren mit Rot unterlegt, ihrer Lieblingsfarbe. Er fand sie auch darin wunderschön. Sie lächelte. »Bertran stolziert schon den ganzen Tag im Schloß herum und prahlt, nun sei alles klar: du seist sein lange vermißter Bruder. Der neuesten Version zufolge hätten dich Räuber auf Kastell Talair aus der Wiege geholt und für drei Ziegen an ein Dorf in Gorhaut verkauft.«

»Drei Ziegen? Ich bin empört«, seufzte Blaise. »Fünf sind das mindeste. Du kannst ihm von mir bestellen, daß ich mich nicht unterschätzen lasse, nicht einmal in einem Märchen.«

Arianes Lächeln erlosch. »Man wird dich schon nicht unterschätzen, Blaise, weder hier noch anderswo. Und nach dem heutigen Tag schon gar nicht mehr. Eher im Gegenteil.«

Er nickte langsam. Wenigstens das war offenbar schon wieder ohne Schmerzen möglich. Mühsam stemmte er sich zum Sitzen hoch. Neben dem Bett stand ein Tischchen mit einer Flasche darauf.

»Was ist das?« fragte er.

»Noch einmal die gleiche Medizin. Die Ärzte sagten, du würdest sie vielleicht brauchen.«

Er schüttelte den Kopf. »Sonst gibt es nichts?«

An der gegenüberliegenden Wand standen eine Karaffe mit Wein und mehrere Platten mit kaltem Braten, Käse und frischgebackenem Brot aus der Schloßküche. Blaise spürte, wie ihm der Magen knurrte. Ariane mischte den Wein mit Wasser und machte ihm ein Essenstablett zurecht. Er fiel gierig darüber her, doch schon nach den ersten Bissen schaute er auf. Sie hatte sich wieder in ihren Sessel gesetzt und sah ihm lächelnd zu.

»Sie sagten schon, daß du beim Aufwachen wahrscheinlich hungrig sein würdest, das käme von den Kräutern.«

Er stöhnte. »Sie scheinen mich ja in- und auswendig zu kennen. Wissen sie vielleicht noch mehr?«

»Ich darf dich mit meinem Besuch nicht anstrengen oder gar aufregen«, erklärte sie mit sittsamem Augenaufschlag.

Mit einem Mal durchströmte Blaise ein tiefes Glücksgefühl. Der Anblick dieser Frau, die Stille des Abends erfüllten ihn mit Wohlbehagen. Sobald er diesen Raum verließ, mußte er wieder die Last der Welt auf die Schultern nehmen. Doch für einen kleinen Moment war alles so herrlich weit entfernt. Arianes Duft, unaufdringlich und doch charakteristisch, stieg ihm in die Nase.

»Ist dir klar, daß dir das sehr schwerfallen dürfte?« fragte er.

Auf ihr Erröten war er nicht gefaßt. Grinsend rückte er zur Seite und stellte das Lacktablett auf die Truhe neben seinem Bett. Ariane blieb sitzen.

»Ist irgend etwas geschehen, das ich wissen sollte?« fragte er. Er fühlte sich bemerkenswert frisch, ja, mehr als das. Ob die beiden Ärzte das wohl ebenfalls prophezeit hatten? »Oder sind wir beide für ein Weilchen entbehrlich?«

Sie schüttelte den Kopf. Ihre braunen Augen waren groß geworden.

»Kann man die Tür abschließen?«

Wieder huschte der Anflug eines Lächelns über ihr Gesicht. »Aber gewiß. Nur stehen draußen vier gräfliche Gardisten, die genau hören würden, wenn sich der Schlüssel drehte. Jedermann weiß, daß ich hier bin, Blaise.«

Sie hatte natürlich recht. Ernüchtert ließ er sich in die Kissen zurücksinken.

Ariane erhob sich, richtete sich, groß und schlank, zu voller Höhe auf. Das schwarze Haar hing ihr wie immer offen über die Schultern. »Allerdings«, murmelte sie, während sie zur Tür ging, »sind die Coraner von Barbentain für ihre Diskretion berühmt.« Mit leisem Klicken schnappte der Riegel ein. »Und nachdem das ganze Schloß weiß, daß ich hier bin, wird man natürlich annehmen, daß wir besprechen wollen, wie es nun weitergeht, nicht wahr?«

Gemessenen Schritts kam sie zurück und blieb neben dem Bett stehen. Blaise sah zu ihr auf, labte sich an den dunklen Augen und den makellosen Zügen wie an kühlem Wein.

»Genau das wollte ich wissen«, sagte er nach kurzem Schweigen. Sie tändelte mit der Bettdecke, zog sie ein Stück herunter und strich sie wieder glatt, nachdem sie gesehen hatte, daß er nackt war. »Wie es weitergeht, meine ich.«

Ariane lachte und zog die Decke vollends weg. »Wir werden darüber sprechen müssen«, sagte sie, setzte sich auf die Bettkante und beugte sich über ihn. Ein kurzer, zarter, flüchtiger Kuß. So hatte er sie in Erinnerung. Ihre Lippen wanderten tiefer, suchten seine Halsgrube, streiften über seinen Oberkörper, glitten noch weiter hinab.

»Ariane«, sagte er.

»Still«, murmelte sie. »Ich habe versprochen, dich nicht anzustrengen. Also mach mich nicht zur Lügnerin.«

Nun war er es, der lachen mußte, doch das dauerte nicht lange, dann nahmen ihn andere Gefühle voll in Anspruch. Das Zimmer lag jetzt im Halbdunkel, denn draußen brach die Nacht herein, und sie hatten keine Kerzen angezündet. Undeutlich sah er, wie sie den Kopf hob, wie sie, ein bloßer Schatten, neben seinem Bett aus ihren Kleidern schlüpfte. Eine Duftwolke, ein leises Rascheln, dann war sie wieder über ihm.

»Denk daran, du darfst dich nicht aufregen.« Mit dieser Mahnung senkte sich Ariane de Carenzu geschmeidig auf sein Geschlecht.

In der Stadt jenseits des Flusses leuchteten nun überall die Lichter, Schritte kamen den Gang entlang, eine Stimme antwortete auf den Anruf der Gardisten, die Schritte entfernten sich. Unten strebte der Fluß mit leisem Rauschen dem fernen Meer entgegen. Arianes Bewegungen waren wie der Rhythmus der Gezeiten. Blaise faßte mit beiden Händen nach ihren Brüsten, betastete im Dunkeln wie ein Blinder ihr Gesicht, zog immer wieder die Finger durch das prachtvolle, lange Haar. Es war nicht fair, er wußte es, aber er konnte wieder einmal nicht umhin, sie mit Lucianna zu vergleichen. Für die eine war die Liebe etwas, das zwei Menschen miteinander verband, dachte er plötzlich, für die andere war sie ein Kunstwerk. Beide Formen bargen ihre Gefahren, wenn man nicht vorsichtig war. Die rote Rose von heute morgen wäre durchaus auch für diese Frau am Platz gewesen, aber er hatte der Schönen unter dem Baldachin des portezzanischen Pavillons eine persönliche wie eine öffentliche Botschaft überbringen wollen.

Danach hatte er wohl geschlafen, aber er wußte nicht, wie lange. Ariane hatte sich angekleidet und überall im Raum Kerzen angezündet. Aber sie hatte sich nicht fortgeschlichen, sie saß wie beim ersten Mal in ihrem Sessel und beobachtete ihn. Es war ungeheuer beruhigend, sie beim Aufwachen an seinem Bett zu sehen. Ob sie sich dessen wohl bewußt war? Diesmal fühlte er sich längst nicht so munter. Sein Blick wanderte zum Fenster. Etwas hatte sich verändert, während er schlief; er brauchte einen Moment, um zu erkennen, was es war: der blaue Mond war aufgegangen und schwebte als volle Scheibe über dem Schloß und der Welt.

Abermals wandte Blaise sich Ariane zu. Nun brach die Erinnerung an den Vormittag über ihn herein. Ganz deutlich sah er die Königsfahne – in seinem Namen gehißt – im Sonnenschein flattern. Unwillkürlich hob er die Hand und flüsterte, noch halb verschlafen, fast wie im Traum: »Aber ich *will* doch gar nicht König von Gorhaut sein.«

»Ich weiß.« Ariane bewegte sich nicht. »Ich weiß, daß du das nicht willst.« Im Kerzenlicht erinnerte sie mit ihrem nachtschwarzen Haar und dem blassen, fast durchsichtigen Gesicht beinahe an ein Gespenst, ein *Racoux*. Sie lächelte ironisch. »Aber darüber würde ich mir keine grauen Haare wachsen lassen, Blaise. Das erleben wir vermutlich ohnehin nicht mehr.«

Kurze Zeit später verließ sie ihn. Bertran kam zu einem kurzen Besuch vorbei, begrüßte ihn scherzhaft als lange vermißten Bruder und vermied es geflissentlich, irgendein ernsteres Thema anzuschneiden. Als nächste erschienen Rudel und Valery. Während sie bei ihm waren, aß er zum zweiten Mal, diesmal hatte ihm Hirnan eine warme Mahlzeit gebracht; er war immer noch hungrig. Danach versuchten ihm Arzt und die

Priesterin noch eine Dosis ihres Gebräus aufzudrängen. Er lehnte ab. Eigentlich fühlte er sich nicht schlecht. Sein Ohr schmerzte ein wenig, die Schienbeine und die Wade, wo ihn das Schwert des Arimondaners getroffen hatte, etwas mehr, aber alles in allem ging es ihm besser, als er verdiente. Er brauchte kein Betäubungsmittel.

Dann ließ man ihn allein, denn unten begann das Bankett, und jeder wollte die Sänger hören. Blaise dämmerte eine Weile vor sich hin, dann stand er auf, setzte sich in einen Sessel und sah aus dem Fenster. Von unten drang schwach die Musik herauf. Er dachte gerade an Rosala, als abermals an seine Tür geklopft wurde und die Gräfin selbst mit Ariane und Bertran eintrat. Gleich dahinter kam Rudel mit Roban, dem Kanzler. Alle machten finstere Gesichter, Blaise sah, daß Ariane geweint hatte. Bevor jemand das Wort ergriff, versuchte er, sich mit einem langsamen, tiefen Atemzug wieder in die Gegenwart zurückzubefördern.

»Soeben ist ein Mann eingetroffen«, sagte Bertran. Die Gräfin war totenblaß und sagte kein Wort. Ihr Gesicht war maskenhaft starr, die Züge wie in Marmor gehauen. Doch in ihren Augen stand ein brennender Zorn, wie Blaise ihn so noch nie erlebt hatte. »Ein Gorhautaner. Er bringt schlimme Nachrichten, und er hat gebeten, mit dir sprechen zu dürfen.«

Valery und Hirnan führten den Mann herein. Blaise kannte ihn flüchtig. Einer von Garsencs Coranern, einer von den besseren, wie Ranald einmal gesagt hatte. Ohne ein Wort sank er vor Blaise auf die Knie und hob die gefalteten Hände, um ihm den Lehnseid zu leisten. Blaise war sich bewußt, daß damit etwas begonnen hatte, das nicht mehr rückgängig zu machen war. Er verließ seinen Fensterplatz, trat vor den Coraner hin und umschloß dessen Hände mit den seinen. Als dann in dem hohen Raum auf Schloß Barbentain die alte Corannos-Formel ertönte, glaubte er sie zum ersten Mal zu hören. Es ist wie mit der Fahne, dachte er; alles ist anders, wenn man selbst betroffen ist. Er warf einen kurzen Blick auf Ariane. Sie weinte schon wieder. Rasch wandte er sich wieder dem Coraner zu und konzentrierte sich auf dessen Worte.

»Im Namen Corannos', des höchsten Gottes, dem die Welt

das Feuer verdankt und das Licht, und beim Blute meines Vaters und aller meiner Ahnen schwöre ich Euch Treue für alle Zeit. Dienen will ich Euch bis an die Pforten des Todes. Vor allen Menschen und vor dem höchsten Gott erkenne ich Euch hiermit als meinen Lehensherrn an.«

Der Mann hielt inne. In diesem Moment fiel Blaise auch sein Name wieder ein: Thaune. Sein Akzent verriet, daß er aus der Nordmark stammte. Thaune hob den Kopf und sah ihm zum ersten Mal in die Augen. »Des weiteren«, fuhr er fort, und es klang erstaunlich sicher, obwohl er sich jetzt nicht mehr an die Eidesformel halten konnte, »erkenne ich Euch an als meinen wahren König. Keine Nacht will ich mehr ruhig schlafen, und meinen Schwertgurt will ich nicht ablegen, bis der Verräter von Gorhauts Thron gestürzt ist und Ihr in Cortil regiert. Das schwöre ich in Corannos' Namen.«

Blaise räusperte sich. Arianes Tränen, das Schweigen aller Umstehenden verhießen nichts Gutes. Endlich sagte er: »Ich nehme deinen Lehenseid an, Thaune von Gorhaut. Von nun an bist du mein Vasall. Als dein Lehensherr will ich dir Schutz und Beistand gewähren allezeit und dir die Treue halten im Angesicht des Gottes. Und nun erhebe dich.«

Er faßte den Coraner unter den Achseln und half ihm beim Aufstehen. »Und nun«, sagte er, »mußt du mir berichten, was geschehen ist.«

Und Thaune berichtete. Mittendrin stellte Blaise ganz plötzlich fest, daß er doch noch nicht so weit bei Kräften war, wie er gedacht hatte. Hirnan, der ihn nicht aus den Augen gelassen hatte, schob rasch den Sessel vom Fenster herüber. Dankbar ließ Blaise sich hineinsinken.

Sein Vater und König Ademar hatten keine Zeit damit verloren, Boten zu schicken und in Sendschreiben mit geschliffenen Formulierungen die Herausgabe Rosalas und ihres Kindes zu verlangen. Sie waren gleich mit Feuer und Schwert gekommen.

* * *

Cadar hatte eine unruhige Nacht, er wachte oft auf und schrie, schlief aber sofort wieder ein, wenn ihn die Amme an die Brust legte. Die Priesterin nahm das nicht weiter tragisch. Manchmal dauere es ein bis zwei Wochen, sagte sie, bis die Kleinen lernten, daß die Nachtstunden zum Schlafen bestimmt seien und nicht zum Trinken. Rosala wußte, daß sie zu Hause und unter normalen Umständen in dieser Phase wenig Kontakt zu ihrem Kind gehabt hätte. Cadar wäre mit seiner Amme in einem anderen Burgflügel oder gar an einem anderen Ort untergebracht gewesen. Dennoch konnte sie es nicht lassen, jedesmal, wenn er schrie, in sein Zimmer zu gehen und nach ihm zu sehen.

Von einem dieser Besuche kam sie eben zurück, noch halb im Schlaf, nur mit dem Morgenmantel bekleidet, den die Gräfin ihr gegeben hatte, als sie vor ihrer Tür eine schattenhafte Gestalt erblickte. Erschrocken blieb sie stehen und hielt sich mit der Hand den Mantel vor der Brust zusammen.

»Verzeiht mir.« Der Herzog von Talair trat ins Licht. »Ich wollte Euch nicht ängstigen.«

Rosala wagte wieder zu atmen. »Ich bin in letzter Zeit sehr schreckhaft geworden. Das war früher nicht meine Art.«

»Ihr seid in der Fremde«, murmelte En Bertran ernst, »und habt neue Pflichten. Da ist eine gewisse Unruhe nur verständlich.«

»Wollt Ihr nicht eintreten?« fragte sie. »Ich glaube, ich habe noch Wein im Zimmer. Und meine Dienerin kann neuen holen.«

»Nicht nötig«, sagte er, »aber danke, eintreten will ich gerne. Es gibt Neuigkeiten, die Ihr erfahren solltet.«

Es war schon sehr spät. Rosalas Herz begann dumpf zu pochen wie eine große Trommel. »Was ist geschehen?« drängte sie.

Er antwortete nicht gleich, sondern öffnete nur die Tür und ließ ihr den Vortritt. Nachdem sie auf einem Sessel am Kamin Platz genommen hatte, setzte er sich ihr gegenüber auf die niedrige Bank. Im Schein des Feuers wirkten seine blauen Augen geradezu stechend, und die weiße Narbe auf seiner Wange sprang förmlich ins Auge.

»Geht es um Blaise?« fragte sie. Sie hatte schon von verschiedenen Seiten gehört, was am Morgen vorgefallen war. Die Herzogin von Carenzu hatte ihr eine weiße Rose gebracht und ihr deren Bedeutung erklärt. Nun stand die Blume in einer Vase am Fenster. Nachdem Ariane gegangen war, hatte sie lange davorgesessen und sie angesehen, dann hatte sie an Blaise gedacht und war unversehens in Tränen ausgebrochen.

»Es geht ihm gut«, versicherte ihr Bertran de Talair und tastete unwillkürlich nach seinem Ohr. »Wenn erst die Verbände abgenommen werden, wird er mir in diesem einen Punkt leider nur allzu ähnlich sein, doch davon abgesehen ist er nicht ernsthaft verletzt.« Er zögerte. »Ich weiß nicht, inwieweit Euch das berührt, aber Ihr solltet wissen, daß er seinem Namen und seinem Land heute morgen wahrhaftig keine Schande gemacht hat.«

»Das habe ich gehört. Und natürlich berührt es mich, besonders nach der Erklärung, die er vor Beginn des Duells abgab. Das Kesseltreiben wird nicht lange auf sich warten lassen.«

Der Herzog von Talair ließ eine kleine Pause entstehen und rutschte verlegen auf seiner Bank hin und her.

»Ich verstehe.« Rosala faltete die Hände im Schoß. »Sie sind bereits da.«

»Sie waren da, aber nicht seinetwegen. Es wird noch ein paar Tage dauern, bis sie von seinem Auftritt erfahren. Sie haben heute nacht ein Dorf namens Aubry zerstört, sämtliche Bewohner getötet und anschließend die Priesterinnen des nahegelegenen Tempels verbrannt.«

Rosala schloß die Augen. Ihre Hände begannen zu zittern. »Das war für mich bestimmt«, sagte sie und erschrak über ihre eigene Stimme. Sie klang so fremd, so trocken und dünn wie ein Bächlein während der Dürrezeit. »Ich war der Anlaß.«

»Ich fürchte, ja.«

»Wie viele Tote?«

»Wir wissen es noch nicht genau. Vielleicht fünfzig.«

»Wer war dabei? Von Gorhaut, meine ich.« Sie hielt die Augen noch immer geschlossen. Plötzlich war ihr kalt geworden, sie schlang die Arme um den Körper.

Er sprach mit sanfter Stimme, aber er schonte sie nicht. Sie begriff, daß er ihr damit großen Respekt bezeugte. »Der König selbst, nach allem, was wir gehört haben.« Er zögerte. »Auch Euer Gemahl und Euer Bruder.«

Rosala öffnete die Augen. »Die beiden hatten keine Wahl. Keiner von ihnen hätte aus freien Stücken so gehandelt.«

Bertran de Talair zuckte die Achseln. »Das kann ich nicht beurteilen. Jedenfalls waren sie dabei.« Er betrachtete sie forschend, dann stand er auf, um das Feuer zu schüren. Es war fast heruntergebrannt, aber neben dem Kamin lag ein Vorrat an Holz und Spänen, und er kniete nieder und machte sich damit zu schaffen. Sie sah ihm zu, registrierte seine knappen, zielbewußten Gesten. Er war ganz anders, als sie nach seinen Liedern oder nach den Gerüchten über seine Liebschaften in allen Ländern erwartet hätte.

»Wie habt Ihr davon erfahren?« fragte sie endlich.

Ohne sich umzudrehen, sagte er: »Von einem Coraner aus Gorhaut, der zum Turnier hier war. Er hatte Blaises Duell miterlebt und war sofort nach Norden aufgebrochen, um dem König Bericht zu erstatten.«

»Was hat ihn bewogen, seine Meinung zu ändern?«

Bertran sah sich kurz nach ihr um, dann schüttelte er den Kopf. »Das weiß ich nicht. Ich werde Blaise danach fragen.« Wieder wandte er sich dem Kamin zu und verschob die Scheite ein wenig. Eine Seite des Stapels fing Feuer, gleich darauf auch die zweite. Er seufzte befriedigt und erhob sich. »Er hat Blaise heute abend den Lehenseid geschworen und ihn als seinen wahren König anerkannt. Und er hat Ademar als Verräter bezeichnet.«

»Der Iersen-Vertrag«, sagte Rosala ruhig. »Er hat den Ausschlag gegeben. Der Mann stammt wahrscheinlich aus der Nordmark. Dort denken viele so wie er.«

»Wie viele?« fragte der Herzog von Talair. Sie begriff. Die Frage war ernst gemeint, er interessierte sich wirklich für ihre Ansicht.

»Das läßt sich schwer schätzen«, sagte sie. Das Holz hatte nun richtig Feuer gefangen und verbreitete wohlige Wärme. »Aber ich glaube nicht, daß es genug sind. Die Adeligen haben zumeist Angst vor dem König, die einfachen Leute haben noch mehr Angst vor den Corannos-Priestern – und die wiederum stehen vollkommen unter dem Einfluß meines Schwiegervaters.«

Er schwieg. Rosala schaute ins Feuer und sah die Zukunft als ein einziges Flammenmeer. Ihretwegen hatten heute nacht fünfzig Menschen den Tod erlitten. Wieder schloß sie die Augen, doch auch auf der Innenseite der Lider sah sie die Flammen züngeln. Der Schock ließ nur allmählich nach.

»Mein Sohn«, sagte sie. »Der arme Cadar.« Und dann: »Ich muß ihn zurückbringen. Ich kann nicht zulassen, daß die Menschen hier so grausam leiden müssen. Es liegt nur daran, daß er ein Junge ist. Sie werden niemals Ruhe geben.«

Schon wieder rannen ihr die Tränen über die Wangen. Sie starrte weiter ins Feuer. Hinter ihr wurde ein Stuhl über den Boden geschoben, sie hörte ein Rascheln, wurde von zwei zuverlässigen, kräftigen Händen herumgedreht. Plötzlich lag ihr Kopf an seiner starken Schulter, und sein starker Arm hielt sie fest.

»Keiner von Euch geht dahin zurück«, sagte Bertran de Talair mit heiserer Stimme. »Die Gräfin und ich haben uns vor Corannos und Rian für Euer Kind verbürgt. Ich selbst habe Euch in der Nacht, als Cadar geboren wurde, ein Versprechen gegeben, und ich habe das nicht leichtfertig getan. Ich schwöre noch einmal: Solange ich lebe, kehrt keiner von Euch in dieses Land zurück.«

Die Worte lösten den Knoten in Rosalas Brust, vielleicht gab sie auch nur ihre starre Selbstbeherrschung auf. Jedenfalls weinte sie in den Armen des Herzogs von Talair, ohne sich ihrer Tränen zu schämen. Sie weinte um Cadar, um sich selbst, um die Brandopfer dieser Nacht und um all die vielen, die noch im Feuer umkommen würden. Er hielt sie an sich gedrückt und flüsterte ihr tröstende Worte ins Ohr. Seit ihr Vater tot war, hatte sie niemand mehr so getrostet, dachte Rosala, und dann weinte sie auch um ihn.

Sie konnte es nicht wissen, doch Bertran de Talair ging in diesem Moment ein ganz ähnlicher Gedanke durch den Kopf: Wann hatte er das letzte Mal eine Frau auf diese Weise in den Armen gehalten, nicht in blinder, flüchtiger Leidenschaft, sondern als Tröster und Beschützer? Und einen Augenblick später fiel es ihm wieder ein. Er hatte nichts vergessen, er brauchte nur die Barrieren zu senken und die Erinnerung einzulassen.

Die letzte Frau, die er so in den Armen gehalten hatte, als wolle er mit seinem Herzen dem Schlag des ihren nachhelfen, war später auf Miraval im Kindbett gestorben – vor dreiundzwanzig Jahren.

* * *

Blaise blieb vor Rosalas Zimmer stehen. Die Tür war nur angelehnt. Er wollte ihr die Unglücksbotschaft überbringen, die Lussan in dieser Nacht erreicht hatte, und davor hatte er natürlich Angst. Aber er wollte es auch keinem Fremdem überlassen. Ranald war mit in Aubry gewesen, hatte Thaune gesagt, und Fulk de Savaric, ihr Bruder. Gerade als er anklopfen wollte, hörte er Stimmen und begriff, daß ihm schon jemand zuvorgekommen war. Seine Reaktion war gemischt, doch die Erleichterung herrschte vor.

Er überlegte gerade, ob er überhaupt noch eintreten sollte, als er Rosala mit erstickter Stimme sagen hörte, sie wolle das Kind nach Gorhaut zurückbringen. Die Worte schnitten ihm ins Herz, verstand er doch nur zu gut, wie sie gemeint waren. Wieder einmal fühlte er sich von ihr beschämt. Dann wiederholte Bertran de Talair überraschend schroff ein Versprechen, das er ihr offenbar schon einmal gegeben hatte. Rosala begann zu weinen, und durch den Türspalt sah er, wie der Herzog im Feuerschein zu ihrem Sessel ging und sie in die Arme nahm.

Er kam sich vor wie ein unerwünschter Eindringling, mitschuldig an dem Leid, das der andere zu lindern suchte. Dabei wäre es doch seine Pflicht gewesen, sie zu trösten. Er schaute den Korridor entlang und entdeckte Hirnan, der diskret am anderen Ende wartete. Seine diversen Verletzungen machten sich wieder bemerkbar, er fühlte sich immer noch müde, aber plötzlich verspürte er ein dringendes Bedürfnis, wenigstens das zu Ende zu bringen, was er am Morgen mit der weißen Rose begonnen hatte. So klopfte er leise an die Tür, um die beiden nicht allzu sehr zu erschrecken, und sagte: »Auch ich habe heute morgen ein Versprechen abgegeben, das ich jetzt wiederholen möchte.«

Das Paar vor dem Feuer blickte auf; Bertran war ganz ruhig, Rosala trocknete sich hastig die Tränen und rückte ein wenig von ihm ab. Der Herzog erhob sich, damit sie aufstehen und ihm entgegengehen konnte. Zu spät begriff Blaise, was sie vorhatte, und trat rasch ein, um sie daran zu hindern. Letzten Endes lagen sie beide vor dem Feuer auf den Knien und sahen sich an. Er hätte es Bertran nicht übelgenommen, wenn er gelacht hätte, aber der Herzog schwieg und beobachtete sie aufmerksam.

Gorhauts verirrte Kinder, hatte Lucianna erst vor zwei Tagen gesagt. Nicht schlecht getroffen, dachte Blaise. Rosala lächelte unter Tränen.

»Du willst meine Huldigung nicht annehmen?«

Er schüttelte den Kopf.

»Du wirst dich daran gewöhnen müssen«, murmelte sie. »Ein König kann nicht vor jeder Frau auf die Knie fallen.«

»Noch bin ich kein König«, widersprach er, »und bei einigen Frauen kann man das durchaus. Wenn ich recht verstanden habe, schwört der Herzog von Talair, daß sie dich nicht bekommen werden, solange er lebt.« Er sah Bertran an, doch dessen Gesicht verriet immer noch keine Spur von Ironie. »So höre denn auch meinen Schwur. Ich gelobe dir Treue im Namen des heiligsten Gottes, Rosala. Null und nichtig soll mein Anspruch auf den Thron sein, wenn wir dich und Cadar ausliefern.« Seine Stimme war heiser geworden, er hörte es selbst.

Zum ersten Mal hatte er den Namen des Kindes ausgesprochen. ›Cadar‹ erschien ihm unpassend für einen Säugling. Für ihn, für eine ganze Generation in Gorhaut war es ein großer Name, die Erinnerung an Rosalas Vater war noch sehr lebendig. Ein stolzer Name, der Hoffnung machte ... vorausgesetzt, das Kind blieb am Leben.

Rosala schüttelte den Kopf. »Mein Sohn und ich, wir dürfen kein allzu großes Gewicht bekommen«, sagte sie. »Zu viel steht hier auf dem Spiel.«

Bertran sagte leise: »Manchmal erhält ein Mensch mehr Gewicht, als man je erwartet hätte. Es geht in erster Linie um Euch und Euren Sohn, Ihr seid es, die auf dem Spiel stehen. Euch wird man zum Anlaß nehmen, den Krieg zu beginnen. Man hat es ja schon getan.«

»Dann schickt uns zurück«, flüsterte sie, aber dabei sah sie Blaise an und nicht Bertran.

»Das würde nichts ändern«, gab der Herzog leise zur Antwort. »Jetzt nicht mehr. Sie würden Euch töten, würden ihn für sich vereinnahmen und würden doch immer noch einen Grund finden, über uns herzufallen. Sie müssen den Hunger der vielen stillen, die aus der Nordmark vertrieben wurden. Hier geht es nicht zu wie in den Romanzen, wo man Elienna nach Royaunce entführt und ein ganzes Heer ihr folgt, um sie zu retten. Hier wird Machtpolitik getrieben, hier kämpfen Nationen gegeneinander, edle Rosala. Arbonne ist sozusagen die letzte Klausel im Iersen-Vertrag.«

Blaise hatte sie beobachtet. Ihr schönes, intelligentes Gesicht verriet, daß sie Bertrans Einschätzung akzeptierte. Sie war in diesen Dingen nicht weniger bewandert als Ariane oder Lucianna, sie konnte es sogar mit ihm und Bertran aufnehmen. Das war immer so gewesen. Die Tränen auf ihren Wangen glitzerten im Feuerschein. Verlegen – wieder einmal bedauerte er, wie schwer ihm solche Gesten fielen – hob er die Hand und wischte sie weg. Wenn er doch nur etwas gewandter, etwas unbefangener wäre. »Du brauchst mir nicht zu huldigen, Rosala«, sagte er.

Wieder schien sie protestieren zu wollen, doch dann sagte sie nur: »Aber für die Blume darf ich dir danken?«

Blaise brachte tatsächlich ein Lächeln zustande. »Ich warte sogar darauf.«

Bertran lachte leise. Rosala lächelte zaghaft zurück, doch gleich darauf schlug sie die Hände vor das Gesicht.

»Wie können wir nur so reden?« rief sie. »Heute nacht wurden Frauen verbrannt. Meinetwegen. Frauen, die nicht einmal wußten, wer ich bin, wurden von Ademars Coranern aus ihren Betten gerissen und vergewaltigt und – nein, schweigt, ich weiß es doch! – schließlich bei lebendigem Leibe verbrannt. Ihr seid doch so klug, Ihr beiden, könnt Ihr mir nicht sagen, wie ich mit diesem Wissen leben soll? Die Schreie gellen mir förmlich in den Ohren.«

Blaise setzte zum Sprechen an, machte den Mund wieder zu und sah an ihr vorbei zu Bertran. Der stand mit dem Rücken zum Feuer, und seine Augen lagen im Schatten. Auch der Herzog schwieg. *Ihr seid doch so klug, Ihr beiden.* Doch in dieser Situation versagte alle Klugheit, dafür gab es keine Worte.

Und so sprach er nur ihren Namen. Was war an einem Namen nur so Besonderes? Langsam hob er die Arme, nahm ihren Kopf zwischen beide Hände, beugte sich vor und küßte sie auf die Stirn. Er hätte gern mehr für sie getan, aber das schien nicht möglich zu sein. Heute nacht hatte man einen Scheiterhaufen errichtet, von dem sein Vater schon seit langem träumte. Man hatte Frauen verbrannt. Man hatte Männer erschlagen und verstümmelt. Auch er konnte die Schreie hören.

»Morgen früh ...«, sagte er heiser. »Morgen früh sieht alles anders aus.« Lahme Worte, Binsenweisheiten. Es galt, diese Nacht zu bewältigen. Noch ein Blick auf den Herzog, dann erhob er sich und ging aus dem Zimmer. Bertran konnte hier sicher besser helfen, dachte er. Der Herzog war nicht mit so viel Geschichte belastet, und er kannte die Frauen. Dennoch tat es ihm weh, sie zurücklassen zu müssen.

O Ranald, dachte er, sagte es sogar halblaut in den Korridor hinein. *Vielleicht hätte sie noch einen Mann aus dir gemacht, wenn man ihr nur freie Hand gelassen hätte.* Auch sein Bruder war heute nacht in Aubry dabeigewesen, nicht aus eigenem Antrieb, dessen war Blaise fast sicher, aber letztlich war seine Anwesenheit alles, was zählte.

Allzu schwer lasteten Vergangenheit und Zukunft auf seinen Schultern. Blaise blieb plötzlich stehen und hielt den Atem an. Hinter ihm hatte ein Kind geschrien. Er lauschte, aber jetzt war nichts mehr zu hören. Das Kind – Cadar – hatte wohl nur geträumt.

Konnten Neugeborene träumen? Blaise wußte es nicht. Er wußte nur, daß er nicht umkehren konnte, um Rosala die Frage zu stellen, die ihm so sehr am Herzen lag. Jetzt nicht, überhaupt nie? *Es kommt nicht darauf an,* beteuerte er sich. *Es ändert nicht das geringste.*

Damit belog er sich natürlich selbst, aber manchmal braucht man eine Lüge, um weitermachen zu können.

* * *

Oben angekommen, sah Lisseut die Wachen vor der Tür und bedauerte schon, heraufgestiegen zu sein. Was hatte sie hier zu suchen, mit welchem Recht beanspruchte sie die Aufmerksamkeit dieses Mannes? Es war immerhin tiefe Nacht, und er war schwer verletzt. Sie wußte nicht einmal genau, wie sie sich verhalten und was sie sagen sollte, falls er noch wach wäre und sich bereitfände, sie zu empfangen. Irgendwann, dachte sie verzweifelt, würde sie sich die bis zum Überdruß wiederholten Ermahnungen ihrer Mutter doch zu Herzen nehmen und einsehen müssen, daß man nicht *immer* nur dem Weg folgen konnte, den einem die eigene Spontaneität wies.

Hauptsächlich war es die Schreckensbotschaft aus Aubry gewesen, die sie hierhergelockt hatte. Die Nachricht hatte nicht lange gebraucht, um sich auf Barbentain zu verbreiten und den Großen Saal zu erreichen, wo all jene Joglares und Troubadoure, die am Morgen im Ehrenpavillon gesessen hatten, nach dem Bankett eine Probe ihres Könnens gaben.

Die Aufführung war damit natürlich zu Ende gewesen. Man sang keine Liensennes von unerwiderter Liebe, keine derben Spottlieder über leidenschaftliche Stelldicheins in Arbonnes Wäldern, wenn man hörte, der König von Gorhaut habe ein Dorf zerstört und Frauen verbrennen lassen. Neben solchen Greueltaten hatte die Liebe keinen Platz mehr im Weltenplan.

Doch wenn dem tatsächlich so war, was wollte sie dann hier? Warum schlich sie heimlich zu dieser ganz bestimmten Tür im ersten Stock von Barbentain? Alain hatte versprochen, unten noch ein wenig zu warten. Sie wollte nicht gern allein zum Gasthof zurückgehen. Erst vor ein paar Tagen war in einer dunklen Gasse ein alter Mann erstochen worden. Zu Marktzeiten machte zuviel lichtscheues Gesindel aus zu vielen verschiedenen Ländern Lussans Nächte unsicher. Lisseut hatte nicht den Mut aufgebracht, Aurelian um seine Begleitung zu bitten – seit heute morgen wußte er zu viel. Obwohl sie ihn schon so lange kannte, war dies das erste Mal, daß sie etwas vor ihm verbergen wollte. Mit Alain war alles einfacher; nach zwei gemeinsamen Tourneen war ihr Verhältnis zueinander geklärt. Er würde nicht einmal Vermutungen anstellen.

Das Entsetzen über die Neuigkeiten aus Aubry hatte sie

schlagartig nach Tavernel und in die Mittsommernacht zurückversetzt. Sie sah sich wieder auf der Mauer liegen und lauschen, während der bärtige Coraner aus dem Norden sich zu erkennen gab und mit Rudel Correze über den bevorstehenden Krieg mit Gorhaut sprach. Seit diesem Morgen wußte jedermann, wer dieser Coraner war, und der Krieg stand nicht mehr bevor, sondern war bereits da. Der Mann, den sie in jener Mittsommernacht aus einer Laune heraus verfolgt hatte, griff jetzt nach der Krone von Gorhaut.

Bei dem Gedanken hätte sie fast kehrtgemacht, doch da stand sie schon unter den Wandfackeln, die den Korridor erhellten, und die Posten vor seiner Tür waren auf sie aufmerksam geworden. Einen davon kannte sie, er stammte ebenfalls aus Vezét, der Hof seiner Eltern lag nicht weit von dem ihres Vaters. Ob das ein Grund zur Freude war, mußte sich freilich erst herausstellen.

Nachdem man sie nun schon einmal bemerkt und vermutlich auch erkannt hatte, würde sie nicht mehr kehrtmachen, um sich davonzustehlen. Immerhin konnte sie sich sehen lassen, sie trug ein neues Kleid, eigens für den Markt gekauft, und darüber die Weste, die Ariane ihr geschenkt hatte, und wenn die Wächter sie erkannt hatten, dann wußten sie sicher auch, daß sie heute abend mit den anderen Künstlern zum Bankett geladen war. Lisseut nahm den Kopf hoch und ging weiter.

»Hallo, Fabrise«, begrüßte sie den Mann aus ihrem Heimatort. »Ich wußte gar nicht, daß du auf Barbentain bist. Wie geht es deinem Vater?«

Ein flüchtiges Lächeln. »Gut, vielen Dank. Würdest du uns vielleicht sagen, was du hier willst?« Förmlich, sehr förmlich. Keine Spur von Herzlichkeit. Die Männer wußten offensichtlich, daß sie vor dieser Tür nicht nur repräsentieren sollten. Nach Blaises Erklärung am Morgen war das nicht anders zu erwarten, und der Angriff auf Aubry hatte sicher sämtliche Coraner in Arbonne in Alarmbereitschaft versetzt. Wieder einmal bereute Lisseut, nicht auf ihre Mutter gehört zu haben.

Kühn sagte sie: »Ich wollte mich nur ein wenig mit Blaise de Garsenc unterhalten, falls er noch wach ist.« Sie erhielt keine

Antwort. »Wir sind Freunde«, fügte sie hinzu – in gewissem Sinne stimmte das sogar – »und ich wollte sehen, wie es ihm geht. Schläft er schon?«

Die vier martialischen Coraner musterten sie schweigend. Endlich schien einer zu dem Schluß zu kommen, daß sie wohl kaum eine unmittelbare Bedrohung darstelle. Er verzog spöttisch das Gesicht und wandte sich an Fabrise: »Was ist eigentlich so Besonderes an den Frauen aus Vezét?« fragte er. »Kannst du mir das erklären?«

Fabrise runzelte die Stirn. Lisseut wurde rot. Etwas dergleichen hatte sie schon befürchtet. *O Mutter*, dachte sie. Im Lauf des Tages hatte sie schon mehrfach den Wunsch verspürt, sich wieder einmal zu Hause blicken zu lassen. Sie könnte in ihrem alten Bett schlafen, mit alten Bekannten aus ihrer Kinderzeit plaudern, sich mit ihrer Mutter unter die Tür setzen und ihr helfen, die lästigen Flickarbeiten zu erledigen, oder mit ihrem Vater durch die Olivenhaine schlendern. Vielleicht gar keine so schlechte Idee. Sie war schon so lange nicht mehr dort gewesen, und manchmal konnte man sich daheim einiges von der Seele reden.

»Ich kenne sie. Sie ist keine von dieser Sorte«, sagte Fabrise von Vezét. Ihr Herz schlug schneller bei soviel Solidarität.

»Und außerdem«, fuhr sie forsch dazwischen – sie hatte es schon immer abgelehnt, ihre Kämpfe, auch wenn es nur um Kleinigkeiten ging, von anderen ausfechten zu lassen – »sollte jeder Arbonneser sich gerade heute nacht vor abfälligen Äußerungen über die Frauen seines Landes hüten. Ich warte auf Eure Entschuldigung, Coraner.«

Die regelmäßigen Auftritte in der Öffentlichkeit zahlten sich doch aus. Der Coraner, der die dumme Bemerkung gemacht hatte, konnte ihrem Blick nicht standhalten. Er zog den Kopf ein und bekundete tatsächlich mit ein paar gemurmelten Worten seine Zerknirschung. Ziemlich jung war er noch, fand sie. Wahrscheinlich hatte er es nicht böse gemeint, aber er hatte noch eine Menge zu lernen.

Doch wie könnte sie ihren Wunsch auch unverfänglich begründen? Der junge Coraner sollte vielleicht nicht alle Frauen von Vezét in einen Topf werfen, aber in ihrem speziellen Fall hatte er ja recht. *Wir sind Freunde,* hatte sie gesagt. Seit wann führte es zu einer Freundschaft, wenn man einen Mann zuerst heimlich wie eine boshafte Audrade von der Gartenmauer aus belauschte, ihn dann aufforderte, an Mittsommer das Bett mit einem zu teilen, und sich damit eine Abfuhr einhandelte? Vor zwei Tagen hatte er sie hier auf Barbentain noch angelächelt. Ob das zählte? Es hatte sogar so ausgesehen, als wolle er zu ihr herüberkommen, leider war in diesem Moment Rudel Correze aufgetaucht und hatte ihn mit sich fortgezogen.

Das war freilich noch vor dem Duell gewesen: seither war alles anders. Die Coraner hier im Korridor hatten, sie sagte es sich im Geiste noch einmal vor, die Aufgabe, für den Schutz eines Mannes zu sorgen, der Anspruch auf einen Thron erhoben hatte.

Sie biß sich auf die Unterlippe. Entschloß sich, den Rückzug anzutreten. »Ich weiß, es ist wirklich schon sehr spät…«, murmelte sie.

»Er ist noch wach«, sagte Fabrise, »aber er ist nicht in seinem Zimmer. Er ist zu seiner Schwester gegangen. Ich meine natürlich die Frau seines Bruders, die letzte Woche hier entbunden hat. Ich glaube, er wollte ihr beibringen, was geschehen ist.«

»Ihr Gemahl war nämlich auch dabei.« Der Coraner, den sie zurechtgewiesen hatte, schien seinen Fehler wiedergutmachen zu wollen. »Bei Aubry, meine ich. Und auch ihr…« Er brach stöhnend ab, als ihm einer von seinen Kameraden den Ellbogen in die Rippen stieß.

Die vier Männer schauten den Korridor entlang, und so drehte auch Lisseut sich um – und sah Blaise de Garsenc aus dem Schatten treten.

»Und auch ihr Bruder«, vollendete Blaise. Er ging langsam und hinkte ein wenig; das bärtige Gesicht war bleich, und er hatte schwarze Ringe der Erschöpfung unter den Augen. Als er die Gruppe erreichte, blieb er stehen, sah aber nicht Lisseut an, sondern die vier Männer. »Natürlich wird darüber geklatscht werden, das ist unvermeidlich, aber meint Ihr nicht auch, daß man das besser anderen überlassen sollte?«

Es war nur ein sanfter Tadel gewesen, aber der junge Coraner errötete bis zu den Haarwurzeln. Lisseut hatte Mitleid mit ihm. Doch im nächsten Augenblick hatte sie ihn vollkommen vergessen, denn Blaises Augen ruhten forschend auf ihr.

»Hallo, Lisseut«, sagte er. Sie war nicht einmal sicher gewesen, ob er sich an ihren Namen erinnerte. Er schien nicht erstaunt, sie hier, vor seinem Zimmer anzutreffen.

Sie holte tief Atem und fragte möglichst unbefangen: »Müßte ich jetzt nicht einen Knicks machen?«

»Ich weiß es nicht«, antwortete er ruhig. »Also lassen wir es doch vorerst dabei bewenden. Habe ich vorhin nicht Eure Stimme gehört? Das gleiche Lied wie an Mittsommer, von der Frau, die im Garten singt?«

»Ich wußte gar nicht, daß Ihr damals so genau zugehört habt«, sagte sie.

»Ich auch nicht«, murmelte er. »Aber einiges ist offenbar doch hängengeblieben. Wollt Ihr nicht eintreten?« Er öffnete die Tür zu seinem Zimmer.

Tödlich verlegen folgte Lisseut der Aufforderung. Er schloß die Tür hinter sich. Auf den zwei Truhen neben dem Bett und am Fußende sowie auf zwei Tischen im Raum standen Kerzen, aber sie waren schon weit heruntergebrannt, und einige waren bereits ausgegangen. Er überbrückte die ersten Augenblicke, indem er neue anzündete.

»Da hinten auf der Anrichte steht Wein«, sagte er über die Schulter hinweg. »Schenkt uns doch bitte zwei Gläser ein.« Sie war froh, eine Beschäftigung zu haben. Ein schwacher Duft hing im Raum. Wenn sie sich Mühe gäbe, würde sie das Parfum vielleicht erkennen, aber sie versuchte es gar nicht erst. Mit einem Glas in jeder Hand drehte sie sich um und blieb unschlüssig mitten im Zimmer stehen. Das Bett war zerwühlt, stellte sie fest, die Laken unordentlich zusammengeknüllt. Er bemerkte es im gleichen Augenblick und strich sie notdürftig glatt.

»Ich bitte um Vergebung«, sagte er. »Ich bin auf Damenbesuch nicht eingerichtet.«

Er war überraschend freundlich, doch Freundlichkeit war nicht, was sie gesucht hatte. »Auch nicht auf Damen, die Euch nachts hinterherspionieren?« fragte sie daher.

Er grinste, aber man merkte ihm deutlich an, wie mitgenommen er war. Er nahm ihr den Wein ab, wies ihr einen der Sessel am Fenster an und ließ sich mit einem kaum hörbaren Seufzer der Erleichterung in den zweiten sinken.

»Ihr habt Schmerzen«, sagte Lisseut rasch. »Ich darf Euch wirklich nicht die Nachtruhe rauben.«

»Lange könnt Ihr mich ohnehin nicht wachhalten«, gestand er verschämt. »Ich würde gern mit Euch plaudern, aber man hat mir vor einiger Zeit einen Schlaftrunk eingeflößt, dessen Wirkung ich immer noch spüre. Die zweite Portion, die man mir aufnötigen wollte, habe ich abgelehnt.«

»Ihr hättet sie wohl besser getrunken«, sagte sie.

Er grinste spöttisch. Dieses rasche Lächeln kannte sie noch von Mittsommer her. Es war eines von den Dingen, die sie bei einem Gorhautaner nicht vermutet hätte. »Seid Ihr wirklich so ein braves Mädchen, das immer tut, was man ihr sagt?« fragte er.

Damit hatte er auch ihr ein Lächeln entlockt. »Aber sicher«, sagte sie. »Ich weiß gar nicht mehr, wann ich mit zum letzten Mal einer Anweisung widersetzt habe.«

Er lachte und trank einen Schluck Wein. »Ich habe Euch heute morgen im Pavillon der Troubadoure gesehen«, sagte er. Die nächste Überraschung. »Ariane sagte mir, dorthin würde nur eingeladen, wer wirklich zur Spitze gehöre. War es für Euch das erste Mal? Darf man gratulieren?«

Ariane. Das Parfum. *Natürlich,* sagte sie sich: sie mußten sich ja beraten, als die Nachricht eintraf. Doch sie erinnerte sich nur allzu deutlich an die fünf Coraner in roter Livree, die ihn in der Mittsommernacht abgeführt hatten.

Er hatte ihr eine Frage gestellt; Lisseut schüttelte den Kopf. »Gratulieren?« fragte sie. »Wäre das nicht etwas lächerlich? Nachdem ich Euch nicht einmal den Ehrengruß entbieten durfte?«

Im Schein der Kerze, die auf dem Tisch stand, funkelten seine Augen, und sein Bart leuchtete rot. »Laßt Euch nicht aufhalten, wenn Euch so viel daran liegt. Meinetwegen knickst *und* fallt auf die Knie. Ihr könnt mir auch dreimal die Füße küssen. Vielleicht gewöhne ich mich dann schneller daran.« Auf so viel Bitterkeit war sie nicht gefaßt. Er schwieg für einen

Moment. »Noch bin ich nicht König. Wahrscheinlich werde ich es auch niemals sein. Ich habe nur deshalb diese Herausforderung ausgesprochen und mich damit heillos übernommen, weil ich hasse, was mit meinem Land geschieht.«

»Soweit ich die Männer von Gorhaut kenne, ist das allein schon aller Ehren wert«, murmelte sie.

Seine Miene veränderte sich. »Ist das nicht eher ein Angriff als ein Kompliment?«

»Könntet Ihr mir das gerade heute verübeln?«

Wieder trat Schweigen ein. Dann schüttelte er wortlos den Kopf. Sie wandte den Blick ab und trank rasch einen Schluck Wein. Das Gespräch lief in eine andere Richtung als geplant. Wobei sie gar nicht so genau wußte, was sie eigentlich geplant hatte. Sie überlegte kurz, dann wechselte sie das Thema. »Heute abend im Großen Saal habt Ihr wahrhaftig etwas versäumt. Eine Kanzone in Terzetten über Euren Sieg heute morgen, in fliegender Eile geschrieben. Euer Name, viermal hintereinander die Tonleiter abwärts gesungen, war der Refrain.«

»Was?«

Sie tat ganz harmlos. »Wir sollten nicht ungerecht sein: Im Arbonnais ist es schwierig, auf ›Garsenc‹ einen Reim zu finden.«

Er verzog gequält das Gesicht. »Ist das wirklich Euer Ernst?«

»Ich bin eine sehr ernste Person, das solltet Ihr allmählich wissen. Das Lied hat ein alter Freund von Euch komponiert: Evrard von Lussan.«

»Ein alter *was?«* Er blinzelte. *»Evrard!* Hat er sich etwa selbst so bezeichnet?« Er war so fassungslos, daß sie lachen mußte. »Wie ... wie ... weiß irgend jemand, in welcher Beziehung wir zueinander stehen?«

Sie amüsierte sich köstlich. »Die Sache mit Rians Insel?« entgegnete sie lächelnd. »Davon hat er uns sofort nach dem Zweikampf heute morgen erzählt. Bis dahin wußte niemand davon, aber seit heute lohnt es sich, mit Euch bekannt zu sein. Wenn die Geschichte stimmt, hat En Mallin de Baude im letzten Frühjahr keinen Geringeren als Euch mit der heiklen Aufgabe betraut, Evrards gekränkten Stolz zu beschwichtigen. War es wirklich so, Blaise?«

Er schüttelte langsam, eher verwundert als ablehnend, den Kopf. »In meinen Augen war er ein widerlich aufgeblasener, alter Narr, aber als Mallin mich bat, ihn zurückzuholen, habe ich ihm den Gefallen getan. ›Mein alter Freund‹ war übrigens bewußtlos.« Er schnaubte verächtlich. »Wir haben ihn wie einen Sack Getreide in unseren Kahn geworfen. Wenn er über Bord gegangen wäre, hätte meine Trauer sich in Grenzen gehalten.« Wieder schüttelte er den Kopf. Die Erinnerung schien ihn zu verwirren. »Damals dachte ich, alle Troubadoure seien so.«

»Und alle Joglares? Glaubt Ihr das noch immer?«

»Kaum«, sagte er geradeheraus, ohne zu scherzen oder ihr irgendwie zu schmeicheln, und sah ihr tief in die Augen. Wieder wandte Lisseut den Blick ab und schaute aus dem Fenster. Eine Weile war es still. Sie betrachtete die letzten Sterne und lauschte dem Rauschen des Flusses. Es war nicht peinlich, schweigend mit ihm zusammenzusitzen.

»Darf ich eine Bitte äußern?« fragte er schließlich leise. Sie sah ihn an. »Lisseut, ich bin wirklich am Ende. Ich bin zu müde, um mich Euch so zu widmen, wie es sich gehört. Ich bin sogar zu müde, um schlafen zu können, und morgen gibt es so viel zu tun. Vielleicht ist es eine Zumutung, die man an eine Künstlerin nicht stellen dürfte, aber würdet Ihr trotzdem für mich singen, bis ich Ruhe finde?« Ein mattes Lächeln im flackernden Licht. »Um mir noch einmal zu beweisen, daß Ihr nicht alle so seid wie Evrard?«

»Ich dachte, Ihr könnt Musik nicht leiden.« Sie bedauerte die Bemerkung sofort. Warum mußte sie ihn nur ständig provozieren?

Er war nicht gekränkt, vielleicht war er auch ihr gegenüber besonders nachsichtig. »Es tut mir leid, wenn ich das gesagt haben sollte. Ich bin in Gorhaut mit Musik groß geworden, wenn auch vielleicht mit anderer Musik, als man sie hier kennt. Eines Tages werde ich Euch beweisen, daß mein Land anders ist ... als es nach dieser Nacht den Anschein hat.« Er zögerte, suchte nach Worten. »Ich glaube ... diese Welt der Troubadoure und des Minnewesens ist für mich hier und da irritierend. Vielleicht habe ich einfach Zeit gebracht, um sie besser verstehen zu lernen. Früher dachte ich, die höfische Liebe mache Eure Männer schwach und Eure Frauen überheblich.« Wieder hielt er inne. »Inzwischen konnte ich mich überzeugen, daß Arbonnes Männer keine Schwächlinge sind.«

»Und die Frauen?«

Darauf hatte er nur gewartet. »Die Frauen sind unausstehlich in ihrer Überheblichkeit.« Mittlerweile kannte sie diesen Ton, außerdem grinste er trotz seiner Müdigkeit. Es gelang ihr, das Lächeln zu erwidern.

»Ich singe gern für Euch«, sagte sie leise. »Das ist keine Zumutung. Nicht, wenn mich ein Freund darum bittet.« Nun hatte sie es endlich ausgesprochen.

Er wirkte überrascht, aber nicht unangenehm berührt, schien etwas sagen zu wollen und tat es doch nicht. Stumm flehte sie ihn an, seinem Herzen Luft zu machen, aber nach kurzem Zögern seufzte er nur: »Danke.« Dann erhob er sich, ohne zu verbergen, wie schwer ihm das fiel, hinkte zu seinem Bett und legte sich hin. Er zog nur die Stiefel aus, sonst blieb er angekleidet, und er deckte sich auch nicht zu.

An sich war nichts Wichtiges gesehen oder gesprochen worden, doch als Lisseut nun ebenfalls aufstand, durchflutete eine angenehme Wärme ihr Inneres, und eine tiefe Ruhe überkam sie. Leise ging sie durch den Raum und blies die Kerzen aus. Zwei ließ sie brennen, eine auf der Anrichte, die andere auf dem Tischchen am Fenster. So war es fast dunkel, als sie zu singen begann. Sie sang nicht von der Liebe und nicht vom Krieg, nicht von der Göttin oder vom Gott, nichts, was irgendwie mit der Welt der Erwachsenen zu tun gehabt hätte. An diesem Tag hatte Blaise sich zum König von Gorhaut erklärt, an diesem Tag war Aubry in Brand gesteckt worden, doch Lisseut sang ihn mit Wiegenliedern aus ihrer Kindheit in den Schlaf, mit Liedern, die sie vor vielen Jahren von ihrer Mutter gehört hatte.

Erst als ihr seine regelmäßigen Atemzüge verrieten, daß er fest schlummerte, gestattete sie sich ein letztes Lied, um ihr eigenes Herzweh zu lindern. Wieder eine uralte Weise, so alt, daß niemand mehr wußte, wer sie geschrieben hatte. Selbst die Sage aus grauer Vorzeit, die es erzählte, war nahezu in Vergessenheit geraten. Lisseut hatte das Lied immer als unsäglich traurig empfunden, und sie hätte nie geglaubt, einmal ihr eigenes Leben darin widergespiegelt zu sehen. Doch als sie es dieser Nacht im Zimmer des schlafenden Blaise de Garsenc leise vor sich hinsang, empfand sie die letzten Strophen fast wie ein Gebet:

Der Tisch gedeckt mit edlem Wein
mit Fleisch und süßen Früchten
So speisen wir im Kerzenschein
In Fionvarre.

Die hohen Sterne leuchten fein
Der heil'ge Mond schenkt uns sein Licht.
Und bist auch hier du noch nicht mein
So doch in Fionvarre.

Ihr Onkel hatte sie das Lied gelehrt, damals in Vezét, lange bevor er sie aus ihrem Elternhaus geholt hatte, um mit ihr auf Wanderschaft zu gehen. Das Leben auf der Straße war gut zu ihr gewesen, sie hatte Freunde und Kameraden gefunden, auch der Erfolg war nicht ausgeblieben, man konnte fast schon von Ruhm sprechen. Und schließlich war sie, zunächst den rasch wechselnden Launen ihres Temperaments und dann der jäh aufglühenden Sehnsucht ihres Herzens folgend, hier gelandet.

Lisseut war im Frieden mit sich und der Welt. Sie war in dieses Zimmer gekommen, weil sie eine Antwort suchte, und nun hatte sie sie gefunden. Dies war nicht der Mann, dessen Leben sie teilen würde, aber er war ein Freund, das wußte sie jetzt, und irgendwo im Gewirk seines Lebens, wie lange es auch währen mochte, würde sich ein Plätzchen für sie finden. Auf mehr als das, auf mehr als dieses Plätzchen hatte sie freilich keinen Anspruch, und mehr konnte er ihr auch nicht bieten. Zu sehr hatte sich sein Schicksal gewandelt, seit am Morgen die Fahne im Wind flatterte.

Und als Lisseut ihr Lied beendete, hatte sie sich damit abgefunden. Sie war kein Kind mehr. Das Leben erfüllte nicht alle Herzenswünsche, bei weitem nicht. Manchmal kam man dem Glück ganz nahe, manchmal war man unendlich weit davon entfernt. Sie dankte Rian für das Geschenk dieser Nacht – und bat die Göttin, ihnen noch öfter solche Augenblicke der Gemeinsamkeit zu gewähren, bevor sie einen oder alle beide zu sich rief.

Dann ließ sie den Schlafenden allein. Die letzten zwei Kerzen brannten nieder, die Monde waren längst untergegangen, und vor dem Fenster sang der Fluß sein uraltes Lied.

VIERTER TEIL

Winter

Kapitel 15

Solange die Sonne noch glüht und die Monde über den Himmel ziehen …

In der vereinbarten Nacht lag Schloß Garsenc im Nebel. Die Schwaden hatten sich gegen Abend mit der Dunkelheit herangewälzt und den Bergfried und die äußeren Wachtürme verschluckt wie der sagenhafte Dampfdrache, bevor Corannos die Sonne versetzte.

Thaune von Garsenc stand allein auf der Mauer oberhalb der Zugbrücke. Trotz seines Wollhemds und seiner Pelzweste fröstelte er in der Winterkälte. In Gedanken beschäftigte er sich mit dem Schwur, den er drei Monate zuvor geleistet hatte. Der Gefolgschaftseid hatte aus dem Coraner aus einfachen Verhältnissen und mit bescheidenen Zukunftsaussichten einen Verschwörer gemacht, der durchaus damit rechnen mußte, noch vor Ende dieser Nacht der Welt Lebewohl zu sagen.

Der Atem gefror ihm vor dem Mund zu weißen Wolken, die den kalten, grauen Nebel noch dichter machten; viel weiter konnte er nicht sehen. Die Monde waren natürlich verhüllt, die Sterne ebenso. Sie hatten sich bewußt eine Nacht ausgesucht, in der beide Monde hoch am Himmel standen und ihnen mit ihrem Licht bei der Überquerung des Passes helfen konnten, doch über die Elemente gebot nun einmal der Gott, der Mensch hatte dabei nichts mitzureden, und in der Vergangenheit – auch in der jüngeren – war schon so mancher Feldzug am Wetter gescheitert. Thaune konnte sich noch gut an die grimmige Kälte an der Iersen-Brücke erinnern. Diese Schlacht würde er nie vergessen. Nun legte er beide Hände auf die Steinbrüstung und spähte hinaus in das graue Gewoge. Nichts. Da unten vor den Mauern könnten hundert Männer warten.

Solange sie sich still verhielten, würde niemand auf Garsenc ihre Anwesenheit bemerken. Auch er nicht.

Aus dem Wachlokal neben dem Fallgatter drang Stimmengemurmel herauf. Bei Nacht waren hier vier Mann auf Posten. Wahrscheinlich knobelten sie im Feuerschein. Nicht einmal so weit konnte er in diesem Nebel sehen. Doch das war nicht weiter schlimm, solange er, wenn auch gedämpft, die Stimmen hörte. Drei von den Männern waren ohnehin auf seiner Seite. Der vierte ließ sich notfalls überwältigen.

Nur töten durfte man ihn nicht. In diesem Punkt waren die Befehle eindeutig. Blaise de Garsenc wollte, daß es in den ersten Tagen so wenig Tote gab wie nur möglich. Schon im Herbst, unmittelbar nach seiner Proklamation, hatte er offenbar sehr genaue Vorstellungen gehabt, wie er vorgehen wollte. Thaune hatte er mit den anderen Coranern aus Gorhaut in den Norden zurückgeschickt, sie sollten überall verbreiten, was vor dem entscheidenden Duell auf dem Markt getan und gesprochen worden war. Thaune erinnerte sich, wie man alle gorhautischen Händler nach Barbentain zitiert und in einem riesigen Saal versammelt hatte. Zunächst hatte die Gräfin von Arbonne sie des Landes verwiesen und ihre Waren beschlagnahmt, dann war Blaise vorgetreten und hatte mit kühlen, knappen Worten eine beeindruckende Rede gehalten. Auf Grund des Iersen-Vertrags – eines an sich schon verräterischen Abkommens – wolle König Ademar das Land Gorhaut nun hier in Arbonne in einen weiteren Krieg verwickeln. Dieser Krieg sei unnötig, lediglich die Folge eines Handels, der nie hätte abgeschlossen werden dürfen. Dann forderte er die Versammelten auf, über seine Worte nachzudenken, und sicherte ihnen für die Reise nach Norden über die Berge freies Geleit zu.

Sogar einen Mordanschlag hatten sie vorgetäuscht. Als Blaise am nächsten Morgen das Schloß verließ, kam ein Pfeil geflogen, der jedoch in genau berechnetem Abstand vor ihm landete. Die Kampfspiele waren nach dem Massaker in Aubry und im Wachturm südlich des Passes – inzwischen hatte man auch die drei verstümmelten Leichen der Wächter gefunden – abgesagt worden. Signe de Barbentain hatte mit ihrem gesamten Hofstaat den Morgengottesdienst im Rian-Tempel besucht.

Im Gefolge der Gräfin – genauer gesagt, an ihrer Seite – hatte auch Blaise de Garsenc daran teilgenommen.

Thaune erhielt Anweisung, sich auf dem Weg nach Norden und auch nach der Ankunft zu Hause zu dem Attentat auf den Thronprätendenten zu bekennen – als Garsenc-Coraner brauche er eine gewisse Tarnung, hatte Blaise ihm erklärt. Thaune hatte nicht vergessen, welche Befürchtungen ihn damals bewogen hatten, den Tierbändiger zu töten, und willigte dankbar ein. Es war ungewohnt, einen Anführer zu haben, der so sehr um das Wohl seiner Männer besorgt war. Thaune hatte seinem neuen Lehensherrn nach langem Zögern sogar von dem Mord in der Gasse erzählt. Er wollte vor diesem Mann keine Geheimnisse haben.

Blaise schien die Tat zu bedauern, ohne ihn jedoch zu verurteilen. »Du hattest Angst«, sagte er, »und aus Angst hast du deine Pflicht getan. So war es auf Garsenc seit eh und je. Ich hoffe, daß du deine Pflicht auch weiterhin tun wirst, aber aus eigener Einsicht und ohne die Angst.«

Thaune hatte die Ermahnung beherzigt. Er hatte getan, was er konnte, und wie sich herausstellte, war das gar nicht wenig. Als Ränkeschmied hatte er mehr Geschick bewiesen, als er sich zugetraut hätte. Auf dem Ritt nach Norden hatten ihn nicht mehr als ein Dutzend Soldaten begleitet – gorhautische Coraner kamen schon seit Jahren nur noch selten zu Turnieren nach Arbonne.

Nicht, daß in dieser Hinsicht irgendwelche Verbote bestanden hätten, doch jeder Kämpfer, der etwas auf sich hielt, wartete noch einen Monat länger und zog dann nach Aulensburg zum dortigen Turnier. Götzland genoß einen besseren Ruf als Arbonne; dort konnte man sich ruhigen Gewissens am Schaukampf beteiligen. Nur jüngere Leute und der eine oder andere Spitzel begaben sich im Herbst mit den Händlern und Schaustellern nach Lussan. In seinem kleinen Trupp war freilich kein Spitzel, davon war Thaune überzeugt. Die jungen Männer hörten fast schon andächtig zu, als er vor sich hinknurrte, der Wind habe seinem Pfeil die Weite genommen.

Wahrscheinlich wünschten sie sich, ebenfalls einen Versuch unternommen zu haben, hatte er sich an jenem ersten Abend in der Herberge überlegt, während draußen der Wind die Blätter von den Bäumen riß. In ihren Träumen hatten sie womöglich gar Erfolg gehabt und ritten nun im Triumph zu König Ademar zurück. Junge Männer liebten es, Luftschlösser zu bauen.

Bei zweien seiner Leute hatte er freilich den Eindruck, als gingen ihre Träume in eine etwas andere Richtung, und bevor ihre Wege sich trennten, hatte er sich durchgerungen, einen von ihnen darauf anzusprechen. Schließlich gehörte es zu seinem Auftrag, sorgsam kalkulierte Risiken einzugehen, und wie sich zeigte, lag er mit seinem Urteil richtig. Bevor man Abschied nahm – Thaune zog nach Garsenc weiter, der andere Coraner kehrte nach Cortil in den Palast zurück – hatte Thaune den ersten Anhänger für Blaise de Garsencs Rebellion gewonnen. Der Akzent hatte den Ausschlag gegeben. Bei einem Nordmärker konnte man immer davon ausgehen, daß er mit König Ademar unzufrieden war.

Auf der Festungsmauer von Garsenc beugte Thaune sich nun jäh nach vorn und spähte blinzelnd in die Tiefe. Der Nebel war so undurchdringlich wie der Dunst, der der Sage nach über dem Fluß ins Totenreich lag. Thaune konnte nichts sehen, aber ihm war doch so, als hätte er von der Wiese hinter der Außenmauer und dem trockenen Burggraben ein Geräusch gehört.

* * *

Weiter im Süden, jenseits der Berge, lag in derselben Nacht ein anderes Schloß unter glasklarem Himmel. Die Sterne blitzten wie Diamanten, und die beiden Monde strahlten so hell, daß die vom Sirnal geschüttelten Bäume lange Schatten warfen. Unerbittlich jagte der Winter den rauhen Nordwind durch das Arbonne-Tal.

Auf Barbentain brannte in allen Kaminen Feuer. Dennoch trug Signe mehrere Gewänder aus feiner Wolle mit Pelzbesätzen an Kragen und Ärmeln übereinander und legte die pelzgefütterte Haube selbst im Haus nicht ab. Sie haßte den Winter, hatte ihn immer gehaßt, besonders, wenn ihr der Sirnal die Tränen in die Augen trieb und die Finger schmerzen ließ. Als

Guibor noch lebte, hatten sie diese Jahreszeit meist im Süden verbracht, auf Carenzu bei Ariane und Thierry oder im Winterpalast von Tavernel. Im Süden sorgten die Geländebeschaffenheit und der Einfluß des Meeres für milderes Klima, und die verheerende Wirkung des Sirnal hielt sich in Grenzen.

Heuer war alles anders. Heuer mußte sie in Barbentain bleiben, heuer konnte man sich nicht hinter Burg- und Stadtmauern verkriechen, wenn der Wind durch die Täler und über die leeren Straßen fegte. Was sich in diesen Monaten zutrug, würde – so oder so – ihrer aller Zukunft bestimmen. Ein schicksalhaftes Ereignis sollte bereits heute nacht stattfinden, im Schein der beiden Monde, die jenseits der Berge über Gorhaut standen. Was Vidonne und der blaue Riannon wohl zu sehen bekamen, wenn sie hinabschauten auf die Erde?

Sie war von einer inneren Unruhe erfüllt, die sie nicht stillsitzen ließ, also marschierte sie unermüdlich zwischen den Kaminfeuern in ihrem Salon auf und ab, ohne Rücksicht darauf, daß sie damit nicht nur ihren Hofdamen auf die Nerven ging, sondern wahrscheinlich auch Rosala. Die saß freilich völlig gelassen in ihrem Sessel an einem der Feuer und stickte emsig. Wie konnte die Frau nur so gleichgültig sein, sie wußte doch – wer, wenn nicht sie? – was heute nacht im Norden auf dem Spiel stand?

Letzten Endes kam es allein auf Blaise de Garsenc an, genau wie Beatritz damals, vor knapp einem Jahr vorhergesagt hatte, als sie erstmals innewurden, daß hinter dem neuen Coraner auf Kastell Baude mehr steckte, als es den Anschein hatte. Sehr viel mehr sogar. Eine ganze Menge mehr. Wieder einmal wünschte die Gräfin, Beatritz wäre jetzt bei ihr und nicht im fernen Süden auf ihrer Insel im Meer. Schon den ganzen Abend sah sie Szenen aus dem vergangenen Jahr in den zuckenden Flammen tanzen. Manchmal kam es ihr so vor, als verbringe sie inzwischen die Hälfte ihrer Zeit in der Vergangenheit. Doch jetzt dachte sie nicht an Guibor. Jetzt dachte sie an Bertrans Worte auf dem Turnierplatz, als der Nordländer vor dem portezzanischen Pavillon gestanden und Lucianna die rote Rose überreicht hatte: *Ich werde das Gefühl nicht los, daß wir mit dem Mann mehr bekommen, als wir eigentlich haben wollten.*

Eine neue Szene tauchte auf, hier im Schloß war es gewesen, ebenfalls im Herbst, am Morgen nach dem Massaker von Aubry. Sie hatten alle gorhautischen Händler und Coraner zusammengerufen und ihnen erklärt, man würde ihre Waren beschlagnahmen und sie selbst unverzüglich nach Hause schikken.

Urté de Miraval hatte sie alle hinrichten wollen, und in Signe brannte der Zorn so heftig, daß sie sich beherrschen mußte, um diesem Ansinnen nicht zu entsprechen. Es hätten sich sogar Präzedenzfälle finden lassen. Wenn ein Herrscher den Frieden brach, konnte man jeden Bürger seines Landes persönlich dafür zur Rechenschaft ziehen. Doch Blaise hatte verlangt, ja, regelrecht gefordert, daß man die Händler gehen ließe, und er hatte auch eine Begründung gegeben.

»Im Moment habe ich Gorhaut noch nichts zu bieten«, hatte er sie noch in diesem Raum beschworen, bevor sie sich alle in den großen Saal hinunterbegaben, wo seine Landsleute warteten. »Sie sollen mit dem Wissen nach Hause gehen, daß sie mir ihr Leben verdanken – während Ademar der Friedensbrecher es in Gefahr gebracht hat. Sie sollen nach Hause gehen und allen davon erzählen. Könnt Ihr mir das zugestehen?« Er hatte innegehalten. »Oder sind wir nicht besser als jene, die wir bekämpfen wollen?«

Damals war sie ernsthaft böse auf ihn gewesen. Wie konnte ein Gorhautaner es wagen, einen Tag, nachdem so viele von ihren Untertanen hingeschlachtet worden waren, so mit ihr zu sprechen? Doch sie war Herrscherin über ein bedrohtes Land, und sie hatte es schon immer verstanden, ihre Gefühle zu beherrschen, wenn es etwa darum ging, Guibor zu beraten oder selbst Entscheidungen zu treffen. So sah sie ein, daß Blaise recht hatte, und gab ihm, was er verlangte.

Als sie unten im Saal vor die Händler hintrat und die Beschlagnahme der Waren verkündete, hatte ein Mann lauthals protestiert. Er hatte offenbar noch gar nicht gemerkt, daß sie alle miteinander nur um Haaresbreite der Todesstrafe entgangen waren: sie wären nicht unschuldiger gewesen als die Dorfbewohner und die Priesterinnen von Aubry. Er beklagte sich ein zweites und dann ein drittes Mal, er redete sich in Hitze, ließ den schuldigen Respekt vermissen, fiel ihr ins Wort, obwohl sie ihre Ansprache noch nicht beendet hatte. Seltsamerweise war sie darüber sogar froh gewesen. Urté hatte sie begierig angesehen und nur auf ein Zeichen gewartet. Sobald sie ihm zunickte, hatte der Herzog von Miraval seelenruhig erklärt, der Händler habe sein Leben verwirkt. Als der Mann daraufhin zu schreien begann, hatten ihre Leib-Coraner ihn gepackt und kurzerhand aus dem Saal befördert.

Zunächst hatte es so ausgesehen, als wolle Blaise auch dagegen noch aufbegehren, doch dann hatte er tatenlos zugesehen, wie die Wachen den zappelnden Händler hinausschleppten. Signe wußte, daß es noch ein weiteres Zeichen zu setzen galt; schließlich stand sie schon seit einiger Zeit an der Spitze einer Nation, zuerst neben Guibor und jetzt allein. Man mußte gelegentlich Stärke zeigen: Arbonne, der Frauenstaat, sollte in Gorhaut nicht allzu schwach und weich erscheinen. Der Eindruck war ohnehin schon entstanden, man durfte ihn nicht noch verstärken. So hatte sie Blaise streng angesehen und stumm gewartet, bis er mit dem Kopf nickte.

»Ich kann nicht jeden Narren retten«, hatte er zu den Händlern und Coranern aus Gorhaut gesagt. Es waren die richtigen Worte, sie würden im Gedächtnis bleiben. Er lernte rasch. Noch am gleichen Vormittag wurde der Mann exekutiert, aber es war ein sauberer Tod, ohne Folter und Verstümmelung; er war nur ein Symbol, kein Friedensbrecher. Man war in Arbonne eben *nicht* wie jene, die man bekämpfen wollte, und diese Haltung würde sie verteidigen bis zum letzten Atemzug.

Das war alles noch im Herbst gewesen, als die Weinernte eingebracht wurde und die Blätter sich bunt färbten. Jetzt, in dieser klaren, klirrend kalten Winternacht rüttelte der Sirnal an den Fenstern wie die Geister der Verstorbenen. Sie nippte an ihrem heißen Würzwein und umschloß den Becher mit beiden Händen, um die Wärme ebenso auszukosten wie den Duft und den Geschmack. Die beiden Mädchen, die auf den Bänken neben der Tür saßen, hielten hohle, mit glühenden Kohlen gefüllte Silberkugeln in den Händen, eine Erfindung, die. Bertran vor Jahren von einer Expedition in die unerforschten Gebiete im Osten von Götzland mitgebracht hatte. In den Jahren nach

Aelis' Tod hatte er viele abenteuerliche Reisen unternommen. »Er gibt sich selbst die Schuld«, hatte Guibor verständnisvoll bemerkt. »Wir können nichts dagegen tun.«

Als Signe die beiden Mädchen genauer ansah, fiel ihr auf, daß Perrette, die jüngere, vor Kälte zitterte. Ungeduldig schüttelte sie den Kopf. »Warum in Rians Namen kommt ihr nicht näher ans Feuer?« fragte sie. Es klang gereizter, als sie eigentlich wollte. »Was habe ich denn davon, wenn ihr euch den Tod holt?«

Natürlich war es falsch, ihre Nervosität an ihrer Umgebung auszulassen. Aber wie sollte sich eine alte Frau in einem kalten Schloß mitten im Winter denn sonst abreagieren? Sie konnte doch nur noch am Feuer sitzen und hoffen, daß die Göttin und der Gott den anderen beim Würfelspiel um das Schicksal zweier Nationen und unzähliger Menschen einen Glückstreffer bescherten.

Die beiden Mädchen sprangen hektisch auf. Rosala hob den Kopf von ihrer Stickerei und lächelte.

»Wie könnt Ihr so ruhig sein?« fragte Signe plötzlich. »Wie könnt Ihr so unbekümmert dasitzen?«

Das Lächeln erlosch. Stumm hielt Rosala die Handarbeit in die Höhe, und erst jetzt bemerkte die Gräfin, wie sehr ihre Hände zitterten und wie krumm und schief die Stiche waren.

* * *

Der Nebel erschwerte das Unternehmen ganz ungemein. So angestrengt Thaune auch in die dicke, graue Suppe starrte, sehen konnte er noch immer nichts. Die anderen hatten versprochen, eine einzelne Fackel zu entzünden und gleich wieder zu löschen, wenn sie den Waldrand erreichten, doch heute hätte er die Fackel nicht einmal ausmachen können, wenn sie direkt unter der Mauer gebrannt hätte.

Der Nebel dämpfte sogar die Geräusche, aber nicht so sehr, daß Thaune – Da! Endlich! – das Klirren eines Pferdegeschirrs überhört hätte. Gleich darauf noch einmal, ganz in der Nähe. Sie waren da. Es war so weit. Die nächsten Augenblicke waren entscheidend, Thaune wußte es nur zu gut und hatte – das war unvermeidlich – Angst davor. Mit raschen Schritten ging er über den Wehrgang zur Treppe und stieg – eine Hand an der Wand, um im Dunkeln das Gleichgewicht nicht zu verlieren – zum Wachlokal hinunter.

Als er im Eingang erschien, sprangen alle vier Posten auf. Er nickte ihnen kurz zu.

»Es ist so weit«, sagte er.

»Was ist so weit?« fragte Erthon, doch da schlug Girart ihm schon den Dolchgriff gegen den Hinterkopf. Erthon – er war der Mann, bei dem Thaune sich nicht hatte entschließen können, ihn ins Vertrauen zu ziehen – sackte nach vorne, und Thaune fing ihn rasch auf, bevor er den Tisch umwarf und die Würfel laut klappernd über den Boden sprangen.

»Immer dasselbe«, sagte Girart. »Das erste Spiel in dieser Nacht, das ich gewonnen hätte.« Nur Thaune brachte ein Lächeln zustande; die beiden Jüngeren waren dafür zu nervös.

»Jetzt spielen wir um höhere Einsätze«, sagte Thaune. »Sprecht eure Gebete, und dann öffnet das Tor und laßt die Brücke herunter.« Als das eiserne Fallgatter langsam in die Höhe ging, trat er hinaus und stellte sich dahinter. Die Ketten bewegten sich natürlich nicht geräuschlos, aber hier war der Nebel ausnahmsweise nützlich. Thaune hatte berechtigte Zweifel, ob das leise Knirschen über den Hof bis ins Innere der Burg zu hören sein würde.

Als die Lücke groß genug war, duckte er sich unter den Spitzen hindurch und blieb noch einmal stehen, um in die kalte Nebelwand hineinzustarren. Noch keine Fackeln, noch war nichts zu sehen, nur das Klirren des Pferdegeschirrs drang schwach durch die zähen Schwaden. Mit lautem Krach verschwand das Fallgatter in dem Schlitz über dem Tor. Rasch ließen die Männer nun die Zugbrücke herunter.

Sobald die Planken über dem trockenen Graben lagen, stand Schloß Garsenc jedem offen, der draußen im Nebel lauern mochte. Thaune hatte den ersten Teil seines Auftrags erfüllt. Den einfacheren Teil.

Als er die Holzbrücke betrat, spürte er mehr, als er es hörte, wie sich auch von der anderen Seite Schritte näherten. Sehen konnte er immer noch nichts. Der Nebel verstärkte seine Unruhe und weckte ganz und gar unvernünftige, primitive Ängste. Nicht einmal die Brückenbohlen unter seinen Füßen konnte er erkennen. Er blieb stehen. »Zündet die Fackel an«, sagte er so ruhig, wie er nur konnte. Seine Stimme klang matt und wurde sofort von der Dunkelheit verschluckt.

Auch die Schritte von der anderen Seite hielten inne, Stille trat ein. Thaune kam sich vor wie in ein graues Leichentuch gehüllt, fertig zum Begräbnis. Der Gedanke ließ ihn erschauern.

»Zündet die Fackel an«, wiederholte er. Die Gestalten, die mit ihm auf der Brücke standen, blieben stumm.

Endlich vernahm er, wie mit leisem Scharren ein Funken geschlagen wurde, und gleich darauf stieg ihm der harzige Geruch einer aufflammenden Fackel in die Nase. Der Nebel verteilte das Licht zu einem feingesponnenen Kreis, so daß sich auf der Brücke direkt vor Thaune eine kleine, helle Insel bildete.

Und auf dieser Insel stand, riesig und unverwechselbar, Galbert de Garsenc, der Großpatriarch von Gorhaut, flankiert von zwei Coranern.

»Den Gefallen tun wir dir gerne«, sagte der Großpatriarch mit seiner unvergeßlichen Stimme. »Du wolltest eine Fackel, da ist sie. Sie soll den ersten der Verräter bescheinen, die wir mit Vergnügen verbrennen werden. Ich werde deinen Scheiterhaufen damit entzünden.«

Thaune kam es vor, als tue sich die Erde unter seinen Füßen auf, als breche die letzte Finsternis am Ende aller Zeiten über ihn herein. Das Entsetzen raubte ihm den Atem. Er konnte kein Glied rühren. Er fürchtete, sich nicht mehr auf den Beinen halten zu können.

»Vergeude deine Zeit nicht mit Fluchtgedanken«, fuhr Galbert fort. Die tiefe Stimme triefte förmlich vor Verachtung. »Hinter mir stehen vier Bogenschützen mit der Waffe im Anschlag. Das Licht der Fackel reicht für sie völlig aus.«

Wieder näherten sich Schritte vom anderen Ende der Brücke. »Jedenfalls wäre es ausreichend«, ließ sich hinter dem Großpatriarchen gleich außerhalb des Lichtkreises eine hellere Stimme vernehmen, »wenn sie noch bei Bewußtsein wären und ihre Bogen noch in Händen hielten. Schon gut, Thaune«, sagte Blaise de Garsenc. »Wir haben alles im Griff.«

Ein neues Geräusch, zweimal rasch hintereinander, und die beiden Coraner neben Galbert sanken stöhnend auf die Brückenbohlen. Rasselnd schlugen die Schwerter gegen das Holz. Die Fackel fiel zu Boden, wurde aber von unsichtbarer Hand aufgehoben, bevor sie erlosch.

»Ich hätte zunächst eine Frage an dich, Vater.« Blaise trat ins Licht. »Was findest du eigentlich so reizvoll daran, lebendige Menschen brennen zu sehen?« Es klang wie eine harmlose Stichelei, aber Thaune spürte die ungeheuere Spannung hinter den Worten und fragte sich, wann Vater und Sohn sich wohl zum letzten Mal gesehen haben mochten. Galbert gab keine Antwort, doch in seinen Augen stand ein dumpfer Zorn, der einem wahrhaft Angst einjagen konnte.

»Blaise«, kam es mit portezzanischem Akzent aus dem Grau. »Dein Bruder scheint auch hier zu sein.«

»Großartig! Ein richtiges Familientreffen!« rief Blaise wieder mit dieser aufgesetzten Fröhlichkeit. »Bring ihn her, Rudel. Ich habe sein teures Antlitz schon so lange vermißt.«

Galbert schwieg noch immer. Thaune brachte es nicht über sich, dem Großpatriarchen ins Gesicht zu sehen. Wieder näherten sich Schritte, zwei Männer, die einen dritten zwischen sich führten.

»Alle anderen haben wir außer Gefecht gesetzt«, sagte eine Stimme. Thaune kannte sie aus Arbonne. »An die fünfzehn Mann, du hattest richtig geschätzt.« Mehrere Fackeln flammten auf, und in ihrem Licht erkannte Thaune Bertran de Talair.

»Gut gemacht, Thaune«, sagte Blaise, ohne seinen Vater und den stattlichen Ranald de Garsenc aus den Augen zu lassen. »Wir mußten trotz allem davon ausgehen, daß uns jemand verraten würde. Wenn man so viele Menschen ins Vertrauen zieht, ist meistens ein Spitzel darunter. Wir waren zwei Tage früher hier als verabredet, und so konnte ich von meinen Männern die Straßen nach Osten überwachen lassen. Ich hatte schon vermutet, daß mein Vater darauf bestehen würde, persönlich den Gastgeber zu spielen. Immerhin«, fügte er mit beißender Ironie hinzu, »ist es Monate her, seit er zum letzten

Mal jemanden verbrennen lassen durfte, und auch das zählte kaum, weil er in Aubry nicht selbst dabeisein konnte. Sag mir, lieber Bruder, hast wenigstens du dich gut amüsiert? War es eine schöne Jagd? Haben die Frauen auch laut genug geschrien?« Ranald de Garsenc trat von einem Fuß auf den anderen, antwortete aber nicht.

Viele Männer kamen jetzt über die Brücke, gingen rechts und links an Thaune vorbei und betraten das Schloß. Der hochgewachsene, arbonnesische Coraner namens Valery blieb neben ihm stehen. »Gut gemacht«, sagte er leise. »Wie viele sind noch in der Burg? Ist mit heftigen Kämpfen zu rechnen?«

»Wie viele seid Ihr?«

»Nicht mehr als fünfzig. Lauter ausgebildete Söldner aus Portezza und Götzland. Arbonne marschiert nicht etwa in Gorhaut ein, sondern die eigene Bevölkerung erhebt sich. Hoffentlich.«

Thaune räusperte sich. »Ich schätze, daß die Burg etwa zur Hälfte auf unserer Seite steht.« Er löste einen großen Schlüsselbund von seinem Gürtel. »Der hier gehört zur Waffenkammer – auf der rechten Seite des Burghofs, die Doppeltür mit dem Bogen darüber. Girart, er steht gleich hinter mir, zeigt Euch den Weg. Ihr könnt ihm vertrauen. Etwa hundert Mann werden Widerstand leisten, vielleicht auch mehr, aber sie sind schlecht bewaffnet.« Er räusperte sich noch einmal. »Ich glaube, wenn En Blaise sich zu erkennen gäbe, würden sich noch einige überlegen, ob sie es auf einen Kampf ankommen lassen sollten.«

Das hatte Blaise gehört. »Zu erkennen geben?« wiederholte er in gespielter Entrüstung. »Natürlich werde ich mich zu erkennen geben. Ich bin der verlorene Sohn, der in die Arme seines Vaters zurückkehrt. Man sollte mich mit klingendem Spiel begrüßen, sollte ein Freudenfest veranstalten, bei dem der Wein in Strömen fließt und zum Gaudium der Gäste ein paar Frauen verbrannt werden. Bist du vielleicht deshalb hier, Vater? Um mich mit einem herzlichen Empfang zu überraschen?« Das klang fiebrig und spröde. Valery von Talair schluckte hörbar, sagte aber nichts.

Der Großpatriarch hatte angefangen, leise Worte vor sich

hinzumurmeln. Die eindringliche Stimme, der nach innen gerichtete Blick, die Intensität, die er um sich verbreitete, all das ließ auf der nebelverhüllten Brücke eine Insel der Abgeschiedenheit entstehen. Thaune erschauerte bis ins Mark, das Grauen drohte ihn zu überwältigen. Der Großpatriarch hatte den Gottesfluch angestimmt:

»... in die unendliche Kälte vor der Entstehung der Welt, bevor das Wort die Monde erschuf, bevor die Sonne versetzt wurde und das Licht der Sterne die Erde beschien. O Corannos, heiligster Gott, der du über das Eis gebietest und über die heiligen Zungen des Feuers, unwürdig stehe ich vor deinem Angesicht und beschwöre dich im Namen der Gaben, die du selbst uns einst gewährt hast, laß diesen Mann Qualen leiden ohne Zahl bis ans Ende der Zeiten. Maden mögen ihm unter die Haut kriechen und Würmer das Herz zerfressen, die Fäulnis des Leibes und der unstillbare, schwarze Blutfluß sollen ihn befallen. Ich bitte dich, sende herab auf diesen Mann, der nicht länger mein Sohn ist...«

»Genug damit!« Eine zweite Stimme, in eiskalter Empörung. Bertran de Talair. Blaise selbst schwieg. Er hatte seinem Vater nichts entgegenzusetzen.

»... die Geißel des Wahnsinns und die Pein in den Eingeweiden, mit Blindheit mögest du ihn schlagen und mit schwärenden Wunden, auf daß sein Fleisch zerfalle in stinkender Verwesung...«

»Ich sagte: Genug damit!«

»... dies alles und noch mehr, o heiligster Corannos. Ich bitte dich, strafe ihn auch mit der Pestilenz, die...«

Bertran trat vor Galbert hin und unterbrach den schauerlichsten Fluch, den die Patriarchen des Corannos-Ordens kannten, indem er ihn wie einen Dienstboten mit der flachen Hand ins Gesicht schlug. Er war aufrichtig schockiert. Blaise stand immer noch wie angewurzelt. Nun setzte er zum Sprechen an, blieb aber doch stumm. Ranald de Garsenc stand bleich und zitternd neben seinem Vater.

»Ich werde Euch das Maul schon stopfen«, fauchte Bertran. »Noch zehn Worte, und Ihr habt einen Pfeil im Leib. Mag sein, daß Euer Sohn diesen Befehl nicht geben will – auch wenn mir unbegreiflich ist, warum –, aber Ihr könnt versichert sein, daß ich seine Hemmungen nicht teile. Ich kann Euch nur raten, treibt mich nicht zum äußersten.«

»Wer seid Ihr?« knurrte Galbert mit zusammengebissenen Zähnen.

En Bertran lachte laut auf, das unheimlichste Geräusch, das Thaune in dieser Nebelnacht hören sollte. »Drei Worte«, sagte er. »Bleiben noch sieben. Geht sparsam damit um! Im übrigen enttäuscht Ihr mich sehr. Ich hätte erwartet, daß Ihr den Mann, dessen Tod Euch letzten Sommer noch Unsummen wert war, wenigstens erkennen würdet.«

»Bertran de Talair«, sagte Ranald de Garsenc. Es waren seine ersten Worte. »Ich kenne Euch noch von den Turnieren her.«

Galbert kniff die Augen zu schmalen Schlitzen zusammen, aber er schwieg. Er bebte vor Zorn. Thaune sah, daß sich seine behandschuhten Hände unablässig öffneten und schlossen, als wollten sie jemandem erwürgen.

Ranald hatte das Interesse am Herzog verloren. Er starrte seinen Bruder an. »Was hast du getan? Bist du vollends zum Verräter geworden? Willst du mit Arbonne hier einmarschieren?«

»Wohl kaum.« Blaise fand allmählich seine Fassung wieder, vermied es aber weiterhin, seinen Vater anzusehen. »Bertran ist mein Freund. Die Männer sind Söldner, Rudel Correze hat sie für mich angeworben, einige kennst du wahrscheinlich – die meisten stammen aus Götzland. Ich nehme dir nur Schloß Garsenc ab, Bruder. So sehr ich es bedauere, der Schritt ist unvermeidlich, nachdem du selbst nicht nur nichts unternimmst, sondern, schlimmer noch, selbst mitspielst. Gorhaut werde ich Ademar mit Hilfe meiner Landsleute entreißen, und ich werde dabei keine Frauen verbrennen.«

»Ich hatte doch keine andere Wahl«, stieß Ranald hervor.

»O doch!« Das kam von Valery von Talair, der hinter Thaune, im Nebel verborgen, am Fallgatter stand. Seine körperlose Stimme verkündete ihr Urteil so kategorisch wie einer der Richter am eisernen Tor zum Jenseits. »Wir können nein sagen und dafür den Tod auf uns nehmen. Diese Wahl haben wir immer, Edler von Garsenc. Auch wenn es manchmal die einzige sein mag.«

Niemand antwortete. Schwer wie der Nebel lastete die Stille auf der Brücke. Thaune hörte nur rasche Schritte und sah vermummte Gestalten. Blaises Söldner eilten an ihm vorbei in den Vorhof der Burg. Niemand hatte Alarm geschlagen; die ganze Welt war in Nebel gehüllt, Thaune kam sich vor wie in einem Traum.

Plötzlich zerriß Hufgetrappel die Stille, der Traum war noch nicht zu Ende. Es waren viele Pferde, so als stürme die nächtliche Jagd vom Himmel herab, als sprenge der Gott mit seinem Gefolge über die nebelverhangene Erde, um die Welt zu vernichten.

»Was ist das?« Valery trat zwei Schritte vor und blieb stehen.

»Hinein mit den Männern!« befahl Blaise scharf. »Wir müssen die Burg in die Hand bekommen. Sie haben tatsächlich ein Heer geschickt! Thaune, laß das Fallgatter herab, schnell!«

Thaune rannte bereits über die Brücke und schrie seinen beiden Wachposten einen Befehl zu. Der unsichtbare Trommelwirbel wurde lauter. Jetzt leuchteten auch Fackeln durch den Nebel, schemenhaft zeichneten sich Pferdeleiber ab. Der Abstand zwischen der ersten und der letzten Flamme bewies Thaune, daß es sich tatsächlich um ein ganzes Heer handelte.

Man hatte immer mit einem Fehlschlag rechnen müssen. Thaune hatte sich im vergangenen Herbst nicht deshalb für Blaise entschieden, weil dessen Erfolgschancen besonders günstig gestanden hätten. Aber er wollte auch nicht auf einem Scheiterhaufen sterben. Das war das einzige, worum er den Himmel in diesem Augenblick bat. Ob er wohl seinen Vater wiedersehen würde, wenn der Gott ihn zu sich rief? Ob er in Corannos' sanftem Licht mit ihm über die weiten Wiesen würde schlendern dürfen?

»Ich werde selbst die erste Fackel auf deinen Scheiterhaufen werfen«, sagte Galbert de Garsenc in diesem Moment zu seinem Sohn, als habe er Thaunes tiefste Ängste erraten. Jetzt lächelte er wieder, seine Augen glitzerten triumphierend.

»Das«, sagte Bertran de Talair, »waren drei Worte zu viel.«

»Bertran!« rief Blaise hastig.

»*Valery*«, sagte der Herzog von Talair im gleichen Augenblick. Und schon hörte Thaune etwas durch den Nebel schwirren, und der Großpatriarch des Corannos-Ordens schrie laut auf. Am Ansatz der Oberarmschiene hatte sich ein Pfeil in seine Schulter gebohrt.

»Noch einmal zehn Worte«, sagte Bertran de Talair ruhig, »und dem zweiten Arm ergeht es ebenso. Nun möchte ich von Euch wissen – aber zählt Eure Worte – ob Ihr glaubt, daß diese Reiter uns selbst dann angreifen, wenn sie damit Euer Leben gefährden, edler Großpatriarch? Wir könnten sie natürlich auch hier erwarten, um die Frage in aller Ruhe persönlich zu erörtern.«

Thaune konnte soviel Gleichmut kaum fassen.

Die Hufschläge, die bisher wie fernes Donnergrollen geklungen hatten, erreichten die große Wiese vor dem Wald jenseits der Brücke und verhallten. Dank der vielen Fackeln konnte Thaune Pferde und Reiter wenigstens in Umrissen erkennen. Es waren massige Gestalten in schweren Rüstungen.

»Wir haben den Großpatriarchen und den Herzog von Garsenc in unserer Gewalt!« Wie ein Messer schnitt Blaises Stimme durch den Nebel. »Ihr Leben liegt in Eurer Hand. Wer seid Ihr?«

Sein Vater hielt sich den linken Arm, aber er lachte. Ein hartes, häßliches Lachen, das ganz und gar nicht zu seiner sonst so wohlklingenden Stimme passen wollte. »Wer kann das schon sein?« knurrte er.

»Fünf Worte«, warnte Bertran leise.

Inmitten der schwankenden Fackeln erhob sich streng und kalt eine andere Stimme aus dem Nebel. »Keine Geisel könnte mich oder meine Leute von einem Angriff abhalten, wenn uns der Sinn danach stünde. Spreche ich mit Blaise de Garsenc?«

»Vorsicht!« zischte Rudel Correze.

»Leugnen ist zwecklos«, gab Blaise leise zurück. »Die Geiseln sind unsere einzige Hoffnung, was er auch sagt. Vielleicht ist es nur eine Finte. Es *muß* eine Finte sein!«

Etliche Pferde näherten sich dem anderen Ende der Brücke, dann quietschte eine Rüstung. Ein Reiter stieg aus dem Sattel. Hinter Thaune rastete klirrend das Fallgatter ein. Die Wächter hatten es endlich heruntergekurbelt. Valery von Talair stand jetzt neben ihm und hatte bereits einen neuen Pfeil aufgelegt. Thaune zog sein Schwert.

»Ich bin Blaise de Garsenc«, sagte der hochgewachsene Coraner, dem Thaune Gefolgschaft geschworen hatte, den er zu seinem König haben wollte.

»Das hatte ich vermutet«, sagte eine Stimme knapp und entschlossen. »Ich konnte nicht sicher sein, ob meine Informationen richtig waren und ich dich auch wirklich hier antreffen würde.«

Und dann trat, zum Schutz vor der Kälte in einen schweren Mantel gehüllt, Fulk de Savaric in den Fackelschein und kniete vor Blaise auf den Brückenbohlen nieder.

Als er den Kopf hob, fiel das schwankende Licht auf blondes Haar und ein kantiges, intelligentes Gesicht. Die Familienähnlichkeit war sehr ausgeprägt. Thaune stockte der Atem, er trat unwillkürlich einen Schritt nach vorne. Der Herzog von Savaric lächelte nicht. »Herr, ich bin bereit, Euch als Gefolgsmann zu dienen und als Freund beizustehen, wenn Ihr mich haben wollt. Könnt Ihr tausend Mann aus Savaric und der Nordmark gebrauchen, die Eure Ansicht über den Iersen-Vertrag und über die Männer teilen, die derzeit über uns herrschen?«

Noch lange danach sollte Thaune sich erinnern, daß er in diesem Moment nach oben geschaut hatte und nicht überrascht gewesen wäre, die beiden Monde wie Leuchtfeuer durch den Nebel strahlen zu sehen. Irgendwie mußten der Himmel und die dunkle Erde doch auf die Lichtflut reagieren, die von dieser Brücke auszugehen schien. Aber der Nebel hing unverändert zäh wie Flußschlamm über ihren Köpfen und nahm ihnen die Sicht. Lediglich die vordersten Fackeln beleuchteten die Szene: En Blaise hielt die gefalteten Hände Fulk de Savarics in den seinen.

Thaune mußte schließlich einsehen, daß die Monde nur in seinem Herzen aufgeleuchtet hatten. Doch dieses innere Licht strahlte so viel Wärme aus, daß es die Kälte der langen Nacht besiegte. Hinterher fragte er sich, ob die anderen auf der Brücke wohl seine Illusion geteilt, ob auch sie zum Himmel aufgeblickt und eine Veränderung erwartet hatten.

Es wäre eine Erklärung, wenn auch keinesfalls eine Entschuldigung für das gewesen, was nun geschah.

Während nämlich sein jüngerer Sohn feierlich den Lehenseid des mächtigsten Grundherrn der Nordmark von Gorhaut entgegennahm, warf sich Galbert de Garsenc mit eisenharter Schulter gegen den Coraner zu seiner Rechten, schmetterte dem zweiten Bewacher seinen muskulösen Unterarm ins Gesicht, sprang, ohne auf den zitternden Pfeil in seinem linken Arm zu achten, von der Brücke und verschwand in den Schatten des trockenen Burggrabens.

Im ersten Moment stand alles wie erstarrt, dann redeten viele Stimmen aufgeregt durcheinander. Valery von Talair und Rudel Correze sprangen dem Großpatriarchen hinterher. Der Portezzaner kam auf dem unebenen, steinigen Grund der Schlucht unglücklich auf und machte sich mit einem obszönen Fluch in seiner Muttersprache Luft.

»Er wird nicht weit kommen«, sagte Fulk de Savaric, als Blaise ihm beim Aufstehen half, und rief einige Befehle in die Dunkelheit. Gleich darauf hörte Thaune mehrere Pferde angaloppieren und sah, wie die Lichtpunkte im Nebel in Bewegung gerieten.

Blaise schien von allen am wenigsten überrascht. »Wenn er den Wald erreicht«, sagte er nachdenklich, »haben wir kaum eine Chance, ihn wiederzufinden.«

»Zuerst muß er den Graben verlassen«, sagte Bertran de Talair, »und er hat eine Armverletzung.«

»Die ihn aber wohl nicht allzu sehr behindert.« Blaise schüttelte den Kopf. Er wirkte immer noch so gleichgültig, als habe er mit dieser Entwicklung gerechnet. »Er trägt eine massive Rüstung mit Doppelgelenken. Der Pfeil ist sicher nicht tief eingedrungen. Aber laß den Graben nur umstellen«, sagte er zu Fulk de Savaric. »Es besteht immerhin die Möglichkeit, daß deine Männer ihn herausklettern sehen.«

Ein Lachen ertönte, mit Spott vermischt und mit einem Unterton, den Thaune nicht zu bestimmen vermochte. »Er wird nicht herausklettern«, sagte Ranald, Herzog von Garsenc, zu seinem Bruder. »Er ist bereits unter der Burg, und bis der Tag anbricht, ist er längst über alle Berge. Zwischen dem Graben und der Burg gibt es eine Verbindung, die niemand kennt, und von den Verliesen führt ein zweiter Geheimgang ins Freie. Weit draußen. Du wirst ihn nicht finden, Bruder.« Stumm sahen sich die beiden Männer an.

»Blaise, rasch, weißt du, wo der Tunnel endet? Wir könnten ihn am Ausgang erwarten.« Das war Bertran, zum ersten Mal klang Ungeduld aus seiner Stimme. Thaune fiel plötzlich wieder ein, daß Galbert de Garsenc letzten Sommer für de Talairs Ermordung zweihundertfünfzigtausend Goldstücke geboten hatte.

Doch Blaise schüttelte den Kopf, ohne die Augen von seinem Bruder zu wenden. »Er wurde erst nach meinem Weggang gebaut.« Seine Lippen kräuselten sich. »Sonst hätte Ranald ihn nicht erwähnt.«

»Wir könnten Euch zwingen, uns die Lage der Geheimgänge zu verraten«, wandte En Bertran sich ruhig an Ranald de Garsenc. Die Drohung in seiner Stimme war nicht zu überhören. Thaune konnte nicht mehr begreifen, wieso er die Männer von Arbonne jemals für Weichlinge gehalten hatte.

Der Herzog von Garsenc war immer noch ein gut aussehender Mann. Groß und kräftig, der Inbegriff des Adeligen, blickte er jetzt auf den schmächtigen, eher unscheinbaren Herzog von Talair herab und sagte verächtlich: »Wirklich, mein Bester? Und wie wollt Ihr das anstellen? Ihr denkt doch nicht etwa daran, mich zu verbrennen?«

In diesem Augenblick sagte Blaise etwas, das Thaune nicht hören konnte. Sein Bruder hatte es umso besser verstanden. Er wandte sich rasch um, und seine Arroganz verflog.

»Nur zu«, sagte Blaise lauter. »Ich meine es ernst. Du kannst mit ihm gehen, wenn du willst, wir werden dich weder aufhalten, noch verfolgen.«

Ranald zögerte, er schien verwirrt. Er sah aus wie ein Mann, der dringend etwas zu trinken brauchte, dachte Thaune. Ein grausamer Verdacht, aber nicht von der Hand zu weisen. Thaune hatte lange genug auf diesem Schloß gelebt, er kannte den Herzog.

»Wenn du willst, kannst du aber auch bleiben«, fuhr Blaise fort. »Du brauchst nur den Eid abzulegen, dann gehörst du zu uns und genießt mein Vertrauen. Ich habe dich noch nie bei einer Lüge ertappt, Ranald, und ich gehe davon aus, daß du auch jetzt nicht lügen würdest. Wenn du heute nacht überhaupt klar denken kannst, dann solltest du erkennen, daß dies die Chance deines Lebens ist. Wahrscheinlich die letzte Chance, Bruder. Willst du dich von ihm lösen, oder willst du es nicht? Er ist durch diesen Tunnel geflüchtet, er hat uns beide zurückgelassen, er will zu Ademar zurück. Du brauchst ihm nicht zu folgen, Ranald, und ich werde dich nicht zum Bleiben zwingen. Zum ersten Mal seit langem kannst du dich frei entscheiden.«

»Ich soll also niederknien und meinem jüngeren Bruder, der nicht Corannos-Priester werden wollte, den Gefolgschaftseid schwören? Ist das die Alternative?«

»Wäre sie denn so schlecht? Kommt es heute noch darauf an, was er vor vielen Jahren einmal werden sollte?« Das war Fulk de Savaric, denn Blaise schwieg und sah seinen Bruder nur an. Matt leuchteten die Fackeln durch den Nebel.

Jenseits der Brücke waren laute Rufe zu hören. Coraner sprengten im Galopp heran, um den Burggraben zu umstellen. Thaune teilte Ranalds Überzeugung: sie würden Galbert de Garsenc nicht finden, nicht jetzt, bei Nacht und Nebel, und auch nicht morgen früh, sollte dann wieder die Sonne scheinen. Es war ein Wunder daß sie den Sieg errungen hatten, daß Fulk de Savaric sich nun zu Blaises bekannte, doch die Freude darüber konnte das winzige Fünkchen Angst, das er jetzt spürte, nicht auslöschen.

Blaise räusperte sich. Er schien seinem Bruder gegenüber die gleichen Hemmungen zu haben wie vorher bei seinem Vater. »Ich verlange keinen Kniefall von dir, Ranald, solange du nur meine Autorität anerkennst.« Er zögerte. »Du weißt doch wohl, daß es mir eine Ehre wäre, dir den Eid zu schwören, wenn du an meiner Stelle stündest.« Wieder hielt er inne, suchte nach Worten, kämpfte sichtlich mit sich. »Und du weißt sicher auch, daß es eine Zeit gegeben hat, da hätte ein Wort von dir genügt, und ich wäre dir bis ans Ende der Welt gefolgt.«

»Aber was«, fragte Herzog Ranald de Garsenc nach einer

Weile, »hätte ich denn am Ende der Welt gewollt? Und wozu hätte ich dich dabei gebraucht?«

Daraufhin senkte Blaise den Kopf und sagte nichts mehr.

»Ihr seid ein noch größerer Narr, als selbst ich vermutet hätte«, sagte Bertran de Talair, aber jetzt klang es leise und fast bedauernd. »Man bringe Herzog Ranald sein Pferd«, rief er den unsichtbaren Coranern hinter der Brücke zu. »Dem mächtigen Herrn von Garsenc ist unsere Gesellschaft nicht gut genug, er verläßt uns, um seinem Vater zu Willen zu sein, und um sich König Ademars Gunst nicht zu verscherzen.«

Blaise schwieg noch immer. Thaune stand hinter ihm und konnte sein Gesicht nicht sehen. Einerseits war er froh darüber. Obwohl er jahrelang auf diesem Schloß gelebt hatte, fühlte er sich den Spannungen zwischen den drei Abkömmlingen des Hauses Garsenc nicht immer gewachsen. Bisweilen war es, als kämen von allen Seiten Lanzen mit eisernen Spitzen geflogen. Diese Nacht war ein Beispiel dafür. Das Schicksal ganzer Nationen schien an diese Burg gefesselt zu sein, ein finsterer Schatten, dichter als die schwärzesten Nebel einer Winternacht.

Ein Pferd wurde auf die Brücke geführt.

»Man helfe dem Herzog in den Sattel«, befahl Bertran immer noch mit dieser verbissenen Höflichkeit.

»Nicht nötig«, wehrte Ranald ab und schwang sich mit einer fließenden Bewegung hinauf. Dann wendete er das Tier mit einem Sprung und blickte auf seinen Bruder nieder. »Erwartest du, daß ich mich jetzt bedanke?« fragte er, wieder mit diesem merkwürdigen Unterton, den Thaune nicht beschreiben konnte.

Blaise blickte auf und schuttelte den Kopf. »Ich dachte nur, du würdest dich vielleicht nach deinem Sohn erkundigen.« Eine grausame Frage, wenn auch vielleicht nicht so gemeint. Thaune war da nicht ganz sicher; auch der jüngere Sohn war ihm ein Rätsel. Er sah, wie sich Ranalds Kiefermuskeln spannten. Blaise fügte tonlos hinzu: »Ich gedenke, ihn zu meinem Nachfolger in Gorhaut zu bestimmen und Fulk zum Regenten einzusetzen, falls ich in diesem Krieg umkommen sollte. Interessiert dich das denn überhaupt nicht?«

Er war schnell, dachte Thaune, unglaublich schnell, wenn er bereits so weit gedacht hatte. Er wandte sich nach Fulk de Savaric um, doch dessen Gesicht verriet ebenso wenig wie die Züge Bertran de Talaires, der neben ihm stand. Lauter Männer, die an Machtkämpfe in jeder Form gewöhnt waren und ihre Reaktionen gut zu verbergen wußten.

Ranald de Garsenc hatte seine Gefühle nicht so gut unter Kontrolle. »Wie rührend«, schoß er zurück, als feuere er eine Armbrust ab. »Die ganze Familie macht Pläne für meinen Sohn. Ein großartiges Gefühl, aller Vatersorgen von vornherein enthoben zu sein.«

Unverändert ernst sagte Blaise: »Du hast dich nicht nach seinem Wohlergehen erkundigt, ja, du weißt noch nicht einmal seinen Namen. Dein Sarkasmus ist nicht angebracht, Bruder.«

Stille trat ein. Blaise hatte ganz ruhig gesprochen, aber der Vorwurf traf wie ein Peitschenschlag. Thaune und die anderen auf der Brücke spielten keine Rolle mehr in diesem langen, bitteren Kampf innerhalb der Familie Garsenc, sie waren nur noch unbeteiligte Zuschauer.

»Nun?« sagte Ranald schließlich. Das Wort schien ihn große Überwindung zu kosten. »Warum klärst du mich nicht auf?«

Von hinten konnte Thaune beobachten, wie Blaise abermals den Kopf senkte und ihn erst nach einer Ewigkeit wieder hob. »Es geht ihm gut. Ein kräftiges, gesundes Kind. Er sieht aus wie ein Garsenc. Und er heißt Cadar, nach seinem Savaric-Großvater.«

Ranald lachte jäh auf, der gleiche, bittere Spott wie zuvor, als sein Vater entkommen war. »Natürlich«, sagte er, »das sieht ihr ähnlich.«

»Kannst du es ihr verdenken?«

Ranald de Garsenc hörte schlagartig auf zu lachen und schüttelte den Kopf. »Du wirst mir nicht glauben«, sagte er, »aber ich habe Vater und dem König erklärt, ich würde Rosala ziehen lassen, sofern sie das Kind zurückschicke. Alle beide waren dagegen, aber sie wäre ohnehin nicht darauf eingegangen.« Er hielt inne. »Wenn ich mich letzten Herbst geweigert hätte, mit Ademar nach Aubry zu reiten, hätte man mich womöglich auf der Stelle hingerichtet. Du kannst ja den Herzog von Savaric fragen, deinen neuen Verbündeten. Auch dieser tapfere Mann war bei der Verbrennung anwesend, aus den gleichen Gründen.«

Darauf wußte Blaise zunächst nichts zu erwidern. »Das weiß ich«, sagte er endlich. »Und ich weiß auch, warum du dabei warst, Ranald. Aber Fulk de Savaric hat sich heute nacht entschieden. Er steht jetzt auf unserer Seite. Du dagegen willst wieder nach Cortil reiten. In diesen Sumpf. Das begreife ich nicht. Ich *kann* es nicht begreifen, Ranald. Willst du es mir nicht erklären?« Die Frage klang gequält. Jeder auf der Brücke hörte es.

Wieder schüttelte Ranald de Garsenc langsam den Kopf. »Nein«, sagte er endlich. »Dazu bin ich nicht verpflichtet.« Er hielt inne. Jetzt wirkte er gefaßter als sein jüngerer Bruder. »Ich werde mich auch nicht dafür bedanken, daß du mich nicht gefoltert hast, um mir die Lage des Geheimgangs zu entlocken. Nur so viel ...« – damit wandte er sich an den Herzog von Talair –, »ich kehre nicht nach Cortil zurück. So sehr es Euch auch drängen mag, Eure Feinde zu verhöhnen und zu demütigen, Ihr solltet nicht vergessen, mit wem und womit Ihr es zu tun habt. Ich selbst denke immer daran, mein ganzes Leben lang, bei Tag und bei Nacht.«

Noch einmal sah er seinen Bruder an. »Leb wohl, kleiner Blaise, der du dich zum König über uns alle machen willst. Ich weiß noch, wie ich dich gelehrt habe, ein Schwert zu gebrauchen. Erinnerst auch du dich daran?«

Damit verschwand er in Nacht und Nebel, und nur die Hufschläge seines Pferdes verrieten, daß er ostwärts ritt.

»Natürlich erinnere ich mich«, sagte Blaise ins Nichts hinein. Dann drehte er sich um und ging über die Brücke auf die Burg zu. Die beiden Herzöge und die Coraner machten ihm hastig Platz. Am Eingang wartete er reglos, bis man das Fallgatter abermals hochgezogen hatte und der Weg ins Heim seiner Ahnen frei war.

* * *

Thaune von Garsenc fühlte sich von den Ereignissen geradezu überrollt, aber damit war er zum Glück nicht allein. Als man sich im Großen Saal versammelte, bemerkte er viele erhitzte und verwirrte Gesichter.

Letztlich war es doch ohne Widerstand abgegangen. Die Nachricht Blaise de Garsenc sei gekommen und, überzeugender noch, der Herzog von Savaric stehe mit fast tausend Soldaten hinter ihm, hatte auch jene Garsenc-Coraner, die vielleicht anders dachten, bewogen, sich den Umständen zu beugen.

Soweit war daher alles klar. Schwierig wurde es erst, als man anfing, nach Erklärungen zu suchen, während sich die Dienerschaft die Füße wundlief, um nicht nur die im Saal Anwesenden mit Essen, Wein und Schlafgelegenheiten zu versorgen, sondern auch die Soldaten aus dem Norden und die Bauern, die sich Fulk mit einem Sammelsurium verschiedenster Waffen angeschlossen hatten.

Diese Bauern – Fulk hatte Befehl erhalten, sie mitzubringen – gaben die größten Rätsel auf. Schließlich war Winter. Viele Coraner folgten ihrem Herrn, wohin er auch ging, und es war nicht ungewöhnlich, daß ein Herzog einen Teil seines Gefolges mit nach Cortil brachte, um sich – eine alte Tradition – in den kalten Monaten am Hof des Königs mit Saufgelagen und Prügeleien die Zeit zu vertreiben. Deshalb war man auch davon ausgegangen, bei der Eroberung von Schloß Garsenc auf eher halbherzigen Widerstand zu stoßen. Doch wenn Ademar das einfache Volk vom Lande mitten im Winter zu den Waffen rief, steckte gewiß mehr dahinter.

Das hatte auch Fulk de Savaric erkannt, er hatte nur nicht gewußt, was tatsächlich im Gange war, denn die Strategie war geändert worden, bevor er Cortil erreichte. Viel hatte er nicht zu berichten. Ursprünglich habe man ihn aufgefordert, möglichst viele Männer nach Süden zu führen, und bei der Gemütsverfassung des Königs seit dem Herbst sei es nicht ratsam gewesen, sich über derartige Befehle hinwegzusetzen. Er habe den Schluß gezogen, es handle sich um eine erste Mobilmachung für die geplante Frühlingsoffensive, und diese Erklärung halte er auch nach wie vor für die wahrscheinlichste.

Auf halbem Wege nach Cortil sei ihm ein Bote des Großpatriarchen mit neuen Anweisungen entgegengekommen. Nun sollte er sich nach Westen zu begeben, um mit Galbert auf

Schloß Garsenc zusammenzutreffen. Von Süden drohe Gefahr, meldete der Bote, ein heimtückischer Überfall auf die gorhautischen Stammlande im tiefsten Winter. Fulk wußte inzwischen – fast ganz Gorhaut wußte es –, daß Blaise de Garsenc im Herbst Anspruch auf den Thron angemeldet hatte.

Herzog Fulk mochte nicht die Ausstrahlung oder das königliche Selbstvertrauen seines Vaters Cadar de Savaric besitzen, aber er hatte seinen eigenen Kopf. So hatte er seine tausend Mann zunächst zwar befehlsgemäß wenden und durch ein verschneites Tal reiten lassen, doch zwei Tage später hatte er, noch einen halben Tagesritt von Schloß Garsenc entfernt, an einem zugefrorenen Flußbett haltgemacht. Und dann hatte er unter dem grauem Himmel zu seinen Leuten gesprochen.

Er war kein großer Redner, und die Männer aus dem Norden waren auch nicht empfänglich für pathetische Appelle, schon gar nicht in dieser Kälte. Also beschränkte er sich auf möglichst knappe, klare Aussagen. Dennoch markierten diese Worte einen Wendepunkt in seinem Leben. Er hätte bestritten, daß Aubry allein ihn an diesen Punkt geführt habe, aber er hätte auch nicht behauptet, daß dieser Überfall ohne jede Wirkung gewesen sei.

Der Iersen-Vertrag sei nie in seinem Sinne gewesen, rief er seinen Männern über den auffrischenden Wind hinweg zu. Ebenso wenig sei es in seinem Sinne, daß ihr König sich zunehmend dem Laster hingebe und dabei völlig unter dem Einfluß des Großpatriarchen des Corannos-Ordens stehe. Mit bitterer Verachtung und brennendem Zorn habe er zugesehen, wie man einem Viertel der Bevölkerung Gorhauts Grund und Boden geraubt und befohlen habe, anderswo Zuflucht zu suchen, während der König und sein Großpatriarch eine Invasion im Süden planten. Er, Fulk de Savaric, halte es für unwahrscheinlich, daß man eventuell eroberte Gebiete südlich des Passes auch würde halten können. Die übrigen Länder der bekannten Welt würden eine so starke Verschiebung des Gleichgewichts kaum dulden. Folglich würde man die kleinen Grenzstreitigkeiten mit Valensa nur gegen einen großen Krieg mit *allen* anderen Nationen eintauschen. Außerdem würde Arbonne lieber zugrundegehen, als sich widerstandslos dem Joch einer gorhautischen Besatzung zu beugen. Früher oder später würde Gorhaut wieder vertrieben werden, erklärte er seinen Männern, zurück blieben dann nur Trümmer, Asche und Legionen von Toten.

Den Großpatriarchen, der diesen Krieg mit allen Mitteln anstrebe, würde das wahrscheinlich nicht kümmern, denn ihm gehe es im Grunde nicht darum, den Bewohnern der alten Nordmark neues Land zu verschaffen. Galberts einziges Ziel sei vielmehr die Vernichtung Arbonnes und seiner Göttin, und der fragwürdige Iersen-Vertrag sei bereits der erste Schritt auf dem Weg dahin gewesen. Ihm, Fulk de Savaric, sei die Göttin von Arbonne herzlich gleichgültig; sie habe ihn nie gestört. Was *ihn* störe, ja, empöre, rief er, daß es weithin widerhallte, sei der Verrat an den Bewohnern der Nordmark. Ihr König habe sie für Silber und Gold an Valensa verkauft, nur um ein Heer aufstellen und in Arbonne Frauen verbrennen zu können.

Er sei nicht der einzige, verkündete er seinen stumm lauschenden Männern, der so empfinde. Blaise de Garsenc, der jüngere Sohn des Großpatriarchen, sei wohl den meisten von ihnen bekannt. Wiewohl selbst nicht aus der Nordmark stammend, sei er lieber außer Landes gegangen, als sich mit dem Iersen-Vertrag abzufinden. Doch jetzt sei er auf dem Weg nach Hause und würde vielleicht noch in dieser Nacht eintreffen, um das Volk in einen Aufstand gegen die Mißstände zu führen, die er, Fulk, soeben beschrieben habe. Er selbst beabsichtige, sich zur Ehre der Nordmark und im Gedenken an seinen Vater und an König Duergar, beides Männer, die ihr Gorhaut von Herzen geliebt und ihm treu gedient hätten, dieser Bewegung anzuschließen, und fordere alle Angehörigen seines Heeres, die ebenso dächten und seinem Urteil vertrauten, auf, mit ihm zu kommen. Wer anderer Ansicht sei, dürfe ungehindert gehen und könne seiner, Fulks, Dankbarkeit für bisher geleistete Dienste gewiß sein.

Mehr sagte er nicht. Der Wind pfiff durch das Tal, schüttelte den Schnee von den kahlen Ästen und wehte ihn in die Mulden zu beiden Seiten des zugefrorenen Flusses.

Aus einem fast tausendköpfigen Heer verabschiedeten sich achtzehn Mann.

Die Bewohner der Nordmark hingen von jeher ganz eigenen

und sehr strengen Überzeugungen an, und die Herren von Savaric hatten – im Gegensatz zu den Königen in Cortil – nur selten falsches Spiel mit ihnen getrieben. Herzog Cadar de Savaric war bei der Verteidigung seines und ihres Landes an der Iersen-Brücke gefallen. Sein Sohn hatte während der Unruhen nach König Ademars Thronbesteigung und bei der Unterzeichnung des Vertrages mit großem Eifer, aber auch mit der nötigen Vorsicht die Interessen des Nordens vertreten. Die Zeit der Vorsicht mochte nun vorüber sein, doch Loyalität war immer noch gefragt, und im Norden war man in erster Linie der Nordmark gegenüber loyal.

Fulk de Savaric war ein Mann, der sich nicht leicht von Gefühlen überwältigen ließ, doch was an jenem Winternachmittag im Anschluß an seine Rede geschehen war, hatte ihn tief gerührt. Immerhin hatte er den Verrat gepredigt.

Es gab keine Beifallsrufe, man jubelte ihm nicht zu, ließ ihn nicht hochleben. Dergleichen war nicht üblich im Norden. Viel charakteristischer war das grimmig verbissene Schweigen, das die sechs Reiter und zwölf Fußsoldaten begleitete, als sie sich an diesem vereisten Wasserlauf von der Truppe trennten und ostwärts zogen, nach Cortil und zu König Ademar, der doch trotz alledem der gottgeweihte Herrscher war.

Alle anderen waren mit ihrem Herzog hierher nach Schloß Garsenc geritten und würden, so teilte Fulk nun Blaise, Bertran und den anderen, die sich im Großen Saal zusammengefunden hatten, nüchtern mit, auch weiterhin gehen, wohin er sie führte.

»Was wohl«, sagte Blaise, »die eigentliche Frage ist.« Er schien sich von der Begegnung mit seinem Vater und seinem Bruder allmählich zu erholen und seine Fassung wiederzufinden. »Wir hatten geplant, das Schloß hier zu erobern, um es als Winterlager und als Sammelpunkt für mögliche Mitstreiter zu benützen. Im Frühling wollten wir dann sehen, wie es um unsere Stärke und um unsere Chancen stünde. An einen Winterfeldzug hatte ich nicht gedacht.«

»Wir haben auch schon im Winter gekämpft, seinerzeit, vor der Schlacht an der Iersen-Brücke«, gab Fulk de Savaric zu bedenken.

»Ich weiß. Ich war dabei. Allerdings waren wir damals überfallen worden und hatten daher keine andere Wahl. Und noch etwas: ich will nicht im ganzen Land umherziehen und Burgen oder Städte in Trümmer legen. Wenn irgend möglich, will ich die Entscheidung in einer, einer einzigen Schlacht gegen Ademar herbeiführen. Mein Heer – vorausgesetzt, ich habe ein Heer – gegen das seine irgendwo auf freiem Feld. Wenn ich als Gorhauts Retter heimkehren will – als der Mann, der uns zurückführt zu unserem Gott und unserer wahren Bestimmung – kann ich nicht meine eigenen Landsleute abschlachten und ihre Häuser und Felder zerstören. Das lehne ich ab, Fulk, und aus diesem Grund werde ich auch nicht mit einem arbonnesischen Heer hier einmarschieren.«

»Hat Arbonne dir denn ein Heer angeboten?« fragte Fulk de Savaric.

Blaise wandte sich an Bertran de Talair. Der Herzog wirkte merkwürdig in sich gekehrt, fast, dachte Thaune, als habe er den letzten Teil des Gesprächs gar nicht mehr mitverfolgt. Und so war es tatsächlich.

»Erinnerst du dich«, fragte Bertran leise, ohne auf Blaises Frage einzugehen, »an die letzten Worte deines Bruders, bevor er aufbrach? Die letzten Worte an mich?« Seine Stimme klang so sonderbar, daß ein Frösteln durch den Raum ging, obwohl nun in allen Kaminen die Feuer brannten. Thaune stand an der Tür zum Korridor. Er hatte Mühe, sich zu erinnern, was Ranald de Garsenc denn nun gesagt hatte.

»Er wollte nicht nach Cortil zurückkehren.« Blaise hatte am größten Kamin gestanden. Jetzt trat er zwei Schritte auf den Herzog von Talair zu.

»Hatte diese Aussage eine bestimmte Bedeutung?« fragte Rudel Correze scharf und erhob sich. »Wenn ja …«

»Wenn ja«, vollendete Herzog Bertran tonlos, »dann ist auch klar, warum Fulk Befehl hatte, möglichst viele Männer mitzubringen. Und *warum* Euer Bruder nicht nach Cortil zurückkehren wollte. Weil Ademar nämlich nicht in Cortil ist.«

»Auf welchem Weg seid ihr über die Berge gekommen?« fragte Fulk de Savaric unvermittelt. Auch er hatte sich jetzt erhoben.

»Auf der Westroute über den Gaillard-Paß«, sagte Blaise. »Wir waren nur zu fünfzig und hatten weder Wagen noch Troß. Außerdem wollten wir unbemerkt bleiben, und auf der Großen Paßstraße hätte man uns vielleicht entdeckt.«

»Natürlich«, sagte Fulk. »Aber wenn En Bertran recht hat...«

»Dann ist Ademar mit seinem Heer zur gleichen Zeit, als wir nach Norden marschierten, von Cortil aus zur Großen Paßstraße aufgebrochen.« Bertran de Talair hatte sein Weinglas abgestellt. Thaune sah, daß er bleich geworden war. Die alte Narbe auf seiner Wange zeichnete sich deutlich ab. »Genau so war es, ich bin ganz sicher. Es paßt alles zusammen. Sie wollten doch lieber nicht bis zum Frühling warten. Jetzt haben wir unseren Winterkrieg, Freunde. Aber in Arbonne. Vielleicht sind sie schon dort.«

»Und was wollen wir dann hier mit unseren tausend Mann? Cortil einnehmen? Das Land in den Aufstand treiben?« Rudel Correzes Augen blitzten im Feuerschein. Blaise sagte nichts; sein Blick ruhte auf dem Herzog von Talair.

»Wer sollte sich denn erheben?« fragte Fulk de Savaric langsam. »Der König hat sicher alle wehrfähigen Männer um sich geschart. Ich glaube, ich kann seine Überlegungen nachvollziehen: was du hier treibst, kümmert ihn nicht. Wenn es ihm gelingt, Arbonne rasch genug zu erobern – jetzt im Winter stehen ihm vermutlich alle Türen offen, auch wenn er in den Bergen noch so viele Männer verliert – kann er das Land zur Plünderung freigeben und danach als glorreicher Sieger heimkehren, um dann im Frühling über uns herzufallen. Wo Blaise ist, spielt dabei keine Rolle.«

»Du bist dir doch darüber im klaren, daß diese Strategie nicht von Ademar stammt?« fragte Blaise nach längerem Überlegen. Die Bitterkeit in seiner Stimme war nicht zu überhören. »Das ist die Handschrift meines Vaters. Arbonne zu vernichten, ist sein alter Traum. Von jeher. Als ich noch ein Kind war, hat er mir immer wieder gepredigt, Rians Tempel müßten dem Erdboden gleichgemacht werden, um die ganze Welt vor dem Verderben zu retten. Außerdem kennt er mich. Er *wußte,* daß ich nicht mit einem Heer hierherkommen würde. Ademar konnte Gorhaut ohne Bedenken nahezu schutzlos zurücklassen. Fulk hat ganz recht, er kann getrost abwarten, was bis zu seiner Rückkehr hier geschieht.«

Er wandte sich an Bertran. »Du weißt, was er tun wird, nicht wahr?«

Der Blick seines Freundes war so trostlos wie die Winternacht. Zögernd nickte er. »Mit den Burgen oder den Städten wird er sich gar nicht erst abgeben. Eine Belagerung im Winter wäre aussichtslos. Er wird unsere Coraner zum Handeln zwingen, indem er auf die Dörfer und die Tempel losgeht. Wie in Aubry.«

»Wie in Aubry«, wiederholte Blaise.

»Wann reiten wir?« fragte Fulk de Savaric. »Du wolltest eine Schlacht, Blaise. Nun sieht es so aus, als würdest du sie auch bekommen, aber stattfinden wird sie in Arbonne.«

»Gewiß doch«, fuhr der Herzog von Talair mit beißender Ironie dazwischen. »Dort ist es schließlich wärmer. Die Sonne scheint sogar im Winter, und wenn man weit genug nach Süden geht, gibt es auch keinen Schnee mehr. Dafür kann man das Meer riechen.«

»Sofern der Qualm es zuläßt«, ergänzte Blaise knapp. »Gehen wir!«

Zweihundert von Fulks Männern ließen sie zurück. Sie sollten Schloß Garsenc halten und unübersehbar Anwesenheit demonstrieren. Der Rest der Truppe machte sich trotz Nebel und Kälte noch in der gleichen Nacht auf den langen Weg zurück in die Berge. Irgendwann begann sich der Nebel zu lichten, und kurz vor Morgengrauen erblickten sie hinter den windgepeitschten Wolkenfetzen tief im Westen den weißen Vidonne.

Kapitel 16

Auf Rians Insel im Meer steckte der Priester Roche böse in der Klemme. Ein Mann hatte an einer Bucht am Südufer Feuerholz für den Winter gesammelt, und dabei war ihm aufgefallen, daß es nach Rauch roch. Er war der Sache nachgegangen – Waldbrandgefahr bestand schließlich immer, auch wenn sie im Winter etwas geringer war – und hatte im kalten Sand eine kleine, mit einem flachen Stein abgedeckte Feuergrube gefunden. Als er die Platte mit einem langen Ast anhob, kamen ein halbes Dutzend vor sich hinschmurgelnder Leuchterfische zum Vorschein.

Roche hätte natürlich jede Schuld weit von sich gewiesen, doch leider hatte ihn der gleiche, neugierige Holzsammler unweit des Tatortes in einer kleinen Hütte aufgestöbert, wo er – neben sich eine Angel und mit penetrant nach Fisch riechenden Händen – in Erwartung künftiger Genüsse friedlich eingenickt war.

Der Störenfried hatte auch noch die Dreistigkeit besessen, ihn mit seinem Ast anzustupsen und aus dem Schlaf zu reißen, und so hatte er ihm im ersten Schrecken das Angebot gemacht, den verbotenen Fang mit ihm zu teilen. Man könne sich ja in der milden Wintersonne an den Strand setzen und auf das sanft wogende Meer hinausschauen. Der Holzsammler hatte sich jedoch weder von der idyllischen Szenerie, noch von der Aussicht auf saftigen Leuchterfischbraten umstimmen lassen. Wieder einer von diesen frommen Eiferern, die wegen einer obskuren Vision Haus und Hof verließen, auf die Insel zogen und sich in den Dienst der Göttin stellten, um fortan die hiesigen Sitten und Gebräuche blindwütiger zu verteidigen als die Priester selbst.

Es sei ein ehernes Gesetz, verkündete der Holzsammler selbstgefällig und mit drohend erhobenem Zeigefinger, daß sich im Bannkreis der Insel kein Sterblicher an Fischen und Vögeln vergreifen dürfe, denn diese, so setzte er seine Belehrung fort, seien der heiligen Rian in ihrer Inkarnation als Beschützerin der Tiere geweiht.

Ohne große Hoffnung unternahm Roche daraufhin den Versuch, ihm einzureden, das Verbot betreffe nur Fischer und Jäger vom Festland, doch dafür wußte der scheinheilige Frömmler erwartungsgemäß zu gut Bescheid. Ein solcher Frevel, verkündete er abschließend, müsse der Hohenpriesterin persönlich angezeigt werden. Damit schulterte er sein Holzbündel, griff nach den Zügeln seines schwerbeladenen Esels und entfernte sich rasch nordwärts, in Richtung auf den Tempelbezirk. Immer wollten alle gleich zur Hohenpriesterin, dachte Roche und sah ihm unglücklich nach. Als ob sie nichts Besseres zu tun hätte, als sich mit den kleinen Sünden ihrer Untergebenen zu befassen.

Leider handelte es sich diesmal um die dritte kleine Sünde – der gleichen Art – innerhalb eines Jahres. Roche sah sich in seiner Verzweiflung schon von Rians Insel vertrieben und in irgendeinen Tempel in der Kornkammer oder in den Bergen verbannt. Er wollte doch nicht fort von hier. Er wollte das Meer nicht verlassen. Er war hier aufgewachsen; er kannte und liebte die See, und vor allem liebte er die vielen Köstlichkeiten, mit denen Rian sie in ihrer Güte zum Wohl der Menschen bevölkert hatte. Besonders die Leuchterfische; ganz besonders die Leuchterfische.

Zutiefst deprimiert verfluchte er sich für seine Schwäche. Wie konnte man aber auch so dumm sein, praktisch neben der Feuergrube einzuschlafen? Ob er dem Holzsammler nachlaufen, ob er womöglich versuchen sollte, ihm zuvorzukommen? Vielleicht fiel ihm eine überzeugende Ausrede ein, bevor sie beide den Bezirk erreichten? Es hatte alles keinen Sinn, entschied er schließlich resigniert. Der Appetit war ihm nahezu vergangen.

Ein leckerer Duft stieg ihm in die Nase, die Fische waren gar. Mit einem tiefen Seufzer ging Roche zur Feuergrube und betrachtete traurig die sechs Prachtexemplare, die unter ihrer Kruste aus selbstgesammelten Kräutern so einladend brutzelten. Überrascht stellte er fest, daß ihm trotz seiner aussichtslosen Lage nun doch das Wasser im Munde zusammenlief.

Einige Zeit später schlenderte er zum Tempelbezirk zurück, um pünktlich seinen Dienst anzutreten. Er war ein *guter* Priester, sagte er sich immer wieder. Er aß nur gerne Fisch.

Wie erwartet trug man ihm auf, sich umgehend bei der Hohenpriesterin zu melden. Der Holzsammler stand mit seinem Esel an der Tür des Backhauses und grinste süffisant, als Roche an ihm vorbeiging. Der Priester wischte sich den fettigen Mund ab, rieb an den Flecken, die seine Kutte zierten, und tat so, als sähe er ihn nicht.

Die Schlaf- und Versammlungsräume der Hohenpriesterin und des Inneren Kreises lagen auf der anderen Seite der Tempelkuppel. Eine Frau aus Cauvas mit einem Gesicht wie aus Stein ließ Roche ein. Er hatte die Leute aus Cauvas noch nie leiden können – sie waren wie alle Binnenländer, dachte er plötzlich. Nur wer an der See groß geworden war, hatte den Rhythmus des Wassers im Blut. Ob er das der Hohenpriesterin wohl erklären konnte? Aber sie war auf Barbentain geboren; es wäre wohl nicht ratsam, gerade ihr mit dieser Theorie zu kommen.

Im Vorzimmer war es bedrückend still. Immer wieder rubbelte er vergeblich an den verräterischen Flecken auf seiner Kutte. Einmal roch er an seinen Händen und verzog das Gesicht. Er hätte sich waschen sollen. So brachte er den Beweis für sein Verbrechen noch selbst in Rians Tempel. Das dritte Mal in einem Jahr. Gewiß würde man ihn nach Norden schicken. Roche war aufrichtig zerknirscht. Er *verdiente* es, in den Bergen zu sitzen, weit weg von seinem geliebten Ozean, wenn er dessen Schätzen nicht widerstehen konnte. Es fehle ihm eben an Selbstbeherrschung, hielt er sich vor, am nötigen Respekt vor den Traditionen der heiligen Rian, dabei habe er doch geschworen, sie bis zum letzten Atemzug zu bewahren. Er werde seiner ungeheuren Verantwortung nicht gerecht, sei ein schlechtes Vorbild für …

Die Tür ging auf. Eine zweite Dienerin mit ebenso verbissener Miene nickte kalt. Für die Laien war es immer eine besondere Genugtuung, wenn ein Angehöriger der Priesterkaste in Schwierigkeiten geriet. Roche wischte sich ein letztes Mal die Hände an der Kutte ab und betrat – trotz des durchdringenden Geruchs nach Leuchterfisch und Holzkohle in würdevoller

Haltung – das Zimmer der Hohenpriesterin, um sich sein Schicksal verkünden zu lassen.

Als er kurz darauf wieder herauskam, war er zutiefst ratlos. Die Hohepriesterin war auf sein Vergehen kaum eingegangen. Ein kurzer Tadel, ohne daß sie sich zu ihm umgedreht oder die blinden Augen vom Kaminfeuer abgewandt hätte, dann hatte sie ihm fast mechanisch die Absolution erteilt und ihm mit einer formelhaften Wendung aufgetragen, in den Tempel zu gehen und um Kraft zur Überwindung seiner Schwächen zu beten. Das war alles gewesen. Beim dritten Fehltritt in einem Jahr. Schon war er wieder entlassen. Nicht einmal die weiße Eule hatte sich für ihn interessiert.

Roche verstand die Welt nicht mehr. Es war doch wahrhaftig keine Kleinigkeit gewesen, und er hatte den Laien im Tempel ein miserables Beispiel gegeben. Wie konnte die Hohepriesterin darüber so gleichgültig hinweggehen? Wer würde die Gebote der Göttin noch beachten, wenn sich die Tempeloberen so wenig darum kümmerten? Schon fast empörend, wie glimpflich er davongekommen war. Verbannung auf Zeit, das wäre das mindeste gewesen. Die Strafe hätte ihn unglücklich gemacht, aber er hätte sie verdient. Statt dessen – eine halbherzige Moralpredigt, und schon stand man wieder draußen.

Das, entschied Roche, ging nicht mit rechten Dingen zu. Er war nur ein kleiner Priester, aber man mußte sich doch fragen, ob in den höchsten Rängen von Rians Geistlichkeit wirklich noch alles zum besten stand. Er schüttelte den Kopf. Wo sollte das noch enden?

Dennoch konnte er es nicht lassen, auf dem Weg nach draußen die mürrische Türsteherin breit anzugrinsen und dem Holzsammler vergnügt zuzuwinken, als er im kühlen Nachmittagssonnenschein am Backhaus vorbeiging. Vielleicht nicht gerade das vernünftigste, aber Roche hatte sich längst damit abgefunden, daß es Versuchungen gab, denen er nicht zu widerstehen vermochte.

Nach Sonnenuntergang, als sein Dienst im Heiligtum zu Ende war, wusch er sich in der Abendkühle gründlich Hände, Gesicht und Körper und schlüpfte in eine frische Kutte, dann kehrte er in den Tempel zurück und verbrachte zwei volle

Abendwachen im Gebet. Wie ihm die Hohepriesterin befohlen hatte, flehte er zunächst in aller Demut um Willenskraft, um den Anfechtungen des Leibes besser begegnen zu können, doch irgendwann kam ihm die Idee, die Göttin in ihrer Weisheit um Beistand für die Hohepriesterin zu bitten, die derzeit wohl mehr zu tragen habe, als er mit seinem kleinen Verstand zu erfassen vermöge.

Als er sich endlich erhob, fühlte er sich gestärkt, obwohl ihm Knie und Rücken vor Kälte steif geworden waren. Zufrieden verließ er den Tempel und strebte im Licht der Wintersterne und der beiden Monde dem Dormitorium und seinem Bett zu.

Im Vorhof der Kuppel drängten sich mehrere Priester und Priesterinnen um ein einziges, kleines Feuerchen. Das war ungewöhnlich, denn es war schon sehr spät. Man machte ihm bereitwillig Platz. Maritte – das Kind, das sie im letzten Frühjahr von ihm empfangen hatte, konnte jeden Tag geboren werden – klärte ihn auf: soeben habe man erfahren, daß das gorhautische Heer vor zwei Tagen auf der Großen Paßstraße durch die Berge gesichtet worden sei. Es sei für einen Krieg gerüstet und marschiere geradewegs nach Süden.

* * *

Man hatte immer damit rechnen müssen.

Seit der Unterzeichnung des Iersen-Vertrages war Beatritz überzeugt, daß Gorhaut in Arbonne einfallen würde. *Solange die Sonne noch glüht und die Monde über den Himmel ziehen, soll kein Friede herrschen zwischen Gorhaut und Arbonne.* So lautete der alte Spruch – in beiden Ländern. Die Sonne schien immer noch, und in dieser Nacht standen beide Monde am Winterhimmel – sie spürte es, auch wenn sie ihr Licht nicht sehen konnte.

Tief in ihren Polstersessel gekuschelt, spürte sie auch das Feuer im Kamin, und nicht nur, weil es wärmte, was sehr angenehm war. Nicht das Knistern, nicht die Hitze und ganz gewiß nicht das Licht zogen ihre Aufmerksamkeit auf sich – nein, das Feuer verhieß zugleich Gefahr und geheimes Wissen. Sie war so ungeheuer vielschichtig, diese fremde Welt, in die sie eingetreten war, als sie ihre Augen opferte, um dafür von Rian das Zweite Gesicht zu erhalten. Seit jener Nacht sah sie anders als früher, im Dunkeln besser, am besten auf der Insel, und gar nicht, wenn Brissel nicht auf ihrer Schulter saß. Sie hob die Hand, um ihn zu streicheln. Die Eule war unruhig, ihre eigene Anspannung übertrug sich auf das Tier. Beatritz bemühte sich, tröstliche Gedanken auszusenden, aber das fiel ihr ungeheuer schwer in dieser Nacht.

Aubry hatte sie letzten Herbst wie ein gewaltiger Hammerschlag mitten ins Herz getroffen, und dabei war es nur ein Vorgeschmack gewesen. Lediglich eine Handvoll Coraner, die ein erstes, feuriges Zeichen setzten. Nun war ein ganzes Heer im Anmarsch. Galbert de Garsenc war auf dem besten Wege, sich seinen alten Traum von einem Arbonne voll brennender Scheiterhaufen zu erfüllen.

Und sie konnte so gut wie nichts dagegen tun. Was in ihrer Macht stand, hatte sie bereits unternommen. Sie hatte Verbindungen in jeden Winkel des Landes geknüpft, hatte die Insel öfter verlassen, als sie eigentlich sollte, und die Betreuung ihrer kleinen, aber deshalb nicht weniger wichtigen Gemeinde von Priestern und Priesterinnen vernachlässigt, um sich statt dessen mit ihrer Mutter, dem Kanzler Roban und den wichtigsten Adeligen – Bertran, Urté Thierry und Ariane – zu beraten. Sie war es auch gewesen, die, einer ihrer seltenen Eingebungen folgend, empfohlen hatte, behutsam Fühlung mit Blaise de Garsenc aufzunehmen, als die Nachricht kam, dieser habe Gorhaut im Zorn den Rücken gekehrt. Sie konnte sich noch gut an die ersten Reaktionen erinnern: der Sohn des Großpatriarchen, ihres ärgsten Feindes. Ein ungehobelter Klotz von einem Söldner, wie Roban der Kanzler sich höhnisch ausgedrückt hatte.

Er ist mehr als das, hatte Beatritz im Vertrauen auf ihre innere Stimme und das Schweigen der Eule erklärt. Bertran hatte ihr als einziger beigepflichtet, aber fast wie im Scherz und nur – wie sich freilich erst hinterher herausstellte –, weil ihm der Vorschlag für seine neuesten Verführungspläne sehr gelegen kam. An solche Dinge mußte man sich bei Bertran gewöhnen. Am besten nahm man ihn, wie er war, auch wenn man insgeheim bedauerte, daß er so weit unter seinen Möglichkeiten blieb.

Ihre Ansicht über Blaise de Garsenc hatte sich bestätigt, als Rian höchstselbst eingriff und den Mann, noch bevor Bertran Kastell Baude aufsuchen konnte, auf die Insel führte. Wieder hatte Beatritz ihr möglichstes getan, um ihn aus seiner Verbitterung zu reißen, die unverkennbare Züge von Selbstgerechtigkeit trug, und über alle Barrieren hinweg in sein Inneres vorzudringen, wo sie ein Geheimnis spürte. Brissel hatte ihr mitgeteilt, daß auch er etwas dergleichen wittere, und sie hatte gelernt, in solchen Dingen auf ihre Eule zu hören.

Dann hatte Blaise in Tavernel in der Mittsommernacht zum ersten Mal von Gorhauts Krone gesprochen, und Brissel war von ihrer Schulter geflogen. Sie war auf keines von beidem gefaßt gewesen. Ohne Brissel war sie völlig blind, doch ihre Mutter hatte sie bei der Hand genommen und ihr leise erklärt, wo sich der Vogel befinde. In diesem Moment hatte sie Rians Gegenwart gespürt.

Wenn sich die Göttin nur öfter beschwören ließe. Wenn sie selbst doch nur ein Zehntel der magischen und psychischen Kräfte besäße, die abergläubische Gemüter ihr unterstellten. In jenen unerforschten Ländern jenseits der Wüsten im Süden, von denen sturmerprobte Seeleute ihr berichtet hatten, mochte es anders sein, doch in Arbonne war die Magie nur sehr schwach ausgeprägt und ihr Einfluß kaum nennenswert. Nur in kleinen Dingen, in Familien- und Herzensangelegenheiten kam sie zum Einsatz: bei der Empfängniskontrolle oder wenn es darum ging, frühzeitig das Geschlecht eines Kindes zu bestimmen – was übrigens nicht immer zuverlässig gelang. Magierinnen konnten Seelenqualen aufspuren und lindern. Sie hatten eine glückliche Hand im Umgang mit Kräutern, Blumen, Früchten, Bäumen und anderen Gaben der Erde. Oft verfügten sie – wie etwa Beatritz, freilich nur hier auf der Insel und auf dem Eiland im Dierne-See und erst, seit sie ihr Augenlicht geopfert hatte – über die Fähigkeit, den Menschen ins Herz zu schauen und festzustellen, wie es um die Liebe und um den Haß bestellt war. Und schließlich verstanden sie sich auf die Heilkunst, wobei sich jedoch vor allem auf die Kräuterkunde und anderes, aus früheren Generationen übernommenes Wissen stützten.

Damit waren die ach so bedrohlichen Kräfte der Priesterinnen auch schon erschöpft. Man hatte bisher nur deshalb den Eindruck erweckt, zu sehr viel mehr imstande zu sein, weil eine gewisse Scheu vor Rians Dienern und ihren nächtlichen Zusammenkünften ein guter Schutz war.

Wenn diese Scheu freilich übermächtig wurde und umschlug in eisiges Grauen, wurde sie selbst zur Gefahr. Galbert de Garsenc, der Großpatriarch des Corannos-Ordens, mußte irgendwann in seiner Vergangenheit diese Grenze überschritten haben. Seiner Angst vor den Frauen von Arbonne, seinem Haß auf Rian und alles, was die Göttin verkörperte, war es zu verdanken, daß jetzt, mitten im Winter, ein zu blinder Mordlust aufgepeitschtes Heer in den Bergen stand. Oder sie bereits überquert hatte, verbesserte sich Beatritz. Das Herz tat ihr weh bei dem Gedanken, und die Angst ließ ihr das Blut gefrieren.

Das Schlimmste war, daß sie nicht wußte, was sie tun sollte. Sie konnte natürlich beten, konnte alle Bewohner der Insel unter der Tempelkuppel versammeln und sie Tag und Nacht Hymnen und Beschwörungen singen lassen, in der Hoffnung, die Göttin zu erweichen und zum Eingreifen zu bewegen. Doch Rian ließ sich nicht zwingen. Das war das älteste, das erste Gesetz; die Göttin war launisch und unbestechlich, und auch der Tod gehörte zu ihrem Reich – ja, er war eine ihrer Inkarnationen. Sie war nicht nur die Mutter und die Braut, sie war auch die Alte, die die Toten auflas.

Nicht ausgeschlossen, daß Rian selbst diese Prüfung über das Land verhängt hatte, um die Menschen für ihre Sünden zu bestrafen und sie zu läutern. Beatritz konnte sich zwar nicht vorstellen, daß diese Sünden so gewaltig sein sollten, aber sie war nur eine Dienerin, und die Wege der Göttin waren unerforschlich. Ihrer Ansicht nach – und sie hielt damit nicht hinter dem Berg – konnte es im heutigen Arbonne keine Sünde, keine Schuld geben, die gerechtfertigt hätte, was vergangenen Herbst den Coranern in ihrem Wachturm unter der Großen Paßstraße oder – in ein und derselben Nacht – den Priesterinnen im Tempel von Aubry widerfahren war.

Das hätte sie auch der heiligen Rian persönlich gesagt. Doch was hätte das schon geändert? Die Eule sträubte ihr Gefieder und holte sie in die Gegenwart zurück. Sie mußte sich Alternativen überlegen, verschiedene Reaktionen, so wie einst ihr Vater, der laut alle vorhandenen Möglichkeiten aufzuzählen pflegte, um sich dann rasch für einen Weg zu entscheiden. Manchmal konnte sie immer noch nicht fassen, daß er tot war, daß ihre Mutter und sie die Last nun allein zu tragen hatten, denn Arbonnes heillos zerstrittener Adel war ihnen keine große Hilfe.

Es gab keinen Erben. Das war schon immer das Problem gewesen, und in seinen letzten Jahren hatte Guibor IV. von Barbentain aus Angst, das Land vollends auseinanderzureißen, nicht mehr gewagt, einen Nachfolger zu bestimmen. Als Aelis, sein jüngstes Kind, bei der Geburt ihres Sohnes auf Miraval gestorben war, hatte er sogar Beatritz bewegen wollen, das Kloster der Göttin wieder zu verlassen. Er hatte die heutigen Schwierigkeiten schon damals vorausgesehen. Sein großer Weitblick war zugleich eine seiner Schwächen gewesen; er hatte immer zu viel auf einmal in die richtigen Bahnen lenken wollen. Deshalb hatte er auch Aelis mit Urté de Miraval verheiratet: der Herzog war ein starker Mann und als einer der mächtigsten Fürsten des Landes die denkbar beste Wahl. Außerdem konnte er es kaum erwarten, Vater zu werden, den Sohn oder die Tochter zu zeugen, die nach Guibors Tod über Arbonne herrschen würden.

Doch dann war Aelis gestorben und – wahrscheinlich – auch ihr Sohn. Absolute Gewißheit gab es darüber nicht, man wußte nur, wen sie ihrem Gemahl auf dem Totenbett als Erzeuger des Kindes genannt hatte. Dieses Geständnis hatte den verhängnisvollen Streit entfacht, der Arbonne seither prägte. Urté war nicht bereit, sich zu dieser Frage zu äußern. Beatritz hatte ihn einmal, etwa ein Jahr nach Aelis' Tod, darauf angesprochen und sich damit die schroffste Abfuhr ihres Lebens eingehandelt. Man hätte den Herzog von Miraval schon der Folter unterziehen müssen, um ihm die Zunge zu lösen. Und auch dann, das war jedem klar, hätte er nicht gesagt, was aus dem Kind geworden war.

Als es nicht einmal Graf Guibor gelingen wollte, die Feindschaft zwischen Talair und Miraval, die Aelis in jener längst vergangenen Nacht begründet hatte, zu beenden oder auch nur in Grenzen zu halten, hatte er nach Alternativen gesucht und Beatritz gedrängt, ihr Priesteramt aufzugeben, nach Barbentain zurückzukehren, sich auf eine Heirat vorzubereiten und ihrerseits ein Kind zur Welt zu bringen.

Damals hatte sie, als erste Priesterin seit vielen Jahren, den letzten Schritt getan und sich in jenem kleinen Tempel in den Bergen von Götzland blenden lassen, um sich unwiderruflich an Rian zu binden. Zwei Jahre später war sie Hohepriesterin geworden und auf die Insel gekommen.

Ihr Vater hatte ihr nie ganz verziehen. Das hatte sie immer geschmerzt, denn sie hatte ihn geliebt. Nicht mit der unsterblichen Leidenschaft ihrer Mutter, auch nicht so wie ihre Schwester Aelis, deren Liebe sich im Kern aus unbestimmten Sehnsüchten zusammensetzte. Dazu hatte Beatritz die Fehler ihres Vaters nur zu gut gekannt und ihn zu genau durchschaut; sie konnte seinen Stolz nachempfinden, auch seinen Ehrgeiz, stets mehrere Pferde in verschiedene Richtungen zu steuern und niemals die Zügel aus der Hand zu geben. Natürlich konnte sie das: teilte sie doch gerade diese Schwäche mit ihm. Sie war und blieb Guibors Kind. Doch ihre Berufung zum Priestertum war echt, die tiefste Erfahrung ihres Lebens, und sie war schon in jungen Jahren erfolgt.

Überraschenderweise hatte ihre Mutter sie verstanden. Die schöne Signe, die ganz Barbentain überstrahlte wie ein Diamant im Fackelschein, hatte stets erstaunlich viel Einfühlungsvermögen bewiesen. Beatritz vermißte sie in dieser Nacht, sah sie im Geiste vor sich in ihrem kalten Schloß, sah, wie sie eben die Schreckensnachricht erhalten hatte und fast zusammenbrach unter der grausamen Erkenntnis, daß sie womöglich die Herrscherin sein würde, unter der Arbonne zugrundeging.

Wieder wurde die Eule unruhig, eine leise Mahnung. Alternativen. Es galt, die Alternativen zu erwägen. Sie könnte selbst nach Norden reisen, könnte die Insel verlassen und damit auf alle prophetischen Kräfte verzichten, um ihrer Mutter und allen, die bei ihr waren, mit den Fähigkeiten und dem Wissen einer gewöhnlichen Sterblichen beizustehen.

Doch sie erkannte mit einem quälenden Gefühl der Hilflosigkeit, daß sie dort nicht gebraucht wurde. Sie konnte in Friedenszeiten Ratschläge geben, sie konnte bei der Vorbereitung kleinerer und größerer Intrigen mitwirken oder Erkenntnisse beisteuern, die ihr eigenes Agentennetz zusammengetragen hatte, doch was verstand sie schon vom Krieg?

So bitter es auch sein mochte, dies war die Zeit der Männer. Welche Ironie des Schicksals. Arbonne sollte seiner Frauen wegen zerstört werden, seiner Göttin wegen, mit der sich der Himmelsgott Corannos die Liebe und die Verehrung der Menschen teilen mußte. Man verfolgte es, weil es von einer Frau regiert wurde, weil es das Minnegericht mit seiner Symbolik und seiner Musik hervorgebracht hatte, und weil Frauen wie Signe und Ariane mit ihrer Anmut und ihrem Charme aller Welt ein Beispiel gaben. Und nun, da mit Schwert und Streitaxt und Feuer das Unheil über das Land hereinbrach, da jede Frau in Arbonne Schreckensbilder von Vergewaltigung und Verbrennung sah, wenn sie nur die Augen schloß, nun mußten doch wieder die Männer die Retter aus höchster Not spielen.

Und obwohl ihr Vater – und seit seinem Tod auch ihre Mutter – sich mehr als zwanzig Jahre lang mit Geduld und List und sogar mit diktatorischen Befehlen bemüht hatte, eine Versöhnung herbeizuführen, trennte Arbonnes mächtigste Männer immer noch dieser abgrundtiefe, verbissene, ewige Haß, der sie niemals aus seinen Klauen ließ und ihnen nicht einmal dann gestattete, an einem Strang zu ziehen, wenn es galt, sich selbst und ihr Land zu retten.

Das alles wußte Beatritz, und deshalb drohte die Verzweiflung sie zu überwältigen. *Das* war die Schwäche im Herzen des heutigen Arbonne, deshalb hatte jeder Angreifer so leichtes Spiel. Nicht, weil eine Frau das Land regierte. Nicht, weil die arbonnesischen Coraner hoffnungslos verweichlicht gewesen wären. Das waren nur Gerüchte, die jeder Grundlage entbehrten. Auch der verderbliche Einfluß der Troubadoure und ihrer Musik hatte nichts damit zu tun – was wäre am Aufblühen dieser Kunst verderblich gewesen? Die tödliche Gefahr, die klaffende Wunde, das waren Talair und Miraval.

Ihre Schwester Aelis, dachte Beatritz, und wieder stieg die alte Bitterkeit in ihr auf, hatte eine Menge Unheil angerichtet.

Der Vorwurf war vermutlich nicht gerecht. Das hatte ihr jedenfalls ihre Mutter im Lauf der Jahre immer und immer wieder vorgehalten. Doch ob gerecht oder nicht, der Gedanke war einfach da und würde sie verfolgen bis zu ihrem Tod. Bis zum letzten Atemzug würde sie Aelis vor sich sehen, schlank, schwarzhaarig, von unbändigem Stolz und einem eisernen Willen erfüllt und niemals bereit, zu verzeihen.

In diesem Punkt war sie wie Bertran, dachte Beatritz. Und wie Urté. Sie hob die Hand, um abermals die unruhige Eule zu streicheln, als eine neue Erkenntnis sie durchzuckte: *Ich bin nicht anders.*

»O Aelis«, murmelte sie. »O Schwester, soll denn in jener Nacht, als dich – mit oder ohne dein Kind – der Tod ereilte, für uns alle das große Sterben begonnen haben?«

Möglich wäre es, dachte sie. Jedes Ereignis schlug Wellen in den schwarzen Gewässern der Zeit und der Welt, und manchmal setzten diese Wellen sich weit fort.

Wieder bewegte sich Brissel, und mit einem Mal grub er seine scharfen Krallen in ihre Schulter. Sie wußte sofort Bescheid: die Göttin war, wie immer ohne jede Vorwarnung, über sie gekommen. Beatritz hielt den Atem an und spürte, wie ihr Herzschlag schneller wurde. Dann legte sich die Unruhe, das Warten wurde belohnt. Vor ihren blinden Augen erschienen Bilder, lösten sich aus den wirbelnden Schwaden des Urnebels vor der Entstehung der Welt.

Zwei Burgen ragten vor ihr auf. Sie erkannte sie sofort. Miraval und Talair – die stolzen Zwillinge, sie waren ihr vertraut, solange sie denken konnte. Gleich darauf ein neues Bild: ein Triumphbogen aus grauer Vorzeit, ein einschüchternder Koloß, über und über bedeckt mit Kriegs- und Eroberungsszenen, als habe der längst vergessene Künstler die Gegenwart vorweggenommen. Und schließlich – Rians Hohepriesterin ließ den Atem ausströmen, bevor ihr vor Liebe das Herz zersprang – schaute sie im Geiste einen See, ein zartes Inselchen in seiner Mitte, drei Rauchsäulen, die schwertergleich in den windstillen Winterhimmel ragten. Ein Baum war das letzte, was sie sah. Dann verschwanden die Bilder, und sie lag wieder im Dunkeln. Nur Brissel auf ihrer Schulter war ihr geblieben.

So war es immer, es kam, und es ging, man konnte es weder zwingen, noch herbeiflehen. Manchmal entsann sich die Göttin aus einer Laune heraus ihrer Kinder, um sie dann wieder für lange Zeit zu vergessen. Sie überschüttete die Menschen mit ihren Gaben wie im Frühling mit Regen, oder sie wandte sich ab und rührte keine Hand, wenn Eis und Feuer über sie hereinbrachen. Sie hatte viele Gesichter, ein lachendes Antlitz und eines voller Sinnlichkeit, sie war die gütige Mutter und die unbarmherzige Richterin. In Arbonne verehrte man Corannos als den gnädigeren Gott, streng, aber auf das Wohl der Menschen bedacht. Rian duldete und liebte die Sterblichen, aber sie konnte auch so grausam sein wie die Natur, während der Gott seine irdischen Kinder nicht vergaß und ihrer Leiden stets eingedenk war. So wurde es in Arbonne seit Generationen gelehrt.

Die Lehren waren nicht überall gleich. In Gorhaut zum Beispiel predigte man ganz andere Dinge.

Beatritz sah ein, daß sie hierbleiben mußte. Nur auf der Insel würde ihr die Göttin gelegentlich einen Blick in die Zukunft gestatten. Noch in dieser Nacht mußte eine Botschaft nach Barbentain abgehen. Die beiden jungen Troubadoure, die hier überwinterten, konnten ihr als Boten dienen. Sie würden ihr die Bitte nicht abschlagen; Männer wie sie versteckten sich nicht im Meer, wenn von Norden Tod und Verderben kamen. Sie würde der Gräfin eine Warnung schicken. Alle sollten erfahren, wo die Auseinandersetzung ihren Höhepunkt erreichen würde.

Die Vision hatte ihr den Ort gezeigt: vor dem kleinen Eiland im Dierne-See, beim Triumphbogen, zwischen den beiden Burgen würde die entscheidende Schlacht stattfinden.

Natürlich, dachte sie. Sie fühlte sich innerlich leer, wie immer, nachdem Rian über sie gekommen war. Wo denn auch sonst? Eine alte Wunde begann zu pochen. *Ich hätte es mir denken können. Dort hat es ja auch begonnen.*

Beatritz de Barbentain war eine weise und nicht mehr junge Frau und hatte viel Erfahrung mit dem Spiel der Kräfte in der Welt. Sie hatte sich an ihre Blindheit und an die Einblicke gewöhnt, die diese ihr bisweilen gewährte. Im Grunde war sie mit Rians Wirken mehr vertraut, als sie sich selbst eingestehen wollte, denn sie hatte sich – ein Wesenszug ihrer Familie, seit Generationen vererbt – noch nie mit dem zufriedengegeben, was sie hatte. Es mochte lange Pausen zwischen den Visionen geben, doch die Göttin hatte sich nie völlig von ihr abgewandt. Beatritz wußte viel, immer wieder taten sich – wie eben – Risse in der Zeit vor ihr auf, die allen anderen sterblichen Kindern Corannos' und Rians verborgen blieben, ihr aber einen Blick in die Zukunft erlaubten.

Andererseits gab es manches, was auch die Hohepriesterin auf ihrer Insel nicht wußte und nie gewußt hatte, manches, was gleich einer Welle aus der Vergangenheit herüberschwappte und die Zukunft wie die Gegenwart beeinflußte. Und das war gut so, denn Schwüre am Totenbett waren heilig in Arbonne.

* * *

Als das gorhautische Kreuzfahrerheer den verschneiten Paß endlich hinter sich und die Grenze zu Arbonne überschritten hat, läßt sein geistlicher Führer auf einem Hochplateau haltmachen, alle Mann knien in voller Rüstung nieder und lauschen dem Dankgebet des Großpatriarchen an den Gott.

Sie haben den Paß mit einer Leichtigkeit überwunden, die sie mit Stolz erfüllt und zugleich beschämt. Nur ein paar hundert Mann wurden mit ihren Pferden Opfer der Kälte, der gefährlich vereisten Pfade und der – erstaunlicherweise – einzige Lawine, die weniger als eine Bogenschußweite vom Hauptheer entfernt herabdonnerte und nur die Nachhut so jäh in den weißen Tod riß, daß sich ein Begräbnis erübrigte.

Es hätte viel schlimmer kommen können – ja, kommen *müssen*, denn im Grunde ist es doch der schiere Wahnwitz, mit einem ganzen Heer im Winter über die Berge zu ziehen, nur um die Überraschung auf seiner Seite zu haben. Der Großpatriarch, der jetzt neben dem hünenhaften König auf einem kleinen Hügel steht und zu den Männern spricht, ist selbst nur knapp dem Tod entronnen. In einer Hand hält er einen Pfeil, und der rote Verband an seinem linken Arm hebt sich von der blauen Robe und dem weißen Schnee besonders deutlich ab. Trotz seiner Verwundung ist er ihnen ganz allein nachgeritten und hat sie auf der Paßstraße eingeholt – eine Tollkühnheit ohnegleichen, das ist hier jedem klar. Tollkühn jedenfalls dann, wenn man sich nicht voll und ganz auf Corannos verlassen kann, wenn man nicht – wie es ja bei Galbert de Garsenc, dem Großpatriarchen von Gorhaut so eindeutig der Fall ist – den Segen und den Schutz des Gottes genießt. Woraus folgt, daß auch alle, die Galbert begleiten, zu den Gesegneten gehören, zu den Auserwählten, zur Elite, zur Streitmacht des Gottes Corannos.

Das beteuert jedenfalls Galbert, als das Gebet zu Ende ist und alle sich erheben. Und er hält dazu den arbonnesischen Pfeil in die Höhe, auf daß alle ihn sehen können. Es ist der Pfeil eines Feiglings, ruft er, denn er wurde nicht etwa im Krieg abgeschossen, sondern hätte den Großpatriarchen um ein Haar in seiner eigenen Burg getötet. Der Gott ist mit uns, versichert er ihnen, wir sind sein Arm, sein Werkzeug.

Es fällt schwer, sich diesen Parolen zu entziehen, und in diesem Moment, unter den Augen des Königs, neigt ohnehin kein gorhautischer Soldat zum Zynismus oder zur Skepsis. Wie durch ein Wunder ist ihnen mitten im Winter die Überquerung des Gebirges gelungen, und nun liegt, schön wie ein Traum, unter strahlend blauem Himmel das Land der Verheißung vor ihnen.

Doch bevor sie es in Besitz nehmen können, muß die Züchtigung vollzogen werden. Sie sind die Hämmer des Gottes, verkündet der Großpatriarch. Arbonnes Dörfer, seine Tempel und die verkommenen, unreinen Weiber, die darin hausen, sind die Ambosse, sie müssen mit heiligen Schlägen geläutert werden.

Zuerst sind die Tempel an der Reihe, danach kommen die Burgen, verspricht er. Alles wird ihnen zufallen, solange sie nur ihrem großen König folgen. Arbonnes Männer sind feige, sie werden von Weibern beherrscht und lassen sich von ihren eigenen Musikanten und den niedrigsten Dienstboten zu Hahnreien machen. Was, so ruft Galbert de Garsenc, was werden diese Weichlinge wohl tun, wenn Gorhauts streitbare Heerscharen, durchdrungen von der Kraft des Gottes, über sie hereinbrechen?

Er beantwortet die Frage selbst. Sterben werden sie, schreit er, und ein Aufschrei voll Ungeduld und Erregung entringt sich dem Heer. Sterben werden sie, die feigen Ketzer, und wenn diese Schlacht geschlagen ist, wenn der heilige Corannos in diesem Lande wieder so verehrt wird, wie es sich geziemt, dann wird sich erweisen, daß Gorhauts Männer der überreichen Gnade des Gottes würdig sind. Dann wird alle Welt ihren Wert erkennen. Dann werden die grünen, sonnenbeschienenen Täler, die Weingärten, die Burgen und die Getreidefelder, die reichen Städte, die Häfen und das große Meer – dann wird das alles wahrhaft Gorhaut gehören, ein Geschenk des Gottes Corannos an sein Volk.

»Wollt Ihr, daß es so kommt?« ruft er laut. Der Wind trägt seine herrliche Stimme hinab zu der lauschenden Menge.

Und die Soldaten antworten genau so, wie er es erwartet, inbrünstig, leidenschaftlich, wie aus einem Munde.

Dann reitet der König vom Hügel herab, der Großpatriarch bleibt an seiner Seite und hält weiterhin den Pfeil in die Höhe. Gemeinsam setzen sich die beiden imposanten Gestalten streng und majestätisch an die Spitze des Heeres. Nicht weit dahinter, aber doch in gebührendem Abstand, reitet der edle Borsiard d'Andoria mit seiner Kompanie. Die Anwesenheit des Portezzaners beweist, so hat man dem Heer erklärt, daß nicht nur der Gott in diesem Kampf gegen den finsteren Irrglauben auf Gorhauts Seite steht, sondern auch alle Länder dieser Welt.

König Ademar hebt die Hand, und Gorhauts Trompeten schmettern das Signal zum Aufbruch in die kühle, reine Luft. Schwärme von Vögeln ziehen im Sonnenschein über den Himmel. Auf den steilen Südhängen wächst saftiggrünes Wintergras. In einiger Entfernung leuchtet blau der Fluß, den die meisten Soldaten noch nie gesehen haben. An den Stromschnellen bricht sich weiß schäumend das Wasser, danach rauscht es weiter in tiefem Blau dem fernen Meer entgegen. Bald werden die Hafenstädte an diesem Meer ihnen gehören. Man hat es ihnen versprochen. Gott ist mit ihnen.

So marschiert das riesige, gorhautische Invasionsheer südwärts, mit blitzenden Rüstungen, die Lanzen gen Himmel gereckt. Am gleichen Tag noch passiert die Vorhut das zerstörte und verlassene Aubry und erreicht das Nachbardorf. Und nun beginnt mit Schwert, Streitaxt und Feuer, unter dem Wehgeschrei der verkommenen Weiber und ihrer seelenlosen Ketzerbälger und während die feigen Männer – Bauern, Knechte, Handwerker, keiner hat Mumm in den Knochen – verzweifelt um Gnade flehen, die Züchtigung von Arbonne.

Gott ist mit seinen Streitern. Nach der grauen Kälte in den Bergen, die sie auf so wundersame Weise bezwungen haben, glauben sie im warmen Schein seiner heiligen Sonne seine Gnade förmlich zu spüren. Wohin sie auch kommen, überall ist es hell, das Land erstrahlt geradezu zu ihrem Empfang.

Sie sind Corannos' Hämmer, die Geißel der Ketzer; jeder einzelne weiß es jetzt, und so singen sie aus voller Kehle, während sie töten.

Arbonne soll Gorhauts Schlachtgesänge kennenlernen. Arbonne soll aufhorchen, wenn die tapferen Männer, die aufrechten Krieger des Nordens, begleitet vom Prasseln der Feuer, ihre Lieder singen.

* * *

»Sie haben es nicht eilig«, stellte die Gräfin im Ratssaal grimmig fest. »Sie warten, bis wir aus der Deckung kommen.« Seit der ersten Feuersbrunst in diesem Krieg waren vier Tage vergangen. Allen Berichten zufolge zog das gorhautische Heer langsam nach Süden und ließ eine breite Spur der Verwüstung hinter sich.

»Sie überfallen jedes Dorf, brennen jeden Tempel nieder«, fuhr sie fort. Rosala – sie saß auf einer Bank und hatte die Hände im Schoß gefaltet – hörte voll Bewunderung wie beherrscht ihre Stimme klang. Sie kannte Signe inzwischen gut genug, um abschätzen zu können, wie schwer dieser nüchterne Tonfall erkämpft war. Etwa zwanzig Männer und Frauen waren im Raum, alle waren sie von der Gräfin nach Barbentain gerufen worden. »Sie denken nicht daran, unsere Burgen und Städte zu belagern«, fuhr Signe fort. »Nicht jetzt im Winter, wo die Versorgungsprobleme besonders groß sind.«

»Das stimmt leider nicht ganz, Euer Gnaden. Ich fürchte, die Versorgung ist kein Problem«, sagte Urté de Miraval düster. Er lehnte, plump und bedrohlich wie ein Bär in seiner dunkelgrünen, pelzgefütterten Tracht, am Sims des größeren Kamins. »Meinen jüngsten Informationen zufolge hat Gorhaut die Gelder aus Valensa, die Unsummen, die es für die Abtretung der Nordmark erhalten hat, dafür verwendet, von Götzland aus eine durchgehende Nachschublinie einzurichten. Wenn unsere Bauern sich weiter in die Städte und auf die Burgen flüchten, droht uns früher eine Hungersnot als den Soldaten. Vielleicht sollten wir einen Angriff auf den Nachschub in Erwägung ziehen.«

»Das wird nicht nötig sein«, wehrte Bertran de Talair verächtlich ab. Er stand an der gegenüberliegenden Wand. Rosala drehte sich um und sah ihn an.

Er war erst am Vorabend eingetroffen, zusammen mit Blaise und dessen Söldnern, sowie mit achthundert Bewaffneten aus Gorhaut. Diese neue Entwicklung hatte die Ratsversammlung bisher ebenso wenig verarbeitet wie die Tatsache, daß Herzog Fulk de Savaric an dieser Lagebesprechung teilnahm. Auch Rosala fiel es, freilich aus anderen Gründen, schwer, sich damit abzufinden. Jedesmal, wenn sie ihren Bruder ansah, drohte sie in einer Welle von Stolz, Angst und fassungslosem Staunen zu ertrinken. Zu einem Gespräch unter vier Augen hatten sie bisher noch keine Gelegenheit gefunden.

»Eure Begründung würde mich brennend interessieren.« Urté warf seinem Erzfeind einen haßerfüllten Blick zu. »Haben sich die militärischen Strategien in den letzten Jahren denn so grundlegend geändert?«

»Das wohl kaum.« Bertran – er trug seinen unscheinbaren, braunen Barchentanzug – wandte sich von Miraval ab und sah die Gräfin an. »Euer Gnaden werden sich erinnern, daß ich während des Marktes von Lussan Gespräche mit König Daufridi von Valensa führte.« Er hielt inne. Im Saal wurde es unruhig; davon hatten die meisten Anwesenden nichts gewußt. Bertran achtete nicht darauf. »Diese Gespräche brachten keinen durchschlagenden Erfolg, aber sie waren auch nicht gänzlich fruchtlos. Daufridi hat Jörg von Götzland davon überzeugt, daß eine rasche Zerstörung Arbonnes nicht im Interesse ihrer beiden Länder liege. Sie werden nicht so weit gehen, uns Militärhilfe zu leisten, aber der versprochene Nachschub aus dem Osten wird, wie ich erfahren habe, mit bedauerlicher Verspätung eintreffen, und wenn die Lebensmittel das gorhautische Heer erreichen, werden sie von erbärmlich schlechter Qualität, ja großenteils ungenießbar sein. König Jörg wird sich bei Ademar natürlich vielmals dafür entschuldigen. Er wird versprechen, der Sache auf den Grund zu gehen, und er wird ihm das Angebot machen, einen Teil des erhaltenen Geldes zurückzuerstatten. Es ist immer hilfreich«, fügte er hinzu, ohne eine Miene zu verziehen, »in Kriegszeiten aktuelle Informationen zu haben.«

»Noch hilfreicher wäre es«, bemerkte die Gräfin von Arbonne, »wenn unsere Heerführer ihre Informationen miteinander teilten und auch uns auf dem laufenden hielten.«

Bertran ließ sich nicht einschüchtern, obwohl die Gräfin, was sie nur selten tat, ihre Ermahnung im majestätischen ›wir‹ abgefaßt hatte. »Ich fand die Bestätigung aus Valensa erst letzte Nacht bei meiner Ankunft vor«, rechtfertigte er sich sanft. »Eigentlich hätte ich erwartet, daß meine Gräfin und die hier Versammelten meine Bemühungen anerkennen würden, anstatt mich zu verurteilen.«

»Nun spreizt Euch doch nicht wie ein Pfau!« knurrte Urté de Miraval. Rosala verglich die Aufmachung der beiden Männer und hätte fast gelächelt, doch das wäre im Moment völlig fehl am Platze gewesen. »Mehr als doppelt so viele Soldaten, wie wir aufzubieten vermögen, ziehen sengend und brennend durch Arbonne«, fauchte Urté und funkelte Bertran aufgebracht an. »Und Ihr hascht nach Lob wie ein eitles Kind und brüstet Euch mit kleinen, diplomatischen Erfolgen.«

»Es ist nur ein kleiner Erfolg – ich habe von Anfang an nichts anderes behauptet, wenn Ihr Euch freundlicherweise daran erinnern wollt –, aber vielleicht habt Ihr in der gleichen

Zeit ja mehr erreicht?« Bertran heftete seine harten, blauen Augen auf Urté, und diesmal wandte keiner von beiden den Blick ab. Rosala spürte, wie der Haß gleich einem eisigen Winterhauch durch den Saal strich.

»Es wäre mir sehr angenehm«, fuhr Bertran in äußerst unangenehmem Ton fort, »wenn meine Bemühungen um Valensa reichere Früchte getragen hätten, aber wer wollte es Daufridi und den Götzländern verdenken, wenn sie Vorsicht walten lassen? Vielleicht wäre das auch gewissen arbonnesischen Adeligen zu empfehlen, die im vergangenen Jahr offenbar hauptsächlich damit beschäftigt waren, diverse Mordanschläge auf einen Freund und Verbündeten zu unterstützen, wenn nicht gar zu veranlassen.«

Als Blaise daraufhin vortrat, sah sich Rosala unerwartet wieder in jene Nacht in Lucianna Delonghis Schlafgemach zurückversetzt. »Ich denke, das genügt«, sagte er leise zu Bertran. »Wenn wir ewig auf den alten Wegen wandeln, kommen wir nie ans Ziel.« Das klang erstaunlich bestimmt, dachte Rosala, der kurze Ausflug in den Norden hatte ihn verändert. Rudel Correze hatte ihr erzählt, daß er auf Garsenc mit seinem Vater und mit Ranald zusammengetroffen war. Der eine war entkommen, den anderen hatte Blaise laufen lassen. Sie hätte gern genauer gewußt, was sich abgespielt hatte.

»Wirklich? Genügt es wirklich?« Bertran de Talair ließ endlich ab von Urté de Miraval. »Ich bin untröstlich. Du mußt mir verzeihen. Dieser Hang zur Übertreibung ist ein großer Fehler von mir.« Der Spott brannte wie Säure, aber Rosala fiel auf, daß er nicht widersprach und das Thema auch nicht weiterverfolgte. Blaise sah ihn noch einen Moment lang an, sagte aber nichts mehr.

»Wir verzeihen derzeit so gut wie alles, wir haben schließlich keine andere Wahl.« Damit zog die Gräfin abermals die Aufmerksamkeit auf sich. Alles wandte sich ihr zu. Signe hatte die Hände um eine der kleinen Wärmekugeln aus Metall geschlossen, die bei ihren Damen so beliebt waren. Nun ließ sie bewußt ein paar Sekunden verstreichen, bevor sie fortfuhr: »Die Gefahr ist groß, und wir bedürfen dringend Eurer Hilfe, Edler von Talair, trotz Eurer … Fehler. Deshalb haben wir uns nach reiflicher Überlegung entschlossen, Euch für die Dauer dieses Krieges den Oberbefehl über unsere gesamte Streitmacht zu übertragen. Hiermit legen wir die Souveränität Arbonnes und das Schicksal unserer Kinder in Eure Hände.«

Rosala schloß kurz die Augen. Cadar war oben bei seiner Amme. Ob Fulk ihn wohl sehen wollte? ging es ihr plötzlich durch den Kopf. Vermutlich nicht. Sie schaute auf. Signe hatte abermals innegehalten, um den Herzog mit ihren vielgepriesenen Augen fest anzusehen. Nun fuhr sie in ganz anderem Ton fort:

»Bertran, ich sollte vielleicht nicht sagen: ›Enttäusche mich nicht‹, denn ich weiß, mit welcher Übermacht Ademar von Gorhaut zu uns kommt, aber ich sage es dennoch, denn wenn du versagst, sind wir verloren, dann fegt eine gewaltige Feuersbrunst über uns hinweg und legt alles in Schutt und Asche.«

»Nein. Das könnt Ihr mir nicht antun!« Urté de Miravals heiserer Aufschrei zerriß die tödliche Stille, die auf die Worte der Gräfin gefolgt war. Der Herzog war in heftiger Erregung und sichtlich betroffen.

Er stieß sich vom Kamin ab, näherte sich mit schweren Schritten der Gräfin und fiel vor ihr auf die Knie: »Ich werfe mich vor Euch in den Staub, Herrin«, rief er. »Ich bitte nicht, ich flehe Euch an. Tut das nicht. Bringt mich *nicht* in diese Situation. Erhört mein Flehen, Euer Gnaden. Ich will nicht unter ihm dienen: ich kann es nicht. Ihr *wißt*, daß ich es nicht kann. Denkt an Arbonne, denkt an Euren seligen Gemahl, und wenn Ihr nur die geringste Achtung vor meinem Namen habt, dann wählt einen anderen Führer! Nicht unbedingt mich, auf keinen Fall mich, sonst bringt Ihr de Talair in die gleiche Lage – aber wählt einen anderen, Gräfin, wenn Ihr mich nicht zerbrechen wollt.« Das fleischige, immer noch faltenlose Gesicht unter dem kurzgeschorenen, grauen Haar zuckte gequält.

Signe de Barbentains Züge waren dagegen förmlich versteinert. Bei aller Schönheit unerbittlich, sah sie auf den knienden Herzog hinab. »Ist Euch jemals aufgefallen«, fragte sie mit eisklarer Stimme, »daß Ihr Euch alle beide wie kleine Kinder benehmt?« Sie holte tief Atem, und Rosala zog unwillkürlich den

Kopf ein, denn sie wußte, was jetzt kommen würde. Und sie irrte sich nicht.

»Auch meine Tochter Aelis«, sagte die Gräfin von Arbonne bedächtig, »war eigensinnig und stolz wie ein Kind, als sie starb. Doch seither sind, im Namen unserer heiligsten Göttin, dreiundzwanzig *Jahre* vergangen! Warum wollt Ihr das denn nicht begreifen!« Rosala sah Urté zusammenzucken, als der Name fiel; Bertran drehte den Kopf zur Seite. Ohne darauf zu achten, sprach Signe weiter, ließ ihre Worte herabsausen wie Hammerschläge. »Sie hat Urté mit Bertran betrogen. Wir wissen es alle. Sie hat einen Sohn geboren, der nicht von ihrem Ehemann stammte, und das hat sie ihm gesagt. Auch das wissen wir. Es war eine ungeheuerliche Torheit. Das Kind starb oder auch nicht. Meine Tochter starb. Das ist eine alte Geschichte. Habt Ihr mich alle beide verstanden? *Es ist eine alte Geschichte.* Laßt sie ruhen! Aelis liegt in ihrem Grab, mit oder ohne Kind, aber ich werde nicht zulassen, daß man Arbonne mit ihr begräbt, und ich will mich nicht in dem Labyrinth verirren, das Ihr aus dieser Geschichte gemacht habt! Die Sache ist vorbei! Sie *muß* vorbei sein. Um keine Mißverständnisse aufkommen zu lassen, ich übergebe den Oberbefehl heute morgen an einen Mann, der Gorhaut besser versteht als jeder andere hier, und dem Blaise de Garsenc und Fulk de Savaric zur Seite stehen. Ich bleibe bei meiner Entscheidung. Schal gewordene, immer wieder breitgetretene Gefühle aus längst vergangenen Tagen werden sie nicht umstoßen, Edler von Miraval.«

Schweigen. Die Ruhe nach dem Sturm. Und endlich, leise und vorsichtig, ganz ungewohnt schüchtern, die Stimme Bertran de Talairs: »Euer Gnaden, ich bin mir durchaus bewußt, wie sehr Ihr mich mit diesem Angebot ehrt. Doch ich versichere Euch, daß es mir nicht schwerfiele, einem anderen Platz zu machen, sollte das helfen ... die Spannungen abzubauen. Ich würde mich mit Freuden Herzog Thierrys Befehl unterstellen oder Eurem Bruder von Malmont, wenn Ihr das vorzieht.«

»Ich ziehe *gar nichts* vor!« Signes Stimme war schrill geworden. »Das ist keine Bitte, Bertran, das ist ein Befehl! Solltest du ihn verweigern, so betrachte ich das als Landesverrat in

Kriegszeiten und werde die entsprechenden Maßnahmen ergreifen!«

»Herrin!« Ariane de Carenzus Wangen glühten. »Euer Gnaden, in diesem Fall ...« Die Gräfin winkte gebieterisch ab, und Ariane verstummte.

Signe hatte sie nicht einmal angesehen. Ihr Blick ruhte noch immer auf Bertran de Talair, schien ihn zum Widerspruch herausfordern zu wollen. »Ihr werdet den Oberbefehl über die Streitkräfte übernehmen«, sagte sie knapp. »Das ist ein Befehl.« Und dann, sehr deutlich und jedes Wort betonend: *»Enttäusche mich nicht!«*

Urté de Miraval stand langsam und schwerfällig auf. Der Anblick legte sich wie eine Zentnerlast auf Rosalas Seele. Es ging hier nicht um ihre Geschichte, nicht um ihr Land, dennoch konnte sie vorhersehen, was nun kam und was es bedeutete. Der ganze Saal, alle, die sich hier auf Barbentain versammelt hatten, waren in einem unzerreißbaren, schwarzen Netz gefangen, das vor langer Zeit geknüpft worden war.

»Dann werden Miravals Männer nicht zu diesen Streitkräften gehören.« Urté sprach mit einem feierlichen Ernst, der unnatürlich wirkte, aber doch genau auf Signes Haltung abgestimmt war. »Und das, Gräfin, habt Ihr ganz allein zu verantworten. Ihr habt sehr offen über die Toten gesprochen, aber Ihr hättet bedenken sollen, daß ich in diesem Saal der einzige bin, den Ihr mit einem gewissen Recht als Euren Sohn bezeichnen könntet.« Damit machte er auf dem Absatz kehrt und schritt zur Tür.

»Wartet, Herzogliche Gnaden!« rief Thierry de Carenzu.

Urté drehte sich nicht um. Er öffnete die Tür, schritt hindurch und schlug sie so heftig hinter sich zu, daß es im ganzen Saal widerhallte.

Echos, dachte Rosala und schluckte. Echos aus der Vergangenheit, die nun die Gegenwart zu zerstören drohten. Sie sah sich um. In allen Gesichtern spiegelte sich mehr oder weniger tiefe Besorgnis. Nur die Gräfin schien davon unberührt, nur Signe waren weder Ängste noch Zweifel anzumerken.

»Wie viele Männer gehen uns damit verloren?« Das war Fulk, der bisher kein Wort gesprochen hatte. Ihr Bruder ging das Problem natürlich von seiner prosaischsten Seite an.

»Etwas mehr als fünfzehnhundert. Und fast alle gut ausgebildet.« Thierry de Carenzu, der einzige, der wenigstens versucht hatte, Urté zurückzuhalten, gab die Antwort. Eine große Zahl. Rosala war inzwischen lange genug in Arbonne, um den Grund dafür zu kennen: zwei von erbitterten Feindseligkeiten geprägte Jahrzehnte hatten jeden der beiden Herzöge bewogen, sich mit einer umfangreichen Leibgarde zu umgeben. Die Hälfte dieser Männer hatte das Land nun wegen eben dieser Feindschaft eingebüßt.

»Ich verstehe«, sagte Fulk leise. Es war nicht die Art ihres Bruders, seine Gedanken ausführlich darzulegen, und in diesem Fall wäre ohnehin jedes weitere Wort überflüssig gewesen. Jeder der Anwesenden wußte, wie Urtés Absage sich auswirken würde. »Werdet Ihr ihn gefangennehmen lassen?« fragte Fulk.

Niemand antwortete. Bertran starrte sichtlich erschüttert aus dem Fenster. Rosala sah, daß Roban, der Kanzler, an der Mauer lehnte, als könne er sich nicht mehr auf den Beinen halten. Er war kreidebleich geworden, die meisten anderen ebenfalls. Nur die Gräfin, eine kleine, aufrechte Gestalt, bewahrte unerschütterlich Haltung.

Rosala räusperte sich. »Wird er sich wirklich fernhalten?« fragte sie. Sie konnte es nicht glauben, doch zugleich erschien es ihr erschreckend unvermeidlich. Seltsamerweise hatte sie sich an Ariane de Carenzu gewandt.

Auch Ariane war blaß geworden. Ihre sonst so knappe, befehlsgewohnte Stimme klang dünn, als sie antwortete: »Ich fürchte ja. Hoffentlich läßt er es dabei bewenden.«

»Das ist ungerecht!« fuhr ihr Gemahl heftig dazwischen und schüttelte den Kopf. »Er ist kein Verräter.«

»Nein?« Das war wieder Blaise. Die neue Autorität in seiner Stimme war noch immer ein wenig verwirrend. »Wie würdet Ihr denn einen Mann bezeichnen, der sich so verhält, wie er es eben getan hat? Auch ohne zu wissen, was noch nachkommt?«

Die Frage war hart, aber berechtigt. Im Grunde hatte auch Fulk sie gestellt. Die Antwort war ganz einfach: ein solcher Mann war nichts anderes als ein Verräter.

Rosala wandte sich ihrem Bruder zu. Zum ersten Mal an diesem Morgen ruhte sein Blick auf ihr, und auch in seinen Augen, den ihren zum Verwechseln ähnlich, stand diese Antwort. In Gorhaut, dachte sie plötzlich, hätte Urté de Miraval diesen Raum niemals lebend verlassen.

Der Gedanke erschreckte sie zutiefst. Zum ersten Mal bekam sie einen Eindruck davon, wie hoch der Preis für Arbonnes Freiheiten und seine schlichte Vornehmheit tatsächlich war.

Wieviel von diesem Preis würde wohl erst noch fällig werden?

Später sollte sie sich daran erinnern, daß genau in diesem Moment an die Tür geklopft wurde und die Gardisten zwei erschöpfte, mit Straßenstaub bedeckte Troubadoure einließen, einen blonden und einen mit dunklem Haar. Sie brachten eine Botschaft von Rians Insel im Meer: Die Göttin habe der Hohenpriesterin eine Vision geschickt. Die Schlacht würde am Dierne-See stattfinden.

Kapitel 17

Am selben Morgen brachte ein anderer Bote die gleiche Nachricht auf das Eiland im See. Lisseut, die nun doch – ob es klug war oder nicht, würde sich zeigen – darauf verzichtet hatte, den Winter zu Hause bei ihrer Mutter zu verbringen, erfuhr die Neuigkeiten auf dem Weg zum Speisesaal, wo sie frühstücken wollte.

Die Überraschung war nicht allzu groß. Man rechnete ohnehin damit, daß das gorhautische Heer hierher kommen würde. Das Eiland war Rians wichtigstes Heiligtum im nördlichen Arbonne, und daß Gorhauts Krieger sich auf einem Kreuzzug im Namen des Gottes befanden, war allgemein bekannt. Daß Corannos auch hier verehrt wurde, spielte dabei keine Rolle. Warum, dachte Lisseut bitter, lägen sonst überall Priesterinnen, Kinder und sämtliche Männer, die versucht hatten, sie zu verteidigen, als verkohlte Leichen herum?

Sie entfernte sich ein paar Schritte von den aufgeregt schwatzenden Priestern und Priesterinnen. Auf der kleinen Insel ein ungestörtes Plätzchen zu finden, war nicht leicht, dabei hatte sie – vielleicht etwas ungewöhnlich für jemanden, der seine ganze Jugend in der so ganz auf Geselligkeit ausgerichteten Welt der Troubadoure verbracht hatte – neuerdings ein starkes Bedürfnis nach Einsamkeit. Genauer gesagt seit jener Nacht, als sie Blaise von Gorhaut mit Wiegenliedern in den Schlaf gesungen und dann sein Zimmer verlassen hatte, um mit Alain in ihren Gasthof zurückzukehren. Inzwischen hatte sich der Aufruhr der Gefühle gelegt, der scharfe Schmerz war abgeklungen. Der Winter hatte allem ein Ende gesetzt. Wenn ein Stein ins Wasser fällt, spritzt es zunächst, hatte sie gedacht, als sie im Spätherbst, am Tag ihrer Ankunft hier am Ufer gestanden hatte, doch dann sinkt er lautlos auf den tiefen Grund des Sees hinab. So erging es auch ihr – so *war* es ihr jedenfalls ergangen, bis der Krieg ausbrach und die Schreckensmeldungen von Tod und Feuersbrünsten sich häuften. Seither hatten alle persönlichen Probleme an Bedeutung verloren und waren in den Hintergrund getreten.

Versonnen schweifte ihr Blick über den windgepeitschten Dierne-See, vorbei an Talairs honiggelben Mauern am Nordufer und weiter über das grasbewachsene Tal und die winterlich kahlen Weingärten bis zum Wald am Horizont. Irgendwo da draußen näherte sich ein Heer mit Streitäxten, Schwertern, brennenden Fackeln und schwankenden Spießen, auf denen abgehackte Köpfe steckten. Die Überlebenden, die vor Gorhauts Wut nach Süden flüchteten, brachten solche Schauergeschichten mit.

Lisseut schob die Hände unter die Weste, die Ariane ihr damals auf Carenzu geschenkt hatte. Es war ein kalter Tag, klar wie ein Diamant. Ein steifer Wind trieb die drei Rauchsäulen genau nach Süden. Die Luft war frisch und rein, man konnte weit in die Ferne schauen. Im Westen zeichnete sich der Triumphbogen der Alten am Ende seiner Ulmenallee deutlich ab. Lisseut haßte diesen Bogen, seit sie ihn vor Jahren zum ersten Mal gesehen hatte: zu bedrückend war seine Ausstrahlung, zu deutlich hatte der Bildhauer – ein Künstler, gewiß – die Botschaft seiner Auftraggeber verkündet. Nun gemahnte der Koloß sie Tag für Tag an das kommende Unheil.

Zu Hause wäre sie sicherer gewesen. Bis das Invasionsheer Vezét erreichte, würde noch viel Zeit vergehen, und wenn es wirklich dazu käme, könnte man immer noch ein Schiff besteigen. In Portezza oder Arimonda stünden einem bekannten Joglar alle Türen offen.

Doch diese Möglichkeit hatte Lisseut nicht einmal ernsthaft in Erwägung gezogen. Selbst als sie erkannte, daß sie und Alain dem Tod geradewegs in die Arme gelaufen waren, als sie der an sich schmeichelhaften Einladung folgten, auf Rians Eiland zu überwintern, hatte es keinen Zweifel gegeben: sie würde bleiben.

Niemand hatte je danach gefragt, aber sie hätte ihren Entschluß sogar begründen können. Am stärksten hatte wohl Ramirs Lied auf dem Herbstmarkt in Lussan ihre Haltung geprägt. Wenn sie in diesen schlimmen Zeiten überhaupt zu etwas berufen war, dann gewiß nicht dazu, sich im Süden an der Küste zu verkriechen oder übers Meer zu flüchten. Doch einen gewissen Einfluß mochte auch jener Stein haben, der ihr Herz getroffen hatte und nun lautlos wie durch dunkle, stille Wasser in die Tiefe sank. Das hätte sie auch ohne weiteres zugegeben; sich selbst gegenüber war sie im allgemeinen ehrlich, und der schlimmste Schmerz schien ohnehin überwunden zu sein. Seit dem Markt von Lussan waren Monate vergangen; sie wußte nicht einmal, wo Blaise sich jetzt aufhielt. In Gedanken nannte sie ihn inzwischen bei seinem Namen. Warum denn auch nicht?

Auch Alain war auf der Insel geblieben. Sie hatte nichts anderes erwartet. Der kleine Troubadour stieg täglich mehr in ihrer Achtung. Seit neuestem ruderte er jeden Nachmittag nach Talair hinüber, um an den Fechtübungen der dortigen Coraner teilzunehmen. Allzu geschickt stellte er sich nicht an. Lisseut hatte ihm einmal zugesehen, und seither lasteten düstere Vorahnungen wie ein zweiter Stein auf ihrer Seele.

Auch als sie jetzt über die Schaumkronen hinweg unverwandt auf den steinernen Bogen am Westufer starrte und sich bemühte, die Botschaft der Hohenpriesterin innerlich zu bewältigen, sah sie die Zukunft in den schwärzesten Farben.

»Was meint Ihr, werden sie auch einen Triumphbogen errichten, wenn sie uns alle vernichtet haben?«

Sie hatte Rinette nicht kommen hören. Nicht gerade begeistert – sie wußte noch nicht so recht, was sie von dieser jungen Priesterin und ihrer kühlen, überheblichen Art zu halten hatte – drehte Lisseut sich um.

Wieder einmal war es die Eule, die sie nachdenklich stimmte. Nur die Hohepriesterinnen der verschiedenen Tempel und die Postulantinnen, die man zu ihren Nachfolgerinnen ausbildete, durften einen solchen Vogel auf der Schulter tragen. Rinette war jung, nicht älter als Lisseut selbst, man hatte sie also schon sehr früh zur nächsten Hohenpriesterin auf Rians Eiland bestimmt. Sobald sie das Amt antrat, würde sie unter den Dienern der Göttin in Arbonne an zweiter Stelle stehen, gleich hinter Beatritz de Barbentain. Auf der Insel wurde sogar gemunkelt, Rinette wolle Beatritz an diesem Tag auch in die Welt der Blinden folgen.

Für Lisseut von Vezét, ein Kind dieser Welt, das Freud und Leid nur bei den Sterblichen fand, eine bestürzende Vorstellung. Wenn Rinette eine alte Frau gewesen wäre, eine mürrische, bigotte Fanatikerin vielleicht, hätte sie sich leichter damit abgefunden, aber die brünette Priesterin war nicht nur schön, sondern auch klug und schlagfertig. Außerdem liebte sie die Musik und kannte sich im Repertoire der Troubadoure kaum weniger gut aus als Lisseut und Alain. Einmal hatte sie Alain sogar korrigiert, als der einen der alten Sprechgesänge des Grafen Folquet vortrug. Lisseut war über den Zwischenruf rechtschaffen empört gewesen, doch als sie hastig ihr Gedächtnis durchforstete, hatte sie der Priesterin zähneknirschend recht geben müssen. Was nichts daran änderte, daß sich kein Zuhörer anmaßen sollte, einen Troubadour zu unterbrechen.

Wohin soll das noch führen? hatte sie damals gedacht.

Eine Frage, die sich mit dem Ausbruch des Winterkrieges und erst recht mit der Nachricht von heute morgen sozusagen von selbst erledigt hatte. Lisseut sah zu der großen, schlanken Gestalt auf, und plötzlich wurde ihr klar, daß Rinette, sollte Gorhaut den Sieg davontragen, ihrem grausamen Schicksal noch weniger entrinnen konnte als sie selbst. Die Priesterin war durch ihren Eid an die Göttin gebunden und hatte folglich nicht einmal die Möglichkeit, nach Süden oder über das Meer zu entfliehen. Mit einem Mal schämte sich Lisseut. Wie konnte sie es der jungen Frau unter diesen Umständen und in diesen schweren Zeiten nachtragen, daß sie es gewagt hatte, eine falsche Textstelle zu verbessern? Die Welt war nicht mehr dieselbe, seit Ademar von Gorhaut mit seinem Heer über die Berge gekommen war und durch Arbonnes grüne Täler marschierte.

»Ein zweiter Bogen?« ging sie leise auf die Frage ein. »Ich weiß nicht. Errichten sie denn überhaupt Gebäude, diese Barbaren aus dem Norden?«

»Aber gewiß. Es sind schließlich Menschen, und im Grunde gar nicht so viel anders als wir«, gab Rinette ruhig zurück. »Das wißt Ihr doch auch. Sie sind nur schlecht erzogen, das ist alles.«

»Mir erscheinen die Unterschiede ganz beachtlich«, verteidigte sich Lisseut. »Immerhin verbrennen sie Frauen bei lebendigem Leibe und schneiden toten Männern die Köpfe und die Geschlechtsteile ab.«

»Schlecht erzogen«, wiederholte Rinette. »Bedenkt doch nur, wieviel vom Mysterium und den Kräften des Lebens ihnen verloren geht, nur weil sie Rian leugnen.«

»Ihr müßt verzeihen, wenn mir im Moment nicht der Sinn danach steht, sie deshalb zu bedauern. Ich finde es erstaunlich, daß Ihr dazu fähig seid.«

Rinette zuckte nur höflich die Achseln, ohne den Blick vom Westufer und vom Triumphbogen zu wenden. »Man lehrt uns, so zu denken. Nur die Zeiten sind schlecht«, fuhr sie fort. »Die Sterblichen sind so, wie sie immer waren. In fünfhundert Jahren sind wir alle Staub, und niemand denkt mehr an unser Schicksal, doch Rian und Corannos werden immer noch den Lauf der Welt bestimmen.«

Lisseut konnte die frommen Phrasen nicht länger ertragen. Alle guten Vorsätze waren vergessen. »Wir werden ja sehen«, fauchte sie, »ob Ihr auch dann noch so turmhoch über den Dingen steht, wenn das gorhautische Heer mit brennenden Fackeln über den See gefahren kommt.«

Kaum waren ihr die Worte über die Lippen, als sie sie auch schon bedauerte.

Rinette wandte sich um. Im hellen Morgenlicht sah Lisseut, daß die Augen der jungen Priesterin keineswegs die Gelassenheit ausstrahlten, die ihre Stimme und ihre Worte vermuten ließen. Zu spät begriff sie, daß die andere nur versucht hatte, ihre Angst zu meistern.

»Ich bin nicht begierig darauf, lebendig verbrannt zu werden, wenn Ihr das meint«, sagte Rinette, die Inselpriesterin. »Sollte ich Euch aber falsch verstanden haben, so habt Ihr vielleicht die Freundlichkeit, mir zu erklären, was Ihr eigentlich sagen wolltet.«

Worauf Lisseut natürlich nichts anderes übrigblieb, als sich zu entschuldigen, so gut es eben ging. Wie sie diesen und die beiden nächsten Tage überstand, wußte sie selbst nicht. Die Weste schützte zwar vor dem Wind, aber gegen die Eiseskälte der Angst half sie nicht. Alain ruderte trotz des hohen Wellengangs jeden Tag mit seinem geliehenen Schwert über den See nach Talair. Am zweiten Nachmittag hatte er eine dunkelrote Beule auf der Stirn. Er scherzte zwar darüber und behauptete, er spiele nur den Tolpatsch, um etwaige Gegner zu täuschen, aber Lisseut sah, wie ihm die Hände zitterten.

Am vierten Tag kamen die Soldaten.

* * *

Es war mehr als knapp gewesen. Seit sie Barbentain und Lussan verlassen hatten, waren sie ohne Unterbrechung und in mörderischem Tempo marschiert. Gegen Mittag stand Blaise hoch oben auf den Mauern von Talair und sah auf die erschöpften Männer hinab, die davor auf der großen Wiese lagerten. Dann wandte er sich nach Norden und hielt im klaren Licht Ausschau nach dem Gegner. Er war sich schmerzlich bewußt, daß er im Grunde keine Chance gehabt hätte, den Dierne-See mit seinen Truppen rechtzeitig zu erreichen, wenn ihm nicht zwei Dinge zu Hilfe gekommen wären: die Vision der Hohenpriesterin und Thierry de Carenzus umsichtige, vorausschauende Planung.

Diese Blitzinvasion mitten im Winter hätte Arbonne völlig unvorbereitet getroffen – *niemand* wagte sich bei Eis und Schnee mit einem ganzen Heer auf die Pässe – wenn der Herzog von Carenzu nicht am Ende des Marktes von Lussan im Namen der Gräfin unter allen Baronen und Herzögen die Parole ausgegeben hätte, nun allmählich die arbonnesischen Streitkräfte zu versammeln. Seine Vorstellung ging dahin, die Leute zu bewaffnen und über die Wintermonate auf den Burgen ausbilden zu lassen, um für die allgemein erwartete Frühlingsoffensive gerüstet zu sein.

Blaise waren Männer, die das Bett mit ihresgleichen teilten, noch nie so recht geheuer gewesen, und die gemeinsam mit Ariane verbrachten Nächte machten ihm den Umgang mit Thierry nicht gerade leichter, doch er mußte zugeben, daß seine Achtung vor dem Herzog von Carenzu zusehends wuchs. Der Mann war ein nüchterner Denker, realistisch und ungemein zuverlässig, alles Tugenden, die man in einem Land, wo die Herzöge von Talair und Miraval an der Spitze der Hierarchie standen, nicht hoch genug schätzen konnte.

Als schließlich gemeldet wurde, Gorhauts Soldaten hätten tatsächlich die Berge überquert und seien auf dem Weg zur Grenze, war Arbonne dank Thierrys viel besser vorbereitet, als es sonst der Fall gewesen wäre. Die einzelnen Truppenteile zogen geordnet und – obwohl der Winterregen die Straßen in tiefe Schlammbäche verwandelte – in halbwegs annehmbarem Tempo nordwärts nach Barbentain und, als Beatritz' Botschaft eintraf, von da aus weiter nach Talair und an den See.

Dort wurden sie bereits von Bertrans Coranern erwartet. Auch Miravals Soldaten wären nicht weit gewesen, doch sie waren für das Heer zumindest verloren – wenn nicht noch Schlimmeres.

Zum hundertsten Mal seit jener Zusammenkunft in Barbentain vor vier Tagen zerbrach sich Blaise den Kopf darüber, ob die Gräfin wohl weise gehandelt habe, als sie Bertran zum Oberbefehlshaber ernannte. Sie *hätte* doch wissen müssen, wie Urté reagieren würde. Selbst Blaise, dem Fremden, der bis vor einem Jahr von dieser bitteren Geschichte nichts geahnt hatte, wäre klar gewesen, daß Urté sich Bertrans Autorität niemals beugen würde. Zugegeben, de Talair bot sich als oberster Kriegsherr geradezu an, aber wog er den Verlust von fünfzehnhundert Mann auf? Wäre Thierry de Carenzu denn eine so schreckliche Alternative gewesen?

Oder hatte Signe etwa erwartet, daß Urté die Größe aufbringen würde, den Streit zwischen Talair und Miraval zu vergessen? Immerhin stand viel auf dem Spiel, alles hing in der Schwebe. Wenn ja, dann hatte sie sich gründlich getäuscht, und Blaise verstand genug von Geschichte und von Kriegen, um zu wissen, daß Arbonne nicht das erste Land sein würde, das einem Aggressor zum Opfer fiel, weil es nicht imstande war, seine internen Streitigkeiten hintanzustellen.

Noch jetzt, im hellen Sonnenschein auf der Mauer von Bertrans Burg schüttelte er den Kopf, ohne sein verbissenes Schweigen zu brechen. Seit der Szene im Ratssaal hatte er kaum ein Wort gesprochen. Vielleicht war doch alles nur Stoff für künftige Historiker und trockene Philosophen: Männer, die an den Knochen toter Jahre nagten wie die Aasfresser, die nach einer Schlacht des Nachts aus ihren Löchern kamen, um sich über die Gefallenen und Sterbenden herzumachen.

Die harte Wahrheit lautete, daß man selbst mit den Miraval-Coranern eine Unmenge von Söldnern hätte anwerben müssen, um überhaupt eine Chance zu haben, und das war durch den Überraschungsangriff unmöglich geworden. So war man dem Heer, das Ademar von Gorhaut heil über die Berge gebracht hatte, hoffnungslos unterlegen. Ademar von Gorhaut oder vielmehr Ademar und Galbert, denn Blaise war felsenfest davon überzeugt, daß dieser Winterkrieg eine Idee seines Vaters war – Gerissenheit und exakte Planung, verbunden mit der hehren und unerschütterlichen Gewißheit, daß der Gott ihm schon beistehen würde. Wobei natürlich besonders beunruhigend war, daß Corannos alle Erwartungen erfüllt hatte. Ein gorhautisches Heer, ein Heer des Gottes, stand in Arbonne, und als Blaise nun mit Bertran, Fulk de Savaric und anderen nach Norden blickte, schnürte ihm die Angst das Herz zusammen.

Nur Dummköpfe und Verrückte fürchten sich nicht vor einer Schlacht. Das hatte ihm sein erster Hauptmann gesagt, und Blaise hatte mit diesem Satz im Lauf der Jahre so manchen jungen Untergebenen getröstet. Nur sein Vater hatte auf diesem Ritt ganz sicher nicht mit Angst zu kämpfen, er war schließlich im Begriff, sich den Traum seines Lebens zu erfüllen. Einen Traum, den Blaise nach wie vor nicht begreifen konnte.

»Wir werden am Südostende des Tales in Stellung gehen«, erklärte Bertran den drei Männern, die eben erst heraufgekommen waren. Barone aus dem Süden. Einer von ihnen war Mallin de Baude. Er und Blaise begrüßten sich kurz und wechselten einen raschen Blick. Für mehr war keine Zeit. Für mehr würde vielleicht nie mehr Zeit sein. »So haben wir die Burg und den See hinter uns«, fuhr Bertran fort, »und sie können uns nicht in den Rücken fallen. Das Gelände senkt sich nach Westen hin leicht ab – wenn Ihr genau hinschaut, könnt Ihr es sehen – und das ist günstig. Zumindest die Bogenschützen bekommen damit mehr Reichweite.« Bertran kannte die Gegend wie ein altes Kinderlied. Blaise war selbst überrascht über den Vergleich. Vielleicht sollte ich mich allmählich daran gewöhnen, dachte er. Immerhin bin ich von arbonnesischen Soldaten umgeben.

»Was ist mit Rians Eiland?« fragte einer der neu hinzugekommenen Barone. »Können sie es vom Westufer des Sees aus erreichen, wenn wir ihnen den Zugang offenlassen?«

»Keine Boote. Die haben wir alle an unseren Kai oder auf die Insel hinübergebracht. Aber auf die Idee werden sie wohl ohnehin erst kommen, wenn sie mit uns fertig sind.« Bertrans Stimme klang völlig gelassen. Blaise war beeindruckt, wenn auch nicht überrascht: er hatte viel Zeit gehabt, sich über diesen Mann ein Urteil zu bilden. Noch vor einem Jahr hätte er nicht erwartet, daß er ihm einmal vertrauen und ihn sympathisch finden könnte.

Bertran war wie immer ohne Kopfbedeckung und ohne Harnisch. Er trug wieder den schlichten, braunen Reitanzug, in dem Blaise ihn vergangenes Frühjahr auf Kastell Baude zum ersten Mal gesehen hatte. Damals hatte er das grobe Zeug für eine Marotte gehalten, der Mann war schließlich ungeheuer reich und mächtig; jetzt schien ihm Bertran für einen Feldherrn am Vorabend einer Schlacht genau richtig gekleidet. Blaise konnte sich des Eindrucks nicht erwehren, daß de Talair sich auf diesen Tag seit langem vorbereitet hatte. Vielleicht war es ja tatsächlich so: er erinnerte sich – schon wieder ein Bild aus der Vergangenheit – an den beißenden Sarkasmus der Verse über Ademar, Galbert und Daufridi von Valensa, die der Herzog damals auf Kastell Baude gesungen hatte. Ein Mann, der solche Texte schrieb, mochte durchaus mit einer Reaktion gerechnet haben. Der erste Vergeltungsschlag war ein in Syvaren getauchter Pfeil gewesen. Blaise schaute zu Rudel hinüber, der ein Stück weiter ebenfalls auf dem Wehrgang stand. Der zweite war wohl dieser Krieg.

Er blickte nach Westen. Die Sonne fiel auf den mächtigen Triumphbogen der Alten am Ende seiner Ulmenallee. Unweit davon erstreckte sich der Uferstreifen neben der Straße, wo die sechs Miraval-Coraner zuerst sein Pferd und den Saumer getötet hatten, um dann ihrerseits Opfer seiner Pfeile zu werden.

Danach war die junge Priesterin von der Insel gekommen, um ihn nach Talair überzusetzen. *Wir haben auf Euch gewartet*, hatte sie gesagt, selbstbewußt und von oben herab wie alle Angehörigen dieser Kaste. Was sie damit meinte, hatte er nie so ganz begriffen. Die Worte waren Teil jenes mysteriösen Verwirrspiels, das sie alle hier zusammengeführt hatte, und zu dem auch Beatritz' Warnung gehörte.

Wer weiß, was die Frauen treiben, wenn sie des Nachts in den Wäldern herumschleichen? Die Worte seines Vaters, bevor er auf Garsenc-Gebiet wieder einmal eine vermeintliche Hexe hatte verbrennen lassen. Solchen Erinnerungen hing man besser nicht nach. Doch auch hier würden bald die Scheiterhaufen lodern. Wenn Galbert siegte, würde er ein wahres Flammenmeer entfachen. Blaise zwang sich, die Vorstellung zu verdrängen und statt dessen an jenen Frühlingstag zurückzudenken, an dem er an Valerys Seite zum ersten Mal Kastell Talair betreten hatte. Damals hatte Musik gespielt. Es schien eine ganze Ewigkeit her zu sein.

Fulk de Savaric trat näher und stützte die Ellbogen auf die Steinbrüstung. Ohne den Blick vom Nordende des Tals zu wenden, spottete er leise: »Du hast nicht zufällig einen besonders raffinierten Plan?«

Ein Lächeln zuckte um Blaises Mundwinkel. »Aber gewiß doch«, ging er auf Fulks Tonfall ein. »Ich gedenke, Ademar zum Zweikampf zu fordern. Er wird törichterweise darauf eingehen, dann töte ich ihn, übernehme das Kommando über seine dankbaren Heerscharen und führe sie noch rechtzeitig zur Frühlingsaussaat wieder nach Hause zurück.«

Fulk schnaubte belustigt. »Klingt nicht schlecht«, sagte er. »Überläßt du mir deinen Vater?«

Blaises Lächeln erlosch. »Du bist sicher nicht der einzige, der mit ihm abrechnen will«, sagte er.

»Du etwa auch?« Fulk sah ihn aufmerksam an.

»Schon möglich.« Blaise erwiderte den Blick nicht, und gleich darauf wandte Fulk de Savaric sich wieder ab.

Von hier oben aus waren in der stürmisch klaren Winterluft weit im Südwesten deutlich die Türme von Miraval zu erkennen. Trotz allem, was Blaise wußte, und obwohl er im Geiste immer noch sah, wie Herzog Urté vor Signe de Barbentain auf den Knien lag und dann mit langen Schritten den Ratssaal verließ, glaubte er im Innersten nicht daran, daß die fünfzehnhundert Soldaten wirklich hinter diesen Mauern bleiben würden, wenn die Schlacht erst einmal begonnen hatte.

Ob das Anlaß für ein Fünkchen Hoffnung oder Grund für eine noch tiefere, noch kältere Angst war, wußte er freilich nicht.

Er wußte nur, daß er selbst sein ganzes Leben lang einem Traum nachgejagt war, einer Vision von Gorhaut, wie es sein sollte, wie es einst gewesen war, einer Vision, in deren Mittelpunkt niemand anderer als Corannos stand. Diese Vision hatte ihn irgendwann verleitet, nach einer Krone zu greifen, und nun sollte er mit den Männern des Weiberlandes Arbonne im Namen einer Göttin gegen seine Heimat, seinen König – ja, gegen seinen eigenen Vater – zu Felde ziehen, sollte ein Heer unter dem Banner jenes Gottes besiegen, dem zu dienen er einst feierlich gelobt hatte.

Wie, dachte Blaise, verfolgte man einen Lebensweg so weit zurück, bis man sah, wo er sich gabelte und ein Ast auf diese Mauern führte? Er wußte es nicht. Ein Dichter wäre dazu vielleicht fähig, oder eine Priesterin, aber er war Soldat und, ja, er wollte König werden, und die Zeit ...

»Dort kommen sie«, sagte Rudel leise. Er hatte mit dem scharfen Auge des Bogenschützen einen Lichtreflex entdeckt. Irgendwo in der Ferne spiegelte sich die Sonne auf blankem Metall.

... und die Zeit für solche Gedanken war vorüber, verweht wie ein Blatt im Wind, zerflossen wie eine Welle an steinigem Gestade, entschwunden wie alle Tage der Vergangenheit. Gorhauts Streitmacht hatte den Dierne-See erreicht.

Inzwischen hatte auch Blaise den Heerwurm bemerkt, der sich über die kurvenreiche Straße aus dem Wald herauswälzte. Die Fahnen seines Landes flatterten im Wind, die Stimmen – auch sie waren jetzt zu hören – schmetterten ein altvertrautes Lied, und in Arbonnes klarem Licht konnte er selbst auf diese Entfernung den König erkennen, den er als Verräter gescholten hatte, und seinen Vater ... seinen Vater, der schon so lange von diesem Kriegszug träumte. Dann sah er Ranald um die erste Biegung reiten und erkannte ohne große Verwunderung den Wimpel Andorias, als Borsiard an der Spitze seiner Männer erschien. Den Mann werde ich mit besonderem Vergnügen töten, dachte er.

Wie um ihn zu verhöhnen, kam nun ein Trupp Fußsoldaten in Sicht. Sie trugen schwankende Spieße vor sich her, auf die man abgeschlagene Menschenköpfe gesteckt hatte, als wolle man sie über dem Feuer braten.

Bertran de Talair hob abwehrend die Hände und rief etwas, das wie ein Name klang. Nun erkannte auch Blaise die unvergessene, blonde Mähne und wußte, wem der vorderste dieser Köpfe gehörte. Sein Magen krampfte sich zusammen, seine Hände tasteten haltsuchend nach der steinernen Brüstung. Doch es kam noch schlimmer. Umringt von singenden, winkenden, gorhautischen Soldaten wurde eine Plattform um die Biegung gerollt, in deren Mitte sich eine Stange erhob. Ein nackter Mann hing daran, er hatte keine Genitalien mehr, zwischen seinen Beinen befand sich nur schwarzes, geronnenes Blut. Der Kopf war kraftlos zur Seite gesunken, und um den Hals hingen Schnüre mit toten Vögeln – Eulen, wie Blaise feststellen konnte.

Er hielt auch diesen Mann für tot, bis irgendeine innere Botschaft den Gemarterten bewog, unter Qualen den Kopf zu heben. Man hatte ihm die Augen ausgestochen, die leeren Höhlen waren selbst von den Mauern aus zu sehen.

Natürlich, dachte Blaise. Ekel schüttelte ihn. Er kämpfte die Übelkeit nieder, so gut er konnte. Das Ganze sollte eine Persiflage sein: Rians Blindheit und Rians Vögel. Sein Entsetzen verstärkte sich noch einmal, denn auch der Verstümmelte mit dem schwarzen Haar war kein Unbekannter. Noch einmal wandte sich Blaise dem schwankenden Haupt auf dem längsten Spieß zu, dann blickte er sprachlos zu Bertran de Talair hinüber. Der Herzog hielt den Kopf gesenkt, um das Elend nicht mit ansehen zu müssen.

Vor Blaises Augen verschwammen die Landschaft und die Männer. Nun kamen ihm auch noch die Tränen, ausgerechnet ihm, der schon so oft getötet hatte, im Krieg etwa, am Ufer eben dieses Sees oder in einer schwülen, portezzanischen Nacht, der unzählige, schrecklich zugerichtete Leichen gesehen und sie immer nur für einen unvermeidlichen Bestandteil seines Berufs gehalten hatte. Aber er hatte nie hilflose, alte Frauen als Hexen beschimpft und verbrannt, hatte nie schreiende Priesterinnen aus ihren Betten gezerrt, hatte keinen Mann jemals so verunstaltet, daß er ausgesehen hätte wie die beiden dort unten. Das war Krieg in einer völlig anderen Form.

Obwohl er sich dagegen wehrte, kam ihm wieder die Mittsommernacht in Tavernel in den Sinn. Der blonde Mann hatte Remy geheißen, ein Künstler von überschäumendem Temperament, ein wenig unreif vielleicht und allzu impulsiv, und der stillere, dunkelhaarige war Aurelian. Beide Musikanten und keine Soldaten, und beide noch sehr jung. Sie hatten Beatritz' Botschaft von der Insel nach Barbentain gebracht; und nachdem sie den Auftrag der Hohenpriesterin ausgeführt hatten, waren sie vermutlich miteinander nach Norden weitergezogen. Blaise wußte nicht, warum; vielleicht würde man es nie erfahren.

»Seht doch nur«, hörte er Rudels Stimme. Sein Freund hatte Mühe, den Wind zu übertönen.

Blaise wischte sich die Tränen aus den Augen und folgte Rudels ausgestreckter Hand. Unten vor den Mauern, wo Arbonnes Truppen standen, löste sich jetzt ein Dutzend rotlivrierter Bogenschützen im Gleichschritt aus den Reihen. Wer den Befehl dazu gegeben hatte, wußte er nicht; vielleicht niemand. Vielleicht gehorchten diese Männer, mit die besten Soldaten des Landes, nur ihrem eigenen Instinkt. Schließlich hatten sie geschworen, die Ehre der Herrin des Liebesgerichts – der auch alle Troubadoure von Arbonne getreu waren bis in den Tod – zu schützen und zu verteidigen.

Blaise sah, wie die Schützen von Carenzu sich in einer Reihe aufstellten, gleichzeitig die Sehnen spannten und in Windrichtung ihre Pfeile abschossen. Der Gesang der gorhautischen Streiter riß jäh ab, Schreie gellten herüber; die Männer rissen ihre Schilde in die Höhe und klappten hastig die Visiere herunter.

Es wäre nicht nötig gewesen. Dies war kein Angriff. Die

Pfeile waren aufgestiegen wie ein Gebet, getragen von Trauer und leidenschaftlichem Zorn, ein verzweifelter Versuch, das Häufchen Elend auf der Plattform von seinem Leid zu erlösen. Die meisten flogen nicht weit genug. Drei jedoch erreichten ihr Ziel, und einer traf den Gepeinigten mitten ins Herz. Der Kopf mit dem schwarzen Haar flog nach hinten, die leeren Augenhöhlen starrten blicklos in die grelle Sonne. Die Lippen öffneten sich, aber kein Laut drang heraus. Aurelian starb, ohne wie ein Schwan ein Todeslied zu singen, obwohl gerade er für seine reine, überirdisch schöne Stimme berühmt gewesen war.

»O Herrin«, flüsterte Bertran de Talair. »O Göttin, befreie sie in deiner unendlichen Güte von ihren Schmerzen und nimm sie in deine Arme.« Blaise spürte, wie ihm die Hände zitterten, und drückte sie noch fester gegen die Brüstung.

»Würdet Ihr mich jetzt entschuldigen?« Thierry de Carenzu rang sichtlich um Fassung. »Ich muß hinuntergehen und es Ariane sagen. Ich möchte nicht, daß sie es von anderer Seite erfährt.«

Blaise schwieg. Was hätte er auch antworten sollen? Es gab noch jemanden, fiel ihm plötzlich ein, dem man die Nachricht vom Tod dieser beiden Männer behutsam und verständnisvoll beibringen müßte. Doch er wußte nicht, wo Lisseut war, und wenn man bedachte, auf wessen Konto diese Greuel gingen, wäre er dafür wohl ohnehin nicht der richtige Mann gewesen. Unten im Tal nahm sein Vater den Helm ab, und sein hochgewachsener, stattlicher, vom Gott gesalbter König tat es ihm nach. Als Blaise die beiden sah, hörten seine Hände mit einem Schlag zu zittern auf, und seine Augen wurden trocken.

* * *

Zufrieden sieht sich Ademar von Gorhaut in dem grünen Tal am Dierne-See um, durch das der Wind so heftig pfeift. Daß ihnen Arbonnes Streitmacht nun doch zuvorgekommen ist, hat ihn zwar überrascht, aber eine Katastrophe ist es nicht. Der Großpatriarch hatte von Anfang an prophezeit, daß sich an diesem See Arbonnes Schicksal besiegeln würde. Geändert hat sich nur die Reihenfolge. Sie waren davon ausgegangen, daß sie zunächst Rians Eiland plündern und brandschatzen müßten, um die in ihre Göttin vernarrten Soldaten dieses Landes hinter ihren Mauern hervor und in den Kampf zu locken.

Sie hatten nicht damit gerechnet, bereits von einem Heer empfangen zu werden, doch als Ademar sich nun von dem toten Sänger auf der Plattform abwendet – sie hatten die beiden Dummköpfe dabei ertappt, als sie versuchten, ihre Marschroute auszuspionieren – sieht er, daß auch sein Großpatriarch lächelt.

»Gut so.« Galberts tiefe Stimme trieft förmlich vor Genugtuung. »Sie sind nicht nur feige, sondern auch ahnungslos. Hätten sie gewußt, wie schlecht es um unsere Verpflegung bestellt ist, so wären sie nicht hier. Doch wie die Dinge liegen, Lehensherr, ist morgen alles vorüber, und dann stehen uns nicht nur Arbonnes Getreidespeicher offen. Seht Ihr, wie wenige sie sind? Unsere Übermacht ist erdrückend. Die Sonne des Gottes scheint auf uns herab.«

»Gut so«, bestätigt Ademar knapp. Bisweilen kann er Galberts fromme Phrasen wirklich nicht mehr hören, und Leichen hat er inzwischen wahrhaftig genug gesehen. Der Großpatriarch mit seiner Begeisterung für Verbrennungen und Verstümmelungen hat selbst ihn, den Unersättlichen, fast zufriedengestellt. An sich wollte er ja nur ein reiches Land erobern und den Aufruhr, den der jüngere Garsenc-Sohn und Fulk de Savaric angezettelt hatten, im Keim ersticken. Aber Galbert hat andere Ziele. Der Gott soll bekommen, was ihm zusteht, und noch mehr, das hat der König versprochen. Ademar hofft nur, daß der Krieg nicht zu lange dauert und ihm, wenn endlich auch das letzte Feuer erloschen ist, noch ein paar Felder zum Säen und Ernten und ein Land zum Regieren übrigläßt. Aber das Kräfteverhältnis könnte wirklich kaum günstiger sein, insofern hat Galbert recht, außerdem hat man noch einige Trümpfe im Ärmel.

»Für die morgige Schlacht hätte ich eine Bitte.« Borsiard d'Andoria nähert sich auf seinem prächtigen Pferd dem König. »Wäre es vielleicht möglich, den verstoßenen Sohn des Großpatriarchen, den Thronprätendenten, für mich aufzusparen? Wir haben eine private Rechnung zu begleichen, Ihr versteht?«

Ademar kann den eitlen, cholerischen Laffen nicht ausstehen, aber er hat sich überzeugen lassen, daß es für die Zeit nach dem Krieg wichtig ist, auch eine Abordnung von Portezzanern in ihren Reihen zu haben. Manchmal beschleicht den König von Gorhaut der Verdacht, daß er sich von seinem Großpatriarchen allzu leicht überzeugen läßt, aber noch ist er bereit, sich in Geduld zu üben. Man hat ihm viel versprochen, nun wird man sehen, was sich davon erfüllt.

Wieder nähert sich ein Pferd, er hört den Reiter zynisch lachen. »Mein Bruder«, sagte Herzog Ranald de Garsenc zu dem elegant gekleideten Portezzaner, als die drei Männer sich nach ihm umwenden, »könnte Euch mit der linken Hand in Stücke hauen. Überlegt es Euch gut, mein Bester, ob Ihr es mit ihm aufnehmen wollt, am Ende macht er Eure teure Gattin noch einmal zur Witwe und öffnet ihr Tür und Tor für eine neue Ehe.« Ranald lallt ein wenig, und er sieht nicht gut aus. Die Vermutung, daß er unterwegs getrunken hat, ist nicht von der Hand zu weisen. Sein Vater zieht die Stirn in Falten, aber Ademar amüsiert sich. Ihm kann es nur recht sein, wenn die de Garsenc sich wieder einmal in den Haaren liegen. Außerdem hat der Portezzaner einen hochroten Kopf bekommen.

»Da wir gerade von unseren teuren Gemahlinnen sprechen…«, setzt Borsiard d'Andoria zum Gegenschlag an.

»Davon ist *nicht* die Rede«, fährt Ademar dazwischen, um zu zeigen, wer hier der Herr ist. Er will nicht, daß dieses Thema erörtert wird, nicht jetzt und ganz gewiß nicht in der Öffentlichkeit. Ob Rosala de Garsenc wohl mit nach Kastell Talair gekommen ist? Oder sitzt sie immer noch auf Barbentain? Scharfsinnig, wie er ist, errät er, daß sie das Heer begleitet hat. Wahrscheinlich hat sich auch die Gräfin von Arbonne hinter diesen Mauern am See verschanzt. In diesem Fall wird Galbert recht behalten, und morgen ist tatsächlich alles vorüber. Mit einem Lächeln erinnert er sich, daß ausgerechnet Ranald ihm einmal vorgeschlagen hat, Signe de Barbentain zu heiraten, um die Herrschaft über Arbonne zu erlangen. Das hat sich jetzt wohl erübrigt.

»Wir müssen uns an das Protokoll halten«, sagt der Großpatriarch jetzt und dreht seinem ältesten Sohn den Rücken zu.

»Soll ich den Herold in Marsch setzen und Eure Forderungen verkünden lassen, Lehensherr?« Wieder amüsiert sich der König. Wie kann man nur nach allem, was man unterwegs mit unbewaffneten Männern, mit Frauen und mit Kindern getrieben hat, so peinlich auf die Etikette bedacht sein? Aber so geht es wohl, überlegt Ademar, wenn man einen religiösen Kreuzzug mit einem Eroberungskrieg verbindet.

»Nur zu«, sagt er gleichgültig, »aber wir reiten mit. Ich möchte sehen, wen man uns als Parlamentäre schickt. Wer weiß, Großpatriarch, vielleicht bekommen wir sogar Gelegenheit, ein paar Worte mit Eurem ach so ehrgeizigen jüngeren Sohn zu wechseln. Ich wüßte wirklich gerne, von wem er diesen bedenklichen Charakterzug eigentlich hat.«

»Er ist nicht mehr mein Sohn!« Galbert wehrt etwas zu hastig ab. Er wittert Gefahr. »Ich habe mich im Corannos-Kloster in den Bergen feierlich von ihm losgesagt. Ihr wart dabei, Lehensherr.«

Diesmal lacht Ademar laut heraus. Er freut sich diebisch, wenn er seine Ratgeber aus der Ruhe bringen kann. Diesmal hat er sogar Galbert erwischt, der an sich ein dickes Fell hat. Völlig unerwartet überfällt den König das Verlangen nach einer Frau. Vielleicht ist das auch ganz natürlich. Schließlich muß er, seit sie die Berge hinter sich haben, viel zu oft zusehen, wie sich seine Soldaten mit den Priesterinnen vergnügen. Bisher hat er sich, nicht ohne sich zu seiner Standhaftigkeit zu beglückwünschen, zurückgehalten, um auf diesem heiligen Kreuzzug die Würde der Krone nicht zu verletzen. Er drehte den Kopf, flüchtig streift sein Blick Ranald de Garsenc, dann schaut er wieder zu den Mauern von Talair empor. Im Grunde ist er sicher, daß sie sich in diesem Schloß befindet.

Morgen, denkt er und lächelt. Er ist es gewöhnt, sich seine Wünsche möglichst schnell zu erfüllen, doch manchmal steigert ein kleiner Aufschub den Genuß. Die Wartezeit darf nur nicht zu lange dauern. Er bildet sich ein, damit eine grundlegende Entdeckung gemacht zu haben. Noch ein kurzer Blick auf den Ehemann, dann wendet er sich endgültig von ihm ab.

* * *

Lisseut ritt im Gefolge der Gräfin von Arbonne zum Treffen mit dem König von Gorhaut, und so sah sie mit eigenen Augen, was man den beiden Männern, ihren ehemaligen Liebhabern, angetan hatte.

Wenn Thierry sie nicht vorgewarnt hätte, wären alle guten Vorsätze dahin gewesen. Beim Anblick der Leichen wurde ihr sterbensübel. In ihrem ganzen Leben war ihr noch nichts so schwergefallen, wie an Remys und Aurelians Überresten vorbeizureiten, ohne sich anmerken zu lassen, wie ihr der Schmerz das Herz zerriß. Sie hielt den Blick starr auf die aufrechte Gestalt der Gräfin gerichtet und konzentrierte sich darauf, die Zügel nicht aus ihren zitternden Händen zu verlieren. Am liebsten hätte sie laut aufgeschrien. Aber das durfte sie sich nicht gestatten.

Sie hatte mit Ariane, der Gräfin und Rosala de Garsenc im Musikzimmer von Talair gesessen, als der Herzog von Carenzu vom Turm herunterkam, um ihnen mitzuteilen, daß Gorhaut vor den Toren stehe, und daß zwei Männer, die sie alle kannten, ein grausames Schicksal getroffen habe.

Erstaunlicherweise war sie weder in Tränen ausgebrochen, noch in Ohnmacht gefallen, auch ihr Verstand hatte nicht einfach aufgehört zu funktionieren. Vielleicht stand sie unter Schock, vielleicht wollte sie einfach nicht wahrhaben, was geschehen war, sie hatte jedenfalls nichts dergleichen getan, ebenso wenig wie die anderen Frauen. Ariane hatte sich, nachdem ihr Gatte ihr in sachlichen Worten berichtet hatte, was Remy und Aurelian widerfahren war, steif aus ihrem Sessel erhoben und war ans Feuer getreten, um unverwandt in die Flammen zu starren. Als sie sich nach einer Weile umdrehte und wieder zurückkam, war sie zwar sehr blaß gewesen, doch sonst hatte man ihren makellosen Zügen keine Spur von Erregung angesehen. Sie hatte sich neben die Gräfin gesetzt, nach Signes Hand gegriffen und sie nicht mehr losgelassen.

Der einzige, der sich seiner Tränen nicht schämte, war Alain von Rousset. Lisseut war zu ihm gegangen. Der kleine Troubadour trug sein Schwert am Gürtel. Ein guter Fechter war er noch immer nicht geworden, aber er war fest entschlossen, über den See zu rudern und zusammen mit den Soldaten von Talair in die Schlacht zu ziehen.

Remy und Aurelian hatten wohl genauso gedacht, warum sonst hätten sie das gorhautische Heer auf dem Weg nach Süden beobachten sollen? Lisseut hätte ihnen sogar zugetraut, gute Spione abzugeben, aber sie verstand nicht viel vom Krieg.

Die beiden hatten wohl auch nicht genug davon verstanden.

Irgendwann hatte sie einen Blick aus den klaren, blauen Augen der Frau namens Rosala aufgefangen. Schmerz stand darin, und noch etwas, eine Kränkung, die schwer zu begreifen war. Dennoch hatte Lisseut aus diesem kurzen Kontakt auch Kraft und sogar ein wenig Trost geschöpft und sich nach Kräften bemüht, beides zurückzugeben.

»Man sollte ein Lied für sie schreiben.« Mit diesen Worten war die Gräfin aufgestanden und hatte Lisseut und Alain angesehen. Der kleine Troubadour hatte den Kopf gehoben und sich über die Augen gewischt. »Aber nicht jetzt«, hatte Signe de Barbentain hinzugefügt. »Dies ist nicht die richtige Zeit für Musik.«

In diesem Augenblick waren neue Schritte den Korridor entlanggekommen, und Bertran war mit einigen Männern eingetreten. Einer davon war Blaise. Eine Atmosphäre kalter Hoffnungslosigkeit umgab ihn, als habe er den Winter von draußen mit hereingebracht. Zuerst hatte er Rosala – die Frau seines Bruders – angesehen und sie mit einem Nicken begrüßt. Doch dann hatte er sich an Lisseut gewandt und hilflos beide Hände gehoben. In diesem Moment hätte sie am liebsten geweint. Sie sah wieder vor sich, wie er Remy mit seinem Schwert verletzte. Deshalb war sie damals auf ihn losgegangen. An Mittsommer war das gewesen. Beim Karneval in Tavernel. Schwer zu glauben, daß man in Arbonne auch einmal gefeiert haben sollte.

»Sie haben die Hörner geblasen, die Parlamentäre sind unterwegs«, hatte Bertran der Gräfin mitgeteilt. »Ademar kommt mit seinem Herold.«

»Dann sollte ich den unseren begleiten«, hatte Signe ganz ruhig gesagt. »Wenn du es für richtig hältst.«

»Die Entscheidung liegt bei Euch, Euer Gnaden. Aber ich halte es für richtig. Ich finde, Ihr solltet mitkommen, und

Ariane ebenfalls. Dieser Krieg wird nicht zuletzt gegen unsere Frauen geführt, und ich meine, das Heer, beide Heere, sollten sehen, daß Ihr anwesend seid.«

»Ich komme auch mit«, sagte Rosala de Garsenc und stand auf. »Schließlich bin ich ja der Vorwand für diesen Angriff.« Bertran hatte sie rasch angesehen, er wirkte merkwürdig unschlüssig, schien protestieren zu wollen und schwieg dann doch.

Als auch Lisseut die Absicht äußerte, an dem Treffen teilzunehmen, gab es keinen Einwand. Sie hatte nichts anderes erwartet. Der Wunsch war nicht vermessen. Nicht in dieser Situation. Vielleicht hatte man sogar allgemein das Gefühl, daß ein Vertreter der Musikanten zugegen sein sollte.

Dabei hatte sie für einen Moment völlig vergessen, daß Bertran de Talair unter anderem auch Troubadour war.

* * *

Wie sich bald herausstellte, hatte der König von Gorhaut ein besseres Gedächtnis. Die beiden Delegationen sollten sich in Sichtweite der Heere treffen, aber doch einen gewissen Sicherheitsabstand einhalten. Schließlich hatten beide Seiten fähige Bogenschützen. Die Herolde hatten ein Stück Felsstrand im Westen ausgewählt, am Nordufer des Dierne-Sees. Der große, steinerne Triumphbogen erhob sich ganz in der Nähe, und südwestlich davon überragten die Türme von Miraval wie ein Trugbild ein dazwischenliegendes Waldstück.

Als alle Beteiligten den See mit seinen weißen Wogenkämmen erreicht hatten, ergriff Signe de Barbentain das Wort. Ihre Stimme war kälter als Wasser und Wind. »Ich hatte bereits vermutet, daß es seit dem Tod Eures Vaters mit Gorhaut nicht zum besten stehe«, begann sie und sah den breitschultrigen Ademar fest an. »Doch wie weit der Verfall bereits fortgeschritten ist, wurde mir erst heute klar. Der Mann dort auf der Plattform genoß in allen Ländern der Welt großen Respekt. Eine abscheuliche Tat. Schämt Ihr Euch nicht vor Corannos?«

»Aus Eurem Munde klingt der Name des Gottes wie eine Lästerung«, warf Galbert de Garsenc rasch ein, bevor Ademar antworten konnte. Der König bedachte ihn mit einem strafenden Blick.

»Gestattet Eurem Herrn doch wenigstens hin und wieder ein paar Worte«, bat Signe trügerisch sanft. Lisseut sah, wie Ademar errötete. Und sie bemerkte auch, wie er Rosala de Garsenc ansah, bevor er sich zu einer Antwort aufraffte.

»Er wurde als Spitzel gefangengenommen.« Eine überraschend helle, aber doch feste Stimme. »Als solchen hätte man ihn behandelt und auch hingerichtet, ebenso wie den Blondschopf, aber er hat einen Fehler begangen.« Ademar wandte sich an Bertran de Talair. »Er glaubte, unbedingt einige Strophen aus einem Eurer Lieder singen zu müssen. Leider waren es die falschen Strophen und das falsche Lied. Und der andere hat dazu gelacht. Gewissermaßen seid also Ihr verantwortlich für das Schicksal der beiden.«

Er lächelte zum ersten Mal, und Lisseut erschauerte. Sie sah, wie Rosala de Garsenc sich abwandte. Dennoch meldete sie sich zu Wort, trotz ihrer Angst oder vielleicht gerade deswegen. Nun, da sie wußte, wie alles zugegangen war, glaubte sie, es den beiden Toten, die sie einst geliebt hatte, schuldig zu sein, daß sie selbst in dieser erlauchten Gesellschaft die Stimme erhob.

»Er hat für Euch gesungen?« sagte sie zum König von Gorhaut. »Wahrlich zuviel der Ehre. Waren es etwa zufällig diese Zeilen?« *Wie mag ein Sohn, dessen Vater jüngst erst gefallen, den Federstrich tun, der alle Träume zerstört?* Sie war in ihrem ganzen Leben noch nie so wütend gewesen. Knurrend wie eine gereizte Wölfin fuhr sie fort: »Oder hat er die zweite Frage gestellt, die dieses Lied nahelegt: *Wo waren sie denn, die Männer Gorhauts …?* Ja, wo? Die Frage geht um die ganze Welt, denn was sind das für Männer, die hilflose Frauen verbrennen?« Sie hatte mit aller Leidenschaft gesprochen, deren sie fähig war.

Und wurde mit derbem Gelächter belohnt. »Vom Verlust der Männlichkeit war doch wohl eher der Kerl auf der Plattform betroffen.« Doch König Ademars Heiterkeit verflog rasch, die kleinen, hellen Augen schienen sie zu durchbohren. »Wenn Euch die Frage so sehr bewegt, werde ich versuchen, mir Euer reizloses Antlitz einzuprägen, um Euch persönlich darüber Auskunft zu geben, sobald wir erledigt haben, wozu wir gekommen sind.«

»Euer Vater«, sagte Bertran de Talair leise – er hatte bisher geschwiegen – »hat den Mund nie so voll genommen. Daran erinnere ich mich noch gut.«

»Ach«, Ademar fuhr zu ihm herum. »Wollen wir uns lieber über Väter unterhalten?« Er warf einen vielsagenden Blick auf die fernen Türme von Miraval. »Ich hörte schon, daß sich hier alles um einen Bastard dreht und um ein wollüstiges Weibsstück, das für jeden Mann die Beine breit machte, nur nicht für ihren eigenen Gatten. Ein Jammer, daß der gehörnte Herzog von Miraval nicht hier ist, um Euch mit weisen Ratschlägen zu beglücken. Ein Jammer auch ...« – damit ließ er ab von Bertran, der kreidebleich geworden war –, »daß Ihr im Norden keine kräftigeren Pflanzen gefunden habt, um die Lücken in Euren Reihen zu füllen.«

Lisseut hatte schon darauf gewartet, daß er sich Blaise vornahm. In den nächsten Minuten mußte sie erkennen, daß sie die Sehnsucht doch noch nicht überwunden, sich doch noch nicht in ihr Schicksal gefügt hatte. Das Bild des Steines, der lautlos in den schwarzen Tiefen versank, verschwand und kehrte niemals wieder.

Ademar starrte Blaise unverwandt an, doch der behandelte ihn wie Luft, so als sei der König von Gorhaut ein kleiner Bediensteter, von dem man keine Notiz zu nehmen brauche. Seine Augen hingen an seinem Vater. Galbert de Garsenc, streng und unnahbar in seiner blauen Priesterrobe, fixierte seinen jüngeren Sohn mit einem Blick, der Lisseut zutiefst erschreckte. Sie hatte in aller Unschuld geglaubt, weit genug herumgekommen zu sein, um zu wissen, wie es in der Welt zuging. Dieser Blickwechsel zeigte ihr, daß sie keine Ahnung hatte. Und zugleich begriff sie, daß sich der ganze Konflikt letztlich auf diese beiden Männer konzentrierte.

»Im Buch Othair«, sagte Blaise leise, »der heiligsten Corannos-Offenbarung, die wir haben, steht geschrieben, das Land Gorhaut sei vom Gott dazu auserwählt, der Welt die Gerechtigkeit zu bringen. Das Buch lehrt uns weiter, Corannos habe uns mit Gnaden überhäuft und uns nach unserem Tode ewige

Geborgenheit verheißen, doch dafür hätten wir die heilige Pflicht, uns in jedem Land, in das wir kämen, der Hilflosen und der Verfolgten anzunehmen.« Er verstummte, doch sein Schweigen war eine einzige Anklage.

»Du *wagst* es, mir die Lehren des Gottes vorzuhalten?« Galberts herrliche Stimme drückte tiefe Ungläubigkeit aus. Hinter ihm entdeckte Lisseut inmitten des kleinen Gefolges, das den Großpatriarchen und den König begleitet hatte, einen Mann auf einem prächtigen Pferd, der so aussah, als könnte er Galberts zweiter Sohn sein. Sein Gesicht war verzerrt, ein Ausdruck irgendwo zwischen Sarkasmus und quälendem Schuldbewußtsein. Unwillkürlich schaute sie zu Rosala hinüber. Die sah ihren Gatten fest an, doch ihre Miene verriet nichts. Hier, dachte Lisseut, hatte sich Leid in zahllosen Schichten übereinandergetürmt.

Blaise schien den Einwurf seines Vaters nicht gehört zu haben, denn er sprach einfach weiter. »Aus der Sicht dieser Lehre hast du Corannos ebenso verraten, wie dieser falsche König sein Volk verraten hat. Du bist mein Vater, und der Gott gebietet uns, unsere greisen Eltern zu ehren. Die Hinrichtung werde ich dir also ersparen, aber sobald wir nach Gorhaut zurückkehren, wirst du deines Amtes enthoben.«

»Ihr müßt wahnsinnig sein«, erklärte König Ademar verächtlich.

Erst jetzt wandte Blaise sich ihm zu. »Ich bin empört«, sagte er, und zum ersten Mal klang seine Stimme scharf, waren die Flammen des Zornes zu spüren. »Ihr widert mich an. Ich verabscheue Euch, denn Ihr habt zugelassen, daß man Euch und Euer Land mißbrauchte. Was seid Ihr für ein König, daß Ihr Euch von den Wahnvorstellungen Eures Ratgebers in Ruchlosigkeit und Verrat treiben laßt?«

»Ein falscher König«, sagte Fulk de Savaric mit glockenklarer Stimme. »Der seiner Krone nicht wert ist.«

»Der sein Leben verwirkt hat«, ergänzte Bertran de Talair leise.

»Den alle Welt vergessen wird, wenn Rian ihn jetzt zu sich holt«, schloß die Gräfin von Arbonne, und ihre Stimme war die grimmigste von allen. Sie schien tatsächlich für eine übernatürliche Macht zu sprechen.

Der König von Gorhaut sah von einem zum anderen. Zum ersten Mal wirkte er betroffen. Doch wie nicht anders zu erwarten, sprang sein Ratgeber in die Bresche, bevor die Stille sich allzu sehr in die Länge ziehen konnte.

»Das«, ertönte Galberts tiefe, befehlsgewohnte Stimme, »ist nur das letzte, schrille Wehgeschrei der Verdammten. Wer wird vor diesem Gefasel erzittern? Ihr solltet alle vor uns auf den Knien liegen und um einen sanften Tod flehen.«

»Das könnte Euch so passen!« Ariane de Carenzu trieb ihr Pferd ein paar Schritte nach vorne. Sie lächelte, aber ihre Augen blieben ernst. »Ihr wollt also Arbonnes Frauen vor Euch knien sehen. Jetzt wird mir alles klar. Kein Wunder, daß die Gattin Eures Sohnes die Flucht ergriff. Was sagt Corannos zu solchen Wünschen, Galbert de Garsenc?«

»Sie sind ihm ein Greuel«, sagte Blaise leise, »und müssen gesühnt werden.« Auch er war jetzt bleich geworden.

»Allmählich«, der König von Gorhaut hatte seine Fassung wiedererlangt, »langweilt mich die Sache. Ich bin nur gekommen, weil das Protokoll ein Treffen der Herolde zwingend vorschreibt. So hört denn: wir sind nach Süden marschiert, weil die Gräfin von Arbonne einer Frau aus unserem Lande Unterschlupf und Beistand gewährt und sich weigert, sie uns auszuliefern. Alles andere ist sinnloses Gefasel, genau wie der Großpatriarch sagt. Meine Geduld ist erschöpft. Morgen erwartet Euch der Tod.«

»Und wenn ich zurückkomme?« fragte Rosala plötzlich. »Wenn ich mit Euch nach Norden komme, schickt Ihr dann Euer Heer nach Hause?«

Galbert de Garsenc lachte heiser, doch bevor er antworten konnte, hob der König die Hand. »Die Reue«, sagte Ademar leise, »kommt zu spät. Jetzt gilt es, allen, die sich unseren berechtigten Forderungen widersetzt haben, eine Lektion zu erteilen. Ich sehe mit Freuden, daß Ihr zur Rückkehr bereit seid, doch darum geht es nicht mehr. Keine Macht der Welt, Rosala, kann mich jetzt noch hindern, Euch nach Cortil zu bringen.«

»Natürlich mit dem Kind«, warf Galbert rasch ein.

Er fand kein Gehör.

»Nach *Cortil*, mein Herr und König?« fragte Rosala mit erhobener Stimme. »So ungeniert erklärt Ihr Euch? Wolltet Ihr nicht eher sagen: nach Garsenc und zu meinem edlen Gemahl?«

Verlegenes Schweigen trat ein. Lisseut begriff, daß der König von Gorhaut soeben einen schweren Fehler begangen hatte, sie wußte nur nicht so recht, worin er bestand.

* * *

Weit im Süden, auf Rians Insel im Meer, war es an diesem Tag windstill. Glatt und blau lag das Wasser unter der blassen Wintersonne. Beatritz de Barbentain, Rians Hohepriesterin, hatte fast den ganzen Tag vor dem Feuer gesessen und blind in die Flammen gestarrt. Mit einem Mal erhob sie sich.

»Es ist etwas geschehen«, sagte sie laut, obwohl außer der weißen Eule auf ihrer Schulter niemand im Zimmer war. »Und es könnte wichtig sein. O gütige Rian, vergiß uns nicht. Hab Erbarmen mit deinen Kindern.«

Dann verstummte sie, wartete, tastete im Dunkeln umher und hoffte, die Göttin, die sich nicht zwingen ließ, würde ihr wenigstens eine flüchtige Vision bescheren. Sie wollte doch so gern etwas von dem miterleben, was fern von ihr geschah, dort, wo der Wind wehte.

* * *

Genau in diesem Augenblick erhob am See beim Treffen der Gegner ein Mann zum ersten Mal seine Stimme.

»Ich fürchte«, sagte Ranald, Herzog von Garsenc, und trieb sein Pferd auf den freien Platz zwischen den beiden Parlamentärsgruppen, »das war für meinen Geschmack wie für die Ehre meiner Familie ein allzu offenes Wort.« Sein Blick war auf den König von Gorhaut gerichtet, doch den Titel hatte er ihm vorenthalten.

Niemand antwortete. Niemand sonst bewegte sich. Hinterher schien es Lisseut, als hätte die Stimme des Herzogs alle

Anwesenden im wahrsten Sinne des Wortes in Stein verwandelt. Ranald de Garsenc, die einzig lebendige Figur in einer erstarrten Welt, wandte sich an seine Gattin. Er wirkte jetzt wie erlöst, als habe er eine Entscheidung getroffen, einen Entschluß gefaßt, einen Schritt getan und sich damit von allen Fesseln befreit. »Verzeih mir«, sagte er, »aber ich muß dir eine Frage stellen, und ich will die Wahrheit hören, wie sie auch ausfällt: war der König von Gorhaut dein Geliebter?«

Lisseut wagte nicht mehr zu atmen. Aus dem Augenwinkel sah sie, daß Blaise kreidebleich geworden war. Rosala de Garsenc saß dagegen in zwangloser Haltung im Sattel und erschien kaum weniger gefaßt als ihr Gemahl. Nun antwortete sie, ebenso deutlich wie zuvor: »Nein, mein Gebieter, obwohl er schon lange danach trachtet. Er hatte seine Pläne nur aufgeschoben, solange ich schwanger ging. Wie ich leider sagen muß, hat dein Vater ihn aus Eigennutz in seinen Wünschen bestärkt. Doch ich habe Ademar nicht beigelegen, das schwöre ich beim Leben meines Kindes, und ich würde lieber sterben, als mich dazu bereitzufinden.«

»Bist du deshalb fortgegangen?« Ein neuer Ton in Ranalds Stimme. Er legte sein Innerstes bloß. Lisseut wäre am liebsten weit weg gewesen. *Niemand hier hat das Recht, die beiden zu belauschen,* dachte sie.

Doch Rosala hielt den Kopf stolz erhoben. »In der Tat, mein Gebieter«, sagte sie, »das war der Grund. Ich mußte befürchten, daß du dich nicht den Willen oder die Kraft aufbringen würdest, dich gegen deinen Vater und deinen König zu stellen, und der eine hatte das Kind verlangt, das ich im Leibe trug, und der andere begehrte mich.«

Ranald nickte langsam, als hätten die Worte eine Saite in ihm zum Klingen gebracht.

»Ranald, im Namen des Gottes, mach mir keine Schande«, begann Galbert de Garsenc. Die herrliche Stimme war rauh geworden. »Wie kannst du diesem elenden, verkommenen Weibe gestatten, derartige Lügen ...«

»Schweig!« fuhr ihm der Herzog von Garsenc ins Wort. »Wir rechnen später ab.« Das kam mit schockierender Kürze.

»Wann später?« fragte Ademar von Gorhaut. Auch er trug

den Kopf hoch und gab eine eindrucksvolle Figur ab. In seinen Augen glitzerte es. *Er weiß es genau,* dachte Lisseut. *Er kennt die Antwort.*

»Nachdem ich Euch öffentlich zur Rechenschaft gezogen habe. Ihr habt die Ehre meines Hauses verletzt. Keinem König von Gorhaut war es je gestattet, mit dem Adel dieses Landes Schindluder zu treiben, und Ihr werdet nicht der erste sein, dem man das durchgehen läßt. Die Gemahlin des Herzogs von Garsenc ist keine Dirne, kein Pfand im Würfelspiel, auch wenn der Herzog noch so sehr mit Blindheit geschlagen sein mag.« Er hielt einen Augenblick inne, dann erklärte er feierlich: »Hiermit fordere ich Euch zum Duell, Ademar. Tretet Ihr selbst gegen mich an, oder wollt Ihr Euch hinter einem Schwertführer verstecken?«

»Bist du *wahnsinnig?*« schrie Galbert de Garsenc.

»Dieser Vorwurf«, sagte Ranald ernst, »ergeht nun schon zum zweiten Mal an einen deiner Söhne. Doch ich glaube, wir brauchen uns beide nicht betroffen zu fühlen.« Er wandte sich an Rosala. »Es gibt andere Anschuldigungen, die sehr viel berechtigter wären. Ich hoffe, mich später noch damit auseinandersetzen zu können.«

Sie erwiderte seinen Blick, sagte aber nichts. Sie ist so stolz und streng, dachte Lisseut, wie eine goldhaarige Göttin aus dem Norden. Doch nein, verbesserte sie sich, der Vergleich hinkte: im Norden duldete man keine Göttinnen.

Ranald wandte sich wieder an Ademar. Aller Augen richteten sich nun auf den König. Der hatte die erste Überraschung überwunden und lächelte, aber nur mit den Lippen. Seine Augen waren hart wie Stein.

»Wir befinden uns in einem fremden Land, und es herrscht Krieg«, sagte er. »Ihr befehligt einen Teil meines Heeres. Sollen wir nun gegeneinander kämpfen, nur weil Euer Weib – deren Flucht aus Eurem Hause der Grund unseres Hierseins ist – mir unterstellt, ich hätte sie begehrt? Muß ich Euch wirklich so verstehen, Edler von Garsenc?«

Wenn man es so ausdrückte, klang es absurd, ja, tatsächlich wie Wahnsinn, doch Ranald de Garsenc – kleiner als der König, aber ebenso mit seinem Pferd verwachsen – ließ sich nicht einschüchtern. Auch er lächelte jetzt. »Ihr habt vielleicht vergessen«, sagte er, »daß auch ich im letzten Herbst auf Cortil war, als Ihr ins Zimmer gestürmt kamt und verlangtet, Rosala müsse zurückgeholt werden. Ihr wolltet sie wiederhaben, das waren Eure Worte.« Damit hatte er den König erschüttert, alle sahen es. Für den Bruchteil einer Sekunde wichen die hellen Augen aus, dann hefteten sie sich abermals auf Ranald.

Der Herzog fuhr fort: »Ich hätte Euch schon damals fordern sollen, Ademar. Ihr habt Rosalas Flucht vor mir als Rechtfertigung für diesen Krieg benützt – die Idee stammte natürlich von meinem Vater. Ihr seid dafür nicht raffiniert genug. Doch sie ist nicht vor mir geflohen, Ademar, das glaube ich guten Gewissens sagen zu können. Meines Vaters und Euretwegen hat sie ihren Gemahl verlassen und unser Kind in größte Gefahr gebracht. Zum ersten Mal seit vielen Jahren sehe ich klar. Wenn Ihr noch einen Funken Ehre oder Mut im Leibe habt, dann zieht jetzt Euer Schwert.«

»Ich lasse dich gefangensetzen, kastrieren und verbrennen«, fauchte Galbert de Garsenc und drohte seinem älteren Sohn mit der gepanzerten Faust.

Ranald lachte nur. »Schon wieder ein Scheiterhaufen? Mach doch, was du willst. Vielleicht ist dir der König dankbar, wenn du ihn beschützt. Ich«, schloß er, immer noch unnatürlich ruhig, »habe mit einem Kuppler jedenfalls nichts weiter zu besprechen.« Er hatte Ademar nicht aus den Augen gelassen. Nun sagte er: »Man geht hier mit dem Wort Verrat recht freigebig um. Mein Bruder wurde als Verräter beschimpft, er gab den Vorwurf an meinen Vater und an Euch weiter. Für mich ist das alles nur leeres Gerede. Ich will Euch sagen, was Ihr wirklich seid, Ademar: ein Narr nämlich und ein Feigling, der sich hinter seinem Ratgeber versteckt und nicht bereit ist, seine Ehre mit dem Schwert zu verteidigen.«

»Ranald«, sagte Ademar, und es klang fast nachsichtig. »Ranald, Ranald, Ihr wißt, daß ich Euch töten kann. Seit zehn Jahren tut ihr nichts anderes, als Euch zu betrinken – *deshalb* ist Eure Gattin nach Süden geflüchtet. Wahrscheinlich habt Ihr sie schon lange keine Nacht mehr zufriedengestellt. Seid wenigstens ehrlich gegen Euch selbst, bevor der Gott Euch zu sich holt.«

»Darf ich das so verstehen, daß Ihr kämpfen werdet?«

»Das wird er nicht!« schnaubte Galbert.

»Ja, ich werde kämpfen«, sagte Ademar im gleichen Atemzug. »Die Söhne meines Großpatriarchen sind mir nun endgültig unerträglich geworden. Ich habe genug von ihnen.«

Und damit zog der König von Gorhaut sein Schwert.

Von den Heerscharen im Norden erhob sich ein Aufschrei, denn das Licht war von so strahlender Klarheit, daß alle sehen konnten, wie er die Klinge zückte. Als Ranald de Garsenc seinerseits sein Schwert aus der Scheide riß und sein Pferd aus der Gruppe am See heraustrieb, wurden die Stimmen schrill vor Überraschung. Ademar folgte ihm. Als der König sein Helmvisier schloß, sahen alle, daß er lächelte. Im Westen glänzte der Triumphbogen der Alten honiggelb im Sonnenlicht.

»Nun?« fragte Bertran flüsternd. Lisseut hörte es genau.

»Vor zehn Jahren«, sagte Fulk de Savaric leise, »wären sie vielleicht ebenbürtige Gegner gewesen. Jetzt leider nicht mehr.«

Blaise schwieg, obwohl er die Bemerkung gehört haben mußte. Er beobachtete seinen Bruder mit einer seltsamen Wehmut im Blick. Auch Rosala beobachtete ihren Gatten, doch ihr Gesicht verriet nichts. Lisseut fiel auf, daß Ranald sein Visier nicht heruntergeklappt hatte.

»Dadurch wird sich nichts ändern, das ist Euch wohl klar«, wandte sich Galbert de Garsenc mit heiserer Stimme an die arbonnesische Delegation. »Selbst wenn Ademar fällt, werden wir Euch morgen vernichten. Und er wird nicht fallen. Ranald hat den ganzen Tag lang getrunken. Sonst hätte er sich niemals so verhalten. Seht Euch sein Gesicht an. Berauscht stellt er sich dem Gericht seines Gottes, es ist eine Schande.«

»Er wird sich reinwaschen, denke ich.« Blaises Stimme klang dumpf. Er wandte den Blick nicht von den beiden Männern, die sich nun auf der Uferstraße umkreisten.

Und was nun folgte, als sich die langen, blitzenden Schwerter zum ersten Mal berührten, zart zunächst, und dann mit scharfem Schlag, der in die Handgelenke fuhr, wirkte in der

Tat wie eine Erneuerung. Nicht ohne Eleganz, schoß es Lisseut durch den Kopf, doch sie wehrte den Gedanken sofort ab. Sie hatte Ranald de Garsenc noch nie gesehen, und vor allem hatte sie ihn noch nie kämpfen sehen. Jemand hatte ihr erzählt, er sei früher, unter Ademars Vater, Königlicher Schwertführer gewesen. Doch das war lange her.

Anfangs hielt er sich wacker. Nur mit Knien und Hüften wendete er sein Streitroß auf der Hinterhand, dann führte er schräg von oben einen harten, raschen Hieb gegen Ademars Seite. Die Klinge glitt an der Harnischwölbung ab, doch für einen Moment schwankte der König von Gorhaut im Sattel, und wieder entrang sich beiden Heeren ein donnernder Aufschrei. Lisseut schaute unwillkürlich zu Blaise hinüber, doch als sie sein Gesicht sah, wandte sie sich wieder ab und beobachtete weiter den Kampf auf der Straße.

* * *

Blaise bekam Ranalds ersten Treffer gar nicht mit. Sobald der Kampf begann, hatte er die Augen geschlossen. Doch als das Schwert klirrend die Rüstung traf, riß er sie wieder auf und sah gerade noch, wie Ademar im Sattel schwankte, das Gleichgewicht wiederfand und seinerseits einen Rückhandhieb anbrachte. Ranald wehrte ihn mit einer Drehung seines Schwertarms ab und trieb sein Pferd zur Seite, als Ademar einen zweiten Schlag in die Gegenrichtung versuchte.

Dieses reiterliche Kunststück, die instinktive, fast unbewußte Reaktion eines Mannes, der sein Leben mit einem Schwert in der Hand im Sattel verbracht hatte, versetzte Blaise in schwindelerregendem Tempo in seine Kindheit zurück. Damals hatte Galbert seinem Sohn Blaise verboten, ein Schwert auch nur anzufassen, und dennoch hatte ihm Ranald heimlich Unterricht erteilt. Als der Ungehorsam ans Licht kam, waren sie beide ausgepeitscht worden. Blaise hatte erst sehr viel später von Ranalds Strafe erfahren, und auch nur, weil einer der Coraner davon sprach. Ranald selbst hatte nie ein Wort darüber verloren. Unterricht hatte er Blaise freilich auch nicht mehr gegeben. Galbert hatte seinen Willen durchgesetzt – wie fast immer.

Blaise sah zu seinem Vater hinüber. Glatte Wangen, ein herrisches Gesicht. Die steile Falte auf Galberts Stirn hatte sich geglättet; jetzt lächelte er, selbstgefällig, schmallippig, ein Ausdruck, den Blaise nur allzu gut kannte. Warum sollte er auch nicht lächeln? Ranald hatte seine beste Zeit als Fechter seit zehn Jahren hinter sich, und Ademar war womöglich der beste Schwertkämpfer in ganz Gorhaut. Der Ausgang dieses Duells stand fest, seit die Herausforderung ausgesprochen worden war, und Galbert, das begriff Blaise in diesem Moment, lag nicht das geringste am Leben seines Sohnes. Ranalds Tod würde sogar manches vereinfachen. Für den Großpatriarchen spielte dieser Mensch kaum noch eine Rolle, es sei denn, er wurde ihm lästig, wie eben jetzt, oder bedrohte gar seine Macht über den König.

Ja, falls Rosalas Geschichte der Wahrheit entsprach – woran natürlich kein Zweifel bestand –, dann galten Galbert auch die Ehre und der Stolz des Hauses Garsenc nichts mehr. Dem Großpatriarchen war offenbar in erster Linie wichtig, daß Ademar wie Wachs in seinen Händen blieb und es ihm ermöglichte – ein alter Traum, der nun kurz vor der Erfüllung stand – Arbonne in Flammen aufgehen zu lassen. Daneben interessierte ihn nur noch eines: Cadar. Galbert hatte dieses Kind in seine eiskalten Berechnungen fest mit einbezogen. Es sollte ihn der Macht über Gorhaut und der Auslöschung Arbonnes einen weiteren Schritt näherbringen.

Er darf ihn nicht bekommen, dachte Blaise.

Er fragte sich – ein grauenhafter Gedanke, der ihn wie ein Stich ins Herz traf – ob Rosala wohl Anweisung gegeben hatte, den Kleinen töten zu lassen, sollte Arbonne die Schlacht verlieren. Es war nicht ausgeschlossen, dachte er, es war sogar sehr wahrscheinlich.

Die ganze Welt war ein einziges Jammertal. Er wandte sich von seinem Vater ab und konzentrierte sich wieder auf seinen Bruder. Ranald erschien ihm plötzlich seltsam fern, so als ziehe er sich bereits in die Vergangenheit zurück und verschwinde trotz des klaren Lichts, das ganz Arbonne erfüllte, im Nebel.

* * *

Auch Ranald de Garsenc denkt an die Vergangenheit und überläßt es seinem Körper, auf die Anforderungen des Kampfgeschehens zu reagieren. Die ersten Schritte des Tanzes sind ihm überwältigend vertraut, alles geht gut, er fühlt sich – und damit hat er nicht gerechnet – geradezu glücklich. Während er mit Schild und Schwert eine Reihe von Schlägen abfängt und mit gleicher Münze zurückzahlt, ist ihm freilich klar, daß das nicht lange so bleiben kann. Er ist zwar nicht so viel älter als er König, aber er hat seine besten Jahre längst hinter sich, während Ademar, stark wie ein Baum, auf dem Gipfel seiner Leistungsfähigkeit steht.

Wie um deutlich zu machen, was beide längst wissen, durchbricht der König mit schierer Kraft eine verspätete Parade und trifft mit seiner Klinge Ranalds leichten Harnisch. Zu Pferde hat Ranald stets die leichte Rüstung bevorzugt und sich auf seine Schnelligkeit verlassen. Jetzt fährt ihm der Schmerz wie eine Lanze in die Rippen, er zuckt zusammen, reißt sein Pferd zurück und muß erkennen, daß es mit seiner Schnelligkeit nicht mehr weit her ist.

Vor zehn Jahren, denkt er ohne Bitterkeit, *hätte ich ihn jetzt schon auf dem Boden gehabt.* Kein falscher Stolz begleitet den Gedanken: vor zehn Jahren war er noch Schwertführer an König Duergars Hof gewesen und hatte zwei volle Jahre im Namen des Königs gekämpft, ohne in irgendeinem Turnier von Götzland über das südliche Portezza bis zum Hof von Arimonda auch nur einen einzigen Zweikampf zu verlieren. Dann starb eines Nachts mitten im Winter Ereibert de Garsenc, und nach der obligatorischen Totenwache bei Kerzenschein im Corannos-Haus ging die Herzogswürde auf Ranald über. Turniere, Bankette, bei denen er von Männern wie von Frauen gefeiert wurde, alles vorbei. Statt dessen galt es nun, sich mit der Verwaltung von Garsenc zu beschäftigen. Und sein Vater spannte ihn unerbittlich für seine Pläne ein – natürlich ohne ihn einzuweihen: Galbert zog Ranald ebensowenig ins Vertrauen, wie dieser seine Gedanken mit ihm teilte. In seiner Eigenschaft als Herzog von Garsenc war Ranald lediglich ein Werkzeug für die finsteren Machenschaften seines Vaters und manchmal nicht einmal das. Das ist alles lange her. Damals hat er angefangen, im Bier und im Wein Trost und Vergessen zu suchen.

Er hält sich bei diesen Erinnerungen nicht lange auf. Während der König von neuem auf ihn eindrängt und er ein so heftiges Trommelfeuer von Schlägen abwehren muß, daß ihm Arm und Schulter erlahmen, wandern seine Gedanken noch weiter in die Vergangenheit zurück.

Blaise hat seine Mutter nie gesehen, aber Ranald hat noch eine schwache Erinnerung an sie.

Zwei oder drei Bilder sind es nur, doch als er, ein Kind noch, zum ersten Mal davon sprach, wies ihn sein Hauslehrer streng zurecht. Das seien Einbildungen, Ausgeburten der Fantasie, eines künftigen Kriegers nicht würdig. Ranald sei zwei Jahre alt gewesen, als seine Mutter starb. Kein Mensch bewahre Erinnerungen an diese Phase, behauptete der Mann kategorisch. Als die Bilder immer wiederkehrten und Ranald bald danach seinem Vater von einer Frau mit rotem Haar erzählte, die ihm bei Kerzenschein vorgesungen habe, verbot ihm Galbert rundheraus unter Androhung von Peitschenhieben, sie noch einmal zu erwähnen. Sechs Jahre war Ranald damals alt, und von da an hat er nie mehr versucht, seinem Vater irgend etwas anzuvertrauen, was ihm wichtig war. Und auch keinem anderen Menschen, wie er jetzt plötzlich erkennt.

Das Bild der rothaarigen Frau hat ihn all die Jahre über begleitet, aber er hat nie wieder ein Wort davon gesagt. Jetzt denkt er zum ersten Mal, daß er Rosala davon hätte erzählen können. Vielleicht hätte sich doch ein Band knüpfen lassen. Rasch drückt er mit dem linken Knie sein Pferd zur Seite, duckt sich ächzend unter einem weit ausholenden Schlag und revanchiert sich mit einem Rückhandhieb, der klirrend von Ademars Harnisch abprallt. Der König hat eine Vorliebe für flache Schläge von der Seite, stellt er fest. Sein Unterbewußtsein registriert solche Dinge noch immer, obwohl er sie nicht mehr verwerten kann. *Ich hätte es ihr sagen sollen,* denkt er jetzt. Vielleicht hätte sich Rosala für seine Erinnerungen interessiert, wenigstens zu Anfang ihrer Ehe. In späteren Jahren konnte er sich ihrer Anteilnahme nicht mehr so sicher sein, aber das war nun wirklich seine eigene Schuld.

Seine eigene Schuld ist es auch, daß er jetzt schon kurzatmig wird. Das Bier von heute morgen macht sich bemerkbar: seine Bewegungen sind schwerfällig, jedesmal dauert es einen Pulsschlag zu lang, bis er eine Gefahr oder eine Blöße seines Gegners erkennt, bis sein träger Körper darauf reagiert. Und das wird noch schlimmer werden. Ademar hört man noch nicht einmal atmen, denkt Ranald verbittert, während sein eigener Schild und sein Harnisch bereits mehrere Beulen aufweisen. Auf der linken Seite sind womöglich mehrere Rippen gebrochen; er kann nur noch parieren, alles andere fällt ihm schwer.

Ademar scheint ihn genau zu durchschauen. Der König von Gorhaut läßt sich sogar herab, Ranald eine Verschnaufpause zu gewähren, indem er, ohne das schwarze Visier hochzuklappen, das Wort an ihn richtet. So leise, daß niemand sonst es hören kann, sagt er: »Wenn Ihr nicht so töricht wärt, könnte ich Euch fast bedauern. Morgen ist sie mein, vergeßt es nicht. Es soll Euer letzter Gedanke sein, wenn ich Euch töte. Morgen nacht läßt sie ihr Haar herunter und kommt zu mir, und ich bringe ihr bei, mit dem Mund mein Geschlecht zu umschließen. Glaubt Ihr, dann weint sie dem jämmerlichen Trunkenbold, an dessen Seite sie einst liegen mußte, noch eine Träne nach?«

Ranald möchte ihm gern antworten, aber für Wortgefechte ist ihm sein Atem zu kostbar, und eigentlich weiß er auch nichts zu sagen. Der Schmerz in den Rippen ist schlimmer geworden; jeder Atemzug jagt ihm Messerstiche in die Seite. Aber er glaubt nach wie vor, daß sich der König in Rosala täuscht; sie hat beteuert, sie würde eher sterben, als sich zum Beischlaf mit Ademar zwingen zu lassen, und das war sicher die Wahrheit. Eine jähe Erkenntnis überfällt ihn: indem der König ihn tötet, bringt er mit ziemlicher Sicherheit auch Rosala um. Und mit ihr – eine zweite Erkenntnis, eisig wie der peitschende Wind – das Kind. Den Sohn, den er nie gesehen hat.

Er hat mit allem recht, was er über mich sagt, denkt Ranald de Garsenc nun voller Bitterkeit. *Ich habe mein Leben vertan.*

Dann sieht er – wieder ein Bild, das schmerzt – seinen Bruder Blaise im Nebel vor sich auf der Zugbrücke von Garsenc stehen: *Du brauchst ihm nicht zu folgen, Ranald. Zum ersten Mal seit langem kannst du dich frei entscheiden.* Er hat Blaise barsch abgefertigt, erinnert er sich, weil er an seiner Wut, seiner Verwirrung fast erstickt wäre. Nur Corannos weiß, wie groß sein Zorn war in jener Nacht. Aber die Wut richtete sich gegen das falsche Ziel; er scheint sein ganzes Leben lang falsche Ziele angesteuert zu haben. *Es hat eine Zeit gegeben, da wäre ich dir bis ans Ende der Welt gefolgt* Auch das hatte Blaise in jener Nacht gesagt. *Das habe ich nicht gewußt,* denkt Ranald und beobachtet dabei den König von Gorhaut mit Argusaugen. Blaise ist hier, er sieht ihm zu, er hat nach der Krone gegriffen, sich gegen ihren Vater aufgelehnt – sogar Corannos als Zeugen dafür angerufen. Er geht den Weg der Ehre, man kann stolz auf ihn sein, auch wenn man sein Bruder ist.

Ademar hebt sein Schwert und zeigt damit nach vorne wie ein Henker. Jetzt gibt er den Soldaten ein Schauspiel. Ranald hört sie im Norden, ein konstantes Stimmengemurmel, immer wieder von schrillen Aufschreien unterbrochen. Gleich geht der Kampf weiter. Und bald ist er zu Ende, denkt Ranald de Garsenc. Er wirft einen kurzen Blick auf die Sonne, die so hell auf die Felder und Wälder dieses Landes Arbonne scheint.

Er hat wirklich keine Angst, er ist nur traurig und voller Reue, obwohl es dafür nun wirklich zu spät ist. Er hat so viele Fehler und Schwächen, ein ganzes Leben würde nicht ausreichen, um sie alle abzubüßen. Er denkt an die rothaarige Frau, hört das Wiegenlied, das sie singt. Wird sie ihn erwarten? Wird der Gott jemandem wie ihm wirklich so gnädig sein? Wieder denkt er an seinen Bruder, und dann, ganz zuletzt, an seine Frau und an das Kind, das ihm irgendwie aus den Händen geglitten ist: Cadar. Ein Name voller Kraft, der einen guten Klang hat in der Welt. Seinen eigenen wird man längst nicht in so guter Erinnerung behalten, denkt er, und letztlich ist es das, was ihn am meisten schmerzt. Und was ihn anspornt, eine letzte Geste zu machen, einen letzten Versuch zu unternehmen.

Ohne Rücksicht auf seine schmerzenden Rippen schwingt nun auch Ranald sein Schwert hoch über dem Kopf, eine dramatisches Manöver, das die Blicke auf sich zieht. Ademar zögert.

Ranald nimmt einen tiefen, kostbaren Atemzug und ruft dann – hoffentlich können die Soldaten ihn hören – so laut er kann durch das offene Helmvisier: »Im Angesicht unseres heiligsten Gottes erkläre ich: Ihr seid ein falscher König, Ademar, und in Gorhauts Namen erhebe ich mein Schwert gegen Euch.« Der Lärm aus dem Norden verändert sich, und das verrät ihm, daß seine Worte ihr Ziel erreicht haben. Er hält inne, schöpft Atem, setzt abermals zum Sprechen an. Diesmal wendet er sich an einen Coraner, einen seiner eigenen Männer, der ihn zu diesem Treffen begleitet hat. »Bergen«, schnarrt er, »reite zum Heer zurück! Dies ist mein Befehl! Und du sorgst mir dafür, daß er auch ausgeführt wird: Garsencs Coraner kämpfen nicht für diesen Mann!« Er zögert noch einen Augenblick, überwindet sich: »Von jetzt an folgt ihr meinem Bruder!«

Es ist vollbracht, eigentlich war es nicht so schwer, wie er gefürchtet hatte. Er läßt den König nur so lange aus den Augen, bis er den Blick seines eigenen Coranerführers auf sich gezogen hat. Bergen zögert, kämpft mit seiner Überraschung, seiner Angst, dann nickt er ruckartig mit dem Kopf. Er nimmt die Zügel auf, will den Befehl ausführen. Ranald muß sich abwenden, denn nun stürmt der König in blinder Wut auf ihn los.

In aufrichtiger Demut befiehlt Ranald de Garsenc nunmehr Corannos seine Seele, dann beschließt er spontan, ein letztes Kunststück zu wagen. Was ihn reizt, ist die bittersüße Ironie des Ganzen. Er will ein Andenken an die Kindheit hinterlassen. Wird jemand erkennen oder durchschauen, was er vorhat? *Blaise vielleicht*, denkt er wehmütig, und dann hat er keine Zeit mehr zum Denken. Ademar schwingt sein Schwert, der Tanz geht seinem Ende entgegen.

* * *

Für die Zuschauer ging alles viel zu schnell.

Blaise hatte sich abgewandt, als Ranald zuerst mit theatralisch erhobenem Schwert zu den Truppen sprach und dann Bergen, dem langjährigen Hauptmann der Garsenc-Coraner, jenen unglaublichen Befehl gab. Er begriff nicht sofort, was sein Bruder getan hatte, doch dann machte sein Herz einen

Satz. Bergen von Garsenc, ein treuer Vasall, bestätigte den Befehl, schickte sich an, ihn auszuführen.

Und wurde von hinten mit einem Schwertstreich niedergemacht, bevor er sein Pferd vollends gewendet hatte. Lässig und ohne zu lächeln, zog der elegante Borsiard d'Andoria sein Langschwert aus dem Leib des Coraners. Bergen stürzte zu Boden. Der Portezzaner drehte sich gemächlich zu Blaise um. Jetzt lächelte er.

Das gorhautische Heer machte seinem Zorn und seinem Schrecken mit einem lauten Aufschrei Luft. Alle hatten Ranalds Erklärung gehört, alle hatten gesehen, wie der Portezzaner einen der ihren erschlug. Auf beiden Seiten lösten sich Männer aus den Reihen, rückten näher. Nun war Gefahr im Verzug.

Blaise hatte keine Zeit, sich darum zu kümmern oder sich mit Borsiard zu beschäftigen, denn bevor er die Gegenwart noch recht verarbeitet hatte, regte sich scheinbar zusammenhanglos eine Kindheitserinnerung. Die übertriebene Geste, mit der Ranald das Schwert schwang, versetzte ihn zurück auf den Burghof von Garsenc, wo er oft zugesehen hatte, wenn sein Bruder mit den Coranern im Hof exerzierte. Diese Bewegung hatte etwas eingeleitet, ein verwegenes Reiterspiel, ein akrobatisches Kunststück ...

Dann brach sich die Erkenntnis Bahn, und Blaise fuhr herum und rief etwas, den Namen seines Bruders, aber das erkannte er erst hinterher. Das würde das Ende sein, so oder so.

Er kannte dieses Manöver, aber nur als Spiel unter Freunden, und auch das war zwanzig Jahre her. Das hocherhobene Schwert war eine fast zu durchsichtige Aufforderung an den Gegner, mit der Rückhand seitlich die ungedeckte, rechte Körperhälfte anzugreifen. Was dann folgte, jedenfalls damals, auf dem Garsencschen Turnierplatz, war eine alberne, ja unwürdige Balgerei, die gewöhnlich damit endete, daß sich die beiden Gegner fluchend und lachend im Staub wälzten.

Am Ufer des Dierne-Sees wurde nicht gelacht. Blaise sah, wie der König von Gorhaut – in blinder Wut über Ranalds Befehl an seine Männer – ahnungslos in die Falle tappte. Ademar holte weit aus, ein gewaltiger Hieb, der, hätte er getroffen, die Rüstung durchschlagen und Ranalds Rumpf gespalten hätte.

Doch er traf nicht. Ranald de Garsenc legte sich flach auf den Hals seines Pferdes und ließ sein Schwert fallen, während Ademars Klinge pfeifend über ihn hinwegsauste. Durch die ungebremste Bewegung kippte der König im Sattel zur Seite, sein Pferd vollführte eine Vierteldrehung. Bevor er sich fluchend wieder aufrichten konnte, hatte sich Ranald in seiner leichten Rüstung bereits abgestoßen, um hinter seinem Gegner auf dessen Pferd zu springen. Wie ein Junge, dachte Blaise, für den die Welt noch aufregend und neu war, für den Dinge wie Schmerz und Leid und Alter nicht einmal in seiner Vorstellung existierten.

Ranald schaffte es tatsächlich. Landete knapp hinter Ademar und schwang ein Bein über die Kruppe des Pferdes. Schon tastete er nach seinem Gürtelmesser, um den König zu töten, als sich der Armbrustbolzen dicht oberhalb des Schlüsselbeins in seine Kehle bohrte.

Der Dolch entglitt, erst halb aus der Scheide gezogen, den kraftlosen Fingern. Ranald de Garsenc rutschte langsam zu Boden und blieb im Wintergras liegen. Ein dicker Blutstrahl schoß ihm aus dem Hals, leuchtete hellrot im Sonnenlicht.

Ademar von Gorhaut hatte Mühe, sein scheuendes Pferd zu bändigen. Ungläubig sah er zuerst auf seinen Gegner und dann auf den Mann hinab , der heimlich eine kleine Armbrust zum Treffen geschmuggelt und nun damit geschossen hatte.

»Ihr habt in einen Zweikampf eingegriffen.« Die Stimme des Königs von Gorhaut klang dünn. Er war sichtlich erschüttert.

»Hättet Ihr den Tod vorgezogen?« fragte Galbert de Garsenc, der Großpatriarch von Gorhaut, ohne einen Blick auf seinen Sohn zu verschwenden. Ademar antwortete nicht. Das Heer im Norden geriet zusehends in Aufruhr.

»Paßt auf ihn auf«, rief Blaise in die Runde, glitt von seinem Pferd und kniete, ohne Ademar zu beachten, neben seinem Bruder nieder. Auch als er hinter sich Schritte hörte, wandte er sich nicht um. Ranald hatte die Augen geschlossen; noch war er am Leben, aber er lag in den letzten Zügen. Mit größter Behutsamkeit faßte Blaise seinen Bruder an den Schultern und bettete sich seinen Kopf in den Schoß. Das Blut, das bisher in die Erde gesickert war, durchtränkte nun seine Kleider.

Hinter ihm sagte sein Vater zum König von Gorhaut: »Ich wollte nicht so kurz vor dem Ziel an den Launen eines Trinkers oder an Eurer Unachtsamkeit scheitern.«

Ranald schlug die Augen auf, und Blaise sah, daß sein Bruder ihn erkannte. Ein schwaches Lächeln huschte über Ranalds Züge.

»Es hätte tatsächlich geklappt«, flüsterte er. »Dabei hatte ich immer geglaubt, es sei nur ein Spiel.«

»Du mußt dich schonen«, murmelte Blaise.

Ranald schüttelte kaum merklich den Kopf. »Wozu?« brachte er mühsam heraus. »Ich spüre das Gift. Der Bolzen war mit Syvaren getränkt.«

Natürlich. Wie konnte es auch anders sein? Diesmal war es Blaise, der die Augen schloß, bevor ihn der Schmerz und eine tödliche, seit Jahren angestaute Wut überwältigen konnten. Verzweifelt rang er um Fassung, und als er die Augen wieder öffnete, war Ranalds Blick an ihm vorbeigewandert und ruhte nun auf jemand anderem.

»Ich habe kein Recht, dich um etwas zu bitten«, flüsterte sein Bruder. Blaise sah über die Schulter. Hochgewachsen und ernst stand Rosala hinter ihm.

»Das stimmt«, pflichtete sie ihm bei, selbst jetzt nicht bereit, ihre innersten Überzeugungen zu verraten. »Aber ich habe das Recht, dir einen Wunsch zu erfüllen.« Sie zögerte, und Blaise dachte schon, sie würde niederknien, aber sie blieb stehen und sagte ruhig: »Du hast dich tapfer geschlagen, Ranald.«

Dann wurde es still. Ferne Geräusche drangen an Blaises Ohr. Es klang, als würde irgendwo gekämpft. Er müßte sich umdrehen, diese Schlacht war entscheidend, aber er konnte es nicht.

»Beschütze ihn, so gut du kannst«, sagte Ranald. »Cadar, meine ich.« Und dann, so leise, daß es kaum zu verstehen war: »Es ist ein schöner Name.« Blaise drohte das Herz zu brechen. Hinter diesen Worten steckte so viel Unausgesprochenes, die Qualen eines ganzen, sinnlos vergeudeten Lebens.

Das hatte wohl auch Rosala gehört, denn jetzt kniete sie sich neben ihren Gemahl ins blutige Gras. Sie berührte ihn nicht, aber Blaise hörte sie wieder mit dieser ernsten, ruhigen Stimme sagen: »Wenn es dir recht ist, soll er von heute an Cadar Ranald de Garsenc heißen, mein Gebieter. Das hast du dir verdient.«

Unter Tränen sah Blaise seinen älteren Bruder ein letztes Mal lächeln und hörte sein kaum vernehmliches Flüstern: »Es ist mir recht.«

Dann hielt er plötzlich Ranalds Hände in den seinen – er wußte nicht wann er sie ergriffen hatte – und war fast sicher, einen kurzen Druck der kräftigen Finger zu spüren, bevor sie erschlafften.

Blaise sah auf seinen toten Bruder nieder. Kalt strich der Wind über sein Gesicht. Nach einer Weile machte er eine Hand frei und drückte Ranald die Augen zu. Er hatte schon viele Männer sterben sehen. Manchmal wurden die Gesichter ruhig und friedlich, wenn das Leben aus ihnen wich und sie ihre zweite Reise ins Reich des Gottes antraten. Doch Ranald sah aus wie immer; vielleicht tröstete man sich nicht so leicht mit Illusionen, wenn man einem Toten nahestand.

Jetzt fiel ihm auf, daß er sich nicht richtig verabschiedet hatte. Im Grunde hatte er gar nichts gesagt. seine einzigen Worte waren *Du mußt dich schonen* gewesen. Ein törichter Rat an einen Mann, dem ein Pfeil in der Kehle steckte, und der bereits die Kälte des Syvarens in den Adern spürte. Die Berührung, der Händedruck, vielleicht hatte das genügt. Es würde genügen müssen, denn mehr würde es nicht geben.

Er zwang sich, zu Ademar aufzuschauen, der immer noch merklich erschüttert auf seinem Pferd saß. Blaise sprach ihn nicht an, sondern warf einen Blick über die Schulter. Sein Vater hielt immer noch die winzige Armbrust in den Händen, die er heimlich mitgebracht hatte. Die alten Gesetze, die den Ablauf von Parlamentärstreffen und Duellen regelten, galten natürlich nicht für Galbert. Blaise hatte das immer schon gewußt. Ademar offenbar nicht.

Der König von Gorhaut fragte sich jetzt sicher, wie er künftig noch mit erhobenem Haupt vor die sechs Länder – ja, vor sein eigenes Volk – hintreten sollte, nachdem er sich auf so schmachvolle Weise vor der Niederlage in einem Zweikampf hatte retten lassen. Vermutlich sollte man versuchen, ihn mit

Hohn und Spott noch mehr aus der Fassung zu bringen, doch danach war Blaise im Moment wahrhaftig nicht zumute. Zu einer anderen Zeit, an einem anderen Ort hätte er unter Umständen sogar Mitleid mit Ademar empfinden können. Dem König kam offenbar erst jetzt allmählich zu Bewußtsein, in welchem Ausmaß ihn Galbert de Garsenc zu seinem Werkzeug degradiert hatte.

Wieder sah Blaise auf seinen Bruder hinab, wie um sich dessen Züge einzuprägen. Er und Ranald waren sich so ähnlich gewesen und doch so verschieden. »Du mußt jetzt aufstehen«, hörte er Rosalas Stimme wie aus weiter Ferne. Sie selbst hatte sich bereits erhoben. Er schaute zu ihr auf. Mehr denn je erschien sie ihm wie eine von Corannos' Speermaiden, aufrecht und stolz wie die Gestalten auf den alten Reliefs, ein Gesicht wie aus Stein gemeißelt. Sie sah ihn fest an. »Er hätte verdient, für diesen Tod beweint zu werden«, sagte Rosala de Savaric de Garsenc, »doch mir scheint, die Schlacht hat begonnen.«

Und so war es wohl auch.

Blaise schob beide Hände unter Ranalds Kopf, hob ihn ein wenig an und rutschte zur Seite. Dann legte er seinen Bruder ins Gras zurück, stand auf und sah zu Ademar empor. Im Norden schwoll der Lärm immer weiter an. »Als sein Bruder erhebe ich Anspruch auf seinen Leichnam«, sagte er. »Muß ich darum kämpfen?«

Ademar schüttelte den Kopf. »Ich versichere Euch, ich will ihn nicht.«

Blaise nickte. »Gut.« Eine fast unnatürliche Ruhe war über ihn gekommen. Der Schock setzte ein. »Falls wir bei Sonnenuntergang beide noch am Leben sind, werde ich nach Euch suchen.«

Ademars Augen streiften Ranalds Leiche, wanderten zu Blaise zurück, hielten seinem Blick stand. Man konnte ihm vieles vorwerfen, aber feige war er nie gewesen. »Ich werde nicht schwer zu finden sein«, sagte er, riß sein Pferd herum und sprengte nach Norden, dem Schlachtfeld zu.

Jetzt war Blaise bereit, sich mit seinem Vater zu beschäftigen.

Galbert hatte den anderen nachgesehen. Er schien auf ihn

gewartet zu haben. Das großflächige, glatte Gesicht war leicht gerötet, doch ansonsten völlig ungerührt. Blaise wählte seine Worte mit Bedacht: »Nicht ich werde dich töten, denn mit einem Vatermord will ich meine Seele nicht belasten, aber irgendwann, vielleicht heute, vielleicht auch später, wirst du die Reise ins Reich des Gottes antreten, und dann wird Corannos diese Tat zu richten wissen.« Er hielt inne. »Auch Rians Urteil hast du zu fürchten, denn Parlamentäre und Duellanten stehen unter ihrem Schutz, und du bist an deinem Sohn zum Mörder geworden.«

Galbert lachte bellend und setzte zu einer Antwort an.

»Verschwindet!« sagte Bertran de Talair, bevor der Großpatriarch ein Wort über die Lippen brachte. »Ich habe im Beisein der Herolde noch nie einen Menschen getötet, aber bei Euch könnte ich mich vergessen.«

»Was?« spottete Galbert. »Fürchtet Ihr nicht, ebenso gerichtet zu werden wie ich?« Und damit wendete er sein Pferd und ritt davon. Zwischen den vordersten Linien der beiden Heere hatte die Schlacht bereits begonnen, und der Wind, der nördlich von Talair durch das Tal fuhr, ließ die Banner flattern. Blaise warf einen Blick auf seinen toten Bruder, dann sah er seinem Vater nach, der, obwohl ein Hüne von einem Mann, doch mit selbstverständlicher Eleganz im Sattel saß. Die beiden Gestalten kamen ihm so unwirklich vor, als sträube sich sein Verstand, eine Beziehung zwischen ihnen herzustellen. Doch unweit von ihm war eine Schlacht im Gange, und an diese Wahrheit klammerte er sich. Sie war der feste Punkt, sie verlangte seine Aufmerksamkeit, sie konnte ihn aus der Benommenheit reißen, die ihn zu lähmen drohte.

Als er hinter sich ein Scharren hörte, drehte er sich um. Zwei Boote wurden auf den Felsstrand gezogen. Die Frauen wurden abgeholt. In einer der Barken stand – er war nicht überrascht – die hochgewachsene, schlanke, junge Priesterin, der er schon einmal hier am See begegnet war. Auch damals hatten Leichen auf der Erde gelegen. Sie warf ihm einen kurzen, scheinbar gleichgültigen Blick zu, dann reichte sie der Gräfin die Hand, um ihr beim Einsteigen behilflich zu sein.

Die Boote füllten sich rasch und wurden wieder ins unruhige Wasser hinausgezogen. Man setzte die Segel, um den Nordwind auszunützen. Blaise blieb noch einen Moment am Strand stehen und sah ihnen nach. Ariane drehte sich nach ihm um. Ihr schwarzes Haar flog im Wind. Einen Herzschlag lang trafen sich ihre Blicke, dann wandte sie sich ab. Blaise sah zur zweiten Barke hinüber. Lisseut von Vezét schaute ebenfalls zu ihm zurück. Auch sie hatte heute Männer verloren, die sie liebte. Schüchtern hob sie eine Hand, ließ sie aber gleich wieder sinken. Er sah, daß sie weinte.

Rosala schaute unverwandt nach vorn und zeigte ihm ihr Gesicht nicht mehr, so konnte er sie nur von hinten betrachten. Hoch aufgerichtet saß sie neben der kleinen, zarten Gräfin von Arbonne, während die beiden Boote sich immer weiter von der Wiese hinter dem felsigen Nordufer und der Leiche ihres Gemahls entfernten und quer über den Dierne-See dem Eiland entgegenglitten.

Einmal, zweimal holte Blaise tief Atem, dann kehrte er den Booten und den Frauen darin den Rücken. Bertran de Talair trat zu ihm.

»Alles in Ordnung?« fragte der Herzog leise. Hinter ihm kam Fulk de Savaric, und seine Augen stellten die gleiche Frage.

Eine dritte Barke landete mit hörbarem Knirschen. Sie kamen, um Ranald zu holen. Er mußte seinen Bruder Rians Priestern überlassen und konnte nur hoffen, daß diese ihm die gebührende Ehre erweisen würden. Er hatte keine Zeit, ihm blieb keine andere Wahl. Er konnte nicht mehr über sich verfügen, er mußte sich nun um die Lebenden kümmern und um diejenigen, die er töten wollte.

»Wie ich mich fühle, hat keine Bedeutung«, antwortete er dem Herzog von Talair und erschrak, als er seine eigene Stimme hörte. »Wirklich nicht. Und nun laß uns gehen.«

Kapitel 18

Die Schlacht, die für Gorhaut wie für Arbonne in der Form, wie die Welt sie kannte, das Ende bedeutete, begann also einen Tag zu früh. Das gescheiterte Treffen am See hatte ein stürmisches Nachspiel, in dessen Verlauf die vordersten Kompanien der beiden Heere zum Angriff übergingen. Um sie wieder zu trennen, hätte schon eine Göttin oder ein Gott über ihnen am Himmel erscheinen müssen. Alle taktischen Vorteile, die der geländekundige Bertran de Talair bei hinreichender Vorbereitungszeit noch hätte ins Spiel bringen können, waren dahin. Die spontan ausgebrochenen Kampfhandlungen verwandelten das Schlachtfeld im Nu in einen lärmenden Hexenkessel.

In solchen Fällen, dachte Blaise, der unweit des Sees im Getümmel steckte, machte sich die zahlenmäßige Überlegenheit unweigerlich bemerkbar. Das kleinere Heer hatte nur Chancen, wenn das größere feige war, schlechte Führer hatte oder aus Söldnern bestand, die frühzeitig bestrebt waren, ihre Verluste zu begrenzen.

In der Schlacht am Dierne-See war keiner dieser Faktoren gegeben. Blaise lebte nun schon fast ein Jahr südlich der Berge und hatte gelernt, daß mit den Männern von Arbonne nicht zu spaßen war – schon gar nicht, wenn sie, wie jetzt, im eigenen Land und um ihre Heimat kämpften. Aber Gorhauts Streiter waren von Kindheit an dazu erzogen worden, in Corannos dem Feldherrn die höchste Inkarnation des Gottes zu sehen, und sie standen fest in der Tradition der Alten, die stets als Eroberer aufgetreten waren. Der Triumphbogen, der westlich des Tales wie ein drohender Schatten aufragte, war dafür der beste Beweis.

Die Länder des Nordens, Gorhaut, Valensa und Götzland, hatten sich immer in dieser Rolle gesehen, während die südlichen Nationen bei weitem nicht so einseitig auf den Krieg fixiert waren. Arbonne stellte gar seine Göttin noch über den Gott. Diese Unterschiede erzeugten feine Schwingungen, die Blaise vor einem Jahr noch gar nicht wahrgenommen hätte – doch jetzt, in diesem archaischen Inferno hatten solche Nuancen jegliche Bedeutung verloren. Hier kam es auf die Waffen an, auf die Ausbildung und die Entschlossenheit der Soldaten und zu guter Letzt eben darauf, welche Seite in der Überzahl war.

Es müßte schon ein Wunder geschehen, dachte er, als er sich an diesem Winternachmittag, von brennendem Rachedurst erfüllt, in die Schlacht stürzte. Blaise glaubte fest an Corannos, und allmählich bekam er zu seiner eigenen Überraschung auch ein Gespür für Rians ganz anders geartete Macht, doch an Wunder glaubte er immer noch nicht. Nach seiner Erfahrung waren es die Menschen – er nahm sich selbst nicht aus – einfach nicht wert, daß ein Gott sich für sie einsetzte. Während er unermüdlich mit seinem Schwert um sich hieb, ein Sterblicher, der den Tod austeilte, war ihm doch stets bewußt, daß er Männer erschlug, die an der Iersen-Brücke und oft auch schon früher an seiner Seite gekämpft hatten. Er mußte seine gesamte Willenskraft aufbieten, um diesen Gedanken von sich fernzuhalten und nicht darunter zusammenzubrechen.

Und so prallten die Streitkräfte zweier Länder im klaren Licht des arbonnesischen Winters aufeinander, während der Wind ungerührt weiter durch das Tal pfiff. Für Blaise war klar, daß sie dem Druck der Massen nicht lange standhalten konnten. Man würde sie immer weiter zurückdrängen, zum See, an den Rand des Burggrabens, und schließlich in den Tod. Manchmal genügte es wohl nicht, mutig und tüchtig zu sein und ein berechtigtes Anliegen zu haben. Das genügte sogar nur ganz selten, dachte er, eine Erkenntnis, die ihn zu vergiften drohte. So sah sie eben aus, die Welt, die Corannos und Rian geschaffen hatten. Er spürte förmlich, wie der Tod am strahlendblauen Himmel lauerte, wie er sich anschickte, auf die Welt herabzusteigen und sie in Finsternis zu hüllen.

Vor seinem inneren Auge erschien ein Bild des Grauens: Es war Nacht, das Heer war geschlagen, und auf Rians Eiland loderten die Feuer. Zart und aristokratisch lag die stolze Signe de Barbentain gefesselt auf einem der Scheiterhaufen seines Vaters, den Mund weit aufgerissen zu einem lautlosen Schrei, das weiße Haar in hellen Flammen. Nun endlich durchfuhr ihn der Zorn wie ein glühendes Schwert und vertrieb die Benommenheit, die ihn seit Ranalds Tod einhüllte wie erstickender Nebel.

Blaise blickte sich um, als sehe er das Schlachtfeld zum ersten Mal, und in diesem Augenblick verdrängte er seinen inneren Schmerz, fügte sich in die Rolle, die ihm zugeteilt war und nahm die Last auf sich, die auf ihn wartete, seit er zum ersten Mal die Hand nach Gorhauts Krone ausgestreckt hatte.

Er hatte das Kommando über die linke Flanke; Rudel, Fulk und die Barone und Coraner des südlichen Arbonne, darunter auch Mallin de Baude, waren bei ihm. Bertran und Valery hielten, zumeist mit Talairs Männern, die Mitte der Front, und rechts stand Thierry de Carenzu mit den Coranern aus dem Osten. Soweit Blaise erkennen konnte, – die Sonne war direkt vor ihm, und er mußte die Augen zusammenkneifen – hielten bisher alle Abschnitte stand. Er entdeckte Ademar in den vordersten Reihen des gorhautischen Heeres, nicht weit von Bertran entfernt, wenn auch durch Hunderte von Männern von ihm getrennt. Galbert ritt, einen schwarzen Streitkolben in der Rechten, neben dem König. Genau in diesem Moment beugte sich Blaises Vater – eine hünenhafte Gestalt – zur Seite und schlug einem arbonnesischen Pikenier mit diesem Kolben den Schädel ein. Der Mann sank wie ein leerer Getreidesack zu Boden. Er hatte nicht einmal Zeit für einen Schrei gehabt.

Im Krieg starben Menschen, das war normal, auch Menschen, die man kannte und liebte. Davon durfte man sich nicht beirren lassen. Noch wichen Arbonnes Männer nicht von der Stelle, doch das würde nicht lange so bleiben. Mit einem Mal hatte Blaise eine Erleuchtung, faßte einen Entschluß.

Es war wie eine Offenbarung. Auch dies gehörte zu der Rolle, die er auf der Bühne der Welt spielen wollte: Befehle zu geben in einer Schlacht, die über das Schicksal ganzer Nationen entscheiden konnte.

So war es, gleich würde es sich erweisen, und Blaise sah ein, daß er auch diese Bürde noch schultern mußte, denn die einzige Alternative bestünde darin, sich in einer Ecke zu verkriechen und zu sterben, und das wäre Verrat an allen, die an ihn geglaubt hatten. Also traf er seine Wahl und war bereit, sich vor dem Gott dafür zu verantworten, wenn seine Stunde kam.

Er löste sich rasch aus dem Wirrwarr vor den Linien und ritt winkend auf Fulk de Savaric zu. Fulk sah ihn kommen und wich ebenfalls zurück.

»Lange geht das nicht mehr!« rief Rosalas Bruder über den Schlachtenlärm hinweg. Neben ihm ließ ein Mann sein Schwert fallen, riß beide Hände in die Höhe und stürzte zu Boden. Ein Pfeil hatte seine Kehle durchbohrt.

»Ich weiß! Hör zu! Du ziehst dich mit deinen Männern zurück und versuchst, die Gorhautaner seitlich zu umgehen. Wir halten die Front, so lange wir können. Wenn irgend möglich, fällst du Ademar in den Rücken! Treibst ihn auf Bertran zu.«

»Ohne uns könnt ihr sie nicht halten!« schrie Fulk. Sein Gesicht war blutüberströmt, und das Blut – Blaise konnte nicht erkennen, ob es sein eigenes war – rann ihm in den blonden Bart.

»Wir müssen es versuchen!« rief er zurück. »Nur so können wir die Kräfte spalten, gegen eine doppelte Übermacht haben wir frontal keine Chance.«

Dann hatte er noch eine Idee. Er wandte sich ab und betrachtete prüfend die Gefechtslinie. Rudel hatte sich umgedreht und sah ihn erwartungsvoll an. Eigentlich nicht überraschend, sie hatten so oft Seite an Seite gekämpft. Sein Freund zog fragend eine Augenbraue in die Höhe, und Blaise nickte.

»Nur zu!« schrie er und wußte, daß Rudel ihn verstanden hatte. Der Portezzaner wandte sich an einen danebenstehenden Söldner und gab ein knappes Kommando.

Fulks Savaric-Leute stießen einen wilden Schrei aus. Der Coraner neben Rudel hatte eine Fahne entrollt. Nun flatterte das Banner der Könige von Gorhaut neben der Standarte von Arbonne. *Die gleiche Fahne auf beiden Seiten,* dachte Blaise. *Ob es etwas nützt?*

Schon im nächsten Augenblick geschah etwas, das sein Herz schneller schlagen ließ.

»Sieh nur!« rief Fulk und deutete nach vorne.

Blaise hatte es bereits bemerkt.

»Zu mir!« brüllte er, riß sein Pferd herum und trieb es auf die Fahne zu, die Rudel hatte hissen lassen. *»In Gorhauts Namen zu mir, Männer von Garsenc!«*

Er schrie aus Leibeskräften, und schon zogen sich Coraner von den Besitzungen seiner Familie aus der Schar hinter seinem Vater und Ademar aus dem Zentrum des Geschehens zurück und strebten, die Schwerter zum Gruß erhoben, ihm zu.

Ranalds letzte Worte waren also doch gehört worden. Gleich darauf hatten diese Männer zusehen müssen, wie Bergen von Garsenc, einer der ihren, von einem portezzanischen Schwert durchbohrt wurde, bevor er zu ihnen zurückreiten konnte. Und sicher, ganz sicher gab es unter den Coranern, mit denen er aufgewachsen war, auch einige, die von der Aussicht, weiterhin Frauen verbrennen oder wehrlose Männer verstümmeln zu müssen, nicht begeistert waren.

Er sah, wie sein Vater auf die Geräusche hinter sich aufmerksam wurde, sich umdrehte und merklich stutzte. Dann schallte Galberts Stentorstimme über das Schlachtfeld, wie die Trompeten des Gerichts, wie der Mahnruf eines Gottes. »Verräter unter uns! Haltet sie auf!«

Heillose Verwirrung entstand. Einige Coraner kehrten folgsam in die gorhautischen Reihen zurück und begannen, auf andere einzuschlagen, die eben noch an ihrer Seite gekämpft hatten. Die Gorhautaner unmittelbar vor Blaise hatten sich umgedreht, um zu sehen, was im Mittelabschnitt vorging. Das verschaffte den Männern von Arbonne eine kurze Atempause, die sie sofort nützten, um mit Rudels bewährten Söldnern – auch sie nun unter der Fahne des Königs von Gorhaut – nach vorne zu drängen. Blaise entdeckte Mallin de Baude, der als erster in die Bresche vorstieß.

»Rasch jetzt!« rief er Fulk über die Schulter hinweg zu. »Das ist unsere Chance!«

Das genügte. Fulk de Savaric schrie die nötigen Befehle an seine Hauptleute, und wenige Augenblicke später – schneller, als Blaise hatte hoffen können – hatten sich die Männer von Savaric abgesondert und strebten in weitem Bogen nach Süden, dem See zu. Das Verzweiflungsmanöver hatte begonnen.

Es *muß* schnell gehen, dachte Blaise. Eine bittere Erkenntnis. Die Zahl der Männer in ihrem Abschnitt hatte sich schlagartig um fast die Hälfte verringert. Rudel sah sich um, begriff, was geschehen war und – grinste.

»Wofür willst du mich eigentlich bestrafen?« rief er Blaise zu und beugte sich weit aus dem Sattel. »Für meine längst vergessenen Jugendsünden etwa?«

»Was könnte mich im Moment mehr interessieren?« rief Blaise zurück und trieb sein Pferd näher heran. Rudel lachte laut auf. Das Lachen verging ihm schnell, denn nun hatten die gorhautischen Streiter die Lücke bemerkt, die sich vor ihnen auftat, nachdem sich die Reihen der Feinde so unerklärlich gelichtet hatten, und rückten mit lautem Geschrei vor.

Von da an blieb kaum noch Zeit, sich umzusehen, von Führung in großem Stil konnte keine Rede mehr sein. So ging es immer, wenn eine Schlacht auf dem Höhepunkt war, alles zerfiel in kleine Inseln, wo verzweifelt Mann gegen Mann gekämpft wurde. Bei all dem Lärm im Getümmel der schwitzenden Menschen- und Pferdeleiber, eingekeilt zwischen Lebenden, Sterbenden und Toten war es unmöglich, sich ein Gesamtbild zu verschaffen. Blaise verlor Mallin alsbald aus den Augen. Bertran konnte die Mitte wohl halten, sonst wären sie von dieser Seite bereits hoffnungslos unter Druck geraten. Doch das war lediglich eine Schlußfolgerung, um sich mit eigenen Augen davon zu überzeugen, war er zu beschäftigt.

Die Welt schrumpfte, bis sie nicht mehr kleiner und blutiger werden konnte. Es gab nur noch das Auf und Ab seines Schwertes, den Todesschrei eines Pferdes, das durchdringende Knirschen, wenn die Klinge auf einen Harnisch traf, oder das Schmatzen, wenn sie in weiches Fleisch biß, das Bewußtsein, daß Rudel zu seiner Linken kämpfte, und ein anderer Mann, ein Söldner, den er nicht kannte, zu seiner Rechten. Als der Mann Sekunden später fiel, drängte ein neuer Coraner nach vorne und nahm seinen Platz ein. Es war Hirnan von Baude. Jetzt erst begriff Blaise, daß sie ihn beschützten. Er war nicht mehr nur ein Hauptmann unter vielen. Er war der Mann, dessen Fahne über ihnen im Wind flatterte.

In diesem Augenblick, mitten in der blutigen Schlacht, wurde Blaise vollends klar, was alles an der Königswürde hing. Die Erkenntnis bedrückte ihn und verlieh ihm zugleich neue Kraft. Was er vergangenen Sommer in Tavernel so unüberlegt und töricht begonnen und im Herbst – mit dem offiziellen Anspruch auf die Krone auf dem Markt von Lussan – fortgesetzt hatte, war nun, in diesem Tal nördlich von Talair zur festen, greifbaren Realität geworden.

Ein Mann auf einem dunkelgrauen Pferd kam, eine Streitaxt schwingend, auf ihn zu; mit einer eleganten, fast lässigen Drehung stieß ihm Rudel Correze sein Schwert zwischen Harnisch und Helm in die Kehle. Der Angreifer stürzte zu Boden, und sofort trabte Hirnan heran, um Blaise von vorn zu decken.

Er verstand. Sie beschützten ihn mit ihrem eigenen Leben.

Eine tiefe Ruhe überkam ihn. Hier, mitten im dichtesten Gewühl, während der Tote zu seinen Füßen immer tiefer in den Schmutz getreten wurde, begriff Blaise de Garsenc wahrhaftig, was Macht bedeutete. Auf diesem Totenacker, im Kampf gegen seine eigenen Landsleute, nicht lange, nachdem sein Vater seinen Bruder getötet hatte, erkannte er ganz klar, was er für Gorhaut wollte, und daß er nur ein wenig Glück brauchte, um es auch zu erreichen.

Doch als er sich nun zwischen Rudel und Hirnan nach vorne drängte – wobei er nicht vermeiden konnte, daß die Leiche auch noch unter die Hufe seines Pferdes geriet – da sah es nicht so aus, als würde er lange genug am Leben bleiben.

Später sollte er sich an diesen düsteren Gedanken erinnern, den letzten, bevor Rudel, sein Waffengefährte auf so vielen Schlachtfeldern, eine heftige Verwünschung ausstieß und er, Blaise, nach Westen schaute und sah, was auch sein Freund gesehen hatte. Eine eiskalte Hand faßte nach seinem Herzen. Nun waren sie verloren. Die Vergangenheit hatte sie eingeholt und nahm unerbittlich Rache.

Auf dem bewaldeten Höhenrücken westlich des Tales ritt eine ganze Kompanie zwischen den Bäumen hervor. Eine große Schar, exakt in Reih und Glied, gut bewaffnet, in schwerer Rüstung. Nicht eine, sondern zwei Fahnen flatterten über ihren Köpfen. Die eine zeigte das grüne Wappen, das Blaise zur Genüge kennengelernt hatte, seit er in Arbonne war. Die andere war das Banner der Könige von Gorhaut.

Urté de Miraval zog in den Krieg. Mit diesen schnurgeraden Reihen die nun unaufhaltsam den Hang herabkamen, wurden die schlimmsten Alpträume Wirklichkeit. Blaise sah, daß Fulk de Savaric es irgendwie geschafft hatte, sich am Ufer des Sees entlang nach hinten durchzuschlagen. Noch strebten er und seine Männer nordwärts, doch sie würden jeden Moment kehrtmachen, um Ademars Mittelabschnitt von hinten anzugreifen.

Es half nichts mehr. Sie waren rettungslos verloren, hatten sie doch ihrerseits keinerlei Rückendeckung gegen die Männer von Miraval, die nun mit wachsender Schnelligkeit ins Tal einritten. Wenn Fulk sich Urté stellte, wäre er wiederum Ademars Coranern hilflos ausgeliefert. Blaise hatte diese Männer in den sicheren Tod geschickt.

Doch er und die anderen würden ihr Los bald teilen. Rasch warf er einen Blick in die Runde – an der Flanke war es momentan ruhiger, denn auf beiden Seiten hatten die Männer sich umgedreht, um das Geschehen zu verfolgen – und entdeckte Bertran de Talair. Der Herzog kämpfte wie ein Rasender. Einst hatte ihn Blaise für einen ganz gewöhnlichen, ziemlich oberflächlichen Adeligen gehalten, der sich mit Sängern und Musikanten gemein machte und jeder Frau nachstellte, die ihm unter die blauen Augen kam. Die Vorwürfe trafen zu, daran war nicht zu rütteln, doch gerade jetzt verkörperte der Mann den Adel in seiner reinsten Form. Noch im Angesicht des Verrats kämpfte Bertran für sein Land, obwohl die Erkenntnis, daß ausgerechnet Urté de Miraval sie alle ins Verderben stürzte, ihn innerlich zerfressen mußte.

Starr vor Entsetzen – wie im Angesicht einer stoßbereiten Schlange – sah Blaise die Coraner von Miraval, fünfzehnhundert an der Zahl, hinter der majestätischen Gestalt ihres Herzogs herangaloppieren. Er sah, wie sie Fulks Männer erreichten, die hektisch ihre Pferde herumrissen, wie sie Schwerter, Speere und Streitäxte hoben, wie sie zielten, bereit zur Attacke.

Und wie Urtés Kompanie an den verzweifelten Männern vorübersprengte, ohne daß auch nur ein Pferd, ein Mann aus dem Takt gekommen wären, und mit einem Getöse, das die

Erde erbeben ließ, geradewegs in die Nachhut des gorhautischen Heeres hineinstürmte.

Kurz bevor sein Herz vor Freude einen Satz machte und er begriff, was wirklich gespielt wurde, vernahm Blaise abermals die Stimme seines Vaters – wie ein Geist schwang sie sich in die Lüfte, hing dräuend über dem Tal, beschwor in höchster Not den Namen des Gottes. Doch Corannos antwortete nicht, kein Zeichen erschien am kalten, blauen Himmel. Nur das Donnern der Hufe und die Schreie der verängstigten Männer waren zu hören, als Miravals Coraner sich in halsbrecherischem Tempo von hinten auf Ademars Männer stürzten. Die Savaric-Leute wendeten rasch und schlossen sich an, und von der anderen Seite näherten sich unter lautem Jubel Bertrans Männer, um die Zange zu schließen.

»Er hat sie an der Nase herumgeführt!« schrie Rudel Blaise ins Ohr. »Er hat sie alle zum Narren gehalten!« Und so war es: schon die ersten Garsenc-Deserteure hatten in den gorhautischen Reihen Verwirrung gestiftet, nun brach vollends das Chaos aus: Coraner von Schloß Garsenc, Männer, die er sein Leben lang kannte, schlossen sich mit Fulk de Savaric zusammen und rückten vor seinen Augen gegen Ademars Leibgarde vor.

»Weiter!« schrie Blaise. Vor ihm wichen die Männer in seinem Abschnitt in heller Panik zurück, um nicht abgeschnitten zu werden. Kühn trieb Blaise sein Pferd in die Lücke zwischen den Heeren. Ein Stein war ihm vom Herzen gefallen, die finstere Last der Vergangenheit war ihm von den Schultern genommen. Er fühlte sich leicht und unbesiegbar. Jetzt war Ademar an der Reihe. Er sah sich nicht einmal um, ob jemand ihm folgte, er wußte es ja. Er war der Anführer, er bot ihnen eine Chance, eine Hoffnung, eine Verheißung, er war aufgeleuchtet wie eine Laterne im nächtlichen Wald, wo niemand sie vermutet hatte.

Er drängte zur Mitte hin, geradewegs auf Ademar zu, und so war er ganz nahe, als Herzog Urté de Miraval und der König von Gorhaut inmitten des wogenden Gewimmels aufeinandertrafen.

* * *

Ademar droht an seiner Wut buchstäblich zu ersticken. Das Atmen fällt ihm schwer. Es ist bitterkalt an diesem Winternachmittag, aber er glaubt, in Helm und Rüstung zu verschmachten. Dabei weiß er genau, daß ihm nur der Zorn zu Kopf gestiegen ist und ihn benommen macht. Zuerst die Garsenc-Überläufer: *immer* sind es die de Garsenc, die ihm in die Quere kommen, denkt er und drischt so wild auf einen Fußsoldaten von Miraval ein, daß er dem Mann fast den Kopf vom Rumpf trennt. Fluchend zieht er sein Schwert heraus. Er kann es nicht fassen, kann es einfach nicht *fassen*. Ein leichter Sieg und schon zum Greifen nahe, wie konnten die Garsenc-Coraner so verrückt sein, sich gegen die eigenen Leute zu wenden? Welcher normale, auf sein eigenes Wohl bedachte Mensch kann denn auf die Idee kommen, sich um den Wimpel dieses Thronräubers zu scharen? Der Mann ist doch dem Untergang geweiht!

Als nächstes hatte er bemerkt, daß es Fulk de Savaric – noch ein Verräter, *noch ein Mann*, dessen Platz an seiner Seite gewesen wäre – irgendwie gelungen war, ihm mit seiner Kompanie in den Rücken zu fallen. Damit geriet man ernsthaft in Bedrängnis, und Ademar schrie hektische Befehle, als einer seiner Hauptleute triumphierend nach Westen deutete. Der König von Gorhaut hatte sich umgewandt, und schon war sein Zorn gewichen und hatte einer Freude Platz gemacht, die an Begeisterung grenzte. Er hatte nie wirklich Angst gehabt, er war kein furchtsamer Mensch, doch als die Miraval-Coraner auf jenem Höhenrücken unter dem Banner von Gorhaut erschienen, da lachte Ademar laut auf und sonnte sich bereits im Vorgefühl des Triumphs.

Das Glück währte nicht lange. Noch ergossen sich Herzog Urtés gut gedrillte Männer gemächlich über den Hang und wurden allmählich schneller. Das Ende des Krieges, die Krönung von Gorhauts Geschichte rückten immer näher.

Und dann kam der entsetzliche, der katastrophale Umschwung.

Urté de Miraval trieb sein Streitroß mit der Peitsche an Savarics Coranern vorbei, und Ademar spürte nun doch, wie ihn – ein flüchtiger, kalter Hauch – die Angst streifte. Dann krachte Miravals Reiterei auch schon wie ein Sturmgewitter von hinten in seine Reihen und trieb seine Männer vor sich her wie hilflose Kinder.

Wie ein reißender Strom schäumt der Zorn durch die Adern des Königs von Gorhaut. Ringsum herrscht das Chaos, er befindet sich mitten in einem Alptraum, sein Großpatriarch beschwört mit Trompetenstimme seinen Gott. Im stillen verflucht er den Namen Galbert de Garsenc. Dieser Mann ist an allem schuld, er hat ihm eingeredet, der Herzog von Miraval, der in den letzten Tagen so offen und unmißverständlich die Annäherung suchte, sei ein wichtiger Verbündeter, den es für sich zu gewinnen gelte. Nach dem Sieg würde er einen fähigen Regenten über das eroberte Arbonne abgeben.

Es war eine Falle. Urté hat sie hineingelockt, und jetzt ist sie zugeschnappt. Gorhaut ist zwischen Talair und Miraval eingeschlossen, von hinten drängen Fulk de Savaric und die Garsenc-Deserteure heran. Ademar schreit wie ein Rasender, prügelt auf sein Pferd ein, treibt es nach Westen. Alles macht ihm Platz, und so kommt er rasch dem einen Mann näher, den er töten muß, jetzt, *sofort*, bevor das Schlachtenglück sich endgültig gegen Gorhaut wendet. Nur am Rande nimmt er wahr, daß seine eigenen Coraner zurückgewichen sind, daß sich um ihn und den anderen ein Kreis gebildet hat, als spürten die Leute bei aller Verwirrung, daß dieser Zweikampf stattfinden *muß*. Und so tritt Ademar de Gorhaut zum zweiten Mal an diesem Tag zum Duell an.

Wortlos – über Worte ist man jetzt hinaus, außerdem könnte er sich ohnehin nicht verständlich machen – holt er weit aus und zielt mit seinem Schwert auf den Kopf des Herzogs von Miraval. Der Hieb geht fehl, denn Urté duckt sich, überraschend flink für einen Mann von seiner Statur, der die Sechzig bereits überschritten hat, unter der Klinge hindurch. Eine Sekunde später schwankt Ademar wie betrunken im Sattel. Ein gewaltiger Schlag hat seinen Helm getroffen. Für einen Moment wird alles schwarz um ihn. Der Helm ist ihm über die Augen gerutscht, er kann nichts sehen. Warm und klebrig läuft ihm das Blut über die Wange.

Wie ein Besessener schreit er auf, schleudert den Schild von sich und reißt sich mit beiden Händen den Helm vom Kopf. Sein linkes Ohr ist verletzt und schmerzt heftig. Der König von Gorhaut wirft den Helm nach de Miravals Gesicht und läßt den härtesten Schwerthieb seines ganzen Lebens folgen.

Die Klinge trifft die Rüstung des Herzogs dicht unterhalb der Halsberge, durchschneidet die Maschen des Kettenhemds und dringt tief ins Fleisch ein. Ademar, selbst angeschlagen, sieht verschwommen, wie der Alte zur Seite kippt. Gleich wird der verfluchte Intrigant vom Pferd stürzen, er ist bereits so gut wie tot. Trotzdem reißt er das Schwert heraus, um ihm den Rest zu geben.

Der König von Gorhaut sieht den Pfeil nicht kommen, der ihn tötet.

Der Pfeil fällt geradewegs vom Himmel und trifft ihn ins Auge – genauso starb vor zwei Jahren sein Vater an der Iersen-Brücke, inmitten von Leichenbergen, in Eis und Schnee.

Der König von Gorhaut ist auf der Stelle tot und kann deshalb auch nicht sehen, daß der Schaft des Pfeils tiefrot ist, rot wie Blut. Erst als die ersten Coraner sich ihrem König nähern – er liegt gleich neben dem schwerverletzten Urté de Miraval – stellen sie fest, daß die Fiederung aus gleichfalls leuchtend roten Eulenfedern besteht.

Die Männer sind fassungslos, können es nicht begreifen. Unerklärlich auch, von wo dieser entsetzliche, todbringende Pfeil abgeschossen worden sein könnte, es hat tatsächlich den Anschein, als sei er vom Himmel heruntergeflogen. Auf beiden Seiten spreizen die Coraner die Finger, um die Finsternis und das Unbekannte abzuwehren.

Der König von Gorhaut starb also an einem blutroten Pfeil mit Eulenfiederung, der vom Himmel fiel. Die Eule ist Rians heiliger Vogel, das wissen selbst die Gorhautaner. In Windeseile verbreitet sich im ganzen Tal das Gerücht, dies sei die Rache der unsterblichen Göttin für ihre geschändeten und gemeuchelten Diener. Und nicht nur im Tal. Die Geschichte hat, wie alle Geschichten, die von toten Königen handeln, eine weite Reise vor sich.

* * *

Von da an war alles ganz einfach. Einfacher, als es eigentlich sein sollte, dachte Blaise. An der Iersen-Brücke hatte Gorhaut unter grausamen Opfern den Sieg davongetragen, obwohl König Duergar gefallen war. Der Tod eines Königs mußte also nicht zwangsläufig dazu führen, daß im Heer blinde Panik ausbrach.

Doch genau das geschah an diesem Tag. Blaise hätte viele Erklärungen geben können, und jede hätte einen Teil der Wahrheit enthalten, doch eines konnte im hellen Schein der Nachmittagssonne jeder sehen: das gorhautische Heer war geschlagen, seit Urté de Miraval sich als Feind zu erkennen gab und jener rote Pfeil vom Himmel fiel und seinen König tötete.

Blaise kämpfte sich zu Bertran vor. Je näher er dem Brennpunkt des Geschehens kam, desto mehr bekannte Gesichter sah er auf beiden Seiten. *Bei Sonnenuntergang*, hatte er zu Ademar gesagt. Dieser Kampf war ihm nun doch versagt geblieben. Er sah sich um. Noch jemanden gab es auf diesem Schlachtfeld, den er sich persönlich vornehmen wollte. Er entdeckte den Betreffenden in einiger Entfernung, aber auch diesmal war ihm schon jemand zuvorgekommen.

Bertran de Talair traf mit dem Portezzaner Borsiard d'Andoria auf einem Grashügel im Zentrum des seitlich abfallenden Kampfgebiets zusammen. Die beiden wechselten ein paar Worte, aber Blaise war zu weit entfernt, um zu verstehen, was gesprochen wurde. Dann wurde er Zeuge, wie Bertran, der vor mehr als zwanzig Jahren, nachdem Aelis de Miraval auf dem Schloß ihres Gemahls gestorben war, die Soldatenlaufbahn eingeschlagen hatte, den Grafen von Andoria mit solcher Präzision erledigte, daß von einem ›Zweikampf‹ kaum noch die Rede sein konnte. Zwei Hiebe mit der Vorhand, einmal kurz angetäuscht, die Parade durchbrochen, und schließlich ein Stoß, der Borsiard genau in die Kehle traf. Es war eher eine Hinrichtung als ein Duell gewesen. Blaises erster Gedanke galt Lucianna. Soeben war sie abermals Witwe geworden.

Wie nicht anders zu erwarten, warfen die Andorianer unverzüglich ihre Waffen weg und gaben sich den nächststehenden Talair-Leuten gefangen. Was nun zu tun war, würde schwieriger sein als alle bisherigen Kämpfe, soviel war Blaise klar. Er sah sich rasch nach Rudel um. Sein Freund war nicht mehr an seiner Seite, doch er hatte keine Zeit, sich darüber den Kopf zu zerbrechen. Vor seinen Augen entwickelte sich die Schlacht am Dierne-See zur brutalen Massenschlächterei.

Das durfte er nicht zulassen. Er mußte Arbonnes Männern Einhalt gebieten, obwohl diese in Gorhauts hinteren Reihen immer noch die schwankenden Köpfe auf den Spießen und die Plattform mit dem so gräßlich zugerichteten Sänger Aurelian vor Augen hatten und die Schreckensbilder von verbrannten Frauen aus dem Norden ihres Landes im Herzen trugen. Gerade jetzt, da die sichere Niederlage abgewendet und der Sieg in Reichweite war, würde ihnen der Sinn gewiß nicht nach Milde und Mäßigung stehen. Vielmehr würde jeder arbonnesische Soldat daran denken, welches Schicksal ihn und die Seinen ereilt hätte, wäre Gorhaut der Sieger gewesen.

Bertran würde ihm keine Hilfe sein. Der Herzog hatte sich nach dem kurzen Intermezzo von Borsiards abgewandt, war an den kapitulierenden Portezzanern vorbeigestürmt und hieb nun eine tödliche Schneise durch die vordersten Reihen der Gorhautaner. Valery war an seiner Seite und folgte seinem Beispiel.

Blaise ritt den beiden nach und erhob die Stimme, um das Wimmern der Sterbenden und das heisere Grölen der siegestrunkenen Arbonneser zu übertönen. *»Genug!«* schrie er. *»Bertran, es ist genug!«*

Valery wurde langsamer, drehte sich um. Der Herzog hatte nichts gehört oder wollte nichts hören. Links vom Mittelabschnitt horchte Fulk de Savaric auf, signalisierte mit erhobener Hand, daß er verstanden habe, und rief eine Reihe von Befehlen. Die Coraner von Miraval setzten ihren Angriff fort und strebten Bertran entgegen. Dazwischen rannten Gorhauts Soldaten ziellos hin und her. Sie waren jetzt auf allen Seiten umzingelt, von unversöhnlichen Feinden wie von Männern aus den eigenen Reihen, die zum Gegner übergelaufen waren.

Endlich erreichte Blaise die ersten Garsenc-Coraner, jene Leute, die sich um ihn geschart hatten, als Rudel die Fahne hißte. *»Töten einstellen!«* befahl er ihrem Anführer. »Sie sollen die Waffen niederlegen! Wer sich ergibt, wird verschont!« Fast glaubte er selbst daran, aber nicht ganz. Das arbonnesische Heer war wie in einem Rausch und konnte jeden Moment außer Kontrolle geraten.

Im Kielwasser des Herzogs von Talair drang er weiter vor. Er verstand Bertran nur zu gut, in einer Schlacht konnte auch der Besonnenste zum Berserker werden – und Bertran de Talair hatte wahrhaftig mehr als genügend Gründe, um gerade jetzt ein Massaker unter den Gorhautanern anzurichten.

Thierry de Carenzu – er war drüben an der rechten Flanke, bei den aufgespießten Köpfen und dem verstümmelten, toten Troubadour – ließ schließlich die Trompeten blasen und machte damit dem Gemetzel ein Ende.

Nur Thierry war es zu verdanken, das würde Blaise ihm nie vergessen. Er, der Gorhautaner, hätte das arbonnesische Heer an diesem Tag nicht halten können.

Selbst Bertran brachte sein Pferd zum Stehen, als die hellen, klaren Töne, wie ein Grabgesang zwischen all den Toten und Sterbenden, über das Tal schallten. Blaise drängte weiter und hatte ihn schließlich erreicht.

»Bertran, hör auf, du *mußt* aufhören. Es sind doch nur noch einfache Soldaten. Bauern, Menschen vom Land. Ademar ist tot, es ist vorüber!« Erst jetzt drehte sich der Herzog von Talair um, und was Blaise in seinen Augen sah, ernüchterte ihn, ließ ihn erschauern.

»Nicht ich habe ihn getötet«, sagte Bertran langsam. Er war wie in Trance. Die Worte klangen erschreckend.

Blaise holte tief Atem und sagte eindringlich: »Auch ich war es nicht, und ich hätte nicht weniger Grund dazu gehabt. Das darf uns nicht beeinflussen, Bertran, weder dich, noch mich. Wir haben gesiegt. Sieh doch nur, Garsencs Männer nötigen die anderen, sich zu ergeben.«

So war es tatsächlich. Noch während die beiden miteinander sprachen, warfen die Soldaten von Gorhaut ihre Waffen weg, gab sich das Kreuzfahrerheer des Gottes endgültig geschlagen. Thierry kam angeritten und rief: »Wir dürfen keine wehrlosen Männer töten, Bertran.«

»Würdest du mir auch sagen, warum? Ich muß es wohl vergessen haben.« Immer noch stand dieses irre Flackern in Bertrans Augen.

»Das ist nicht wahr«, sagte Valery von hinten. Alles wandte sich ihm zu. Er wirkte ganz ruhig, doch Blaise entging nicht, wieviel Überwindung es ihn kostete, diese Fassade aufrechtzuerhalten. »Du hast nichts vergessen. Du willst nur vergessen. Genau wie ich. O Bertran, genau wie ich, doch wenn wir das tun, dann werden wir wie jene, die wir eben besiegt haben.«

Blaise hatte einmal das gleiche gesagt, in der ruhigen Atmosphäre eines Ratssaals. Jetzt war man auf dem Schlachtfeld, und dem Mann, den Valery so bestürmte, schaute der Wahnsinn aus den blauen Augen. Bertran starrte seinen Cousin feindselig an. Dann schüttelte er mehrmals den Kopf, wie um irgend etwas loszuwerden. Blaise verstand; er verstand besser, als Bertran ahnen konnte, wie schwer es war, sich von diesem Berserkerzorn zu befreien und zur Tagesordnung überzugehen.

Doch als Bertran sich nun an ihn und Thierry wandte, war er wieder der alte.

»Nun gut«, sagte der Herzog von Talair. »Nehmen wir die Kapitulation an. Dennoch bleibt noch etwas zu tun, etwas, das dich schmerzen könnte, Blaise, ich weiß es nicht.« Er legte eine kurze Pause ein. »Wo ist der Großpatriarch von Gorhaut?«

Blaise hatte seinen Vater so gründlich aus seinem Bewußtsein verdrängt, daß er es selbst kaum fassen konnte; doch wenn die Welt in tausend Stücke zerbrach, war nichts unmöglich. Etwas weiter westlich stand eine Gruppe von Menschen, und in deren Mitte – nicht mehr zu Pferde, und doch alle anderen überragend – entdeckte er seinen Vater.

Galbert hatte den Helm abgenommen, vielleicht war er ihm auch abgenommen worden, und stand nun mit bloßem Haupt in der Nachmittagssonne. Sein Gesicht und die blaue Robe waren blutbefleckt. Um ihn herum war alles frei, und in diesem Moment wurde Blaise klar, wohin Rudel verschwunden war. Sein Freund stand vor Galbert und richtete die Spitze seines Schwerts mit ruhiger Hand auf den Mann, der ihm vor etwas mehr als einem halben Jahr eine Viertelmillion Goldstücke für den Mord an Bertran de Talair geboten hatte.

Endlich hatte Blaise begriffen. Auch hier fand eine Abrechnung statt, während die Sonne über den Winterhimmel dem Horizont entgegenwanderte. Warum hatte sein Vater sich nicht selbst das Leben genommen, anstatt sich seinen Feinden auszuliefern? Er verwarf den Gedanken sofort. Für einen Mann wie Galbert wäre das kein Ausweg gewesen, außerdem hatte der Gott den Selbstmord verboten.

Im Tal war Stille eingekehrt. Im Westen zogen ein paar Wolken auf, glitten vor der Sonne vorbei und verschwanden wieder. Es war kälter geworden, ein ereignisreicher Tag ging seinem Ende entgegen. Die Schlacht war vorbei; das Waffengeklirr war verstummt. Überall lagen wimmernde Menschen herum, immer wieder schrie jemand vor Schmerz. Das würde noch lange so bleiben, dachte Blaise. Er fröstelte.

»Ich habe einen Mantel für Euch.« Das war Hirnan. Blaise drehte sich nach dem arbonnesischen Coraner um, der ihn den ganzen Nachmittag lang beschützt hatte. Irgendwann im letzten Frühling waren sie gemeinsam zu Rians Insel im Meer gefahren, um einen Dichter zurückzuholen. Dort hatte alles angefangen, dachte Blaise. In jenem Wald, wo ihm die Hohepriesterin mit den leeren, schwarzen Augenhöhlen und der weißen Eule auf der Schulter begegnet war.

Er nickte, und Hirnan legte ihm einen schweren, purpurroten Umhang um die Schultern. Woher er den wohl hatte? fragte sich Blaise. Purpur, die Farbe der Könige. Er hatte einen Verdacht, glaubte erraten zu können, von wem der Mantel stammte. Er kehrte seinem Vater und seinen Bewachern für einen Moment den Rücken, streifte Thierry mit einem kurzen Blick und sah dann auf den See hinaus, hinüber zur Insel, wo die Frauen waren.

* * *

Seit die Kämpfe aufgehört hatten, konnte man jenseits des Wassers zur Not einzelne Gestalten unterscheiden. Ariane stand mit vielen anderen am nördlichen Inselufer und erkannte ihren Gatten; so, wie er im Sattel saß, war er wohl unverletzt. Ganz in der Nähe stand Hirnan von Baude und war dabei, Blaise de Garsenc den Purpurmantel um die Schultern zu legen, den sie ihm gegeben hatte. Der Anblick trieb ihr die Tränen in die Augen.

Auch von den anderen Frauen weinten viele, dabei wußte man noch gar nicht, wer gefallen war. Die Gräfin war nicht mit zum Strand gekommen, sondern hatte sich mit Priesterinnen und Priestern zu einem Dankgottesdienst in den Tempel begeben. Ariane war sich im klaren, daß dort auch ihr Platz gewesen wäre, doch seit sie die Trompeten gehört hatte, waren ihre Gedanken ausschließlich auf diese Welt gerichtet.

Schon seit Beginn der Schlacht pendelten die kleinen Boote unablässig zwischen dem Eiland und dem Ufer hin und her. Der letzte Kurier, ein Priester, war andächtig im Sand der Göttin niedergekniet und hatte berichtet, der König von Gorhaut sei tot, ins Auge getroffen von einem roten Pfeil, von dem niemand wisse, wer ihn abgeschossen habe. Die Federn am Schaft stammten von einer Eule, und der Pfeil sei senkrecht vom Himmel herabgekommen.

Er hatte noch mehr zu melden gehabt: Urté de Miraval habe Arbonne aus höchster Not gerettet, doch nun liege er im Sterben oder sei bereits tot. Letzteres war vor allem für Ariane wichtig, wichtiger als für irgend jemanden sonst auf der Insel, ja, auf der ganzen Welt.

Mit Urtés Tod wäre nämlich das Gelübde, an das sie sich seit ihrer Kindheit gehalten hatte, endlich erfüllt, und sie könnte das streng gehütete Geheimnis nun der Welt offenbaren. Deshalb weinte sie nun, als sie nach Norden blickte und ihren Gatten in seinem roten Waffenrock neben der hochgewachsenen Gestalt im Purpurmantel stehen sah. Auch den dritten, etwas kleineren Mann in der Gruppe kannte sie: er hatte vor vielen Jahren in der Ulmenallee vor dem Triumphbogen im Westen eine Gruppe von harmlosen Reisenden überfallen.

Sie entfernte sich ein paar Schritte von den anderen, um ungestört ihren Erinnerungen nachzuhängen. Wieder näherte sich ein Boot, das sicher noch aktuellere Nachrichten brachte. Die anderen Frauen liefen ihm ungeduldig entgegen. Ariane schlenderte statt dessen nach Westen und blieb allein am Ufer stehen. Da drüben lag Miraval.

Auch damals war es Winter gewesen, in jener Nacht vor

dreiundzwanzig Jahren, die Bäume hatten im Wind geschwankt, und der Regen hatte auf das Wasser getrommelt, als sie im Dunkeln das Seeufer erreichte. Dreiundzwanzig Jahre, und doch kam es ihr im Rückblick so vor, als wäre es gestern gewesen. Wieder tat ihr das Herz so schrecklich weh wie damals, als sie mit ihren dreizehn Jahren, überwältigt von Trauer und Entsetzen und mit einem Gelübde belastet, haltlos schluchzend neben der Signalhütte am Strand gestanden hatte.

Bis zu dieser Nacht war sie ein Kind gewesen. Ein aufgewecktes, neugieriges, heillos verwöhntes, junges Ding. Am Ende dieser langen Stunden, als endlich die matte Sonne über dem See aufstieg und ringsum das Wasser melancholisch von den Bäumen tropfte, war ihre Kindheit vorüber.

Sie hatte ihr Versprechen gehalten. All die Jahre über hatte sie gehalten, was sie ihrer geliebten Cousine Aelis auf dem Totenbett versprochen hatte. Sie sah sich selbst ganz deutlich durch den Sturm reiten, eine schmale, zitternde Gestalt, das weiße Gesicht und das schwarze Haar im Dunkel verborgen, nur hin und wieder von einem grellen Blitz erhellt. Sie hatte sich fast die Seele aus dem Leib geweint, während ihr der Regen ins Gesicht peitschte. Und auch jetzt, so viele Jahre später, weinte sie wieder, weinte um ihre verlorene Unschuld, um die Toten jener Nacht und um die schreckliche Last, die man ihr damals aufgeladen und die sie so lange getragen hatte.

Viel Zeit verging, dann trocknete sich Ariane die Augen, straffte die Schultern und wandte sich ab von diesem Westufer und seinen Erinnerungen. Sie war Herzogin von Carenzu, Herrin des Minnegerichts in Arbonne, ihr Wort hatte Gewicht in dieser Welt, und es gab eine Menge zu tun.

Zunächst galt es, das Schweigen zu beenden.

Aelis, dachte sie, flüsterte den Namen sogar vor sich hin; nur den Namen, nicht mehr als das. Es war wie eine Befreiung. Wieder wollten die Tränen kommen, doch diesmal hielt sie sie zurück.

Sie ging über den schmalen Pfad zum Tempel und wartete dort, bis die schönen, getragenen Hymnen verklungen waren. Nach dem Gottesdienst begab sie sich in einen kleinen Raum neben der Kuppel und weihte dort mit wenigen Worten, aber so schonend, wie es ihr an diesem Tag im Fieber der Gefühle möglich war, den ersten Menschen, der davon betroffen war, in das Geheimnis ein.

Danach wickelte sie sich fest in ihren roten Umhang, denn gegen Abend wurde es kalt, ließ sich im rauhen Wind an Land rudern und machte sich auf die Suche nach der zweiten Person, die unterrichtet werden mußte, bevor man alle Welt in Kenntnis setzte.

Man sagte ihr, er habe das Tal inzwischen verlassen, und so bestieg sie, nachdem sie ihren Gemahl umarmt und ihm ein paar Worte zugeflüstert hatte, ein Pferd, um ihm zu folgen. Als ihr nach einer Weile klar wurde, wohin er gegangen war, wohin sie ihm folgte, mußte sie doch wieder weinen. Im Westen versank die Sonne – rot wie Feuer –, und sie spürte die Kälte auf ihren tränennassen Wangen.

* * *

Blaise war mit Bertran und Thierry zu Urté de Miraval gegangen, der sterbend auf der Erde lag. Ein zusammengefalteter Mantel diente ihm als Kopfkissen, mit einem zweiten, pelzgefüttert und aus schwerem Stoff, hatte man ihn zugedeckt. Urté war sehr blaß. Blaise sah sofort, daß die Tücher, mit denen man die Blutung hatte stillen wollen, bereits durchweicht waren, und wußte aus Erfahrung, daß es nicht mehr lange dauern würde.

Immerhin war Urté bei Bewußtsein, und in seinen Augen glitzerte es triumphierend. Thierry blieb neben ihm stehen, zögerte kurz und trat dann zurück, um Bertran de Talair Platz zu machen. Niemand sprach ein Wort. Die Stille glich einer straffgespannten Bogensehne.

Wieder ein Moment des Zögerns – nichts ging hier ohne Mühe, Blaise wußte es nur zu gut – dann kniete Bertran neben dem Älteren nieder.

»Wir haben gesiegt«, sagte er ruhig. »Daß Ihr Euch doch noch durchringen konntet, uns beizustehen, hat die Wende gebracht.«

Urté de Miraval lachte. Es klang schauerlich, und die Anstrengung hatte einen neuen Blutstrom zur Folge. Dann schüttelte er, sichtlich unter Schmerzen, den Kopf. »*Doch noch?* Ihr habt also noch immer nicht begriffen? Ich brauchte mich nicht durchzuringen. Die Szene in Barbentain, mein spektakulärer Abgang, es war alles abgekartet.«

Blaise war die Kinnlade heruntergefallen. Rasch schloß er den Mund. Thierry de Carenzu entfuhr ein leiser Aufschrei.

»Wir?« fragte Bertran.

»Die Gräfin und ich. Nachdem ich ihr am Abend zuvor den Rat gegeben hatte, Euch mit dem Oberbefehl über das Heer zu betrauen, vereinbarten wir, daß ich wütend aus dem Saal stürmen und am nächsten Tag mit Ademar Verbindung aufnehmen sollte.«

»O du gütige Rian, ich kann es nicht glauben.« Thierrys Stoßseufzer klang wie ein Gebet.

»Warum denn nicht?« fragte der Sterbende nüchtern. »Wir wußten, daß wir zahlenmäßig unterlegen sein würden und mußten den Gegner in irgendeine Falle locken. Dabei kam man um die ältere Generation offenbar nicht herum. Den Jüngeren ist nichts eingefallen, nicht wahr?« Er verzog keine Miene.

Wieder wurde es still.

»Absolut nichts«, sagte Bertran endlich. »Es erstaunt mich allerdings, daß die Gräfin mir nichts davon gesagt hat.«

»Darum hatte ich sie gebeten«, sagte Urté. »Es stand zu befürchten, daß Ihr sonst Eure Strategie ändern oder irgend etwas unternehmen würdet, das die anderen mißtrauisch gemacht hätte. Das war jedenfalls der Grund, den ich ihr nannte.«

»Aber es war nicht der eigentliche Grund?«

Jetzt lächelte Urté de Miraval. »Natürlich nicht«, sagte er.

Bertran schüttelte langsam den Kopf. »Dabei hatte ich heute gar keine Strategie. Die Schlacht hat zu früh begonnen.«

»Ich weiß. Deshalb kamen wir erst so spät.«

Abermals trat Schweigen ein. Rot lag der Schein der Abendsonne über dem Tal. Plötzlich verzog Urté das Gesicht. Blaise wußte Bescheid: ein starker Mann kämpfte gegen unerträgliche Schmerzen an.

»Was soll ich dazu sagen?« fragte Bertran de Talair.

Ein Keuchen, vielleicht wieder ein Lachen. »Verschont mich«, flüsterte Urté. Doch gleich darauf beobachtete Blaise, wie er den Kopf drehte und Bertran direkt in die Augen sah. Er setzte zum Sprechen an, rang noch einmal mit sich und sagte dann sehr deutlich: »Ich habe weder sie getötet, noch das Kind.«

Bertran erstarrte und wurde ebenso bleich wie der Sterbende.

»Ich habe ihr das Kind weggenommen«, fuhr Urté fort, ohne den Blick von Bertran zu wenden, »nachdem sie mir ... nachdem sie es mir gesagt hatte. Ich ging damit hinunter in die Küche, weil dort ein Feuer brannte. Es war sehr kalt in dieser Nacht, draußen tobte ein Unwetter. Ihr wart nicht hier, deshalb könnt Ihr Euch nicht erinnern. Die Priesterin ließ ich aus dem Schloß werfen. Den Jungen übergab ich den Frauen in der Küche. Aelis sollte ihn nicht haben ... nicht nach diesem Geständnis, und als meinen Sohn wollte ich ihn auch nicht anerkennen. Vielleicht hätte ich ihn noch getötet, vielleicht hätte ich ihn auch irgendwohin geschickt, wo man ihn niemals finden würde. Aber ich wußte, daß ich momentan nicht klar denken konnte; ich brauchte Zeit. Wenn dieses Kind mein Sohn gewesen wäre, hätte es Miraval und Arbonne geerbt und wäre Arbonnes nächster Herrscher geworden.«

»Doch statt dessen?« flüsterte Bertran kaum hörbar. Er hatte die Hände fest ineinandergekrallt.

»Statt dessen war Aelis tot, als ich in ihr Zimmer zurückkam, um ihr zu sagen, daß sie ihr Kind niemals wiedersehen, daß niemand je erfahren würde, wer der Junge war, selbst wenn ich ihm das Leben schenkte. Ich wollte ... ihr weh tun, wollte sie bestrafen für das, was sie mir angetan hatte. Aber sie hatte mich um meine Rache betrogen. Sie war bereits tot. So stieg ich wieder in die Küche hinunter, ließ mir das Kind geben, ging ganz allein mit ihm in den großen Saal und setzte mich ans Feuer. Selbst ich konnte sehen, daß es nicht sehr kräftig war. Bald darauf starb es. Wenn sie zu früh geboren werden, bleiben sie nur selten am Leben, und er kam zwei Monate vor seiner Zeit.«

»Ich weiß. Nur deshalb war ich nicht da.« Wieder trat Schweigen ein. Blaise hörte den Wind durch das Tal pfeifen, hörte die Schreie der Verwundeten und Sterbenden. Ein später Vogelschwarm zog auf dem Weg nach Süden vor der Sonne vorbei. Vom Eiland waren etliche Priester und Priesterinnen herübergekommen, um sich der Verwundeten anzunehmen. Überall auf dem Schlachtfeld wurden Feuer angezündet. Wieder fröstelte er, trotz des schweren Mantels.

»Ihr hättet es mir sagen können«, seufzte Bertran endlich.

»Wozu?« fragte Urté. »Um Euch eine Last von der Seele zu nehmen? Wie käme ich dazu? Es paßte in mein Konzept, Euch über sein Schicksal im Ungewissen zu lassen – nur deshalb habt Ihr mich nicht getötet, nicht wahr?« Wieder dieses dünne Lächeln. Doch dann fügte er ernst hinzu: »Ihr hättet mir ohnehin nicht geglaubt, und das könnt Ihr nicht leugnen.«

Langsam schüttelte Bertran den Kopf. »Nein, ich hätte Euch nicht geglaubt. Ich war fast sicher, daß Ihr sie beide getötet hattet.«

»Ich weiß. Fast, aber nicht ganz. Der Gedanke hat mir immer gefallen. Hoffentlich haben Euch die Zweifel das Leben vergiftet.«

»Das haben sie. Die ganzen Jahre über.«

»Sie war mein Weib«, sagte Urté de Miraval. »Was hattet Ihr denn erwartet? Was hätte ich tun sollen, nachdem ich es herausgefunden hatte?«

Bertran hatte den Kopf gesenkt und regte sich nicht. Endlich stieß er mit heiserer Stimme hervor: »Ich habe sie geliebt. Ich habe nie aufgehört, sie zu lieben. Euch hat sie nichts bedeutet. Euch ging es all die Jahre über nur um Euren Stolz.«

Mit einer enormen Anstrengung gelang es Urté, sich auf einen Ellbogen zu stützen. »Das allein hätte genügt«, sagte er. »Und mehr als das. Doch Ihr irrt auch hier. Ihr habt Euch immer geirrt, Ihr und alle anderen.« Er hielt inne, holte rasselnd Atem. Wieder sickerte Blut aus seiner Wunde. »In Wirklichkeit war es genau umgekehrt: Aelis hat mich nicht geliebt. Weil ich keine Liebeslieder schreiben konnte. Ich bin froh, daß wir gesiegt haben. Möge Rian stets ihre schützende Hand über dieses Land halten.«

Damit ließ er sich, ein tapferer Soldat in Todesqualen, langsam auf die kalte Erde zurücksinken, schloß die Augen und starb.

Lange blieb Bertran neben der Leiche auf den Knien liegen. Niemand sonst bewegte sich, niemand sprach ein Wort. Als Bertran sich endlich erhob, wandte er sich an Thierry de Carenzu.

»Darf ich es dir überlassen, dich um seine sterblichen Überreste zu kümmern?« fragte er tonlos.

»Selbstverständlich.«

Der Herzog von Talair ging zu seinem Pferd, das ihm ein Coraner die ganze Zeit gehalten hatte. Alle sahen ihm nach. Ohne Hilfe schwang er sich in den Sattel und ritt langsam aus dem Tal hinaus nach Westen, auf die Ulmenallee und den Triumphbogen zu.

Valery schien ihm folgen zu wollen, hielt sich nur mit Mühe zurück. Blaise sah zu ihm hinüber. Der sonst so ausgeglichene Coraner war zutiefst erschüttert. Blaise stellte sich neben ihn, ohne ihn zu berühren, nur um ihm nahe zu sein. Im nächsten Augenblick spürte er Thierrys mitfühlenden Blick und begriff: noch eine traurige Pflicht mußte erledigt werden. Er schloß die Augen, und nun war es Valery, der ihm tröstend die Hand auf die Schulter legte.

Blaise sah Thierry de Carenzu an. »Ich möchte eine Bitte äußern, wenn Ihr gestattet«, sagte er leise. »Gewährt ihm einen sauberen Tod.«

»So soll es sein«, sagte Arianes Gemahl. »Um Euretwillen, aber auch deshalb, weil wir bleiben wollen, was wir sind.«

Blaise nickte. Thierry drehte sich um, und Blaise folgte ihm über das Schlachtfeld. Es dämmerte schon. Sein Vater stand, von Bewaffneten umringt, noch immer am gleichen Fleck.

»Dieser Mann ist mein Gefangener«, erklärte Rudel Correze laut und ungewohnt feierlich, als sie herangekommen waren. »Arbonne möge das Urteil über ihn sprechen.«

»Den letzten Spruch«, sagte Thierry, »werden Rian und Corannos fällen, nicht wir, dennoch ist es unsere Pflicht, ihn zu bestrafen. Nicht, weil er einen Krieg geführt hat, diese Schuld wäre mit einem Lösegeld zu sühnen. Aber für die Verbrechen an den Priesterinnen muß er sterben.«

Niemand sprach ein Wort. Nur die Schreie der Verwundeten und das Pfeifen des Windes störten die Stille. Inzwischen brannten überall im Tal Feuer, vor allem, um die Kälte zu vertreiben, denn obwohl der Tag sich seinem Ende zuneigte, war es noch hell genug.

»Könnt Ihr bestreiten, daß Ihr den Befehl gegeben habt, die Frauen zu verbrennen?« fragte Thierry den Mann in der Mitte.

»Schwerlich«, sagte Galbert de Garsenc.

Nicht mehr als das. Das glatte, ebenmäßige Gesicht und die blaue Robe des Großpatriarchen waren blutverschmiert, er war von Todfeinden umgeben, er sah dem Tod ins Auge, und dennoch schien er für alle Anwesenden nichts als Verachtung zu empfinden.

»Aus Respekt vor Eurem Sohn gewähren wir Euch einen sauberen Tod. Man wird Euch mit Pfeilen erschießen«, erklärte Thierry unbewegt. Ganz in der Nähe lag der Sänger Aurelian auf der fahrbaren Plattform. Man hatte ihn von der Stange losgebunden und seine Leiche mit einem Mantel bedeckt.

»Bevor ich sterbe«, sagte Galbert de Garsenc, »möchte ich noch ein paar Worte mit meinem Sohn sprechen.« Blaise spürte, wie ihm der Mund trocken wurde. Alles schwieg. »Es ist meine letzte Bitte«, fügte der Großpatriarch von Gorhaut hinzu.

Thierry wandte sich an Blaise, auch Rudel sah ihn an. Beide schienen besorgt, wollten ihn schonen. Blaise schüttelte den Kopf und räusperte sich. »Der Wunsch ist nicht unbillig. Wir können ihm stattgeben.« Er sah Thierry fest an. »Natürlich nur mit Eurem Einverstandnis.«

Thierry nickte langsam. Rudel schien immer noch protestieren zu wollen, und Valery knurrte eine Verwünschung, doch der Herzog von Carenzu bedeutete den Bewachern, sich zurückzuziehen.

Sie gehorchten, und Blaise trat vor. Der Kreis öffnete sich, um ihn durchzulassen.

»Allem Anschein nach«, sagte sein Vater ruhig, »habe ich Urté de Miraval falsch eingeschätzt.« Im gleichen Tonfall, als sei man bei der Jagd einer falschen Fährte gefolgt oder habe auf den Garsencschen Feldern versehentlich die Reihenfolge beim Fruchtwechsel vertauscht.

»Nachdem ihr Frauen verbrannt hattet, konntest du kaum erwarten, daß er sich auf eure Seite schlagen würde.«

Galbert zuckte die Achseln. »Du glaubst also, daß es daran lag? Hat er spontan seine Meinung geändert, oder war es geplant?«

»Geplant«, sagte Blaise. »Von ihm und der Gräfin. Niemand sonst wußte davon.«

»Ein raffinierter Schachzug«, sagte sein Vater und seufzte. »Nun gut. Wenigstens sterbe ich mit der Gewißheit, daß mein Sohn über Gorhaut herrschen wird.«

Blaise lachte bitter. »Nachdem du mich so gut erzogen und so tatkräftig unterstützt hast.«

»Aber gewiß«, sagte Galbert. »Ich arbeite doch seit Jahren darauf hin.«

Blaise blieb das Lachen im Halse stecken. »Das«, sagte er rauh, »ist eine Lüge.« Plötzlich lag ihm das Herz wie ein Stein in der Brust. Er schluckte mühsam.

»Wirklich?« fragte Galbert geduldig. »Du bist ein heller Kopf, Blaise. Denk nach!«

Seit Ewigkeiten hatte ihn sein Vater nicht mehr bei seinem Namen genannt.

»Was gibt es da nachzudenken?« fuhr er ihn an. »Du hast, zuerst bei Rosala und dann bei Ranald, deinen Familiensinn überzeugend unter Beweis gestellt. Deinen Sohn hast du sogar getötet.«

»Ich gab ihm das Leben und nahm es ihm wieder.« Galbert blieb nachsichtig. »Aber ich habe es nicht gern getan. Er ist erst ganz zum Schluß ein richtiger Mann geworden, doch ich konnte nicht dulden, daß er meine einzige Chance, dieses Land zu läutern, zunichte machte.«

»Natürlich. *Darauf* hast du all die Jahre über hingearbeitet.«

»Unter anderem. Ich wäre nicht viel besser gewesen als er, wenn das mein einziges Ziel im Leben gewesen wäre. Ich wollte Arbonne züchtigen, wenn es möglich war. Und ich wollte einen meiner Söhne auf Gorhauts Thron setzen, wenn es möglich war. Ich hatte nie damit gerechnet, beides zu erreichen, aber es bestand begründete Hoffnung, wenigstens in einem Fall Erfolg zu haben.«

»Du lügst«, wiederholte Blaise. Es klang verzweifelt, er hörte es selbst und kämpfte dagegen an. »Warum tust du das? Wir wissen doch, was du wolltest: ich sollte wie du in die Dienste des Gottes treten.«

»Aber natürlich. Du warst der jüngere Sohn, was hätte ich sonst mit dir anfangen sollen? Ranald war zum König bestimmt.« Galbert schüttelte den Kopf über so viel Uneinsichtigkeit. »Doch dann hast du dich mir widersetzt, nicht zum ersten und auch nicht zum letzten Mal, und kurze Zeit später zeigte sich, daß Ranald... war, wie er eben war.«

»Du hast ihn dazu gemacht.«

Wieder zuckte Galbert die Achseln. »Wenn er mit mir nicht fertig wurde, wäre er auch als König überfordert gewesen. Du hattest offenbar einen Weg gefunden, beides zu vereinbaren. Nachdem es mir gelungen war, dich mit dem Iersen-Vertrag außer Landes zu treiben.«

Blaise wich das Blut aus dem Gesicht. »Willst du jetzt auch noch behaupten...?«

»Daß es für diesen Vertrag verschiedene Gründe gab. Ja, das behaupte ich, denn es ist die Wahrheit. *Denk nach,* Blaise! Wir bekamen Geld für diesen Krieg, und die vertriebenen Nordmärker waren wie ein Messer in Ademars Rücken. Und ich habe dich endlich dazu gebracht, Gorhaut zu verlassen, Blaise, in ein Land zu gehen, wo du zum Zentrum des Widerstandes gegen Ademar – und gegen mich – werden konntest.«

»Nebenbei bemerkt«, fuhr er immer noch vollkommen ruhig fort, »wirst du eine Menge Geld brauchen, um die Nordmark zurückzuerobern, besonders nach den heutigen Verlusten. Zum Glück ist Lucianna d'Andoria abermals Witwe. Ich hatte übrigens vorgesehen, Borsiard hier töten zu lassen, falls sich aus deinem Heer niemand dazu bereitgefunden hätte. Sie hatte ich schon einmal als Braut für Ranald in Aussicht genommen, aber dann kam alles anders. Jetzt wirst eben du sie heiraten, was dich gewiß kaum weniger beglücken wird als ihren Vater. Wenn seine Tochter erst Königin ist, verzichtet er vielleicht sogar darauf, sie immer wieder in sein eigenes Bett zu holen.« Galbert lächelte. Blaise fühlte sich einer Ohnmacht nahe. »Aber behalte mir Massena Delonghi immer im Auge. Immerhin müßtest du mit den Banken der Correze und der Delonghi im Rücken dafür sorgen können, daß Valensa die restlichen Gelder, die es uns laut Vertrag schuldet, nicht länger zurückhält.«

Blaise bekam allmählich Kopfschmerzen, zu viele Schläge prasselten auf ihn nieder.

»Das sind doch alles Lügen, nicht wahr? Und warum belügst du mich? Warum willst du mir jetzt, im Angesicht des Todes, unbedingt einreden, du hättest alles geplant?«

»Ich habe nicht *alles* geplant, Blaise, das ist dummes Zeug. Ich bin Corannos' Diener, ein Sterblicher, kein Gott. Als du von zu Hause fortgingst, um dich in Götzland und Portezza durchzuschlagen, da nahm ich an, Fulk de Savaric und einige Barone aus dem Norden würden dir eine Abordnung hinterherschicken, um dir die Königswürde anzutragen. Ich hatte nicht erwartet, daß du selbst die Initiative ergreifen würdest. Soviel ... Verwegenheit hätte ich dir nicht zugetraut. Daß du irgendwann einmal in Arbonne landen könntest, hielt ich allerdings für möglich, wenn auch nur, weil du wußtest, daß ich hier einmarschieren wollte. Wieviel ... Einfluß man hier auf dich gewinnen würde, wußte ich wiederum nicht. Das war, ich gebe es zu, eine Überraschung.«

»Ademar.« Blaise wollte es noch immer nicht wahrhaben. »Du hast alles für ihn getan. Du wolltest ihm sogar Rosala in die Hände spielen.«

Sein Vater schnitt eine verächtliche Grimasse. »Ich habe Ademar nur den Strick hingehalten, erhängt hat er sich selbst. Viel getaugt hat er ohnehin nie. Er war nur ein Werkzeug, das mir helfen sollte, Arbonne für den Gott zu erobern, mehr nicht.« Wieder ein Achselzucken. »Dabei sind wir offenbar gescheitert, und das werde ich bedauern bis in den Tod. Ich war der festen Überzeugung, wir könnten nicht verlieren. Nach unserem Sieg rechnete ich damit, daß dich der junge Correze wieder mit nach Portezza nehmen würde. Dann hätte sich mit der Zeit womöglich auch die zweite Hälfte meines Traums erfüllt. Ademar hätte Arbonne niemals halten können – nicht, wenn ich so mit diesem Land verfahren wäre, wie ich es vorhatte.« Diese herrliche Stimme, dachte Blaise, ließ alles so bestechend plausibel erscheinen. »Die Sache mit Rosala, nun, Blaise, das war für die Barone – und notfalls auch für dich – gedacht, ein weiterer Stachel im Fleische. Außerdem sollte es erst passieren, *nachdem* sie den Garsenc-Erben zur Welt gebracht hatte. Hör zu, der Junge, Cadar, er *ist* doch dein Sohn, nicht wahr?«

Blaise begannen die Hände zu zittern. »Willst du wirklich bis zur letzten Sekunde deines Lebens alles beschmutzen, was du anfaßt? Darf denn nichts mehr sauber bleiben?«

»Doch... – mein Tod, das hat man mir jedenfalls versprochen«, bemerkte Galbert trocken. Ein Lächeln zuckte um seine Mundwinkel. »Nun komm schon, Blaise, ich will nicht sterben, ohne zu wissen, wessen Kind er ist. Nachdem Ranald eine Weile verheiratet war, ohne einen Erben gezeugt zu haben, ließ ich Nachforschungen anstellen und fand heraus, daß er in all den Jahren als Königlicher Schwertführer von den vielen Frauen, die sich förmlich darum prügelten, in sein Bett steigen zu dürfen, offenbar keine einzige geschwängert hatte. Du erinnerst dich sicher, daß auch mein Bruder ohne leibliche Erben starb. Vielleicht liegt ein Makel auf unserem Samen. Ich bin wohl davon verschont geblieben. Und wie steht es mit dir?«

Blaise sah auf seine zitternden Hände hinab. »Für dich haben immer nur die Ziele gezählt, wie?« sagte er. »Nichts war um seiner selbst willen von Bedeutung. Für dich sind wir alle nur Werkzeuge, jeder von uns, Ademar, Rosala, Ranald und ich. Schon als Kinder hast du uns so behandelt.«

Sein Vater winkte ab. »Was hätte ich denn tun sollen, Blaise? Wiegenlieder singen? Dir liebevoll auf die Schulter klopfen. Dich für jede gute Leistung mit Lob überschütten?«

»Ja«, sagte Blaise so ruhig, wie er nur konnte. »Ja, genau das hätte ich mir wohl gewünscht.«

Zum ersten Mal wurde Galbert unsicher. »Du bist auch so zurechtgekommen.«

»Ja.« Blaise nahm einen tiefen Atemzug, ließ die Luft langsam ausströmen. »Ich bin zurechtgekommen.« Er sah seinen Vater an. »Wenn wir mehr Zeit hätten, könnte ich dir meine Sicht der Dinge schildern, aber eigentlich habe ich gar keine

Lust dazu.« Er hielt inne. Jetzt war er ganz ruhig. »Sonst noch etwas, Vater?«

Schweigen, dann schüttelte Galbert langsam den Kopf. Ein letzter Blick, Blaise wandte sich ab. Die Soldaten machten ihm Platz, und er verließ den Kreis. Inzwischen war ein Trupp Bogenschützen in der roten Tracht von Carenzu eingetroffen. Hinter ihnen stand sein Pferd. Hirnan hielt es am Zügel. Er ging hinüber, saß auf und ritt davon, ohne sich noch einmal umzusehen.

Rudels Stimme stellte eine Frage, Thierry gab eine klare, deutliche Antwort, dann hörte Blaise ein scharfes Kommando, und schon schwirrten die Bogensehnen.

Kapitel 19

Als Blaise das Schlachtfeld verließ, war ihm zunächst gar nicht bewußt, daß er denselben Weg nahm wie zuvor Bertran. Er ritt nur immer nach Westen, der roten Sonnenscheibe entgegen, und erreichte schließlich die Ulmenallee, die zum Triumphbogen führte. Hier blieb er stehen und schaute zurück. Überall im Tal brannten nun die Feuer. Er war in einer merkwürdigen Stimmung. Erst jetzt im nachhinein kam ihm zu Bewußtsein, daß er allein auf der Welt stand.

Er schaute nach unten und entdeckte frische Hufspuren, ein einzelnes Pferd. Bertran mußte vor ihm hiergewesen sein. Auch der Herzog würde sich einsam fühlen, dachte er, auf eine andere und doch auf die gleiche Art allein. Ariane hatte vor langer Zeit eine entsprechende Bemerkung gemacht: mit Urtés Tod war Bertran der glühende Haß abhanden gekommen, der seit mehr als zwanzig Jahren sein Leben bestimmte und prägte. Der Haß konnte ebenso stark sein wie die Liebe, auch wenn die Sänger noch so beharrlich das Gegenteil behaupteten.

Er nahm die Zügel auf und ritt auf den Triumphbogen zu. Als er in den Schatten der mächtigen Wölbung eintauchte, fröstelte er trotz seines Mantels. Auf der anderen Seite empfing ihn das letzte Sonnenlicht. Wieder zog ein Vogelschwarm mit dem Wind nach Süden. Sein Vater war tot. Sein Bruder war tot. Ihn würde man wohl bald zum König von Gorhaut krönen. Cadar Ranald de Savaric war mit großer Wahrscheinlichkeit sein Sohn, ein Gedanke, mit dem er sich schon seit dem Herbst herumschlug. Man sprach nicht über solche Dinge. Auch Rosala würde Schweigen bewahren, so wie er sie kannte.

Und damit war er natürlich wieder bei Aelis de Miraval, die vor so langer Zeit gestorben war. Zwei starke Männer hatten sie geliebt und sich damit ihr Leben zerstört. Er ritt weiter durch die Stille. Einer der beiden hatte überlebt, und seine

Spuren führten durch die kahlen, winterlichen Weingärten. Die Traubenernte war längst vorüber, und bis zu den ersten Knospen war es noch weit. Irgendwann wurden die Rebstöcke von Wiesen abgelöst, und schließlich kam Blaise zu einer kleinen Köhlerhütte am Waldrand. Vor der Hütte war ein Pferd angebunden, das er kannte.

In der Tür, wo am Abend die Frauen zu sitzen pflegten, um das letzte Tageslicht für ihre Näharbeiten auszunützen, hockte Bertran de Talair.

Als Blaise vom Pferd stieg, blickte der Herzog auf. Er wirkte überrascht, aber nicht abweisend. Blaise war sich nicht ganz sicher gewesen, ob er willkommen war. Bertran hielt die Seguignac-Flasche in den Händen. Der Anblick ließ die Glocke der Erinnerung anschlagen. Die Treppe auf Kastell Baude. Das schmale Fenster, vor dem die beiden Monde vorüberzogen. Die Feldflasche, die zwischen Blaise und Bertran hin- und herging, während der eine verbittert über Lucianna Delonghi nachgrübelte und der andere nicht etwa von der Frau sprach, deren Bett er eben erst verlassen hatte, sondern von seiner alten Liebe, die seit mehr als zwanzig Jahren tot war.

Der Herzog sah, wohin Blaises Blick ging, und hob einladend die Flasche. »Ein kleiner Rest ist noch übrig«, sagte er.

»Mein Vater ist tot.« Blaise hatte an sich nicht darüber sprechen wollen. »Thierrys Bogenschützen.«

Bertrans sonst so lebendiges Gesicht wurde hart. »Dafür reicht der Seguignac nicht aus, Blaise. Für einen Tag wie heute bräuchte man ganz andere Mengen, aber setz dich trotzdem, setz dich zu mir.«

Blaise überquerte die Wiese und nahm neben dem Herzog auf der Schwelle Platz. Bertran reichte ihm die Flasche, und er trank. Das scharfe Getränk rann ihm wie Feuer durch die Adern. Er trank noch einmal, genoß die Wärme, dann gab er die Flasche zurück.

»Ist es vorüber?« fragte Bertran.

Blaise nickte. »Inzwischen müßten sich alle ergeben haben.«

Bertran sah ihn an. Unter den blauen Augen lagen tiefe Schatten. »Gegen Ende wolltest du mich aufhalten, nicht wahr? Du hast mich beim Namen gerufen.«

Wieder nickte Blaise.

»Ich glaube, ich war nicht mehr zu halten. Wenn Thierry nicht die Trompeten hätte blasen lassen, hätte ich wohl ewig weitergemacht.«

»Ich weiß. Und ich kann dich verstehen.«

»Ich bin nicht gerade stolz darauf.« Bertran nahm noch einen kleinen Schluck aus der Flasche.

»Geh nicht zu hart mit dir ins Gericht. Es wurden schließlich Frauen verbrannt. Und die beiden Troubadoure ...«

Bertran schloß die Augen, und Blaise verstummte. Kurz darauf blickte der Herzog auf und reichte ihm abermals die Flasche. Blaise wiegte sie in beiden Händen, aber er trank nicht mehr. Der Seguignac war ihm ohnehin bereits zu Kopf gestiegen.

»Ich habe eine Frage an dich«, sagte Bertran de Talair.

»Ja?«

»Hättest du viel dagegen einzuwenden, wenn ich die Frau deines Bruders um ihre Hand bäte? Falls Rosala mich haben will, würde ich Cadar gern an Kindes Statt annehmen und zum Erben von Talair erziehen.«

Blaise wurde es plötzlich warm ums Herz, und das kam sicher nicht vom Seguignac. Er lächelte, zum ersten Mal an diesem langen Tag. »Rosala kann tun, was sie will, ich habe ihr nichts dreinzureden, aber ich wüßte keine bessere Lösung.«

»Wirklich? Und glaubst du, sie nimmt meinen Antrag an?« Das klang sehr zaghaft.

Blaises Lachen schallte erschreckend laut durch die Stille am Waldrand. »Seit wann bin ich die Autorität, wenn es um Frauen geht?«

Bertran schwieg einen Moment, dann lachte auch er, aber sehr viel gedämpfter. Danach war für eine Weile wieder alles still.

»Mein Vater«, sagte Blaise endlich, als er es nicht mehr aushielt, »mein Vater hat behauptet, er habe sich Ademars nur bedient, um Rian und Arbonne zu zerstören. Daneben habe er seit Jahren kein anderes Ziel verfolgt, als mich auf Gorhauts Thron zu setzen.«

Bertran schwieg und starrte nachdenklich vor sich hin. »Das überrascht mich nicht«, sagte er.

Seufzend betrachtete Blaise die Flasche in seinen Händen. »Ich würde es lieber nicht glauben.«

»Das kann ich verstehen. Warum behältst du es nicht für dich? Außer uns beiden braucht niemand davon zu erfahren.«

»Aber das ändert doch nichts daran, daß er selbst hier die Hand im Spiel hatte.«

Bertran zuckte die Achseln. »Mag sein, aber nur zum Teil. So konnte er nicht vorhersehen, wie Arbonne auf dich wirken würde.«

»Das hat er sogar zugegeben.«

»Siehst du? Blaise, ich finde es manchmal erschreckend, von wie vielen verschiedenen Einflüssen wir geprägt werden.« Bertran zögerte. »Das ist die Hütte, wo ich mich oft mit Aelis getroffen habe. Hier wurde auch mein Sohn gezeugt.«

Nun war es Blaise, der schwieg. Er war tief gerührt, denn er verstand, daß Bertran mit diesem Geständnis sein Vertrauen erwidern wollte.

»Es tut mir leid«, sagte er endlich. »Ich wollte dir nicht nachreiten. Ich habe deine Spur erst später gesehen. Willst du, daß ich gehe?«

Bertran schüttelte den Kopf. »Aber wenn du schon nicht trinkst, kannst du mir das Ding da geben.« Blaise reichte ihm die Flasche. Bertran hob sie an, das Metall blitzte im Sonnenlicht, er trank den letzten Schluck. »Ich glaube«, sagte er, »für heute reicht es. Mehr könnte ich nicht mehr ertragen.«

Im nächsten Augenblick näherten sich Hufschläge, und als sie aufsahen, kam Ariane allein durch das hohe Wintergras geritten.

Vor den beiden Männern auf der Schwelle hielt sie an, machte jedoch keine Anstalten, vom Pferd zu steigen. Ihre Augen waren rot und verquollen, aber sie weinte nicht mehr. Sie nahm einen tiefen Atemzug, der wie ein Schluchzen klang, dann ließ sie die Luft langsam ausströmen.

Ohne Gruß, ohne Einleitung begann sie zu sprechen. »Bevor meine Cousine Aelis in jener Nacht starb, nahm sie mir ein Versprechen ab.« Blaise sah ihr an, wie schwer es ihr fiel, sich zu beherrschen. Bertran saß neben ihm wie versteinert. »Einen Eid, von dem ich erst heute durch Urtés Tod entbunden wurde.«

Sie sah den Herzog an. Blaise wollte sich erheben und sagte noch einmal: »Ich sollte wirklich gehen. Das ist nicht für meine Ohren …«

»Nein«, unterbrach ihn Ariane. Ihre Stimme klang wie erloschen, ihr schönes Gesicht war totenbleich. »Was ich zu sagen habe, betrifft auch dich.« Bevor sie noch geendet hatte, legte ihm Bertran die Hand aufs Knie, um ihn am Aufstehen zu hindern.

»Bleib bei mir«, bat der Herzog.

Und so blieb er auf der Schwelle der Köhlerhütte sitzen, während dieser blutige Tag allmählich zur Neige ging. Es wurde kälter, der Wind strich durch Arianes schwarzes Haar, ließ hinter ihr die hohen Gräser wogen. Und endlich sagte sie mit dieser Stimme, die keinen Klang und keine Tiefe mehr hatte: »Heute kann ich dir von der Nacht erzählen, in der Aelis starb, Bertran. Es gab einen Grund, warum sie vor der Zeit niederkam.« Wieder verriet ein tiefer Atemzug, wie hart sie um ihre Fassung ringen mußte, bevor sie weitersprechen konnte: »Urté nahm ihr deinen Sohn aus den Armen und verließ mit ihm den Raum. Die Priesterin folgte ihm, um das Kind zurückzuholen, und so blieb ich mit Aelis im Wöchnerinnenzimmer allein. Nur wenige Augenblick später … erkannten wir, daß sie ein zweites Kind im Leibe trug.«

Bertrans Hände zuckten krampfhaft. Die Flasche fiel ins Gras. Der Herzog wollte aufstehen, aber es gelang ihm nicht. Die Kräfte schienen ihn verlassen zu haben; so blieb er auf der Schwelle sitzen und sah stumm zu der Frau auf dem Pferd empor.

Ariane fuhr fort: »Ich habe Aelis von einer Tochter entbunden, Bertran. Und dann … dann mußte ich ihr einen Eid schwören. Wir wußten beide, daß sie sterben würde.« Jetzt weinte sie wieder; wie klare Kristalle funkelten die Tränen auf ihren Wangen.

»Weiter«, sagte Bertran. »Ariane, ich muß endlich wissen, was geschehen ist.«

* * *

Auch damals hatte sie geweint, denn dieser Raum war eine wahre Schreckenskammer gewesen. Dreizehn Jahre war Ariane alt, als die sterbende Aelis ihrem Gemahl gestand, daß das Kind in ihren Armen Bertran de Talairs Sohn war. Sie hatte hilflos in einer Ecke gekauert. Urté war vor Zorn blutrot angelaufen. Noch nie hatte sie einen Menschen so wütend gesehen. Er riß den Säugling an sich, den die Priesterin seiner Mutter behutsam in die Arme gelegt hatte. Ein Sturm heulte um Miravals Mauern, der Regen prasselte gegen die Fenster, und der Donner grollte vom Himmel wie ein zürnendes Gespenst.

Der Herzog und die Priesterin waren hinausgestürmt. Ariane wußte nicht, wohin, aber sie war überzeugt, daß er die Absicht hatte, das Kind zu töten. Aelis hatte diese Überzeugung geteilt.

»O meine Liebste«, stöhnte ihre Cousine. Das ganze Bett schwamm in Blut. »Was habe ich getan?« Ariane war so überwältigt von Zorn und Trauer, daß sie nur Aelis' Hand halten konnte. Kein tröstendes Wort wollte ihr einfallen, sie wünschte sich weit fort, fort aus diesem Zimmer, fort aus diesem schrecklichen Schloß.

Und plötzlich hatte Aelis in einem ganz anderen Ton »*O Rian*« geflüstert. »Cousine, im Namen der Göttin, ich glaube, ich habe noch ein Kind in mir.«

Und so war es. Ein winziges Geschöpf, aber Ariane kam es doch ein wenig größer vor als das erste. Diesmal war es ein Mädchen. Schwarzhaarig und langgliedrig wie die Mutter, tat es mit kräftiger Stimme seinen ersten Schrei in dieser turbulenten Welt.

Ariane hatte es aus Aelis' Schoß gezogen. Ariane biß auch die Nabelschnur durch, wickelte es in die warmen Tücher, die am Feuer bereitlagen, und reichte es mit zitternden Händen seiner Mutter. Niemand sonst war im Raum. Niemand hatte diesen zweiten Schrei gehört.

Aelis de Miraval de Barbentain hatte ihr schwarzhaariges Töchterchen betrachtet und, wohl wissend, daß ihr eigenes Leben am Erlöschen war, zu ihrer dreizehnjährigen Cousine gesagt: »Ich habe eine letzte Bitte an dich. Schwöre mir auf meinem Totenbett, dich daran zu halten.«

Ariane hatte Mutter und Kind angesehen, und sie hatte gehorcht: sie würde das Kind in Tücher gewickelt unter ihrem Mantel verstecken, Miraval über die Hintertreppe mit ihm verlassen und in die stürmische Nacht hinausfliehen.

Des weiteren hatte sie feierlich geschworen, keiner Menschenseele, nicht einmal Bertran, von der Existenz dieses zweiten Kindes zu erzählen, solange Urté de Miraval am Leben war. »Wenn Urté tot ist«, hatte ihre Cousine gesagt, »und ihr beide, du und mein Kind, noch auf dieser Erde weilt, steht es in deinem Ermessen. Sieh dir an, was aus ihr geworden ist, falls du sie nicht aus den Augen verloren hast. Ich kann nicht in die Zukunft schauen, Ariane. Richte dich danach, wie die Zeiten sind. Möglicherweise wird dieses Kind, meine Tochter, dereinst nicht nur die Erbin von Miraval und von Talair, sondern von ganz Arbonne sein. Du mußt dich zu einer Persönlichkeit entwickeln, die irgendwann in der Lage ist, eine Entscheidung von dieser Tragweite zu fällen. Und jetzt küß mich, Cousine, vergib mir, wenn du kannst, und geh!«

Und Ariane hatte sich niedergebeugt, hatte die Sterbende auf den Mund geküßt und war allein, in einen dunklen Mantel gehüllt, das Kind an ihr Herz gedrückt, über die Dienstbotentreppe geflüchtet. Keiner Menschenseele war sie begegnet, weder auf der Treppe oder auf den Gängen, noch beim Verlassen des Schlosses. Durch eine Hinterpforte trat sie in den Regen hinaus. Die Stallknechte waren bei diesem Unwetter nirgendwo zu sehen, und so hatte Ariane ihre Stute selbst aus dem Verschlag geholt, war mit Hilfe eines Heuballens mühsam auf ihren Rücken geklettert und ohne Sattel vom Hof geritten. Nur ihr Kapuzenmantel hatte sie und das Kind vor Regen und Kälte geschützt.

Diesen Ritt sollte sie ihr ganzes Leben lang nicht vergessen. Er geisterte durch ihre Träume, bei Gewitter pflegte jeder Donnerschlag die Erinnerung zu wecken. Dann sah sie sich wieder durch Miravals Weingärten ostwärts zum See reiten, und jedesmal, wenn ein Blitz Himmel und Erde spaltete, wurden verkrümmte Rebstöcke in bizarren Formen der Finsternis entrissen. Anfangs hatte das Kind unablässig geschrien, doch irgendwann war es still geworden. Ariane hatte schreckliche

Angst gehabt, es sei gestorben, aber sie hatte nicht gewagt, bei diesem Regen ihren Mantel zu öffnen und nachzusehen. Sie selbst hatte die ganze Zeit über geweint.

Wie sie die Hütte am See gefunden hatte, wo man das trockene Holz und die Späne für die Signalfeuer zum Eiland hinüber lagerte, wußte sie nicht mehr. Jedenfalls war sie hier abgestiegen, hatte ihr Pferd angebunden und sich, triefend naß und immer noch weinend, unter die Tür gestellt. Dann hatte ein besonders greller Blitz den ganzen Himmel erhellt, und für einen Moment hatte sie ganz in der Nähe den riesigen, schwarzen Triumphbogen der Alten aufragen sehen. Ariane war ein entsetzter Aufschrei entfahren, und wie als Antwort darauf hatte sie etwas gespürt. O ja, das Kind an ihrem Herzen hatte sich geregt, und dann hatte es wieder zu wimmern begonnen, um mit fragwürdiger Entschlossenheit inmitten aller Schrecken dieser Welt auf seine Existenz aufmerksam zu machen.

Ariane hatte es an sich gedrückt, hatte es sachte in ihren Armen gewiegt, hatte es mit leisem Singen zu beruhigen versucht. Noch immer zuckten Blitze, doch allmählich entfernten sich die Donnerschläge nach Süden, und endlich, nach einer Ewigkeit, zeigte sich ganz kurz der blaue, nach Rian benannte Mond am Himmel. Als er das nächstemal durch die rasch dahinziehenden Wolken brach, hörte der Regen auf.

Zum Glück war es in der Hütte trocken gewesen. Sie hatte das Kind auf den Boden gelegt und es gewickelt, so gut es eben ging. Dann hatte sie draußen auf dem Hügel mit Holz, Spänen und Feuerstein eine Fackel entzündet, um damit die Priesterinnen zu rufen. Und ihr Ruf fand Gehör.

Am Ufer des Eilands wurde ein weißes Segel aufgezogen, und ein kleines Boot kam über den See geglitten. Der Wellengang hatte sich inzwischen gelegt. Ariane erschien der Nachen im Mondschein unsagbar schön und fremdartig zugleich, ein Stück zarter Anmut in einer Welt, in der sie solche Eigenschaften nicht mehr vermutet hätte.

Ihr Mantel war durchnäßt, schmutzig und zerrissen. Im Dunkeln würde niemand erkennen, daß sie zu den Reichen und Mächtigen gehörte. Zur Sicherheit behielt sie die Kapuze auf. Kurz bevor das Boot am Ufer anlegte, nahm sie dem Säugling nicht ohne Bedauern die feinen Tücher ab und hüllte ihn in einen alten Lappen, den sie in der Hütte gefunden hatte.

Dann gab sie Aelis' Tochter der Priesterin, die groß und ernst neben dem Boot am Strand stand. Mit zitternder Stimme stammelte sie im Tonfall eines Bauernmädchens, sie habe ein Kind geboren, aber ihr Vater wolle nicht gestatten, daß sie es behalte. Würden die Dienerinnen der gütigen Rian ihr kleines Mädchen wohl zu sich nehmen und ihm Schutz und Beistand gewähren alle Tage seines Lebens? Und dann hatte sie wieder geweint, sie erinnerte sich noch gut.

Derartige Bitten waren keine Seltenheit. Im Laufe der Jahre bekamen Rians Eiland und die Insel der Göttin im Meer nicht zuletzt auf diesem Weg den erforderlichen Nachwuchs an Dienern, Priestern und Priesterinnen. Die beiden Frauen erkundigten sich nur, ob sie selbst in guter Verfassung sei. Weiter stellten sie keine Fragen. Ariane hatte das Kind ein letztes Mal in ihre müden Arme genommen, es fest an sich gedrückt und, wie zuvor schon die Mutter, auf den Mund geküßt. Den beiden Priesterinnen hatte sie erklärt, ihr ginge es gut.

Das hatte sie auch sich selbst immer wieder beteuert, während sie der Barke nachsah, die unter dem blauen Mond, den dünnen, vom Wind vorangetriebenen Wolkenfetzen und den ersten, glitzernden Sternen mit Aelis' und Bertrans Töchterchen über das stille Wasser des Sees davonglitt.

Aelis hatte ihr nicht gesagt, wie die Kleine heißen sollte, und so hatte Ariane am felsigen Ufer zu der blauen Sichel aufgeschaut und die Priesterinnen gebeten, das Mädchen, so sie es als würdig erfänden, nach diesem Mond und damit nach der Göttin zu nennen.

* * *

Jetzt, dreiundzwanzig Jahre später, saß Ariane de Carenzu wieder auf einem Pferd, diesmal vor der Hütte, wo dieses Kind und sein verstorbener Bruder gezeugt worden waren. »Sie hat überlebt«, sagte sie. Im Laufe der Erzählung waren die Tränen auf ihren Wangen getrocknet. »Ich habe all die Jahre über sie gewacht, so gut ich konnte. Sie ist natürlich auf dem

Eiland geblieben; das ist so üblich. Ein wunderschönes Mädchen, Bertran, klug und tapfer. Ich glaube, sie sieht ihrer Mutter sehr ähnlich. Rinette heißt sie, und sie sollte schon bald zur Hohenpriesterin auf Rians Eiland geweiht werden.«

»Sollte?« Bertran sprach so leise, daß das Wort kaum zu verstehen war. Er hatte die ganz Zeit über die Hände gefaltet, jetzt sah Blaise, daß sie zitterten.

»Bevor ich zu dir kam, habe ich mit ihr gesprochen. Ich fand, sie habe ein Recht darauf, als erste zu erfahren, wer sie ist, unter welchen Umständen sie damals auf Rians Eiland gebracht wurde und noch einiges mehr. Und ich habe ihr auch erklärt... daß sie gerade wegen ihrer Herkunft jetzt draußen, in der Welt der Menschen, womöglich dringender gebraucht würde als auf dem Eiland. Doch das müsse die selbst entscheiden... und ich würde dafür sorgen, daß sie das auch könne.«

»Und?« Bertran wirkte um Jahre gealtert. Blaise hätte ihm gern den Arm um die Schultern gelegt, aber er hielt sich zurück.

»Sie meinte, wenn ich ihr die Wahrheit gesagt hätte, liege es auf der Hand, daß sie auf einem Schloß mehr für Arbonne tun könne als in einem Kloster. Das sind ihre eigenen Worte. Sie ist sehr stark, Bertran. Sie ist... sie ist wirklich großartig.« Bei den letzten Worten schwankte ihre Stimme verdächtig.

»Ich muß sie also schon gesehen haben.« Die Stimme des Herzogs war ein einziges Staunen. »Ich muß sie schon oft gesehen haben, und doch ist mir die Ähnlichkeit nie aufgefallen.«

»Wie sollte sie auch? Du hast ja nicht danach gesucht.«

Bertran schüttelte den Kopf. »Es muß schlimm für sie gewesen sein, so unverhofft mit diesem Wissen überfallen zu werden. Ein schrecklicher Schlag.«

»Der Schock wird erst kommen«, sagte Ariane. »Im Moment kann sie noch gar nicht begreifen, was das alles zu bedeuten hat. Sie weiß aber...« Ariane zögerte, um sich dann seltsamerweise an Blaise zu wenden. »Sie weiß aber, und zwar von mir, daß man ihr vielleicht schon bald nahelegen wird, eine Ehe einzugehen.«

Jetzt begriff er auch, warum sie ihn zurückgehalten hatte, als er gehen wollte.

Im letzten Licht dieses klaren Tages blickte er auf. Arianes dunkle Augen ruhten auf ihm. Alles mögliche ging ihm in diesem Moment durch den Kopf, aber am deutlichsten erinnerte er sich an ein Gespräch in einer gewissen Sommernacht in Tavernel.

Schließlich war es Bertran, der von einem zum anderen sah und sich dann als erster von der Schwelle der Köhlerhütte erhob. »Ich werde jetzt wohl zurückreiten«, sagte der Herzog.

»Soll ich mitkommen?« fragte Blaise.

Bertran schüttelte den Kopf. Ein schwacher Abglanz seines schiefen Lächelns erhellte seine Züge. »Ich kenne den Weg«, sagte er. »Der wenigstens hat sich nicht geändert.«

Sonst war freilich nichts beim alten geblieben. Blaise stand auf und sah dem Herzog nach. Ariane drehte sich im Sattel um und beobachtete ihn ebenfalls. Erst als die unscheinbare Gestalt in der zerrissenen, blutbefleckten Soldatenuniform verschwunden war, wandte sie sich wieder an Blaise. Aber sie machte immer noch keine Anstalten, vom Pferd zu steigen.

Schroff stieß er hervor: »An Mittsommer hat eine Frau in Tavernel das Lager mit mir geteilt, und sie hat mir erklärt, sie betrachte es als ihre Lebensaufgabe, die Spielregeln zu ändern, nach denen in unserer Zeit Ehen geschlossen würden.« Er wußte selbst nicht, warum er ihr die Worte regelrecht um die Ohren schlug.

Ariane spürte es sofort, und als er das sah, waren sein Zorn und seine Bitterkeit wie weggeblasen. Sie sagte sehr leise: »Ich habe in diesem Fall nichts mitzureden und will es auch gar nicht erst versuchen. Ich sehe nur, was geschehen könnte, und das siehst auch du, Blaise. Und du weißt gewiß auch, wie sehr mich das alles trifft, auch noch nach allem, was bereits geschehen ist. Du mußt es wissen.«

Er wußte es tatsächlich. Offenbar war er im vergangenen Jahr um einiges reifer geworden. Er erkannte, daß sie ihm ihr Herz öffnete, und fühlte sich nicht zum ersten Mal beschämt von ihrer Aufrichtigkeit. Diese Frau, dachte er plötzlich, hatte ihn von Lucianna befreit und die Verbitterung von ihm genommen, die ihn seit Portezza quälte.

»Ariane«, sagte er, »schon um deinetwillen darf Arbonne niemals untergehen.«

»Dafür gibt es unzählige Gründe«, wehrte sie ab, doch in ihren dunklen Augen blitzte ein Funke auf.

»Doch du bist das Symbol, die Verkörperung dieses Landes. Du bist die Herrin des Minnegerichts.«

»Ich dachte, du hältst das Minnegericht für ein törichtes Spiel?«

»Zu vieles in diesem Land, was ich zunächst für törichtes Spiel hielt, hat sich als wichtiger herausgestellt als alles, was ich bisher kannte.« Er hielt inne. Noch etwas gab es, das unbedingt gesagt werden mußte. Mit fester Stimme fuhr er fort: »Ariane, Urté, Bertran und Fulk de Savaric haben viel getan, doch den Sieg in dieser Schlacht verdanken wir deinem Gemahl. Thierry hat auch verhindert, daß Männer, die sich bereits ergeben hatten, einfach abgeschlachtet wurden.«

»Ich glaube, das weiß ich«, sagte sie ernst.

»Ich habe ungeheuren Respekt vor ihm.«

»Ich nicht minder«, murmelte sie. »Aber das habe ich dir schon damals in Tavernel erklärt. Warum fängst du jetzt wieder damit an, Blaise?«

Er zwang sich, ihrem Blick standzuhalten. In den dunklen Tiefen dieser Augen konnte sich jeder Mann verlieren. »Weil ich trotz allem Gorhautaner bin und wohl auch immer bleiben werde. Und weil es mir deshalb unendlich schwerfällt, der Frau eines solchen Mannes meine Liebe zu beteuern.«

Sie senkte den Kopf. »Auch das weiß ich«, sagte sie. Sie sah wieder auf. »Kein Mensch kann aus seiner Haut heraus, das sehe ich ein, so sehr ich es bedauere. Ähnlich sind wir in der Zeit gefangen, in die wir hineingeboren werden. Was ich an Mittsommer über die Freiheit der Wahl dahergefaselt habe, ist in Wahrheit das einzige törichte Spiel, auf das wir beide uns eingelassen haben. Die ganze Welt steht kopf, Blaise, und in dieser Welt sollst du nun König von Gorhaut werden. Die Erbin von Arbonne erwartet dich bereits auf Talair.«

»Und du meinst, ich muß sie zur Frau nehmen? Um die Welt wieder auf die Füße zu stellen?«

Zum ersten Mal kam Arianes Autorität wieder zum Vorschein. »Wie ich bereits sagte, habe ich hier nichts mitzureden. Und für solche Überlegungen ist es ohnehin zu früh. Aber wenn du meine Meinung hören willst: es wäre für jeden Mann ein unverdientes Glück, mit dieser Frau sein Leben teilen zu dürfen. Selbst für dich, Blaise.«

Er hatte sie schon gesehen, natürlich, zweimal sogar. Damals im Frühling, nachdem er am See sechs Miraval-Coraner getötet hatte, waren harte, hochfahrende Worte gefallen. *Wir haben auf Euch gewartet*, hatte sie, überaus selbstsicher für ihr Alter, zu ihm gesagt und ihm damit eine unbestimmte Angst eingejagt. Vielleicht, dachte er jetzt, vielleicht hatten sie an jenem Frühlingstag beide nicht gewußt, ja, nicht einmal geahnt, was wirklich dahintersteckte. Vielleicht waren die Wege der Göttin für die Menschen in der Tat unerforschlich. Der rote Pfeil, der vom blauen Himmel gefallen war und Ademar getötet hatte, fiel ihm wieder ein. Er konnte sich noch immer nicht erklären – und wollte sich auch nicht weiter damit befassen – was es damit für eine Bewandtnis hatte.

Nun sah er zu Ariane auf und fragte: »Werde ich dich wiedersehen? Oder wirst du ganz aus meinem Leben verschwinden?«

Das entlockte ihr ein Lächeln. Feierlich erklärte sie: »Der König von Gorhaut ist uns auf Carenzu stets willkommen.«

Sie war bestrebt, ihn und sich selbst wieder auf den Boden der Tatsachen zurückzuführen. Es war ein großzügiges Geschenk, aber kleinlich war sie nie gewesen. Er paßte sich ihrem Tonfall an: »Auch mir sind der Herr und die Herrin von Carenzu immer liebe Gäste, wo ich auch sein mag.«

Für einen Moment trat Schweigen ein. Dann biß sie sich auf die Lippen. »Zu jener Mittsommernacht gehörten andere Worte. Als wir uns in der Taverne zum ersten Mal begegneten, wurde ein Lied vorgetragen. Kannst du dich an den Schluß erinnern?«

Er schüttelte den Kopf. Lisseut von Vezét hatte das Lied gesungen, aber er hatte den Text vergessen. Da lächelte Ariane, ein Lächeln voller Trauer und Zärtlichkeit und mit einem Hauch jener Lebensklugheit, die ihr wohl schon immer zu eigen gewesen war. »Wenn es dir nichts ausmacht, Blaise, würde ich gern allein zurückreiten. Ich muß dringend ein Weilchen für mich sein.«

Er nickte. Was hätte er auch sonst tun sollen? Sie im letzten Abendrot in seine Arme reißen? Nicht in dieser Welt, dachte er. Immer noch mit diesem seltsamen Lächeln legte sie kurz den Finger auf die Lippen und wandte sich ab. Sie war die schönste Frau, die er je gesehen hatte. Er hätte viel Freude bei ihr finden können. Nicht nur Freude, auch Leidenschaft und Weisheit. Er hätte sie nur zu fragen brauchen, und sie hätte ihm alles gegeben und sich mit dem begnügt, was er zu bieten hatte. Langsam ritt sie in die Dämmerung hinein, verschwand im hohen Gras. Mit übervollem Herzen sah Blaise ihr nach. Wie mochte sie wohl damals ausgesehen haben, als Dreizehnjährige, mit dem Neugeborenen in den Armen?

Der Säugling von damals war nun eine erwachsene Frau, und vieles deutete darauf hin, daß ihn diese neue Welt, die er zunehmend besser durchschaute, dazu drängen würde, um diese Frau zu freien. Noch war nichts entschieden, solche Dinge brauchten Zeit, vielleicht kam es auch nie dazu; allzu komplex und vielschichtig war das Dasein inzwischen geworden. Bertrans Tochter erwarte ihn auf Talair, hatte Ariane gesagt, und er schickte seine Gedanken dorthin voraus. Nur seine Gedanken: er selbst blieb noch lange auf der Türschwelle sitzen, während im Westen die Sonne unterging und die kahlen Felder und Weingärten, die Bäume und schließlich, wie ein spätes Himmelsgeschenk, auch die kleine Hütte am Waldrand mit ihrem warmen Schein übergoß.

Bevor er ging, warf Blaise noch einen kurzen Blick durch die offene Tür ins Innere. Das milde, rote Licht fiel schräg durch das Westfenster auf das schmale, schlichte Bett an der Wand. Einen Moment blieb er reglos stehen, dann schloß er behutsam die Tür, damit auch nach so vielen Jahren Wind und Regen nicht eindringen könnten.

* * *

Es dämmerte, und im Osten funkelten schon die ersten Sterne, als er auf Talair zuritt. Und weil es schon so dunkel war und er nicht weiter auf den Weg achtete – in Gedanken war er weit voraus und ebenso weit zurück – ritt er nichtsahnend an der Frau vorbei, die im Schatten der Ulmen hinter dem Triumphbogen reglos neben ihrem Pferd stand.

Lisseut hatte vorgehabt, ihn anzusprechen, doch als er endlich auftauchte, versagte ihr die Stimme den Dienst, und sie brachte seinen Namen nicht über die Lippen. Lange vorher war zuerst der Herzog vorbeigeritten, dann Ariane de Carenzu, aber sie hatte sich jedesmal hinter den Bäumen versteckt und ihre Gedanken fest im Zaum gehalten. Dann ging die Sonne unter, und der Schatten des mächtigen Bogens wurde immer länger.

Ihre Gedanken. Sie waren nicht gerade erfreulich. Der Mann, dem sie gefolgt war wie damals im Sommer, war nun König von Gorhaut oder würde es in wenigen Tagen sein. Den Königsmantel trug er bereits. Sie hatte es vom Eiland aus gesehen.

Als Blaise dann tatsächlich erschien, dachte sie gerade an ihr Zuhause, an ihre Mutter und ihren Vater, an das kleine Zimmer, aus dessen Fenster sie den Sonnenaufgang sehen konnte, an das Morgenlicht auf den graugrünen Blättern der Olivenbäume und an die leichte Brise, die den Salzduft des Meeres mitbrachte.

Sie hatte ein stürmisches Temperament und war immer dann am ungeduldigsten, wenn sie genau wußte, daß es besser wäre, eben jetzt nicht zu drängen. Immer wieder hatte ihre Mutter ihr einst prophezeit, daß dieser Wesenszug sie eines Tages noch in größte Schwierigkeiten bringen würde.

Vielleicht lag es an dieser Warnung, vielleicht auch daran, daß die Erinnerungen an Zuhause so quälend deutlich waren, jedenfalls schwieg Lisseut und ließ den Mann ihres Herzens vorbeireiten, fort von ihr, fort vom Triumphbogen und den kahlen Ulmen, zurück in die Welt, die auf ihn wartete. Am Ende der Allee, wo der Pfad nach Osten abbog und dem Seeufer zustrebte, verlor sie Blaise schließlich aus den Augen.

Sie hatte sich nicht von der Stelle gerührt, jede Bewegung fiel ihr schwer. Das idyllische Bild von Zuhause blieb ihr noch ein wenig erhalten, um dann ebenfalls zu entschwinden. Lisseut stand so lange im Schatten, bis ihre Gedanken schließlich andere Wege gingen. Nun fand sie auch ihre Stimme wieder, und zugleich kam ihr prompt ein Lied in den Sinn, das in die Dämmerstimmung paßte und die Leere füllte, die er hinterlassen hatte.

Der Tisch gedeckt mit edlem Wein
mit Fleisch und süßen Früchten
So speisen wir im Kerzenschein
In Fionvarre.

Die hohen Sterne leuchten fein
Der heil'ge Mond schenkt uns sein Licht.
Und bist auch hier du noch nicht mein
So doch in Fionvarre.

Sie seufzte. Es hatte wirklich keinen Sinn, weiter hier herumzustehen. Höchste Zeit, sich auf den Rückweg zu machen. Doch etwas in ihr sträubte sich immer noch gegen den Aufbruch. Es war kalt geworden, doch die Ulmen hielten den Wind ab, und die Dunkelheit verbarg die erschreckenden Gefangenen- und Sklavenreliefs auf dem Triumphbogen. An sich ein geradezu beschauliches Fleckchen, das sie und ihr Pferd hier entdeckt hatten.

So blieb sie noch lange allein im Dunkeln stehen. Erst als sie, viel später, einen einzelnen Reiter am Waldrand entlang nach Süden traben hörte, bekam sie es mit der Angst zu tun. Sie saß auf und ritt zurück in eine Welt, wo es Häuser und Lichter gab und Freunde, bei denen man Trost finden konnte.

Als Lisseut das Seeufer erreichte und – schwer beladen mit Liebe und Trauer, voll wehmütiger Erinnerungen und ernsthaft bemüht, die Zukunft zu begreifen, die sich vor ihr auftat – am Wasser entlang dem Schloß zustrebte, kam ihr abermals ein Lied in den Sinn. Kein altes Wiegenlied diesmal, dessen Verfasser längst vergessen war, keine Weise Anselmes von Cauvas, des Vaters aller Troubadoure, und auch kein Werk des Grafen Folquet.

Text und Melodie stammten weder von En Bertran, noch von Remy oder Aurelian, ihren toten Liebhabern. Nein, hier am Ufer des Dierne-Sees, in der sternenhellen Winternacht, auf dem Weg zu den Lichtern der Burg schuf Lisseut ihr erstes, eigenes Lied.

* * *

Im Freien war es kalt, aber in den Räumen von Schloß Talair im warmen Schein des Feuers hatte Rinette sich unangenehm beengt gefühlt. Also hatte sie sich nach dem Garten erkundigt, und man hatte sie hierher geführt. Als sie darum bat, sie in der ummauerten Anlage alleinzulassen, hatte man ihr auch das zugestanden. Man behandelte sie außerordentlich entgegenkommend. Soviel Rücksichtnahme hätte sie nicht einmal in ihrer Eigenschaft als Rian-Priesterin der obersten Ränge erwartet.

Inzwischen war sie allerdings mehr als das – und zugleich weniger. Ihre Eule hatte sie – der erste, herbe Verlust – auf der Insel zurücklassen müssen.

Dies ist nun also mein Schloß, dachte Rinette und schlenderte im Halbdunkel zwischen kahlen Laubbäumen und immergrünen Nadelgewächsen dahin. Die Sträucher und die Blumenbeete würden im kommenden Frühling eine wahre Pracht sein. *Eines von meinen Schlössern.* Auch Barbentain stand ihr zu, und bei etwas großzügigerer Auslegung gehörte selbst Miraval zu ihrem Erbteil.

Es war kalt, aber das störte sie nicht. Der Winter war das geringste Problem. Unter dem Mantel trug sie noch immer ihr Priestergewand. Man hatte ihr nicht viel Zeit gelassen, sich umzuziehen. Oder sich auf ihren neuen Platz in der Welt einzustellen. Als sie am Morgen erwachte, war sie noch Rian-Priesterin auf dem heiligen Eiland gewesen, designierte Nachfolgerin der dortigen Hohenpriesterin. Auch wenn sie natürlich wie alle anderen hatte befürchten müssen, diesen Winter nicht zu überleben, sondern im Namen Gorhauts und seines angeblich so verehrten Gottes auf einem Scheiterhaufen zu enden.

Dann waren die Kämpfe ausgebrochen. Schreiende Menschen, wiehernde Pferde, hilfloses Entsetzen, das ganze Tal ein einziges, blutiges Chaos. Und schließlich, kaum zu fassen für Herz und Verstand, ein glänzender Sieg. Sie war ins Heiligtum gegangen, um mit der Hohenpriesterin die altehrwürdige Dankeszeremonie zu zelebrieren.

Als sie die Kuppel verließ, hatte Ariane de Carenzu auf sie gewartet und ihr eine Geschichte erzählt, die ihr ganzes Leben von Grund auf veränderte.

Es war schwer zu bewältigen, unglaublich schwer, so sehr sie sich auch bemühte. Doch mit Vernunft und Besonnenheit hatte sie bisher noch jede Schwierigkeit gemeistert. Zum Schluß hatte ihr die Herzogin von Carenzu noch etwas erklärt, was für jeden denkenden Menschen ohnehin auf der Hand lag: sie müsse damit rechnen, nicht auf dem Eiland bleiben zu können. Was heute geschehen sei, habe alles verändert. Arbonne verlange mehr von ihr als die Visionen einer blinden Hohenpriesterin.

Das Versprechen, das Ariane ihr zu guter Letzt noch gab, kam freilich unerwartet: sie, die Herzogin von Carenzu, wolle bei ihrer Ehre und mit all ihrem Einfluß jede Entscheidung unterstützen, die Rinette auch träfe. Dabei war sie den Tränen nahe gewesen, Rinette erinnerte sich genau. Es war ein großzügiges Angebot, aber im Grunde hatte es kein allzu großes Gewicht. Rinette wäre nicht sie selbst gewesen, wenn sie nicht erkannt hätte, wie die Dinge in Wahrheit standen.

Sie war die Erbin von Arbonne, die einzige, die es gab.

Wenn sie sich zu einer Ehe bereitfände, wären die Zukunft ihres Landes und der Fortbestand der Rian-Verehrung für eine Weile, vielleicht sogar auf lange Zeit gesichert. Dieser Einsicht konnte sie sich nicht verschließen, so sehr sie sich auch nach der Geborgenheit des kleinen Eilands sehnen mochte, der einzigen Heimat, die sie je gekannt hatte. Der Weg der Blindheit war ihr von heute an versperrt, das Zweite Gesicht würde ihr verwehrt bleiben.

Auch Hohepriesterin konnte sie nun nicht mehr werden – sie würde weder die Nachfolge von Rians Dienerin hier auf dem Eiland antreten, noch Beatritz auf Rians Insel im Meer ersetzen. Rians höchste Dienerin, dachte sie plötzlich – zum ersten Mal hatte sie die Lage wirklich erfaßt – war die ältere Schwester ihrer Mutter.

Sie schüttelte den Kopf. Es würde entsetzlich schwer werden. Jetzt wurden im Garten Fackeln angezündet, aber man respektierte ihren Wunsch nach Einsamkeit und hielt Abstand. Im Westen erstrahlte der Himmel in wunderschönen Rot- und Violettönen, die sich in weichen Grauschattierungen verloren. Die Sonne war fast untergegangen. Der Garten zeigte sich jetzt, mitten im Winter, sicher nicht von seiner besten Seite, doch es gab immer noch den einen oder anderen Farbtupfer, denn Talair lag weit im Süden, und Mauern und Bäume boten Schutz vor dem Wind. Leises Wasserrauschen drang an ihr Ohr, sie ging noch ein paar Schritte weiter und stieß auf einen Springbrunnen. Die Diener waren vor ihr hiergewesen und hatten Halter mit brennenden Fackeln in die Erde gesteckt. Sie trat näher und wärmte sich die Hände an der Flamme.

Sie war die Erbin von Arbonne. Und die Erbin von Schloß Talair, denn En Bertran hatte nie geheiratet und nie einen Nachfolger benannt. *En Bertran.* Der Herzog von Talair war ihr Vater.

Natürlich hatte sie ihn schon gesehen; das Eiland, auf dem sie aufgewachsen war, lag so nahe an seiner Burg, daß sie ihn oft und oft über das Wasser hinweg beobachtet hatte. Früher hatten sie und die anderen Akoluthen halbe Nächte lang den Kopf zusammengesteckt und sich die unzähligen Geschichten weitererzählt, die Troubadoure und Joglares auf Rians Eiland brachten. Sie wußte alles über Bertran de Talair, Herzog Urté und Aelis de Miraval, die wunderschöne Frau, die so jung gestorben war. Sie kannte sogar – wer hätte es nicht gekannt? – das alte Frühlingslied, das Bertran einst am Ufer ebendieses Sees für seine Geliebte geschrieben hatte.

Bis heute hatte sie allerdings nicht gewußt, daß es ein Lied ihres Vaters an ihre Mutter war, und daß auch sie in diese Geschichte hineingehörte. Und jetzt sah es so aus, als ginge die Geschichte mit ihr zu Ende.

Noch ein Mann war mit im Spiel, der künftige König von Gorhaut, der heute für Arbonne gekämpft hatte, gegen sein eigenes Volk. Auch ihn hatte sie schon zweimal gesehen, zuerst im vergangenen Frühling, und dann am Morgen, als sie über den See gerudert war, um die Gräfin nach dem Treffen der Parlamentäre auf die Insel zurückzuholen. Groß und breitschultrig war er, und er trug wie alle Nordländer einen dichten Bart, der ihn ziemlich grimmig erscheinen ließ. Vergangenes Frühjahr war von Rians Insel der Befehl ergangen, Ausschau nach ihm zu halten, er sei hierher unterwegs und könne eventuell wichtig werden. Und erst an diesem Nachmittag hatte Ariane de Carenzu, die in diesen Dingen eigentlich Bescheid wissen sollte, Rinette versichert, er sei ein guter Mann, sehr viel sanfter und verständnisvoller, als die rauhe Schale vermuten ließe. Eine schwere Last ruhe auf seinen Schultern, und er brauche jemand, der ihm helfe, sie in den nächsten Tagen und Jahren zu tragen.

Ob er vielleicht sogar hierher kam, in den Garten? Fing es womöglich jetzt schon an? Würde auch ihr Vater kommen? Ohne Rücksicht auf die Kälte ließ sie sich auf eine der Steinbänke am Springbrunnen sinken. Kälte war sehr viel leichter zu ertragen als alles andere, was heute über sie hereingebrochen war. Wenigstens hatte sie sich vor Ariane noch beherrschen können. Es war ein nervenaufreibender Tag gewesen. Am liebsten hätte sie sich in irgendeine Ecke verkrochen, um tief und traumlos zu schlafen. Am liebsten ... sie wußte selbst nicht so recht, was sie eigentlich wollte.

Plötzlich spürte sie – und das war ihr seit ihrer Kindheit nicht mehr passiert – wie ihr die Tränen in die Augen stiegen. Das war nicht etwa Arianes Schuld, im Grunde konnte *niemand* etwas dafür. Da saß sie nun hinter den Gartenmauern im Schloß ihres Vaters, und alles, was sie von ihm wußte, waren die alten, hundertmal wieder aufgewärmten Geschichten von dem berühmten Herzog, der die schönsten Lieder seiner Zeit geschrieben und in vielen Kriegen in den verschiedensten Ländern gekämpft hatte, der seit mehr als zwanzig Jahren überall in der Welt Frauenherzen brach und doch nur deshalb den Schürzenjäger spielte, weil er – und das wußte nun wirklich jeder – den Tod der einzigen Frau nicht verwinden konnte, die er je geliebt hatte. Ihre Mutter.

Ich habe Angst, sagte Rinette laut vor sich hin, und seltsamerweise half ihr dieses Eingeständnis, die Fassung wiederzufinden. Wenigstens wirst du nicht lebendig verbrannt, ermahnte sie sich streng. Keine von uns braucht den Scheiterhaufen mehr zu fürchten. Rian hat uns in ihrer unendlichen Güte den Sieg beschert, wieder einmal hat sie uns überreich beschenkt. Die Veränderungen in ihrem Leben waren nur das und nicht mehr – Veränderungen im Leben eines Menschen. Kein Sterblicher wußte – *konnte* wissen – was die Zukunft für ihn bereithielt, nur jenen, die ihr das Augenlicht geopfert hatten, gewährte die Göttin manchmal einen flüchtigen Blick nach vorn.

Doch das war nicht mehr ihr Weg. Ihr Weg begann hier in diesem Garten, und wenn jemand kam, um sie mitzunehmen in die strahlende, aber mit vielen Schwierigkeiten belastete Zukunft, für die sie offenbar bestimmt war, mußte sie mit ihm gehen.

Wer wollte einem verbieten, ein klein wenig Angst zu haben, wenn man allein im Halbdunkel in einem winterlichen Park saß und sich damit abfinden mußte, daß alle Erwartungen, die man je an das Leben gestellt hatte, zunichte geworden waren?

Und dann knirschten Schritte auf dem Kies, sie kamen von hinten, aus der gleichen Richtung, aus der auch sie gekommen war. Sie warf nur einen kurzen Blick auf die Fackeln und war geblendet. Nachdem sie so lange zum Himmel aufgeschaut hatte, bis sie die Sterne wieder sehen konnte, strich sie sich mit einem tiefen Seufzer das dunkle Haar aus dem Gesicht und erhob sich. In aufrechter Haltung, die Schultern zurückgenommen, drehte sie sich nach ihrem Schicksal um. Am anderen Ende des Weges, der zum Springbrunnen führte, stand eine Gestalt.

Nicht der Mann aus dem Norden war zu ihr gekommen, und auch nicht ihr Vater – noch nicht.

Sie wußte natürlich, wer ihr nachgegangen war, und sank trotz des kalten Bodens auf die Knie.

»Meine Liebe«, sagte Signe de Barbentain, die Gräfin von Arbonne. »Ich bin so unsagbar glücklich, dich kennenzulernen, und zugleich so unaussprechlich traurig. Wir haben so viele Jahre verloren, du und ich. Und dabei habe ich dir so viel zu erzählen. Von deinem Vater und deiner Mutter, und von deinem Großvater, den du nie kennengelernt hast, und der dich doch von ganzem Herzen liebgehabt hätte.«

Ein wenig zögernd kam die Gräfin näher und trat schließlich in den Schein der Fackeln. Rinette sah, daß sie weinte, die Tränen liefen ihr in Strömen über das Gesicht. Rasch und ohne nachzudenken stand sie auf. Ein seltsames Gefühl überkam sie, irgend etwas schnürte ihr Herz und Kehle zu. Sie stieß einen Laut aus, der verdächtig an ein Kinderweinen erinnerte, und dann ging sie, rannte sie ihrer Großmutter entgegen und warf sich in ihre schützenden Arme.

* * *

Das Tal, wo die Schlacht stattgefunden hatte, lag nun vollends im Dunkeln. Geduldig, fröhlich fast hatte er auf diesen Moment gewartet. Bald würden – in dieser Nacht besonders hell – die Monde aufgehen und ihr sattes Mischlicht über die Erde ergießen. Es war Zeit zum Aufbruch. Im näheren Umkreis brannte nirgendwo ein Feuer, schlief kein Soldat aus einem der Heere oder stand in der Kälte auf Wache.

Geschickt tastete er sich im Dunkeln von Ast zu Ast. Niemand hörte ihn, denn er machte kein Geräusch. Unten angekommen, huschte er am Waldrand entlang nach Westen und strebte in weitem Bogen der Stelle nördlich des Triumphbogens der Alten zu, wo er zwei Tage zuvor sein Pferd zurückgelassen hatte.

Der Hengst war natürlich hungrig, und das tat ihm leid, aber bisher hatte er nichts dagegen tun können. Nun fütterte er das Tier aus einem Sack, den er ganz in der Nähe versteckt hatte, tätschelte ihm liebevoll den langen Hals und redete ihm gut zu. Ein tiefer Frieden erfüllte ihn, er war eins mit der Nacht und den rauschenden Bäumen. Spontan kniete er nieder, um zu beten.

Sein Herz quoll über vor Dankbarkeit. Er hatte alles erreicht, wozu er gekommen war. Worauf er sich – wenn auch nur auf Grund von Anweisungen, deren Sinn er nicht durchschaute – seit den ersten Herbsttagen vorbereitet hatte.

Jetzt galt es, nach Süden zu verschwinden, bevor die Monde aufgingen. Er sattelte den Hengst, saß auf und ritt los.

Ich möchte, daß du dir eine neue Technik im Bogenschießen aneig-

nest, hatte die Hohepriesterin auf der Insel im Meer verlangt. Und dann hatte sie ihn an einen Ort geschickt, wo nie ein Mensch hinkam. Dort sollte er das neue Verfahren üben. Der Umgang mit dem Bogen war ihm von jeher vertraut, doch was sie nun von ihm erwartete, war ungewohnt und rätselhaft. Aber er brauchte keine Erklärungen; genug der Ehre, daß sie ihn auserwählt hatte. So übte er den ganzen Herbst über, auf den hohen, steilen Flugbahnen, die sie ihm beschrieben hatte, ins Ziel zu treffen. Tage und Wochen vergingen. Immer und immer wieder verschwand er allein ans Ostende der Insel, um zu trainieren.

Die Mühe war nicht vergebens. Eines Tages konnte er ihr melden, besser würde er diese neue, fremde Art zu schießen wohl nicht mehr beherrschen. Noch am gleichen Tag schickte sie ihn abermals fort. Er mußte ganz von vorne anfangen – die gleichen, steilen Schüsse, auf den höchsten Punkt des Himmels gezielt, doch jetzt sollte er dazu auf einen Baum klettern und sich verstecken. Wieder trainierte er Tag um Tag, Woche um Woche. Auch auf Rians Insel brach der Winter an, die ersten Vogelschwärme aus dem Norden erschienen am Himmel.

Eines Tages ließ ihn die Hohepriesterin abermals rufen. Sie empfing ihn allein in ihren Gemächern, wo nur die weiße Eule sein Gesicht sehen und seine Reaktion beobachten konnte. Und dann erklärte sie ihm, worauf er sich so lange vorbereitet hatte, worin seine Aufgabe bestand.

Es geschieht immer wieder, begann sie, *daß die Göttin für uns tätig wird, doch dazu ist sie nur bereit, wenn wir alles versucht haben, um uns selbst zu helfen.* Das verstand er, und es leuchtete ihm ein. Auch in der Natur lief einem manchmal ein Hirsch über den Weg, aber man mußte schon draußen im Wald sein, achtgeben, woher der Wind wehte und sich lautlos anpirschen. Wenn man zu Hause vor dem Feuer auf der Ofenbank saß, passierte nichts. Dann erklärte sie ihm – er erschauerte vor Ehrfurcht –, wohin er sich zu begeben habe, und sie beschrieb ihm sogar den Baum, auf den er klettern sollte, bevor die beiden Heere das Tal am Dierne-See erreichten.

Auf diesem Baum solle er so lange warten, fuhr die Hohepriesterin fort und faltete die Hände im Schoß, bis Rian in ihrer

Güte den rechten Augenblick für gekommen hielt – bis sie ihm eine Gelegenheit sandte, den König von Gorhaut zu töten. Niemand, sagte sie, weder Mann noch Frau, weder Priester, noch Priesterin, wisse von diesem Auftrag. Und niemand solle je davon erfahren. Daraufhin war er niedergekniet und hatte ihr den heiligsten Eid geschworen, den er kannte. Sie hatte ihm die kräftige Hand auf den Kopf gelegt und ihm ihren Segen gegeben.

Dann hatte sie ihm die Pfeile gereicht – rote Schäfte mit einer Fiederung aus roten Eulenfedern – und er hatte sie in einem verschließbaren Köcher verwahrt. Mit einem Kahn war er zum Festland gerudert. Dort kaufte er von dem Geld, das sie ihm mitgegeben hatte, ein gutes Pferd und ritt Tag und Nacht ohne Pause, bis er in der ersten Morgendämmerung noch vor den beiden Heeren das Tal erreichte, das sie ihm geschildert hatte. Nach ihrer Beschreibung erkannte er auch den Baum, erstieg ihn, solange es noch dunkel war, und richtete sich auf eine lange Wartezeit ein.

Am nächsten Tag waren die Soldaten gekommen, und noch am gleichen Nachmittag begann die Schlacht. Nachdem En Urté de Miraval mit seinen Coranern von Westen den Hang herabgefegt war, hatte der König von Gorhaut mit Herzog Urté gekämpft und sich, nachdem er einen Hieb hatte einstecken müssen, den verbeulten Helm vom Kopf gerissen und ihn von sich geschleudert.

Genau der Moment, den man ihm verheißen hatte. Er flüsterte mit aller Inbrunst seines Herzens ein Gebet, dann brachte er, hoch über dem Tal auf einem Ast sitzend, seinen Bogen in Anschlag und schickte einen roten Pfeil nahezu senkrecht in den klaren Himmel empor. Der Pfeil folgte Rians Weg, ein steiler Schuß, wie er ihn in jenen einsamen Wochen und Monaten auf der Insel so unermüdlich trainiert hatte.

Als der Pfeil den König von Gorhaut ins Auge traf und seinem Leben ein Ende setzte, war er nicht allzu überrascht, nur von einer Dankbarkeit erfüllt, die er niemals hätte ausdrücken können.

Nun hatte er in seinem Versteck auf dem Baum nur noch

reglos auszuharren brauchen, bis er im Schutz der Dunkelheit herabklettern und sich davonschleichen konnte.

Der See blieb hinter ihm zurück. Nicht lange danach ging im Osten Vidonne auf, der weiße Mond, und erhellte die Straße nach Süden. Weit und breit war niemand zu sehen. Er war kein bißchen müde. Er war ein Auserwählter, ein Gesegneter. *Jetzt könnte ich ruhig sterben*, dachte er.

Mit dem Aufgang des Mondes hatte der Wind nachgelassen. Auch die Kälte spürte er nicht mehr, so übervoll war sein Herz. Er war auf dem Weg nach Süden, wo es niemals richtig kalt wurde und wo Rian in ihrer Güte das ganze Jahr über die Blumen blühen ließ.

Als auch der blaue Mond aufging und dem weißen über den Himmel folgte, da konnte er nicht länger an sich halten. Luth von Baude oder vielmehr Luth von Rians Insel, der im letzten Frühjahr im Austausch für einen Dichter dort festgehalten worden war, der jetzt sogar hoffen durfte, für würdig befunden zu werden, als Priester im Heiligtum der Göttin zu dienen, begann zu singen.

Er wußte wohl, daß er nicht sehr musikalisch und schon gar kein guter Sänger war. Aber schließlich waren Lieder nicht nur denen vorbehalten, die sie kunstvoll vorzutragen verstanden. Auch das wußte er, und so ließ er unbekümmert seine Stimme erschallen. Es war eine prächtige Nacht, und er spürte die ganze Fülle des Lebens, während er auf der vielfach gewundenen, menschenleeren Straße südwärts galoppierte, vorbei an Gehöften und Burgen, an Dörfern, Feldern und Wäldern, im Licht der beiden Monde und der Sterne über Arbonne.

Aus dem ›Vidan‹ des Troubadours Lisseut von Vezét …

Lisseut war eine von Arbonnes ersten weiblichen Troubadouren und vielleicht deren bedeutendste Vertreterin. Aus gutbürgerlichen Verhältnissen stammend, wurde sie als Tochter eines Olivenhändlers auf einem Gut östlich der Küstenstadt Vezét geboren. Sie hatte braunes Haar und ein anziehendes Gesicht und war – für eine Frau – von mittlerer Größe. Wie man hört, pflegte sie in ihrer Jugend kein Blatt vor den Mund zu nehmen, eine Eigenschaft, die sie sich wohl ihr ganzes Leben lang bewahrt hat. Der Bruder ihrer Mutter, selbst ein Joglar von bescheidenem Ansehen, war der erste, der auf die reine Stimme der jungen Lisseut aufmerksam wurde. Er nahm das Mädchen unter seine Fittiche und führte es in die Kunst der Joglares ein. Es dauerte jedoch nicht lange, bis Lisseut ihren Onkel überflügelte und weit berühmter wurde als er …

Als mit der siegreichen Schlacht am Dierne-See die ständige Gefahr eines Einmarschs aus dem Norden ein für allemal gebannt war, versuchte Lisseut sich auch als Troubadour und begann, eigene Lieder zu verfassen. Die ›Klage um die geliebte Musik‹, in der sie zwei getötete Gefährten beweinte, war ihr erstes und vielleicht ihr berühmtestes Werk und wurde schon bald zur Hymne für alle Gefallenen dieses Krieges …

Lisseut war dem großen König Blaise von Gorhaut, aber auch dessen erster und zweiter Gemahlin in lebenslanger Freundschaft verbunden. Die anläßlich des Todes von König Blaise entstandene ›Elegie auf die Krone aller Könige‹ gilt allgemein als ihr reifstes und bewegendstes Werk … Lisseut von Vezét hat nie geheiratet, hatte aber, wie jedermann weiß, einen Sohn namens Aurelian, der allen, die diese Worte lesen oder hören, bestens bekannt sein dürfte. Zu Lisseuts Lebzeiten, aber auch nachdem sie zu Rian eingegangen war, gab es immer wieder Gerüchte, die einer Person aus allerhöchsten Kreisen die Vaterschaft zuschrieben, doch liegt es nicht in unserer Absicht, bloßen Klatsch weiterzuverbreiten. Wir beschränken uns vielmehr auf Angaben, für deren Wahrheit wir uns auch jetzt, nach so vielen Jahren, noch verbürgen können ...